KB043606

수면의

신록

우연의

신루

지도연 장편소설

神佑
綠延

가하

지은이 | 지도연
펴낸이 | 이형기
펴낸곳 | 도서출판 가하

초판인쇄 | 2012년 12월 14일
초판발행 | 2012년 12월 20일
출판등록 | 2008년 10월 15일 제 318-2008-00100호

주 소 | 서울 영등포구 당산동5가 33-1 한강포스빌 1209호
전 화 | 02-2631-2846
팩 스 | 02-2631-1846
www.ixbook.co.kr

ISBN 978-89-6647-466-0   03810

값 12,000원

차례

서장   7

1장   26

2장   61

3장   80

4장   104

5장   121

6장   163

7장   186

8장   228

9장   255

10장   276

11장   306

12장   337

13장   355

14장   383

15장   414

16장   444

17장   469

남은 이야기   505

작가 후기   516

참고 문헌   519

운명 : 녹연(綠延)

"그래, 생각해보았느냐?"

마을 아낙에게 맡기고 나온 젖먹이가 눈에 밟혀 이른 파장을 하던 젊은 여인은 안달 나 연신 재촉하는 사내를 향해 고개를 들었다.

사내는 여인의 고운 얼굴을 잠시 넋 나간 듯 보고 섰다 스스로 무안한지 헛기침을 몇 번 하고 다시 물었다.

"생각해보았냐 하였다."

"생각할 것이 무어 있겠습니까, 낭군과 자식 딸린 천한 년에게는 천부당만부당하신 말씀입니다. 못 들은 것으로 하겠으니 더는 귀한 걸음 하지 마십시오."

사내를 향해 단호하게 대답하는 와중에도 가판을 정리하는 여인의 손길은 쉴 새 없이 부지런했다.

"뭐라? 네가 또 나를 능멸하느냐?"

사내는 성이 나 여인의 팔목을 움키었으나 정작 여인은 이러한 상황이 한두 번이 아닌 듯 그저 담담히 사내를 바라보았다.

"힘없는 여자를 완력으로 어찌하실 소인배는 아니실 거라 믿습니다."

"허."

기가 찬 듯 헛웃음을 웃던 사내는 여인의 팔목을 털듯 놓고 턱을 치켰다.

"네가 값을 올리겠다 이거로구나. 좋다. 세만 받아서도 네 자식하고 살기 충분한 목 좋은 점포와 하호[1] 딸린 번듯한 집까지 내어주겠다. 이정도면 아무리 너라도 무심히 흘릴 수 없을 것이다. 내일 다시 올 테니 그때까지 마음을 정하여라."

사내가 등을 돌렸다. 여인은 멀어지는 사내를 굳이 보지 않았다.

젊은 여인은 무희였다. 한때 부여는 물론이며 이웃하는 주변국의 권력자들의 구애를 한 몸에 받을 정도였다. 사랑하는 이를 잃고 지금은 홀로 아이를 키우느라 여위고 초라한 행색이지만 그래도 그녀의 빼어난 용모는 그런 것에 사라질 정도의 옅은 것이 아니었다. 외로이 해산을 하고 먹고 살기 위해 장신구 따위의 가판을 차린 지 석 달이 겨우 되어가지만 돈푼깨나 있다는 저런 자들의 치근거림이 사흘이 멀다 했다.

피곤했다. 종일 서 있는 통에 혹사당한 다리의 통증보다 그들이 그녀를 더 힘겹게 했다. 하지만 사랑하는 이가 남기고 간 작고 고물고물한 아이를 생각하자 이내 미소가 일었다. 세상에서 가장 어여쁜 아기.

가판을 마저 정리한 여인은 집으로 가는 걸음을 빨리했다. 아기를 돌보는 아낙과의 약속한 시간은 아직 남았지만 오늘따라 잘된 장사로 이틀 치의 물건을 판 이상 조금 더 일찍 아기 보고 싶은 유혹을 거부하고 싶지 않았다. 거기다 한 식경 전부터 젖이 불어 그녀가 집으로 향해야 할 핑계를 더해주고 있었다.

---

[1] 원시 계급 사회의 지배 구조 하의 서민층. 여기서는 백성 혹은 하인을 뜻한다.

어스름이 내려앉을 때 즈음 그녀는 한갓진 갈림길로 접어들었다. 폐가를 지나 오른쪽으로 더 가면 드문드문 인가가 시작되는데 그 길 끝자락 움집에서 아기가 그녀를 기다렸다. 앙증맞은 손을 오물오물 빨고 있을 것을 생각하니 젖멍울이 아릿했다. 그녀의 발걸음은 한층 더 빨라졌다.

"제, 제발……."

폐가 쪽에서 나는 급박한 목소리에 놀라 그녀는 무춤하여 돌아보았다. 숨이 턱까지 찬, 아이를 업은 중년의 여자가 엎어지듯 그녀에게로 매달렸다.

"도, 도와주세요. 도, 도와주세요. 제발……."

매달리는 여자의 눈에는 공포와 절망이 깃들어 있었다.

"무, 무슨 일이십니까?"

몹시 놀란 그녀가 그런 여자를 부축하며 묻자 중년의 여자는 두려움에 질려 부르르 떨었다.

"아기를, 아기를 죽이려 합니다."

"아기를 주, 죽인다고요?"

그녀는 무의식적으로 잠에서 깨어나려 하는 아기를 보았다.

"그자가 곧 당도할 것입니다. 제발, 제발, 아기씨를, 아기라도 살려주세요."

횡설수설하나 그 간절함만은 절실한 여자에게로, 그녀는 다시 시선을 돌렸다.

무슨 사연인지 알 수 없지만 중년의 여자는 절벽에 내몰린 사람처럼 절박했다. 고작 아무것도 아닌 그녀에게 이렇듯 목숨을 구걸할 정도로.

"저는 아기씨의 유모이온데, 아기씨의 부모님은 억울한 죽임을 당하시고 아기씨만 간신히 제가 업고 피하였으나 결국에 들켜 그자에게 이

렇게 쫓기고 있습니다. 제발, 이 불쌍하고 가여운 우리 아기씨만이라도 살려주십시오."

여자는 피를 토하듯 토로하며 울음을 쏟았다. 천 길 낭떠러지 가장 끝으로 내몰려 단 한 발만 잘못 떼어도 생을 마감해야 하는 순간의 절박함, 그것을 누구보다 잘 아는 그녀는 가슴이 울렁거렸다.

그녀는 여인의 등에 업힌 아기를 보았다. 제게 닥친 불행을 알 길 없는 작은 생명체는 빈주먹을 오물거렸다. 아기의 부모는 억울한 죽임을 당했다 했다.

"내 숨이 끊어져서도, 당신과 내 아기는 내가 반드시 지킬 것이오."

유…….

그들의 칼에 온몸이 난자되어 붉은 피로 물들어 숨이 끊어지는 마지막 순간에도 그녀와 뱃속의 아이를 감싸던 그가 떠오르자 그의 아기를 위해 다시는 흘리지 않겠다고 다짐했던 눈물이 차올라 그녀는 입술을 물었다.

아기는 낯을 가리지 않는지 그녀를 향해 방글거렸다. 세상의 때라고는 한 점 존재하지 않는 순진무구한 아기의 눈망울이 지금 집에서 기다리는 제 아이의 것과 겹쳐져 그녀의 심장을 움키는 듯했다.

"말을 몰 줄 아십니까?"

그녀의 결연한 물음에 중년의 여자는 고개를 끄덕였다.

"몇 차례 타보았습니다."

"그럼, 저를 따라오세요."

그녀들이 도착한 곳은 인근의 마을 공동 마구간이었다. 그녀는 땀에 푹 젖은 여자에게로 말고삐를 넘기며 채근했다.

"어서 타고 가세요. 아무리 대단한 자라도 달리는 말을 따를 수는 없

을 것입니다.”

“마, 말을요? 이, 이 귀한 것을, 이렇게까지…….”

어찌할 수 없는 상황에서 도움을 청하기는 했지만 민가에서는 큰 재산일 말까지 내어줄 정도로 돕는 그녀의 행동에 중년의 여자는 몹시 놀란 듯 믿을 수 없는 표정이었다.

“후에 꼭 돌려주시고 지금은 어서 서두르세요. 도망가시는 동안 제가 뒤를 봐드리겠습니다.”

“고맙습니다. 고맙습니다. 이 은혜를 어찌 갚을지…….”

목이 메는지 말끝을 흐리는 중년의 여자를 그녀는 다시 채근했다.

“서두르세요.”

“아무리 그래도 어디 사는지 이름 정도는 알고 가야 나도 후일 사람 노릇을 하지요.”

“마을 장에서 가판을 합니다. 아주머니 등에 업으신 아기만 한 아이가 있어요. 아기어멈을 찾으세요. 저는 이름을 쓰지 않습니다.”

“꼭 말은 돌려드리러 오겠습니다.”

“예, 무사히 피하셔서 꼭 돌려주셔야 합니다. 그러니 어서 가세요.”

기력을 다해 멀어지는 그들의 뒷모습을 바라보고 섰던 그녀는 발길을 돌려 왔던 길을 되짚어 걸었다. 뒤를 보아주겠다던 약속을 다하기 위해서였다.

그녀는 아이와 아이의 유모를 만났던 지점에 채 다다르기도 전에 검을 찬 섬뜩한 눈길의 사내와 맞닥뜨려야 했다. 그리고 본능적으로 느꼈다. 그가 그네들을 쫓는 자라는 것을. 살생을 하는 이에게 느껴지는 그런 느낌을, 그녀는 무희로 살아온 지난 시간들을 통해 자연히 알게 된 거였다.

"조금 전 여자가 젖먹이를 업고 지나가는 것을 보지 않았느냐?"

오금이 저릴 정도로 섬뜩한 눈길이었다. 그녀는 초연을 가장하며 대답했다.

"보지 못했습니다."

사내는 갈림길에서 그녀가 오던 길과 다른 길을 번갈아보다가 다른 길로 방향을 바꾸어 지나치려다 순간 우뚝 서서 의심에 찬 눈길로 그녀를 직시했다.

"네가 오던 길에서는 확실히 보지 못했겠다?"

보통 사람 같으면 이내 엎어져 실토하고 말 간담이 서늘해졌을 사내의 목소리에 그녀는 당대의 최고 권력자들 앞에서도 당당했던 무희로 돌아가 고개를 들었다.

"보지 못했다고 말하지 않았소."

사내는 찌를 듯 그녀를 보고 섰다 이내 몸을 돌렸다.

"거짓을 말하였다면 그들 대신 네가 죽어야 할 것이다."

사내는 나는 듯 사라졌다. 그녀는 참았던 숨을 내뱉고 뒤돌아 집을 향해 달렸다.

아기를 돌보던 아낙은 아기를 데리고 석반을 하러 제 집으로 돌아간 모양이었다. 그리고 그들도 다행히 무사히 달아난 듯했다. 그녀는 아기를 데리러 아낙의 집으로 가기 위해 문을 나서려 했다.

바로 그때 몸이 움찔해질 정도로 한기가 느껴져 고개를 드니 그들을 쫓던 사내가 싸리문으로 들어섰다.

"무, 무슨 일입니까."

"감히 나를 속였겠다?"

그자가 든 칼끝은 누구의 것인지 핏빛으로 얼룩져 있었다.

"마구간지기 몸통을 잘라 실토를 받아냈지. 나를 속인 것도 모자라 내가 쫓지 못하도록 말을 주어 도망을 시켰겠다. 그것들이 어디로 갔는지 말해!"

"아, 알지 못합니다."

"이 못된 것이 그래도!"

난폭한 손길이 물러서는 그녀의 앞섶을 움켜쥐었다.

"이, 이 무슨 짓이오."

"순순히 불면 목숨만은 살려주마."

"말을 사겠다 하여 말을 판 것뿐이오. 정말, 정말 더는 아는 것이 없소."

아는 것이 없다는 말은 거짓이 아니라는 것을 느꼈는지 사내는 털듯 그녀를 놓았다.

"너도 안됐구나. 내가 여색을 밝혔다면 살아남을 수 있었을 것을. 약속대로 죽여주마!"

사내는 일말의 동정도 없이 검을 내찔렀다.

"아, 안 돼!"

하지만 그녀는 심장을 관통하는 서늘한 통증에 몸을 움츠려야 했다. 후벼져 피를 토하는 그 고통보다 험한 세상 아비 어미도 없이 살아야 할 제 피붙이에 대한 연민이 죽어가는 그녀를 더 아프고 참담하게 했다.

"아, 아가……."

이름도 지어주지 못한 아기……. 부모도 없이 이 험한 세상 어찌 살아갈까…….

"아가야……."

그녀는 겨우 이생의 마지막 한 마디를 남겼다. 그마저도 잦아드는 숨

속에 갇혀 사라지고 말았지만.

운명 : 신우(神佑)

어이가 없었다.

멧돼지에 이어 고라니까지 놓쳐버렸다. 그것들은 마치 처음부터 거기 없었던 것처럼 흔적도 없이 사라졌다. 사냥에 들인 이틀 밤낮이 결국 허사가 되고 만 것이다.

오 년 전 처음 사냥을 배운 이래 최악의 대패 앞에, 제법 남자의 기색이 오른 소년은 그것들을 감쪽같이 숨긴 우거진 숲을 노려보았다.

왼편에서 사냥몰이를 하던 적주는 사냥이 실패로 돌아갔음을 느끼고 그런 소년의 곁으로 다가갔다. 목숨 바쳐 섬겨야 할 주인이자, 피보다 더 진한 의로 하나 된 형제이자, 유일한 벗. 적주는 소년을 바라보았다. 얼핏 보면 장성한 남자로 보일 만큼 기골이 옹골지나 그와는 상반된 미안(美顏)으로 인해 여복이라도 한다면 늘씬한 미녀인 줄 알고 따라붙는 사내들깨나 꾀었을 용모, 허나 저렇듯 제 뜻을 거스르는 일이 벌어져 가느다랗게 미간을 찌푸릴 때면, 서걱서걱 찬 서리처럼 사람을 오싹하게 만드는 눈매에서 소년이 온전한 남자가 되었을 때의 비범함을 예상하게 했다.

적주는 서너 발자국 떨어져 있던 주인과의 간격을 좁히고 말했다.

"어찌할까요?"

어쩌면 하나마나 한 질문이었다. 어차피 식량은 바닥이 난 데다 돌아가기로 한 날로부터 이미 이틀이 더 지나 있었으니 하산은 자명했다. 하지만 그로서는 벗이지만 신하로서 주인의 하명이 필요했다.

"돌아가야지."

여느 때와 다름없이 덤덤하게 답하는 그의 예사스런 말투에서 억지힘이 느껴졌다. 그리고 한순간에 생겨나 눈 깜빡할 사이 사라진 실그러진 입가와 숲을 향한 매서운 눈길에서 순순히 패배를 인정하고 돌아가기를 원치 않는 기색이 역력했다.

"신우 도련님, 적주 도련님."

사냥의 실패를 감지한, 지난 수일 소년들을 뒤따르던 석태 아범이 하호 무리와 쫓아와 은근히 하산을 종용하듯 했으나, 신우(神佑)는 여전히 상수리나무가 섞인 소나무 숲을 노려볼 뿐이었다.

'돌아가겠지만 지금은 아니라는 것인가?'

적주는 제 예상이 맞았다는 것을 촌각도 지나지 않아 알 수 있었다. 어느새 신우는 숲으로 말을 달리며 날랜 동작으로 전통에서 활을 뽑아 활시위를 당겼다.

휘익!

맹렬한 속도로 포물선을 그린 활이 빼곡한 나뭇잎 사이로 사라졌다. 이어 찢어지는 짐승의 비명소리가 들리고, 신우는 그 방향으로 연이어 빈틈없이 활을 쏘면서 말을 몰았다.

적주는 신우를 따라 말을 달렸다.

수백 년 한 자리에서 수많은 인연의 만남과 헤어짐, 삶과 죽음을 관망하고 순응하던 아름드리 고목. 그 웅장함도 꺾일 만큼 성난 짐승의 위용은 대단했다. 뻣뻣한 회색 털은 꽂힌 활 틈에서 뿜어지는 선혈로 검붉어지건만 놈은 개의치 않았다. 마치 날렵한 칼날에 찢긴 듯 올라간 눈매의 살기 오른 동공은 단 한 순간도 패배를 떠올리거나 살생을 망설이지 않았을 것이다.

끼이이익!

놈은 아이 팔뚝만 한 누런 이 사이로 소름 돋는 소리를 질렀다. 조금 전 신우가 쏘아 올린 여섯 대의 화살이 제 등에서 흔들리면서 더 많은 피를 뿜는데도 아랑곳하지 않았다. 그 완강함, 그 서슬 퍼런 기세에 적 주는 무춤했다.

짐승은 달렸다. 예민한 본능이 정확히 제 죽일 자를 알고 있는 듯, 놈은 뜯어 먹을 듯한 눈초리로 기어이 신우에게로 달려들고 있었다.

"도련님, 속도를 늦추시면 마무리는 제가 하겠습니다."

적주는 주인에게 달려드는 멧돼지를 막기 위해 세차게 말허리를 굴리면서 재빨리 검을 뽑았다. 하지만 신우가 더 빨랐다. 벌써 검을 빼든 오른손은 짐승을 겨눈 채 정확하고 민첩한 속도로 놈에게로 향하고 있었다.

"도련님, 놈은 지금껏 상대했던 놈과 다릅니다."

"너나 잠자코 있어라. 저놈은 내 것이니."

"도련님!"

어불성설이었다. 살생에 미친 짐승만큼 위험한 것도 없겠거니와 놈은 그 종자 중에서도 단연 맹주인 것을, 아무리 혈기 충천하고 용맹한 차기 대가[2] 신우라 해도 혼자 상대한다는 것은 치기였다. 하지만 무서운 속도로 달려드는 거대한 놈에게서 신우는 물러나지 않았다. 물러나기는커녕 결코 피를 보고야 말겠다는 놈에게 '오너라, 오너라. 단칼에 죽여주마.' 혼잣말로 비웃고 있었다. 멧돼지 아니라 토끼 사냥이라도 이렇게 여유로울 수 없을 것이다.

달려오는 놈 앞으로 말을 몰던 신우가 기어이 말에서 뛰어내렸다. 놈

---

2) '가'는 부여의 부족 우두머리를 뜻함.

은 그런 신우에게로 한번 찍히면 결코 살아남지 못할 흉물스런 엄니를 세우고 갈기갈기 찢어 죽일 듯한 기세로 돌진해 왔다.

둘 중 하나의 죽음, 그야말로 사생결단이었다. 너무도 위험했다.

"신우야, 조심해!"

위급함에 그만, 적주는 벗으로서 소리쳤다.

"이얏!"

놈과 신우가 동시에 뛰어 올랐다. 적주의 숨통이 섬뜩하게 조여지는 순간이었다. 이 혈전에서 먼저 위를 점령하는 것이 승과 패, 삶과 죽음의 갈림길에서 곧 이기는 것이다. 사람으로 치면 산전수전 다 겪은 놈도 그것을 아는지 거대한 몸뚱어리를 영악하게 움직였다.

드디어 놈과 부딪치기 일보 직전의 순간! 신우는 놈의 등에 깊이 검을 꽂고 날렵하게 날아 반대 방향으로 몸을 던졌다. 놈의 생각보다 신우가 빨랐던 것이다. 급소에 칼을 맞은 놈은 처절한 단말마를 지르며 몸서리치기 시작했다. 누런 엄니 사이로 흐르는 침, 희번덕거리다 뒤집혀진 눈동자, 끝없이 이어질 것 같던 참혹한 비명이 일순 뚝, 멈추었다. 그리고 짐승의 몸뚱이가 꿍 바닥으로 쓰러졌다. 그 울림으로 거목이 흔들리고 땅이 흔들리고 숲이 흔들렸다.

진정 단 한 번이라도 기세등등한 적이 있었을까 싶을 정도로 가냘픈 숨을 쉬던 놈의 숨이 잦아들더니 이내 끊겨졌다. 패배한 짐승의 육중한 몸뚱어리와 수벌의 옷과 신을 만들 가죽 털로 건재했을 때의 위용을 짐작하게 할 뿐.

적주는 이제는 고깃덩어리일 뿐인 짐승에게서 별스럽지 않은 안색으로 다시 말에 오르는 신우에게로 시선을 돌렸다.

'저 몸집이 되도록 이 숲에서 살아남은 영리한 놈의 생각을 어떻게 미

리 읽었을까? ……그러고 보니!'

신우의 움직임은 치밀했다. 이미 놈의 뛰는 걸음과 보폭을 계산하고 정확하게 허점을 노린 거였다. 적주는 고개를 내저었다. 사냥터에서 잔뼈가 굵은 자들도 저런 놈을 만나면 긴장하고 실수하기 마련인데. 그의 배짱과 기백은 따를 자가 없을 것이다. 그래도…….

적주는 다가오는 신우를 향해 나직이 말했다.

"무모하였습니다."

치밀한 계산속에 이루어진 결과라는 것을 알지만 결과에 관계없는 벗으로서 질타였다.

신우의 오른쪽 입가가 실그러져 올라갔다.

"네 눈에는 그리 보이더냐?"

마치 조금 전까지 흠뻑 취해 놀던 흥겨운 놀이가 끝나자 그 여운을 즐기듯 검은 눈동자는 반들거렸다.

적주는 순간 할 말을 잃었다.

사생결단, 우려, 염려, 그런 것을 한갓 허투루 만들어버리는 여유, 제가 마음먹은 것은 누가 뭐래도 무슨 일이 있어도 기어이 하고야 마는 고집. 그리고 빠른 계산과 철저한 자기통제에서 나오는 냉철함. 그 모순이 바로 신우인 것을.

적주는 핏 웃어버렸다.

"그래, 마음먹은 것은 결단코 해야 직성이 풀리시겠지요."

새삼스레 허를 찔린 것처럼 놀라는 것이 더 우스운 일인 듯했다.

신우도 대답 대신 마주 웃었다.

숲을 헤치고 달려온 석태 아범은 그런 신우와 적주를 번갈아보다가 숲 바닥을 어마어마하게 큰 몸집으로 차지하고 있는 죽은 멧돼지에 화들짝

하여 더듬거렸다.

"이, 이, 이것이 무, 뭐래요? 호, 호랑이래요? 메, 멧돼지래요? 도, 도련님께서 이것을 잡으신 거래요?"

이미 숨이 끊어졌는데도 무시무시했던지 석태 아범은 멧돼지와 대여섯 걸음 정도 거리를 두고 무춤무춤 게걸음으로 원을 그리듯 다가와 말 위의 신우 다리에 엎어지듯 매달렸다.

"하이쿠, 도련님! 괜찮으세요? 정말 다친 곳은 없는 거지요? 하이고, 도련님⋯⋯."

"나, 안 죽었으니 그리 수선떨 것 없네."

"아이쿠 도련님, 그런 험한 말씀을!"

"나는 내려가네."

"도, 도련님⋯⋯."

석태 아범의 잔소리에서 달아나듯 신우는 말머리를 돌려 소나무와 상수리나무 사이를 빠져나갔다.

"나도 도련님 따라 먼저 내려갈 테니 석태 아범은 저놈 단속해 오게."

적주의 말에 석태 아범은 물론 뒤따라온 장정들도 난감한 표정으로 멧돼지를 보다 서로를 보다 했다. 어찌 저 큰 놈을 마을까지 옮길지 난감한 모양이었다.

"옮기기 벅차다고 절단 내진 말게. 더디 오더라도 온전한 상태여야 하네."

적주는 신우의 대단한 수렵물을 원형 그대로 마을로 옮기고 싶었다. 그런 마음과 한뜻이 되었는지 석태 아범도 고개를 거푸 끄덕였다.

"알겠습니다요, 적주 도련님. 걱정 마시고 어이 내려가보세요. 지가 저놈을 머리에 이고서라도 고 모양 고대로 싣고 갈 것이니 말씀입니다요."

얼토당토않은 석태 아범의 말에 숲은 한바탕 웃음이 지나갔다.

적주는 신우가 나간 나무 사이로 뒤따랐다.

산세가 제법 험해, 설마 이 깊은 산중에 인가가 있을까 싶을 산길을 굽이굽이 돌아갔다. 반나절을 더 달리자 평지에서처럼 그만그만한 소담한 나무들로 숲이 가지런해지기 시작했다. 울창한 소나무 숲을 지나 더 들어가자 푸른 융단을 깔아놓은 것 같은 구릉이 펼쳐졌다. 몽환에서나 만날 법한 구름과 벗 삼은 금빛 평원과는 거리가 있었지만, 소담한 나무 소박한 풍경은 다감한 어미와 같은 정감이 있어 그 품에서 낮잠이라도 청한다면 잔칫날 아이 손에 들린 당과처럼 달달할 것 같았다.

구릉의 안쪽에는 마을이라 일컬어도 될 만큼의 집채들이 옹기종기 모여 있었다. 그 수가 제법 수십 채는 되어 보였다.

허름하기가 고만고만한 집들 사이에서 그래도 집채의 규모를 갖춘 집이 한 채 있었다. 낡은 초가지붕은 다른 집들과 매일반이지만 사랑채와 안채 조금 떨어진 별채와 마구간까지, 기와가 씌워졌다면 대가(大加)[3]댁까지는 아니어도 호민[4]의 집 정도는 될 법한 규모였다. 마을로 들어선 신우와 적주는 곧장 그 집으로 향했다.

그들은 마구간을 지키던 석태에게 말을 건네고 적주는 사랑채로 들어가는 신우를 따라 마당으로 들어섰다.

마당 한쪽에는 손바닥크기만 한 강아지새끼 한마리가 연방 줄에 묶인 목을 털고 있었다. 그 솜털 같은 짐승은 신우를 보자 큰 눈망울을 적시

---

3) 부여와 고구려 초기 최고 지배층.

4) 부농이나 부상.

면서 풀어달라는 듯 낑낑거렸다. 그때 마당 뒤편에서 처음 보는 남루한 차림의 계집아이가 쏙 튀어나왔다. 조그만 아이는 강아지에게 다가가 앙상하고 얄팍한 등을 말고 웅크려 속살거렸다.

"왜 또 그러니? 아무리 그래도 풀어줄 수 없다 하지 않니. 자꾸 이러면 쫓겨나니 쉿, 하여라. 알겠지?"

계집아이를 괴이한 것 보듯 섰던 신우가 굳게 다물고 있던 입을 열었다.

"너는 누구냐?"

놀랐는지 돌아보는 계집아이는 강아지의 것보다 더 동그랗고 커다란 눈을 고리 모양으로 떴다. 흙먼지 묻은 조막만 한 얼굴 군데군데 누런 빛이 엿보이기에 청결한 물로 씻겨놓는다면 제법 봐줄 만하지 않을까 싶다가 역시 지저분하기 짝이 없는 찌든 땟물 흐르는 얼굴에 적주는 고개를 저었다. 실없는 추측이라며.

문 앞을 막고 선 범상치 않은 소년들에게 주눅이 들었는지, 잔뜩 겁먹은 표정으로 대답 대신 주변을 슬금슬금 살폈다. 그러다 마침 방에서 나오는 대가부인에게로 냉큼 달려가 그 치마폭 뒤로 쏙 숨었다.

"너희들 왔구나."

"예, 대가부인."

적주는 대가부인을 향해 고개를 숙였다.

"다녀왔습니다, 어머니."

신우 또한 예를 갖추었지만 시선은 여전히 어미의 치마 뒤에 숨은 아이에게 매달려 있었다.

"신우야, 그렇게 무섭게 보면 이 아이가 겁을 먹지 않겠니? 이 아이는 예씨 성을 가진 '녹연'이라 하고, 오늘부터 우리와 함께 지내게 될 거란다.”

“예?”

그때서야 신우의 시선이 아이가 숨은 치마폭에서 벗어나 대가부인에게로 향했다.

적주는 대가부인의 치마 끝에서 눈만 겨우 내놓고 있는 계집아이를 곰곰이 보았다. 이제 보니 어린 계집이 보통은 넘어 보였다. 장정들도 주눅 들게 하는 신우의 눈빛을 비록 겁은 먹었으나 마주 보는 것이었다. 어찌 보면 오히려 대가부인의 치마폭을 안전한 방패로 삼아 신우의 변화를 살피는 것도 같았다.

방에서 누군가 나오는 기척이 들리자 대가부인은 옆으로 서기 위해 발을 떼었다. 그 바람에 대가부인의 치마가 당겨져 아이는 그것을 놓치고 말았다. 방패를 잃어버린 계집아이가 온전히 혼자인 것을 놓치지 않은 신우의 시선이 일순, 가차 없이 무방비의 아이를 휘감았다.

‘저런!’

무시무시함을 느낀 아이는 커다란 눈망울로 금세 눈물을 모아 뚝 떨어뜨리거나 아이 보폭으로 두어 발 떨어진 대가부인의 안전한 치마 막으로 폭 숨어들거나 그도 저도 아니면 앙상한 어깨를 한 움큼도 안 되게 웅크리고 바들바들 떨 거라고 예상했다. 허나 다음 순간 적주는 혀를 내두를 수밖에 없었다. 아이는 눈물도 없고 숨지도 않고 떨지도 않은 채 장정도 배겨내기 힘든 신우의 시선을 고스란히 받으면서도 꼿꼿하게 제자리를 지키는 것이었다. 거기다 한술 더 떠 신우를 빤히 보는 것으로 그 시선을 되돌려주는 것이 아닌가.

‘역시 보통 계집아이가 아니구나.’

적주는 신우에게로 고개를 돌렸다. 아니나 다를까 아이를 보는 신우의 시선이 호기심에서 불쾌감으로 변해가고 있었다.

덜컥.

조금 전 대가부인이 나온 방의 방문이 다시 열렸다. 신우와 적주 모두 열리는 문으로 고개를 돌리니 문 사이로 그들의 스승인 기련이 모습을 드러냈다.

적주는 기련을 향해, 기련과 신우는 서로를 향해 서로 예를 갖추었다.

섬돌로 내려선 기련은 신우에게로 다가와 물었다.

"사냥은 잘 다녀오셨습니까?"

"예, 스승님."

대답하는 신우 곁에서 적주가 덧붙였다.

"도련님께서 단독으로 멧돼지를 잡으셨습니다."

"정말 장한 일을 하셨습니다."

좀처럼 듣기 어려운 스승의 칭찬에도 신우는 감흥이 없는 기색이었다. 아마도 당찬 계집아이 때문에 흥이 깨진 것이리라.

사냥에도 동행하지 않은 채 홀연히 사라져버려 그 이유가 자못 궁금하였었는데, 스승은 계집아이를 데리러 갔던 모양이다.

아이는 노예였다. 적주는 그리 생각했다. 옆에 선 신우 또한 그리 여기는 것 같았다.

"노예를 사려면 남아를 살 것이지, 연무도 못 할 쓸모없는 계집아이는 무엇하러……."

신우의 바로 곁에 선 적주에게나 들릴 정도의 낮은 혼잣말이었다. 그러고는 신우는 제 어미의 치마를 힐끗 보고는 호기심도 불쾌감도 사라졌다는 듯 그 시선을 가차 없이 거두고 발길을 돌리려 했다.

"신우는 듣거라."

막 방을 넘어 나온 해선(仙)의 목소리였다. 신우의 부친이자 산마을의 주인이자 '마가'의 대가. 비록 지금은 산중에 은둔하나 부여의 대가다운 준엄함이 남은 목소리로 신우의 발길을 잡았다.

부자는 언뜻 닮은 듯하나 대가의 솔밋하여 온화한 눈매와 신우의 날렵하나 서늘한 눈매는 천지간이었다.

"예, 아버님."

신우는 공손히 대답했다. 대가의 선한 눈매가 포고를 히듯 곧게 올라갔다.

"이 아이는 신우, 너의 정혼자이니라."

일순 대가 댁 마당은 얼음물이 끼얹어진 듯 고요해졌다.

신우는 믿을 수 없다는 표정이었고 적주 또한 놀라움을 감출 수가 없었다. 그에 비해 기련과 대가부인 그리고 조그만 아이는 놀라는 기색 찾기 어려우니 이미 모두 아는 모양이었다. 신우가 믿기지 않는다는 기색으로 물었다.

"그것이 무슨 말씀이신지요, 아버님."

"저 아이가 여인이 되었을 때, 너는 저 아이의 지아비가 될 것이다."

다시 대가부인의 치마폭 끝에서 빠끔히 내미는 초롱초롱한 눈동자가 마치 치마 위에 맑은 물방울이 맺혀 있는 것처럼 반짝거렸다. 그것을 바라보는 신우는 눈자위가 활화산처럼 붉어졌다.

청(淸)과 화(火).

적주는 순간 움찔했다. 하나의 작은 점처럼 시작된 머릿속의 영상이 점점 뚜렷해졌다. 첫 신력이 들어온 이래로 보이는 두 번째 영상이었다. 거대한 불길이 맑고 차가운 물 한 방울로 인해 고통스럽게 흔들리는 그런 영상.

파란이로구나. 젠장!

이런 것 따위 보고 싶지 않았다. 어째서 이런 것을 보아야만 하는 운명을 지니고 태어났는지 원망스러웠다.

적주는 입술을 굳게 다물었다. 그리고 주인인 신우와 계집아이를 번갈아보았다.

신력이 부족한 지금은 아직 이 파란이 무엇을 뜻하는지는 알 수 없었다. 그래도 무언가 거대한 폭풍이 이들 앞에 놓여 있다는 것만은 분명 느낄 수 있었다. 피하려 해도 피할 수 없는, 아무리 벗어나려 발버둥 쳐도 결코 피해 갈 수 없는 운명, 바로 질긴 타래로 얽힌 숙명이 그들을 묶고 있었다.

1장

해선은 오랜만에 찾아오는 손님을 맞기 위해 마당에 나와 있었다.

무슨 급한 일이기에 이렇듯 늦은 밤 밀서까지 보내어 만남을 청하는 것인지.

계절은 더위가 기세를 떨치고 연중 낮이 가장 길다는 절기로 접어들었지만 밤하늘은 흐리고 스산한 한기로 뒤덮여 있다. 이렇듯 처연하고 흐린 달빛 아래에 서면 해선은 묵은 통증처럼 욱신거리는 통한의 아픔에 묵묵히 시달려야 했다. 벗을 잃고 모든 것을 놓아야만 했던 그 밤의 기억, 해선은 아픔을 숨기듯 천천히 눈을 감았다.

달빛은 차고 회색 연기에 싸인 듯 으스름한 지금 이 밤처럼, 그날도 밤이면 서리를 내린다는 상강의 어느 흐린 밤이었다. 해선의 오랜 벗인 예문우의 집은 예측하지 못한 검은 그림자에 뒤덮였다.

해선과 예문우는 각각 왕과 함께 부여를 다스리는 사출도(四出道) 중 마가(馬加)와 저가(豬加)였다. 간위거왕의 왕후가 소생 없이 죽자 사출도 네 명의 대가 중 우가(牛加)인 우옥구의 여식이 새로운 왕후가 되었다. 우옥구에게는 왕후 외에도 을물이라는 아들이 있었다. 스물의 을물은 어려서부터 영특하기로 소문이 자자했으나 실상은 잔혹하고 비열한 자로 젊

은 누이가 왕후가 되자 태자처럼 행세했다. 음흉한 야심을 감추고 왕까지 쥐락펴락하는 을물에게 왕보다 더 호민과 하호들에게 믿음과 신뢰를 얻는 두 명의 대가는 눈엣가시였다. 거기다 을물의 측근들의 비리를 밝히거나 정책에서도 현저한 차이를 보이며 사사건건 대립하니 을물에게 해선과 예문우는 하루 빨리 제거해야 할 걸림돌이었다.

그러던 어느 날 왕의 대사와 대사자 중 왕의 정세에 불만을 가진 세력들이 비밀투서를 돌리다가 발각되는 사건이 일어났다.

"배후가 그라고 말하면 살려주마."

을물의 심복인 역밀의 잔인한 고문을 견디다 못한 왕의 대사는 자백을 했다.

"배, 배후는 예문우 대가이십니다."

을물은 평소 직언을 서슴지 않던 예문우를 먼저 걸어 넣었다. 충성심이 강하고 하민 하호들의 절대적 신뢰를 받는 해선보다 날카로운 언변의 소유자이며 직언을 충심이라 여겨 극간을 서슴지 않는 예문우가 비밀투서 사건의 배후가 되기 걸맞았기 때문이었다. 그리고 을물에게는 간위거왕 사후 자신의 야심이 발효되는 시기가 오면 가장 큰 위험요소가 될 해선을 예문우의 죄를 알고도 벗을 지키기 위해 묵인한 것으로 몰아갈 계획이었다. 어차피 두 대가를 모두 제거해야 하는 을물로서는 그것이 최적의 전개였다.

달빛 흐린 그 밤, 예문우에게 대역죄인이라는 오명을 씌워 사형을 즉결하던 밤 그의 식솔들도 싸늘한 주검이 되었다.

그리고 예문우의 집에 피바람을 일으켰던 그들이 해선에게로 다가왔다.

"어서 피하십시오, 대가님. 예문우 대가께서 반란을 도모하려 한 대역죄인으로 몰려 죽음을 당하셨습니다."

왕의 대사자이나 해선을 신봉하는 지겸주가 달려와 예문우의 변고를 알렸으나 정작 해선은 이해하지 못했다. 어제까지 멀쩡하던 사람이 죽음이라니, 더군다나 반란은 무엇이고 대역죄인은 또 무엇인가, 세상천지 그리도 허무맹랑한 모략이 어디 있겠나 싶었다.

허나 눈물을 흘리는 지겸주의 눈은 진실이었다. 해선은 그 점잖은 성품 다 버리고 벗을 향해 달려갔다.

챙!

내딛는 해선의 발 앞에 검을 빼든 지겸주가 엎드려 극간했다.

"지금 가보셔도 예문우 대가 댁은 손 없는 초상집입니다. 그리고 그들이 지금 이리로 옵니다. 가시려거든 모든 식솔과 부인과 아드님까지 죽이고 가십시오. 대가님께서 머뭇거리시면 동트기 전에 모두 그리될 것이니 말입니다. 그들의 더러운 칼에 죽임을 당하는 것보다는 대가님께서 직접 죽이고 가시는 것이 낫지 않겠습니까?"

해선은 주저앉아 통곡했다. 세상 모든 억울함을 안고 떠나는 벗을 위해 목 놓아 울었다. 떠나는 벗을 위한 울음조차도 길게 울어줄 수 없는, 서둘러 떠나야 하는 처지가 한탄스러워 그 뒤로는 가슴으로 울었다.

그 밤 이후 대역죄인의 죄를 알고도 묵인한 죄로 도망자가 되었다. 식솔과 가까운 이웃, 일가친척만 데리고 살던 가를 저버린 그때, 신우의 나이 겨우 네 살이었다. 거처할 집을 짓기도 전에 몰려온 한파와 굶주림은 어린 신우라고 예외는 아니었다. 그 겨울 아이를 살릴 수 없을지도 모른다는 공포는 해선을 두렵게 했다.

이미 십육 년이 지났지만 그래도 그때를 떠올리는 해선의 눈가가 달빛보다 더 흐리었다.

백아절현(伯牙絶絃), 거문고 소리를 들어주던 벗의 죽음으로 거문고 줄을 끊고 다시는 거문고를 타지 않았다는 백아의 마음처럼, 십육 년 동안 속세를 버리듯 산중에 묻혀 은둔하는 해선의 가슴에도 깊은 한이 그렇듯 서려 있었다.

"대가님, 어찌하여 나와 계셨습니까?"

해선은 호위무사와 다가오는 지겸주에게로 시선을 돌렸다.

"달빛이 좋아 그리했네."

달빛이 흐려 말을 모는 내내 신경을 곤두세웠던 지겸주는 해선의 말을 의아해했으나 내색은 하지 않았다.

"들어감세."

"예, 대가님."

해선을 따라 방으로 든 지겸주는 술상을 들인 인주 어멈이 문밖으로 사라지자, 해선의 술잔을 채우면서 말문을 열었다.

"대가님, 을물의 측근들의 횡포로 인해 민심이 어느 때보다 흉흉합니다."

"그것이 어디 하루 이틀의 일이었던가."

"물론 그렇습니다만, 무슨 일이든 도가 있지 않습니까? 하호들이 두 끼를 먹든 세 끼를 먹든 상관없이 제 필요에 따라 올리고 거두고 하니 생활은 더할 나위 없이 궁핍해지고, 그야말로 참을 수 없는 지경으로 치닫고 있는 것이지요. 힘없는 하호들만 안타까울 뿐입니다."

"음."

채워진 술을 단숨에 들이켠 해선이 지겸주가 따르는 다음 잔을 받으면서 대답했다.

"그래, 이 험준한 곳까지 와서 긴히 할 말이란 무엇인가?"

해선에게로 고개를 돌린 지겸주가 목소리를 한껏 낮추었다.

"혹시 대가님도 들으셨습니까?"

"무엇을 말인가?"

"폐하가 와병 중이시라는 소문 말입니다."

딱!

해선의 손에서 술잔이 거칠게 내려지고 그 바람에 잔에 든 술이 출렁거려 잔 주변에 흘러내렸다.

"그게 무슨 소리인가?"

"역시 모르고 계셨군요. 하기야 그들에게는 보이진 않지만 가장 두려운 존재인 대가님께 이 같은 사실이 흘러들어가게끔 두지 않았겠지요."

해선은 고개를 저었다. 무엇이 되었건 그런 것이 이제 와서 무슨 상관이냐는 뜻이었다.

"나는 이미 많은 것을 잃었네. 지나간 세월이란 말일세."

"한 세월이 지나면 다음 시대가 오는 법이지요. 덕망 높던 가문을 왕을 해하려던 대죄인과 결탁한 멸문가로 사라지게 하실 요량은 아니시지 않습니까."

"대사자, 말씀이 지나치시네. 대죄인은 누구고, 결탁이라니 그 또한 무슨 말인가."

해선은 정색을 하고 언짢은 기색을 숨기지 않았으나 지겸주는 시작한 말을 그만두려 하지 않았다.

"다 지난 일이라 진심으로 여기시는 건 아닐 게 아닙니까? 억울하게 돌아가신 저가의 예문우 대가님께서도 저승에서 대가님께서 이제나 저제나 명예를 회복해주시리라 믿고 기다릴 거라 정녕 여기지 않으십니까?"

"대사자!"

"이 부여바닥에서 그처럼 허무맹랑하고 기막힌 모함을 사실로 믿는 이가 얼마나 있겠습니까? 알량한 목숨 부지하고자 쉬쉬하는 것 아니겠습니까?"

그들 사이에 잠시 무거운 침묵이 흘렀다. 시간이 지나도 나을 기색 없는 곪은 상처, 누구도 건드리지 못하던 환부를 오늘 지겸주가 작정하듯 짜내고 있었다.

"대가님의 충심을 알고 있으나, 폐하께서 와병 중이라면 말이 다르지 않습니까? 손이 없으신 폐하께서 잘못되시기라도 하는 날에는 이 나라는 을물의 손에 온전히 드는 것입니다."

해선에게 목숨을 내놓아야 하는 일이 있어도 왕을 반역하는 일은 결코 행할 수 없는 일이었다. 왕이 비록 덕스럽지 못하고 벗의 목숨을 거두어가고 그의 목숨조차 거두겠다고 해도 해선은 왕에게 한 충성의 맹세를 지켜야 했다. 그것이 도리라 굳게 믿고 있었다.

그런 해선의 충절을 잘 알기에 지겸주는 지금껏 입 다물고 있었던 것이다. 하지만 이제는 변하고 있었다. 왕과 을물은 엄연히 다른 존재였다. 왕이 존재하지 않는다면 을물은 그의 악행에 대한 응분의 처단을 받아야 했다.

"잠시 생각을 해보아야겠네."

해선은 지금까지 시종일관 곧은 자세로 그를 답답하게 했었다. 하지만 이제 생각해보겠다고 한발 다가오니 지겸주는 낯빛에 도는 화색을 감출 수 없었다.

"을물의 손에 들 부여의 불쌍한 하호들을 생각하십시오."

지겸주의 말이 사실이라면 왕후와 을물에게 나라가 넘어가는 것은 시간문제일 것이다. 그렇다면 하호들은 지금보다 더 궁핍한 생활로 내몰릴 것이고, 권력을 잡으려는 을물은 또 한 번 피바람을 몰고 올 것이다. 그렇게 생각하다가 해선은 지난번 지겸주의 말이 기억나 물었다.

"하지만 지난 제사 때에도 폐하께서 직접 행차하셨다 하지 않았는가, 병상에 누운 분이 어찌 그 큰일을 눈치 채는 이 없이 치러낼 수 있었단 말인가."

"저도 숙부가 아니었으면 알지 못했을 것입니다."

"자네의 숙부라면, 부여성에서 의원을 하는 그 어른을 말하는가?"

"예, 그렇습니다."

그 의원이라면 해선도 안면이 있었다. 지겸주의 소개로 안식구의 탕약과 여인이 늦되는 녹연의 진맥도 그에게 받았었으니.

"제 이야기를 들어보시면 대가님께서도 폐하의 와병을 확신하실 것입니다."

"말해보게."

"제가 이상하다고 느끼기 시작한 것은 망종(芒種)이 지났을 무렵부터였습니다. 폐하의 안색이 짙어지시고 조례를 취소하는 날들이 잦아지셨습니다. 거기다 갑자기 부쩍 여위시는 것 같기에, '편찮으시구나.' 예감을 했지요. 그런데 달포 전부터는 그 모습조차 아예 보이지 않는 것입니다. 정국에 소원하신 폐하가 조례에 참석하지 않는다고, 그것이 무어 이상할 게 있냐고 하시겠지만, 그 좋아하는 연회를 그때부터 딱 멈추셨다는 겁니다."

하루가 멀다 하고 궐 담을 넘는 풍악소리에 배고픈 하호들의 원성이 쌓여간다는 사실을, 비록 산골에 은거하는 처지이나 해선도 알고 있었다.

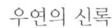

"폐하께서 그럼 보름이나 두문불출하셨다는 말인가?"

"그렇습니다. 대가님께서도 잘 아시겠지만, 폐하가 어디 연회 없이 이틀을 잠잠하실 분입니까? 그런데 자그마치 보름입니다. 을물이 어명이라는 미명하에 정사를 보기 시작한 것도 그때부터입니다. 폐하는 독한 고뿔 중이시라 문병도 엄금한다고 일체 통제를 하는 것입니다."

지겸주는 생각만으로도 심기가 불편한지 미간을 깊게 찌푸렸다.

"의구심이 일기는 하지만 그 정도로 와병을 결론지을 수는 없지 않는가."

"그뿐이라면 그렇겠지요. 하지만 어제 숙부가 다급히 저를 찾아오셨습니다. 의원(醫院)을 함께하는 동료 의원(醫員)이 감쪽같이 사라졌답니다. 처음에는 관에 알리려 했지만 아무래도 의심스러워 제게 먼저 달려왔다더군요. 숙부의 동료 의원은 죽어가는 사람도 벌떡 일으킨다는 비약을 쓸 줄 아는 이로 그 명성이 전국에 닿을 만치 자자했지만, 그것이 사람의 생명을 단축할 수 있다는 것을 알고 난 후로는 그 약의 조제를 중단했다고 합니다. 하지만 사라지기 바로 전 수상한 남녀가 의원을 찾아와 비약 처방을 요구했답니다. 물론 의원은 거절했고, 그들 사이에 실랑이가 있었다 합니다. 의원과 환자 간의 그 정도 실랑이야 허다한 일이라 제 숙부는 그 일을 처음에는 대수롭지 않게 여겼다고 합니다. 그런데 의원을 나가는 여자에게서 묘한 향기가 나더랍니다. 향이 깊고 은은한 것이 오랜 시간 밴 듯한 향인데, 그것이 하호들이나 입을 평복의 여자에게서는 결코 맡을 수 없는 진귀한 노루사향이었다고 합니다."

"신분을 숨기기 위해 평복으로 가장했다는 말이군."

"그렇습니다. 거기다 노루사향이라면 왕실이나 대가 댁에서 쓰는 귀한 향 아닙니까."

"지금같이 나라가 어려운 상황에서는 더욱이 하호들은 근접도 못 할 물건이긴 하지……. 그래서 대사자의 생각은?"

"그자들이 왕후나 을물과 관련 있다 여기는 겁니다. 그들이 비약을 원했지만 여의치 않자 의원을 납치한 것입니다."

지겸주는 확신에 차 대답했다.

"심증은 가나, 그것만으로 그들의 소행이라 다그칠 수는 없지 않나?"

"그래서, 여기 이렇게 물증도 입수했습니다."

"물증?"

지겸주는 안주머니에서 조심스럽게 원통 하나를 꺼내 해선 앞에 내놓았다.

"이것이 무엇인가?"

"열어보시지요."

해선이 받은 원통을 들고 쏟듯 기울이자, 그 안에서 손바닥 길이만 한 단검이 흘러나왔다.

"기억하시겠는지요?"

단검을 보던 해선의 눈이 날카로워졌다.

"이, 이것은!"

평범해 보이는 단검의 자루 끝에 길고 날렵한 매의 눈이 새겨져 있었다. 기껏 검 자루에 새겨진 무생물이지만, 살아서 창공을 날며 먹이를 포착한 놈의 것처럼 동공이 번쩍이고 있었다.

"이것은…… 매의 눈이로군."

매의 눈. 왕실 호위무사들에게 하사되는 단검으로 왕이나 왕후의 호위무사들만 쓴다고 전해지고 있었지만, 해선도 실체를 보긴 처음이었다.

"저도 분명, 그렇게 보았습니다."

"이것이 왜 자네 수중에 들어왔나?"

"어제 숙부가 오실 때 들고 온 것입니다. 동료 의원이 사라진 후 그가 약서로 쓰던 방에서 나온 거라 했습니다."

"음……."

"폐하의 무관심이 하호들의 배고픔을 초래했다면, 을물은 야욕을 채우고자 하호들의 피를 빨 것입니다. 대가님의 비육지탄에 죄 없는 하호들이 죽어가고 있습니다. 그들을 위해 속히 속단을 내려주십시오."

해선은 눈을 감았다. 지겸주의 말은 하나 틀림이 없었다. 비육지탄, 세월을 헛되이 보내며 한탄만 하고 있을 수는 없었다. 이제야말로 일어나 세상을 바로 보아야 할 때였다.

우루루루 쏴아.

험준한 산의 깎아지른 듯한 절벽 아래 계곡.

무서운 기세로 쏟아지는 폭포에도 아랑곳하지 않고 오십 명 남짓의 청년들이 휘익 휘익 목검을 휘두르고 있었다.

하나둘 대련에서 패한 그들이 바위에 앉기 시작했다.

반나절쯤 지나자 그들은 마치 폭포를 향한 방향으로 오목하게 병풍을 치듯 감싸고 둘러앉았다.

이제 폭포수를 가르고 나는 이는 단둘, 차기 대가 신우와 그의 벗이자 심복인 적주였다. 그들의 날렵한 동작에 여기저기 탄성이 흘러나왔다. 구경꾼들 또한 일반 사병의 열 몫은 하는 무사들임에도 두 사람의 빠른 검 놀림을 감탄만 할 뿐 검의 흐름을 읽어내는 사람은 없었다. 단지 단 한 사람, 그들의 스승인 기련만이 예외였다.

기련의 눈은 두 사람의 검 끝을 단 한 순간도 놓치지 않다가 혼잣말을 중얼거렸다.

"이제 곧 승부가 나겠군."

기련은 폭포를 향해 우렁차게 외쳤다.

"이제 그만!"

뜻밖의 말에 수련생들은 기련을 어리둥절해져 바라보았다. 승부가 나지 않는다고 중도에 그만두는 법이 없는 스승을 잘 알고 있어서였다. 지난 대련 때만 해도 신우와 적주의 승부가 나지 않자 이틀 밤을 새워 결국 적주로 승자를 내지 않았던가.

스르르르 검 바람이 멎고, 웅대한 낙수 속에서 신우와 적주가 모습을 드러냈다.

수련생들은 여전히 곧 승부가 난다면서도 승부를 내지 않고 대련을 종료하는 기련의 저의를 알 수 없어 하는 표정들이었다.

"오늘은 이만하면 되었으니 내려가자."

그들의 호기심에 반하는 예사스런 기련의 목소리에 기대를 접은 수련생들은 활, 시복, 목검 등의 짐을 꾸렸다.

하산을 준비하는 기련의 곁에 신우가 다가섰다.

"스승님, 스승님께 한 수 가르침을 받아도 되겠습니까?"

묻는 것은 공손하였으나 신우의 눈빛은 도전이 역력했다. 기련은 지그시 웃으며 신우에게로 돌아섰다.

"진정 가르침을 원하신다면야. 자, 받으시지요. 얏!"

휘리릭.

기련의 왼편 허리춤이 미미하게 흔들림과 동시에 빛과 같은 속도로 목검이 신우의 어깨로 내려왔다. 그 광경을 보던 수련생 몇이 제 어깨가 떨어져나가는 것처럼 흡, 숨을 들이켰다.

떨어지는 폭포수의 우레와 같은 소리 안에서도 선명하고 날카롭게 들리는, '탁!' 하는 소리는 하늘을 가르고 어깨로 내려오는 기련의 목검을 어깨 폭보다 일직선으로 넓게 잡은 목검으로 막아내는 신우의 검에서 나는 단음이었다.

하산하려던 수련생들이 와! 순식간에 몰려들었다. 부여 최고의 무사라는 을물의 호위무사들도 덜덜 떠는 복면검객의 실체인 스승 기련과 문무가 출중한 차기 대가 신우의 대련, 이만큼 흥미진진한 것을 언제 또 볼 수 있을까 싶었을 것이다.

첫 수부터 누구도 막아내지 못한 스승의 불시선검(不時先劍)[5]을 신우가 막아내었으니 이처럼 보는 이의 살을 떨리게 하는 한 판은 없을 듯했다.

조금 전 적주와의 겨룸과는 또 다른 양상이었다. 눈 깜짝할 사이 붙었다 떨어졌다 다시 붙었다 떨어지는 그들의 움직임은 눈으로 좇기에 역부족이었다. 바위다 싶으면 어느새 하늘에 있고, 물가로 나왔나 싶으면 다시 낙수로 몸을 감추는 것이, 모두 순식간에 일어나 오로지 목검 부딪치는 타음만으로 아직 승부가 나지 않았음을 감지할 수 있을 정도였다. 전국 최고수인 기련은 말할 것도 없지만 그에 대적하는 신우 또한 만만치 않았다. 수련생들은 비호와 같은 두 사내의 대련에 너나 할 것 없이 넋을 놓고 있었다.

"이얏!"

"이야앗!"

최후의 일격이 가해졌다. 귀를 찢을 듯한 굉음이 나고 신우의 목검이 폭포 속으로 사라지고 기련의 목검이 신우의 어깨를 내리쳤다.

---

5) 상대보다 먼저 불시에 공격해 오는 검술을 뜻함.

몹시 고통스러웠을 터인데 신우는 미간 한 번 찌푸리지 않는 모습이었다.

"이겼습니다."

진검이었다면 어깨가 떨어져나갔을 터, 신우는 패배를 인정하지 않을 수 없었다.

"졌습니다. 하지만, 다음에는 이렇듯 쉽지는 않으실 겁니다."

기련이 목검을 거두면서 대답했다.

"기대하지요."

기련은 신우에게서 돌아서 수련생들을 향해 말했다.

"하산들 하여라."

뒤에 남은 신우는 곰곰이 생각에 잠겼다. 아주 짧은 순간이었지만 분명, 틈을 읽고 목검을 꽂았었는데 늦었던 모양이다.

기련의 목검에 가격당한 어깨가 욱신거렸지만 훌쩍 일어나 짐을 들었다.

"여기."

언제 건져 왔는지 적주가 폭포에 빠진 신우의 목검을 건져 와 건넸다.

"응."

신우는 젖은 그것을 털어 허리춤에 끼웠다.

"무모했지?"

무모했다고 말하려고 입을 떼던 적주는 신우에게 선수를 빼앗겨 피식 웃었다. 스승은 십 년 전 나타나 일 년 이상 부여에서 가장 뛰어난 무사들이 군집한 을물의 정예무사들 사이에서도 두려움의 대상이었다가 홀연 자취를 감춘 복면검객이었으니, 그런 그에게 대적하는 자는 누구든 무모한 거였다.

"너라도 좀 말리지 그랬느냐?"

"말렸으면 들으셨겠어요?"

"아니."

마주 본 두 사람은 웃기 시작했다. 건장한 두 남자의 웃음소리는 이내 계곡을 울렸다.

신우와 적주는 계곡을 벗어나 마을로 이어진 개울을 따라 내려왔다. 마음에 거의 도착했을 즈음, 개울가에 앉아 물을 긷는 여인의 모습이 보였다. 소녀에서 이제 제법 여인 태를 내기 시작해 몸짓이 꽤나 냉염했다. 초롱초롱한 눈매가 영롱할 정도로 고왔고, 오뚝한 콧날을 잇는 인중과 여문 입술은 여느 사내라도 몸살을 앓도록 도도했다.

신우의 시선을 따라가던 적주는 녹연을 발견하고 말했다.

"저 먼저 내려가겠습니다."

"그리하든지."

대놓고 가란 소리보다 더 무서웠다. 적주는 군말 없이 마을로 향했다. 하지만 자꾸만 웃음이 나왔다. 녹연을 대하는 신우는 마치 다른 사람 같았다. 태어나 같이 자라다시피 한 제게도 보이지 않던 모습들이 그녀 앞에서는 자연스러웠다. 그녀와 있는 동안 신우는 오로지 그녀에게 집중했다.

그로 인해 적주는 한동안 혼란스러웠었다. 오 년 전 느닷없이 나타난 계집아이와의 정혼을 신우가 호락호락 받아들였을 때에는, 차기 대가로서의 책임감 때문이라고 생각했다. 하지만 시간이 지날수록 자신의 생각이 잘못되었다는 것을 알 수 있었다. 여인으로 자라나는 녹연을 좇는 신우의 시선에는 의무감 따위는 존재하지 않았다. 일상에서 흔하게 일어날 수 있는 하찮은 일도 그녀와 함께일 때는 세상 모든 것을 가진 것처럼 생기가 흘렀다. 기껏 감정의 표현이라고는 하는 것이 지분지분 장난을 걸어 녹연을 화나게 하거나 울려놓는 게 고작이었지만.

적주로서는 멸문한 가문을 일으켜야 한다는 일념으로 살아온 신우가 녹연 앞에서는 은애하는 이에게 관심 받고자 하는 한 남자일 뿐이라는 사실이 신기했고, 철없을 때는 그것이 못내 서운하기도 했었다.

"앗 차가워!"

날아온 돌멩이 하나가 물을 긷는 녹연의 앞에 떨어졌다. 본격적인 더위가 시작된다는 소서(小暑)가 지났지만 깊은 산에서 내려오는 개울물은 그래도 차가웠다. 녹연은 바가지 안 든 손 소매로 볼에 묻은 물을 훔치며 샐그러진 눈으로 숲을 노려보았다.

"점잖지 못하게 이러실 겁니까?"

저기 앞 숲에 버티고 있는 상수리나무 중 어느 하나의 뒤가 아닐까 예측해도, 정확히 어디서 날아오는지 알 수 없었다. 조그만 돌덩어리 같지 않게 요란한 파장도 그렇고, 얼마나 날랜지 날아오는 모습은 도통 볼 수 없었다.

녹연이 얼굴에서 물기를 가셔내기 바쁘게 또 돌멩이 하나가 날아왔다.

첨벙.

"차가윗!"

녹연은 물을 푸던 바가지를 풀 위에 휙 던지듯 내려놓고 허리에 손을 올린 채 식식거렸다.

"정말, 자꾸 이러실 거예요! 어린애들도 이런 짓은 않겠네. 성년도 넘은 다 큰 어른이 애같이 이 무슨, 앗 차가워!"

상대는 녹연이 뭐라 하든 개의치 않는 모양이었다. 물에 빠진 생쥐를

만들기로 작정을 한 것처럼 연신 돌을 던져 물 파도를 만들었다. 이미 약이 오를 만큼 오른 녹연은 반쯤 젖은 치마 꼴로 울음을 터트리기 일보 직전이었다.

"보이지도 않는 데서 이 무슨 비겁한 짓이람! 나 놀려먹으려고 무공 익혀요? 나 놀려먹는 데 쓰려고 연무하시냐고요? 오라버니, 밉습니다! 이제 오라버니랑은 말도 안 섞을 거예요!"

녹연은 단번에 들어올리기에는 버거운 물동이를 홧김에 불끈 들고 홱 돌아서 걸었다. 성이 나 빨라졌던 숨이 물동이 무게가 더해지자 금세 가빠졌다. 쌕쌕 밭은 숨을 몰아쉬면서도 고집스럽게 나르는 물동이가 휙, 누군가에 의해 낚아채졌다.

"왜 이러십니까?"

보나마나 신우였다. 남의 치맛단을 옴팡 적셔놓는 장난을 치고도 그런 유치한 짓은 자기와는 하등 상관없는 일처럼 냉랭한 저 천연덕스러움은.

"이 무거운 것을 또 들고 가느냐? 누가 시키는 사람 있다고, 미련하게……."

"뭐예요, 미련이요? 그래요 저, 미련합니다! 다들 바쁜데 이런 것 좀 돕는 게 미련한 거면 저는 정말, 정말 미련합니다!"

금세 발끈해져 노려보는 녹연의 발그레해진 볼을, 신우는 물동이를 들지 않은 다른 손으로 투정부리는 아이 달래듯 토닥거렸다.

"말 안 섞는다며."

아차! 녹연은 서둘러 손등으로 입을 막았다. 그리고는 제 입술을 원망하듯 잘근잘근 씹었다.

그 모습을 눈을 가늘게 뜨고 지켜보던 신우는 울림이 좋은 목소리로

느릿하게 말했다.

"그러다 입술 상한다. 네 몸에 있다고 다 네 것이 아닌 것을."

"예?"

"그 입술은 네 것이 아니라 내 것이란 소리다."

민망한 소리를 하면서도 턱을 치키고 눈을 내까는, 묘하게 젠체하는 신우를 녹연은 빨개진 얼굴로 확 노려보았다.

"뭐, 뭐예요?"

화난 녹연을 힐끔 내려다보던 신우가 뚝 걸음을 멈추었다. 그리고 적 반하장도 유분수라는 듯 눈을 치키고 녹연 앞을 가로막듯 섰다.

"너."

신우가 너무 가까우면 그에게서 풍겨지는 알 수 없는 위험스러움에 녹 연은 괜스레 떨리고 움찔하여졌다. 허나 의식하는 티는 죽기보다 내기 싫어 녹연은 물러서는 대신 턱을 치켰다.

"왜, 왜요?"

그런 녹연의 얼굴을 신우는 무심하나 집요한 눈길로 훑었다. 그러다 입술 근처에 가서는 미미하게 눈이 가늘어지다 서서히 입을 열었다.

"분명 열일곱 귀빠진 날 그 입술 내어주기로 하지 않았느냐? 그리고도 사흘이나 지났는데 어찌하여 약속을 지키지 않는 것이지?"

녹연은 펄쩍 뛰듯 뒤로 물러났다. 의미심장하게 뒤틀리는 신우의 입가 를 보자 얼굴이 화끈거렸다.

망할 놈의 약속!

작년 자신의 생일날 신우에게 철석같이 했던 약속인데, 그녀가 어떻게 잊을 수 있을까. 요 며칠 영 편치 않은 마음에 그를 요리조리 피했던 것 도 그 망할 약속 때문이었는데.

보통 십오륙 세쯤 혼례를 올리는 마을의 여자아이들에 비해 유난히 발육이 더뎠던 녹연은 신우를 안달 나게 했다. 급기야 의원에게 진맥을 의뢰하게 됐고 이 년은 더 지나야 초경이 있을 것 같다는 말에 혼례는 초경 후로 미루어졌다. 그때 이미 성년이 지난 신우에게 의원의 그 말은 청천벽력이었다. 덜 자란 어린 신부를 기다리느라, 분출 직전의 활화산 같은 왕성한 몸으로 독수공방 신세가 더 이어지게 생겼으니 어찌 그러지 않겠는가.

하지만 원인 제공자인 녹연은 피해자인 신우를 불쌍히 여기기는커녕 나 몰라라 했다. 거기다 한 술 더 떠 혼례가 미루어짐을 티가 나게 반기기까지 했다. 그런 녹연에게 괘씸함을 느낀 신우가 극단의 조치를 취했는데, 그것이 바로 '기방을 출입하겠다.'는 선전포고였다. 물론, 마음에도 없는 거짓 포고였지만 그것을 참으로 여긴 녹연은 그 말에 깜빡 넘어갔고, 백번 양보한 끝에 본 합의가 바로 열일곱이 되는 날부터는 입술을 허락하기로 한 거였다.

이번에는 또 어떻게 빠져나간다? 묘안이 떠오르지 않자 녹연은 심장이 오그라드는 것처럼 떨려 더듬더듬 웅얼거리기 시작했다.

"어, 어찌 대놓고 희롱을 하신답니까. 그, 그, 그런 것도 무슨 약속이라고, 남세스럽게……."

녹연은 뚫을 듯한 신우의 눈길을 피하며 말을 흐렸다.

"그럼, 그때는 모면하기 위해 거짓을 말한 거였더냐?"

아니나 다를까 이내 돌아온 서늘한 목소리에 녹연은 움찔해야 했다.

"아, 아니, 그게 아니라 우리는 아직 혼례도 올리지 않았고, 그, 그게 혼례를 올리려면 이제 일 년만 있으면……."

"혼례를 올리려면 일 년만이 아니라 일 년이나 남은 게지. 내가 너 클

때까지 몇 년을 수절하면서 기다린 줄 아느냐? 다 내어달라는 것도 아니고 입술만 달라잖아. 너, 약속을 허투루 여기고 자꾸 딴소리를 한다면, 나는 오늘밤에라도 마을로 내려갈 것이다. 너도 지난번 저잣거리에서 보지 않았느냐? 여자들이 내 눈에 들려고 안달하던 것 말이야. 네가 정 그렇게 날 버러지 대하듯 한다면 나도 달리 방법이 없다는 소리다."

하나도 아쉬울 것이 없다는 듯 날렵한 턱을 치키는 신우가 얄미워 녹연은 눈을 흘겼다.

"제가 언제 오라버니를 버러지 보듯 했습니까. 오라버니가 만날 놀리지 않으면 징그러운 짓을 하려고 하니까……."

늘 냉랭하던 신우의 안색이 살짝 붉어지는 듯 보여 녹연은 슬금슬금 말꼬리를 말았지만 역시 터지고 말았다.

"징그러운 짓이라 하였느냐? 담백하기 그지없는 내게 징그러운 놈이라? 그게 버러지 취급이지 무엇이 버러지 취급이더냐. 좋다, 징그러운 버러지는 먼저 가련다."

"오, 오라버니, 오라버니 잠깐만요."

녹연의 부름에도 신우는 성큼성큼 걸어가버렸다. 뒤에 남은 녹연은 난감하여 어찌해야 할지 몰랐다. 앞으로 내내 시달릴 것을 생각하니 그것도 아득했다.

"괜한 약속을 함부로 해가지고."

후회를 해보지만 이미 저지른 일, 묘책이라도 떠오르면 좋으련만 그도 여의치 않았다.

산중에 일몰이 시작되었다. 금빛 광채가 도는 붉은 노을로 산 속의 소박한 수목은 잠시 동안이나마 황금빛 화려한 잎으로 단장을 했다. 이내

검은 얼룩에 뒤덮일 테지만 이 순간만은 초야단장 새색시 부럽지 않게 달고 고왔다.

달그락 달그락.

산중 마을은 여기저기 밥 짓는 냄새로 가득해졌다. 깊은 산중이다 보니 그들의 마을은 산 아랫마을들에 비해 석식이 한 식경쯤 빨랐다.

대가의 집 부엌에도 하호들이 찬을 놓고 밥을 푸는 손놀림으로 분주했다.

둥그런 원탁의 탁상에 찬을 받은 녹연은 상석의 탁상 의자에 대가인 해선과 겸상을 하고 앉은 신우를 흘낏흘낏 도둑 시선으로 훔쳐보았다.

훤칠하고 남자다움에 비해 섬세한 얼굴선은 여자의 시선에도 참으로 곱다 느낄 정도였다. 선명한 눈썹 아래 날렵한 눈매는 차가워 보이지만, 가뭄에 콩 나듯이지만 웃어준다면 눈 선이 휘어져 금세 미동(美童)처럼 변한다는 것을 녹연은 알고 있었다.

하지만 지금의 신우는 쌩, 찬바람이 불었다. 그야말로 싸늘했다.

워낙 할 말만 하는 냉랭한 신우를 다른 이들은, 오늘이라고 별반 다를 바 없다 여기겠지만 녹연은 느낄 수 있었다. 눈짓 하나에도 여심을 녹인다는 희대의 한량 같은 외눈 찡긋거림이나, 스치는 척 뻗은 손으로 은근 슬쩍 팔목을 잡았다 놓는 작태나, 그런 것들에 당황한 녹연이 놀라 볼라치면 입술을 느긋하게 치키고 즐기는 모양이나, 때로는 허를 찌르듯 한없이 진지해 숨이 꽉 조여도 꼼짝없이 갇혀버리게 되는 눈길까지, 오늘은 그 어느 것도 없었다.

때로는 웃음 나게, 때로는 긴장하게, 때로는 당혹스럽게, 때로는 숨이 막히게 하는 오로지 그만의 '그 순간'이 없었다.

결국, 녹연은 신우의 눈치를 보느라 밥을 먹는 둥 마는 둥 했다. 신우가 정말 이번에는 홧김에라도 일을 칠 것만 같았다. 마을로 내려가 저잣거리 기방을 찾지 않을까 은근히 걱정이 되는 것도 사실이었다.

분명 녹연에게 신우는 벅찬 상대였다. 지금은 비록 산중 마을에 은둔하지만, 학문, 무예, 가문, 인물 어느 하나 부족함 없는 그에 비해, 혈혈단신의 멸문가의 여식인 자신은 초라할 뿐이었다. 그리고 지난 수년간 돌이켜보며 느낀 것이지만, 신우는 성년이 되기 전부터도 한 번 스친 여자들도 매료시켜버리는 능력을 가진 것 같았다. 차디찬 반응에도 그들은 설레어했다. 타고난 기품과 출중한 외모 때문이기도 하겠지만 그보다는 더 깊은, 그에게는 사람을 끌어당기는 묘한 힘이 있었다. 어린 녹연의 눈에도 거슬릴 정도로 여자들이 하나같이 신우에게 아양을 떠느라 야단들인 모습을 한두 번 본 것이 아니었다.

녹연은 속이 상하여 저도 모르게 입술을 물었다.

"녹연이 어디 아픈 거 아니니?"

맞은편에서 석반을 들던 신우의 어머니, 대가부인 석씨가 걱정스럽게 물었다.

"아, 아닙니다."

"통 먹지를 못하는구나."

"그래요? 절기가 바뀌니 애기가 식욕이 떨어지나 보구려. 부인, 내일 조반은 애기 좋아하는 것으로 상차림을 하라 하세요."

대가인 해선까지 이리 신경을 쓰니 녹연은 당황스러워 몸 둘 바를 모를 지경이 되었다.

"괘, 괜찮습니다. 그리하지 않으셔도……."

대가부인 석씨가 부드럽게 녹연의 말을 가로막았다.

"아버님, 감사합니다. 하면 되는 것이다."

"가, 감사합니다, 아버님."

밥상이 치워지고 대가인 해선이 일어서자, 신우도 책 볼 것이 남았다면서 문을 나섰다. 석반 드는 내내 눈길 한 번 주지 않더니 그 뒷모습조차도 무심한 것 같아 녹연은 서운하고 속이 상했다.

녹연은 제 방이 있는 별채로 돌아와 방 안으로 들지 못한 채 어두운 마당을 서성거렸다.

"말은 그렇게 하였어도 아닐 거야."

아닐 거야, 아닐 거야. 하면서도 설마, 설마 하는 것이 치마폭 마음인지 옹졸하기 그지없는 여심을 박박 긁어댔다. 그래도 어떻게 하겠나 싶어 방으로 들어 탁상 의자에 털썩 앉기는 했지만 불편하고 불안한 마음에 골몰하게 되는 것을 어찌할 수 없었다.

안개 속을 거니는 것처럼 사방이 뿌연 이슬 연기였다. 앞으로 나아가니 안개 속에서 부유스름한 무엇이 너울너울 형체를 나타냈다. 한 걸음 한 걸음 또 한 걸음, 점점 또렷해지는 형체는 신우와 어느 여인이었다. 신우의 사내다운 어깨를 감싸는 여인의 나긋나긋한 몸짓은 여간 요염한 것이 아니었다. 신우의 한 팔이 여인의 실팍한 허리를 감았다. 그리고 겹쳐지는 두 입술.

녹연의 머릿속은 노랗게 비워지고 이내 온몸이 흔들리게 오돌오돌 떨어댔다.

여인이 고개를 돌렸다. 녹연은 여인이 저보다 훨씬 여인답고 아름답다고 느꼈다. 여인은 의기양양한 눈빛으로 녹연을 바라보았다. 어린 그녀를 사뭇 비웃는 듯.

달아나고 달아나고 달아났다. 땀이 흘러 등을 적시고, 이마도 콧등도 귀밑머리 아래도 땀이 차 눅진눅진해졌지만 멈출 수가 없었다.

헉, 헉, 헉, 헉.

턱까지 숨이 차올랐다.

가슴이 터질 것처럼 아팠다.

싫어, 싫어…….

"시, 싫어!"

녹연은 벌떡 몸을 일으켰다. 탁상에 엎든 채 잠들었던 것이다. 식은땀에 폭 젖은 채.

꿈, 그렇다 하더라도 이 소름 돋는 질투와 좌절은 현실처럼 생생하여, 몰려오는 치 떨림을 그칠 수가 없었다.

녹연은 서둘러 젖은 옷을 갈아입었다. 그리고 방을 나섰다. 평소 같았으면 이런 야심한 시각 방 밖 출입은 녹연에게 가당치 않은 일이었지만 불안은 망설임의 싹이 자라는 것조차 허용하지 않았다. 그만큼 꿈은 그녀를 성마르게 했다.

보름이 다가오는 달은 밝고 밝았다. 천지를 뒤덮어 삼킨 검은 포식자 앞에서도 당당한 기품을 잃지 않고 더 나오고 덜 나오고 모 하나 없는 둥긂, 녹연은 휘영청 밝은 달을 등불 삼아 작은 사랑채로 들어섰다.

신우의 방에서는 불빛이 새어나오고 있었다. 탁상에 앉아 책을 읽는 모습은 그림자임에도 불구하고 늠연함을 감출 수 없었다.

휴우, 녹연의 입에서 안도의 한숨이 빠져나왔다.

'괜한 걱정을 하여 이 늦은 밤 오라버니 홀로 쓰는 작은 사랑을 넘었구나.'

녹연은 자신의 행동이 마땅찮아 속으로 혀를 찼다. 들키기 전에 서둘러 돌아가려 했다.

우연의 신록

어쩐 일인지 스윽 신우의 그림자가 일어섰다.

녹연이 재빠르게 움직여 숨는다고 하였으나 몸은 물먹은 솜 자루였다. 간신히 그늘져 어두운 벽에 몸을 붙이니 두근두근 가슴이 조이고 손발이 떨려 왔다.

끼익, 문이 열리는 소리가 나고 신우가 마당으로 나왔다.

"오늘은 참으로 달이 밝구나. 이렇게 대낮처럼 밝혀주니 갈 길이 없어도 가고자 하는 나그네의 마음을 가늠하게 해주는구나."

신우는 방랑을 동경하는 나그네의 마음을 달을 향해 읊조리면서 아쉬운 시선을 거두지 못했다.

불길한 생각이 녹연의 머릿속으로 휘몰아치듯 들어왔다.

'아, 아니겠지. 아닐 테야. ……서, 설마, 설마, 산을 내려가겠다는 것은 아니겠지? 나처럼 덜 자란 아이와는 비교도 되지 않을 농익은 여인의 품으로 드는 것은 아니겠지? 아니야, 그럴 리 없을 거야. 오라버니는 그래도 날……!'

신우가 걸음을 떼었다. 그 방향은 바로 마구간이었다. 그렇다면 진정으로 달을 길동무 삼아 집 밖을 나가겠다는 뜻이었다.

녹연의 마음이 급해졌다. 한편으로는 신우가 그럴 리 없다고 믿으면서도 다른 한편으로는 불안한 마음을 가눌 수 없었다. 한 발 한 발 멀어지는 신우의 모습에 녹연은 더 이상 이런저런 생각할 틈이 없었다.

녹연은 신우를 향해 기어이 달려가고 있었다.

"오, 오라버니, 가, 가지 마세요."

돌아서는 신우의 목에 무작정 매달렸다. 달빛을 등진 그의 얼굴은 그림자 그늘이라 놀라는지 탐탁지 않게 여기는지 그렇지 않으면 늘 그렇듯 냉랭하든 놀린 후의 천연덕스러움이든 알 수 없었지만, 녹연은 한껏 고개를 치올려 신우의 입술을 찾았다.

음!

녹연의 입술에 신우의 입술이 닿았다. 닿았다 하기 무색할 정도로 금세 떨어졌지만, 닿은 것만은 확실했다. 그 생생한 느낌, 말랑말랑하고 따뜻한 살아 숨 쉬는 감촉이 그랬다.

남자의 입술이 이리도 연한 버들잎같이 하늘하늘할 수 있을까 싶었다. 입술도 살갗일 뿐인데 살갗 닿는 것이 이렇게 설렐 수 있을까 싶었다. 내 것인데도 남의 것처럼 이리도 경박스럽게 가슴이 뛸 수 있을까 싶었다.

결국 입맞춤을 하고 만 거였다.

그런데 그 뒤는 어찌해야 할지 몰랐다. 미처 숙이지 못하고 어중간하게 든 고개에 눈만 아래로 내리뜬 애매한, 어찌 보면 새치름한 모양으로. 떨리고 두근거리고 낯부끄러워 신우의 눈을 바로 볼 엄두를 못 내면서 그렇다고 뒤통수로 날아올 거만한 비웃음이 싫어 꽁무니 빠지게 달아나지도 못하면서.

난관에 봉착한 꼴이었다.

'어찌해야 하지? 어찌해야 하지? 그런데 이제는 어찌해야 하지?'

적막이 흘렀다. 속절없는 침묵에 녹연은 숨이 막혔다. 어쩌든지 이 자리를 모양 좋게 탈출해야 했다.

"이, 이, 이제 되었지요? 야, 약속을 지켰습니다."

매끈하게 말하고 당당하게 걸어 나가려고 했는데 말더듬이가 되어버렸다. 속으로 '에잇, 멍충이.'라고 제 탓을 하며 얼른 돌아섰다. 하지만 채 걸음을 떼기 전에 녹연은 붙들려 돌려세워졌다.

"왜, 아, 아픕니다, 오라버니."

신우에게 잡힌 어깨가 조여 아팠다. 녹연이 무얼 잘못한 것인지, 신우는 화난 사람처럼 숨만 몰아쉬었다. 하필이면 달빛을 등진 그의 표정은 알 수 없었고 달을 받은 제 얼굴만 고스란히 보여 속내를 드러내고 있을 터였다.

"오, 오라버니가 약속을 지키…….."

"약속은, 이것이다."

왈칵 쏟아지는 신우의 검은 그림자에 녹연은 눈을 시리게 쪼던 달이 덮이는가 싶었는데 다시 입술이 겹쳐졌다. 눈 깜짝할 사이에 보드라운 살은 새벽 첫물의 앵두처럼 이슬에 번지고 짓눌려 붉은 물이 똑 터지려 했다.

조금 전의 것은 모두 거짓이었다. 하늘하늘 버들잎은 성난 폭풍과 같았고 입술 살갗 닿은 설렘은 작열하는 태양이었고 경박스럽게 뛰는 가슴은 마른 날의 뇌명이었다.

녹연의 허리를 움켜 안은 신우는 사정 보아주지 않고 둑을 치고 들어오는 수마와 같았다. 입술이, 가슴이, 배와 다리가 아교로 붙인 듯 딱 달라붙어 한 덩어리의 그믐달처럼 휘었다. 발이 바닥에 닿았는지 허공에 떴는지, 닿은 입술 사이 무방비의 속살을 신우가 먹어치우는데도 녹연은 옴짝달싹 못한 채 아득해지는 정신을 잡느라 여념이 없었다.

그것이 무언지도 모르고 덜컥 치르는 성인의 의식. 겪어본 이들은 이 정도야 기껏 시작일 뿐이라 할지 몰라도 녹연이 감당하기에는 무리였다.

수, 숨 쉬어. 숨을 쉬어라. 숨…….

어렴풋이, 저기 저 먼 곳에서 다급한 목소리가 들리는 듯했다.

"녹연아, 예녹연! 이제 숨 쉬란 말이다!"

흔들흔들. 몸이 몹시 흔들렸다. 이어지는 세찬 흔들림은 가물가물 저무는 정신을 바로잡아주었다.

"후하, 후하."

숨은 막혔던 입으로 막았던 코로 벌컥벌컥 한꺼번에 밀고 들어왔다.

"콜록, 콜록, 콜록."

녹연이 기침을 시작했다. 그때서야 신우는 흔들던 녹연의 어깨를 놓고 등을 두드리다 쓸다 쓸다 토닥이다 다시 쓸었다.

"이런, 미련함을 보았나. 입맞춤을 한다고 숨을 멈추고 있으면 어쩌자는 것이냐?"

"하아, 하아."

가쁜 숨만 몰아쉬는 녹연의 등을 신우는 다시 쓸었다.

"이래서야, 네게 입맞춤이라도 할 수 있겠느냐?"

말은 그리해도 녹연의 등을 쓰는 손길은 다정하고 안타까웠다.

"하아, 하아."

녹연은 겨우 숨을 몰아쉬며 억울하고 원망스런 눈길로 신우를 흘겼다.

"모, 몰라요. 모, 모두가 오, 오라버니 잘못입니다."

말을 마칠 때쯤에 이르러서는 간간이 울먹거리는 녹연을 신우가 살포시 당겨 어르듯 보듬어 안았다. 그리고 한숨을 쉬듯 말했다.

"알았으니. 이제 혼례 전까지 네게 손대는 일을 없을 것이다. 이것으로 만족할 터. 기다릴 것이니, 어서 자라거라."

"또, 그 소리……."

신우는 안고 있던 녹연을 풀어주며 놀리듯 덧붙였다.

"어서 돌아가서 자거라. 그러지 않으면 내 마음이 바뀔 수도 있으니 말이다."

혹여 신우가 마음이라도 바꿀까 봐 날랜 걸음으로 달아나는 녹연의 뒷모습을 보고 섰던 신우는 피식 맥 빠진 웃음을 웃었다.

신우는 사실 녹연이 도둑고양이처럼 살금살금 작은 사랑채로 넘어올 때부터 그녀가 왔음을 알고 있었다. 잠을 잊은 풀벌레 소리들 속에서 사락사락 발자국소리는 유독 이질적이어서 바리때[6] 위에 올라앉은 고기 찬만큼이나 어울리지 않았다.

훤한 대낮에도 사랑채, 특히 신우가 기거하는 작은 사랑채에 드는 것을 뿔난 망아지 짓처럼 못된 짓으로 여겨 발걸음도 않던 녹연이었다. 더구나 이런 야심한 시각에 무슨 일일까? 궁금하였지만 일단은 모르는 척해보기로 했다.

멈칫멈칫 하는구나. 두 손은 두 발로 걷는 강아지처럼 뭉치고 까치발로 걷는구나. 참으로 어설프게도 숨는구나.

녹연이 제 그림자를 다 내보이는 허술한 숨기를 하면서 문 곁 기둥까지 왔다. 그리고 기둥 뒤로 들어가 숨 한 번 돌리고는 고개를 쏙 내밀었다. 작은 머리통이 빠끔 내밀려지는 모양이 절로 웃음 짓게 하는 풍경이었다.

신우는 처음에는 녹연의 숨바꼭질 놀음에 장단만 맞추어줄 생각이었다. 하지만 그리 앙큼하고 귀여운 급습을 할 줄이야. 빼빼 마른 장작더미에 활활 타는 횃불을 대는 짓인 줄도 모르고 설익은 입맞춤을 해 왔다.

설익음이란 인고의 시간이다. 기다리고 기다리고 바라고 바라 숙성의 달콤함에 치를 떨 환희의 순간을 가져다 줄, 기다림의 시간이다. 그러기

---

6) 승려의 밥그릇.

에 그동안은 철저히 금욕의 시간이 되어야 하는 것이다. 허나 광폭으로 내달릴 수 있는 살벌한 순간이 존재하는 한은 위험의 시간이기도 했다.

설익어 더 탐이 나는 것이고 탐이 나니 더 기다려지는 것이고 기다리며 인고의 시간을 보내고 억제함에 금욕의 시간인 것인데. 결국 설익은 입맞춤 한 번 때문에 기다림으로 미친 욕망이, 통제 불능한 짐승처럼 튀어나오게 되었던 것이다.

참아야 했지만 참을 수 없었다. 어떤 사내가 참을 수 있겠는가. 지나가는 어인의 향기에도 아랫도리에 힘이 들어간다는 젊은 남자가 아닌가. 더군다나 눈에 넣어도 안 아픈 어여쁜 제 여인이, 그것도 금단의 과실 같은 그 여인이 설익은 도발을 해 오는데 그 정도 미치지 않을 놈이 세상천지 어디 있을까.

신우는 고개를 휘저었다.

"더는 생각지 말자."

한달음에 소나무 숲까지 달려갔다. 호젓한 숲을 달과 더불어 달렸다. 낮 동안의 가혹한 더위의 여운으로 진득한 바람이 땀이 흐르는 살갗에 달라붙어 끈적거렸다.

이게 무슨 짓인가 싶었다. 곱디고운 색시를 두고도 이리 뜀박질로 혈기를 식혀야 하니, 이리도 박복한 사내가 부여 천지에 또 있을까 싶었다.

그래도 어찌하겠는가. 이미 온 마음을 주어버린 것을. 지금의 기다림의 시간은 앞으로 함께할 시간에 비하면 찰나의 순간일 터.

기다림, 그 시간조차 신우에게는 소중했다.

계곡 수련에서 내려온 기련은 해선의 부름을 받고 대가 댁 사랑채 마

당으로 들어서고 있었다. 기련을 본 석태 아범은 허리가 굽을 만큼 고개를 꾸뻑한 후 해선의 방문 앞에 가 섰다.

"대가님, 석태 아범입니다요."

잠시 후 방문이 열리고 해선이 모습을 드러냈다.

"석태 아범은 마당 밖으로 나가 누구든 일체의 사랑 출입을 봉하게."

"예, 대가님."

"부르셨습니까, 대가님."

"어서 오게, 기련."

해선은 위나라에서 들여온 서책을 탁상 옆으로 치우고 기련에게 손짓으로 맞은편 의자를 권했다.

"앉게."

"예."

해선은 차분한 동작으로 삼베 옷 자락을 모으고 앉는 기련을 보고 있다가 그가 착석하고 고개를 들자 입을 열었다.

"자네의 수련 아래, 사병만도 못하던 아이들이 이제는 제 몫의 몇 배나 하는 훌륭한 무사들이 되었어."

"과찬이십니다. 아직 부족함이 많습니다."

"아니야, 모두 다 자네의 노고네. 내 자네에게 항시 감사한다네."

"그리 말씀하시니 몸 둘 바를 모르겠습니다."

"알겠네, 내 그만함세. 허허."

흐뭇하게 웃음 짓던 해선이 웃음 끝에 물었다.

"그런데 신우는 좀 어떠한가?"

"무예를 말씀하시는 거라면, 하루가 멀다 하며 성장하니, 매일 내일이 기대될 따름입니다."

"그렇단 말이지? 그래도 적주를 능가하려면 아직 멀었겠지?"

"이미 도련님은 적주를 능가하였습니다."

"그것이 정말인가?"

믿기 어렵다는 표정의 해선을 향해 기련은 진중하게 답했다.

"오늘 대련에서 적주를 넘어서시기에 제가 그 대련을 중도에 멈추었습니다. 거기다 저도 치명상을 입을 뻔했습니다. 만약 진검이었다면 제가 대가님 앞에 이렇듯 멀쩡히 앉아 있기는 힘들었을 것입니다."

"그게 정말인가?"

"한 치의 과장도 없는 진실입니다."

해선도 이번에는 놀라움을 숨기지 않았다. 그도 그럴 것이, 기련은 부여 최고의 무사이며, 그의 제자 중 으뜸이라면 단연코 적주였다. 적주의 정확하고 신중한 검술은 어릴 때부터 장성한 무사들을 압도했다.

물론, 신우도 뛰어난 무사임은 틀림없지만 적주에 비해 반 보 뒤져 있음은 분명한 사실이었다. 그런데 그런 신우가 이렇게 급성장했다니, 해선은 재차 확인하지 않을 수 없었다.

"그 아이가 그렇게 성장했단 말이지? 지난번 대련 때도 신우는 적주에게 지지 않았나."

"이틀 밤 내내 우열을 가리기 힘든 팽팽한 접전이었습니다."

"그래도 진 것은 진 것이지."

"도련님께서 정식으로 검을 손에 잡기 시작한 기간이라고 해봐야 고작 삼 년입니다. 짐승을 잡기 위해 사냥터에서 익힌 칼 잡는 법을 굳이 포함해도 오 년이 전부입니다. 수련기간이 턱없이 부족함에도 무사로 태어나, 나서부터 검을 잡은 적주를 능가하고 저와 비견되니 그 성장속도가 가히 놀라울 뿐입니다. 매일 내일이 기대된다는 말, 허투루 드린 말

씀이 아닙니다. 도련님은 타고난 무사십니다."

"음……. 날 닮지는 않았구먼."

신우가 처음 활을 배울 때도 그랬다. 정식으로 활을 배우고 사냥을 나가는 적주에 비해 적주와 놀이 삼아 배운 활 실력이 결국 수련생 중에 으뜸이라는 적주를 넘어버리지 않았던가.

그해 시월 한로(寒露) 지나 나간 사냥에서 범만 한 멧돼지를 활로 쏘고 칼로 잡은 것을 수습해 오느라 기진맥진한 석태 아범이 하루 밤낮을 꼬박 드러누워 일어나지 못했던 일을 해선도 선명히 기억하고 있었다.

정국은 한 치 앞도 내다보기 힘들 정도로 혼탁한 데다가 왕실과도 척을 두고 은둔하는 처지이다 보니 스스로를 보호하라는 차원에서 무예를 가르친 것뿐인데.

해선의 심정이 복잡했다. 뛰어난 무사로 성장하는 아들을 마냥 대견하다 할 수 없었다. 그로 인해 신우가 무너진 가문을 일으켜야 하는 차기 대가로서의 타고난 운명뿐 아니라 난세의 무사로서의 어려운 삶까지 더 보태어 짊어지게 될 것을 알기에 그랬다.

그래도 어찌하겠는가, 사람은 태어나면서부터 살다 가야 하는 제 몫이 주어진다 하지 않나. 해선은 아들의 강인함을 믿는 수밖에 없었다.

혼자만의 생각에 빠져 있던 해선은 묵묵히 기다리는 기련에게로 시선을 돌리며 입을 열었다.

"내, 자네에게 긴히 할 말이 있어 이리 들라 하였네."

"하명하시지요."

해선은 품 안의 주머니에서 지난밤 지겸주가 남기고 간, 매의 눈이 새겨진 단검을 기련 앞에 내놓았다.

"이것이 무엇입니까?"

"왕실 호위무사의 단검이네."

단검을 받아 매의 눈을 살피던 기련이 해선을 향해 눈을 들었다.

"죽어가는 자도 일으킨다는 명의가 납치되었다 하네. 그리고 자리보전할 정도로 병이 중하시다는 폐하가 병색 하나 없이 최근 대가회의에 참석하셔 연회까지 즐기셨다 하네."

잠시 놀라던 기색이던 기련이 이내 차분하게 말했다.

"을물이 일을 도모하는군요."

"자네도 그리 여기는구먼. 또 하나 문제는 의원의 그 의술은 환자의 목숨을 단축하는 위험한 것이라네."

"그렇다면 폐하 또한 위험할 것이라는 뜻이 아닙니까."

묻는다기보다 확인을 하는 기련에게 해선은 무겁게 고개를 끄덕였다.

"폐하와 의원 모두가 위험한 상황이네. 효용 가치가 떨어지면 의원을 살려둘 리가 없네. 그러니 우리가 을물의 손에서 그를 구해내야 하네. 의원은 우리에게 확실한 물증을 줄 수도 있고 증인이 될 수도 있네. 도움이 될 것은 확실하니 을물이 그를 죽이기 전에 우리가 먼저 손을 써야 하네."

"예, 알겠습니다. 대가님."

사태를 인지하고 대답하는 기련을 향해 해선이 물었다.

"그래, 자네 생각은 어떤가? 아무래도 궐 쪽이거나 그 가까이가 아닐까?"

"의원이 폐께 조치를 취할 수 있으려면 그래야겠지요. 제 생각에는 을물 쪽에 갇혔을 가능성이 클 거라 여겨집니다."

"을물 쪽이라……. 너무 드러난 곳 아닌가?"

"등잔 밑이 어둡다 하지 않습니까. 입단속만 잘한다면 가장 안전하고

단단한 곳이지요."

듣고 보니 기련의 말에 일리가 있었다. 을물의 집만큼 안전한 곳은 없을 것이다. 과감한 발상이지만 을물의 머리에서 나올 법한 안이었다.

해선은 고민에 빠지면 습관적으로 쓰는 턱에서 손을 내렸다.

"자네 말이 옳은 듯하네. 을물의 집을 감시해보게."

"하명하시면 매복을 서두르겠습니다."

"그리하게. 위험할 수 있으니, 잘 훈련된 무사들을 대동하게."

"적주와 단둘이 다녀오겠습니다. 을물의 무사들이 뛰어나고 위험한 자들이라, 인원이 많아지면 오히려 우리가 노출될 수도 있습니다."

다시 턱을 쓸며 조금 전보다 수배의 시간을 생각에 빠져 있던 해선이 결심이 선 듯 다시 손을 내렸다.

"신우를 데리고 가게."

"예?"

기련은 놀랐다. 해선의 말을 잘못 들은 것은 아닌지 되물을 정도로 그야말로 깜짝 놀란 것이다. 해선이 신우가 검을 잡는 것을 내심 몹시 싫어하는 것을 알아서였다. 필요악이라 여기고 어쩔 수 없는 선택이라 참는 것을 알아서였다.

"제 몸 지킬 줄 아는 정도면 되네."

신우에게 처음 검을 들게 한 날, 해선이 기련에게 한 말이었다.

서책만 팔 줄 아는 해선의 입장에서는 검을 든 자의 고난을 아들에게 떠넘기는 것 같아 편치 않아서였을 것이다. 그래서 신우가 검을 익히는 것을 늦추고 늦추고 늦추었을 것이다. 대가의 마음이 아닌 아비의 마음으로.

그런 해선이 거듭 말하고 있었다.

"신우를 데리고 가라 했네."

"그, 그것은 아니 될 말씀입니다. 어찌 위험할 수도 있는 길을 도련님과 가라 하십니까."

"자네가 적주와 단둘이 가겠다는 이유는 무엇인가? 적주가 뛰어난 무사라서가 아닌가?"

"그것은 그러하옵니다만……."

"조금 전 자네가 말하지 않았던가, 신우가 적주를 능가했다고. 그럼, 신우가 더 뛰어난 무사가 아닌가?"

"그것은 그러하나, 도련님은 대가님을 이어 우리 가를 이끌 분이니……."

"그래서 더 이러는 걸세. 위험하다고 피하기만 한다면, 어찌 이 난국에 우리 가를 바로 세우고 나라에 힘을 실어주는 인물이 되겠는가. 이번 일이 신우에게도 귀한 경험이 될 것이네. 그러니 데려가게나."

"하지만……."

"데려가게나."

해선의 생각은 확고했다. 그러한 해선의 생각 앞에 기련은 더 이상 반대할 명분을 찾지 못하고 결국 대답하고 말았다.

"예, 그리하겠습니다."

2장

한 치 앞도 내딛지 못할 만치, 짙은 먹물을 뿌려놓은 듯 온통 검기만
하던 산 속의 밤이 어느덧 옅어졌다. 새벽을 알리는 희미한 박명이 찾아
들자, 마을은 언제 어둠의 지배를 받았냐는 듯, 과묵한 고요를 벗고 활
기를 띠기 시작했다.

타닥타닥 아궁이 안에서 장작이 타오르는 소리, 달그락달그락 조반 챙
기는 그릇 놓는 소리, 눈가에 잠을 달고 칭얼거리는 아이들의 칭얼거림,
노인의 해소 기침소리. 새벽은 흥겹고 익숙한 장단처럼 어우러졌다.

하지만 대가의 집 녹연의 방은 굳게 닫혀 있었다. 마을의 익숙한 장단
에 흥을 맞출 기분이 아닌지 날이 이미 밝았는데도 방 안에서는 기척조
차 없었다. 평소 같으면 득달같이 달려 나와 상차림에 분주할 인주 어멈
곁에 붙어 미주알고주알 참견을 하고 있을 텐데, 어찌된 일인지 방 안에
틀어박혀 꼼짝달싹하지 않았다.

이미 잠에서 깨어나 잠자리를 정리하고 방 안을 돌다 앉았다 돌다 앉
았다 돌기를 수십 바퀴. 녹연은 다시 방구석에 쪼그리고 앉아 방구들이
꺼질 듯 후후 한숨을 쉬었다.

'남세스러워서, 정말 남세스러워, 이제 오라버니 얼굴을 어찌 보나?'

이제 곧 조반 들 시간인데 녹연은 방을 나갈 엄두를 내지 못했다. 이 방을 나서면 신우가 금세 '잘 잤느냐?' 할 것만 같았다. 느긋하게 싱글거리는 그 얼굴을 본다고 생각하자 얼굴이 화끈거리고 온몸에 소름이 와르르 돋는 것이 몹쓸 병 걸린 사람이 되었다.

어찌하여 그런 짓을 저질렀는지, 아무리 정혼자라고 하나 혼례도 올리지 않은 처녀가, 그것도 제가 달려들어 입을 맞추었으니.

"내가 미쳤었나 봐, 그런 낯 뜨거운 짓을, 내가 정말 미쳤었나 봐."

후회해도 늦은 일이고 이미 저질러진 일. 그렇잖아도 왕성한 혈기를 주체하지 못하는 신우를 더 자극하게 되어버린 꼴이 되었으니 전보다 더해질 농은 당연지사일 테지. 이제 어찌해야 할지. 녹연은 그야말로 난감한 지경이었다.

"물 길러 가버릴까?"

아니, 아니, 녹연은 고개를 거푸 저었다. 이 이른 시간에 물독에 물이 동난 것도 아닌데 누가 곧이 믿을까. 설사 물이 동났다 해도 인주 어멈, 인주 어멈이 부리는 하호들, 석태 아범, 석태 아범이 부리는 하호들을 모두 두고 조반까지 걸러가면서 물 길러 간다면 그 또한 누가 곧이 믿을까 싶었다.

더 큰 문제는 개울에 채 닿기도 전에 쫓아올 신우였다. 그렇게 보기 싫은데 오늘만은 안 보았으면 싶은 대상인데 그 대상을 피해 이 새벽에 물 긷기를 하려는 건데. 그 신우와 단둘이 한적한 숲 개울가에 있을 생각을 하자 다시 온몸에 소름이 돋는 병이 도졌다.

참으로 진퇴양난이었다.

그렇게 전전긍긍을 한 식경쯤 하였을까, 방문 밖에서 인기척이 들렸다.

깜짝! 지레 놀란 녹연은 숨을 곳을 찾아 좁은 방을 헤맸다. 발도 겨우 들어갈 문갑도 열었다가 바짝 눌러도 못 들어갈 침상 뒤 가림천도 들썩거렸다가 그나마 몸은 들어가는 탁상 아래로 기어들어갔다가 스스로 채신없음이 부끄러워 도로 기어 나와 후다닥 이불을 덮고 침상 위에 누웠다.

"아기씨, 녹연 아기씨."

인주 어멈의 목소리였다.

휴, 가슴을 쓸어내리면서도 후, 허탈했다.

무슨 짓인가 싶어 녹연은 제게 기가 찼다. 이러니 죄 지은 놈 마음이 편치 않다는 것이겠지. 지금 녹연은 죄 지은 놈과 진배없었다.

진이 나갔다. 그 짧은 시간 얼마나 진을 뺐으면 기운이 쑥 빠질까. 부러 그러진 않았지만 녹연이 침상에서 일어나는 모양이 죽을 날 받아놓은 노인처럼 느릿느릿했다.

"아기씨, 아기씨, 조반 드시러 가셔야지요."

조반? 조반!

'조반을 먹으러 안채로 가면, 오, 오라버니?'

다시 신우의 얼굴이 떠올랐다. 느긋이 고개를 치킨 가느다란 시선에 노출될 것을 생각하자 녹연은 아득해지는 것 같았다.

"아, 안 돼."

"안 되긴 뭐가 안 돼요. 조반 드시라니까. 오늘은 뭐 하시는데 이렇게 굼뜨신 거래요? 어서 가시자니까요."

속 타는 녹연의 심정을 알 리 없는 인주 어멈이 금세 방문을 열고 들어와 끌고라도 갈 기세였다.

녹연은 조르르 문 곁에 붙어 그 틈에 대고 물었다.

"저 있잖아……. 오, 오라버니는 오셨어?"

"신우 도련님이요? 왜 그것이 궁금하세요?"

"구, 궁금하다기보다."

"아이쿠, 우리 잘생긴 도련님이 보고 싶으셔서 그래요? 이제 혼례만 올리면 밤낮 지겹도록 볼 텐데 그래 그렇게 보고 싶으셔요?"

"그, 그게 아니라……."

"뭘 그렇게 부끄러워하신대. 두 분이 서로 죽고 못 산다는 거 내가 눈치 못 챘을까 봐요? 내가 그런 눈치도 없나, 큭큭큭."

넘겨짚는 인주 어멈의 말에 녹연은 더 속이 탔다.

"아니라니까, 아니라는데 왜 그래!"

발끈 녹연의 속 닳는 소리에도 인주 어멈의 낄낄거림은 높아졌다. 녹연의 말은 애초에 들을 생각도 믿을 생각도 없는 거였다.

"아니긴 뭐가 아니래요. 큭큭. 그나저나 어서 안 나오시고 뭐 하신대요."

인주 어멈의 손 그림자가 문고리로 향하는 것이 보였다. 녹연은 얼른 문고리를 붙들고 인주 어멈이 절대 열지 못하게 고리 낀 손가락 마디마디마다 다부지게 힘을 주었다.

덜컹덜컹.

쉽게 열릴 거라 여겼던 문이 열리지 않자 인주 어멈이 소리쳤다.

"아니, 이건 왜 잡고 늘어지신대요. 문 좀 열어봐요."

"시, 싫어."

안 봐도 알겠다는 듯 다시 인주 어멈의 놀림이 시작되었다.

"우리 아기씨 부끄러운가 보네. 내 앞에서는 안 부끄러워하셔도 된다니까요. 도련님도 아기씨가 보고 싶어 못 견디시겠는지 빨리 모셔오라

해서 지가 이렇게 왔잖아요. 크크크큭."

"무, 뭐! 오, 오라버니가?"

철렁, 녹연은 간이 떨어지는가 싶었다. 신우의 얼굴이 또 떠오른 것이
다. 예의 그 느긋한 표정의 그 얼굴이, 그리고 달빛 아래 입맞춤이!

찌르르 이상한 감각이 척추를 미끄럼질 쳤다. 미련스럽게 숨도 쉬지
못했던 얼뜨기의 얼굴이 겹쳤다.

남우세스러워! 이제는 신우의 얼굴을 영영 볼 수 없을 것 같았다.

"나, 오늘은 바, 밥 못 먹어!"

얼른 대답한 녹연은 화끈 달아오른 볼을 두 손으로 꼭 감쌌다.

바로 그때, 덜컥! 하는 소리와 함께 방문이 열려 젖혀졌다. 붙들었던
문고리에서 두 손을 다 놓아버렸으니 호시탐탐 노리던 인주 어멈의 손
에 문이 열리는 것은 당연한 일일 터.

"아기씨 그게 무슨 말씀이세요? 밥을 안 드신다니……."

문 앞에서 쪼그리고 앉았던 녹연과 의기양양한 인주 어멈의 눈이 딱
마주쳤다.

"아이쿠, 아기씨! 어디 편찮으세요? 얼굴이 왜 그런대, 아주 홍옥이
네, 홍옥이야."

발갛게 상기된 녹연의 얼굴을 본 인주 어멈이 호들갑을 떨었다.

"아이고, 아이고, 우리 아기씨 정말 아픈가 보네. 이를 어째!"

"아니야, 아니라고, 그렇게 큰소리치다 안채까지 다 들리면 어떻게
해. 안 아파. 나, 안 아프다고."

녹연을 이리저리 훑어보던 인주 어멈이 둥그렇게 뜬 눈으로 물었다.

"아, 안 아프세요?"

"안 아파, 정말 하나도 안 아파."

"아프지도 않으면서 왜 조반을 거르시겠다는 거예요. 혹시, 찬 투정을 하시는 거예요?"

녹연은 대답하지 않았다. 아프다는 말 말고 다른 말은 궁색한 변명처럼 들릴 것 같았다. 약삭빠른 인주 어멈에게 말꼬리만 잡힐 뿐이니 입을 꾹 다무는 것이 상책이었다.

벙어리가 되어 입을 꾹 다물고 앉은 녹연에게 인주 어멈은 속 긁는 잔소리를 풀어냈다.

"아기씨도 잘 아시겠지만 내가 좀 잘 먹어요? 찬밥 더운밥 안 가리고 찬이 있든 없든 물만 말아서도 잘도 먹지요. 그러니까 내가 아기씨 나이에 딱 인주를 낳았잖아요. 나를 보세요. 얼마나 튼실한지. 그러니 애를 다섯을 낳고도 이리도 튼실하지요. 아니, 아기씨가 이렇게 찬 투정을 하니 다른 이보다 늦되지요! 잘 먹어야지 시집도 가고 그러지, 장성한 우리 도련님 덜 자란 색시 때문에 저렇게 계속 독수공방 하다가, 저 잘난 인물로 덜컥 밖으로라도 돌면, 그때는 어쩌시려고요!"

끔찍한 소리! 잘난 낭군 밖으로 돌까 봐 지난밤 그리도 대담한 짓을 저질렀는걸. 그 바람에 지금 이리 조반도 안 든다 하고 얼굴을 못 들겠건만.

"내가 무슨 찬 투정을 했다고……."

"다른 말 마시고, 대가님 드시기 전에 어서 건너가세요."

"하지만……."

"'하지만'은 무슨 '하지만'이에요!"

고집을 부린다고 부렸건만 인주 어멈에게 통할 리가 없었다. 기어이 그 억센 손에 끌려 녹연은 안채로 들어서고 있었다. 죄 지은 놈 표시라도 하듯 고개를 푹 꺾어 내린 채.

피죽도 못 먹은 놈처럼 모가지를 떨어뜨리고 방으로 들어서는 녹연을 향해 대가부인이 근심어린 목소리로 물었다.

"녹연이 어디 아픈 거니?"

녹연은 재빨리 고개를 들고 대답했다.

"아, 아니에요. 늦어서 죄송합니다."

신우는 방 한쪽에 앉아 있었다. 녹연은 신우가 자신을 보고 있다는 것을 느낄 수 있었다. 그것도 아주 구멍을 내려고 작정한 것처럼 뚫어져라 보는 것이다.

녹연은 그런 신우에게 눈길을 둘 수 없었다. 지난밤 자신의 낯 뜨거운 행동에 대한 부끄러움에다 버거우리만치 집요한 시선을 어찌 감당할 수 있겠는가.

'아, 제발, 이제 그만 보아요, 오라버니 제발…….'

속마음이 전해져 신우가 제게서 시선을 거두기를 간절히 바랐건만 뜻은 이루어지지 않았다. 그렇잖아도 부끄러워 견딜 수가 없는데 대놓고 숨통을 조이니 발그레하던 녹연의 안색이 급기야 창백해졌다.

"녹연이 왜 그러니? 정말 어디 아픈 것이 아니니?"

대가부인은 평소 발랄한 생기는 간데없이 핏기조차 가시고 있는 녹연의 손을 끌어 가까이 앉혔다.

"녹연아?"

"아, 아프지 않습니다. 저, 정말 괜찮습니다."

"그런데 어찌 이리 혈색이 없니?"

"시, 시장기가 돌아 그런가 봐요."

"그래? 배가 고파?"

때마침 방으로 들어서던 해선이 녹연을 앞에 앉히고 걱정스럽게 보는 부인에게 물었다.

"부인, 무슨 일 있습니까?"

"아닙니다. 대가님, 상차림을 하라 할까요?"

"그리하세요."

기다렸다는 듯 인주 어멈이 음식을 들였다. 김이 나는 그릇 안의 음식을 한 수저 뜨던 해선은 의아해져 물었다.

"이건 꿩 죽이 아닙니까?"

해선은 귀한 꿩이 아침상에 웬일인가 싶은 모양이었다.

"신우가 새벽에 잡아왔다 합니다."

웃음 섞인 부인의 말에 해선도 어제 저녁상 자리에서 녹연이 식욕 없어 했던 것을 기억해낸 모양인지, 허허 웃었다.

"애기 덕에 입이 호강을 하는구나."

"아, 아니옵니다."

녹연의 창백했던 낯빛이 금세 달구어졌다.

"어서 먹자꾸나."

해선의 목소리 뒤로 나직하지만 분명한 신우의 목소리가 따랐다.

"많이 먹어라."

녹연에게만 들리라고 한 말 같지만, 대가 부부는 물론, 물을 넣던 인주 어멈까지 입을 막고 웃었다. 그렇잖아도 좌불안석인데 녹연은 민망하여 고개를 들고 있을 수가 없었다.

귀한 꿩이긴 하지만 맛을 느끼지 못할 정도로 먹는 둥 마는 둥 조반을 마치고, 부엌으로 나온 녹연은 물동이를 챙겼다. 물독에 물이 제법 차 있어 오늘 길어 올 필요가 없는데도 녹연은 도망가는 심정으로 굳이 개울로 향했다.

기척을 느낄 새도 없이 다가온 신우의 존재에 녹연은 깜짝 놀라 고개를 들었다. 신우는 그녀에게로는 눈길도 주지 않은 채 앞만 보고 걸었다. 배려나 관심이라 하면 보폭을 맞추어 걸어주는 정도, 여인에 무심한 그에게는 그 정도도 대단한 애정표현인 것이다. 풀숲 사이로 비치는 햇살이 그의 날렵한 콧등으로 미끄러졌다. 곧고 높게 뻗은 콧날과는 대조적으로 들어간 인중과 입술, 날렵한 턱 선까지 빚어놓은 듯 완벽한 옆태에 도취되지 않을 여인이 어디 있을까 싶었다.

그러다 제 시선이 그의 입술에 머물렀다는 것을 인지하는 순간 녹연은 휙 고개를 돌렸다.

'이럴 때는 모른 척 좀 해줄 것이지.'

민망하고 원망스런 나머지 날선 목소리가 튀어나왔다.

"왜 자꾸 따라오십니까?"

재빨리 말한 녹연은 그를 외면하듯 부지런히 걸었다.

"또 물동이를 든 걸 보니 계속 고집을 피울 작정이구나."

묻는 소리가 내깔리는 것을 보니 신우는 못마땅한 모양이었다. 녹연이 손에 들린 물동이를 품에 안으며 성의 없이 대답했다.

"예."

"인주네나 아랫것들은 무얼 하는데, 네가 굳이 이러느냐?"

"모, 모두 얼마나 바쁜데요. 청소에 빨래에 바느질에 때 되면 끼니 준비해야지 거기다 작목까지……. 앗! 왜 이러세요."

녹연의 손에서 다짜고짜 물동이를 빼앗더니 신우는 녹연의 갈 길을 막고 버티어 섰다.

"그래서 너는 앞으로도 계속 물 긷는 일을 하겠다?"

"청소, 빨래, 작목은 손도 못 대게 하지, 상차림은 어머님께서 점검하시지, 바느질은 서툴지, 그럼 어떡해요, 물이라도 떠다 주어야지."

"참으로, 황소고집이구나. 꼭 무언가 하고 싶다면 어서 자라라. 나의 내자로서 할 일을 찾으란 소리다. 물론, 아이 낳는 것도 큰일이지. 아이 낳아 기르다 보면 너도 한가로울 틈이 없을 것이다."

결국에는 또 그 소리, 이리가나 저리가나 그 소리뿐이었다. 초경이 늦은 것이 제 탓은 아니건만 대가의 모든 식솔들이 저를 질책하는 것만 같았다.

"오, 오라버니까지 또 이러실 거예요?"

속상한 마음에 서운한 목소리를 낸다고 했지만 섧음이 더했는지 그만 울컥해져버렸다.

"내, 내가."

훌쩍,

"부러 그러는 것도 아니고……."

훌쩍 훌쩍.

"우, 우는 게냐?"

신우의 냉랭하던 낯빛에 당황하는 기색이 스치자 녹연은 설움이 더 복받쳤다.

"어엉, 우, 울긴, 누, 누가, 엉엉, 우, 운다고, 어어엉 엉엉."

그동안 쌓이고 쌓였던 감정이 쏟아지듯 눈물이 터져 나왔다. 일부러 늦되려 애를 쓴 것도 아니고 저도 여자 노릇하는 또래의 동무들을 보면 부러움이 하늘까지 차는데, 이리도 너나 할 것 없이 눈치를 주는 데다 믿고 의지해야 할 신우는 한술 더 떠 신경을 긁으니 녹연은 마냥 섧었다.

"우지 마라, 울지 마."

신우의 울림 좋은 목소리로 부드럽게 달래주는 소리를 들으니 녹연은 더 서러워져 울음소리를 높였다.

"울지 마라. 울지 말라니까. 그나저나 설마하니 내 그 말에 우는 것은 아니겠지? 네가 울 만큼 억울한 일도 없을 것이고."

녹연은 순간 눈물이 거짓울음 운 것처럼 싹 마르는 것을 느꼈다. 천하의 유아독존 냉정하기 짝이 없는 해신우가 어인 일로 이렇듯 나긋나긋하게 달래주기까지 하나 싶었는데, 네가 울 만큼 억울한 일도 없을 것이라고? 역시나 얄밉고 밉살스럽기가 그지없었다.

녹연은 젖은 눈을 훔치며 신우를 야무지게 흘겨보았다.

"억울하기 짝이 없지요. 하늘의 이치를 어찌하라고, 전들 이 상황이 좋겠습니까? 오라버니까지 이러시면 제가 누구를 의지하습니까?"

"하기야 너도 오죽할까. 너라고 왜 잘난 낭군에게 얼른 시집오고 싶지 않겠느냐."

"무, 무어예요?"

느끼한 구석이라고는 찾아보려야 찾아볼 수 없는 담백한 낯으로 잘도 그런 소리를 내뱉는 것이다. 녹연은 그저 기가 막혀 그런 신우를 노려보았다.

"참으로 유아독존이십니다."

신우가 미간을 찌푸렸다.

"허, 잘난 것을 잘났다 하는데 어찌 그것을 유아독존이라 하느냐. 그리고 네가 왜 우느냐, 울고 싶은 마음, 네가 나만 하겠느냐? 왕성한 혈기로 독수공방하는 이 고통은 겪어보지 못한 자는 모르는 아주 독하디 독한 일."

"또, 그런 소리. 저, 갈래요."

마을 쪽으로 홱 돌아 잰걸음 치는 녹연의 뒤로 신우의 목소리가 뒤따랐다.

"도망가느냐? 이쯤에서 도망을 가야 순진무구하고 덜 자란 '녹연 아기씨'라 하겠지? 나는 이만 수련하러 가련다. 석반 전에는 돌아올 테니 개울에서 기다리거라. 그리고 물동이는 내가 채워다 놓을 테니, 너는 그 대신 지아비 자알 모시는 법을 이제라도 좀 익히거라."

"하여간, 만날……."

화가 나 투덜투덜 걷던 녹연의 걸음이 느려질 때쯤 그녀의 입가에 어느새 웃음이 피어났다. 혹 들킬까 봐 입가를 굳히는데도 어쩔 수 없이 흘러나오는 웃음. 만날 속 뒤집는 소리를 하면서도 저렇듯 물 긷는 것조차도 못 하게 귀하게 여긴다거나 입맛 없는 그녀를 위해 새벽 사냥도 마다하지 않는 그에게서 녹연은 사랑 받고 있다는 것을 느낄 수 있었다. 조금 전도 어제 일을 고민할 녹연을 알고 어색함을 자연스레 풀어준 신우의 애정 어린 행동이었음을 녹연은 알고 있었다.

단애(斷崖). 깎아 놓은 낭떠러지 아래로 낙하하는 폭포수 아래.

여과 없이 내리쬐는 한낮의 볕에 뜨겁게 달궈진 바위 위에서 각자의 정해진 자리에 정좌하고 심신단련 중인 수련생들을 기련은 한 사람도 빠짐없이 보았다. 이내 모두 흐트러짐이 없다는 것을 확인하고는 신우에게로 다가갔다.

"도련님, 정좌를 푸시지요."

신우는 잠시 아무 말도 듣지 못한 사람처럼 꼼짝하지 않다가 서서히 눈을 떴다.

"적주도."

신우의 옆자리에 앉았던 적주도 눈을 뜨고 스승을 바라보았다.

"잠시 따르시지요."

기련은 앞장서서 계곡 아래 임시 막사에 당도하자 신우와 적주를 막사 안으로 먼저 들이고 뒤를 살핀 후 들어왔다.

"무슨 일이신지요, 스승님."

적주의 물음에 기련은 신우를 보고 대답했다.

"오늘밤 저와 함께, 중요하고, 위험한 일을 행하러 하산하실 것입니다."

적주는 재빨리 신우를 보았다. 아니나 다를까, 신우의 눈썹이 꿈틀거렸다. 사내로서 기대감 같은 것이리라. 무사로서 타고난 기량에도 열여섯이 넘도록 서생 노릇만 했던 신우였다. 기회가 왔음을 반기는 것이 분명했다. 스승도 신우의 미동을 눈치 챘으리라.

전후사정을 간결하게 풀어놓는 스승의 말에 적주는 점점 굳어졌다. 설명대로면 이번 거사에서 자신은 제외된 것이다. 당장이라도 그 연유를 묻고 싶은 마음이 굴뚝같았기에 스승의 말이 끝나기를 기다리는 시간이 억겁 같았다.

"그러니, 도련님과 내가 돌아올 동안 적주가 수련생들 훈련을 맡아야겠다."

스승이 부여 최고의 무사이고, 신우 또한 실력이 일취월장하나, 교활하고 빈틈없는 을물의 집을 두 사람만이 파고드는 일은 너무 위험했다. 거기다 사람까지 구해 와야 한다지 않나.

'혹, 신우에게 무슨 일이라도 생긴다면!'

아찔했다. 적주는 수긍할 수 없었다.

"제가 가면 아니 되겠습니까?"

기련이 무어라 하기도 전에 신우의 핀잔부터 돌아왔다.

"또, 어미 닭처럼 구는구나."

"도련님."

"네 눈에 내가 그렇게 미덥지 못하더냐?"

"그것이 무슨 말씀이십니까."

"'위험한 일이니, 신우의 안위가 걱정일세.' 네 얼굴에 그렇게 적혀 있으니 말이다."

신우는 적주에게 더 이상 간섭은 사양한다는 뜻의 분명한 눈길을 보내고 기련을 돌아보았다.

"스승님 말씀대로 행하겠습니다. 그럼, 저는 나가보겠습니다."

"예, 그러시지요."

신우가 막사를 나가자, 적주는 기련에게 바짝 다가섰다.

"스승님, 도련님 대신 제가 갈 수 있게끔 해주십시오."

"이미 결정된 것이네. 더군다나 대가님의 명까지 있었네."

"예? 대가님께서요?"

그렇다면 따라야 하는 것인데 적주는 그래도 불안했다.

"하지만, 느낌이 좋지 않습니다."

"혹여, 무엇이 보이는가?"

"그런 것은 아닙니다만……."

"과잉일세."

"예?"

"적주 자네가 도련님의 안위를 걱정하는 것은 나도 잘 알고 있네만, 도련님은 타고난 무사시네. 강한 분이란 말이지."

"하지만 도련님은 우리를 이끌어야 할 분입니다."

"자네 아는가? 설사 주인께 위험이 따르는 일이라도, 주인이 그것을 행하고자 하고 그로 인해 주인이 성장할 수 있다면, 따라야 하는 것이 신하된 도리라는 것 말일세."

스승의 말은 반론의 여지가 없는 진실이었다. 왕성한 의욕의 소유자인 신우를 언제까지 붙들고 늘어질 수는 없었다. 혹여 이번 일이 번복되어 거사에서 제외된다 해도 앞으로 이보다 더 위험한 일에 뛰어들고자 할 것이 분명했다. 조금 전의 생기 돌던 신우의 눈빛이 그랬다. 반대할 명목을 잃은 적주는 입을 꾹 다물었다.

착잡한 심정으로 막사를 나온 적주는 바위로 향하던 발을 숲으로 돌렸다. 고목나무 곁에서 걸음을 멈추고 기대어 섰다. 연중 가장 뜨거운 절기로 접어들었지만 산중 우거진 수목 아래에 서면 태양의 열기는 타인의 일이었다. 적주는 후 숨을 뱉었다. 그런 그의 혼탁한 심정과는 무관하게 욱욱청청인 숲을 착잡하게 바라보았다.

"계집처럼, 한숨은."

"도련님."

적주는 걱정에 싸여 신우가 곁에 온 것도 알아차리지 못했다.

"둘뿐이니, 벗으로 대해라."

"……."

"왜, 잔소리라도 늘어놓을 줄 알았더니."

"언제 네가 내 말을 들었더냐?"

적주는 퉁명스럽게 답했다.

"그거야, 그렇지. 네 말은 특히 내가 듣질 않지."

딱 잘라 말하는 신우를 적주는 흘겨보았다.

"그리 노려보니, 녹연만큼 무섭구나."

"어울리지도 않는 소리 그만하고, 조심해서 다녀와."

신우는 아까부터 들고 있던 큰 잎으로 싼 무언가를 적주에게 쓱 내밀었다.

"뭐?"

"산딸기가 익었더라."

그러고 보니 달큼한 향이 거기서 풍겨 온다 싶었다.

"설마, 날 먹으라고 주는 건 아닐 테고."

적주는 눈썹을 찡그리며 신우를 바라보았다.

"내려가는 길에 녹연에게 좀 전해다오."

"하."

적주는 그 와중에도 웃음을 터트릴 뻔했다. 산딸기를 좋아하는 녹연에게, 그것을 첫물부터 끝물까지 내내 갖다 바치는 신우의 정성이 처음도 아닌데. 여하튼 시종일관의 그 노력이 가상했다. 오죽하면 마을에 딸기가 익은 것을 알리면 '녹연 아기씨께 물어보라.'는 말이 있을까.

"내려가다 직접 주지 않고?"

신우는 고개를 저었다.

"왜?"

신우는 대답 대신 이맛살을 찌푸렸다.

"아하, 아기씨 잔소리가 듣기 싫어 그러는구나. 내 말은 안중에도 없으면서, 아기씨 말은 벌벌 떨리나 보구나?"

잠시 신우의 입귀가 풀어지는가 싶더니 이내 진중해졌다.

"괜한 걱정하지 않게. 여러 말 말거라."

"괜한 걱정 안 시키려면, 조심, 또 조심하시지요, 도련님."

"오냐."

거만하게 턱을 치키는 신우를 흘기던 적주는 못 말리겠다는 듯 웃음을 터트렸지만 심중의 그늘은 온전히 걷히지 않고 그의 마음을 무겁게 했다.

서산에 해가 걸리고 태양도 한낮의 위용을 내려놓으며 황금 옷자락에 붉은 물을 들였다.

개울에 도착한 녹연은 신우가 보이지 않는 것을 확인하고 잠시 망설이다가, 고만고만한 크기의 바위들이 섞여 어우러진 물가에 쭈그리고 앉았다.

"지금이라도 돌아갈까?"

어제의 부끄럽고 남우세스런 기억이 아침결에 옅어지기는 했지만 그래도 신우의 한마디에 쪼르르 개울로 나와 있는 제 꼴이 녹연은 우습기도 했다.

'돌아갈까, 아니야. 돌아갈까, 아니.'

일어섰다 앉았다 망설이다가 애꿎은 물을 튕겼다.

"오려면 얼른 올 것이지. 사람 마음 싱숭생숭한데 기다리게 한대."

결국에는 신우를 탓했다.

"뭐라 하셨습니까?"

"아, 깜짝이야!"

놀라 주춤하는 바람에 하마터면 녹연은 개울로 엉덩방아를 찧을 뻔했다. 적주가 재빨리 앉은 팔을 붙들지만 않았어도 치마를 흠뻑 적셨을 것이다.

"아기씨, 괜찮으세요."

적주가 걱정스레 물었다. 녹연은 균형을 잡으면서 겸연쩍게 답했다.

"괘, 괜찮습니다."

"놀라셨군요. 죄송합니다."

"아, 아니에요. 제가 부산스럽게 굴었습니다. 정말 괜찮습니다."

녹연은 대답하면서 팔을 놓아주는 적주의 뒤를 넘겨보았다. 이쯤 되면 적주가 손 내밀기 전에 신우의 손이 먼저 뻗쳤을 텐데, 어쩐 일인지 잠잠했다.

"도련님은 안 계십니다."

녹연은 적주에게 속내를 온통 들킨 것 같아 부끄러웠다.

"여기, 이거 받으십시오. 도련님께서 아기씨께 드리라 했습니다."

적주의 손에서 여러 겹 잎으로 싸인 무언가를 받으며 그녀는 이미 그 정체를 알았다. 굳이 묻지 않아도 이미 손끝에 닿자마자 콧속 그득하게 퍼져드는 산딸기 향으로 그랬다. 아낀다, 어여삐 여긴다, 드러내 말은 않지만 이렇듯 사람을 감동시키는 것이 바로 신우였다.

녹연은 눈물이 핑 돌았다.

"고맙습니다."

"저는 전하는 것뿐인데요."

녹연은 적주를 보았을 때부터 묻고 싶었던 말을 꺼냈다.

"그런데 오라버니 아직 연무장에 계신가요?"

"아닙니다."

"그럼?"

"스승님과 시찰 나가셨습니다."

녹연은 의아해 물었다.

"시찰이요?"

"예."

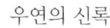

우연의 신록

"어찌하여 적주 오라버니께서는 아니 가셨습니까?"

시찰이라 함은 하산하여 마을들과 부여성의 동태까지 살피고 돌아오는 일이라 그 중심에는 늘 기련과 적주가 있었다. 신우는 어쩌다 동행하는 정도였는데 적주의 대신이라니.

"두어 곳만 들르면 되는 관계로 저는 이번에 빠졌습니다."

"어디를……."

"이러다 곧 날이 저물겠습니다. 대가부인께서 걱정하시기 전에 어서 가시지요."

적주는 남의 말을 가로막는 성급한 사람이 아니었다. 그런데 녹연의 물음을 가로막았다. 그리고 마치 더 이상의 답을 피하듯 등을 돌렸다. 녹연은 꺼림칙했다. 하지만 이미 단호하게 등을 돌린 채 앞서 걷는 적주에게 녹연은 확실치도 않은 느낌으로만 이 이상 캐물을 수가 없었다.

녹연은 석연찮은 마음으로 적주의 뒤를 따라 걸음을 옮겼다.

3장

고구려와 산을 접한 은둔지에서 내려온 신우와 기련은 부여의 드넓은 평원을 달렸다. 광활한 대지는 끝없이 이어지는 수평선, 그 아련한 수면 위에 뜬 푸른 벌판이 물결처럼 일렁였다. 민족의 역사가 시작된 곳. 태곳적부터 오갔을, 벌판의 수많은 인연들 속에 그들도 인연의 점을 한 점 한 점 놓으며 나아갔다.

하루 천 리 길을 간다는 신우의 명마는 끄떡없었지만 기련의 말은 처지기 일쑤였다. 그때마다 신우는 속도를 늦추어 기련과 보조를 맞추었다.

네 대가 중 천귀류의 '구가' 영역을 지나, 우옥구 사후 을물이 다스리게 된 '우가'의 관할영토로 천 리 길 하루 반나절을 꼬박 달려 들어섰다.

신우와 기련은 우선 마을의 가장 큰 식점부터 들르기로 했다. 식점이란 배를 불려줄 뿐 아니라 주변사람 살아가는 것을 가장 잘 알 수 있고 소문 또한 빠르기도 해 다양한 정보를 알기에도 적격이었다.

식점이 저만치 보이는 데서 멈추어 선 기련은 신우를 향해 말했다.

"도련님께서는 먼저 곡주 한잔 하시면서 기다리시겠습니까? 정보를 주는 자와 접선할 시간이 되어서 잠시 다녀와야 할 것 같습니다."

보통 그런 자들은 새로운 인물이 접선 장소에 나타나는 것에 예민하다는 것을 알기에 신우도 그러마고 했다.

먹장 같은 어둠이 완연하건만 대보름 달빛만큼 불을 밝힌 식점은 아직 술잔을 기울이는 이들로 벅적했다.

신우는 입구에 있는 마구간에 말을 매고 식점으로 들어섰다.

"국밥 주시오."

빈자리에 앉으며 부엌을 향해 말하니 주인 아낙의 코맹맹이 소리가 얼굴 없이 돌아왔다.

"갑니다."

신우는 국밥을 기다리며 거기 모인 자들의 대화 중 쓸 만한 게 있나 귀를 기울였다.

"어머, 혼자인가 보네. 묵고 가시려나?"

여자의 교태 짙은 목소리에 신우는 고개를 들었다. 도톰한 입술을 내밀고는 의미심장한 눈길로 그를 바라보면서 상에 밥을 내려놓는 여자는 식점을 하기엔 젊어 보였다.

"밥만 먹고 갈 거요."

여자는 사내깨나 탐했을 것 같은 농익은 몸을 비비꼬면서 게슴츠레한 눈으로 신우 곁에 슬쩍 와 앉았다.

"처음 보는 젊은이네. 외지에서 왔으면 잠자리가 필요할 텐데, 내 그냥 재워줄 테니 오늘밤 우리 집서 쉬고 가지요."

신우는 대답 대신 묵묵히 수저만 놀렸다.

"어머, 생긴 것은 계집보다 더 참한데 먹는 건 아주 장수 같네. 내 고기 좀 더 끊어다 줄 테니 기다려요."

신우가 본 척도 않는데도 여자는 부엌에서 접시 가득 고기를 잘라 와

상에 놓고 주변의 눈치를 한 번 보더니 상 밑으로 무언가 쓱 내밀었다.

"어서 챙겨요. 한창 때라 돌아서면 시장할 테니."

"됐소."

"그치라 특별히 챙겨주는 것인데, 이리 구실 거요?"

여자의 마음이 상한 것이리라. 그래도 그 마을에서는 제일 큰 식점의 젊은 아낙 하면 어지간한 무녀 저리가라 할 정도로 호리호리하고 요염하여 한번 눈도장 찍은 사내 그냥 보낸 일이 없다 할 정도인데 그런 여자가 이리도 대놓고 비비적 달라붙는데도 쌀쌀맞기 그지없으니.

"이것이 이래봬도 '대가 댁'에서 나온 귀한 음식인데 그래도 싫으면 관두셔."

톡 쏘고 돌아서려는 여자의 뒤로 기대치도 않던 목소리가 날아왔다.

"대가 댁이라 하면?"

"왕후님의 친정이지 어디겠수. 내 언니가 그 집 하호인데 날 먹으라고 챙겨온 음식이라오."

"그 집의 음식이라면 먹을 만하겠군."

밥그릇에서 고개를 드니 어찌나 잘생겼던지, 관옥에 귀태가 흐르는 것이 대충 보는 것보다 더 잘난 사내였다. 거기다 그런 사내가 빤히 쳐다보기까지 하니 여자는 눅진눅진 아주 녹아나는 것 같았다.

"그, 그럼요. 머, 먹을 만하지요."

사내는 여전히 여자를 보면서 느긋이 입가를 올렸다.

"이제 보니 거기가 귀여운 구석이 있소이다."

덜컥 가슴이 내려앉았다. 여자는 이제는 기억도 가물가물한, 멋모르고 설레기만 하던 첫 정이 이만큼이나 설렜을까 싶었다.

"야심한데 오늘 장사는 슬슬 정리해야 하지 않겠소? 어디 내가 묵을

방이나 안내해주시오, 내 귀한 음식은 거기 들어가 맛보겠으니."

일어서는 신우의 모습을 넋 놓고 바라보던 주인 아낙은 신우가 걸음을 떼자 정신을 차리고 허겁지겁 뒤를 쫓았다.

기련은 정보원으로부터 을물의 집 내부 도면을 받아들고 식점으로 돌아왔다. 떠들썩하던 술판은 모두 파장을 하고 바닥난 술병과 술잔 그리고 남은 안주에서 나는 퀴퀴한 냄새가 뒤섞여 적막한 식점 안을 감돌고 있었다.

적주는 식점 안쪽 유일하게 불이 켜져 있던 방문이 열리는 것을 보고 몸을 숨기려 했으나 안에서 신우의 낮은 목소리가 들려왔다.

"오셨습니까?"

"거기 계셨군요."

재빠른 동작으로 다가간 기련은 방 안으로 들어가 조용히 문을 닫았다.

"저 여인은……."

기련은 방 가장자리에서 죽은 듯 잠들어 있는 여자를 보고 놀라 신우를 보았다.

"제 첩자입니다."

신우는 보일 듯 말 듯 싱긋 웃었다.

"설명을 해주시지요."

"이 아낙의 언니가 을물의 집을 드나든다 하여 궁금한 것을 물어보고, 그 대가로 잠시 재워주었습니다."

"무엇을 알아내셨습니까?"

"을물의 집에 병자가 있답니다. 저 아낙의 언니가 직접 본 것은 아니나 그 집의 하인들은 모두 그리 알고 있답니다. 아픈 자가 그 집의 아들이라는 소문도 있고 딸이라는 소문도 있는데, 여하튼 탕약 냄새가 하루도 가시질 않는다 합니다. 안채 깊숙한 곳에서의 일이라 더 이상은 알 수 없다 하는데, 아마 우리가 찾는 의원과 관련이 있지 않을까 싶습니다."

"병중인 자식이라……."

"탕약 냄새가 담을 넘는다면 누군가 아파주기는 해야 하지 않겠습니까?"

"제가 보기에도 그렇습니다. 도련님."

"탕약 냄새가 난다는 것은 아직 의원이 살아 있다는 뜻도 되겠고요."

"맞습니다. 오늘은 일단 매복해 저쪽의 동태를 살필 것이나, 상황에 따라 거사가 빨라질 수도 있으니 그것에도 대비를 해야 할 것입니다. 그러니 도련님께서도 마음의 준비를 하십시오."

"예, 스승님."

자시를 넘은 시각, 마을은 깊은 잠에 빠져들었다. 식점을 나온 신우와 기련은 달도 정체를 감춘다는 그믐의 밤길을 움직이면서도 낮과 같은 기민함을 잃지 않았다.

그들은 을물의 집을 건너다 볼 수 있는 맞은편에서 두어 채 떨어진 집 앞에 멈추고는 훌쩍 담을 넘었다.

을물의 집 경비는 앞뒤 대문 앞에 각각 두 명이 지키고, 이십 명이 짝을 이루어 반 각에 한 번씩 모두 다섯 조가 집 주변을 돌고 있었다. 그야말로 삼엄했다.

"외부에 깔려 보이는 놈만도 백 명이 넘습니다."

"평소에도 이렇습니까?"

신우의 물음에 기련은 고개를 저었다.

"보통 이 반도 안 됩니다."

"두 배가 넘는 사병의 이유가 분명 저 안에 있을 터이지요."

기련은 조용히 고개를 끄덕였다.

한 각쯤 지났을 때 을물의 집 대문이 고요히 열렸다. 짙은 평복을 한 남자가 나와 날선 눈으로 주변을 살피더니 다시 문 안으로 들어가 이번에는 여자를 데리고 나왔다. 따라 나온 여자 역시 평복차림이었고 그들은 대문을 나서자 어둠 속에서도 약빠르게 움직였다.

"궐로 향하는 것이 아닐까요?"

"우리의 추측이 맞는다면 그럴 것입니다. 서두르시지요, 도련님."

일어서려는 기련을 신우가 잡았다.

"잠깐만요, 스승님. 뭔가 이상합니다."

"왜, 그러십니까? 도련님."

"사병이 줄었습니다. 반 각도 되지 않아 한 번씩 돌던 자들이 한 각이 지난 이제야 나타나지 않습니까."

기련도 미처 눈치 채지 못한 사이에 정말 시간이 늦춰졌다. 조금 전 나간 자들로 인해 경계를 푸는 것은 분명 아닐 것이다. 그렇다면!

"저들을 따르기보다 집으로 잠입해야 할 것 같습니다."

신우의 말에 기련이 즉답했다.

"정확히 잘 보셨습니다. 도련님. 지금 구하지 못하면 의원은 이 밤을 넘기지 못할 것입니다."

"서둘러야겠군요."

"예, 당장 움직여야겠습니다. 하지만 조심하십시오, 도련님. 그들이 우리가 다녀간 것도 눈치 채지 못하도록 조용히 처리해야 할 것입니다.

시끄러워지면 도련님과 저는 빠져나올 수 있겠지만, 의원은 위험해질 수 있으니까요."

"잘 알겠습니다. 스승님."

"사병이 지나갔습니다. 지금, 잠입하시지요."

신우와 기련은 날렵한 솜씨로 담을 넘고, 또 눈 깜짝할 사이에 을물의 집으로 숨어들었다. 재빠르게 바깥채에서 안채로 들어가 몸을 낮추고, 가는 통로의 보초가 한눈을 팔아 기회가 생길 때까지 기다렸다. 잠시 후 교대를 하기 위해 온 사병과 보초를 서던 사병이 시답지 않은 잡담을 나누는 사이 그 순간을 놓치지 않고 신우와 기련은 바람이 스치듯 통로를 통과했다.

기련이 미리 첩자에게 받아둔 정보에 의하면 안채 안쪽에 출입이 금지된 곳이 두 군데 있다고 했다. 그 갈림길에 도착하자 그들은 어느 한 쪽을 선택해야 했다.

그때, 장정들의 발자국소리가 들려왔다. 신우와 기련은 다시 어둠 속으로 몸을 숨겼다.

"조용히 처리하라 하셨네. 시체도 깨끗이, 애초에 없었던 것처럼 말일세."

세 명의 무장한 무사들이었다. 그들은 빗장이 걸린 문을 열고 안으로 들어갔다. 안에는 두 명의 사병이 더 있었다.

신우와 기련은 어둠 속에서 서로의 눈빛을 교환했다. 지금이 일격을 가할 시점이라는 것을 두 사람 다 잘 알고 있었다. 그들은 섬광처럼 움직여 빗장문 안으로 들어갔다. 뒤쫓아 올 지원병들로부터 시간을 벌기 위해 신우가 안쪽에서 빗장을 거는 사이 기련은 보초병들의 명치를 노렸다.

스윽, 퍽!

"윽!"

보초병들이 쓰러지는 소리에 의원이 갇혀 있었을 법한 광에서 조금 전 들어간 무사들이 뛰어나왔다.

"무슨 일이냐!"

침입자와 쓰러진 보초병을 보자 무사들은 칼을 빼들었다.

"웬 놈들이냐?"

"스승님, 이곳은 제게 맡기시고 어서 의원을 구하시지요."

더 지체하거나 망설일 시간이 없었다. 잘못하다가는 을물의 사병들과 고수들로 이루어진 호위무사들을 모두 몰려오게 할 수도 있었다.

"조심하십시오, 도련님."

무장한 무사들이지만 저런 자들 정도는 신우 단독으로도 너끈히 막아 낼 수 있을 거라 판단한 기련은 날랜 동작으로 광에 들어섰다.

광 한쪽 끝에 의원으로 보이는 중년의 남자가 죽은 듯 사지가 늘어진 채 누워 있었다. 기련은 아차 싶어 재빨리 맥을 짚어보았다. 미진하나마 뛰고 있는 것은 분명 맥이었다. 간발의 차이로 그들이 의원의 마지막 숨통을 조이진 못한 모양이었다.

한쪽 어깨에 의원을 짊어진 기련은 밖으로 빠져나왔다.

챙, 챙!

무사 둘은 바닥에 쓰러졌고, 남은 하나도 수세에 몰리고 있었다. 그들보다 신우의 검이 한 보는 더 빨랐다. 보나마나 승패는 이미 나 있었다.

"윽!"

남은 한 명까지 쓰러졌다.

쿵쿵, 쿵쿵, 쿵쿵!

"빗장을 열어라!"

지원군들이 몰려온 모양이었다. 발소리로 보아 상당수인 듯했다.

"낭패로군요."

"스승님, 제가 시간을 벌겠으니 의원을 데리고 먼저 피하십시오."

"도련님, 그리할 수는 없습니다."

"우물쭈물하시면, 모두 위험해진다는 사실을 잘 알고 계시지 않습니까. 제 걱정은 마시고 어서 움직이십시오. 정예무사들까지 합류한다면 우리는 의원을 살리지 못하고 위험에 빠질 것입니다. 곧 뒤따를 테니, 어서 움직이세요!"

신우의 말이 맞았다. 지금 이렇게 망설이다가는 혼절한 의원으로 인해 발목을 잡혀 모두 위험하게 될 것이다. 지금은 의원과 함께 사라져주는 것이 신우를 돕는 일이었다. 기련은 결단을 내려야 했다.

"도련님, 대가를 이으실 분이라는 것을 한시도 잊지 마시고, 혈기를 눌러야 할 때는 누르셔야 합니다. 대의를 위함이라 생각하시고 제발 조심하십시오."

"알겠습니다, 어서 가십시오, 어서!"

기련은 떨어지지 않는 발길로 의원을 들쳐 업고 담을 넘기 시작했다.

밤새 뒤척이다 보니 문살 사방(四方)을 짙게 물들이던 검은 기운이 희뿌연 기를 띠기 시작했다. 박명이었다. 녹연은 서툰 잠을 놓으며 기어이 눈꺼풀을 들었다.

"날이 밝아 오네. 어찌하여 이리도 마음이 어지러운 것일까?"

그의 부재 후로 계속 이 모양이었다. 더 누워 있어도 잠을 청하는 것은 틀린 듯했다. 녹연은 미련 없이 자리를 털고 일어났다.

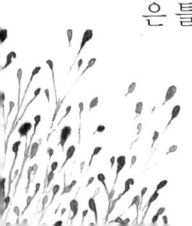

녹연은 새벽이슬을 맞으며 인적을 느끼기에 이른 마을 어귀로 나갔다. 어스름하던 산마을이 여명의 태동 아래 점차 밝은 기를 더했다.

"오라버니는 며칠이 걸릴지 모르는 시찰을 나간 것인데, 벌써 이 무슨 못난 짓이래. 이러다 오라버니 돌아올 때까지 하루도 거르지 않고 이리 청승을 떠는 것은 아닌지 모르겠어."

이슬이 내리고 가신 산은 속세를 단절한 청렴한 선인처럼 푸르고 간결했다. 그 간결함은 고즈넉한 마을을 둘러 그 속에 속한 것들을 정화하고 순화하는 듯했다.

숨을 깊이 마시니 청량한 맑은 공기가 폐 속으로 끼쳐 왔다.

"나오길 잘했어."

자연의 힘은 위대한 것이라 인간의 고민 따위는 한낱 먼지처럼 흩어버리는 것이니 녹연도 그 속에서 마음이 조금이나마 잠잠해짐을 느꼈다.

녹연이 다시 한 번 숨을 들이켜려는데 굴곡진 길 끝에 무언가 흔들리는 물체가 보였다.

"저것이 무엇이지?"

누군가 급하게 말을 몰고 다가온다는 것을 알 수 있었다.

"누, 누구?"

잠시 후 기련임을 알 수 있었다. 거기다 그는 죽은 사람처럼 말 위에서 사지가 늘어진 남자까지 함께였다.

"기, 기련 님!"

가까워진 기련 또한 예기치 못한 녹연과의 상봉에 놀라워했다.

"아기씨? 아기씨께서 이 새벽에 어귀까지 어인 일로 나와 계십니까?"

"일찍 눈이 떠졌습니다. 그런데 이분은 뉘십니까?"

물음은 그리하면서도 녹연은 기련이 달려온 방향으로 목을 빼고 있었다. 하지만 아무리 목을 빼고 보아도 함께 시찰 나간 신우의 모습이 보이지 않았다.

"아기씨, 저를 본 것은 비밀로 하셔야 합니다."

"그런데 오라버니……."

녹연의 물음에는 답하지 않은 채 기련은 급히 산사로 말을 몰았다.

"기, 기련 님."

녹연은 기련이 사라진 뒤를 따라 뛰어갔지만, 늦은 발로 말을 따르기는 역부족이었다. 중턱쯤에서 숨을 몰아쉬고 있는데, 기련의 말이 다시 나타났다. 이번에는 남자는 없어지고 기련 혼자였다. 그에게서 평시답지 않은 다급함이 묻어났다.

"아무도 모르게 은밀히 대가님께만 말씀 전해주세요. 찾던 사람은 폐가의 움막에 모셔두었다고요. 그리고 도련님과 함께 돌아오기 위해 저는 다시 하산한다고 그리 말씀 전해주시면 됩니다."

녹연은 기련의 말에서 느껴지는 불길한 여운에 위장이 울렁거렸다.

"오, 오라버니는 어디 계신 건가요?"

혹시, 혹시 무슨 일이라도 생긴 것이 아닌가 하는 물음은 차마 입에 담을 수 없었다.

녹연의 마음을 아는지 모르는지 기련은 말머리를 돌리고 있었다.

"기, 기련 님?"

"무사히 모시고 오겠습니다."

무엇보다 잔인한 대답이었다. 변고가 생겼으나 결과를 알 수 없을 때 쓰는 애매모호한 답. 희망도 절망도 아닌, 기다리는 사람으로 하여금 몸 안의 혈관을 조이고 그 안의 피를 모조리 말리는 가혹한 회초리.

"무사히……?"

달려가는 기련의 뒷모습을 보고 섰던 녹연은 청천벽력 같은 소리에 멀
겋게 중얼거리다 스르르 주저앉았다. 지금 눈앞에서 밝아지는 하늘은
이렇듯 눈부신데.

기련의 모습이 온전히 사라진 것을 확인한 뒤 신우는 담 위로 풀쩍 올
라섰다. 혹여 기련의 뒤를 밟는 자가 있다면 사전에 끊어놓겠다는 생각
과 함께, 바깥채로 넘나들면서 그들을 교란시킬 요량이었다.

시간이 갈수록 적들을 유인하는 것은 성공하였으나 그들의 수가 제게
로 늘어나는 것은 막을 수가 없었다.

신우가 그들에게 혼란을 주어 빠져나가기 위해 계획적으로 흘린 그림
자를 본 사병이 어둠 속에서 외쳤다.

"놈이 여기 있다!"

지나간 그림자에 속은 무리와 새로 도착한 사병들이 뒤엉켜 우왕좌왕
하는 사이 신우는 의원을 구하기 전 만났던 갈림길까지 돌아왔다. 의원
이 갇혔던 곳은 사병들이 진을 치고 있으니 이번에는 반대 방향으로 잠
입을 시도했다.

그곳은 고요할 정도로 적막한 곳이었다. 밖에서 일어나는 혼란과는 동
떨어진 세상처럼 어둡고 막막했다.

그 적막 속에서 한 줄기가 섬광처럼 흘러나오는 불빛이 있어 신우는
몸을 낮추고 그 빛을 향해 달렸다.

불빛의 정체는 안쪽 깊숙이 숨겨진 외딴 방이었다. 한몫의 재산이나
은닉해둘 것 같은, 겹겹이 싸인 이런 깊숙한 공간과는 걸맞지 않은 위치
에 존재하는, 그 방에서 나는 느낌이 그랬다.

불빛 아래 그림자는 없지만 사람의 기운은 느껴졌다. 사람의 기운이라

고는 하나 미약한, 결코 위협이 될 것 같지 않은 옅은 기운. 그래서일까 신우는 그 방에 들어서기가 껄끄러웠다. 지금 그곳으로 몸을 숨기는 것보다 더 좋은 선택이 없는데도 말이다.

"이곳으로 숨어든 게 아닐까요?"

"어서 빗장을 열어라!"

적들은 이미 중문 밖까지 다가와 있었다. 아무리 스승이라도 축 늘어진 반송장의 의원을 업고서는 아직 마을을 벗어나지 못했을 것이다. 무슨 일이 있어도 여기서 더 버텨주어야 했다. 이제 신우는 불빛이 이끄는 방 안으로 들어가는 것을 머뭇거릴 수 없었다.

바람이 스며들듯 문 안으로 들어선 신우는 옅은 기운의 주인을 향해 검을 겨누었다.

"소리치면 이 검이 당신의 목소리를 거둘 것이오."

"누, 뉘시오!"

"미안하오, 해하고 싶지 않으니 조용히 하시오."

불빛에 비친 것은 여자였다. 잠자리에서 반쯤 몸을 일으킨 녹연 또래의 젊고 귀태가 흐르는 여인이었다. 여인과 시선이 마주쳤다.

녹연…….

신우는 천천히 검 끝을 낮추었다.

"겁먹지 마십시오, 해하고 싶지 않다는 말은 진심입니다."

그런 신우를 바라보던 여자는 마치 이 상황을 예상이나 한 사람처럼, 극한상황과는 맞지 않는 차분한 목소리로 물었다.

"쫓기시는군요."

묻기보다 단정하는 여자의 말에 신우는 굳이 답하지 않았다.

"하지만 저를 죽이신다 해도 아무 소용없습니다."

"무슨 말입니까?"

"방을 잘못 찾아드셨습니다. 그 칼로 저를 베셔도 누구 하나 울어줄 이 없는, 이 집에서 저의 존재는 그렇습니다."

그녀가 순간을 모면하기 위해 거짓을 말하는 것 같지 않았다. 그러기에는 지나치게 초연했다.

불필요한 살생을 피하는 것은 그의 신조였다. 애초부터 여인을 해할 생각은 일말도 없었다. 어차피 검에 피를 묻혀야 한다면 이 여인이 아니라, 지금 이쪽으로 다가오는 밖에 있는 자들일 것이다.

"알겠습니다."

신우는 등을 돌렸다.

"잠깐만 기다리세요!"

날카로운 여자의 목소리는 문을 나서려는 신우를 멈추게 했다.

"지금 나가시면 그들에게 발각될 것입니다."

어차피 더 이상 피할 수 없는 외길이었다. 아무리 적의 수가 많아도 대적해볼 수밖에는 없었다.

"압니다. 하지만."

여자가 허리를 일으켜 불을 껐다. 방 안은 순식간에 칠흑 같은 어둠에 휩싸였다.

"무슨 일을 하려는……."

"어서 침상에 드시어요."

신우의 말을 끊은 여자는 재빠른 손길로 이불을 걷었다.

"그들이 오면 제가 잠결인 척 따돌려보겠으니, 귀공께서는 어서 이리로요!"

신우는 잠시 망설였다. 을물의 집에 있으니 그 식솔일 터인데, 어찌하여 도와주려 하는 것인지 의문이 들었다. 허나 비장하기까지 한 여자의 목소리는 허튼 짓을 할 의도 따위는 없어 보였다.

어차피 여기서 나가 저들과 겨루어보았자 득 되는 것은 없었다. 발각이 되어 흔적이라도 남긴다면 산중 마을에 해가 될 것이고 혹여 다치기라도 한다면 녹연이 크게 상심할 것이다. 작년 사냥터에서 낙마를 하는 수련생을 받아내다 늑골이 부러졌을 때도 녹연은 몇날며칠을 울며 곁을 지키지 않았던가. 괜찮다고, 죽지 않는다 하는데도, 다시 다치면 용서하지 않을 거라고, 평생 미워할 거라고 하지 않았던가.

"그럼, 잠시 실례하겠습니다."

신우는 여자 옆에 몸을 뉘었다. 그가 이불로 들자 여자는 더듬더듬 말했다.

"제게 모, 몸을 붙이셔야겠습니다. 귀, 귀공께서 장신이시라 다리는 제 다리에 올려 웅크리셔야겠습니다. 혹, 저들이 문을 열어보면 제 키가 밤사이 갑자기 자랐다고 할 수는 없지 않겠습니까."

신우는 하는 수 없이 모로 누워 등을 보이고 있는 여자의 곁으로 바짝 다가가 그녀의 등에 몸을 붙였다.

바로 그때, 문밖에서 장정 여럿의 발소리가 들렸다.

"아가씨, 아가씨."

"무슨 일인가?"

여자는 잠을 자다 막 깨어난 것처럼 천천히 대답했다.

"혹시 조금 전 아가씨 방으로 수상한 자가 들지 않았는지요?"

"수상한 자라니, 자는 사람 깨워 이 무슨 소란인가?"

"위험한 자가 집 안에 잠입했습니다."

"그런 사람 이 방에는 없네."

"죄송하지만, 문을 열겠습니다."

대답도 하지 않았는데 무례할 정도로 거칠게 문이 열렸다. 문을 향해 모로 누운 채 여자는 놀란 척 이부자리 속곳을 여미었다.

"이, 무슨 짓인가!"

여자의 호통에, 섬돌에 올라서려던 자들은 무춤했다.

"죄송합니다, 아가씨."

"이, 무슨 짓이냐고 했다! 내, 날 밝는 즉시 네놈들의 이 무지한 행동을 대가님께 아뢸 것이니 어디 마음대로 해보거라!"

대가님께 아뢴다는 말에 눈치를 보는 무리들 뒤에서 서늘한 목소리가 들려왔다.

"아가씨께 무슨 짓들이냐."

방문 앞에 선 무리들은 일제히 돌아서 나가 그자 앞에 머리를 숙였다.

"아가씨, 결례가 많았습니다. 살수의 잠입으로 아가씨께서 다치시지나 않았을까 염려되어 범한 실수이니, 넓은 마음으로 용서해주십시오. 너희들은 무엇 하느냐, 아가씨께 사죄드리지 않고!"

"죄송합니다, 아가씨."

방문은 이내 닫혔다. 그렇지만 그들은 쉽게 물러나지 않고 주위를 뒤지며 마당에 머물렀다. 그래도 별 성과가 없자 무리의 우두머리인 듯한 자가 말했다.

"분명 기(氣)였는데……. 이제 느껴지지 않는군. 그럼, 이미 여기서는 달아났다는 뜻인가? 신출귀몰한 놈들이군. 하지만 가도 멀리 못 갔을 것이다. 집 안을 샅샅이 뒤져라."

무사들이 물러나는 소리가 들렸지만 신우는 인기척이 온전히 사라진 후에야 단절 내공을 풀었다. 기의 흐름까지 읽을 수 있는 고수를 만났을

때를 대비해 적주와 더불어 스승에게 내공을 억제하는 기수련을 받았었는데 이 순간 요긴하게 쓴 것이다.

신우가 침상에서 일어나니 여자도 따라 몸을 일으켰다.

"실례를 하고, 신세를 졌습니다."

"아닙니다."

자리속곳을 수습하는 여자에게서 자잘한 떨림이 느껴졌다. 급박한 상황이 지나가자 낯선 남자에게 흐트러진 모습을 들킨 처녀의 수줍음이 살아난 모양이었다.

"고맙습니다. 인연이 닿는다면 그때는 이 은혜 갚겠습니다. 그럼."

방을 나서는 신우에게 여자가 말했다.

"저는 수연이라 합니다. 귀공의 함자를 여쭈어보아도 되는지요?"

"신우(神佑)라 합니다."

신우를 보는 여자의 눈빛에는 알 수 없는 애틋함 같은 것이 흘렀다. 그 이유를 한 번쯤이라도 궁금해할 수 있으련만 그는 눈길만큼이나 담백한 목소리로 말하고 돌아섰다.

"제발 조심하십시오."

방을 나간 신우는 병사들이 마을을 뒤지느라 경계가 느슨해진 틈을 이용해 날렵하게 담을 넘었다.

"무심하십니다. 왜 도와주었는지, 한 마디만이라도 물어주시지."

뒤에 남겨진 여자의 한숨 같은 혼잣말은 그의 귀에까지 닿지 못했다.

기련은 날듯이 말을 몰았다.

신우의 무예가 일취월장하나 을물의 수하들 또한 만만한 상대가 아니었다. 그들은 전국 최고의 무사집단이라 해도 과언이 아닌 데다 그 수

또한 신우가 단신으로 막기에는 너무 많았다.

그들과 부딪치면 분명 신우는 그 자존심 강한 성격에 죽음이 턱 앞에 온다 하더라도 맞설 것이다. 기련이 다급해질 수밖에 없는 이유였다. 하지만 그러한 근심은 산 아랫마을에 채 닿기도 전에 기우가 되었다.

저만치서 날렵하고 능숙한 솜씨로 말을 몰고 달려오는 남자는 분명, 신우였다.

"도련님!"

기련은 신우와 닿은 지점에서 말에서 뛰어내렸다.

"괜찮으십니까?"

"무탈합니다."

산보나 다녀온 것처럼 여유로운 신우에게서 충돌의 흔적은 찾아볼 수 없었다.

"정말, 괜찮으시군요."

"예. 내부에서 도와준 이가 있어 조용히 빠져나올 수 있었습니다."

"내부에서 도와준 이라니요?"

"사연은 집으로 돌아가 말씀드리겠습니다. 그나저나 의원은 어찌하시고 이리 오셨습니까."

"의원은 무사히 모셨습니다. 허나 아기씨께서 마을 어귀까지 나와 계시는 바람에 도련님의 부재를 아시게 되었습니다."

느긋하던 신우의 얼굴이 일순 굳어졌다.

"죄송하……."

기련의 사과의 말이 채 끝나기도 전에 신우의 손에 든 말고삐가 세차게 흔들렸다.

"먼저 가겠습니다, 스승님."

기련은 쏜살같이 달려 나가는 신우의 뒤를 따라 말머리를 틀었으나 금세 거리는 벌어져버렸다. 주인의 다급한 마음을 아는지 천리마는 먼지만 남기고 시야에서 사라지고 있었다.

녹연은 떨리는 몸을 겨우 가누며 사랑채로 달렸다.

"대, 대가님, 대가님, 녹연입니다."

이른 새벽 녹연의 고함에 놀란 대가가 문을 열고 나왔다. 창백한 녹연에게서 심상치 않은 기운을 느낀 대가가 다급하게 물었다.

"무슨 일이냐, 아가."

"기련 님이 돌아오셨었습니다. 대가님께서 찾으시던 분을 폐가의 움막에 모셔두었다고 하셨습니다. 그, 그리고, 오라버니……."

녹연은 눈물이 차올라 말을 흐렸다.

"아가, 녹연아?"

눈물을 흘리는 순간, 신우의 위험을 인정하게 되는 것처럼 녹연은 그렇게 눈물을 참으며 말을 이었다.

"기련 님은 오라버니와 함께 돌아오기 위해 다시 하산하신다. 그리 전해달라 하셨습니다."

"무, 무어라?"

대가의 안색도 순식간에 흐려졌다. 하나뿐인 자식의 안위와 관련된 것인데, 여염집 사내라 해서 표현이 커도 되고, 가를 짊어진 대가라 하여 내색하지 말아야 하는 것은 아닐 것이다. 아비라는 그 마음은 같은 것일 테니.

대가도 울지 않는 녹연과 같은 심정인 듯 이내 감정을 수습하고 마당으로 나섰다.

"손님이 오신 곳으로 갈 것이니, 아기는 적주에게 가 그곳으로 오라고 은밀히 전해다오."

평시에는 결코 내리지 않을 명이었다. 녹연은 아랫사람을 대동하지도 않은 채 움직이는 대가의 행동에서 이번 사안이 극비에 붙여야 하는 중요한 일임을 알았다. 본의 아니게 연루된 그녀는 어쩔 수 없다지만, 다른 이들은 결코 알아서는 안 되는 일 같았다.

녹연이 들어서자 적주는 이미 마당까지 나와 어떤 기운을 느끼려는 듯 하늘을 향해 시선을 두고 있었다.

"아, 아기씨."

이른 새벽에 단신으로 대문을 넘는 녹연을 보고 못내 놀라던 적주는 이내 평정을 찾고 물었다.

"어인 일이십니까?"

"급한 전갈입니다. 대가님께서 폐가의 움막으로 서둘러 오시라 합니다."

"예, 알겠습니다."

녹연은 별스럽지 않게 대문을 나서는 적주를 향해 원망 섞인 목소리로 말했다.

"다른 하실 말씀은 없으십니까? 오라버니, 오라버니에 대해 하실 말씀이 없으십니까?"

"왜? 도련님께 무슨 일이 생긴 겁니까?"

적주가 도리어 놀라 물었다.

"저도 모릅니다. 그래서 이리 묻지 않습니까? 적주 오라버니께서는 신력을 가지시지 않으셨습니까? 적주 오라버니께서 모르는 오라버니의 일을 제가 어찌 알겠습니까?"

적주의 안색이 한결 더 흐려졌다.

"아직 신력이 부족하여 모두 다 볼 수는 없습니다. 죄송합니다."

그도 낙담하고 자책하는 것이리라. 녹연은 고개를 푹 떨어뜨렸다. 제 경박한 세 치 혀를 깨물고 싶은 심정이었다.

"죄송합니다, 적주 오라버니. 제가 경솔하였습니다. 본심은 그것이 아닌데……."

"알고 있습니다, 아기씨. 도련님이 너무 걱정되시는 마음에서 하신 말씀이라는 것을요. 하지만 너무 염려 마세요. 도련님께 큰 변고라도 생겼다면 제가 이리 멀쩡히 걸어 다닐 수는 없으니까요."

"예? 오라버니께 일이 생기면, 적주 오라버니께서 느끼시는 것입니까?"

"느끼다 뿐입니까. 여기, 여기가 아주 뜨거워 견딜 수가 없지요."

적주가 가슴을 툭툭 두드렸다.

"거긴 가슴이 아닙니까? 가까운 이의 변고에는 누구나 가슴이 아프지요. 저도 그렇습니다."

"그래요? 그럼, 아기씨도 신력을 가지셨나 봅니다."

"예?"

녹연을 안심시키기 위해 농처럼 말했지만, 적주는 지난밤 미미하지만 신우의 기를 놓쳐 몹시 불안했었다. 다행히 이내 다시 흐르는 왕성한 기에 안심하긴 했지만 그 순간만큼은 끔찍했었다.

"아기씨, 도련님께서는 무탈하실 겁니다. 이리 걱정하시다가 아기씨 몸이라도 상하시면 그것이야말로 도련님께는 변고입니다. 그러니 믿으시고 마음을 편히 가지세요. 그럼, 저는 대가님께 가보겠습니다."

적주가 대가의 집으로 향할 때 녹연은 다시 마을 어귀로 나갔다. 녹연

도 알 수 있었다. 괜스레 어울리지 않는 농을 하는 적주의 심정을, 아마도 바짝 타는 속을, 불안한 마음을 드러내지 않으려 하는 것이리라.

전에 신우에게 들은 적이 있었다. 적주는 크게 앓고 일어나 신력을 갖게 되었고, 앞으로 두 번 더 그 과정을 겪어야 완전해질 수 있다고. 불완전한 신력으로는 잘못된 것을 보거나, 중요한 것을 보지 못할 수도 있다고. 누구보다 스스로 불안하고 괴로울 것이라며 신우는 벗을 걱정했었다.

제 옹졸함을 탓하는 녹연의 발걸음은 무거웠다.

녹연은 신우가 돌아올 때까지 몇날며칠을 그리하더라도 기다릴 작정이었다. 하지만 기다리는 이 시간이 일 각이 하루 같고, 시진이 십 년 같았다.

속이 탔다. 가슴이 탔다.

차라리 어느 여인네의 품에서 노닐다 오면, 실컷 원망이라도 하고 밉다 말할 수 있겠지만, 다치기라도 하였으면, 험한 일이라도 당하였으면.

녹연은 도리질했다. 하지만 생각하지 말아야 할 것들이 스멀스멀 머릿속에 자리 잡고, 점점 더 그 자리를 넓혀갔다. 그리고 급기야는 불길한 생각은 꼬리에 꼬리를 물고 그녀를 더는 견딜 수 없을 정도로 몰아갔다.

"싫어, 안 돼, 오라버니!"

녹연은 달렸다.

산세가 험하다는 이유로 하산이 금지된 산, 하지만 그것은 명목일 뿐이라는 것을 알고 있다. 멸문가의 유일한 생존자, 언제 목숨이 거둬질지 모르는 자의 안전한 족쇄가 바로 이 산이었던 것이다.

지금 녹연에게 그런 것들은 중요하지 않았다. 혹여 누군가에게 끌려가 봉변을 당한다 해도 이렇게 손 놓고 마냥 기다리고만 있을 수 없었다.

그가 없는 삶과 존재는 그녀에게 의미가 없었다.

부모의 얼굴조차 모르고 피붙이 하나 없던 천덕꾸러기였던 자신이 처음으로 누군가에 속해진 것이 바로 신우였다. 드러내 살갑지는 않지만 속 깊은 정을, 하나라는 동질감을 준 그 없이는 그녀 또한 없다.

달리고, 또 달렸다. 가쁜 숨이 턱까지 와 닿고 가슴이 터질 것처럼 달렸는데도 또 달렸다.

저기 먼 곳에서부터 말발굽소리가 들려왔다. 가슴이 철렁해 우뚝 멈추어 섰다. 그 자리에 굳은 듯 서서 온 신경을 다가오는 말에 집중했지만 흙먼지가 자욱해 알아볼 수 없었다.

안달이 났다. 속에 있는 내장이란 내장은 모두 타 시키먼 재가 되어 소멸되는 것 같았다.

제발, 제발, 제발 부탁입니다!

저도 모르게 피를 쏟듯 애원하는 간절한 바람의 시선 끝에 형체가 드러났다. 다가오는 말은……. 분명!

"오, 오라버니!"

그였다. 어제와 같은 여전히 늠연한 모습으로 말을 몰고 오는, 분명 신우였다.

"오라버니!"

그 모습을 또렷이 보고 싶은 마음 간절한데 차오르는 눈물이 자꾸 그를 흐릿하게 만들었다. 점점 더 커지지만 갈수록 흐려지는 모습.

"오라버……. 앗!"

허리가 낚아채지는가 싶었는데 어느새 말 위에 앉혀졌다.

"다 큰 처자가 길을 잃었느냐, 어린애처럼 길바닥에서 이렇듯 울고 섰게."

말은 그렇게 해도 이 따뜻한 가슴의 그는 그녀의 목숨과도 같은 신우였다.

"아흑, 아흑 오라버니! 흐흑……."

이렇게 울고 있는 그녀를 이렇게 품어줄 수 있는 단 한 사람. 아무렇지도 않게 이리 따뜻한 품을 내어주는 사람.

"오라버니……. 흐흑."

밉살스런 말 몇 마디로 그녀를 토라지게 해 진정시킬 수 없다고 느낀 신우는 녹연을 꼭 끌어안으며 진심으로 말했다.

"미안하다."

녹연은 비록 시진 정도의 시간이었지만 수년 애끓던 사람처럼 울음을 토해냈다. 신우는 그런 그녀가 애태운 마음을 고스란히 뱉어낼 때까지 가슴에 보듬고 소중히 안아주었다.

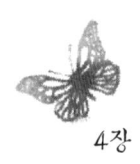

4장

　을물의 무사들에게 사혈을 잡힌 의원은 기가 상한 상태였다. 목숨이 위태로운 것은 아니지만 제 기력을 찾기에는 시간이 필요했다. 그때까지 누군가 옆에서 병자의 수발을 들어야 했다.

　지금 폐가의 움막에 의원이 있다는 사실을 아는 사람은 해선과 기련, 신우와 적주 그리고 녹연뿐이었다. 다른 누군가를 더 끌어들이기보다 이 사실을 알고 있는 지금 인원 중에서 의원의 구완을 맡는 것이, 극비를 유지하기에 적합했다.

　녹연은 모두 모인 자리에서 그 일을 자청하고 나섰다.

　"대가님께 허락을 청합니다."

　모두 놀라는 사이 신우의 단호한 목소리가 먼저 울렸다.

　"당치 않구나. 그 의원이 어떤 자인 줄 어찌 알고 네가 나선다는 것이냐."

　냉철한 그의 성정상 언성을 높이지는 않았으나 일자로 굳은 입매는 고성보다 더한 노기를 띠었다. 신우가 반대할 것을 예상해 해선에게 바로 청을 넣기는 했지만 그의 단호함에 막상 부딪히자 긴장하지 않을 수 없었다. 하지만 이번만은 녹연도 제 뜻을 꺾을 의사가 없었다. 언제까지

신우가 제공하는 단단한 보호막 안에서 무기력한 시간을 보낼 수는 없었다. 그가 세상 무엇보다 소중하고 그를 가슴 깊이 은애하지만 녹연에게 이 일은 그것과는 별개인 것이다. 표면적으로는 그의 뜻을 거스르는 것일지라도 앞으로 그와 함께할 긴 여정 속에서 자신의 자리를 바로 하기 위한 과정이라 녹연은 생각했다. 그 속에서 빚어질 수 있는 마찰들은 그도 자신도 현명하게 이겨내야 하며 또 그러리라 믿었다.

녹연은 두어 번 숨을 참은 뒤 차분하게 입을 열었다.

"심신에 병이 나신 분이라는 것은 압니다."

"분명, 안 된다고 했는데도 또 다시 언급하는구나."

한층 더 낮아지는 목소리로 으르는 신우에게는 대답하지 않고, 녹연은 해선 앞으로 나아가 무릎을 꿇었다.

"대가님, 여기 계신 분들은 모두 맡은 바 임무가 있다는 것을 잘 알고 있습니다. 그러니 제가 할 수 있게 해주십시오. 우리 마을에는 어린아이들까지도 모두 제 할 일이 있고 서로 돕는데, 저는 그동안 아무것도 한 것 없이 세월만 죽이고 있었습니다. 저도 이제 할 수 있는 일이 생긴 것입니다. 허락해주십시오, 대가님……."

"그것이 정녕 네가 그리도 원하는 것이냐?"

일언지하에 불허할 줄 알았던 해선의 물음에 신우의 눈이 해선에게로 돌아갔다.

"대가님……."

"신우는 잠시 있거라."

해선은 입술이 일자로 굳어지는 신우에게서 녹연에게로 시선을 돌렸다.

"이제 녹연이 대답해보거라."

"예, 대가님. 간절히 바라는 일입니다."

확고하고 진심어린 녹연의 간청을 바라보던 해선이 이제는 기련을 향했다.

"달아나거나 해를 주지는 못할 것입니다."

해선의 의중을 이해한 기련이 답하자 해선은 그 자리의 누구보다 발언하고 싶을 신우의 의사는 묻지 않은 채 하명했다.

"그럼, 녹연이 의원의 구완을 맡는 것으로 하겠다."

해선의 명에 녹연은 기쁨을 감추지 못했지만 적주는 내심 혀를 찼다. 예상치 못한 녹연의 대담한 발언 이후로 내내 신우를 지켜보았기 때문이다. 사리분별 분명한 그로서는 절친한 벗과 스승과 정혼녀 앞이라도 아버지이자 대가의 명을 즉시 반발하고 나설 리 없었을 것이다. 하지만 차갑게 경직된 곧은 입가는 그가 대가의 이번 명을 순순히 받아들이지 않을 것임을 예고했다.

"대가님께 독대를 청합니다."

아니나 다를까 신우의 냉정한 목소리가 이어졌다. 독대라니, 담판을 짓겠다는 선언이나 마찬가지였다.

"신우만 남고 모두 물러가거라."

적주는 스승의 뒤를 따라 물러서며 낮은 한숨을 쉬었다.

세 사람이 모두 나가자, 신우는 해선 곁으로 다가섰다.

"기력이 쇠하긴 하나 아직 의중을 알 수 없는 자입니다. 그런 자 곁을 녹연에게 지키라 허하신 것은 너무도 위험합니다."

"신우야."

해선이 아들의 이름을 조용히 부르자 신우는 불만의 목소리를 누르며 대답했다.

"예, 대가님."

"기련이 허튼소리를 할 사람이 아니질 않느냐. 또한 지금처럼 비밀유지가 절대적이고 이 사실을 아는 이를 하나라도 줄여야 하는 이 상황에서, 그 일을 맡을 적임자가 녹연 말고 누구란 말이더냐?"

"말이 날 것이 우려되면 저나 적주가 해도 되는 일입니다."

"기련이 자리를 비우는 일은 더 잦아질 텐데 수련생들을 맡아야 할 너와 적주의 공석은 누가 메우고?"

"상황에 따라 교대를 하는 것도 괜찮은 방법일 수 있고 조금 더 고민을 해보면 좋은 안이 떠오를 것입니다."

아들을 지그시 바라보던 해선이 안타깝다는 표정을 지었다.

"무심할 정도로 냉정하고 명료한 네가 녹연이 관련되면 분별력이 흐려지는구나."

신우는 대꾸할 말을 잃고 입술을 꾹 다물었다. 일말의 흔들림도 원치 않는 자신이 그 기분 나쁜 경험을 할 때면 늘 녹연이 연관되어 있다는 것을 그라고 왜 모르겠는가.

"네가 녹연에게 하는 것은 염려를 넘어선 과잉보호이고 애정을 빙자한 구속과 무엇이 다르겠느냐."

신우는 마치 뒤통수를 호되게 맞은 것 같아 무춤했다. 그러다 제 여자를 보호하기 위해 구속하는 것이 무슨 문제가 되는 건가 하는 반발이 내면에서 끓었다.

"물론 녹연에 대한 너의 애정이 깊어서라는 것을 알지만, 네가 번번이 그 선을 넘는다면 너희 두 사람 관계에 앞으로 득이 없다는 것을 알아야 할 것이다."

"그것이 무슨 말씀이십니까?"

"녹연이 행복하질 않아."

신우는 눈을 가늘게 떴다. 그 말의 의미를 느끼면서도 쉽게 받아들이려 하지 않았다.

"녹연은 영특한 아이다. 너와 같은 곳을 보고 함께 가려 할 아이지, 그 뒤에 숨어 뒤만 따라갈 아이가 아니라는 뜻이야. 그것은 네가 더 잘 알고 있지 않느냐. 자꾸 네 안에만 가둬두려 한다면 녹연이 불행해질 테고 녹연이가 불행하면 신우 너도 불행해지는 것이니……. 신우야."

해선의 부름에 신우가 마주치고 싶지 않은 시선을 마주했다. 정혼녀로 공표된 순간부터인지, 아니면 어머니의 치마폭에 숨으면서도 말간 눈으로 직시하는 그의 눈을 피하지 않았던 순간부터인지 정확한 순간은 알 수 없지만 녹연은 강물은 흐른다는 세상의 이치처럼 신우에게 속해졌다. 혹여 그의 손아귀에서 그녀가 미동이라도 한다면 더 꾹 쥐어놓고 옴짝할 수 없게 만들어야 했다. 꿈틀거리면 꿈틀거릴수록 더 큰 아귀의 압력으로 그녀를 움키는 스스로를 자각하고 그녀 또한 자각하게 했다. 예 녹연은 해신우에게 철저히 속해져 있다고.

그도 알고 있었다. 설사 부서지는 한이 있어도 녹연의 꿈틀거림 또한 세지고 세질 것이라는 것을. 아버지가 우려하는 것도 그러한 맥락에서일 것이다.

"가두고 싶거든 놓아주거라. 그렇다고 아주 놓으라는 소리는 아니지 않느냐. 녹연이 숨 돌릴 정도의 틈만큼은 놓아주라는 말이다."

신우는 한 마디도 하지 못한 채 밖으로 나올 수밖에 없었다.

가두고 싶다. 그렇잖아도 산 속에 갇혀 세상과 담을 쌓고 사는 가여운 아이를, 그것도 꽁꽁 가두고 싶다. 내 품 안에서 누구도 침범하지 못할 내 울타리 안에다. 가두려 하면 그리할수록 파닥거리면서 빠져나가려고

하는 것이 성나고 또 가두고 싶은 것이다.

신우는 녹연이 가 있을 폐가 방향을 한동안 바라보았다. 하지만 정작 발길을 옮긴 곳은 적주의 집이었다.

검을 손질하던 적주는 걸어오는 신우를 보고 손을 멈추었다.

"이리 오셨습니까?"

적주는 신우가 벌써 녹연이 있을 폐가 움막으로 달려갔을 거라 생각해서 한 말이었다. 신우는 대답 대신 문간에 걸터앉았다.

"안 되는 것이겠지?"

뜬금없어 보일 수 있는 신우의 말을, 적주는 그가 무슨 심중에서 하는 소리인지 이해했다.

"결코 거르는 일 없이 먹이를 물어주는 큰 새 곁에서 굳이 가냘픈 날 갯짓을 배우는 작은 새를 보면 왜 저리 힘겨운 일을 하나 싶으시만, 그것은 어찌 보면 거대한 새를 따르고 싶어서가 아닐까 하는 생각이 들어. 언제 저 창공 가장 꼭대기에서 높은 날갯짓을 할지 모르는 그 새와 살고 싶어서 그리하는 것이 아닐까 하고."

적주의 말에 신우는 대답 대신 아득한 무언가를 바라보듯 담 넘어 먼 산을 오래토록 바라보았다.

"의원님, 조반 가져왔습니다."

오늘도 의원은 대답이 없었다.

"의원님, 저 들어가겠습니다."

의원은 녹연이 들어왔는데도 등을 보이고 앉은 자세를 유지했다. 누가 말을 건네도 상대를 없는 사람 취급하는 것은 처음 의식을 찾던 날부터 계속되던 일이었다.

녹연은 그가 제 목숨을 부지하기 위해 사람의 생명을 단축하는 비약을 쓴 것에 대해 의원으로서 가책을 느끼면서 괴로워한다는 것을 알 수 있었다. 그래서 그에게 인간적인 동정이 갔다. 그가 하루 빨리 스스로를 용서할 수 있기를 진심으로 바랐다.

"오늘은 고기 찬입니다. 얼마나 맛나던지, 입에서 살살 녹습니다."

녹연은 조반을 담은 바구니를 내려놓으면서 말을 이었다.

"오늘도 산 아래는 푹푹 찌겠지요? 산 속은 시원해 좋습니다. 저는 여기 오고 나서 딱 두 번 산을 내려가보았습니다. 그것도 산 바로 아래 조그만 마을까지뿐이었지만요. 아랫마을이 하나도 안 부럽습니다. 저는 여기가 훨씬 사람 사는 것 같고, 좋습니다. 하지만 그래도 가끔은, 지금보다는 조금 더 내려가고 싶다는 생각이 들기도 합니다."

"내려가면 되지. 여기도 저기도 있을 수 없는 나 같은 존재도 아닐 텐데."

처음 듣는 의원의 목소리였다. 녹연은 여느 때처럼 이것저것 한 말인데 무슨 말이 마음에 걸린 것인지 오늘 처음으로 반응을 해주었다.

"부모 앞세우고, 대역죄인의 남은 혈통으로 쫓기는 처지라 그리도 안 되네요. 저도 의원님처럼, 제 몸이지만 제 마음대로 다닐 수 없는 처지랍니다."

의원은 천천히 몸을 돌렸다. 그리고 이곳에 와 지금까지 본 녹연을 처음 보는 사람처럼 바라보았다.

"그늘이 없기에, 그런 사연이 있는지 몰랐구려."

"그늘이 있을 틈이 있어야죠. 여기서는 그늘이 있을 틈이 없어요."

해사하게 웃는 녹연을 보던 의원은 다시 입을 닫았지만, 어제의 침묵과는 다른 느낌이었다.

"사실 저는 의원님과 이렇게 말벗하는 것도 소중합니다. 저만의 일방적 벗이긴 하지만요."

녹연은 쓸쓸하게 웃으며 말을 이었다.

"부모 잃은 여자아이가 노예로 팔려가기 위해 노예시장에서 순번을 기다리고 있었습니다. 앞에 사람들의 순번이 하나, 하나 호명되어 갈 때마다 그것이 얼마나 무서운 일인지 본능으로 느끼면서요. 조금 커서부터는 더 끔찍한 시장으로 끌려갔어요. 사실 여기 오지 않았으면 시침아기로 팔려갔겠지요. 돌아가신 아버님의 벗인 대가님께서 저를 사주시지 않았으면요."

의원은 자못 놀라는 듯했다. 그리고는 움막 안에서 하늘을 보는 것처럼 아련한 시선으로 천장을 바라보았다.

"딸이 있었지. 살아 있었으면 비슷했지 싶네."

"예?"

녹연의 물음에 의원은 추억을 접듯 시선을 돌리며 다른 질문을 했다.

"그 사연, 그늘이 있을 틈이 없다는 사연 들을 수 있을까?"

드디어 마음의 문을 여는 것이 아닐까, 마음의 상처를 치유할 생각이 든 것인가, 녹연은 들뜬 마음을 숨기지 않았다.

"제 사연을 들으시려면 시장기가 도실 테니, 조반을 드시면서 들으시겠어요?"

의원이 고개를 끄덕이는 것을 보고 녹연은 기쁜 마음으로 간소하지만 정성어린 조반 든 바구니를 의원 앞에 밀었다.

기련은 요 며칠 늘 그랬던 것처럼 연무장으로 가기 전에 의원이 머물고 있는 움막으로 먼저 향했다. 의식을 회복한 의원은 충격에서 헤어나지 못하는지 침묵일관이었다. 아무리 설득해도 입을 열 기색이 없었다. 을물의 악행 깊숙이 관여된 유일한 사람인 데다, 그에 맞설 대안을 세우는 데도 그의 협조가 절대적으로 필요했다.

시간이 많지 않았다. 오늘도 고집을 부린다면 어쩔 도리 없이 강압적인 방법을 쓸 수밖에 없었다.

막사에서 조금 떨어진 곳에 긴 그림자가 보였다. 벼린 칼날 같은 시선으로 막사를 노려보는 그림자의 정체는 신우였다.

인기척을 느꼈는지 신우가 기련을 향해 돌아섰다.

"스승님, 오셨습니까."

"아기씨가 걱정되시면 들어가보시지요."

"고집을 부려 제 뜻대로 하는 이를, 무엇이 어여쁘다 걱정을 하겠습니까."

기련은 마음에도 없는 말을 하는 신우를 보고 미소를 지으며 물었다.

"아직 아기씨하고는 그대로이신가 봅니다?"

"이렇다 할 게 뭐 있겠습니까, 적반하장으로 제가 더 부어 있으니."

신우는 그 일은 더 거론하고 싶지 않다는 듯 화제를 바꾸었다.

"그나저나 의원의 고집이 너무 오래갑니다."

"그래서 오늘은 결론을 내려 합니다."

"결론을요?"

의원에게 변고가 생긴다면 그간 의원의 간병을 맡았던 녹연이 받을 충격을 생각했는지 신우의 미간이 찌푸려졌다.

기련은 그런 신우를 뒤로하고 움막으로 들어섰다.

그간 움막 안에 변화가 온 것 같았다. 내 식사를 물리던 의원의 음식 그릇이 거의 비워져가고 그 곁에서 녹연이 무어라 소곤거리는 중이었

다. 무슨 내용인지는 몰라도 듣고 있는 의원의 표정이 한결 부드러워 보였다. 그 모습이 흡사 부녀지간 같으니, 어제와 사뭇 다른 풍경이었다.

문 앞에 선 기련을 발견한 의원의 표정이 딱딱하게 굳어졌다.

"잠시 자리 좀 비켜주시겠습니까? 의원님께 긴히 드릴 말씀이 있습니다."

기련은 녹연을 향해 말했다.

"예, 알겠습니다."

녹연은 잠시 걱정 어린 시선으로 의원을 바라본 뒤 움막을 나섰다.

목을 쭉 빼고 안을 들여다보는 녹연의 뒤로 데면데면한 목소리가 들려왔다.

"그렇게 훔쳐보면 자라 목 된다."

새치름하여 돌아보니 신우가 하등 관계없는 사람처럼 멀찍이 서 멀리 산을 보고 있었다.

"누가 훔쳐본다고……. 오라버니께서 여긴 어인 일이세요."

녹연이 의원의 수발을 들게 된 이후로 신우는 연무 중간중간 틈을 내서 움막과 그 주변을 지켰다. 물론 둔감한 녹연은 눈치도 못 챘지만.

"내가 너를 보러 왔겠느냐?"

"제가 언제 저를 보러 왔다 했습니까?"

녹연은 신우의 무심한 말에 속이 상하여 톡 쏘고 그 곁을 지나쳤다. 이만큼 시간이 흘렀으면 풀어질 때도 되었는데 며칠 만에 보고도 홀대하니 옹졸한 생각에 원망스런 마음이 들었던 것이다.

화해를 하고 싶어도 녹연은 제가 먼저 손을 내밀 수 없었다. 그랬다가는 앞으로도 지금까지처럼 물가에 내놓은 어린아이 취급당하기가 일쑤

일 테니까. 그가 먼저 손을 내밀어준다면 못이기는 척 그 손을 잡을 테지만 그전까지는 어디 한번 고집을 부려볼 참이었다.

뚝.

뚝, 뚝.

"아?"

하늘에서 떨어지는 물방울에 녹연은 반사적으로 고개를 들어 하늘을 보았다. 한 방울 한 방울 떨어지던 빗방울이 부지불식간 뭉치 비로 변해 갔다. 구름 한 점 없이 말간 하늘은 마치 짓궂은 장난을 치듯 햇살 속에서 여우비를 뿌렸다.

녹연은 손등으로 이마를 가리며 마을로 뛰었다. 비를 피하자면 의원이 머무는 움집이 가장 가까웠지만 그곳으로는 갈 수 없으니 어쩔 수 없었다.

"앗!"

몇 걸음도 못 가 강한 힘에 의해 당겨지는가 싶었다. 어느새 잎이 풍성한 상수리나무 아래 세워졌다.

"오라버니?"

녹연이 고개를 드니 신우가 마주 서 입고 있던 포의 앞섶을 풀고 있었다. 열리는 옷감 사이로 건장한 상체가 얇은 삼베 위로 드러나는데도 개의치 않으며 퍽이나 당당했다. 얼른 고개를 돌린 것은 눈 둘 길 없는 녹연이었다.

"무, 무엇 하시는 겁니까?"

눈도 맞추지 못한 채 더듬거리는 녹연과는 무척이나 상반되게 신우는 느긋했다.

"왜 내가 미쳐 덮치기라도 할까 봐 두려운 것이냐?"

놀리는 것을 알면서도 녹연은 귀밑까지 뜨거워졌다. 햇살 속의 비의 향기, 젖은 풀 내음과 어우러진 그는 그녀로 하여금 알 수 없는 두근거림을 만들어냈다. 피 끓는 수컷이라면 자연스러울 그 강한 기운이 녹연은 못 견디게 의식되었다. 모두 그 입맞춤 때문이리라. 호흡은 몹쓸 병에 걸린 것처럼 가빠지고 가슴은 두방망이질 쳤다.

"그, 그만 놀리세요."

이러한 녹연의 반응을 즐기듯, 신우는 의미심장한 눈길을 가늘게 뜨고 거리낌 없이 포를 벗어젖혔다.

녹연을 나무 안쪽으로 세우느라 반쯤 나간 몸과 잎 사이사이 맺힌 물방울은 신우의 얇디얇은 베 속곳을 단단한 어깨와 가슴에 밀착시켰다. 그것이 온전히 벗은 것보다도 더 남성적 관능미를 발산하게 했다.

뜻하지 않은, 그것도 바로 코앞에 펼쳐진 광경에 녹연은 놀라 미처 다물지 못한 입술을 손등으로 가렸다.

"하긴 네가 아주 먹음직스럽긴 하구나."

소리 내진 않아도 그의 목소리는 싱글거림을 담고 있었다. 아무리 정혼자라고 해도 난생처음 접하는 남자가 반 나신인데 어찌 놀라지 않을 수 있을까 싶었던 마음이 싹 달아나는 순간이었다.

'또, 놀리긴!'

녹연은 좁은 간격을 좁히고 다가서는 신우를 야무지게 밀쳤다.

"그만! 그만하시라니까……. 아……."

휙!

신우의 벗은 포가 머리에 씌워졌다.

"아무리 먹음직스럽다고 백주대낮에 잡아먹기야 하겠느냐? 마을 반도 못 가 그칠 비인데 그렇게 뛰었다간 몇 걸음 못 가 물에 젖은 생쥐 꼴이

될 터. 쓰고 있거라."

"하지만, 오라버니 옷이 다 젖을 텐데요."

"내가 좀 젖는다 하여 엉큼한 사내들 눈이 내게 달라붙겠느냐?"

'그럼, 여자들은?'

튀어나오려는 말을 속으로 꿀꺽 삼키는 녹연을 신우는 포째로 감아 안았다. 눈 깜짝할 사이에 그의 품에 안겨진 녹연은 놀라고 부끄러워 더듬거렸다.

"왜, 왜, 이러세요. 오, 오라버니……."

"가만."

버둥거리면 버둥거릴수록 신우의 팔에 힘이 들어갔다.

"어허, 네가 고뿔이라도 걸리면 내가 귀찮아지니, 온기를 전해주려는 것뿐이다. 흑심 따위를 기대했느냐? 그렇다면 꿈 깨거라."

"칫, 하나도 안 춥습니다. 오라버니 때문에 더울 지경입니다."

"내가 데워주니 따뜻해지는 것을 정녕 모르겠느냐."

"덥다니까……."

녹연은 말끝을 흐리면서 그의 품에서 벗어나려던 몸짓도 멈추었다. 그러자 신기하게도 당황스럽기만 하던 조금 전과는 다른 감정이 몰려왔다. 그것은 세상 가장 튼튼하고 안전한 울타리 안에서 느낄 것 같은 편안함이었다. 물론 몹쓸 설렘을 동반하고 있다는 것이 문제이지만.

녹연은 멈칫멈칫 그 넓은 가슴에 볼을 대었다.

"유혹하는 것이냐?"

"하여간."

신우를 노려보기 위해 고개를 든 녹연은 그만 얼어붙고 말았다.

냉랭하기만 하던 그의 눈빛이 이글거리고 있었다. 뜨겁게 달아올라 그

에 닿으면 온통 태워버리고 말 것 같았다.

녹연은 순간적으로 그의 가슴을 밀쳐냈다. 그 힘이 얼마나 강하였으면 신우가 한 발 뒷걸음질 칠 정도였다.

"이, 이제 되었습니다."

녹연은 옅어진 빗줄기 사이로 뛰어들어 마을로 달렸다. 따라잡을 생각이었으면 충분히 따라잡을 수 있었는데도 신우는 그리하지 않았다. 그저 멀어지는 녹연의 뒷모습이 시야에서 사라질 때까지 지켜볼 뿐이었다.

움막에서는 녹연이 밖으로 사라진 것을 확인한 기련이 의원에게 다가가 맞은편에 앉았다.

"오늘은 다 드셨군요."

"……예."

녹연을 대하는 태도가 변하고 물음에 답하였다 하여 의원이 당장 협조할 것이라는 보장은 없었다. 하지만 더는 그의 사정을 보아줄 수 없는 것이 지금의 현실이었다. 영악한 을물의 생각을 따라잡으려면 더 지체해서는 안 되었다. 지금보다 더 난국으로 하호들을 내몰 수는 없는 거였다. 그러니 오늘은 무슨 수를 써서라도 의원과 담판을 지어야 했다. 기련은 의원의 입을 여는 일에 위해가 가해지지 않기를 바라며 입을 열었다.

"어제도 말씀드렸지만 을물이라는 자가 폐하를 죽음으로 몰아넣고 '가'들의 수장이 되려 하고 있습니다. 귀중한 시간이 더 흘렀습니다. 오늘도 의원님께서 협조치 않으신다면, 저로서도 어찌할 수 없습니다."

"그런 수고 할 필요 없습니다. 내 이미 마음먹고 있으니, 그간 은혜도 모르고 함구한 점 사과드립니다. 용서하십시오.”

 “의원님, 그럼…….”

 “내 아는 대로 모두 말씀드리고, 내가 할 수 있는 것은 모두 도울 것입니다.”

 분명 허투루 말하는 것이 아니었다. 그의 모습은 삶에 대한 의지와 애착을 모두 버린 어제의 모습과는 달랐다.

 소식을 접한 해선이 움막으로 왔다.

 말문을 열기 시작한 의원은 그동안 을물의 집에서 있었던 일들을 소상히 밝혔다.

 납치되어 오기 전부터 죽임을 당할 뻔한 날까지의 일들을 빠짐없이 나열했다. 의원의 입에서 나오는 그들의 수법은 잔인했다. 말을 듣지 않는 의원에게 본보기로 평소 의원의 보살핌으로 완쾌된 이들을 한 명씩 납치해 와 의원이 보는 앞에서 목을 쳤다고 했다.

 무고한 목숨이 셋이나 죽임을 당하자 더 이상의 희생을 참을 수 없었던 의원이 협조를 했고, 그날 밤 안대를 한 채 어디론가 끌려가 진맥을 했다고 했다.

 환자의 병이 중하여 병자를 일으키는 비약을 썼을 때 환자의 생명이 언제 끝이 날지 예측할 수 없다고 하는데도 그들은 개의치 말고 비약을 생산하기를 종용했다고 했다. 비약은 제조과정이 까다롭고 여러 날을 달여야 하는 데다 그 과정을 거치고도 실패할 수도 있어 의원은 갇혀 있는 동안 단 세 개의 환을 만들 수 있었다고 했다.

 의원은 자신이 비약을 쓴 대상이 왕이라는 것을 죽기 직전에야 알았다고 했다. 그래서 살아서 이곳에 오고도 대역을 저지른 일에 대한 자책감으로 살아난 것에 감사할 줄 몰랐다고 했다.

"저를 죽이려 하던 날, 마지막으로 만든 비약을 가져갔습니다. 진맥의 상태로 보았을 때 마지막 약을 쓰고 닷새는 성한 사람처럼 일어날 것이며, 그 후 시름시름 사흘을 앓다 사망할 것입니다."

의원의 말에 놀란 해선과 기련은 서로 눈을 마주쳤다.

"그 사실을 그자들이 알고 있습니까?"

기련이 물었다.

"그자들은 환자의 사망에 대해서는 관심이 없었습니다. 환자가 성한 자 흉내를 얼마 동안 낼 수 있는지만 묻더군요. 그래서 그것만 알려주었습니다."

의원의 말을 듣고 잠시 생각에 잠겨 있던 해선이 입을 열었다.

"잘 알겠소이다. 우리 마을은 안전하고 모두 믿을 수 있지만, 혹여 그들의 눈과 귀가 산중을 감시할 수도 있는 일이니 의원께서는 불편하시더라도 당분간은 더 움막에 기거하셔야겠습니다. 건강이 회복되시는 동안 피신해 생활할 수 있는 곳을 알아보겠습니다."

"감사합니다, 대가님. 저 그런데……."

"말씀하시지요."

"몸이 회복되면 국경을 넘을까 합니다."

"국경을요? 그럼, 어디로 가시렵니까?"

"위나라로 가겠습니다. 스승이 그곳에 계십니다. 부양할 처자도 없고, 이곳에는 이제 미련이 없습니다."

의원의 말에 상처가 묻어났다.

"죽을 때까지 약초나 캐고 다닐까 합니다."

"그것이 정녕 원하시는 것입니까?"

"예."

"그럼, 그렇게 조치를 취해드리겠습니다. 서둘러 원기를 회복하십시오."

"고맙습니다."

해선이 움막을 나서자 기련이 그 뒤를 따랐다.

대가의 사랑채에서는 긴밀한 대화가 오갔다.

"시간이 없네."

"예, 대가님. 아직 마지막 약을 쓰지 않은 것 같은데, 언제, 무엇을 겨냥하고 있을까요?"

"음……."

턱을 쓸며 고민하던 해선이 기련을 보았다.

"자네는 밤이 되면 하산하여, 대사자 지겸주를 만나고 오게. 그를 만나 이 상황을 전하고 궁궐 상황도 들어보게. 그러면 해답을 찾을 수 있을 것이네. 그리고 지금 지겸주의 집 주변에 감시가 삼엄할 걸세. 그가 의원과 관련이 있는 데다 을물과도 좋을 것이 없는 관계이니 말일세. 그점 유념하고 조심히 다녀오게."

"예, 대가님."

해선을 향해 읍을 하고 방을 나온 기련은 마을로 내려가기 위해 길을 서둘렀다.

5장

이상하게도 배가 살살 아팠다. 특별한 것을 먹은 것도 아니고 그렇다고 과식을 한 것도 아니었다. 그러고 보니 체하거나 배탈이 난 것과는 다른 통증이었다. 아랫배가 사르르 아파 오다가 뻐근하다가 다시 괜찮아지는 것을 반복했다.

"탈이 났나?"

그러한 증상은 해 저물 무렵까지도 계속되어 녹연을 불편하게 했다. 딱히 어디가 심하게 아파 약을 복용할 정도라면 인주 어멈에게라도 도움을 청했을 텐데 통증이라 부르기도 민망할 정도로 찜찜한 불편함이라 수선떨기 싫었다.

녹연은 불편한 내색 않고 석반 준비로 바쁜 부엌으로 나갔다.

부엌에서는 녹연보다 일 년 아래의 인주가 녹연을 알아보고 상을 닦던 손을 멈추었다.

"아기씨께서 늦으시네요."

"그러게 말이다. 벌써 나오셔서 간섭을 하셔야 맞는데."

인주 어멈은 애정 담긴 농을 하고는 다시 바쁜 손을 놀렸다.

"인주는 어찌 여기서 상 준비를 하니?"

때마침 부엌으로 들어온 녹연의 물음에 인주가 일어섰다.

"가려던 참이네요. 우리 집 상은 이미 봤고요. 술이 잘 익었기에 대가
님과 도련님 드리려고 잠깐 들렀어요. 지금 갈 거예요, 아기씨. 엄니, 가
요."

"행동거지 조심하고."

"알았다니까."

인주는 어미를 흘기고는 부엌을 나섰다.

"인주야."

대가부인이 부엌으로 오기 위해 마당을 가로지르다가 부엌에서 나오
는 인주를 불러 세웠다.

"예, 마님."

"네 어미에게 들었다. 태기가 있다고. 이거 말린 고기이니 가지고 가
거라. 산모는 잘 먹어야 하느니라. 뱃속의 아이까지 둘이 아니더냐, 입
덧이 시작되거든 우리는 상관 말고 언제든지 네 어미를 찾거라."

"예, 마님."

인주는 대가부인에게 대답하면서도 뒤에 선 녹연을 의식하는 듯했다.
인주는 제 눈치를 보느라 제대로 기뻐하지도 못하는 것이리라.

"인주야, 잘되었구나. 정말 잘되었어."

녹연은 인주의 손을 잡고 제 일처럼 반겨주었다. 그래도 인주는 마음
이 불편한 모양이었다. 저보다 나이 많은 주인은 아직 혼례도 못 올렸는
데 저는 벌써 아이까지 생겼으니 어찌 편할 수 있겠는가.

"네 어머니 말처럼, 정말 행동을 조심해야겠다. 아기가 천방지축 널
닮아 나오면 아기 아범이 불쌍하잖니."

"정말, 아기씨까지 이러실 거예요."

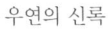

인주가 발끈하는 통에 대가부인과 인주 어멈은 웃음을 터트렸고, 인주와 녹연도 서로 보고 웃기 시작했다.

인주가 돌아가고 녹연은 속으로 한숨을 쉬었다. 인주가 대견하면서도 한편으로는 부러웠다. 어찌하여 남들 다 하는 여자구실 하나도 못 할까, 제 자신이 한심스럽기 그지없었다. 그러고 보니 최근 들어 동네 혼인이 현저히 줄어든 것 같았다.

하기야 인주만 보아도 태기가 있어도 죄 지은 사람처럼 구는데, 성년이 지나고도 차기 대가가 혼례를 치르지 않고 있는데 어찌 '가'의 하호들이 혼인한다고 쉬이 나서겠는가. 참으로 민폐였다. 녹연은 가슴이 답답했다.

인주 어멈이 석반을 방에 들이고 나갔다.

"신우는 오늘 늦나 봅니다. 대가님, 시장하실 텐데 먼저 드시지요. 녹연이 너도 이리 오너라."

"예."

상 앞으로 가 앉으려던 녹연은 순간, 소스라치게 놀랐다. 아랫도리가 뭉클하더니 무언가 주룩 흘러나오는 느낌이 든 것이었다.

"저, 저, 저는 물을 가지고 오겠습니다."

"왜 인주 어멈이 들여올 텐데, 신우가 오지 않아 그러는구나. 그럼 나가보겠니?"

창백해진 얼굴을 감추기 위해 고개를 숙이고 서둘러 나가는 녹연을 오해한 대가와 대가부인의 낮은 웃음소리가 들렸다.

물 소반을 들고 부엌을 나오던 인주 어멈은 치마를 붙든 채 달려 나오는 녹연과 부딪칠 뻔하자 호들갑을 떨었다.

"아이쿠, 깜짝이야."

하지만 뒤도 돌아보지 않고 뛰어가는 녹연을 보고는 새된 목소리로 제 입을 틀어막았다.

"에구머니나, 아기씨 치마에!"

마침 수련을 마치고 안채로 들어서던 신우는 사색이 되어 뛰쳐나가는 녹연의 팔을 잡았다.

"무슨 일인데, 왜 그러느냐."

그런 그를 거들떠도 보지 않고 녹연은 달아나고자 안간힘을 썼다.

"제발 놓아주어요, 오라버니."

녹연은 거의 울음을 터트릴 듯한 얼굴이었다.

"무슨 일인지 묻질 않느냐."

이유를 알기 전에는 결코 보내주지 않을 것처럼 예리한 눈빛으로 묻는 신우 옆으로, 뒤쫓아 온 인주 어멈이 반색하며 손사래를 쳤다.

"아이쿠, 도련님. 어서 아기씨 놔주세요."

신나 죽겠다는 인주 어멈의 표정으로 보아 나쁜 일이 아님을 감지한 신우는 이번에는 인주 어멈에게 물었다.

"무슨 일인가?"

"도련님, 이제 장가드시게 생겼으니, 어서 그 손 놓고 아기씨 놔주시라니까요."

"뭐라……."

신우의 손이 헐거워진 틈을 타 잡힌 손을 뿌리친 녹연은 치마를 뒤로 뭉치고 뛰어갔다.

"녹연아."

녹연이 달아난 방향으로 성큼 발을 내딛는 신우의 앞을 인주 어멈이 죽기로 가로막았다.

"무슨 짓이냐."

"용서하셔요, 도련님. 쇤네를 상전 불경죄로 매를 치신다 하셔도 어쩔 수 없습니다요."

"어허, 인주 어멈. 왜 이러냐고 묻질 않느냐?"

신우의 꾸중을 듣고도 인주 어멈의 벙실거림은 멈추질 않았다.

"이제나 될까, 저제나 될까 속 끓이시던 색시 맞이, 이제 되셨다고요. 그러니까 지금 아기씨 쫓아가시면 안 됩니다요. 그랬다가는 도련님은 십중팔구 장가도 들기 전에 새색시한테 미움 받지요. 암요, 암, 우리 아기씨 가만 안 있지."

"그게 무슨 소린가?"

"아기씨가 드디어 하셨어요. 초경이요, 이런 경사가 있나 말이에요. 우리 '가' 하호들에게 이런 경사가 없지요."

인주 어멈은 덩실덩실 박자에 맞추어 춤을 추듯 말했다.

"정말인가?"

가늘어지는 신우의 눈길에 떠오른 화색에 인주 어멈은 녹연의 초경 사실을 가장 먼저 발견한 것을 옥단 금괴 발견한 것처럼 으스대며 답했다.

"정말이다마다요. 내가 이 두 눈으로 똑똑히 보았는데요."

"그렇다면 더군다나 이러지 말아야지. 비키거라."

신우의 앞을 인주 어멈이 더 단단히 막고 서 정색을 했다.

"어디를 가신다고 이러세요. 그러시면 정말 망측스러워지는 거지요. 도련님께서는 가보셔야 아무 도움 안 되십니다요. 아기씨가 지금 얼마나 놀라고 부끄럽겠어요. 여자들은 처음에는 무엇이든 부끄러운 법이거든요. 아기씨 얼굴 평생 안 보시려거든 지금 가보시든지요."

"그것이 나를 평생 안 보겠다고 할 정도로 부끄러운 일이란 말이더냐?"

평소 냉랭하기 짝이 없는 신우의 골몰하는 모양에 인주 어멈이 입을 막고 깔깔거리기 시작했다.

"어허, 이 무슨, 인주 어멈 지금 날 놀리는 겐가?"

"아이쿠, 제가 어찌 도련님을 놀리겠습니까요. 저 같으면 안 그러지요. 하지만 아기씨 새치름한 성격에 그러고도 남죠. 암만 백번 그러고도 남지."

"정말 어찌 그리 까다로운지."

혼잣말을 뱉은 신우가 녹연이 있는 별채와는 반대 방향인 안채로 난 발길을 반쯤 튼 것은 녹연에게로 들이닥치는 것을 참겠다는 뜻이었다.

가서서 좋은 소리 못 들어도 보고 싶으시겠지.

신우의 대답은 없었으나 녹연에 대한 신우의 애정을 잘 아는 인주 어멈으로서는 안되었다는 생각을 했다. 그래도 쥐구멍이라도 찾으려 할 것이 뻔한 녹연을 생각하면 신우를 놓을 수가 없었다.

"좌우당간, 도련님은 어여 석반 드시고, 그렇게 오매불망하시던 혼례 일이나 잡아달라 청하세요."

포기하지 않고 또 녹연에게 간다고 할까 봐, 혹시 하는 마음에서 그냥 입에서 나오는 대로 한 소리인데 신우의 눈이 번쩍였다. 에고, 모르겠다는 심정으로 인주 어멈은 월경대를 만들기 위해 천을 끊으러 등을 돌리고 신우는 제 부모가 석반 중인 방으로 훌쩍 들어갔다.

석반 드는 동안 냉정한 아들의 입가가 수시로 풀어지는 광경을 믿을 수 없어 보던 대가부인이 상을 치우기 무섭게 물었다.

"아드님, 무슨 일 있습니까?"

"대가님, 어머님께 긴히 드릴 말씀이 있습니다."

"긴히?"

해선도 의아해져 물었다.

"예."

"그래? 무슨 말인지 말해보거라."

"빠른 시일에 혼례일을 잡아주셨으면 합니다."

청이라기보다 통보처럼 들리는 신우의 확고함에 대가부인은 둥그레진 눈을 아들에게 고정했다.

"아드님, 때가 될 때까지 기다리기로 하였는데 이렇듯 밀어붙이려 하면 녹연이 얼마나 난감하겠습니까."

"인주 어멈 말이 녹연이 이제 여자가 되었답니다."

녹연이 들었다면 민망하여 상대하지 않을 말을 하면서도 신우는 한 치의 거리낌이 없었다.

"그렇다면 그 뜻은……."

말을 잇지 못한 채 서로를 바라보던 대가 부부의 얼굴에도 이내 화색이 돌았다. 점잖은 그들도 기쁨을 감출 수 없는 모양이다.

"이런, 경사로구나. 내 좋은 날로 택일을 할 것이니."

"외람되오나 좋은 날보다 빠른 날로 택해주십시오."

특유의 기품 있는 자세를 꼿꼿이 유지하면서 능청스런 말을 내뱉는 아들을 헛웃음 지으면 보던 해선이 물었다.

"허, 그리도 서두르고 싶으냐?"

"제 나이 스물입니다. 손이 귀한 '가'를 생각한다면 아무리 서두른다 해도 빠르지 않다고 여겨집니다."

"그래? 진정 '가'를 생각해서라는 말이지? 허허허허."

다시 웃음을 터트리던 해선은 부인을 보았다.

"부인은 어찌 생각하시오."

"저도 손이 그립습니다. 너무 앞선다 하실지 모르겠으나 우리 신우와 녹연을 닮은 아이는 얼마나 어여쁠까? 궁금하기 그지없습니다."

"허허, 그렇구려. 이 방에 있는 사람 마음은 한결 같은 것 같으니 아기만 따르라 하면 되겠구려. 하하하하."

안채에서 일어나는 일을 상상도 못 한 채 녹연은 여인이 된 자신의 익숙하지 못한 몸을 추스르느라 고군분투 중이었다.

이튿날 대사자 지겸주를 대면하고 돌아온 기련은 마을로 들어서면서부터 전에 없던 흥거운 기운을 느꼈다. 나뭇가지 겨루기를 하고 뛰어노는 아이들, 먼지를 털거나 빨래터로 향하는 아낙네들의 모습은 산중 마을에서 늘 펼쳐지는 풍경인데도 어쩐지 오늘따라 그들의 표정이 흥겹고 발길은 가벼워 보였다.

기련은 곧장 대가 댁으로 향했다.

"그래, 지겸주는 잘 만나보았는가?"

"예상했었던 것처럼 대사자 댁 주변이 염탐되고 있었습니다."

"그래?"

"밤사이 내내 자리를 지키던 감시자가 새벽녘에 잠시 이슬을 피하려 들어간 틈을 타 잠입해서 대사자를 만나 뵙고 입궐하는 대사자 행차의 하호로 변장해 그들 틈에 섞여 나왔습니다."

"애썼구먼. 그래, 의원에 대한 이야기를 듣고 지겸주는 뭐라 하던가?"

"처음에는 당장 의원을 만나 뵙고자 하였으나 지금이 좋지 못한 시기임을 통감한 후로는 냉정을 찾고, 을물과 궐내 동향을 소상히 알려주셨습니다. 얼마 전까지 폐하는 원기 충천한 젊은이처럼 신하들 앞에 나서

셨다는데 요 며칠은 다시 두문불출하신다 하였습니다."

"그렇다면 그날이 언제일지는 모르겠으나 폐하가 다시 나타나시면 그 때가 마지막 약을 쓴 날이 되겠군."

"그래서 대사자께서도 예의주시한다 하였고, 빠른 시일 내에 긴밀히 연락을 취할 창구도 마련하겠다 했습니다."

"알겠네. 자네가 이번에도 고생이 많았어."

"송구합니다. ……그런데 무슨 일인지 온 마을이 들뜬 듯합니다."

"자네 보기에도 그리 보이나? 하하하하."

보기 드문 해선의 대소였다. 무엇이 그렇게 온 마을뿐 아니라 진중한 대가까지도 흥겹게 하는지 기련은 그 웃음이 끊길 때까지 유쾌한 궁금 증에 대한 인내심을 발휘해야 했다.

"자네 돌아오는 대로 궐의 상황을 들어보고 신우의 혼례일을 정하려 했네."

"도련님의 혼례라면, 아직 아기씨……. 그럼……!"

"어허허허, 맞네. 제사장에게 날을 잡으라고 할 거네. 좋고 빠른 날로, 아니지 빠르고 좋은 날로 말일세."

"감축 드립니다. 대가님."

해선은 무엇이 기억난 듯 웃음을 멈추고 진지한 눈길로 기련을 바라보 았다.

"그나저나 자네 나이 벌써 스물일곱이 아닌가? 왜 그리도 혼인을 마다 하는가? 혹, 여자를 싫어하는 겐가?"

"제가 남색은 아니라고 지난번에도 말씀드리지 않았습니까, 다만 대 가님의 안위를 책임진 입장에서 큰일을 앞두고 식솔이 부담스러워 그러 합니다."

"그럼, 이번 일이 마무리되면 자네도 짝을 맞아야 할 걸세."

"하지만 대가님……."

"어허, 더 이상 핑계 댈 생각 말게나, 내 이번만은 자네가 뭐라 해도 밀어붙일 터이니."

난감한 표정을 감추지 못하는 기련을 향해 해선은 다시 호방한 웃음을 터트렸다.

신우는 녹연이 쓰는 별채로 들어오고 있었다. 기다리고 기다리던 택일이 결정되었는데 이 기쁜 소식을 인주 어멈에게 전해 듣게 하고 싶지 않아 걸음을 한 것이다.

마침 녹연은 마당에 나와 자리를 털고 있었다.

"무엇 하느냐?"

무엇이 언짢은지 녹연은 그를 보지도 않고 곱지 않게 대답했다.

"자리 털지 않습니까."

그래도 이 소식을 들으면 녹연도 곧 기뻐할 거라 기대하고 신우는 기분 좋게 조금은 고무된 목소리로 말했다.

"우리의 혼례일이 잡혔다."

뚱해서 대답도 않는 녹연에게 부아가 치민 신우가 이 사이로 뱉었다.

"싫더냐?"

"그런 것이 아니라, 제게는 묻지도 않고 마음대로……."

"네게 물으면 또 이 핑계 저 핑계를 대면서 느릿할 텐데, 지금껏 기다린 것도 부족해서, 이 내가, 그런 꼴까지 보아야겠더냐?"

마치 모욕이라도 당하고 있는 것처럼 안색이 변하는 신우를 들여다보던 녹연은 속으로 '참으로 잘나셨습니다.' 하고 혀를 찼다.

"그래도 제 혼례인데 저도 모르는 사이 일사천리이니 오라버니 같으면 속이 좋으시겠습니까?"

"너는 왜 그리 쉬운 것이 없느냐? 까다로운 데다가 따지는 것도 많으니, 우리 '가'에서 누가 너처럼 제 낭군께 꼬박꼬박 대드는 이가 있더냐? 나는 눈 씻고 보아도 없더라."

"뭐라고요? 제가 무엇을 그리 까다롭게 굴었다 하십니까? 오라버니께서야말로 독선적인 데다 유아독존에, 엉큼하기 그지없으면서도 하나도 안 그런 척⋯⋯."

"무, 뭐?"

기가 막히지만 참는다는 듯 하늘을 향해 숨을 한 번 크게 몰아쉬던 신우는 조금은 격앙된 목소리로 녹연을 가늘게 노려보았다.

"그 말대답, 그냥 넘어가는 법이 없는 그 말대답은 정녕 문셋거리인 것이다."

하지만 언제 그랬냐는 듯 이내 평정을 되찾고 냉랭한 눈길을 내깔며 오만하게 덧붙였다.

"말대답보다 안해 노릇을 잘 해야 할 텐데 말이다."

또, 또, 또 그 소리!

부아가 치민 녹연은 저도 모르게 소리쳤다.

"제가 그리 마땅치 않으시면 아직 늦지 않았으니 물리시든지요. 모두 관두면 되지 않겠습니까."

순식간에 신우의 눈빛이 서늘해졌다. 녹연은 입술을 꼭 깨물었다. 조금 전의 패기는 오간 데 없어지고 바라보았다가는 빙석이 되고 말 것 같은 신우의 시선을 슬금슬금 피하였다.

실언을 하고 말았다. 그것도 금기인 실언을. 그들에게 하나이지 않는 것은 있을 수도 없는 일인데, 반드시 그들이여만 하는 불가결의 운명이 두 사람의 운명인 것인데.

녹연은 저도 모르게 뒷걸음쳤다. 그리고 담 벽에 등이 닿았을 때에서야 단단한 두 팔과, 숨 쉴 수 없을 정도로 짙은 눈길에 가두어졌음을 알았다.

"농으로라도 그런 말은 하지 마라. 그런 일은 네가 죽어도 내가 죽어도 일어나지 않을 것이다. 알겠느냐?"

녹연도 본심은 아니었다. 홧김에 내뱉은 말일 뿐, 상상으로라도 그들이 하나가 아닐 때는 없었다.

"그 말은 제 마음이 아닙니다. 잘못했습니다. 오라버니."

신우는 그런 녹연을 와락 품에 안았다. 그리고 조금은 들뜬 목소리로 물었다.

"그런데 무엇이 먹고 싶은 것은 없느냐? 신 것이라든지, 단 것이라든지."

"내가 뭐 아기를 가졌습니까? 그런 것이 먹고 싶게."

"아, 아기?"

녹연을 안은 신우의 팔에 한껏 더 힘이 들어갔다.

"너를 닮은 아기는 참으로 예쁠 것이다. 나는 그 아이의 젖을 먹이는 널 보는 것을 가끔 꿈꾸곤 하는데 그럴 때마다 여기, 이곳이 부풀어 오르더구나."

신우는 녹연을 안은 팔을 조금 풀고, 제 가슴을 툭툭 두드렸다.

지금 눈앞에서 보지 않았다면 그의 입에서 흘러나왔을 것이라고는 믿을 수 없는 따뜻한 언어에 녹연의 가슴 또한 전염된 것처럼 뭉클해졌다. 가뭄에 콩 나듯 인색한 표현이지만 다른 모든 것을 녹여줄 만큼 그 파급

효과는 큰 것이었다.

녹연은 행복했다. 그도 분명 이런 느낌일 거라 생각하자 뿌듯하여 그 품에 얼굴을 묻었다. 순간 경직하던, 그녀를 안은 그의 팔에 힘이 들어갔다. 그리고 그녀의 머리에 닿는 이 감촉은 분명 신우의 입술이었다. 따뜻하던 가슴에 휘몰아치듯 설렘이 들어섰다.

"에구머니! 이게 무슨 일이래요? 아무리 혼례일이 잡혔다 하기로서니 이리 벌건 대낮에, 그것도 마당에서, 요렇게 풍기를 흐려도 되신대요?"

인주 어멈의 목소리에 깜짝 놀란 녹연이 신우를 밀어내자, 신우는 하는 수 없이 그녀를 놓아주면서 인주 어멈을 향해 말했다.

"조금만 더 있다 올 것이지, 인주 어멈도 나이를 먹으니 눈치가 없어지는구나."

"우리 도련님 부끄럼도 안 타시고 저를 놀리기까지 하시네요. 정말 장가드셔도 되겠네요. 크큭."

"나는 사라질 테니 우리 녹연인 놀리지 말게나. 내가 강제로 안은 것이니 놀렸다가는 혼날 줄 알게."

"아이쿠, 부끄러운 소리를 저리 잘도 하시네."

인주 어멈은 사라지는 신우의 뒤로 큰소리를 더했다.

"우리 아기씨는 내가 암말도 안 하는데도 부끄럼 타느라 이미 이리 얼굴이 홍색이니 나중에 저 혼낸다 하지 마세요."

녹연은 그 틈을 타 얼른 방으로 뛰어들었고, 문을 닫는 사이로 인주 어멈이 배를 잡고 깔깔거리는 모습을 보아야만 했다. 그러는 와중에도 문 옆에 기대선 녹연은 가슴에 남겨진 여운을 느끼며 살포시 미소 지었다.

신우는 물론이며 인주 어멈도 사라진 별채 마당에 다시 나온 녹연은 바깥채를 거쳐 대문 밖으로 나왔다. 움집에 은거 중인 의원을 보러 가기 위해서였다. 하루가 다르게 건강을 회복한 의원은 '가'의 산중 마을 사람들이 다니지 않는 길을 선택해 긴 여행을 위한 체력을 기르기 시작했다. 녹연은 그 길의 동행이 즐거웠다. 의원은 고만고만한 풀들 속에서도 귀한 약초들을 찾아냈다. 그중에는 그녀도 그동안 무심코 밟고 다녔던 것들이 허다했는데 그러한 것들도 모두 쓰임새가 있고 꼭 필요한 약의 재료가 된다니 신기하기 이를 데 없었다.

　"의원님, 저 왔습니다."

　움집으로 들어서려는데 빈 마대를 짊어진 의원이 막 나오고 있었다.

　"저를 기다리시지도 않고 혼자 산행을 하시려 하셨습니까?"

　녹연이 놀라 물었다.

　"이제 많이 좋아졌습니다. 굳이 동행을 할 정도는 아니라고 말씀드렸는데도 이리 오셨군요."

　"서운합니다, 의원님. 전처럼 편히 대하시라니까 자꾸 말씀을 높이십니다."

　"그럴 수야 없지요. 대가부인이 되실 아기씨께 그간 하대한 것도 죄스러운데."

　"자꾸 그러시니 저만큼 멀어진 것 같아 기분이 좋지 않습니다. 그리고 저도 압니다. 의원님께서 소도 때려잡으실 정도로 건강을 찾으셨다는 것을요. 지금 제가 의원님을 따르려고 하는 것은 의원님이 걱정되어서라기보다 오늘 동행길에 무슨 약초가 발견될까, 그것이 궁금하여 그러는 것이니 내치지 마시고 데리고 가주시어요."

　뿌루퉁해진 녹연을 보는 의원은 못내 웃음을 감추지 못하고 말했다.

"아이쿠, 그 호기심을 알아보았으면 처음부터 약초 이야기는 들려드리지 않았을 텐데 그랬습니다. 혼례일 가까운 처자께서 험한 산길이나 타야 하는 약초 캐는 일이 뭐 그리 좋으시다고."

"저는 너무나 재미있습니다. 의원님 계시는 동안에 많이 배워두고 싶습니다. 그러니 마다하지 마세요."

웃음기 밴 의원의 목소리에 이겼음을 느낀 녹연은 명랑하게 조르고, 이내 의원은 못 말리겠다는 듯 어깨를 들썩했다.

"고집이 가당찮으시니, 제가 못 당하겠군요. 그럼 나서시지요."

녹연은 앞장서는 의원의 뒤를 기꺼이 따랐다.

반 시진쯤 지났을까, 녹연은 불현듯 기억이 나 물었다.

"그런데 의원님, 언제쯤 출발하실 건가요?"

"보름날 새벽에 떠날 겁니다."

"보, 보름이라면 제 혼례일이 아닌지요. 어찌 그리 빨리 잡으셨답니까. 새벽이라 하시면 제 혼례도 보지 않고 떠나시겠다는 것이 아닙니까?"

"제가 여기 오래 있으면 좋지 않습니다. 하루빨리 이곳을 떠나야 대가님과 산중 마을이 안전할 것입니다."

"그렇지만 꼭 그리 일찍 가셔야겠습니까? 그것도 제 혼례를 보시지도 않고 말입니다."

"제가 보지 않아도 아주 예쁘실 겁니다. 분명 세상에서 가장 어여쁜 새색시일 겁니다."

의원은 녹연을 향해 웃었다. 소리 없는 고뇌와 상처받은 아픔 같은 것이 깃든 미소는 묵묵한 것이었다. 쫓기는 신분으로 고향을 두고 떠나야 하는 그 마음이 오죽할까, 언제 돌아올지, 어쩌면 죽을 때까지 영영 돌아오지 못하는 길을 외롭게 가야 하는 그 마음이야 오죽할까 싶은 생각이 녹연은 들었다.

"나도 한때는 안해와 어린 딸이 있었지요. 딸아이가 두 번째 돌을 맞던 그해에 마을에 지독한 역병이 돌았는데 나만 살았습니다. 죽음의 문턱에 선 안해와 딸을 그렇게 허망하게 떠나보내면서도 나는 아무것도 할 수가 없었어요. 피눈물을 흘리면서 나 같은 자가 또 나와서는 안 된다는 일념으로 의원이 되었는데, 사람 해치는 독약이나 만드는 작자가 되었으니……."

의원은 더 말을 잇지 못했다.

"의원님……."

위로의 말을 하기 위해 입을 연 녹연도 결국 할 말을 찾지 못하고 입술을 굳게 닫았다.

보름이 다가오니 달은 점점 차오르고 달빛을 안주삼아서도 한 잔 기울일 수 있는 벗이란 이름의 젊은 사내들 사이로 달빛과 함께 술이 흐른다.

"앞으로는 이리 네 술친구 해주기는 힘들 거다."

여유로운 손놀림으로 술잔을 놓는 신우를 지켜보던 적주는 풋 웃음을 터트렸다.

"어렵하시겠습니까? 이제 곧 꽃 같은 아기씨의 밤을 온통 차지하게 생겼는데 이깟 저와의 밤술을 기억이나 하시겠습니까? 말씀 안 하셔도 우리 마을의 눈 가진 자들은 모르는 이가 없습니다. 그 순간을 학수고대하는 도련님의 속내를요."

한쪽 눈가를 실그러뜨리던 신우가 이내 상관없다는 듯 말했다.

"그래, 실컷 놀려보거라. 너 내 부러워 이러는 것을 내가 모를 줄 아느냐?"

"부럽습니다. 그러니 아기씨만큼 고운 처자 있으면 주선 좀 해주십시오. 우리 마을에 스승님을 제외하고는 스물이 넘도록 장가를 못 든 이는 이제 저뿐이게 되질 않았습니까."

"안되었구나. 눈이 높아 장가들기는 그른 것 같으니."

"주선을 않으시겠다는 말씀입니까? 도련님 부부만 평생 보고 살라고요?"

"보고 산다라……."

무엇이 거슬린 것인지 신우의 눈빛이 점점 가늘어졌다.

"너, 설마, 녹연을 몰래 보거나, 그러는 것은 아니겠지?"

"예에? 무, 무슨 그런 억울한 소리를……."

게슴츠레 눈을 뜨고 얼굴을 들이대는 신우를 피해 적주는 주춤 고개를 뒤로 뺐다.

"어? 얼굴이 불그데데해지는 것이, 정말 너?"

"아, 아기씨 대가 댁에 온 열두 살부터 지금까지 얼굴 한 번 꼼꼼히 들여다본 적이 없는 제게, 무슨 그런 죄를 뒤집어씌우려고 하십니까."

"정말이냐?"

"그, 그럼요. 정말이라니까요."

낱낱이 파고들듯 직시하는 신우의 눈길에 재차 대답한 적주는, 그때서야 만족스러운 표정으로 느긋하게 물러앉는 신우를 기막혀 바라보았다.

"의심증이 중증인 거 아십니까?"

얼굴이 벌겋게 달아오른 적주를 슬쩍 보던 신우가 쓱 술잔을 내밀었다.

"토라지기는."

"왜, 계집처럼은 빼십니까?"

"그러고 보니 계집 같구나."

"하, 참."

"내가 먼저 말하지 않았다. 네가 지레 실토한 것이지."

"하."

적주는 할 말을 잃었고 신우는 그러거나 말거나 조금 전 제가 내밀었던 잔에 술을 채웠다.

"할 일 없거든 술이나 마셔라."

시각쯤 지나 신우가 돌아가고 취기가 은근히 오른 적주는 달빛에 취해 그것을 바라보느라 잠시 마당에서 밤이슬을 맞고 서 있었다.

끼이익.

대문 열리는 소리에 신우가 다시 돌아온 것이라 생각한 적주는 입가를 장난스럽게 올리며 말했다.

"또 의심나는 것이 남았습니까?"

하지만 열리는 문 사이로 들어서는 이가 비장한 낯빛을 한 제사장임을 알고는 이내 긴장했다.

"제사장 어르신……."

굳이 대답을 듣지 않아도 적주는 알 수 있었다. 오 년 전 죽을 만큼 아팠던 그날 밤을, 신우와 두려움에 떨고 있을 때도 제사장은 오늘처럼 이렇게 조용히 찾아왔었다.

"오늘은 더 고통스러울 수 있을 것이네. 자네 마음이 그것을 쉬이 받아들인다면 고통이 감해지겠지만 말이네."

적주는 질근 눈을 감았다. 자신의 의사와는 상관없이 신의 심부름꾼으로 선택된 운명, 그것이 두렵고 너무도 버거워 달아나고 싶어도 그리될 수 없는.

"그렇다면 오늘은 조금 수월하겠습니다."

제사장은 초연하게 말하는 적주를 안타깝고도 대견한 시선으로 바라보았다. 이제는 잃은 신력이지만 그도 젊은 날에 적주와 같은 일을 겪었으니 적주에게 동병상련의 공감이 있는 것은 당연한 일일 것이다.

"이번 고통이 지나면 많은 것을 볼 수 있겠지요?"

"마지막 한 번이 남았으니 완전하지는 못하겠지만 아주 많은 것을 보고, 또 알 수 있을 거네."

"잘되었습니다. 이 중요한 시기에 도련님께 도움이 될 수 있어서 정말 다행입니다. 이제 들어오십시오, 제사장 어르신."

탈피를 하고 신력이 흡수되는 데에는 보통의 인간으로서 견디기 힘든 고난이 뒤따랐다. 고통으로 인한 울부짖음과 신력이 들어올 때 뻗힐 마수를 방지하기 위해 제사장은 적주의 집에 결계를 치고 고통의 그 밤을 함께 보냈다.

산중 마을은 오늘도 여느 날과 다름없어 보였다. 밭농사에 바쁜 일손을 놀리는 농군들, 새참을 준비하거나 빨래를 너는 여인들과, 마당을 쓸고 닭에게 모이를 주는 노인들과, 거기에 간간이 섞여 나오는 아이들의 웃음소리까지. 하지만 찬찬히 살펴보면 그러한 평상 속에서 대가의 집은 조금 달랐다. 요 며칠사이 서너 배가 넘는 사람들이 드나들더니 오늘은 요 며칠 모두를 합한 것보다 더 많은 사람들이 북적거렸다. 요란스런 수다와 정겨운 웃음소리는 담을 넘었다. 마을은 사흘 뒤에 있을, 마을 축제가 될 신우와 녹연의 혼례에 몹시도 들떠 있는 거였다.

하지만 수련 중인 계곡과 마을의 경계만은 다른 어느 때보다 삼엄했다. 인생사 산등성이와 같아서 오르막이 있으면 내리막도 있고 호사 끝에 우환이 도사린다 하지 않나. 매사 조심한다 하여 나쁠 것은 없었다. 아직은 을물이 산마을의 존재를 파악하지 못하나 그래도 안심할 일은 아니었다. 을물이 추적을 포기하지 않는 한 오늘이라도 내일이라도 들통 날 수 있는 일, 혹시 모를 기습에 대한 대비는 철저히 해야 했다.

신우는 고뿔을 호되게 앓느라 며칠째 수련에도 빠진 적주를 보기 위해 그의 집으로 향했다. 고목 아래 서 있던 적주는 마당으로 들어오는 신우를 향해 돌아섰다.

"이제야 인간 색으로 돌아왔구나. 무슨 사내가 철에 맞지 않는 고뿔을 그리 요란하게 앓은 것인지."

신우의 핀잔에 적주는 피식 웃었다.

"아픈데 사내 계집은 왜 따집니까."

적주를 바라보던 신우의 눈빛이 사뭇 진지해졌다.

"정말 아팠구나."

"아팠다고 하지 않았습니까."

"고뿔 따위가 아니라 정말 아팠다는 것이다."

적주는 고개를 돌려 나뭇잎을 올려보면서 대답했다.

"아무렴 어떠합니까. 이미 앓고 지나간 것을요."

"미련하게 그것을 누가 혼자 감당하라 하였더냐!"

"누가 대신 해줄 수 있는 게 아니잖습니까. 거기다 제사장 어른이 함께하셨고, 처음보다 훨씬 수월하게 넘겼으니 마음 쓰실 것 없습니다."

결코 쉽지 않았을 것이다. 신우는 그 사실을 알고 있었다. 적주에게 첫 번째 신력이 들어왔던 날, 아무것도 몰랐던 두 소년은 두려움에 떨었

었다. 한 사람은 고통으로 인해, 한 사람은 벗을 잃을지도 모른다는 절망으로 밤을 새웠다. 후에 제사장이 찾아와 떼어놓을 때까지 서로를 그렇게 붙잡고 있었다는 것을 두 소년 중 누구도 인지하지 못했을 정도였다.

신우는 마음이 아팠다. 차라리 그 고통을 제가 품을 수 있다면 좋으련만 신의 선택은 적주에게 향해 있었다. 적주의 말처럼 누구도 대신해줄 수 없는 적주의 몫이었다. 그 사실을 알면서도 고통을 덜어줄 수조차도 없는 자신에게 화가 났다.

"마지막은 함께한다고 약조해라."

그 어떤 말보다 위안이 되는 말을 하는 벗을 바라보던 적주는 고개를 끄덕였다.

"그러겠습니다."

그때서야 굳은 표정이 조금씩 풀리는 신우에게 적주는 물었다.

"그나저나 글피면 드디어 장가드시는 모습을 보겠습니다. 준비는 잘 되어가지요?"

"그런가 보다. 집안이 온통 시끄러운 걸 보면."

"솔직히 말해보십시오. 신방에 들 것을 생각하니 벌써부터 두근두근하지요?"

"지금…… 나를 놀리는 것이냐?"

신우의 날렵한 눈매가 가늘어지는 것을 보고 적주는 참지 못하고 웃음을 터트렸다.

그때 마당 밖에서 녹연의 목소리가 들려왔다.

"적주 오라버니, 적주 오라버니, 신우 오라버니가 여기 계십니까?"

"아기씨가 귀가 간지러워 오셨나 봅니다."

정색을 하는 신우의 귓가에 슬쩍 말하고 적주는 대답했다.

"들어오십시오, 아기씨. 도련님 여기 계십니다."

대문이 열리고 이내 녹연이 나타났다.

"오라버니 여기 계셨습니까. 한참을 찾았습니다."

"무슨 일인데 그러느냐?"

녹연은 신우의 물음에 답하지 않고, 적주에게 반갑게 인사했다.

"적주 오라버니, 한결 좋아 보이십니다."

"예, 아기씨 덕분에 많이 좋아졌습니다."

"무슨 소리를 하는 것이냐?"

신우가 의혹 섞인 눈길로 둘을 번갈아보자 적주가 약을 올리듯 뜸을 들이며 말했다.

"어, 그것이, 아기씨께서 말입니다. 약초를 달여주셨거든요."

적주에게 향해졌던 신우의 눈길이 녹연에게로 옮겨갔다.

"약초?"

녹연이 회피하듯 딴청을 피우자 적주가 대변했다.

"의원께 약 쓰는 법을 배우시나 봐요."

"예녹연."

어디 변명이라도 해보라는 듯 빤히 보는 신우의 눈길에 녹연은 마지못해 입을 열었다.

"누가 편찮으실 때를 대비해 약 쓰는 법을 배우는 것뿐이에요. 혹시 오라버니도 아플 수 있잖아요."

"내가 아프기를 바라는 게냐?"

녹연은 눈에 꼭 힘을 주고 신우를 노려보았다.

"하여간 오라버니하고는 무슨 말을 못 해요. 어른들 편찮으시거나 아

기들도 크면서 잔병이 잦을 테고…….”

“아하, 네가 나의 아기를 빨리 갖고 싶은 게로구나.”

“오, 오라버니!”

“나는 그리 서두르려 하지 않았는데 너를 실망시키지 않으려면 어쩔 수 없이 내가 양보해야겠구나.”

“저, 정말 이러실 거예요.”

“왜 적주가 있어 부끄러우냐?”

적주는 그들의 대화를 하나도 듣지 않고 그 자리에 없는 사람처럼 슬금슬금 뒷걸음질 쳤다.

“정말, 정말, 오라버니는…….”

잔뜩 골이 난 녹연의 말을 신우가 은근히 잘랐다.

“급히 나를 찾지 않았느냐? 무슨 일 때문인지 말하는 깃을 잊은 것 같구나.”

녹연은 조금 전 신우의 놀림은 까맣게 잊은 사람처럼 잠시 뜸을 들이다 천천히 입을 열었다.

“저……. 스승님께서 산 아랫마을에 볼일이 있으시대요.”

“아는 일이다. 그래서 오늘 수련은 내가 맡기로 했으니. 그런데 그것이 왜?”

“저도 스승님 따라서 아랫마을에 다녀오려고요.”

이번에는 망설이지 않고 똑 부러지게 말하는 녹연을 바라보던 신우의 미안이 순식간에 굳었다.

“무어라 하였느냐?”

상대를 섬뜩하게 하는 신우의 서늘한 시선에도 녹연은 굴하지 않고 분명하게 답했다.

"마을에 다녀오겠다 하였습니다."

그런 녹연을 찌를 듯 직시하던 신우가 화를 삭이듯 천천히 입을 열었다.

"네가 정말 갈수록 태산이구나."

"안 된다 하시지 말고……."

"불허한다."

단호한 신우의 명령에 설득의 말이 잘려져 나가자 녹연의 언성도 높아지기 시작했다.

"오라버니! 무조건 안 된다고만 하지 마시고 제 말 좀 들어보세요."

"불허한다 하지 않았느냐."

좀체 들을 수 없는, 뼛속까지 울리는 신우의 호통에도 녹연은 지지 않고 대꾸했다.

"부여 최고의 무사와 동행하는데 무엇을 또 핑계 삼아 절 가두시려 하십니까?"

'가둔다'. 녹연의 입에서 나온 그 말에 신우는 급습을 당한 사람처럼 당황한 빛을 했다.

"오래 걸리지 않을 거예요. 어둡기 전에 돌아올 거라고 스승님께서 말씀하셨습니다. 그러니 보내주세요."

대답하지 못하는 신우에게서 혼란을 느꼈는지 녹연은 재차 설득했다.

"혼례를 앞두고 이것저것 준비할 것도 있고, 장 구경도 하고 싶고……."

"내가 데리고 가면 안 되겠느냐? 내일이면 내가 데리고 갈 수 있으니 말이다."

신우의 목소리는 놀랍도록 누그러져 있었다.

"싫습니다. 아무리 혼례를 앞둔 사이라도 보이고 싶지 않은 것도 있는데, 아이참, 제가 이런 말까지 해야 해요? 오라버니는 여자 마음을 너무 모르세요."

정말 화가 난 듯 녹연이 뾰로통해져 고개를 획 돌리니 신우의 얼굴에 미미하나마 난감한 기색이 스쳤다.

"험, 허락하는 대신, 스승님 곁에 얌전히 있다가 돌아온다고 약속하거라. 제 호기심 못 이겨 천방지축으로 굴면 그땐 내게 아주 혼날 줄 알거라."

"하여간, 그냥 다녀오라는 말만 하면 될 것이지 그 뒤는 왜 덧붙이는지 몰라."

녹연은 고맙다는 말은커녕 야멸치게 쏘아붙이고 획 돌아서 대문을 나가버렸다. 그런 녹연이 사라진 쪽을 보고 섰던 신우는 어이없다는 표정이었다.

그림자처럼 뒤로 밀려나 있던 적주가 슬그머니 신우의 곁으로 왔다. 오늘 적주는 다시 볼 수 없는 대단한 접전을 관망한 기분이었다.

"도련님께서 다른 사람에게 질 때도 다 있군요."

신우의 마땅찮은 시선을 옆얼굴로 느끼면서도 적주는 녹연이 나간 문을 얼빠진 듯 바라보며 말을 이었다.

"안 보내주면 혼례라도 물릴 기세이시던데, 아기씨 정말 대단하세요. 가둔다는 말이 얼마나 도련님께 검으로 찌르는 것보다 더 큰 파급을 준다는 것은 어찌 아시고."

"적주야."

물론 그만하라는 뜻이지만 적주는 모른 척 덧붙였다.

"그리도 바라던 혼례가 코앞인지라 괜한 잡음 만들지 않으려고 백번 천번 양보한 것인데, 고맙다는 말씀도 않고 말이죠."

"그만."

"하하하하."

웃음을 참지 못하는 적주를 한껏 노려보던 신우가 걸음을 떼었다.

"어디 실컷 웃어보거라. 나는 연무장으로 갈 테니."

"아하하, 설마 토라지신 건 아니시지요?"

지난번 복수를 하는 적주를 무시하고 신우는 대문을 나섰다. 그런 신우를 배웅하기 위해 걸음을 떼던 적주는 순간 선명하고도 온전한 영상을 보고는 숨을 멈추었다.

따라오던 적주가 갑자기 허리를 꺾듯 내려앉자 놀란 신우가 황급히 그의 어깨를 잡았다.

"왜 그러느냐, 적주야."

적주는 새파랗게 질린 낯빛으로 더듬더듬 입술을 움직였다.

"여, 영상이……. 영상이, 너무도 뚜렷한 영상이……."

신우는 고통스러워하는 적주를 그 고통으로부터 지키려는 듯 감쌌다.

"너무 보려 하지 말고 멈춰, 애쓰지 말란 말이다."

밭은 숨을 쉬던 적주는 신우의 손길을 천천히 밀어내고 안타까움 가득한 눈으로 그를 바라보았다.

"나는 괜찮습니다. 하, 하지만……."

"왜, 무슨 좋지 않은 것을 보았느냐?"

걱정스럽게 묻는 신우를 혼란한 시선으로 보던 적주가 힘겹게 입을 열었다.

"여인의, 여인의 품에 도련님께서 안기어 있습니다."

신우가 이해할 수 없다는 듯 되물었다.

"내가, 여인의 품에 말이냐?"

적주는 차마 대답할 수 없어 고개를 끄덕였으나 신우는 대수롭지 않다는 듯 말했다.

"그렇다면, 녹연일 테지."

"아니! 다른, 다른 여인입니다."

적주의 단호한 외침에 자못 놀라던 신우는 이내 불쾌한 듯 눈살을 찌푸렸다.

"너도 내심 말이 안 된다 여기지 않느냐? 내가 혼례를 앞두고 다른 여인을 안은 것을 보다니, 네가 나를 호색한으로 만드는구나."

물론, 적주 또한 이해할 수 없는 영상을 본 것이다. 마음만 먹으면 여자들의 숲에 둘러싸이는 것쯤은 일도 아닐 신우이지만 지나칠 정도로 정갈한 그의 여자관계를 잘 아는 적주로서도 믿을 수 없는 일이 벌어진 것이다.

"하지만 선명해서, 너무도 선명해서, 단번에 그 여인이 누구인지 알아낼 수 있을 정도로 선명해서……."

혼란에 찬 적주를 염려스럽게 보던 신우가 그를 안심시키듯 농담처럼 말했다.

"아까 너도 보지 않았느냐? 녹연에게 당하는 모습을 말이다. 나는 녹연 하나 건사하기도 머리가 지끈거리는 사람이다. 그런데 무슨 수로 다른 여인을 돌아보겠느냐. 또한 그 여인의 영상이 무엇을 의미하는지도 모르잖느냐. 아직 네가 불완전한 데다 기력이 회복되지 않아 그럴 것이니 너무 애쓰지 마라."

'아니! 아니야! 네가 다른 여인에게 안겨 있었다고, 다른 여인의 품에 온전히 감싸였단 말이다! 아니라고, 모른다 말할 수 없어!'

적주는 입가에 머물던 말을 꾹 삼켰다. 무엇이 되었건 간에 해결책이 없었다. 보는 능력이 주어졌으니 해결할 수 있는 능력도 주어져야 하는데 아직 그에게는 그러한 능력이 없었다.

결국 맞닥트려졌을 때 부딪치는 수밖에 없다는 뜻이었다. 마지막 남은 신력이 들어와 완전해지기를 기대하는 것, 그렇게 되기를 희망하며 기다리는 수밖에 다른 방도가 없었다. 어찌되었든 그때까지 이렇듯 앞선 근심은 적주, 그의 몫인 거였다.

말은 그렇게 하였지만 미간을 찌푸리고 바라보는 신우에게 적주는 애써 별것 아닌 것처럼 대답했다.

"그 말이 맞나 봅니다. 완전하지 않으니 사서 고민할 필요는 없겠지요. 저는 괜찮으니 어서 연무장으로 가세요. 저도 오늘까지만 쉬고 내일은 합류하겠습니다."

미심쩍은 눈길로 조금 더 적주를 바라보고 섰던 신우가 말했다.

"그래. 내 오늘은 더 이상 방해하지 않을 테니 푹 쉬어라. 그리고 혹여 영상이 또 보이거든 내게 바로 알려야 한다."

대문을 나가는 신우를 끝까지 바라보던 적주는 그가 완전히 사라지고 나서야 몸을 떨었다. 신우에게 몰려올 폭풍 같은 예감이, 그 불길한 기운이 적주를 서늘하게 만들었다.

비록 온전하지 못해 전부를 해결할 수 없다 하여도 이리 손 놓고 있을 수는 없었다. 오늘, 지금, 그러한 영상을 본 데는 필히 이유가 있을 것이다. 눈을 감고 심호흡을 하던 적주는 급히 방으로 들어갔다.

적주는 그 원인이 오늘 특별한 일을 하려는 녹연에게 있지 않을까 하는 의구심이 생긴 거였다. 물론 신우와 다른 여인의 영상이지만, 신우와 하나인 녹연 또한 그 범주에 속하므로 하나로 보아야 할 것 같았다.

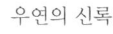

아무리 스승이라도 녹연과 동행한 걸음이라면 곧 따라잡을 것이다. 적주는 검을 차고 그것을 숨기기 위해 포를 두른 후 녹연을 뒤따랐다.

산중 마을과 가장 근접한 마을은 부여의 4대'가' 중 '구가'에 속하는 천귀류가 다스리는 마을이었다. 철저히 중립을 지키는 그는 지금 부여에서 대가이면서도 왕 외에 사병과 하호와 지분을 득하고 있는 을물 다음으로 지분이 많은 자였다. 또한 그는 그 중립적인 자세로 대대로 지켜온 자신의 것을 잃지 않고 있었다.

천귀류는 애초부터 을물의 야욕이나 해선과 예문우의 견제 따위에는 관심이 없었다. 오로지 자신이 다스리는 '가'를 건드리지 않는다면 다른 '가'들의 피비린내는 남의 일이었다. 그런데 최근에 들어온 지겸주의 정보에 의하면 을물의 야욕이 천귀류에게로 뻗치고 있다고 했다. 천귀류 또한 그 사실을 알고 경계를 늦추지 않는다고 했다. 을물이란 자가 얼마나 잔인하고, 그 잔인함을 행하는 데 얼마나 가차 없는지를 아는 그로서는 자신에게도 뻗쳐 올 수 있는 마수의 일촉즉발에 대비하는 것이리라.

며칠 전 지겸주의 주선으로 해선과 천귀류가 만남을 가졌다.

해선이 네 명의 대가 중에서도 가장 영향력 있는 '마가'의 위치에 있을 당시 제가회의[7]에서 만난 것을 마지막으로 십여 년 만의 대면이었다. 을물의 간교한 책략으로 하루아침에 예문우가 숙청되고 해선이 밀려날 때에도 자신의 '가'를 지키기 위해 어느 편에도 서지 않았던 천귀류지만, 사실 그는 자신보다 나이 어린 해선을 인격적으로 선망했다. 올곧은 젊은 대가였던 해선의 귀밑머리도 이제 희끗희끗 흰 머리가 섞여 있었다.

---

7) 대가들의 회의.

지나간 세월과 회한으로 노(老)대가는 잠시 숙연했다.

그날 해선과 천귀류 두 대가는 신의로 연합할 것을 약속했다. 그리고 을물보다 앞서 선수를 치기로 합의하고 그 시기에 대해서는 간위거왕이 다시 모습을 드러내는 때를 기점으로 하기로 했다. 그간에는 서로 긴밀히 연락을 취하기로 했다.

오늘 기련의 하산은 해선의 외아들인 신우의 혼례를 안 천귀류가 을물에게 노출될 것을 우려해 참석은 못 하나 하례품은 꼭 전달해야겠다고 하여 행하여지게 되었다.

기련은 마을에서 가장 큰 규모의 장신구점으로 녹연을 안내했다.

"아기씨, 여기서 잠시 기다리시지요. 제가 다녀오는 데 한 시진도 걸리지 않으니 이곳에서만 구경하세요. 다른 곳으로 가시면 아니 되십니다."

"염려마시고 다녀오십시오."

기련이 나가자 녹연은 기련이 완전히 사라진 것을 확인하고 그곳을 나왔다.

산 아랫마을로 간다고 허락을 받으러 갔을 때 필요한 것을 사라며 대가부인이 넣어 준 전(錢)이 있었지만 녹연은 제 힘으로 번 돈으로 가족에게 선물을 하고 싶었다.

장에는 두 군데의 약방이 있었다. 녹연은 그중 한 군데로 들어갔다.

곱디고운 처자가 어찌하여 혼자 약을 사러 왔을까 싶어 호기심으로 눈을 반들거리던 약방의 주인은 그녀가 펼친 보따리를 보고 눈이 휘둥그레졌다.

기침에 특효인 패모, 소화불량 두통 등에 좋다는 용담, 깊은 산중 서식하면서 간과 비장 등에 효과가 있다는 산백작약 등 웃돈을 얹어주고도 구하기 힘든 귀하고 귀한 약초들이 수두룩 담겨 있었다.

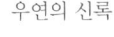

"셈을 잘 해주셔야 다음에도 이곳으로 올 것입니다."

하강한 선녀같이 고운 자태를 하고는 야무지게 말하는 처자를 약방 주인은 다시 한 번 더 보고는 처자가 혹여 마음이 바뀌어 다른 곳으로 간다고 할까 봐 서둘러 셈을 치러주었다.

처음으로 제 힘으로 돈을 벌어본 녹연은 더할 나위 없이 뿌듯했다.

녹연은 해선을 위해서는 위나라에서 들어온 먹과 붓을, 기련과 적주의 몫으로는 동예에서 들여 온 단궁[8]을 구입했다.

녹연은 다시 기련과 만나기로 한 장신구 전포로 돌아와 대가부인을 위한 금으로 된 머리장식과 인주네 식구들을 위한 장신구들을 골라 셈을 한 뒤 그곳에 물건을 맡기고 다시 길로 나섰다.

길을 떠날 의원을 위해 튼튼한 가죽신을 두 켤레 골랐다. 한 켤레는 길을 떠날 때를 위함이고 다른 한 켤레는 험하고 먼 길을 가다 보면 신이 해질 수도 있을 것에 대한 염려의 여분이었다.

"고운 처녀, 이것 좀 보고 가요."

녹연은 소리 나는 쪽을 돌아보았다. 으슥한 골목 안쪽에서 나는 소리였다. 노상에서 가판대 위에 잡화를 놓고 파는 노파가 멀리 보였다. 그런 거리감에도 사람을 돌아보게 할 정도로 노파의 목소리는 우렁찼다. 녹연은 동떨어진 그곳에서 더 멀어지지도 못하고 그렇다고 다가가지도 못한 채 망설였다. 녹연의 갈등을 읽었는지 노파는 더 크게 소리쳤다.

"잠깐만 보고 가요. 변한의 철로 만든 검인데 품에 품는 아주 귀한 거라우."

전에 변한의 철에 대한 이야기를 신우에게 들은 적이 있었다. 철 생산

---

8) 박달나무로 만든 활.

이 많다 보니 기술도 뛰어난데 접해볼 기회가 없어서 아쉽다고.

녹연은 노파에게로 다가갔다.

"이것 보슈, 정말 귀한 것이지."

노파가 올린, 날렵한 몸체에 은은한 옥 장식의 칼집이 있는 단검은 녹연의 눈을 사로잡았다. 그것을 놓치지 않고 칼집을 연 노파는 작지만 날카롭게 제련된 칼날을 들어 보였다.

"비상시에는 이 같은 무기도 없을 거유, 거기다 이리 튼튼한 가죽 줄로다가 목에 걸도록 되어 있지. 품에 넣고 있으면 아무도 알 수가 없지요. 아가씨처럼 고운 처자에게는 꼭 필요한 물건이지, 그럼."

"정말, 변한의 철로 만들었나요?"

"정말이지, 내가 사람을 보고 값은 더 받기는 해도, 물건을 속이진 않는다우."

노파의 솔직함에 녹연은 살포시 웃으며 물었다.

"저는 값을 더 받을 사람인가요?"

노파는 고개를 절레절레 흔들었다.

"아가씨는 물건 값을 몰라도 바가지 쓸 사람은 아니지. 그랬다가는 내일이라도 당장 날 쫓아올걸."

"할머니 눈에 제가 독해 보이시나 봐요."

"보통은 아니지."

노파와 녹연은 거의 동시에 웃음을 터트렸다.

노파는 받을 값만 받고 녹연 또한 두말 않고 셈을 했다. 그리고 구입한 검은 바로 목에 걸고 저고리 안에 품었다. 이것은 신우의 몫이었다. 왜인지 이 작은 검이 신우를 위험에서 지켜줄 것만 같았다.

흡족해진 녹연은 노파와 작별을 하고 걸음을 돌렸다. 기련이 돌아오기

전에 장신구점으로 다시 돌아가야 했다.

"앗!"

녹연은 골목을 채 벗어나기도 전에 골목 안으로 달려 들어오는 여인과 부딪쳐 넘어질 뻔했다.

"죄, 죄송합니다."

여인은 무엇에 쫓기는 사람처럼 위태롭고 불안했다.

"저는 괜찮습니다. 아가씨는 다치시지 않으셨습니까?"

녹연의 포근한 눈길에 여인은 꺼져가는 생명에 희망을 발견한 듯 녹연의 팔목을 잡고 간절히 호소했다.

"제발, 도와주세요. 아무에게도 도움 청할 곳이 없습니다."

녹연은 몹시 놀라 되물었다.

"어, 어인 일이신지요?"

"그들에게 쫓기고 있습니다. 이제 와 붙잡힐 수 없습니다. 이 자리에서 죽더라도 더 이상 그리 살 순 없습니다. 제발."

비록 횡설수설하였지만 여인의 우아한 안면 위의 눈빛은 그녀의 절박함을 고스란히 담고 있었다.

여인은 위험에 처해 있는 것이 분명했다. 간절한 도움이 필요한 상황이었다. 녹연은 두 번 망설이지 않고 여인의 손을 잡았다.

"어서 이쪽으로요."

녹연은 그녀를 노파의 가판대로 이끌었다.

"할머니 부탁입니다. 위험할지 모르지만 이분을 이 아래에 좀 숨겨주셔야겠습니다. 그 사례는 제가 성심껏 하겠습니다."

"사례는 무슨, 필요 없으니 아가씨는 어서 가판대 밑으로 들어가슈."

가판 아래는 사람이 들어갈 수 있을까 싶을 정도로 작은 공간이었지만 여인의 몸이 가녀려 작게 웅크리자 온전히 숨을 수 있었다. 노파는 서둘러 가판대 아래 천을 내리고 녹연은 가판에 있는 머리장식을 집어 들었다.

"할머니, 제가 물건을 사는 척하겠습니다."

"그럽시다."

"조금만 깎아주세요. 가진 돈이 그리 없습니다."

어디서 그런 배포가 숨어 있었던 건지 흥정을 시작한 녹연의 음색에는 조금도 긴장하는 기색이 없었다.

"아이고, 젊은 처자가 그리 깎으려고만 하나, 물건을 보고 값을 매겨야지. 값에 물건을 맞추면 어째."

장단을 맞추는 노파도 천연덕스러웠다.

그때 골목 끝에서 사병들의 목소리가 들렸다. 여인을 잡으러 온 자들이 분명했다.

"여기서부터는 흩어져서 찾아보자. 너는 이 길을 뒤지고 나는 반대로 갈 테니 그리고 남은 너, 저 안 골목을 뒤져보거라."

그들은 갈림길에서 서로 흩어지는 듯했다. 곧 그중 사병 하나가 가판으로 뛰어와 고압적인 자세로 말했다.

"지체 높은 차림의 젊은 여인을 보지 못하였느냐? 방금 이곳으로 달려 들어온 것 같은데 말이다."

"젊은 여인이라면 이 아가씨를 말씀하시는지요?"

노파는 녹연을 가리키며 물었다. 사병은 하호나 입을 것 같은 평범한 녹연의 복장을 흘낏 보고 노파를 노려보았다.

"이 할망구가 지금 나와 농을 하려는 거냐? 이것이 지체 높은 차림이냐!"

"아이쿠, 제가 어찌 감히 농을 할 수가 있겠습니까요. 젊은 여인이라면 지금 흥정 중인 이 아가씨 말고는 전혀 못 보았습니다."

"너는?"

사병이 이번에는 녹연에게 물었다.

"저도 아무도 보지 못했습니다. 우리 말고는 아무도 온 사람이 없습니다."

예사스럽게 답하고는 녹연은 다시 노파를 물고 늘어졌다.

"할머니, 제가 갈 길이 바쁩니다. 어서 값이나 내려주세요."

"아, 이 처자 고집이 황소구먼! 남는 것도 없다니까."

노파와 녹연이 흥정에 열을 올리는 척하니 사병은 주변을 살폈다. 막다른 골목에다 노파의 가판 말고는 점포 하나 없는 곳이어서 어디 하나 사람 숨을 곳이 없었다. 사병도 그것을 느꼈는지 골목을 돌아 나가려다가 천이 드리워진 가판대 아래를 보고 걸음을 멈추었다.

"그 아래에는 무엇이 있느냐?"

"그야 팔 물건과 물건 쌀 보따리들이 들었지요."

"걷어보아라."

노파와 녹연의 눈이 마주쳤다. 노파는 천을 올리는 척하다가 말했다.

"아, 이 안이 워낙 뒤죽박죽이라."

녹연은 사병의 눈을 피해 가판을 있는 힘껏 기울였다. 그 바람에 가판 위의 물건들이 쏟아졌다.

"어머, 이를 어째! 물건이 다 깨져버렸네. 이를 어쩌면 좋아!"

녹연은 요란스레 수선을 떨면서 허둥거렸고 노파는 떨어진 물건을 수습하면서 우는 소리를 했다.

"아이쿠, 나는 망했네, 나는 망했어!"

"병사님도 우리를 좀 도와주세요. 여인 둘이서 이 물건들을 다 어찌 수습한답니까? 어서 오셔서 도와주세요. 어서요."

녹연의 재촉에 사병은 행여 귀찮은 일에 걸려들까 봐 대답도 하지 않고 골목을 빠져나갔다.

"휴우, 간 것 같지요?"

"완전히 사라졌네 그려. 그나저나 야들야들한 처녀 배포가 어찌 그리 크누?"

"할머니도 대단하시던데요. 물건을 이렇게 해놓아서 죄송해서 어쩌죠."

"흙 묻은 거야 털면 되지. 처자, 이제 나와도 되겠네그려."

가판대 천을 걷자 식은땀에 젖은 여인이 웅크린 몸을 펴며 가판 아래에서 나왔다.

"정말, 감사드립니다. 두 분께 큰 은혜를 입었습니다."

조금 전은 급박한 상황이라 새길 겨를이 없었지만 손을 모으고 고개 숙이는 여인의 자태는 단아하고 귀티가 흘렀다. 고개를 드는 여인의 눈동자는 잔잔한 물결 같았으나 눈가에는 수심이 깃들어 안타까웠다.

"차림새로 보아 있는 집 여식 같은데 어쩌다 사병들에게 쫓기는 신세가 되었수?"

노파의 물음에 여인은 공손하게 대답했다.

"은혜를 입었는데 사연을 모두 말씀드리는 것이 도리이나 그러지 못함을 용서하십시오. 이 이상 두 분께 해를 끼치고 싶지 않습니다. 그들에게 쫓기는 이유는 말씀드릴 수가 없습니다만, 저는 꼭 그분에게 가야만 합니다. 꼭 그분에게…… 가야만 합니다."

"짝을 찾아 가시는거구려."

노파의 말을 침묵으로 긍정하듯 여인은 이러한 와중인데도 은애하는 이를 마음에 담은 여인답게 살며시 얼굴을 붉혔다.

"그렇게 말하시니 내 더 묻지 않겠수, 하지만 조심하시우."

"두 분 모두께 감사합니다."

노파와 녹연을 향해 허리를 깊이 숙인 후 여인은 걸음을 옮겼다.

"저, 아가씨. 잠시만요."

녹연은 여인이 너무도 걱정되었다. 이리 이 골목을 나서면 그들에게 잡히는 것은 시간문제일 것이다. 그런 위험을 알면서 여인을 나 몰라라 할 수가 없었다. 더구나 그녀는 은애하는 이를 만나기 위해 모든 위험을 불사하는 것이다.

신우가 떠올랐다. 늠연한 정인.

'저 여인처럼 오라버니를 만날 수 없다면…….'

끔찍한 상상에 몸서리쳐졌다. 사랑을 하는 여자로서 동련의 안타까움이 들어 더는 그녀를 홀로 둘 수 없었다.

"이 한적한 골목에까지 그들의 손이 뻗친 것을 보면 그들의 수가 많을 거라 짐작이 가는데 이 마을을 빠져나갈 묘책은 있으신지요?"

녹연의 물음에 여인은 애처로울 정도로 천천히 고개를 저었다.

"묘책이 없으시면 그들에게 잡히는 것은 시간문제일 것입니다."

"다시 잡혀 간다면 그때는……. 하늘이 제게 죽음을 택하라는 뜻으로 받아들이고 그리할 것입니다."

여인의 죽음도 불사한, 결연한 마음이 녹연에게도 느껴졌다. 이 가녀린 여인이 가야만 하는 그분에게 데려다 주고 싶다는 마음이 녹연에게도 간절해졌다.

"제가 돕겠습니다."

"하, 하지만 지금도 큰 신세를 졌습니다."

"우선 제 옷부터 받으시지요."

녹연은 수수하지만 청결한 포를 벗어 여인의 비단옷을 가리었다.

"장 구경 나온 벗처럼 정겹게 큰길 장신구 점포까지 가셔요. 그곳에서 제 일행을 만나면 방법이 나올 것입니다."

"이렇게까지, 정말 무어라 감사드려야 할지……."

여인의 눈가에 눈물이 고이는 것을 보았다. 녹연은 여인의 팔짱을 끼고 재촉했다.

"저는 녹연입니다. 벗의 이름 정도는 아셔야겠지요?"

"수연……입니다."

"수연, 서두르세요."

골목을 나온 두 여인은 장터의 행인들과 섞여들었다. 두런두런 속삭이고 더러 물건을 기웃거리면서 가는 그들은 장 놀이에 흠뻑 빠진 젊은 처자들의 모습 그대로였다.

"저기 무사 하나가 보입니다. 조금 전 쫓던 자와는 다른 자이긴 하나 긴장하지 말고 그냥 예사롭게 지나치세요."

"예."

그리 대답은 하였지만 수연은 무사와 스치는 순간, 그만 떨리는 시선을 들키고 말았다. 일반 사병과는 달리 무공을 연마한 자가 그것을 놓칠 리가 없었다.

"잠깐, 멈추시오."

녹연과 수연이 맞잡은 손에 식은땀이 맺혔다. 이제 틀렸다는 것을 두 여인 모두 느끼고 있었다. 죽을힘을 다해 달아난다 해도 무공으로 단련된 자 앞에서는 몇 걸음 떼지 못하고 잡힐 것이 분명했다.

녹연은 자신의 손 안에서 수연의 손이 서늘해지는 것을 느꼈다. 그리고 슬프게 웃는 그녀의 미소에서 삶을 포기하려는 결심을 보았다.

"아, 안 됩니다. 방법이 있을 겁니다. 이대로 포기하시면 안 됩니다."

녹연은 수연을 잡은 손에 힘을 주었다.

"다시 끌려가 산송장처럼 살 바에야, 차라리 죽는 것이 낫습니다."

"무슨 말씀이십니까. 기회를 엿보아야지요. 포기하셔서는 안 됩니다."

녹연의 설득에도 수연은 떨어트린 고개를 저을 뿐 상실된 의지는 되살아날 기미가 없었다.

"이제 죽는 길밖에는 제가 선택할 수 있는 길은 없습니다."

녹연은 거부하는 수연이 놓은 손을 다시 잡았다.

"죽기는 왜 죽습니까. 제가 저자에게……."

"멈추라는 소리 안 들리느냐!"

무사는 그들의 바로 뒤까지 바짝 다가와 소리쳤다. 장터의 행인들은 무슨 일인가 궁금한 시선으로 하나둘 고개를 돌렸다.

"왜, 무슨 일로 길 가는 아녀자를 불러 세우십니까?"

달아나도 몇 걸음도 못 갈 것을 알기에 녹연이 그를 돌아보았다.

날카롭게 녹연을 훑던 무사의 시선이 수연에게로 향했다. 녹연의 포는 그녀의 행색은 가려주었지만 낙담한 표정까지 가려주진 못하였다.

"여기 계셨군요, 아가씨. 저와 함께 어서 집으로 돌아가시지요."

수연과 일면식이 없어 들은 인상착의로만 그녀를 찾던 무사는, 시선을 피하는 그녀가 수연임을 확신하는 듯했다.

"무슨 소리입니까, 이쪽은 내 동무입니다. 그쪽에서 사람을 잘못 보신 것 같습니다."

수연을 돕고자 하는 의지가 녹연을 용감하게 하였지만 그것이 수연에게까지 용기를 불어넣어주진 못하였다.

"죽고 싶지 않으면 저리 비켜라."

"그럴 수 없습니다."

"녹연, 이러지 마세요."

"그래, 죽고 싶다 이거냐?"

무시무시한 눈길로 검을 뽑으려던 무사의 손길이 갑자기 뚝 끊어지듯 멈추었다. 건장한 남자는 순식간에 축 늘어지듯 꼬꾸라졌다. 행인들이 모여들고 얼어붙은 두 여인은 어느 손길에 의해 다른 곳으로 이끌리고 있었다.

한산한 작은 점포 앞에서야 자신을 이끌던 이가 누구인지 녹연은 알아볼 수 있었다.

"적주 오라버니!"

"용감하신 것은 알지만 아무 곳에서나 나서지 마십시오. 조금만 늦었으면 어찌 되셨을까 제 간이 아주 콩알만 해졌습니다."

"죄, 죄송합니다. 저, 오라버니께는 절대 말씀 말아주세요."

목숨이 위태로울 뻔한 상황에서 하는 첫 마디가 녹연답다는 생각을 하고 적주는 피식 웃었다. 이 사실을 알았다가는 평생 그녀를 감금하려 할 신우를 알기에 내심 그도 함묵하려 했다.

"이분께서 너무도 딱한 사정이라 그냥 지나칠 수 없었습니다."

"정말 고맙습니다. 큰 은혜를 입었습니다."

감사를 표하고 고개를 드는 여자의 얼굴을 보는 순간 적주는 소름이 끼쳤다. 여자는, 지금 이 순간에도 그의 머리에 또렷한 그 영상의 주인공이었다.

"적주 오라버니, 왜 그러십니까? 그렇게 보시면 상대가 무안하지 않습

니까?"

녹연의 목소리에 여자에게서 시선을 거둔 적주는 이를 악물었다. 저도 모르는 사이 적의를 담아 여인을 본 모양이다.

"아기씨, 이제 가시지요."

두 번 다시 보고 싶지 않은 것을 본 사람처럼 적주는 여자를 배척하며 녹연에게만 말했다.

"하지만 이분도 함께 모셔가야 합니다."

"그것은 안 됩니다."

적주에게서 좀처럼 듣기 힘든 단호한 목소리였다.

"왜? 그러십니까, 적주 오라버니."

"외부인이 드는 것은 대가님께서 결정하실 일입니다."

"그러니 모셔가 허락을 청하고자 합니다. 당분간만이요. 찾으시는 분을 찾으실 때까지만이요."

"그럴 수 없습니다!"

평시의 차분하고 다감한 그와는 사뭇 다른 차갑고 단호한 적주의 모습에 녹연은 적지 않게 놀랐다. 하지만 이대로 포기할 수 없었기에, 녹연은 적주만 들을 수 있는 낮은 소리로 물었다.

"저분께서 대가님께 해를 끼칠 분으로 보이십니까?"

"그것은…… 아닙니다."

"그리하면 모시고 갈 수 있게 해주세요. 저는 무슨 일이 있어도 저분을 모셔가야 합니다."

적주는 섬뜩할 정도로 냉정한 눈길로 녹연을 바라보며 물었다.

"무슨 일이 있어도? 아기씨께서 모든 것을 다 잃는 한이 있어도 그리하실 겁니까?"

"적주 오라버니, 그럴 리가 없지 않습니까?"

"아니요, 아기씨는 분명히 선택을 하셔야 합니다."

그런 말을 허투루 할 적주가 아니었다. 녹연은 순간 두려움이 엄습했다. 원인을 알 수 없는 막연한 그러한 두려움이었다.

하지만 그렇다고 해도 녹연에게는 이미 선택의 여지가 없었다. 그녀가 수연을 만나게 된 순간부터 이 모든 일은 수순과 같은 것이었다. 언제 발각될지 모르는 사지에 수연을 혼자 두고 갈 정도로 녹연은 곤경에 처한 이에게 모질지 못했다. 거기다 죽음도 불사하는, 은애하는 이와의 이별이 너무도 애처로워 그녀를 그녀가 말하는 '그분'에게 보내주고 싶었다.

"예, 오라버니. 저는 저분을 여기 둘 수 없습니다. 그로 인해 제가 무엇을 잃는다 해도 그것을 감수하겠습니다."

적주는 한숨을 깊이 쉬며 눈을 꾹 감았다. 불완전한 신력, 스스로도 명확하게 설명하지 못하는 찰나의 영상을 녹연에게 어떻게 설명하고 이해시킬 수 있을까 싶었다. 그러한 불확실한 것들이 녹연으로 하여금 사지에 몰린 사람을 내모는 이유로 받아들여질 리 만무했다.

녹연은 알지 못했다. 그것이 무엇을 잃게 된다는 의미인지를. 그리고 설사 알았다 하더라도 그녀는 지금의 선택을 바꿀 수 없을 것이다. 그것이 녹연이니까.

그래도……

한 자락의 희망처럼 내어준 기회조차 저버리는 녹연으로 인해 고통을 참던 적주는 감았던 눈을 떴다.

"가시지요."

앞장서는 적주의 뒷모습은 더할 나위 없이 냉정했다.

6장

조금 전까지 원탁 위에 놓여 있던 벼루가 벽에 맞아 쿵 소리를 내며 갈라졌다. 위(魏)나라에서도 귀하게 여기는 백호 문양 벼루는 서너 조각이 난 채 바닥에 흩어지고, 꼼짝도 않고 선 자의 볼에는 선혈이 오르고 있었다.

독기 묻은 벼루의 강도는 살인도 가능한 무기였다. 그나마 스쳤으니 그 정도이지, 제대로 맞았으면 멀쩡히 서 있기는 힘들었을 것이다.

을물은 고하던 자를 입을 찢을 듯 노려보았다.

"놓쳤다고? 그 많은 사병들이 여자 하나를 잡지 못해 놓쳤다는 게 말이 되느냐! 그것도 집 밖은 나가보지도 못한 아무것도 모르는 여자를 말이다!"

"죄송합니다, 대가님."

호위무사 역밀은 머리를 깊이 숙였다. 죄의 중함으로 따지자면 엎드려 사정을 해도 부족했지만 그랬다가는 주인의 노함이 더 짙어질 것을 아는지라 그는 선 채를 유지했다.

"흔적도 없더란 말이냐?"

"예, 대가님. 도저히 이해할 수 없지만 그러합니다. 누군가 관여하지 않고야 이럴 수는 없을…….”

“그것을 지금 말이라 하느냐!”

을물이 벌떡 일어났다. 그 바람에 의자가 찌이익 끌려 신경 긁는 소리가 났다. 가는 눈은 광분을 숨기지 못하고 번들거렸다. 갈기갈기 찢고 싶어 하는 눈초리였다. 역밀은 오늘밤 제 목이 떨어져 나가지 않은 것을 천운으로 여겨야 했다.

“그동안 수년간을 집 안에 틀어박혀 측근은커녕 어떤 자와도 왕래가 없었던 그 아이에게, 급작스레 목숨을 걸고 도와줄 세력이라도 생겨났다는 것이냐!”

역밀의 입장에서는 이리되나 저리되나 마찬가지일 것이다. 한 번의 실수도 용납지 않는데 의원에 이어 두 번째였다. 목이 잘리더라도 고해야지, 어영부영할 수 없었다.

“대가님, 수연 아가씨를 놓친 점 백번 죽어 마땅하지만 제발 고정하시고 들어주십시오. 고수들에게 불시에 일격을 당한 의원 때와는 다른 양상이지만, 결과가 같다는 것에 주목할 필요가 있습니다. 아가씨 단신으로 그물처럼 촘촘하게 짜진 우리의 수색망을 빠져나가는 것은 불가능합니다. 처음에는 아니었더라도 후에는 분명 누군가의 도움을 받았을 것입니다.”

을물은 즉답을 피했지만, 역밀의 말이 아주 일리 없는 소리는 아니라는 것은 알았다.

을물의 뇌리에 불현듯 이런 생각이 스쳤다.

‘이성적 판단을 못 하는 것은 자신이 아닐까?’

곁을 주기는커녕 없는 사람 취급하던 수연이 자진하여 이웃 ‘가’에서 열리는 제가회의에 동행하겠다고 한 것부터가 이상한 일이지 않은가.

그것에 들떠 사리분별을 못 한 자신이 어쩌면 오늘의 이 사건에 빌미를 주었는지도 모를 일이다.

"사병을 더 풀어라."

"대가님, 제가회의에서 협약한 사병 수를 이미 다 풀었습니다."

을물은 그때서야 아차 싶었다. 수연이 종적을 감춘 이곳은 제 영역이 아니었던 것이다. 이번 제가회의가 열린 천귀류의 영역이고, 다른 '가'의 영역에서 제한된 인원 이상의 사병을 푼다는 것은 도발을 의미하는 거였다.

'이 또한 수연의 잔꾀였던가.'

평소였다면 이런 얕은 꾀 정도는 알아채고도 남았을 텐데. 을물은 스스로의 한심함에 끌끌 혀를 찼다.

"구석구석 뒤져라, 뭔가 나올 때까지 샅샅이 뒤지란 말이다. 수연을 찾지 못한다면 그때는 네 목을 내놓아야 할 것이다."

"예, 대가님."

역밀이 방을 나갔다.

을물은 반 보쯤 밀려 나가 있던 의자를 제자리로 끌어 앉았다. 지금 필요한 것은 냉정한 머리였다. 화는 머리를 탁하게 하고 판단을 흐리는 가장 큰 요소이니. 열일곱부터 지금 이 자리에 오기까지 머리와 가슴은 차가웠고 행동은 재빨랐으며 불필요함에는 관용을 베풀지 않았고 적에게는 무자비했다.

허나 지금은 어떤가?

을물은 원탁을 탁탁 두드리던 손가락을 멈추고 요 며칠간의 일들을 돌이켜 생각해보았다. 그렇게 바라던 수연의 변화는 그를 흐리게 만들었다.

예문우를 제거하던 날 젖먹이 그의 여식이 유모와 함께 사라진 것을 알고 정예무사들을 풀어 백방으로 뒤졌다. 고구려와 국경쯤에서 그들을 찾아내 역밀이 직접 쫓았으나 방해하는 여인 하나 때문에 다 잡은 그들을 놓치고 말았다. 물론 수연과 유모의 도주를 도운 여인은 그 보상을 목숨을 내놓는 것으로 해야 했으나 놓쳐버린 그들의 행방은 그 후 내내 묘연했었다.

그러던 중 아이가 이웃 고구려 호민[9]에게 입양되어 자라고 있다는 것을 알고 납치해 온 것이 칠 년 전, 당시 수연이 열 살이었다. 예문우가 제거되었다지만 홀연히 사라져 어딘가에서 살아 있을 해선은 여전히 위협적인 존재였다. 혹, 그 해선이 일어난다면 수연만큼 확실한 인질은 없을 것이다. 그렇게 판단하고 집 안 가장 깊숙한 곳에 그녀를 숨겼다.

처음 이삼 년은 인질일 뿐이었던 수연이 한 해 한 해 여인으로 피어나는 것이 을물의 눈에 들었다. 열다섯 어린 나이에 정략혼인을 한 부인에게서 느끼지 못한 연정을 수연에게 품게 되고 만 것이다. 하지만 수연은 그런 그를 상대조차 하지 않았다. 혐오나 불쾌나 이런 추잡한 감정조차도 느끼지 못하는 것처럼 없는 이 취급해 그를 애끓게 했다.

"마음을 여는 듯했던 것도 결국 나를 이용해 내게서 달아나기 위함이었느냐?"

그렇게 귀히 여겨 손끝 하나 건드리지 않고 기다려주었는데!

을물은 배신감에 이를 갈았다.

"어디 달아나보아라, 결국은 내가 찾아낼 것이니."

사악한 기가 충천한 눈매는 사갈(蛇蝎)의 그것처럼 섬뜩한 기를 품고

---

9) 부농.

꿈틀거렸다.

　이른 아침 산마을을 출발할 때는 두 필의 말과 그 말에 탄 기련과 녹연뿐이었는데 돌아오는 길에는 세 필의 말과 사람이 모두 넷이 되었다. 녹연의 말에는 수연이 동승하고 기련의 말에는 천귀류의 하례품이, 적주의 말에는 녹연이 장을 본 짐 보따리가 실렸다.
　산을 돌아 또 산을 돌아 숲으로 숲으로 꼭꼭 숨어든 마을로 돌아오는 내내 타닥타닥 타닥타닥 말발굽소리만 오롯했다. 모두가 묵묵히 침묵한 데에는 쫓기는 자와 하나 된 이유로 귀가를 서두른 때문만은 아니었다. 녹연은 적주의 말을 되새기고 적주는 수연이 불러올 파장을 염려하고 수연은 미안함과 낯설음으로, 기련은 늘 그렇듯 침묵을 위한 침묵을 선택했다.
　겹겹이 쌓인 숲을 지나 꽁꽁 숨겨진 속살처럼 마을이 드러났다. 적주는 산마을에 들어서기 무섭게 곤하다는 핑계를 대며 짐만 내려놓고 제 집으로 가버렸다. 적주에게 수연을 잠시 부탁하려던 녹연은 그 부탁을 기련에게 해야 했다.
　녹연은 몰고 온 말고삐를 석태 아범에게 넘기고 해선을 만나기 위해 사랑채로 들었다.
　"대가님, 녹연이옵니다."
　"들어오너라."
　해선은 탁상 앞으로 내려와 앉으면서 들어서는 녹연에게도 손짓으로 의자를 권했다.
　"그래, 장 구경은 재미있었더냐?"
　"예, 대가님. 흥미로운 경험이었습니다."

"그래? 무엇이 그리 흥미롭더냐?"

자상한 아비처럼 되묻는 해선에게 죄스러워 녹연은 잠시 망설이다 용기를 모았다.

"여러 가지였습니다. 하지만 제가 오늘 대가님께 누가 되는 일을 저질렀습니다."

해선은 둥그렇게 눈을 뜨며 보았고 녹연은 아랫마을에서 일어난 일에 대해 이야기를 그리 길지 않게 풀어놓았다.

"죄송합니다. 대가님의 허락 없이는 누구도 산마을로 데리고 와서는 안 된다는 것을 알면서 모범을 보여야 할 제가 그 규율을 어기었습니다."

"규율을 어기지 않고 그냥 두었으면 그 처녀는 그들에게 끌려갔을 테고 너는 평생 그것을 마음에 두고 살았겠지?"

답하지 못하고 눈길을 거두는 녹연의 심정을 이해한 듯 해선은 명했다.

"내 처녀를 마을에 들이는 것을 허하겠다."

"대가님! 가, 감사드립니다."

"이제 모든 것이 해결되었지?"

해선은 너그럽게 웃었다.

"네가 이러니 신우가 네게서 눈을 떼지 못하는구나. 신우같이 강한 아이가 네게 꼼짝 못하는 이유가 다 있었어."

"송구하옵니다."

"하하하, 이제 손님을 모시고 오겠느냐?"

"예."

녹연은 대가의 방을 나섰다. 발걸음은 들어올 때와는 반대로 날듯이 가벼웠다. 이렇게 간단히 허락을 얻을 줄은 몰랐다. 성심으로 자초지종을 설명하기는 했지만 사실 반신반의하는 상태였다.

멀리 기련과 댓 걸음 이상 떨어진 곳에 수연이 보였다. 인기척을 느끼고 고개를 드는 수연의 표정에는 초조한 빛이 역력했다.

녹연은 그런 그녀를 향해 환하게 웃었다. 들꽃향기처럼 풋풋하고 싱그러운 웃음의 의미를 모르지는 않을 것이다. 수연의 입가도 머뭇머뭇 올라가는 것을 보면.

다시 해선을 찾은 녹연은 수연과 함께였다. 기련은 해선에게 천귀류의 하례품을 전하고 어제 있었던 제가회의 내용도 전달하기 위해 사랑채 마당에서 그녀들이 나오기를 기다렸다.

"처음 뵙겠습니다, 어르신. 저는 예씨 성의 수연이라 하옵니다."

"그래요? 예씨 성이라면 우리 녹연이와 동성이구려."

보통은 동향 출신이나 동성을 만났을 때 사람은 친밀해진다. 더군다나 그 대상이 흔치 않은 경험을 함께 했다든가 특별한 인연이라면 더 깊은 마음이 드는 법이다. 녹연과 수연은 참이냐는 듯 인연이라는 눈짓을 서로 교환하며 누가 먼저라 할 것 없이 소리 없이 웃었다.

"나는 해선이오."

미소를 짓던 수연의 입가가 순간 딱딱해졌다.

"죄, 죄송하지만 해, 선이라 말씀하셨습니까?"

"해선이라 했지요."

수연은 마치 죽은 사람이 다시 눈을 뜬 것을 본 사람처럼 얼어붙었다.

"왜 그러십니까? 수연 아가씨."

녹연의 물음에는 답하지 않은 채 해선에게 수연은 몹시 떨리는 음성으로 물었다.

"마, 마가의 대가님이 맞으십니까?"

"예전에는 그리 불렸지요. 그런데 왜 그러시오? 나를 압니까?"

"호, 혹시, 예, 예문우라는 분을 아시는지요? 하루아침에 대역죄인이라는 억울한 누명을 쓰고 죽음을 당한 예문우를……."

"아가씨가 어찌하여 내 벗을 안단 말이요?"

"대가님! 이럴 수가, 그리 찾던 분이 눈앞에 계실 수가, 이럴 수가, 아, 믿을 수가 없습니다. 진정 믿을 수가 없습니다. 이럴 수가……."

얼마나 격하게 바라던 바였으면 수연은 초면에 어려운 자리인데도 감정을 참아내지 못하고 메인 목소리를 쏟아냈다.

"대가님! 예문우, 그분은 제 아버님입니다."

순간, 차가운 정적이 흘렀다. 녹연은 애초에 숨 쉬는 법을 모르는 사람처럼 숨을 멈춘 채였고 해선 또한 점잖은 동공이 더할 나위 없이 확장되었다.

"무, 무어라 했소? 예문우가 아버님이라면……. 아가씨는……."

"맞습니다. 제가 부모님께서 그리 억울하게 돌아가셨는데도 아직도 이리 살아 숨 쉬고 있는 불효자식 예수연입니다. 함께 죽었어야 했는데 이렇게 살아남은 불효자식입니다."

수연은 고개를 떨어트렸다. 참을 수 없는지 어깨가 요동치며 흐느꼈다.

"그, 그럴 리가……."

해선은 시선이 녹연에게로 향했다. 새하얗게 질린 혈색, 새까매진 눈동자, 작게 열린, 떨지도 못하는 입술, 녹연이 얼마나 충격을 받는지 말해주고 있었다. 해선은 답을 찾아야 했다. 예문우에게 제가 모르던 숨겨둔 딸이 하나 더 있기를 바랐다. 그래서 이 난국을 환국으로 뒤집어야

우연의 신록

했다.

해선은 목소리를 가다듬고 물었다.

"아가씨의 어머니 성은 어찌 되오?"

"'하'입니다."

분명, 예문우의 정실부인 성이 '하'였다. 해선은 화가 끓어올랐다. '아니야, 아니야' 하면서도 '설마? 설마?' 하는 부정적인 염려가 독버섯처럼 꿈틀꿈틀 번져가고! 급기야는 수연에게 성을 내듯 묻고 있었다.

"그럼, 예문우에게 딸이 둘이라는 소리인가? 내가 모르는 큰딸이 있었던가?"

"아버님께 딸은 저 하나입니다. 그날, 명을 다한 제 오라버니와 저, 아버님께 자식은 둘뿐입니다."

해선은 이제는 수연을 냉정한 시선으로 바로 보았다.

처음 보았을 때부터 낯이 익다는 느낌이 들었는데, 좁은 이마와 가는 눈매가 정말 예문우를 쏙 빼닮았다. 맑고 큰 눈과 푸르름을 담은 미소와 냉염한 미모로 자란 녹연을 제 부모보다 훨씬 나은 인물이라고 부인과 여러 차례 대화를 나누었었는데 이런 일이 일어날 줄이야.

사실 녹연과 수연을 놓고, 예문우를 아는 자에게 여식을 찍으라면 백이면 백 모두 수연을 택할 것이다. 그 정도로 수연은 제 아비와 꼭 닮아 있었다.

수연이 앉은 자리에서 몸을 틀더니 저고리 깊숙한 곳에서 작은 주머니를 꺼내 해선에게 내밀었다.

"이것은 유모가 제게 남긴 것입니다. 제가 태어났을 때 아버님과 해선 대가님이 교환하신 것이라고."

해선은 수연에게서 받은 주머니를 뒤집었다. 옥가락지 하나가 해선의 손으로 굴러 들어왔다. 처음에는 놀라움으로, 다음에는 체념으로 해선의 눈이 어두워졌다. 얼핏 보면 밋밋한 옥가락지이지만 푸른 듯 보랏빛 광채가 오묘한 가락지는 귀한 옥으로 만들어 집안의 며느리를 위해 대대로 내려오는 예물이 분명했다.

해선은 눈을 감았다.

"이제 딸을 낳았으니 약조를 지켜야지?"

"허허, 내 이리 며느리에게 줄 증표를 가지고 왔으니 곱게 키워 보내주게나."

"참으로 귀한 옥가락지가 아닌가?"

"너무 좋아하지 말게나. 어차피 우리 식구 되면 다시 우리에게 돌아올 물건이니."

"하하하하, 그러고 보니 그렇구먼."

"그런데 자네 그렇게 우리 신우가 탐이 나나?"

"그럼, 탐나지! 탐나고말고. 하하하."

"신우 도련님과의 정혼의 증표라고 들었습니다."

천천히 눈을 뜬 해선은 수연에게서 녹연으로 시선을 돌렸다. 환희와 절망, 기쁨과 슬픔, 삶과 죽음, 희망과 좌절, 시작과 끝, 미래와 과거, 사랑과 이별, 이 상반된 모순이 눈앞에 있는 두 아이에게 모두 있었다.

해선은 고개를 숙인 채 숨도 제대로 내뱉지 못하는 녹연이 몹시 측은해 가슴이 아팠다. 그리고 신우……

휴우, 속 한숨이 절로 나왔다.

"험한 산길로 여기까지 오느라 곤했을 텐데 아가씨 방을 마련하라 할

우연의 신록

테니 오늘은 쉬고 나머지는 내일 이야기합시다. 밖에 기련 있는가?"

기련을 찾는다는 것은 수연은 물론이며 녹연도 나가보라는 뜻이었다.

인주 어멈에게 방 준비를 시킨 후 그들이 모두 자리를 나서자 해선은 기련에게 가까이 다가오라 고갯짓했다.

"자네는 급히 녹연을 사 왔던 노예상을 찾아가야겠네. 그자에게 진실을 실토 받아 오게."

"무슨 말씀이십니까?"

"예문우의 여식이라는 아이가 나타났네."

"예? 그, 그런 일이…… 혹시?"

기련은 방 밖을 돌아보다가 다시 해선에게로 고개를 돌렸다.

"맞네. 녹연이 데리고 온 저 처자일세. 예문우를 빼닮은 데다 확실한 물증까지 지녔네."

"그, 그것이 사실이라면……. 정말, 큰일이지 않습니까."

기련도 신우를 염두에 두고 한 말이었다.

"그러니 그자에게 녹연이 진정 예문우의 여식이 맞는지 확인하게, 말을 듣지 않으면 목을 거두어도 좋네."

"예, 대가님. 당장 다녀오겠습니다."

해선은 기련이 나간 후에도 의자에서 일어날 줄 몰랐다. 지끈거리는 머리를 뒤로 젖히고 이마에 손등을 얹었다.

"이보게 문우, 이 무슨 몹쓸 장난인가? 보내주려거든 서둘러 보내주었어야지 이제 와 내게 어찌하라고 이리 큰 곤욕을 주나. 벗임에도 원한을 풀어주지 않는 나를 원망하고 탓하는 것은 괜찮으나 우리의 아이들은 상처 받지 말아야 하지 않나. 문우……."

지푸라기라도 잡는 심정으로 기련을 노예상에게 보내기는 했지만 예문우의 딸이 수연임은, 고통스럽고 받아들이고 싶지 않은, 하지만 진실이었다.

해선의 한숨은 어스름의 깊어짐과 더불어 한층 한층 깊어만 갔다.

연무를 마치고 안채로 들어서던 신우는 평소와 다른 집안 분위기에 의아했다. 혼례가 공표된 이후로는 초저녁까지 드나드는 이로 집 안은 떠들썩했다. 이 정도 시각이면 혼례 준비에 관련된 손님이나 도와주는 아낙들의 말소리나 그도 아니면 인주 어멈이 놓치는 소리라도 들릴 법한데, 밥 때 넘긴 시각처럼 조용했다. 어쩐지 평소보다 더 가라앉은 듯도 했다.

"어머니, 다녀왔습니다."

대가부인에게 인사를 하면서도 신우는 녹연이 앉아 있어야 할 자리로 눈이 가는 것을 어쩌지 못했다.

"신우 왔구나. 종일 애 많이 썼지? 어서 앉아라."

대가부인은 아들을 반갑게 맞으며 곁에 선 인주 어멈에게 명했다.

"석반 들이게."

신우는 의자를 끌어 탁상 앞에 앉으며 물었다.

"대가님께서 아직 오시지 않으셨는데 상을 들이십니까? 그리고 녹연인 무얼 하느라 여적……. 혹 아랫마을에서 아직 돌아오지 않은 겁니까?"

신우는 언짢아져 물었다.

"녹연인 돌아왔고, 대가님은 명하실 때까지 아무도 들이지 말라고 하시는구나."

녹연이 돌아왔다는 말에는 한시름 놓았지만, 아버지께서는 무슨 연유

로 그러시는지 몰라 신우는 어머니를 바라보았다.

신우의 묻는 시선에 대가부인은 마지못해 입을 열었다.

"오늘 아랫마을에서 녹연이 어떤 처자를 데리고 왔다는구나. 곤경에 처한 걸 못 본 척하지 못한 것 같아."

신우는 눈살을 찌푸리며 혀를 찼다.

"이런, 기어이 사고를 쳤군. 혹 꾸지람을 들은 것은 아니지요."

"설마, 네 아버님께서 녹연을 꾸지람 하셨을라고. 아무도 들이지 말라 하신 것을 보면 중대한 사안을 결정하시느라 고민하시는 것 아니겠니. 내일이면 알게 되겠지, 그러니 오늘은 기다려보자꾸나."

해선은 대가로서 마을의 중대사를 결정지을 때 홀로 고민에 휩싸일 때가 있었다. 그러다 결정을 가지고서야 방 밖으로 나왔다. 물론 긴밀한 부분은 기련과, 대소사는 재사장과 의논하였고, 신우와 적주가 성년이 지난 후부터는 그들도 '가' 회의에 참여시켜 의견을 듣곤 하지만 홀로 결정을 해야 할 순간에는 누구도 접근치 못하게 했다.

상이 차려지는데도 녹연은 오지 않았다.

'무엇을 잘하였다고.'

신우는 끓어오르는 화를 내색하지 않고 대가부인에게로 고개를 돌렸다.

"어머님, 잠시 나갔다 오겠습니다."

대가부인은 일어서려는 신우의 팔에 차분히 손을 얹었다.

"녹연이 밥은 인주 어멈이 따로 챙겨 넣어주었다."

"무슨 일로, 혹 어디 아프기라도 한 것입니까?"

신우는 녹연이 제 몸이 아프지 않고서는 방에 앉아 밥상을 받는 성정이 아니라는 것을 알기에 물었다.

"아픈 것은 아니라는데 무슨 연유인지 제 방에서 꼼짝 않고 틀어박혔구나. 어찌 아셨는지 대가님께서 녹연이 나오지 않을 테니 방으로 석반을 들여주라 명하셨고. 나도 더 이상은 모르겠구나."

혼이 났구나. 신우는 그렇게 생각했다. 어머니는 아니라 말씀해도 분명 서운한 소리를 듣고 마음이 다친 것이다. 그렇지 않고서야 생전 이런 일 없던 아이가 석반 때인데도 안채 출입을 안 하겠나 싶었다. 얼마나 꾸지람이 컸으면 이리 코빼기도 안 보이겠나.

아무리 상대의 처지가 딱해도 그렇지, 외지인을 들인 것은 녹연이 백 번 잘못한 일. 하지만 그래도 제가 녹연을 나무랄 때와는 다른 안쓰러움이 신우의 심중으로 밀려들었다.

신우는 제 몫의 밥을 입 속에 넣었다. 재빨리 먹어 치우고 녹연에게 향할 심사였다. 대가부인도 그런 신우를 눈치를 채고 천천히 들란 말 한 마디 하지 않았다.

첩첩산중의 밤은 한발 앞서 찾아온다. 한 식경도 안 되었지만 진한 어둠에 싸인 길을 신우는 달을 등불 삼아 걸었다. 별채로 들어서며 녹연의 방을 곧장 보았지만 불 없는 방은 벽인지 방인지 쉽게 구분되지 않았다.

방 곁으로 다가가니 손도 대지 않은 밥이 다 식은 상이 덩그러니 그 앞을 차지하고 있었다.

'석반을 들지 않았구나.'

신우는 녹연이 혹 놀랄까 싶어 험, 먼저 인기척을 낸 후 그녀의 이름을 불렀다.

"녹연아."

묵묵부답이었다.

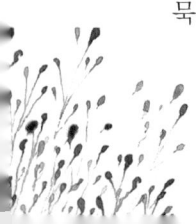

"예녹연."

여전한 무반응에 신우는 이번에는 문을 가만히 두드렸다.

"잠시 문 좀 열어보거라. 자지 않고 있다는 것도 알고, 오늘 마을에서 사람을 데리고 온 일도 들었다. 혼을 내려는 것이 아니니 문 열어보아라."

안에서는 사람이 없는 것처럼 기척도 없었다. 하지만 녹연이 그 방에 있음은 분명했다. 가지런히 놓인 신이나 거동하기 늦은 시각만으로 그리 여기는 것은 아니었다. 녹연의 향내가, 그녀만의 맑은 살내가 눅눅한 여름밤 속에서도 신신(新新)하게 감돌았다.

신우는 쪽마루에서 상을 치우고 그 자리에 앉아 고개를 들었다.

하늘에는 산중의 칠흑 속에 유일 점인 달은 휘영청 밝았다. 온통 검은 천지 속에 단 한 점이었지만 나약하지 않았다. 오히려 당당했다. 아침의 밝음에 현혹된 어둠은 엉큼한 속내를 감추고 호시탐탐 그 곁을 노리다가 밤이 되면 그 고운 빛을 모두 삼키지만 그 핵만은 남겨둔다. 그마저 삼킨다면 아침의 설렘을, 밝음의 눈부심을 영영 볼 수 없을 것 같은 두려움 때문일 것이다.

신우에게 어둠 속의 밝은 점은 녹연이었고 달을 감싸는 어둠은 자신이었다. 모두 감싸고 모두 삼키고 모두 제 안에 꽁꽁 가두고 싶지만 그것으로 이내 천지가 어두워지는 것이 두려운 어둠.

신우는 고개를 내리고 녹연의 방으로 시선을 돌렸다.

"가두고 싶거든 놓아주거라. 녹연이 숨 돌릴 수 있도록 잠시 놓아주라는 뜻이다."

이제 부부가 된다. 그야말로 녹연이 그 안에 온전히 속해지는 것이다. 이러한 때에 그 말이 떠오르는 것은 가진 것을 더 움키려 할지도 모를 스스로에 대한 우려일 것이다.

　아버지의 말씀이 옳다는 것을 부인하는 것은 아니다. 그렇지만 그에게 녹연을 가두고자 하는 욕구를 누르는 것만큼 쉽지 않은 일은 없었다. 비록 그것이 잠시라도, 숨 돌릴 틈만이라 하여도. 하지만, 지금부터라도 함께 보는 것에 익숙해져야 한다. 아무리 어렵더라도 노력해야 한다. 그래야 그녀가 행복할 테고, 그 또한 행복할 것이니.

　이제 녹연이 숨은 그 문을 다시 문을 두드릴지, 포기하고 돌아가야 할지 선택해야 했다. 신우는 낮게 한숨을 쉬었다.

　"더 이상 열어보라 하지 않겠으나 이 말은 하고 가야겠다. 평생 다시 못 할 낯부끄러운 소리를 네가 아닌 문을 보고 하려니 내 처지가 딱하지만 한편으로는 그것이 다행이라는 생각이 드는구나. ……녹연아."

　이 밤 신우의 목소리는 깊은 물길과 같아, 그녀를 부르는 울림은 물방울에서 계곡이 되고 계곡은 강으로 흘러 바다가 되었다. 더없이 넓고 심오한 심해의 바다이고 가식, 속임, 거짓, 가벼움 이러한 것들은 생존할 수 없는, 끝없이 깊은 진실만이 존재하는 청해가 되었다.

　"우리의 혼례가 지척이지만 여태껏 네게 살갑지 못했음을 내 잘 안다. 생겨먹은 것이 그런 쪽과는 거리가 멀어 앞으로는 잘할 자신 있다 거짓을 말하진 못하겠으나……. 세월이 아무리 흘러도 내 마음의 유일한 여인은 푸르름을 언제나 이어갈 여인뿐임을 약조하마. ……내가 너를 얼마나 깊이 사랑하는지를 기억하마."

　사랑의 약속은 그토록 진실했다.

　진실하면 진실할수록, 누군가에게는 비수가 되어 심장을 헤집는 언약인데, 찢기고 찢기고 찢기는 그 마음 알 길 없어 그토록 더 잔인하고, 그토록 더 진실했다.

"네가 내 여인이 되는 것을 얼마나 바랐는지, 네가 내 아이의 어미가 될 것에 얼마나 설레는지, 네가 내 곁에 있음이 얼마나 고마운지, 이런 나를 허락한 네가 얼마나 어여쁜지를 기억하마. 그리고 새기마. 앞으로도 너를, 그 곁에 평생토록 살아갈 나를. 우리의 소소한 하루하루를, 우리가 살아가는 동안 우리의 사랑에 고난이 닥치는 날이 온다 해도 결코 지워지지 않게 내 이 가슴에 깊이 새기겠다. 약조하마."

신우는 녹연이 거기 있을 방문을 바라보았다. 그렇지만 녹연의 답은 기어코 들을 수가 없었다. 하기야 그녀의 성정으로 당연한 일일 것이다. 아무리 혼례를 앞둔 정혼자의 사랑 고백이라도, 그것을 들은 직후 벌컥 문을 열고 이러니저러니 답을 한다면 분명 그녀가 아니었다. 부끄럼으로, 쑥스러움으로 변한 홍색 볼을 두 손으로 감싸고 방바닥에 쪼그리고 앉아 뛰는 박동소리 숨기려 연연하면 모를까.

그런 생각이 드니 신우는 웃음이 났다. 그 귀여운 모양을 눈으로 확인하고 싶었다. 하지만 더한 것은 덜한 것보다 못한 것. 오늘은 이만큼이면 되었다. 더 이상 그녀를 부끄럽지 않게 하기 위해 욕심을 참아야 했다.

"이제 가야겠다. 밥은 다시 데우라 이를 테니 반드시 먹고 자야 한다."

신우는 마루에서 일어나 어둠 속에서 다시 녹연의 방을 보았다.

끝내 얼굴을 내밀지 않는구나.

서운한 마음을 접고 신우는 발길을 돌렸다.

아이는 정말 언제 부모가 죽었는지 몰랐다. 열두 살이 되기 전까지는 자신에 대해 아무것도 알지 못했다.

못 먹어 덜 자란 아이는 또래보다 늦은 발육을 보여 겨우 아홉이나 열 살

정도 되어 보였다. 아이의 주인은 어느 날 찾아온 노예상인에게 밥만 축내며 아무짝에 쓸모없는 아이를 후한 값을 쳐주겠다는 데 혹해 얼씨구나 팔아버렸다.

아이 또래의 여아를 찾고 있던 노예상인에게 아이는 잘 맞는 신처럼 제격이었다. 비록 때가 덕지덕지 묻은 꼴이지만 사슴처럼 맑고 큰 눈을 가진 아이를 제대로 입히고 먹인다면 귀태가 흐를 것이라고. 노예상은 한눈에 아이가 물건임을 간파했다. 십 수 년 사람을 사고 팔아온 감이 그랬다. 혹여 일이 틀어져 기방에 판다 해도 치른 값의 수십 배는 쉽게 받을 수 있을 것이라 확신했다.

얼마 전 정보원을 통해 예씨 성의 이름 끝 자가 '연'인 열두 살 된 여아를 찾으면 후한 사례를 받을 수 있다는 사실을 알게 되었다. 이쪽으로 가나 저쪽으로 가나 어쨌든 아이는 노예상인에게 목돈을 벌어다 줄 물건이었다.

노예상은 아이에게 늙은이 첩으로 팔아버린다는 협박을 서슴지 않았다. 그 말끝에는 항시 너는 예씨 성이라고 주입했다.

"아이야, 네 부모의 성이 무엇이냐?"

"모, 모릅니다. 저는 성이 없습니다."

생각보다 더 손쉬워질 것 같았다. 굳이 거짓말을 하라 할 필요가 없었다.

"너는 예씨 성을 가졌다. 이름은 네 눈처럼 푸르고 맑음을 널리 퍼트리라고 '녹연(綠延)'이라는구나."

"저, 저를 아십니까?"

아이는 놀라워했다.

"너는 모르나 너와 함께 도망친 너의 유모는 내 몇 해 전에 만났었지. 살 길을 찾기 위해 어쩔 수 없이 너를 지금 네가 살던 그 집 앞에 버렸다고 하더구나. 내가 그것을 기억하고 너를 이리 비싼 값을 치르면서 산 것이다."

"고, 고맙습니다. 어르신. 그럼, 저는 이제 가족을 만날 수 있는 건가요?"

"아니, 네 부모는 모두 죽고 너만 살아남았다. 하지만 너무 슬퍼하지 말거라. 네 가족 못지않게 너를 찾는 이들이 너를 데리러 올 것이니. 그러면 녹연아, 너는 그들의 가족처럼 귀한 대접 받으며 살 것이다. 그러니 내 말 명심하여라. 네 성은 예씨이고, 이름은 녹연이라. 알겠느냐?"

"예, 어르신. 제 이름은 예. 녹. 연. 입니다. 그런데 어르신, 저를 찾는 이가 오지 않을 수도 있습니까?"

인간을 흉내 내던 망종의 표정이 순간 본색을 드러내사 그 안색에 사악한 기운이 넘실거렸다.

"그리된다면, 너는 늙은이의 첩이 되어 송장 칠 날만 꼽는 신세가 되겠지. 뭐 그것도 나쁘지는 않겠다."

늙은이의 첩이 되는 것, 즉 시침아기가 되는 게 어린 노예들에게 가장 무서운 일인 것을 시침아기로 팔려갈 뻔한 적이 있던 아이는 잘 알고 있었다. 망종의 섬뜩한 표정은 사라졌다 하지만 그 여운은 아이를 얼어붙게 하고 남을 정도는 되었다.

"그러니 네가 잘해야 하느니, 손님이 오시면 지금껏 내가 말한 대로, 네가 아는 대로, 너는 예씨의 유일하게 살아남은 핏줄인 거다. 명심하여라, 예녹연, 다시 한 번 물으마, 너는 누구이냐?"

"저는 예녹연! 예씨의 유일하게 남은 핏줄, 예녹연입니다."

겁먹은 아이는 젖 먹던 힘을 다해 답했고 노예상의 거짓과 욕심이 덕지덕지 묻은 입가가 말려 올라갔다.

예녹연입니다.

기련이 찾아왔을 때 녹연은 그리 말했었다. 이것저것 따지고 생각하기에는 어리고 순진했다. 처음에는 늙은이의 첩이 아니면 그보다 더 나쁜 상황이 두려워 고분고분 노예상의 말을 따랐으나 결코 거짓을 말한다고 생각하지는 않았다. 자신이 예녹연임에는 의심이 없었다. 아버지는 예씨이고, 가족들은 모두 죽고 유일하게 생존한 자신을 유모가 구하여 구사일생으로 목숨을 건진 예녹연.

과거도 미래도 없던 녹연의 삶에, 슬프고 불행하지만 과거가 존재한다는 것은 중요했다. 근본 없는 것, 천하디 천한 것, 허구한 날 이어진 질시는 녹연의 뿌리를 흔들었다. 뿌리가 약한 나무는 자랄 수 없었다. 열매는커녕 잎조차 열릴 기미가 없었다. 그러던 녹연에게 과거는 예기치 못한 행운이었고 근본이고 존재의 의미였고 희망이었다. 앞으로 펼쳐질 미래는 모든 것을 바쳐야 할 삶이었다.

녹연은 예녹연이었다. 또한 예녹연이어야 했다. 결코 의심해서도 할 수도 없는 진실, 그녀는 예녹연이었다. 너무도 당연히!

다감한 대가 부부, 사람 냄새 나는 그들의 마을, 그리도 절실했던 가족. 그리고 신우. 정혼자는 세상 어떤 누구보다 늠연하니, 이렇듯 출중한 사람이 제 남자라는 것이 매일매일 행복했다. 그런 그에게 다감하거나 살갑지는 않으나 그보다 더 완전한 속 깊이 사랑받고 있으니 불우한 태생은 얼마든지 극복할 수 있었다.

하지만……

한순간 모든 것이 허상이 되어버렸다.
나는 어디에 있어야 하지?
이 밤이 지나면 나는 어디에 있어야 하지?
제발 꿈이어라.
깨어나라, 깨어나라.

끔찍한 꿈에서 제발 깨어나라.

발소리가 들렸다. 신우였다.

두려웠다. 너무도 두려웠다. 무슨 낯으로 그를 볼까 죽기보다 더 두려웠다.

꿈이면 어서 깨어나라 제발!

몸은 바짝 곤두섰는데 가위에 눌린 듯 꼼짝할 수 없었다.

기어이 그가 불렀다. 문을 열라고 했다.

어찌 이리 두려울까, 어찌 이리 무서울까, 이 순간, 지금 이 순간 문이 열려 눈이 마주치다 한낱 먼지와 같이 사라져버리고 말 것이다. 영영 다시는 날아오르지 못하고 흩어져 소멸되고 마는 먼지.

잠잠해졌다. 문을 열라거나 다시 두드리지는 않았지만 낮은 한숨소리 뒤에 여운처럼 말소리가 시작되었다.

무어라 할지, 무어라 할지.

떨렸다. 숨이 막혀 입안이 바싹바싹 타들어가 침도 삼킬 수 없었다.

무어라 할지.

"평생 다시 못 할 낯부끄러운 소리를……."

탁, 맥이 풀렸다.

흐느적흐느적 허물어져 내렸다.

그의 낮고 울림이 좋은 목소리는 오늘따라 더 뚜렷하고 진중하게 느껴지는 것은 무슨 이유일까. 여운에서조차 일관적인 진중함을 잃지 않으며 그는 진실한 소리를 말했다. 그에게 유일한 여인은 녹연이라고, 깊이 사랑하는 것을 기억하마고.

주저앉은 녹연의 몸으로 싸한 기운이 밀려왔다. 이제야 실감이 났다.

급작스레 닥친 거대한 폭풍에 휩쓸려 갈 때만 해도 차릴 수 없었던 정신이 홀로 살아 무인도에 불시착한 것을 알고 깨닫는 감정들, 살았지만 함께 죽는 것이 더 행복한 절망감. 홀로 살아가야 할 치 떨리는 외로움, 사랑하는 이가 빠진 앞날, 잊어야 할 모든 것들…….

녹연은 몸서리쳤다. 그렇게 깨어나길 바라던 꿈은 결국 현실이었다.

모질기도 하지. 모질기도 하지. 이럴 것이면, 이렇듯 스치는 인연이었으면 차라리 만나게 하지 말 것이지.

아이의 어미가 될 것에 설렌다고, 곁에 있음이 고맙다고, 허락해주어 어여쁘다고, 모두 기억하고 새기마고. 앞으로, 우리의 소소한 하루하루를, 고난이 닥쳐도 지워지지 않게 가슴에 새기마고.

하찮은 내게 귀한 그가 그리 말했다.

가슴이 찢어졌다. 그의 한 마디 한 마디가 가슴에 파고들어 갈기갈기 찢고 또 찢었다. 알면서도, 그 말을 모두 담으면 아프고 아프고 또 아플 것이라는 것을 알면서도 녹연은 사랑하는 이의 입에서 흐르는 사랑의 언어를 한 자도 남김없이 가슴에 담았다.

사랑을 해보지 못한 이에게 이별의 아픔은 막연한 아픔이지만 사랑의 애달픔을 아는 이에게 이별의 아픔이란 죽음보다 더한 고통인 것이다.

그가 돌아갔다.

녹연은 그때서야 울었다. 그 울음은 그냥 울음이 아니었다. 이별의 기미를 감지한 가슴이 우는 울음이었다. 목 놓아 울지도 못했다. 눈물 한 방울 한 방울을 가슴에 담으며 홀로 숨죽여 울어야 했다.

가슴이 찢기었다. 찢긴 상처가 다시 찢기고 또 다시 갈기갈기 찢기어 더 이상 그럴 수 없을 때가 되어서야 가슴은 텅 비어졌다. 그 빈자리에 찢겨지는 아픔보다 더 두려운 공허가 서늘하게 밀려왔다.

녹연은 부들부들 몸을 떨었다. 여린 어깨를 우악스레 감싸고 감싸고 또 감쌌다. 마치 누군가 자꾸 그 감는 팔을 잡아 푸는 것도 아닌데 악착스럽게 제 어깨를 감았다. 혹한의 매서운 바람 앞에 알몸으로 내쫓겨 선 것처럼 독한 한기에 부들부들 이를 부딪치며 떨었다. 그렇듯 밀려날 것을 감지한 둥지의 어린 새처럼 두려움에 몸서리쳤다.

죽은 듯 숨죽인 채 그 버거운 아픔과 공허와 추위와 두려움을 고스란히 앓으며 녹연은 외로이 복받쳐 울 수밖에 없었다.

7장

달이 지면 해가 뜨는 것처럼 결정의 아침은 돌아왔다.

기련을 방으로 들이는 해선의 얼굴에는 지난밤 고민의 흔적이 묻어 있었다. 기련 또한 짙은 그늘로 무겁게 내려앉아 있었다.

"어서 오게."

기련이 꺾어지듯 무릎을 꿇었다.

"죄송합니다, 대가님. 대죄를 지었습니다."

쿵!

해선은 하늘이 무너지는 듯했다. 예문우를 꼭 빼닮은 아이가 나타났을 때, 정혼의 증표인 가락지를 내밀었을 때, 기련이 어두운 빛으로 이 방에 들어섰을 때 이미 알고, 이미 받아들여놓고도 혹시나 혹시나 하는 미련으로 인해 해선은 이리 깊은 실망을 했다. 버리지 못한 미련의 무게를 과중케 해 스스로 더 낙담으로 몰아간 것이다.

"자책은 말게."

해선은 씁쓸하게 말했다.

"대가님, 어찌하실 것입니까?"

물음보다는 답을 주로 듣는 기련답지 않게 절실한 질문이었다.

"이것이 그 아이들의 운명이라면…… 받아들여야겠지."

해선은 하기 싫은 답을 하였고 기련은 듣기 싫은 답을 들었다. 방에는 무거운 침묵이 이어졌다. 말하지 않아도 걱정과 우려는 일맥상통하리라. 녹연은 모든 아픔을 안고 물러나더라도, 신우는 숨이 끊어지는 한이 있어도 그러지 않을 것을, 그들은 알았다.

"녹연에 대해 알아낸 것이 있나?"

"노예상에게 팔리기 전 집에서 아기씨의 모친에 대해 들었습니다."

"무어라던가?"

"무희였다고 합니다. 부여, 고구려 일대는 물론 선비, 위와 오에까지도 소문이 날 정도의 대단한 미인이었다고 합니다."

"미인이라……. 녹연이 제 어미를 닮은 게로군. 부친에 대해서는?"

"알려신 것이 없습니다. 하지만 그 무희가 지체 높은 자들의 구애를 모두 뿌리치고 그들의 무사 중 누구와 달아났다는 소문이 있었다고 합니다."

"험한 길을 선택하였군그래."

"그분은 아버지 없는 아이를 낳고 혼자 몸으로 마을 장에서 가판을 하였는데 그 일대가 그분의 환심을 사려는 사내들로 넘쳤다 합니다. 그러던 어느 날 외지에서 나타난 도망자를 도와주는 바람에 살수의 칼에 비명횡사하였다고 합니다."

"박복하고 안타까운 삶을 살았네. 녹연의 의협심이 거기서 온 것이겠군."

누군가를 돕다 딱해진 처지 또한 녹연은 제 어미의 삶을 닮고 있었다. 참으로 기구하지 않을 수 없었다.

기련이 돌아간 뒤에도 한참을 번민하던 해선은 의자에서 일어나 방문을 열었다.

"석태 아범은 있는가?"

"예, 대가님. 찾으셨습니까요?"

"녹연을 들라 하게."

"예, 모시고 오겠습니다요."

별채로 총총히 사라지는 석태 아범의 뒷모습을 보고 섰던 해선의 눈가에 조금 전까지 돌던 망설임의 흔적 대신 결심의 빛이 서려졌다.

조반 들 시간이 되어 안채로 들어서던 신우는 고깃간 뒤쪽 빈 방에서 느껴지는 인기척에 걸음을 멈추었다. 보통 인주 어멈도 고깃간 앞 광이나 고깃간까지만 출입하는데 어째서 비워둔 방에 인기척이 나는지, 확인해보려던 신우는 어제 녹연이 곤경에 처한 사람을 데리고 왔다는 것을 기억해냈다.

"실수할 뻔했군."

그때 스르륵 방문이 열리고 방에서 낯선 여인이 나왔다. 여인은 섬돌을 딛고 내려와 다소곳이 그를 향해 고개를 숙였다.

"기침하셨습니까, 도련님."

녹연보다 두어 살쯤 더 먹었을까? 여인은 마치 기다렸다는 듯이 나와 먼저 아는 체를 했다. 그 모습이 하도 급작스러워, 그녀가 웃음을 흘리거나 몸가짐을 흐트러트렸다면 되바라진 여자로 오해를 살 만했다.

신우는 녹연의 손님임을 잊지 않고 예를 갖추어 인사를 되돌렸다.

"녹연의 손님이라고 말씀 들었습니다. 편안히 쉬셨습니까?"

"예……. 도련님, 그런데…… 저를 몰라보시겠습니까?"

예상치 못한, 여인의 의외의 물음에 형식적이던 신우의 시선이 탐색하

우연의 신록

듯 바뀌었다.

"저를 아십니까?"

여인은 속 깊은 사연 안에 서글픈 연민을 담은 이처럼 신우를 보았다. 그녀의 시선이 신우를 편치 않게 했다. 함정이 있다는 것을 알면서도 어쩔 수 없이 가야 하는 길로 접어든 것처럼 찝찝하고 불편했다.

여인은 낮은 한숨과 함께 입을 열었다.

"우리는 초면이 아닙니다."

"무슨?"

신우의 눈빛이 가늘어지는 것을 감지한 듯 여인은 말을 이었다.

"사실 동트고 나서부터 내내 도련님께서 지나가시기를 기다리고 있었습니다. 그날은 등잔불 아래에서라 저를 기억하지 못하시는 거라 믿겠습니다. 하지만 저는 도련님을 또렷이 기억합니다. 그때 저는 세 이름을 수연이라 말씀드렸습니다. 그날 을물의 집에서 말입니다. 신우…… 도련님."

그러고 보니…….

그날 섬광처럼 비추던 그 방, 의원을 구하기 위해 을물의 집에 잠입했던 그날, 막바지에 몰려 있던 그의 눈에 들어왔던 빛, 그리고 외딴 방의 그 여인. 눈앞에 있는 여인은 그날 그를 도와주었던 바로 그 여인이었다. 그녀는 낯선 그에게 한이불을 빌려주면서까지 숨겨주었는데 큰 신세를 지고도 잊고 있었던 것이다.

처음에는 스승과 함께 나타나지 않는 그의 안위를 걱정할 녹연에게 어서 돌아가기 위해, 다음에는 의원의 구완을 맡겠다고 나선 녹연으로 인해, 조금 전까지는 녹연과의 혼례 생각에 다른 여인과의 일은 머릿속에 머물 수가 없었다. 그래도 신세를 졌는데.

"미안합니다. 이제야 기억이 났습니다. 녹연이 곤경에서 구해드렸다는 분이 그때 을물의 집에서 저를 도와주신 분이라니 이런 우연이 또 있을까 싶군요. 그때 일은 진심으로 감사드립니다."

신우는 성심으로 고마움을 전했다.

"그날 도련님을 도와드린 것은 우연이 아닙니다."

"그것이 무슨 말씀이신지요?"

"저는 그날 이후 오늘만 기다렸습니다. 그날 이후 목숨을 걸더라도 단행할 용기가 났던 것입니다."

그녀는 이해할 수 없는 말만 하고 있었다. 신우는 그런 그녀의 말을 굳이 곱씹지 않았다. 도움을 받은 사람으로서의 도리로 그녀가 필요한 도움을 되돌려줄 생각이었지, 남의 속 깊은 사정까지 들여다보고 쓸데없는 참견을 할 뜻은 없었다. 그런 것은 그와는 맞지 않는 일이었다. 사례를 원하면 사례를 하고 도움을 필요로 하면 돕는 것으로 최선을 다할 참이었다.

"무슨 일인지는 모르나 제가 도울 수 있는 것은 성심을 다해 돕겠습니다."

수연은 대답하지 않았다. 그 대신 특별한 시선으로 그를 응시했다. 그런 여자들의 시선은 신우에게는 늘 익숙한 거였다. 성인이 되기도 전부터 그를 따라다니던 여자들의 시선, 유혹과 흠모. 그중 그녀의 시선은 후자 쪽에 가까웠다. 다만 다른 여자들과 조금 다른 것이 있다면 조금의 원망과 조금의 확신으로 인해 더 직접적이었다. 도를 넘는 그녀의 시선이 신우를 불편하게 했다. 자신은 은혜를 입었다지만 녹연을 생각한다면 그녀는 이러한 시선을 그에게서 거두어야 했다.

"제가 도련님을 다시 뵙게 된다면 꼭 묻고 싶었던 것이 있습니다."

우연의 신록

"말씀하십시오."

그들의 생각은 어긋나 돌아가는 바퀴처럼 서로 다른 방향을 향해 돌고 있었다.

수연은 그와 재회한 순간부터 내내 부풀어 있는 가슴을 진정했다. 지난밤 뜬눈으로 밤을 새우면서 이 순간을 얼마나 고대했던가. 그와 이렇듯 마주하고 있으면서도 이 순간이 믿기지 않았다. 그는 기억에서보다 더 수려한 사람이었다. 차가운 관옥에 흐르는 기품은 그 밤 불빛 아래에서보다 더 고귀해 보였다. 그런 그가 마주 있다. 뒤설레어 벅찬 생소한 경험, 이 기쁜 아픔이 모두 자신을 마주 보고 있는 그에 기인하는 거였다. 그런 그가 그녀의 남자인 것이다.

나의 낭군.

수연은 가슴에 이는 통증이 더해지면 더해질수록 빼앗겼던 시간이 억울하고 원통했다. 돌려받고 싶었다. 당장이라도 그리해야만 했다.

"저는…… 을물의 인질이었습니다. 대역죄를 저지른 멸문가의 딸로 그의 집에 감금되어 있었지요. 그런데 왜 도련님을 도왔을까요? 제 처지보다 더 못한 이가 누가 있다고, 워낙 넉넉한 마음이라 모든 인간에 덕을 행하느라 그랬을까요?"

그녀의 말은 자기연민으로 가득 차고 원망의 기미 또한 다분했다.

"무슨 말씀이신지요, 아가씨. 저는 그런 식으로 돌려 듣는 것을 좋아하지 않습니다."

싫증나 떠나려는 놀이판의 패를 보는 듯한 그의 시선이 그녀를 슬프게 했다. 못지않게 분노하게 했다. 억울한 감정을 쏟아내게끔 충동질했다.

터트리는 것은 제 몫이 아니라고, 기다려야 하는 것을 알면서도 그녀는 기어이 입을 열었다. 스스로가 분란의 시발점이 되는 것을 자초한다는 것은 생각지도 못한 채.

"저는 어릴 적 혼처가 정해져 있었습니다. 하지만 억울한 누명을 쓰고 저의 집안은 하루아침에 멸문되고 가족은 모두 죽었습니다. 저만 유모와 함께 천운이 따라 어떤 여인의 도움을 받게 되고 겨우 목숨을 건질 수 있었습니다. 누명을 함께 쓴 정혼자의 집안은 다행히 목숨은 건지셨지요. 불행하게도 저는 결국 을물의 인질이 되고 말았지만 희망이 있었습니다. 저의 정혼자께서 저를 구해주실 거라는 희망 말입니다. 저는 매일 꿈을 꾸었습니다. 달도 가린 검은 밤 월담을 하여 그분께서 저를 구하러 오는 그런 꿈을요. 잠을 잘 때 꾸지 못하면 깨어 있을 때 꿈꾸었습니다. 언젠가는 그분이 끔찍한 이곳에서 건져주실 거라……. 결국 그분이 오셨습니다. 하지만 사병들에게 쫓기는 상황이었고, 저에 대해서는 알지도 못했습니다. 그 밤 그분과 한이불을 썼지만 그분은 저를 남기고 떠나기 급급했습니다. 왜 도와주었는지 묻지도 않으시고 말입니다."

말을 잇는 동안 신우의 날렵한 눈가가 석상처럼 굳어졌지만 수연은 마지막까지 멈추지 않았다.

"맞습니다. 그 무심하신 분의 함자는 '신우'이십니다."

마지막 패를 던지고 상대의 반응을 보듯 수연은 신우를 응시했으나 뼛속까지 서늘하게 만드는 그의 시선에 흠칫하고 말았다.

"내 아가씨께 은혜를 입은 것은 백번이고 고마우나, 그렇다고 하여 이런 허언을 용납할 수 있는 것은 아닙니다. 아가씨의 정혼자가 아가씨를 찾지 않은 것은 안된 일입니다. 허나 앞으로 또 그런 거짓을 입에 올린다면 그때는 용서치 않겠습니다."

얼음이 얼어붙는 빙결처럼 혹한의 차디참. 서걱서걱 그 지독한 찬기로 남은 피 한 방울도 얼릴 듯한 차가움이 그에게서 흘러나왔다.

수연은 입술을 물었다. 어찌 이리도 차가울 수 있는지, 수연은 울컥하여 다시 입을 열었다.

"제 말이 진실이라는 생각은 왜 하지 않으십니까?"

"계속 이러실 겁니까. 진정 저를 고마움도 모르는 이로 만드실 생각입니까? 또한 아가씨의 이러한 행동이 아가씨를 구한 녹연에게 누가 된다는 것을 정녕 모르십니까?"

수연은 애초부터 자신의 자리여야 할 그의 옆자리를 되찾으려는 것뿐이었다. 그것이 자신의 목숨을 구해준 녹연에게 가차 없이 비수를 들이대는 일이라는 것은 중요하지 않았다. 세상천지에 저보다 불행하고 안타깝고 억울한 이가 어디 있다고 다른 누군가를 염려하겠느냐 말이다.

수연은 간과하고 있었다. 그들의 사랑, 어떠한 신실보다 깊고 견고하여 결코 비집고 들어갈 수 없는 지독한 그것을 알지 못한 것이다. 그저 누구나 그렇듯 가문이 정해준 정혼자라 순리처럼 받아들인 정도로만 안일하게 생각했다. 그러니 그도 자신이 진실을 말하면 처음에는 놀라더라도 이내 받아들이고 순응할 것이라 여겼다.

"남의 삶이 아닌 제자리를, 녹연도 찾아야겠지요."

철저한 타인처럼, 어쩌면 그보다 못한 적대감으로 상대할 가치도 없는 대상에게서처럼 신우는 수연에게서 한 발 물러섰다.

수연은 그때서야 일이 단단히 틀어지고 있다는 것을 느끼고 돌아서려는 그의 팔을 붙들었다.

"도, 도련님."

"이 무슨 짓입니까?"

신우는 팔에 매달린 수연의 손을 털듯 밀어냈다.

"미움을 받은 것입니까? 저는 그저 반가움에, 야속함에 저도 모르게 투정이라는 것을 부린 것인데. 도련님 사정과는 상관없이 밀어붙인 꼴이 되었군요. 용서하십시오."

"수연은 잘못을 청할 필요 없다."

두 사람은 목소리가 나는 쪽으로 고개를 돌렸다.

해선이 안채를 잇는 중문 앞에서 서 있었다. 옆에는 어두운 낯빛의 기련이, 한 발 뒤에는 하루사이에 반쪽이 되어버린 녹연이 시선을 외면한 채 함께였다.

"수연의 잘못이 아니라는 말이다. 수연의 말에 거짓은 없고 잘못은 모두 아비인 내게 있다."

"대가님, 그것이 무슨 말씀이십니까?"

신우는 있을 수도 없고 있어서도 안 된다는 결연한 표정으로 해선을 직시했다.

"신우 너도 이제 알게 되었으니, 잘 들어라. 네가 충격이 크겠지만 수연의 말은 모두 사실이니라. 오 년 전 우리가 아이를 잘못 찾고 말았구나. 나의 벗 예문우의 여식은 거기 수연이가 맞다."

신우에게 마른하늘의 날벼락이란 분명 이런 경우일 것이다. 그 늘연한 관옥이 일그러지면서 입술 사이를 파르르 떨더니 이내 이를 갈듯 뱉었다.

"그것을 저보고 믿으란 말씀이십니까?"

결코 있을 수도, 믿을 수도, 인정할 수도 없다는 뜻을 단호히 하는 아들을 안타깝게 보던 해선이 무겁게 입을 열었다.

"신우야, 이것이 진실이다. 우리가 아무리 어렵더라도 인정해야 하는 진실이란 말이다."

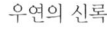

숨을 쉬는 생물이란 생물은 모두 얼려버릴 것 같은 침묵이 흘렀다. 살짝만 딛어도 산산조각 날 위태위태한 박빙(薄氷) 위에 위태롭게 서 있었다.

그 위험스런 살얼음 위에 선 그들은 절망과 연민과 같은 각각의 감정들로 뒤섞였다. 그 안에서 오로지 신우만이 외면하는 녹연을 흔들림 없이 바라보며 입을 열었다.

"진실이 무엇이라도, 제게는 변하는 것은 없습니다."

"신우야."

"아이가 바뀌었다 해도, 녹연이 대가님의 벗의 여식이 아니어도 제게 변하는 것은 없습니다."

섬뜩할 정도로 차분하게, 이 모든 분란과 동떨어진 세상의 사람처럼 신우는 말하고 있었다.

"네가 정녕 이래야겠느냐?"

"녹연을 대가님께서 정혼녀라 하셨을 때 제 마음이 허락지 않았으면 받아들이지 않았을 것입니다. 녹연을 녹연이었기에 제 가슴에 담았단 말씀입니다."

"가문의 약속이다. 너는 우리 '가'를 이끌어갈 차기 대가인데 어찌 그런 소리를 하느냐."

"글공부와 연무에 게으르지 않았고 하호들 아끼는 마음 또한 적지 않다 말씀드립니다. 대가로서 매진함에 부끄럽지 않다 감히 말씀드리는 것입니다."

"가문의 약속이라 하지 않느냐, 그 또한 대가로서 지켜야 할 덕목이다."

한 치의 물러남 없는 부자의 팽팽한 대립은 분출 직전의 활화산처럼 위태로웠다.

"그것이 대가로서 어긋난 일이라 말씀하신다면, 저는 그 자리에 앉지 않겠습니다."

"무, 무어, 이, 이……."

착!

엄동설한에 끼얹어진 얼음냉수처럼 소스라칠 정적이 흘렀다. 해선의 손이 신우의 뺨을 내리친 것이다. 숨이 멎을 정도로 놀란 것은 그곳에 모인 이가 한결같겠지만 녹연의 떨리는 심정은 말할 수 없을 정도였다.

굳이 하나뿐인 귀한 자식이라서가 아니라 손찌검할 성정이 아닌 해선의 행동이 놀랍고, 평소의 냉철함은 오간 데 없이 온유한 대가를 그 지경까지 가게 만든 신우의 행동 또한 놀라운 일이었다.

"그, 그 자리가 네, 네게는 그리 쉽게 내려놓을 수 있는 정도란 말이냐?"

신우는 붉어진 뺨을 돌리지도 않은 채 꼿꼿이 섰다.

"그 정도가 의미하는 크기가 대가님과 제가 서로 다르니, 달리 생각하셔도 어쩔 수 없습니다."

피하지도, 대꾸하지도, 때리면 맞고 내치면 내침을 당할 기색으로 신우는 물러나지 않았다.

"이, 이런 몹쓸……."

해선이 다시 손을 들려 했지만 기련이 만류했다.

"대가님, 제발 진정해주십시오."

"네 이놈, 네 이놈……."

"대가님, 부인께서 나오셨습니다."

사색이 된 대가부인과 그 몇 발 뒤에 적주가 있었다. 같은 안채에서 일어난 소동을 대가부인이 모르고 지나갈 수는 없었을 것이다.

"못난 놈……."

해선은 발길을 돌려 안채를 빠져나갔고 기련은 그 뒤를 따랐다.

"이, 이 무슨, 이 무슨 일……, 어이쿠."

대가부인이 쓰러지듯 바닥에 주저앉았다.

"대가부인!"

"어머니!"

적주와 신우가 함께 달려가 대가부인을 부축했다. 차마 다가갈 수 없었던 녹연은 선 자리에서 붙박이가 되었다.

적주와 신우가 대가부인을 방으로 옮기자 안채 뒷마당에는 녹연과 수연만이 남았다. 녹연은 그 자리에서 꼼짝도 하지 않고 선 수연의 곁으로 어렵게 다가갔다.

"수연…… 아가씨."

한참을 없는 사람처럼 녹연을 무시하던 수연이 고개를 들고 그녀를 차갑게 응시했다.

"그간 좋으셨겠습니다."

수연의 말은 가시가 되어 녹연을 파고들었다. 남의 자리를 차지하고 앉아 그녀가 받아야 할 사랑을 받고 있었으니 가책이 드는 것은 어쩔 수 없었다.

"죄송합니다……. 아가씨."

"죄송하다 하였습니까? 무엇이 죄송합니까? 무엇이 죄송하다는 말입니까? 지금도 좋아 죽을 것 같을 게 아닙니까?"

좌절하여 독설을 내뿜던 수연이 머리를 가로저었다.

"어찌하여 나는 이렇게도 박복한지, 어찌 이리도 박복할 수 있는지……. 흑흑!"

자기연민에 수연은 울음을 터트렸다. 봇물 터지듯 터져 나온 울음은 쉬이 멈출 줄을 모르고 죄책감에 젖어드는 녹연의 목을 메이게 했다.

'안되셨습니다. 정말 안되셨습니다. 죄송합니다. 모두, 모두 죄송합니다.'

녹연은 차마 밖으로는 할 수 없는 위로와 속죄를 심중으로 되뇌며 수연을 위로했다.

"고의가 아니었다 해도 그대가 내 모든 것을 빼앗은 것만은 사실입니다."

울음을 그친 수연이 처음으로 한 말이었다.

"아가씨 말씀…… 옳으십니다."

"그렇다면 이제라도 그대가 어떻게 행동해야 할지 알겠지요?"

녹연은 금세라도 오열이 터져 나올 것 같은 입술을 가만히 물었다. 수연이 묻는 그녀가 앞으로 해야 할 행동과 그 결과가 동일할, 조금 전 대가의 방에서 해선과 했던 약속 또한 녹연은 지켜야 했다.

"돌려…… 드리겠습니다."

녹연은 스스로 얼마나 고통을 받을지 모르는 소리를 기어이 내놓았다. 그 찢어지는 상처가 얼마나 아플지, 지금도 어쩌지 못하면서 그 감당하지 못할 모진 아픔을 선택하고 있었다.

수연의 얼굴에 놀라움과 함께 화색이 돌았다.

"지, 진정이지요? 진정, 그 말 믿어도 되겠지요."

녹연은 수그린 고개를 힘겹게 끄덕였다

"예."

"고맙습니다. 정말, 고맙습니다."

수연은 녹연의 손을 덥석 잡고 눈물어린 목소리로 이어 말했다.

"이왕 결심을 하였으니 더 큰 분란이 일기 전에 서둘러주면 좋겠어요."

녹연의 상처 난 가슴으로 커다란 구멍이 나 휑했다. 하루 중 가장 무더운 시간이 다가오는데도 녹연은 매서운 한풍에 쓸리는 것처럼 너무도 추웠다.

물러나는 녹연은 오돌오돌 떨리는 것을 이를 물고 참았다. 무슨 정신으로 헤매지도 않고 별채로 무사히 들었는지 가물가물했다. 누구도 보지 않는 방으로 들어섰을 때에서야 쓰러지듯 침상에 엎드렸다. 휑하던 가슴 한구석으로 물밀듯 설움이 밀려왔다.

'울지 않을 것입니다. 울지 않을 것입니다. 더는 울지 않을 겁니다. 내가 울면 오라버니는 견딜 수 없을 것입니다. 그러니 울지 않을 것입니다.'

몰려오는 눈물을 참아내려고 녹연은 숨을 멈추었다. 이겨내야 했다. 이겨낼 수 없다면 이겨내는 척이라도 해야 했다. 제 결심 하나로 모든 것이 제자리를 찾는 거였다. 참아내는 척 이겨내는 척해야만 했다. 온몸이 부서져 쓰러지고 온 마음이 사그라져 무너지더라도 그녀가 쓰러질 곳은 지금, 이곳은 아니었다.

움막에 기거하면서 산 아래쪽으로는 단 한 번도 발걸음을 한 적 없는 의원이 오늘은 산 아래를 굽어보고 있었다.

객(客), 맨발로 맞을 만치 반가운 손님까지는 아니라도 해는 주지 말아야 하는데, 하지만 그는 이 평화로운 마을에 풍파를 몰고 올 수도 있는 위험스런 손님이었다.

하루라도 빨리 떠나주는 것이 마을에도 좋은 일임이 분명했다. 이미 떠날 준비도 마쳤고, 훌쩍 떠난다 하여 발이 무거울 피붙이가 있는 것도 아니건만, 그래도 허전했다. 옆구리 한쪽이 휑했다.

이 시각이면 소곤거려주는 녹연이 여적 보이지 않아서이리라. 부녀 정에 헐벗은 남자에게 그 사근사근함이 식량이 되고 명약이 되어 살도 붙이고 상처도 낫게 했다. 이제 오늘이면 그것도 끝이라 생각하니 애잔해지는 것을 어쩌지는 못했다.

"의원님, 녹연입니다."

조반 소쿠리를 든 녹연이 움막으로 들어왔다. 그런데 어찌된 일인지 하룻밤 사이에 얼굴이 눈에 들게 상해 있었다.

"제가 너무 늦었습니다. 시장하셨지요?

"시장은요. 만날 먹는 밥 한 끼 늦는다고 큰일 나는 것도 아니고 괜찮습니다."

의원은 얼굴이 왜 그러냐고 물으려다 입을 다물었다. 혼례 전의 새색시들에게 흔히 나타나는 부담감, 그렇지 않으면 이 쓸모없는 사람과의 작별을 슬퍼해주는 것인가.

"내일은 못 보고 바로 출발할 것입니다."

"의원님……."

"말씀하시지요."

녹연이 소쿠리 밑에 들고 있던 꾸러미를 건넸다.

"이거 드리려고 샀습니다. 먼 길 떠나시는데 한 켤레로 부족할 것 같아서 두 켤레를 샀습니다."

"허, 이리 안 하셔도 되는데……."

"하지만 한 켤레밖에 드릴 수 없습니다. 한 켤레밖에 드릴 수가 없습

니다. 죄, 죄송…….”

“아니 왜 이러십니까, 한 켤레도 과분한데 그런 걸로 이리 눈물을 보이시려 하다니요.”

“우, 울지 않을 것입니다. 울지 않을 것입니다.”

이상했다. 무언가 단단히 틀어진 것처럼 보였다. 고운 얼굴을 덮은 그늘은 저와의 이별이 슬퍼서임이 아니었다. 절망, 깊은 내면이 샅샅이 불행한 크나큰 절망, 죽음의 선고를 받은 자에게서나 볼 수 있는 그런 절망이었다.

“무, 무슨 일입니까?”

넋을 놓고 앉은 녹연은 그 말을 듣지 못한 사람처럼 고통 속에 갇혀 있었다.

“무슨 일이냐고 묻지 않습니까? 왜 그러는지 말씀해보세요. 그래야 제가 도와드릴 게 아닙니까!”

“함께 데리고 가주십시오. 의원님이 가시는 그곳으로 함께 데리고 가주십시오.”

“예?”

“이제 저는 자유롭습니다. 대가님께서 산마을을 내려가 살라고 허락하셨습니다. 지금껏 산마을 밖은 누군가와 동행하고도 세 번밖에 다녀오질 못했는데 이제는 온통 신기한 것 천지인 그곳에 내려가 살 수 있게 되었습니다.”

의원은 무언가 크게 잘못되었다는 것을 느끼면서 물었다.

“내일이 혼례인데 도련님은 어찌하고 아기씨께 마을로 내려가 살라 하셨습니까?”

“……혼례는 없습니다.”

"예? 혼례가 없다니 그 무슨 말씀입니까?"

"오라버니는 저와 혼인하지 않습니다. 진짜 정혼녀가 오셨습니다."

쓰라린 빛이 완연한 녹연은 몹시 위태로웠다. 의원은 더 이상 묻지 않았다. 그런 녹연 옆을 그녀가 말할 수 있을 때까지 기다리며 지킬 뿐이었다. 아무래도 움막에는 며칠 더 머물러야 할 것 같았다.

다음날, 혼례는 행해지지 못했다.

이유는 많았다. 대노한 대가, 몸져누운 대가부인, 진짜 정혼녀, 잘못된 짝.

차기 대가의 혼례가 취소된 일은 산마을에 금세 퍼져나갔다. 축제를 예상한 마을은 마치 명을 다하지 못한 채 악상을 당한 상가처럼 침울했다.

어제도, 오늘도, 날이 어둡도록 코빼기 하나 볼 수 없던 녹연을 잡기 위해 신우는 별채로 향했다. 자시도 반이 지났다. 이 시간에 들이닥칠 것이라 생각지 못하고 분명 방에 들어 있을 것이다. 잠자리에 들었을까. 내내 달아나기만 하는 녹연으로 인해 신우는 속이 탔다. 혹 엉뚱한 생각을 품지나 않을까 걱정되었다. 약속을 목숨처럼 생각하는 아버지를 설득할 일만으로도 인내의 수위를 넘는데 녹연까지 애를 먹인다면 그때는 스스로 통제할 수 없는 지경이 되고 말 것이 분명했다.

쾅쾅쾅.

"당장 이 문 열라."

녹연의 방을 두드리는 주먹에는 지난 이틀간 재미없는 술래잡기를 시킨 것에 난 화가 묻어났다.

"당장 이 문 열라고 했다. 이까짓 것 부수는 것은 일도 아니니 다시 내

주먹이 네 방문을 칠 때는 너는 오늘밤 문 없는 방에서 자야 될 것이다."

스륵.

문이 열렸다.

이미 올 것을 알고 기다린 사람처럼 단정한 모습의 녹연이 열린 문 사이로 서 있었다.

"다른 이들은 모두 자는 시각입니다. 드시지요."

예상 밖의 녹연의 말에 신우가 허를 찔린 사람처럼 주춤했다. 정혼한 관계였지만 녹연의 방은 신우에게 금단의 공간이었다. 그 방에 들어갈 수 있는 것은 혼례 후의 일이고 그것을 철칙처럼 지켰다. 하지만 이제 그런 철칙 따위는 개나 물어갈 것들이었다. 원래대로라면 오늘 혼례를 하고 지금쯤이면 부부의 운우지락을 나누어도 수차례는 더 나누었을 것이다.

신우는 섬돌을 딛고 녹연의 방에 발을 들였다. 녹연은 신우의 등 뒤에서 가만히 문을 닫고 두 사람 정도 앉을 수 있는 작은 탁자의 의자를 끌었다.

"앉으세요, 오라버니."

신우는 녹연이 끌어놓은 의자에 앉으면서 건너 자리에 앉는 녹연을 물끄러미 보았다.

"얼굴이 상하였구나."

제 얼굴로 손을 들던 녹연이 멈칫 그 손을 다시 무릎으로 내렸다. 누구보다 가장 근심이 클 녹연에게 잠시나마 화를 낸 것이 신우는 미안해 물었다.

"밥은 먹었느냐?"

"오라버니."

대답 대신 녹연이 불렀다.

몇 끼의 끼니쯤 아무런들 어떻겠냐는 것 같았다. 본연의 청정함으로 보는 이까지 정화되는 녹연의 눈동자가 슬프게 탁했다.

녹연의 이런 눈을 본 적이 있었던가?

신우는 씁쓸했다. 세상을 살다 보면 뜻하지 않은 일을 만나고 크고 작은 어려움과 선택 위에 놓일 때도 있겠지만 아무리 그래도 이런 날벼락 같은 일이 있을 수 있을까 싶었다. 누구보다 녹연의 충격이 크리라. 그리고 크나큰 상처를 받았으리라, 어루만지고 보듬고 안심시켜야 했다.

신우는 한풀 꺾인 목소리로 말했다.

"그래, 말해보거라."

"이리 방으로 드시라 한 것은…… 부탁이 있어서입니다."

이 와중에 부탁이라니 신우는 느낌이 좋지 않았다.

"오라버니께서 제 부탁을 들어주셔야 저는 평생 대가님과 부인, 오라버니와 산마을 식구들을 보고 살 수 있습니다. 그러니 제발 들어주신다 말씀해주세요."

"이런 억지가 있나, 우선 무슨 말인지부터 말해보아라."

"들어주세요. 들어주셔야 합니다."

억지라는 것을 알 텐데도 못된 아이 떼쓰듯 하는 녹연은 절실해 보였다.

"녹연아."

"들어주세요. 오라버니께서 들어주신다 여기고 말씀드리겠습니다. 간청하건대 저를, 저를…… 오라버니의 누이로…… 누이로 받아주세요."

모든 일에는 가능한 일과 가능하지 않은 일이 있다. 녹연이 누이가 된다는 것은 지금껏 신우의 가슴에 살아 숨 쉬던 은애하는 이를 지우라는 아니, 죽이라는 뜻이었다. 그에게 그녀를 지우는 일은 하늘이 무너져도 불가능한 일이었다.

"누이로······."

"그 입! 닫으라."

벌떡 일어서 녹연의 팔목을 잡은 신우의 한 마디 한 마디에 서걱서걱 냉기가 떨어졌다. 아무리 충격을 받아도, 아무리 상처를 받아도 할 말과 하지 말아야 할 말이 있는데.

"너와 내가 오누이라? 지나가던 개도 웃을 일이다."

"오라버니께서 저를 누이로 받아주지 않으시면 저는 산 아랫마을보다 더 먼 곳으로 떠날 수밖에 없습니다."

결단코 굽히지 않겠다는 듯 야멸치게 대꾸하는 녹연은 확고했다. 신우는 분노와는 다른, 혈관을 역류하는 찐득하고 탁한 감정에 치를 떨며 물었다.

"아버님이 이리하라 널 사주하셨느냐?"

"싫습니다. 제가 싫습니다. 남의 인생을 살았다니 끔찍합니다. 이제는 제 인생을 살고 싶습니다. 가고 싶은 곳도 가보고 보고 싶은 곳도 보면서 자유롭게 살고 싶단 말입니다."

"예녹연!"

신우의 서슬 퍼런 꾸짖음에도 녹연은 발작하듯 대들었다.

"제가 왜 예씨입니까? 저도 모르는 제 성을 오라버니는 어찌 알고 계십니까?"

짓무른 눈가며 떨리는 손이며 상처받은 모습을 감추려고 독설을 해도 신우는 녹연의 그 모습이 더 안쓰러워 마음 한구석이 당겨 왔다.

"녹연아, 네 마음 아픈 것 모두 안다. 이 품에 안겨 밤새 운다 해도 내 꼼짝 않고 널 놓지 않을 것이니, 녹연아……."

안으려는 신우의 손을 피하며 녹연은 냉정하고 분명하게 말했다.

"이러시면 곤란합니다. 제는 애초부터 선택할 수 없었습니다. 오라버니를 좋아하지만 오라버니를 오라버니라 좋아한 것인지 지아비로 좋아한 것인지 알 수 없었습니다. 세월이 흘렀고 혼례일도 잡혔습니다. 무엇에 쫓기듯 그리 정신없이 말입니다. 오라버니, 어제는 제 처지가 너무나도 괴로워 죽고 싶었습니다. 하지만 자고 나자 이상하게도 갑자기 홀가분해지기 시작했습니다. 큰 짐을 내려놓은 것처럼 묵은 체기가 싹 가신 것처럼 그리 편해졌습니다. 그래서 알게 되었습니다. 저는 오라버니를 가족으로 사랑하였지, 남자로…… 사랑하지 않았습니다."

둔중한 것이 쿵 마음을 때렸다. 어찌나 야무지고 세찬지 순간적이나마 신우는 숨을 들이마셨다. 진심이 아니라는 것을 알면서도 혹 본심이 얼마라도 담기지 않았을까 하는 사악한 의심이 올라왔다. 녹연을 향한 사랑이 때때로 소유욕으로 나타나 그녀의 날개를 꺾으려 하지 않았는가. 그 사랑이 무거울 수 있었겠지, 숨 막힐 수 있었겠지만. 입맞춤, 사랑하지 않으면 어찌 그리 받아들일 수 있단 말인가.

"네 마음이 아니라는 것을 안다. 네가 뭐라 하여도 우리는 부부가 될 것이다."

"싫다 하지 않습니까, 이제 제발 놓아달라 하지 않습니까."

야무진 한 마디 한 마디가 비수가 되어 신우의 살점을 도려냈다. 살이 낱낱이 뜯기고 피가 철철 흐르는데도 잔인한 도륙은 멈추지 않았다.

"놓아요, 놓아요, 날 그냥 두라고요!"

"너…… 너!"

기어이 신우는 여린 어깨를 움키고 있었다. 그악스런 아낙처럼 무지몽매하게 흔들었다. 그리하면 그녀가 제정신으로 돌아올까 싶어, 가는 모가지 휘저어지고 작은 머리통이 휘둘러지도록 흔들고 흔들었다.

"아, 아무리 그러셔도 이제 싫습니다."

악에 받친 녹연의 목소리에 신우는 김빠지듯 그녀를 놓아주었다.

"떠날 것입니다."

뚝!

이성의 끈이 끊어졌다.

신우는 미친 듯 녹연에게 달려들고 있었다. 녹연의 저고리를 찢고 속곳을 한줌에 당겨내려 소복한 골짜기가 고운 가슴을 겨우내 굶은 맹수처럼 먹어치웠다.

녹연은 몸부림쳤다. 울부짖으며 벗어나려 했다.

신우는 놓지 않았다. 더 짓밟고 탐했다. 첫날밤의 달콤한 고백과 부부됨의 신성한 의식을 고대했건만, 결국 고이 남겨두고 간직하고 참고 있었던 소중한 의식들을 교미에 미쳐 발광하는 미친 수컷처럼 쏟아 부으려 했다.

"떠날 수 있으면 떠나봐! 오늘밤 내 씨를 네 몸에 심을 것이니 떠날 수 있으면 떠나보란 말이다!"

녹연의 치마를 걷어내고 소중하고 소중하여 상상으로라도 범하지 못했던 몸을 가린 속곳을 끌어당겼다. 달콤한 처녀의 향기가 풍겨졌다. 갈구하고 갈구하던 욕구가 응집되어 터져 나오려 했다.

신우는 제 바지춤을 끌어내리려 했다.

"저를 범하셔도 변하는 것은 없습니다."

아무것도 없는 무연의 곡조처럼 녹연의 목소리가 흘렀다.

신우는 고개를 들었다. 찢긴 옷으로 몸을 반도 가리지 못한 녹연이 침상도 아닌 바닥에 뉘어져 있었다. 꾸깃꾸깃 뭉쳐 길바닥에 아무렇게나 뒹구는 하찮은 쓰레기처럼 그렇게 구겨져 있었다.

신우는 아찔해졌다. 정으로 뒤통수를 맞은 것처럼 순간은 멍하다 이내 또렷해졌다. 울분이 터질 것 같아 이를 물었다.

포를 벗어 찢기고 짓이겨진 반라의 몸을 감싸는 사이사이 그의 손끝이라도 닿을라치면 그녀는 흠칫흠칫 소스라쳤다.

"녹연아……."

"이만 돌아가주세요."

"너를 이리 험하게 다룬 것은 백번 나의 잘못이다. 하지만 녹연아, 나만 따라다오. 아버님도 어머님도 염려마라. 너는 나만 보고 오면 되는 것이다. 누가 뭐라 해도 우리가 부부됨은 변치 않을 것이니."

녹연이 신우의 손길을 뿌리치고 찢어진 저고리 사이에서 목에 걸고 있던 단검을 빼들었다.

"싫다 하지 않았습니까, 어느 누구 때문이 아니라 제가 싫다 하지 않습니까. 왜, 또 범하시려고요. 범하십시오. 그래도 오라버니의 씨는 자리도 못 잡고 죽을 것입니다."

지극히 충격적인 침묵이 흘렀다. 꼬인 운명 앞에 연인의 인연은 끝을 향해 가고 있었다.

"지, 진정, 우리의 아이를 죽이겠다는 말이더냐?"

"원치 않으면 그래야지요."

신우는 손을 치켜들었다. 녹연은 맞을 각오로 꼼짝하지 않았다. 허공에서 부들부들 떨리던 손은 천천히 내려졌다.

"그리…… 사랑을 주었는데."

허탈한 그 한 마디만 여운처럼 남기고 신우는 방을 나갔다. 남은 녹연

은 그것을 받았을 때 기뻐할 그의 모습을 그리며 구한 단검만을 쥔 채 처연히 식어갔다.

표면적으로 여느 때와 다르지 않았다. 산중 마을은 여전히 부지런하고 조금은 소란스럽고 밤이 되면 고요에 휩싸였다.

신우는 밤낮으로 더 이상 쓰러질 수련생이 없을 때까지 대련을 이어갔다. 천 길 낭떠러지 위에서 외줄을 타는 것처럼 아슬아슬했다.

그리고 누군가는 떠나야 할 시간이 다가오고 있었다.

녹연은 해선을 뵙기를 청했다.

"아가, 녹연아."

다정하게 부르는 해선에게 답하는 녹연은 목이 메었다.

"예, 대가님."

"내 너를 딸처럼 귀히 여겼는데, 나도 억장이 무너지는구나."

"대가님과 마님의 과분한 정을 제가 어찌 모르겠습니까."

"나는 너를 평생 곁에 두고 살 거라 믿어 의심치 않았다."

"대가님 덕분에 노예를 면하였고 이렇게 정을 받으면서 살 수 있었던 것 또한 그 덕분입니다. 죽을 때까지 이 은혜 잊지 않겠습니다."

"서운하다 말하지 않아 고맙구나. 이제 신우만 정신을 차리면 될 텐데. 너를 여동생처럼 알고 그리 살면 좋으련만."

"제가 이곳에 있는 동안은 오라버니께서 마음잡기 힘드실 겁니다. 대가님, 제가 떠나겠습니다. 허락해주십시오."

"뭐라?"

"그건 안 될 말이다."

해선의 곁에서 눈물을 찍고 있던 대가부인이 미친 듯이 다가와 녹연의 손을 잡았다.

 "네가 어딜 간다는 거냐? 나와 함께 살자. 신우 짝이 못 되더라도 너는 내 딸인 것을. 마을 끝에 움집 지어 나와 함께 살자."

 녹연은 치밀어 오르는 눈물을 삼켰다.

 "죽는 날까지 이 은혜 가슴에 새기며 살겠습니다. 저는 이미 떠나기로 마음먹었습니다. 더 이상 오라버니와 수연 아가씨를 힘들게 할 수는 없습니다. 그동안 수연 아가씨께서 받아야 했던 이 정을 모두 제가 독차지하지 않았던가요. 더 이상 욕심을 낸다면 사람으로서 할 도리가 아니라 생각합니다. 내일 떠나는 의원님과 함께 위나라로 가기로 했습니다. 약초에 대해 배우는 것이 참으로 재미있습니다."

 "녹연아…… 이럴 수는 없다, 이럴 수는 없다. 아이고 이 불쌍한 것……. 흐흐흑."

 대가부인은 울음을 쏟아내고 해선은 한숨으로 일관하고 녹연은 가슴으로 눈물을 흘렸다.

 해선의 허락이 떨어지자 녹연이 떠나는 채비는 급물살을 탄 듯 빠르게 이루어졌다. 떠나야 할 시간이 성큼성큼 다가왔으나 정작 녹연은 신우와의 이별을 준비하지 못하고 있었다.

 녹연은 그녀로 인해 갈 길이 늦어진 의원의 움막으로 향하던 중이었다. 산 중턱에서 내려오는 사람이 있어 올려보니 적주였다.

 "적주 오라버니."

 "떠나실 겁니까?"

 녹연은 말없이 고개를 끄덕였다.

"꼭 그리하셔야 하겠습니까?"

적주는 망설임도 없이 고개를 끄덕이는 녹연을 묵묵히 바라보았다.

"가시려거든 빨리 떠나십시오. 도련님껜 말없이 떠나십시오. 그리고 도련님이 결코 찾을 수 없는 곳으로 가십시오."

냉정한 적주의 직언은 녹연의 가슴에 대못처럼 와 박혔다.

"아기씨도 괴롭겠지만 저는 도련님이 걱정입니다. 견디는 것처럼 보이지만 결코 그렇지 않습니다. 강할수록 부러지는 법이니까요. 지금 스스로를 산산이 부수고 있단 말입니다."

원망하고 있었다. 수연을 만났을 때 제 말을 듣고 냉정하게 돌아서지 못한 것을, 그녀를 사랑한 이를 이렇듯 절망의 수렁에 빠트리는 것을, 그리고 떠나고자 하는 그녀를 철저히 탓하고 있었다.

냉정하게 돌아선 적주는 녹연을 남기고 마을로 내려갔다.

모든 것이 잘못이었다. 만남도 사랑도 엇갈린 운명도 모두. 녹연은 가슴이 아파 피를 토할 것 같았다. 정작 떠나려 함에 무거운 발을 떼지 못하는 것은 미련, 내려놓지 못하는 사랑하는 이에 대한 미련 또한 모두 제 탓만 같았다.

"그리 사랑을 주었는데."

신우의 허탈한 목소리가 귓가를 울렸다. 지난 오 년간의 시간들이 기억의 너울을 쓰고 춤을 췄다. 누군가에게 속함이 그렇듯 행복할 수 있다는 것을 알게 해준 사람, 사랑받고 있음으로 생명을 준 사람.

늠연한 나의 님을 놓을 수 있을까…… 놓을 수 있을까…….

녹연은 미친 듯이 고개를 내저었다.

"아니, 아니, 저는 할 수 없습니다. 도저히 그리할 수 없습니다."

녹연은 주춤주춤 돌아서 이내 뛰기 시작했다. 숨이 턱에 차고 가슴이 터질 것 같아도 뛰고 뛰었다. 그렇게 당도한 안채는 빈집처럼 고요하고 가라앉아 있었다. 녹연은 수연이 묵고 있는 방으로 허락도 청하지 않고 뛰어 들어갔다.

"죄송합니다. 무례함을 용서하세요."

녹연은 놀라 바라보는 수연 앞에 엎어지듯 무릎을 꿇었다.

"아가씨, 부탁입니다."

무엇을 부탁하는지 서로 말하지 않아도 알았다. 죽을 것 같아서, 도저히 견딜 수 없어서, 생목숨이 끊기는 고통으로의 부탁이라는 것을.

"아가씨, 부탁입니다."

목숨을 내놓으라면 그리할 테니 조금만 더 조금이라도 더 머물게 해주십시오. 피를 토하는 절규인 것을.

"아가씨, 제발 부탁……."

"내가, 죽습니다."

잔인한 거절이었다. 죽어도 양보할 수 없다는 완고한 거절. 죽을 것 같아도, 견딜 수 없어도 이제 모두 녹연의 몫일 뿐이라는 모진 깨우침…….

녹연은 나락을 맛보았다.

이별은 성큼성큼 다가와 재촉했다.

떠나라. 떠나라. 떠나라.

허허로운 마음 가눌 길 없었다.

이제는 정녕 떠나야 하는가…….

오라버니의 마음이 제게 있을 때 있는 교태 없는 교태 온갖 아양을 떨어서라도 치마폭에 감싸 발목을 잡고 늘어지고 싶은 심정이야 왜 없겠

습니까. 그래서는 아니 되기에, 아니 되는 것을 알기에, 잔망한 욕심을 이만 내려놓으려 합니다.

녹연은 그 밤 신우에게 남길 서찰을 쓰다 쓰다 결국 쓰지 못하고 대가 부인에게만 하직 서찰을 남겼다. 피가 터질 것 같은 미어지는 가슴으로 눈물만 하염없이 흘리다 결국 떠나야 할 시간을 맞았다.

폐가 움막에서는 떠날 준비를 모두 마친 의원이 녹연을 기다리고 있었다.

"의원님, 오래 기다리셨습니다."

그렇게 오 년을 하루도 떠난 적 없던 고향 같은 마을을 떠나 녹연은 홀로 되었다.

근본도 뿌리도 없는 무(無)의 상태, 존재의 필요도 의미도 없는 한낱 먼지와 같은,

저는 누구입니까…….

연무를 마친 신우는 산마을로 내려가다가 개울 앞에 멈춰 섰다. 저 맞은편 산마을 쪽에서 녹연이 물동이를 들고 낭창낭창 걸어올 것만 같았다.

"저 싫다는 것을……."

험한 말이 튀어나오려 했다.

지난 며칠 죽도록 몸을 놀렸다. 수련생 어느 누구도 신우의 대련 상대를 비켜갈 수 없었다. 적주도, 하물며 기련까지 신우에게 대련이란 명목으로 가격 당했다. 머리로는 참아내자 하면서도 조금이라도 생각할 틈이 생기면 녹연이 떠올라 몸을 놀리지 않고는 배겨낼 수가 없었다.

요 며칠 동안 목검을 광인처럼 휘두르고 나자 정신이 들었다.

지금은 이럴 때가 아니었다. 그를 밀어내려고만 하는 녹연의 본심은 그것이 아니라는 것을 알면서. 노하는 것도, 상처 받는 것도 녹연을 다독이는 것이 우선인 이 시간에는 불필요한 소모이다. 인내심을 갖고 녹연을 설득할 참이다. 지금껏보다 더 아끼고 정성을 쏟고 사랑하면서 기다리다 보면 마지못해서라도 마음을 돌릴 것이다.

그들의 정은 그렇듯 간단히 베어낼 수 있을 정도로 옅은 것이 아니기에 그랬다. 그녀가 열두 살 어린 소녀였을 때부터 서로에게 하나 아니었던 적은 한 순간도 없었다. 죽음이 그들을 갈라놓는다면 모를까 그들이 그럴 일은 없었다.

신우는 이번 사태의 근본적인 원인이자 해결점인 수연과의 관계를 서둘러 정리해야 했다. 그러려면 아버지와 하루 빨리 담판을 지어야 한다. 그로 인해 산마을이 뒤흔들리겠지만 그 정도는 감수할 것이다. 그의 결심은 확고했다. 당장은 고집을 부리는 녹연도 제자리를 찾아준다면 결국에는 따라오게 될 것이다.

그는 실로 가벼운 발걸음으로 집으로 향했다. 며칠만의 명쾌한 기분이었다. 해결해야 할 사안의 무게는 이제 문제될 것이 없었다. 앞으로도 녹연은 그의 곁에 있게 될 것이고, 그가 그리 만들 것이기에 그랬다.

대문 앞에서 대가부인이 신우를 발견하고 휘청거리며 다가왔다.

"시, 신우야! 왜, 이제야 하산하느냐?"

초췌한 안색과 젖은 눈시울과 낙담과 그보다 더 깊은 슬픔이 깃든 어미의 시선에 신우는 형용할 수 없는 불길함을 느꼈다.

"어머님, 무슨 일이십니까?"

"신우야, 신우야, 그 불쌍한 것을 어쩌면 좋으냐? 불쌍하고 불쌍한 우리 아기, 우리 녹연이를 어쩌면 좋으냐? 녹연이가 지난밤 떠났다는구나.”

신우는 혈관의 모든 피가 순식간에 냉각되는 느낌에 소스라쳐 물었다.

“무, 무어라 하셨습니까?”

“마지막 인사도 없이, 내게도 이리 서찰만 남기고…….”

신우는 어미의 손에 든 서찰을 낚아채듯 들고 펼쳤다.

어머님.

이리 불러보고 싶었습니다.

마지막까지 저를 놓지 못하시던 그 모습에 지금도 가슴이 저밉니다.

아무것도 아니게 된 저인데도 안아주시고 불쌍히 여겨주신 은혜, 그 큰 사랑을 가슴에 담고 이제 떠나려 합니다.

작별의 정도 나누지 않고 이리 행하는 것이 불효임을 압니다. 하지만 이리 할 수밖에 없는 저를 용서해주세요.

지금껏 주신 과분한 사랑도 갚을 길이 묘연합니다. 그러니 저로 인해 더는 울지 마세요. 그래주신다고 약조해주세요.

제게도 좋은 길 기꺼운 마음으로 떠나는 것이니 슬퍼 마시고 수연 아가씨 보듬어주세요. 저보다 더 안타까운 분이십니다.

어머님, 건강하세요.

불초한 녹연 드립니다.

신우는 주먹을 옴키었다. 손 안의 서찰이 애처롭게 우그러들었다.

“기어이, 기어이, 못된 것!”

배신감에 치가 떨렸다. 설마, 설마 하였는데 이리 뒤통수를 칠 줄이야. 이렇듯 아무런 징후도 없이 청천벽력 같은 짓을 저지를 줄이야.

신우는 마구간으로 달렸다. 지난밤에 떠났으면, 하루. 말을 타고 가지만 않았다면 제 준마로 쫓으면 오늘 중으로 따라잡을 수 있었다.

무시무시한 속도로 마구간 문을 박차고 들어오는 신우의 기세에 말먹이를 주던 석태가 놀라 벌떡 등을 일으켰다.

"도, 도련님."

신우는 재빠르게 말들을 훑어보았다. 녹연이 타던 작은 말과 작년에 새로 들여온 말 중 한 마리와 집안 대대로 내려오는 자신의 준마의 자리가 비어 있었다. 언제 돌아올지 모르는, 어쩌면 영 돌아오지 않을 길에 말을 몰고 나갔다는 것은, 대가의 허락이 아니고서는 불가능한 일이었다.

"내 말은 어디 있느냐?"

신우는 이를 물었다. 그래도 오 년을 넘게, 자식처럼 며느리처럼 여겼던 녹연을 어찌 이리 쉽게 내칠 수 있는지 신우는 아버지를 이해할 수 없었다.

"내 말은 어디 있느냐고 물었다!"

답을 못 하고 진땀을 흘리는 석태를 밀치고 신우는 남아 있는 말 중 그나마 튼튼해 보이는 놈의 등에 안장을 채우고 마구간을 나섰다.

"도련님, 도련님, 이러시면 아니 되십니다요."

말을 못 쓰게 하라는 명을 받았는지 신우의 뒤를 쫓은 석태는 필사적이었다. 날렵한 동작으로 단번에 올라탄 신우는 석태를 무섭게 노려보았다.

"비켜라. 네 몸을 깔아뭉개고 싶지 않으니."

"도, 도련님 아니 되십니다요."

"비키라 하지 않았느냐, 정녕 말굽에 네 명을 다하고 싶으냐!"

"도, 도련님……."

석태는 겁먹은 눈을 질근 감았다. 죽어도 비킬 수 없다는 결연함일 것이다. 하늘같이 존경하는 대가의 특명이었을 테니 오죽할까 싶었다.

하지만 신우 또한 그런 사정을 배려해줄 여유가 없었다. 죽어도, 죽는다 해도 결단코 못 하는 일이 사람마다 하나씩은 있지 않은가. 신우에게 그것은 바로 녹연을 놓는 일이었다.

"오냐, 정 그렇다면 뭉개주마. 이랴……."

신우가 힘차게 말을 치고 나가려는 순간, 해선의 목소리가 들렸다.

"멈추지 못할까!"

얼마나 급히 달려왔으면 그 점잖은 체면에 가쁜 숨을 몰아쉬었다.

"신우는 당장 말에서 내려서거라."

"그리할 수 없습니다."

노한 해선 앞에서 신우 또한 한 치도 물러나지 않았다.

"대가로서 명하노니, 말에서 내려라!"

"제 목을 치셔도 그리할 수 없습니다."

"무, 뭣이라! 이, 이놈! 여자 하나 때문에 네 목을 내놓는다는 것이냐!"

돈독했던 부자간이 균열되고 있었다. 드러내놓고 살뜰하지는 않았지만 해선의 신우에 대한 애정과 기대는 어미들의 그것에 결코 뒤지지 않으니 그 서운함이야 이루 말할 수 없었을 것이다.

해선은 처음 모든 것을 버리고 측근들만 데리고 산마을에서 은둔을 시작할 때만 해도 내심, 과연 다시 힘을 키울 수 있을까? 과연 다시 집안을 일으킬 수 있을까? 하는 의문 속에서 희망과 절망을 넘나들었다.

허나 총명한 데다 기개 또한 높은 아들이 하루가 다르게 성장하는 것을 지켜보면서 꺾이려던 희망이 자라 이렇듯 거사를 행할 정도가 된 것이다.

그렇게 믿었던 아들이 아무리 그 대상이 녹연이라고 하나 여자 때문에 진정으로 목숨을 내놓을 태세니 해선으로서는 억장이 무너질 수밖에 없었다.

"죄송합니다. 녹연을 이대로 보낼 수 없습니다. 제가, 아버님의 아들이, 살아갈 수 없습니다. 이 길로 녹연과 함께 떠나겠습니다."

"시, 신우야, 안 된다. 이놈!"

"용서하십시오."

"안 된다, 안 돼!"

"이럇!"

신우를 실은 말이 달려 나갔다.

"시, 신우야! 신우야, 안 된다! 누, 누구 없느냐? 시, 신우를 잡아, 어서 잡으란 말이다!"

"도련님, 도련님!"

달리는 말의 기세는 목숨을 내놓기로 작정한 석태라 해도 손쓸 수가 없었다.

"신우야! 신우야! 이, 이럴 수가, 이럴 수가, 아이쿠!"

멀어지는 신우를 보고 머리를 짚으며 해선이 휘청거리자 석태가 달려와 부축했다.

"대가님, 대가님! 괜찮으세요?"

"나, 나는 괜찮으니, 너는 어서 기련과 적주를 데리고 오너라 어서!"

"예, 대가님."

뒷걸음질 치면서 머리를 조아리던 석태는 곧 돌아 마을로 달려갔다.

"이를 어찌할꼬, 이를 어찌할꼬."

해선은 먼지조차 가라앉은, 신우가 사라진 방향을 하염없이 바라보았다. 이 길로 녹연과 함께 떠나겠다는 신우의 말이 끊임없이 귓가에 맴돌았다. 신우의 성정으로 결코 헛말을 뱉은 것이 아니라는 것을 아니 더 낙담되었다.

"신우야, 신우야……."

해선으로서도 어쩔 수 없었다. 정이 깊은 아이들을 떼어놓는 일이 그라고 쉬울 성싶었겠는가. 하지만 벗과의 약속은 그에게 목숨과도 같은 것이었다. 비록 제 자식에게 상처가 되더라도 죽은 벗의 자식을 내칠 수는 없었다. 당장은 신우가 저래도 세월이 가고 아이 낳고 살다 보면 후에는 녹연에 대한 첫 정은 추억으로 간직한 채 수연과는 사는 정이 붙을 거라 생각했다.

어쨌든 바로는 불같이 뛰면서 녹연의 뒤를 쫓을 거라 예상했다. 그래서 마구간에서 쓸 만한 말들은 모두 치운 것인데.

휘릭.

별안간 인기척이 났다. 그것도 분명 지척에서 나는 서늘한 사람의 기색이었다. 기련을 부르러 간 석태가 벌써 왔을 리는 만무했다.

"누구냐?"

느낌이 좋지 않았다. 연무를 하지 않은 사람에게도 전해지는 섬뜩한 냉기였다. 해선은 목청을 높였다.

"거기 누구냐? 거기 누구냐고 했다."

어두워진 하늘에 은빛 물결이 선을 긋듯 내려오는가 싶더니 검은 무복을 하고 동색의 복면을 한 자가 해선 앞에 섰다. 은빛 물결인 줄 알았던 서늘한 검이 겨누어졌다.

"이게 누구십니까, 그리 찾아도 종적을 알 수 없었던 마가의 대가님이

219

아니십니까?"

살기가 흐르는 음성, 살인을 밥 먹듯 하는 자에게서 나는 혈향, 해선은 눈을 감았다.

방심하였구나.

"주인이 애지중지하는 집 나간 송사리를 잡으러 던진 낚싯대에 대어가 걸려들 줄이야. 이렇게 보고 섰는데도 믿기지 않습니다."

"너는 누구고 원하는 것이 무엇이냐."

"저에 대해서는 차후에 아시게 될 것입니다. 그리고 원하는 것은 대가님을 저의 주인께 모셔가는 것이지요."

살수는 즐겁다는 듯 낮게 웃었다.

"네놈의 뜻은 그러하겠지만 그리 쉽지는 않을 거다."

"과연 그럴까요?"

위협하듯 위험스럽게 검을 휘돌리던 살수는 급작스레 해선을 잡아끌었다.

"누군가 오는군요. 죽고 싶지 않으시면 어서 움직이시지요."

"날 인질로 삼을 참이냐?"

"이보다 더 좋은 인질이 어디 있겠습니까?"

"네놈을 따를 일은 없을 것이다."

"고집을 부리신다면 이 검이 대가님 심장을 헤집어 오늘이 제삿날이 될 것……."

찌이익!

해선의 손에 살수의 복면이 찢겨 나갔다.

"이런!"

찢긴 복면 사이로 을물의 수족인 역밀의 얼굴이 드러났다.

"역시 을물의 개였구먼. 더러운 네놈의 검에 내 몸이 더러워지는 것은 한스러울 테지만, 백번 천번 더러워지더라도 살아서 을물에게 끌려가지는 않을 것이니 죽일 테면 죽여라."

죽음을 불사하겠다는 해선의 의지는 확고했다. 실신을 시켜서라도 끌고 가기에는 다가오는 자들의 속도가 너무 빨랐다. 역밀은 아쉬웠지만 해선의 명을 끊는 것으로 만족해야 할 것 같았다.

"그리 명을 재촉하신다면 어쩔 수 없군요. 야앗!"

"으윽……."

은빛 칼날 끄트머리에 붉은 피가 실 춤을 췄다. 가슴에 칼을 맞은 해선은 툭 무릎을 꿇은 채 그대로 쓰러졌다.

기련과 적주 그리고 제사장은 기련의 집에서 오늘밤 대가를 뵐 일을 논의하고 있었다. 동정과 비난 사이에 엉거주춤하게 놓인 녹연과 수연 그리고, 해선과 신우, 대가 부자간의 극명한 대립은 산마을 전체를 뒤숭숭하게 했다. 그냥 지켜보고만 있기에는 사태의 심각성이 중했다.

"분명한 것은 도련님은 녹연 아기씨를 놓지 못할 거라는 겁니다."

적주의 말에 기련과 제사장은 공감하듯 고개를 끄덕였다.

"예로부터 대가께서 부인을 더 두시는 것이 결코 흉이 되지 않았으니, 수연 아가씨는 첫 번째 부인으로 맞으셔 대가님의 신의를 지켜드리고, 도련님께서 아끼시는 녹연 아기씨를 두 번째로 맞으시면 해결되지 않겠는가?"

"도련님은 서로가 상처가 될 뿐인 허수아비 정실부인을 두려 하시지 않을 겁니다."

"그렇다면 자네들은 다른 대안이 있는가?"

누군가의 희생이나 양보가 따르지 않는, 모두가 충족할 수 있는 대안이란……. 정녕 난제였다.

"스승님! 스승님! 안에 계십니까요?"

석태의 다급한 목소리에 문과 가장 가까운 거리에 앉았던 적주가 일어나 문을 열었다.

"무슨 일이냐?"

"적주 도련님도 여기 계셨어요? 큰일 났습니다요. 신우 도련님께서 영 돌아오시지 않을 것처럼 나가버리셨습니다요. 대가님께서는 혼절 직전이시고……."

"도련님이 나가시다니! 그간 무슨 일이 있었던 것이냐?"

"아기씨께서, 아기씨께서 지난 새벽 떠나셨습니다요. 그것을 아신 도련님께서……."

"뭐라!"

적주와 기련은 거의 동시에 뛰어 나갔다. 이런 일을 방지하기 위해 오늘 모인 것인데 아무래도 한발 늦은 모양이었다.

"제가 떠나려거든 빨리 가라 아기씨를 종용하였습니다."

대가의 집으로 달리면서 적주가 침울하게 말했다.

사랑에 확고한 신우에 비해 모자란 듯한 녹연의 태도에 화가 치밀어 마음에 없는 말을 한 것인데, 경우에 어긋남 없이 항시 남을 배려하는 녹연의 언행이 그녀를 사랑하는 신우를 정작 멍들게 한다는 것을 모르는 것이 원망스러웠던 것인데, 순풍이든 강풍이든 제 몸이 해지는 한이 있어도 바람막이가 되어주는 신우가 곁에 없음을 녹연이 제발 자각하고 때로는 영악하게 가끔은 미온적으로 신우 뒤에 쉬어도 좋으련만 생각해 그리한 것인데.

"오히려 자네의 말이 아기씨의 망설임에 종지부를 찍게 한 것일 거네. 하지만 이리 결정한 것이 아기씨답지 않은가? 이런 아기씨이기 때문에 도련님도 깊이 빠져든 것일 테고, 그러니 자책은 말게."

말을 마치기 무섭게 기련의 눈이 위험스레 빛났다.

"혈향이네."

"예?"

"살인을 밥 먹듯 하는 살수에게 배어 있는 그런 향이야."

"그렇다면……!"

적주와 사위스런 눈길을 교환한 기련은 날듯 달렸고 적주는 그 뒤를 최대한 쫓았다. 두 사람 모두 혹시 모를 변고가 생기기 전에 막아야 한다는 일념으로 사력을 다해 달렸다. 하지만 다가가면 다가갈수록 역겨운 피 냄새는 짙어졌다.

"윽!"

단발의 비명소리와 함께 살수에게 나는 오래된 혈향 위에 새로운 피 냄새가 얹혀 안개바람을 타고 끼쳐 왔다.

"안 돼!"

적주가 소리쳤다.

붉은 피로 물드는 희디흰 삼베옷 자락은 마치 희고 붉은 얼룩나비처럼 너울너울 날갯짓을 하다 힘없이 가라앉았다.

"대가님!"

적주는 절규하듯 다시 소리쳤다.

기련은 그 와중에도 숲으로 사라지는 검은 물체를 첨예한 눈길로 쫓았다. 분명 살수일 것이다.

"대가님!"

달려간 적주는 주저앉아 쓰러진 해선을 감쌌다. 기련은 해선의 심상치 않은 숨소리로 위중함을 느끼며 살수가 몸을 숨긴 숲의 나무들의 미미한 움직임까지 놓치지 않으려고 신경을 곤두세웠다.

"적주는 어서 지혈을 하여라."

기련은 갈림길에 서 있었다. 위중한 해선의 치료를 위해 의원을 데리고 올 것인지, 지금 쫓지 않으면 놓치고 말 살수를 뒤따를 것인지를 두고 선택해야 했다.

"기, 기련인가?"

"예, 대가님."

"으, 으, 을물의 심복이네. 그, 그를 쫓게. 마, 마을이 노출되면 아, 안 돼…….."

숨조차 버거운 혀끝에서 옅어지는 한 마디 한 마디, 해선은 명이 다 되어가는 중에도 대가로서 명을 내렸다. 해선의 말처럼 살수가 살아 돌아간다면 마을이 쑥대밭이 되는 것은 시간문제일 것이다. 기련은 마지막이 될지 모르는 주인의 명을 죽음을 다해 따를 각오로 답했다.

"목숨이 끊어지는 한이 있어도 놈을 없애겠습니다."

살수가 사라진 숲으로 달리는 기련은 한 마리 민활한 매와 같았다. 놈이 가는 길을 읽어두었기에 산을 아는 기련에게 놈을 따라잡는 것은 불가능한 일이 아니었다. 허리춤에 찬 검은 이미 칼집에서 이탈해 그의 손에 쥐어진 상태였다. 최소한의 살생. 해선의 방침이었고, 기련의 신조이기도 했다. 그래서 산마을의 수련생들을 부여 최고의 장수들로 거듭나게 훈련할 때도 살생은 마지막 순간이라 그렇게 가르쳤다. 그런 기련이 죽이기 위해 칼을 세웠다. 날카로운 칼끝은 피를 보고야 제 집을 찾을 기세로 번쩍거렸다.

역밀은 뒷골이 서늘해지는 기에 돌아보았다. 말을 맨 나무까지는 지척인데 언제 따라붙은 것인지 적은 다가와 있었다.

"이리 빨리 쫓아온 것을 보니 보통 놈이 아니구나."

"네놈의 명을 끊으려는 이 검이 이리 보채니 더디 올 수 있겠느냐?"

모습을 드러내는 자는 고수였다. 그런 자가 죽음을 불사할 각오로 검을 세웠다. 역밀은 이 밤이 쉽지 않을 것임을 본능으로 느끼며 칼을 빼들었다. 우거진 수목 사이로 번쩍 휘돌던 장검이 서로 부딪쳤다.

지금껏 부여 최고의 무사라 자부했건만 역밀은 제가 수세에 몰리고 있음에 당황했다. 강하고 빈틈이 없는 자였다. 어려운 틈이라 여기고 찾아치면 이미 그 길을 읽고 그의 검이 먼저 와 있었다.

"너, 너는 누구냐?"

"네놈 따위에게 알려줄 필요 없다."

그러고 보니 역밀의 머릿속으로 번뜩하고 지나가는 것이 있었다.

"의원을 빼간 것도 네놈의 짓이구나."

"네놈의 고민거리니 네놈 머리로 생각해보거라, 황천길 적적하지 않게 말이다."

이런 고수가 해선 곁을 지킬 줄이야, 해선을 해할 수 있었던 것은 운이 좋았던 것이다. 이런 자가 둘만 되어도 을물에게는 큰 위협이 될 것이다. 이들이 무슨 일을 꾸미는 것이 자명하니 속히 이 사실을 알려야 했다. 허나…….

밀리고 밀리어 도달한 곳이 하필이면 끝이 아득한 낭떠러지였다. 역밀은 한 발도 더 물러날 곳이 없었다.

떨어지지 않으려면 맞서 싸우는 수밖에, 역밀은 마지막 힘을 다해 검을 들었다.

"얏!"

순간, 한쪽 볼에 불이 놓인 것처럼 몸서리쳐지게 뜨거웠다.

"윽!"

얼굴 한쪽이 도려내진 거였다.

"이얏!"

역밀은 기련의 마지막 일격을 피하기 위해 몸을 날리다 천 길 낭떠러지로 사라져갔다. 상대의 목숨을 끊어야만 끝나는 잔인한 칼춤은 그렇게 막을 내렸다.

기련이 숲으로 사라지고 뿜어져 나오는 피를 지혈하기 위해 고군분투하는 적주의 손을 해선이 잡았다.

"저, 적주야."

"대가님, 말씀하지 마십시오."

말을 할 때마다 피를 한 종지씩은 쏟아내니 지혈이 소용없었다.

"허, 허튼 짓이니, 시, 신우를 따, 따라가라. 아, 아비를 대신하여, 가를, 가를 부탁한다고……. 쿨럭, 쿨럭, 쿨럭!"

"대, 대가님, 대가님!"

적주는 축 늘어져 손에서 빠져나가려는 해선을 잡고 또 잡았다. 숨이 얼마 남지 않은 사람처럼 얕은 숨을 쉬는 해선을 안아드는데 석태 아범과 석태가 달려왔다. 그들에 의해 들것에 실린 해선은 방으로 옮겨졌다.

의원이 보고도 고개를 젓는 송장이나 매일반인 해선과 혼절한 대가부인을 돌아온 기련에게 맡기고, 적주는 사흘 밤낮을 쉬지 않고 달린다는 신우의 준마를 몰았다. 주인 이외의 다른 이에게 등을 허락하지 않는 말은 주인과 상봉을 감지했는지 적주에게 등을 허락했다.

신우를 따라잡으려면 서둘러야 했다. 하지만 막상 만나 이 사실을 전한다면……. 충격과 자책에 빠질 신우를 생각하자 아득했다.

어찌하여 중요한 것은 보질 못하는 건가. 이번 변고도 볼 수만 있었으면 막을 수 있었을 텐데.

적주는 참담하여 심장이 모두 사위어지는 듯했다.

8장

첫 번째 밤이 지나고 두 번째 밤이 지나고 그렇게 또 밤이 두 번 지나고 다시 밤이 깊었다. 어스름이 깔릴 때부터 설움 많은 여인처럼 추적추적 내리던 비가 언제인가부터 심술궂은 시어머니 잔소리처럼 쏟아졌다. 뙤약볕이 내리쬐는 너른 벌판 위를 옷 속까지 파고드는 흙바람을 맞으며 지나던 나그네에게 비는 반가운 손님이었다. 그 반가운 손님이 이제는 나그네의 앞길을 방해하고 나섰다. 갈 길이 바쁘건만 한 치 앞도 구분 못 하게 하니 천덕꾸러기가 따로 없었다.

"아주 퍼붓는군."

눈썹에 맺혀 볼로 흘러내리는 발비를 훔치며 혼잣말을 하던 의원이 동자 복장을 하고 묵묵히 말을 몰고 따라오는 녹연을 돌아보았다. 아무리 더운 여름이지만 남자가 맞아도 이가 떨리는 궂은비는 연약한 여자에게 무리였다. 이대로 계속 이 장대비를 맞았다가 분명 병이 나고 말 것이다.

"비도 피할 겸, 동틀 때까지 저 마을에 머물까요?"

빗소리에 묻힐까 봐 제법 큰소리로 묻는데도 녹연은 묵묵부답이었다. 요 닷새 내내 저런 모양이었다. 비록 몸은 이곳에 있으나 정신은 다른

곳에 놓고 온, 넋 나간 사람의 전형적인 모습.

의원은 목청을 더 높였다.

"아기씨? 아기씨."

"아, 죄송합니다. 뭐라 말씀하셨습니까?"

녹연은 마음의 병을 앓고 있는 해쓱한 얼굴, 흐린 눈으로 사과했다. 의원은 안타까웠다. 차라리 내놓고 아프다 하면, 내리는 비를 핑계 삼아 실컷 울기라도 한다면 응어리가 덜 자랄 텐데, 미련스럽게도 꾸역꾸역 모든 아픔을 감내하려 했다. 감당하기 힘든 그 고통이 크디크게 뭉쳐지고 돌덩이처럼 단단하게 굳어 내면에 더욱더 큰 자리로 자리할 텐데도 그녀는 기어이 고집을 부렸다.

"이 마을을 끝으로 부여의 영토도 끝납니다. 그동안 쉬지 않고 왔는데, 고향 땅에서의 마지막 밤을 묵고 가는 게 어떻겠습니까?"

말 쉬는 시간만 빼고는 최소한의 수면만으로 닷새를 버티었으니 그 정도 되면 누구든 녹초가 될 것이다.

"몸이 편찮으신 건 아니시지요?"

녹연이 근심어린 낯빛으로 묻는데 의원은 하마터면 아픈 사람은 아기씨라고 말할 뻔했다.

"안 아픕니다."

"죄송합니다. 저 때문에 쉬지도 못하시고……."

"걸어서 왔다면 아직 아득했을 것입니다. 아기씨 덕분에 이리 좋은 말 위에서 호강을 하는데 그런 말씀 마세요."

"염치없지만 갈 수 있을 때까지 더 가면 안 될까요?"

녹연은 멈출 수 없었다. 뒤따라올지도 모를 신우에게서 더 멀리 달아나기 위해. ……아니, 아니, 사실은 아니었다. 당장이라도 등 뒤에서 '녹연아.' 불러줄 그 목소리를 기대해서, 수백 번 돌아보고 아직 따라오지 않음에 실망하고도 새로운 기대로 또 뒤를 돌아보는 스스로에게 치를 떨면서, 멈추면 그때는 정말 멈추어버리고 말 자신이 너무 두려워서 녹연은 멈출 수 없었다.

그런 녹연을 잠시 바라보던 의원은 묵고 가자는 말은 접기로 했다.

"정 그러시면 마을에서 물과 식량이라도 보충해 가시지요."

"예, 의원님."

마을은 젖은 암흑이었다. 아무리 비 오는 밤이라지만 지나치게 으스스했다. 국경의 마지막 마을이라면 여러 사연을 담은 객들을 맞이하기 위해 식점이나 여관은 불을 밝혀둘 법한데 가는 실빛 하나 존재하지 않았다.

"이상합니다. 어찌하여 마을에 이리 적막만 흐르는지."

의원의 말에 녹연은 고개를 조금 들고 주변에 귀를 기울였다. 골목은 그들이 탄 말의 말발굽소리와 그것을 덮는 빗소리만 오롯할 뿐 인기척 하나 없었다.

"의원님 말씀처럼 너무 괴이쩍네요."

"이래서야 마을에서 식량을 구입하기는 틀린 것 같습니다. 국경을 넘어서야지만 다음 마을에서 구해야겠습니다."

"예, 의원님."

그들은 묵묵히 골목을 벗어났다. 어두운 골목을 막 빠져나가려 할 즈음 적막함 속에 스산한 기운이 끼쳐 왔다.

"먹음직스런 것들이 걸렸군."

다가온 그림자들 사이에서 형용할 수 없을 만치 소름끼치는 목소리가 들려오고 녹연과 의원은 순식간에 한 무리에 둘러싸여졌다.

"누, 누구요?"

위험을 감지한 의원의 긴장된 목소리 뒤로 섬뜩한 웃음소리가 들려왔다. 숨통을 조이듯 서서히 다가오는 그들의 모습은 마치 살육을 서슴없이 일삼는 승냥이 떼처럼, 잔인함에 가차 없고 상대의 공포를 즐기는 망종들임이 분명했다.

"죄인을 잡으러 왔다."

무리 중 배불뚝이가 말했다.

"무, 무슨 말인가? 지나던 사람에게 죄인이라니."

의원의 봇짐을 탐욕스럽게 훑어보던 배불뚝이가 이제는 녹연을 그런 눈으로 보았다.

"국경에서 이런 밤에 어슬렁거리는 것은 분명 염탐이지."

배불뚝이의 말에 누꺼비 상을 한 자가 맞장구를 쳤다.

"염탐꾼은 죽여 없애야 할 죄인 중의 중죄인이고."

"무슨 그런 말도 안 되는 소리를 하는가."

의원이 반발하자 그들은 대답 대신 재미있다는 듯 서로 보며 낄낄거렸다.

"우리가 어디를 보아 염탐할 자들로 보인단 말인가, 괜한 억측 말고 길을 열어주게."

의원의 말은 한층 더 높아진 그들의 비웃음 속에 사라졌다. 어차피 그들에게 진실 따위는 중요하지 않았다. 그저 더러운 탐욕만 채우면 그뿐.

"얌전히 우리를 따르는 것이 좋을 것이다. 하루라도 더 목숨을 부지하려면 말이다. 우리 중에는 성질 급한 놈도 있으니."

두꺼비 상은 무리 중 독사눈을 힐끗 보고 비릿하게 웃었다. 한눈에도 살기가 번득이는 독사눈은 이 실랑이에 벌써 싫증이 난 기색이 완연했다.

"길 가던 사람을 죄인으로 몰아 끌고 가려 하다니 그 무슨……."

의원의 말이 채 끝나기도 전에 독사눈이 무리에서 튀어 나왔다. 다른 자들이 그를 미처 막을 사이도 없이 순식간에 꺼낸 예리한 칼로 녹연이 탄 말의 목을 잔인하게 끊었다.

히힝!

"아!"

끊어진 목에서 피를 토해내고 고꾸라지는 말의 등에서 녹연도 함께 떨어져 젖은 바닥에 나뒹굴었다.

"이, 이, 이……."

순식간에 일어난 일에 경악하던 의원이 간신히 정신을 차린 후 말에서 뛰어내려, 빗물 섞인 피 웅덩이에 엎어진 녹연에게 달려왔다.

"괘, 괜찮습니까? 다, 다친 것이 아닙니까?"

피투성이가 되어 휘청휘청 일어서는 녹연을 부축하는 의원의 목소리는 긴장과 불안과 염려로 떨리고 있었다. 녹연은 빠르게 고개를 저었다.

"다치지 않았습니다. 피도, 마, 말의 것입니다. 저, 저는 괜찮지만……."

말 못 하는 짐승이지만 그것도 귀한 생명인데, 녹연은 떨지 않기 위해 이를 물었다. 숨 막히는 피비린내, 살기 진득한 악귀들, 모든 것이 여기서 끝나버릴 것 같았다.

칼날에 묻은 말의 피를 핥던 독사눈이 죽은 말에서 그들에게로 시선을 돌렸다. 절망하는 그들을 읽었으리라, 그 잔악한 눈에 번쩍 불꽃이 이는 것을 보니.

"내 말했잖아. 성질 급한 놈이 있다고. 이제는 말 정도로 끝나지 않을 거라고."

　단순한 위협이 아니었다. 그자는 살인으로 진정 쾌락을 느끼는 자였다. 결국 사람의 피를 보고자 할 것이다. 얼마간 그럴 수 없었는지 금단현상 같은 조급함이 독사의 눈에서 흘러나왔다. 당장이라도 녹연과 의원에게 달려들어 수없이 피를 적셨을 그 흉기로 갈기갈기 난장 쳐 흩뿌리는 붉은 피를 맛보고야 진정이 될 것 같은 광기가 그자를 휘감고 있었다.

　독사눈의 광폭한 살기어린 시선이 녹연에게 고정되었다. 말의 피로 물든 그녀의 젖은 유가 미친 살기를 자극하는 거였다.

　'아, 여기서 이렇게 죽고 마는 것인가. 하기야…… 굳이 살아 무얼 하겠다고…….'

　목숨을 옥죄는 살기 속에서 녹연은 자포자기하듯 눈을 감았다.

　"안 돼!"

　의원의 비명 같은 외침에 이어 험상궂어 보이는 자와 배불뚝이가 동시에 독사눈의 팔을 잡고 늘어졌다.

　"진정해!"

　"이거 놔! 니들이 대신 찢길 거야?"

　독사눈이 당장이라도 그들을 찢을 듯 이를 갈았다.

　"조금만 참으라고. 또 그랬다가는 그때는 정말 목이 무사하지 못할 거란 명을 잊었어?"

　"귀찮지만 일단 보고는 하고 보자고. 먹으라고 던져주면 그때 난자를 쳐도 늦지 않아."

　험상궂어 보이는 자와 배불뚝이의 만류의 말에 어쩔 수 없이 물러나야 한다는 것을 알면서도 미련을 떨치지 못하겠는지 독사눈은 불만에 찬 소리를 질렀다.

"으잇!"

녹연은 눈꺼풀을 천천히 들었다. 피에 굶주린 자의 시선만은 여전히 그녀에게로 와 있었다. 그 섬뜩한 눈빛으로 인해 살점이 선혈을 뚝뚝 떨어뜨리면서 한 점 또 한 점 떠지는 착각이 일었다. 혈관의 피가 모두 빠져나가는, 진정 죽음 앞이라는 자각이 속절없이 밀려왔다.

'죽는다고, 그런다고 또 어떠하겠는가. 오히려 이 상실에서는 편해지지 않겠는가.'

놓아라, 놓아라, 모두 놓아버려라.

달콤한 유혹이 녹연의 내면에 자작자작 스며들었다.

"대, 댁들을 따르겠으니 더, 더는 내 아들을 위협하지 마시오."

의원이 소리치자 그자들은 다시 키득거렸다.

어차피 진실이 중요하지 않은 그들에게 녹연과 의원은 미물보다 못한 존재였다. 선택의 여지는 없었다. 여기서 죽음을 맞이하거나 조금 더 살거나 어차피 죽음 앞에 도달해 있다는 사실은 변하지 않는 것이다.

백기를 드는 의원을 조롱하던 그들이 걸음을 옮겼다. 시종일관 녹연을 향해 끈적거리는 시선을 놓지 못하던 배불뚝이가 어느 샌가 그녀의 곁으로 다가와 능글맞게 웃었다.

"고놈, 참 참하게도 생겼네. 계집보다 더 고운 소년이 있다더니, 바로 요놈을 두고 하는 말인가 봐."

의원의 근심어린 시선을 느꼈으나 녹연은 묵묵히 걸음을 옮겼다.

"새치름한 모양이 계집보다 더 안달 나게 하는 모양이네."

은근슬쩍 녹연의 등으로 비대한 몸을 붙이려던 배불뚝이를 향해 뒤따르던 험한 인상이 비아냥거렸다.

"허튼짓 마라. 던져주는 물건이 아닌 것에 손댔다 손모가지 잘려 나간

녀석에 너도 추가되고 싶으냐?"

"그냥 구경도 못 하나?"

마지못해서라는 듯 슬금슬금 물러나면서도 배불뚝이는 녹연을 마치 한상 가득 차려 놓은 산해진미 보듯 입맛을 다셨다.

험한 인상이 녹연과 의원에게로 시선을 돌렸다.

"너희는 얌전히 따라와! 피를 보면 미치는 족속들이라는 것을 알았을 테니 어설픈 도망으로 명줄 재촉하지는 않겠지."

녹연은 의원과 어디론가 끌려가는 동안 침을 흘리는 놈들의 시선 속에서 수없이 발가벗겨지고 찢기었다.

결국 끌려간 곳은 국경 너머 선비족 약락씨 영토의 초소였다. 녹연과 의원은 가진 것을 모두 빼앗기고 결박당한 채 막사 안으로 밀어 넣어졌다.

의원은 비와 공포에 젖어 스스로도 인지하지 못한 채로 오들오들 떨고 있는 녹연에게로 무릎걸음으로 다가가 안타깝게 물었다.

"아기씨, 아기씨, 괜찮으십니까?"

치욕적이고 공포스러운 순간에서 벗어나자 비에 씻긴 말의 피비린내의 기억이 올라와 녹연은 속이 메슥거렸다. 금방이라도 위에 있는 것을 뱉을 것처럼 토기가 올랐지만 녹연은 이를 물고 참았다.

"저, 저는 괜찮습니다. 의원님께서 무사하셔서 다행입니다."

"그나저나, 내일 올 장수가 어떤 자인지 모르겠지만 저놈들보다는 나은 자여야 할 텐데 말입니다."

"저런 금수만도 못한 자들의 우두머리인데 기대할 필요 있을까요?"

아무럼 어떻겠는가.

태생부터 무(無)인 존재, 사랑도 가족도 미래도 없는 이리 아프고 모진

팔자 더 살아 무엇하나, 갈기갈기 찢겨 이 세상에 존재했던 흔적마저 사라지는 것도 나쁠 것은 없지 않을까. 차라리…….

"그러지 마세요. 앞날은 알 수 없는 겁니다. 독하게 마음먹고 포기하지 마세요."

의원은 낮지만 단호하게 말했다. 자칫 초연해 보이는 녹연에게서 자포자기를 읽은 거였다.

"봉변을 당하고 처참해지는 죽음은 선택하지 마십시오. 그러니 여인임을 들켜서는 아니 됩니다. 당장은 천 리 낭떠러지 같고 앞길이 아득해도 정신만 바로 차리고 기회를 본다면 살 길이 열릴 것입니다. 그래도 이승에서 숨을 쉬어야 다시 만날 수 있지 않겠습니까, 신우 도련님을 말입니다!"

뚜두둑.

녹연의 마음에 위태하게 쳐졌던 결계에 금이 가기 시작했다.

"다시 만날 수 있지 않습니까."

만난다. 만난다. 다시…… 만난다…… 신우……!

지난 닷새간 결코 언급해서는 안 되는, 기대해서도 안 되는, 상상해서도 안 되는 그 말.

의원은 그것을 알면서 언급하였을 것이다. 그러한 희망이 녹연을 어떤 상태로 만들지를 예측하고.

녹연은 저도 모르게 몸을 감쌌다. 마비되는 육체에 피를 내어 혈을 통하게 하듯 녹연에게는 절대의 금기인 신우와의 재회는, 꿈꾸게 했다. 삶에 대한 애착을 만들었다.

신우의 얼굴이 어른거렸다. 낙담의 나락으로 떨어지던 마지막 모습. 한없이 진지한 눈길 안에 담긴 절망.

갑자기 연옥에서 돌아온 망자의 그것처럼 죽은 심장이 펄떡펄떡 뛰었다. 신음이 튀어나올 것 같았다. 조금 전까지만 하더라도 아무려면 어떨까 싶었던 사람과 한 사람일까 싶을 정도로, 살고 싶었다. 죽고 싶지 않았다. 살아서 꼭 살아나서 재회해야 했다. 그리고 지독한 삶에 대한 애착이 다른 아픔을 만들었다. 간절하고 사무친 그리움이란 아픔을.

"오라버니……."

이럴 줄 알았으면, 이럴 줄 알았으면…… 마지막을 그리 모질게 보내지 않았을 텐데.

녹연은 감당할 수 없을 정도로 감정에 복받쳤다. 수도 없이 예리한 무엇으로 가슴을 후벼 파이는 뼈저린 감정. 바로 후회가, 결단코 살아남아야 하는 이유가 되어주고 있었다.

일말의 수분도 생명이 움트길 허락지 않는 회색 사막. 이글거리기 전에 메마른 사막의 태양 아래 회색 모래바람 사이를 뚫고 약락목연(慕容木延)은 소수의 기마병으로 구성된 부대를 대동해 부여와 접한 초소로 말을 몰았다. 가장 가고 싶지 않은 영토였지만 그래서 더 자처했다. 국경 통제가 까다로워서만은 아니었다. 그곳의 병사를 자처한 악귀들의, 날이 갈수록 더해지는 악행들을 더 이상 보아줄 수 없을 것 같아서였다.

"눈감아주어라."

선비족 중에서도 용맹하기가 으뜸인 약락의 대인인 아버지 막호발의 말이었다.

사막을 지나 수수밭을 지나 끝이 묘연한 벌판으로 점점 다가가니 밤사이 비라도 한껏 맞은 것인지 대지는 젖어 있었다. 생명에게는 사지(死地)인 사막을 넘다 보니 벌판은 군데군데 흙 땅이 도드라져 곱지 않은 황색 얼룩빼기라도 어쩐지 생기로워 보였다.

'생기롭다?'

약락목연은 헛웃음이 났다. 지금 이보다 더 어울리지 않는 감상이 있을까 싶었다. 그리고 불필요한 생각을 접듯 세차게 말을 몰았다.

약락목연이 도착하는 소리를 들은 초소에 배치된 그의 수하 등양이 뛰어나와 읍했다.

"대장군, 오셨습니까."

말에서 내린 약락목연은 달려온 다른 병사에게 말고삐를 전하고 돌아섰다.

"별일 없었느냐?"

"큰일은 아니옵고, 어젯밤 국경을 어슬렁거리는 수상한 자들을 순찰 나간 병사들이 잡아온 것 말고 달리 다른 일은 없습니다."

'국경을 어슬렁거리는 수상한 자들? 또 그런 어쭙잖은 핑계로 나를 기만하려는 거겠지.'

약락목연은 화가 치미는 만큼 더 느긋하게 물었다.

"어떤 자들인가?"

"남자와 동자인데 병사들에 의하면 우리를 몰래 염탐했다 합니다."

"염탐?"

헛웃음이 나왔다. 분명 약락의 길을 지나 위나라로 가려던 자들이겠지. 거기다 동자라니 여간 찜찜한 게 아니었다. 명분 없는 살생이 진저리쳐지게 지겨웠다. 하지만 약락목연은 마음과는 다른 명을 내리고 있었다.

"놈들이 가졌던 것은 병사들에게 나누어주고, 잡힌 자들을 문책하라 해라."

명목뿐인 문책, 죽여도 좋다는 허락이었다.

'오냐, 이번까지만 눈감아주마. 실컷 즐겨라, 실컷 비웃어라. 단 이번이 마지막이니. 곧 비웃던 네놈들의 그 목을 따주마.'

악귀들은 위나라의 첩자 노릇을 하는 가장 지저분한 개들이었다. 그 사실을 알고도 눈감아주는 관계. 위나라에게 약락은 병집에 이용되거나 조공이나 바치는 종속국일 뿐. 그것에 반발하던 약락목연을 부친은 크게 꾸짖었었다.

"싫거든, 힘을 길러라. 세상은 힘 있는 자와 그렇지 않은 자만 존재하느니. 힘을 기를 동안은 움츠릴 줄도 알아야 하는 법이다."

약락목연은 외면하듯 막사로 들었다. 그리고 따라 들어온 등양에게 약병에 든 환을 꺼내라 지시했다.

"이것은."

통환이었다. 치명적 부상으로 고통을 받을 때 통증을 완화시켜주는 일종의 마취초를 환으로 만든 것이었다.

"잡힌 자들에게 주어라."

귀한 약이었다. 곧 왕세자라 칭해질 대인의 아들이라 가질 수 있는 특권을 미천한 자들에게 나누어주려 했다. 등양은 주인의 뜻을 받아 명을 따랐다.

천이 흔들리는가 싶더니 장수 한 명이 막사 안으로 들어왔다. 악귀 같은 그들과는 사뭇 다른 그는 의원과 녹연을 향해 환이 올라앉은 손바닥을 내밀었다.

"먹어두어라."

"그것이 무엇이오?"

"앞으로 받을 고문의 통증을 덜어줄 약이니라. 배려해주신 분의 은혜를 고마워하며 어서 먹어라."

"약 주고 병 주려는 것이오? 우리가 무고하다는 것을 진정 모른단 말이오?"

의원의 개탄에도 장수는 내민 손을 거두지 않았다.

"죽음의 길목에서 가장 후회하는 일이 이 약을 받지 않은 것이 될 것이다. 귀하고 귀한 것이니 어서 받아 먹거라."

"은혜를 베풀어주신 분을 뵙게 해주세요."

녹연의 말에 장수는 단호하게 대답했다.

"가당치 않은 소리. 그분은 너희 같은 자들이 함부로 뵐 분이 아니다."

"이런 환쯤은 아무것도 아닙니다."

"뭐라고?"

"제 아버님은 부여 최고의 명의이십니다. 이번에도 오랜 지병으로 와병 중인 위나라의 '사마' 가의 큰어른을 치료할 목적으로 가고 있었습니다."

아주 거짓도 아니었다. 위나라로 가는 것이 사실이며 '사마' 가의 주치의가 의원의 스승이니. 장수는 의심스런 눈길로 녹연과 의원을 번갈아보았다.

"믿지 못하시겠다면 우리 봇짐을 조사해보십시오. 각종 환 조제는 물론, 다른 의원이 못 고치는 병을 우리 의원님은 고칠 수 있습니다."

흔들리는 상대를 감지한 녹연은 입을 다물었다.

등양은 마음이 흔들렸다. 한시도 생각에서 내려지지 않는 중병을 앓고 있는 어린 아들 때문이었다. 용하다는 의원은 죄다 찾아 아들을 보였지만 병명조차 모르겠다는 대답뿐이었다. 죽어가는 아들 앞에 아무것도 해줄 수 없는 아비는 하루하루가 지옥이었다.

"거짓이 있다면 그때는, 내 손에 죽을 것이다."

등양의 시선은 녹연에게서 의원에게로 향했다.

"직접 말하라. 정말 못 고치는 병이 없느냐?"

의원은 선뜻 대답하지 않았다. 의원으로서의 번민이 몰려온 것일 것이다. 녹연은 간절한 눈길로 의원을 바라보았다.

'다시 만나야 합니다. 의원님께서 저를 깨우치시지 않으셨습니까. 만나야 합니다.'

의원은 천천히 입을 열었다.

"내가 고치지 못하는 병은…… 다른 이도 어려울 거요."

"약속해라. 내가 허락을 받아 오면, 의원은 나를 따라 내 집으로 가 내 아들을 봐다오."

"알았소. 그리하지요."

등양이 나가자 의원은 눈을 감았다.

"목숨을 구걸하기 위해 또 의술을 팔았구나."

의원은 자괴감에 젖어 읊조렸다.

"의원님은 의원님의 목숨을 위해 그리하신 게 아니십니다."

의원은 고개를 들었다. 그곳에는 성심을 다한 녹연의 눈빛이 기다리고 있었다.

"저를 살리기 위함이 아닙니까. 의원님께서 저를 살리셨습니다."

의원은 녹연의 어깨를 다독거리며 번뇌를 내려놓듯 고개를 끄덕였다.

등양은 대장군의 막사로 뛰어들어 다짜고짜 무릎을 꿇었다.

"대장군! 목숨을 걸고 간청 드리나이다."

그의 단연함에 약락목연이 놀라 물었다.

"등양, 도대체 무슨 일인가?"

"제게 병중인 어린 아들이 있습니다."

약락목연도 알고 있었다. 사정을 딱하게 여겨 부족 주치의를 보낸 적도 있었으니 말이다.

"이번에 잡힌 자가 부여에서 명성이 자자한 의원이라 합니다. 그들이 대장군을 뵙고자 청하는데 사심에 사로잡혀 이렇게 청하노니, 그들을 제발 만나주십시오."

떨어트린 등양의 머리가 바닥에 닿았다.

"그자가 네 아들의 병을 고치는 것과 나를 만나는 것을 두고 흥정을 하더냐?"

약락목연의 입술이 비틀렸다.

"그것은 흐, 흥정이라기보다⋯⋯."

"살려달라는 것도 아니고 나를 만나게 해달라 했겠다."

"예."

"하하하, 어차피 죽을 놈이긴 하다만, 수 한번 대담하구나."

약락목연은 구미가 당겼다. 곧 죽을 상황에서도 상대의 허를 찾아 찌를 줄 아는 자가 그도 궁금했다.

"살려달라는 것이 아니 될 것 같으니 날 만나게 해달라⋯⋯. 내가 저를 살려줄 거라 자신하는구나."

섣부른 동정이 낳은 결과이지만 그들이 모르는 것이 있었다. 약락목연은 한번 뱉은 말을 거둔 법이 없었다. 이미 문책하라 명한 것은 죽이라는 뜻. 의원이 등양의 아이를 살리더라도 그 명을 거두지는 않을 것이다.

한 겹 걷어내면 다시 한 겹, 다시 한 겹 걷어내면 또 다시 한 겹, 겹겹이 싸여 끝이 묘연한 장막처럼, 벌판은 끝이 보이지 않았다.

지난 나흘 동안 가진 능력의 몇 배를 혹사한 말을 내몰던 순간순간, 뼛속까지 침투한 배신감이라는 독약에 목이 타고 가슴이 타고 내장이 타드는 고통으로 치를 떨어야 했다.

애증, 죽도록 사랑하여 죽도록 증오스런. 아무리 물러나야 할 상황이라도 저를 목숨보다 사랑하는 이의 가슴에 비수를 꽂고, 한 마디 언질도 없이 황망하게 떠날 수 있난 말인가.

나는 녹연에게 무엇이었는가, 무엇이었는가 말이다!

분노는 그야말로 메마른 들판에 놓인 불길이 되어 걷잡을 수 없는 속도로 타들어갔다. 그렇게 모두 태운 불길은 제풀에 시들해져 시커먼 재만 남은 벌판처럼 허허로웠다.

오죽했으면 그랬을까 싶었다. 그 착하고 곧은 것이 아파 죽는 줄은 모르고 제 욕심을, 제 마음을 눌러 담았을 텐데. 사뭇 애달팠다. 아파할 그녀가 안타까웠다.

하지만 이내 두려워졌다. 다치기라도 한 것은 아니겠지, 험한 꼴을 당한 것은 아니겠지. 그저 무탈하기만을, 결코 책망하지 않겠다고. 애증은 간데없고 만날 수만 있다면 무슨 짓이라도 하겠다는 마음으로 쫓고 쫓았다.

이틀이나 이틀 반이면 따라잡을 수 있을 거라 생각했지만 사흘이 지나고 나흘이 되었는데도 그는 녹연을 발견하지 못하고 있었다. 예민하게 촉수를 곤두세운 하등동물이 되어 녹연이 갔을 길을 짚어 가는데도 따라잡지 못한 것은, 그가 타고 온 말의 빠르지 못한 발 탓이겠지만 녹연 또한 쉬지 않고 달려서이기도 했다.

그리도 달아나고 싶었더냐, 못 이기는 척 더디 가면 안 되었더냐. 참으로 야멸치구나. 내 품에 들기 전에 다치기라도 한다면 그땐 정말 용서치 않을 것이다.

신우는 가슴이 아릿해짐을 느끼며 말에 박차를 가했다.

부여의 끝, 선비족 중 한 부족이지만 급성장을 이룬 세력인 약락의 영토가 곧 시작되었다. 그전에 따라잡으리라 예상했기에 국경을 넘게 될 것은 예측하지 못했다. 하지만 그렇다고 변하는 것은 없었다. 신우에게 녹연을 되찾는 것은 숨을 쉬는 것과 같은 이치였기에 국경 아니라 세상 끝까지 가야 한다 해도 그는 그녀를 따랐을 것이다.

신우는 부여의 마지막 마을로 들어갔다. 소식도 묻고 늦은 조반도 해결할 겸 식점을 찾았다.

아무리 늦은 밥 때라지만 식점은 너무 한산했다. 신우가 자리를 잡고 앉자 그나마 있던 손님도 그릇을 비우고 일어났다. 그는 국밥을 말아 오는 주인 아낙에게 물었다.

"어제 오늘 새벽사이 젊은 여인과 그 아비 정도로 보이는 남자가 마을에 들어오지 않았소?"

워낙 작은 마을이라 여자를 동반한 외지인은 눈에 띄었을 것이다.

"오늘 새벽에는 그런 사람 없었네요. 여긴 워낙 시커먼 남자들만 다니는 곳이라. 그리고 밤의 일은 몰라요. 여기 사람들은 밤에 절대 나다니지 않으니. 여기 드시우."

상 앞에 밥을 놓고 별로 바쁠 것 없어 보이는데 더 이상 질문은 사절한다는 듯 아낙은 서둘러 부엌으로 들어갔다.

신우는 일어나 부엌 앞으로 가 섰다.

"이보시오, 여기 사람들이 밤에 다니지 않는 이유가 무엇이오?"

주인 아낙은 인상을 찌푸렸다. 눈에는 경계의 빛이 확연했다.

"밤의 일은 모른다지 않아요."

귀찮다는 듯 과장된 아낙의 목소리 끝에 흔들림이 있었다. 분명 불안이었다. 무언가 있었다. 외지인들은 모르는 무언가가 이 마을에 존재했다. 신우는 아궁이 앞에 앉은 아낙의 치마 위로 휘익, 오수전[10]을 던졌다.

"아이쿠."

속도가 붙은 철전 꾸러미의 무게를 이기지 못하고 아낙이 엉덩방아를 찧으며 주저앉았다.

"이 정도면 섭섭지 않을 게다. 누가 두려워 입을 다무는지 모르겠지만 나는 내 여인을 찾고 있다. 제 여자를 찾느라 환장한 사내가 얼마나 잔인할 수 있는지 그만큼 살아봤으면 잘 일겠지!"

오금이 저릴 만큼 서슬 퍼런 기운으로 한 마디 한 마디를 서늘하게 뱉는 신우의 기세에 눌린 아낙이 절절매기 시작했다.

"이, 이, 이러지 마십시오. 어, 어젯밤 끌려간 자들은 모, 모두 남자뿐이었습니다요. 말씀하시는 저, 젊은 여인은 없었습니다요."

"남자라고?"

"예, 예, 주, 중늙은이와 도, 동자였습니다."

이미 기가 눌린 아낙은 거짓을 말하는 것 같지는 않았다. 녹연이 이 마을을 거치지 않고 위나라로 향할 수 없었을 텐데. 신우는 다시 캐물었다.

"그들의 인상착의를 말해보거라."

---

10) 철과 구리로 만든 화폐. 한 무제 때 처음 주조되어 당시 중국 일대에 통용되었음.

"지, 직접 본 것이 아니라 자, 자세하지는 않으나, 남자는 중년에 점잖아 보이고 동자는 넋 놓고 볼 정도의 미안이라 했습니다요."

점잖아 보이는 중년에 미동이라, 어쩐지 가능해 보이는 조합이었다.

"그들은 어디로 끌려갔느냐?"

"그, 그것은 모, 모릅니다요."

신우는 아낙의 멱살을 거칠게 잡아끌어 이를 갈듯 말했다.

"기어이 죽고 싶은 게냐? 바른 대로 대지 못할까!"

"아이고, 잘못했습니다요. 약락 부족의 국경 초소일 겁니다요."

중년의 남자는 의원일 것이고 미안의 동자는 녹연일 것이다. 신우의 본능이 그리 말했다.

드디어 찾았구나. 다행히 남복을 하였구나. 하지만 늦지 말아야 할 텐데, 녹연이 여인임을 들키기라도 한다면!

신우는 아찔했다.

아낙을 털듯 놓고 부엌을 달려 나갔다.

"도련님."

식점 앞에서 그를 부르는 사람은 다름 아닌 적주였다.

"적주야!"

신우는 그가 이리도 반가울 수가 없었다. 지금 적주는 최고의 지원군이었다. 적주와 함께라면 순식간에 약락의 초소를 쓸어버릴 수 있을 것이다.

"마침 잘 왔구나……."

기쁜 마음도 잠시, 신우는 적주가 타고 온 말을 보고 이내 싸늘하게 식었다. 해선이 제 여인을 뒤쫓을 아들의 발을 묶기 위해 감춘 아들의 천리마가 거기 있었다.

"내 말을 타고 왔구나. 네가 왜 여기 섰는지 알 만하니 괜한 기운 낭비 말고 돌아가거라."

신우는 적주를 차갑게 노려보았다. 반감이 치밀어 적주의 안색이 도를 넘게 침울하다는 사실을 깨닫지 못했다.

"지금 바로 산마을로 돌아가셔야 합니다."

"헛소리 집어치워라, 녹연이 지금 위험에 처해 있는데 내가 어찌 돌아 갈 수 있단 말이냐! 그럴 수 없으니 너나 돌아가!"

일말의 가치도 없다는 듯 지나치려는 신우를 적주가 가로막고 섰다.

"도련님……."

"네가 진심으로 죽고 싶은 게냐?"

다분히 위협적이었으나 그런 신우를 적주는 비켜서지 않았다.

"대가님께서…… 자색에게 해를 입으셨습니다."

"무, 무엇?"

신우는 일순 무춤하여 적주를 응시했다. 그러자 그의 시선 안에서 벗의 미간이 일그러졌다. 어느 순간부터인가 적주의 어깨를 움켜쥔 신우는 시정잡배의 터무니없는 시비처럼 그를 몰아붙이고 있었다.

"그, 그 무슨 망발이더냐? 그, 그런 거짓으로라도 나를 데려오라 시키시더냐? 너도 있고 스승님도 계신데 어찌 아버님께서! 어찌 아버님께서……."

적주가 고개를 떨어트렸다.

그와 함께 신우의 심장도 떨어졌다.

"서두르셔야 합니다."

알지만, 돌아가야 한다는 것을 알지만, 녹연은…….

"아기씨는 제가 있지 않습니까, 제가 구하겠습니다."

신우는 갈림길에 놓였다. 그 짧은 시간 동안 평생 해도 다 못 할 수만 가지 갈등과 망설임을 겪었다.

"문 앞에서 다 들었습니다. 초소를 지키는 사병들쯤은 제게 일도 아니지 않습니까. 도련님, 아기씨는 다시 만나실 수 있지만, 대가님은 지금이 아니면 안 됩니다. 제발…… 도련님, 아버님이 위독하시다고요! 이미…… 늦었을 수도…….'"

어쩔 수 없는 선택은 항상 이런 순간에 다가온다. 신우의 망설임은 종지부를 찍었다.

"내 말은 내가 타고 가마."

적주는 고개를 끄덕였다.

"적주야, 녹연을 부탁한다."

"아기씨는 다시 도련님께 돌려놓을 겁니다. 목숨을 다해서 그리할 것입니다."

결정을 한 신우는 단호하게 돌아섰다.

신우의 말은 골목을 내달리고, 적주는 약락 부족 초소의 정보를 더 캐기 위해 아낙이 떨고 있는 부엌으로 들어가 조용히 문을 닫았다.

이미 신우에게 겁을 먹은 아낙은 적주가 묻는 말에 아는 것을 술술 풀었다. 하필이면 약락 부족 대장군의 정예군사가 도착해 있다고 했다.

"끄, 끔찍한 자들이라 죽였으면, 피 맛이 어쩌니 떠들었을 겁니다. 아무 말이 없는 걸 보니 대장군이 있을 동안은 조용할 것 같습니다."

"대장군이라는 자는 다른가?"

"속을 알 수 없다고 합니다. 하지만 으뜸으로 용맹하다 합니다. 약락 부족이 이렇게 큰 것도 그 아비를 도운 대장군의 공이 컸다고 합니다."

"대장군이라는 자가 혹 막호발 대인의 장자인가?"

아낙은 고개를 끄덕거렸다.

"아마도 그런 것 같습니다요."

이런, 큰일이었다. 막호발의 아들 약락목연은 적주도 들어 알고 있었다. 전장에서는 용맹하고 재빠르며 지략가인 데다가 검술 또한 부여 최고의 무사인 스승과 우열을 가릴 정도의 실력이라고.

약락목연이, 더구나 정예군사까지 있는 적지를 홀로 치고 들어가는 것은 자멸행위였다. 전면전이 안 된다면 돌아가는 방법을 택하는 수밖에.

"자네는 앞으로도 나를 좀 도와야겠네."

"예, 예?"

"걱정 말게. 사례는 두둑이 할 테니."

겁에 질린 아낙의 눈앞에 조금 전에 신우가 내놓은 것보다 더 많은 오수전 뭉치를 던져주니 금세 아낙의 눈이 휘둥그레졌다.

"일을 잘 끝낸다면 그 두 배는 더 주겠네."

그 정도 돈이면 이런 곳에서 악귀들을 상대로 언제 죽을지 모르는 장사를 할 필요가 없었다.

"말씀만 하십시오."

돈맛에 길들여진 아낙의 눈이 반들반들 빛나기 시작했다.

이틀 밤을 달려 도착한 산마을.

내리쬐는 햇볕 아래 고만고만한 골목을 뛰어다니는 아이들, 왁자한 수다 한판 벌여놓고 빨래 너는 손은 다른 몸처럼 놀리는 아낙들, 꾀라고는 부릴 줄 모르는 무던한 농군들. 늘 보아왔던, 흔하디흔했던 마을의 낮풍경이 보이지 않았다.

특별한 날을 위해 쳐두었던 병풍을 거두어버린 것처럼, 살아 숨 쉬던 마을은 생기라고는 한 점 없어 저문 가을 풀처럼 시들시들했다. 눈으로 보기에는 구름 한 점 없는 하늘에는 해가 당당하건만, 느끼기에는 금방이라도 추적추적 비를 뿌릴 듯 흐릿했고, 눈으로 보기에는 맑디맑은 청록의 숲도 느끼기에는 뇌록[11]이었다.

사랑채 마당에는 안절부절못하는 인주 어멈, 죄인처럼 고개를 숙인 석태 아범, 털썩 주저앉아 있는 석태, 그리고 마을의 어른들이 한데 모여 있는데 그 모습이 한결같이 숙연했다.

"도련님."

인주 어멈이 제일 먼저 보고 달려와 신우의 앞에 엎어지듯 무릎을 꿇었다.

"대가님께서, 대가님께서 며칠을 넘기시기 힘들다고 합니다요."

차마 입에 담지 못할 말을 한 마디 한 마디 토해내던 인주 어멈이 입을 막고 눈물을 뚝뚝 떨어뜨렸다.

침상에 누운 아비의 혈색은 이미 망인의 것이었다. 사경을 헤매면서 간신히, 간간이 명을 줄이며 떼는 한 마디는 바로, '혼인'이었다.

하루 동안 일은 일사천리로 이루어졌다. 그렇게 바라던 녹연과의 혼인은 그리도 어렵더니 수연과는 세상에서 가장 쉬운 일이 되었다.

그 하루 신우는 허수아비였다. 감정도 사고도 존재하지 않는. 어렵사리 깔아놓은 멍석 위에서 다른 놈이 춤을 추는 모양을 대거리 한 마디 못 하고 보고만 있어야 하는 멍석 주인처럼 허망했다.

혼례는 치러졌다.

어둠은 혼인한 한 쌍을 진정한 부부로 이끌기 위해 성큼성큼 다가왔

---

11) 잿빛을 띤 녹색.

다. 합방을 꾸며놓은 침상은 누구를 위한 것인지 알 수 없었다. 신방에 든 신랑은 신부를 비껴 침상에 내려앉았다.

초야는 깊어졌다.

이튿날 낭떠러지에서 외줄을 타듯 위태위태하던 대가부인의 목소리가 비명으로 바뀌었다.

"대, 대가님, 여, 여보, 시, 신우 아버지……. 안 돼!"

방 안에 있던 사람들의 산발적 외침, 그리고 이어지는 통곡의 섞임. 사랑채로 들어서던 신우는 등골이 서늘해졌다. 인정하고 싶지 않은 직감이 예리한 창살이 되어 명치를 꿰뚫고 잔인한 자각으로 이끌었다.

임종.

밖에 모였던 사람들도 엎드려 '대가님'을 외치며 통곡했다. 담 밖에 모였던 사람들도 엎드려 울었다. 곡소리는 빠른 속도로 골목골목 집집으로 스며들어 아이들 아낙들 농군들 병사들 늙은이들도 울었다. 주인을 잃은 마을은 금세 눈물의 강을 이루었다.

"대가님, 대가님, 대가님."

신우는 울지 않았다. 끌리듯 들어간 방에서 반눈을 뜬 채 임종한 아버지를 보았을 때도, "아이고, 우리 대가님께서 도련님을 보시려고 이리 눈도 못 감으셨네." 하는 누군가의 말에도, 또 다른 누군가의 이끌려 제 손으로 망자의 시선을 덮으면서도 초연했다. 아니, 그리 보였다.

묵묵히 장례는 치러졌다. 살생을 서슴지 않는 부여의 순장 제도를 경멸했던 고인의 뜻을 받들어 껴묻거리[12]는 문인인 해선이 애용하던 붓과 벼루만 함께 묻었다.

---

12) 죽은 자를 매장할 때 함께 묻는 물건.

신우는 을물의 영향권 안에 있는 제가회의를 통하지 않았고 다스리는 땅도 모두 빼앗겨 고작 산마을뿐이지만 대가에 올랐다.

기련은 급한 보고를 하기 위해 늦은 시간이었지만 사랑채로 들어서다 걸음을 멈추었다.

마당에는 신우가 교교한 달빛을 시선에 담고 서 있었다. 해선이 명을 달리한 지 이틀 뒤면 한 달, 신우는 해선의 빈자리를 야무지게 채우고 있었다.

처음 기련은 신우가 대가도 마을도 수연도 버리고 녹연을 찾아 나서지 않을까 조마조마했었다. 누구보다 진중하지만 녹연에 대한 애착이 그만큼 크기에 그랬다. 하지만 순순히 대가에 오른 신우는 가장 먼저 천귀류와 관계를 다지고 그들에게 호의적인 호민들과 을물에게 반기를 들 호민들을 정확하게 구분하여 을물을 칠 때를 대비한 동조를 끌어냈다. 그 다음은 하호에게 산지를 이용한 특산품 채집과 작화를 권장하고 하민에게는 그것을 특화해 판매해 고수익을 창출할 수 있는 기반을 마련했다.

천상 문인이었던 해선과 달리 문무에 모두 출중한 신우는 전술에서나 정치에서나 전략가로서의 자질을 드러냈다. 을물의 행동노선을 철저히 파악하여 일시에 무너뜨릴 계획을 세우고 그 선봉에는 자신이 서기를 자처했다. 을물의 행태로 산야에 묻혔던 인재들이 하나둘 그에게로 모여들고 있는 것이, 그러니 이상한 일이 아니었다. 청출어람, 바로 그를 놓고 하는 말이었다.

그런 신우가 달을 애달프게 바라본다.

해선이 건재했을 때는 사랑을 찾아 떠날 수 있었지만 이제는 그리하지 못함이었을까. 책임이라는 높은 사람의 자리에 따라 무게를 과중시켰다

우연의 신록

가 덜어냈다가 짓눌렀다가 놓아주었다가 옭아맸다가 풀어주기도 한다. 대가라는 자리에 앉은 신우는 그 무게를 짊어지게 되었고, 아버지의 원수를 갚고 동시에 집안을 다시 일으키기 위해 사력을 다해야 했다. 그러기 위해서는 사랑도 미루고 그리움도 참아내야만 하는 거였다.

하지만 그 마음속은 끓고 있으리라. 낮이면 낮마다 밤이면 밤마다 시시때때 순간순간 그리움의 갈증에 입안이 타고 목구멍이 타고 가슴이 탈 것이다. 바짝 말라 쩍쩍 갈라진 흙바람의 대지처럼 단물이 쏟아진다 해도 흔적 없이 스며버리고 말 만큼 타들어갈 것이다. 신우의 녹연에 대한 감정은 몇 달 눈에 뵈지 않는다고 잦아드는 성질의 것이 아니었다. 평생을, 죽는 날까지 지니고 가야 할 고질적인 병. 명약도 소용없고 치료도 소용없는 지병이었다.

신우가 고개를 돌렸다. 기련이 왔음을 느낀 것이리라.

"오셨습니까."

"날도 어두운데 나와 계셨습니까?"

"내내 안에 있자니 갑갑하여 잠시 바람을 쐬는 중이었습니다. 그나저나 가신 일은 어찌 되었습니까?"

"영고[13]에 맞추어 을물이 왕을 내세울 것 같다는 대가님의 말씀을 천귀류 대가께서도 동감하신다 했습니다."

"백 일 남았습니다. 단 한 번의 기회이니 감시를 철저히 하세요. 한 놈의 밀사나 첩자가 드나들지 못하게. 단번에 치고 들어가야 할 겁니다. 선수를 침에 머뭇거림이 없어야 할 것이며 허를 찌르되 재기의 의지조차 꺾어야 할 겁니다. 온전히 숨통을 끊어야 한다는 뜻입니다."

---

13) 부여의 제천행사.

"예, 대가님."

냉정했다. 상대에게 허를 보이기 전 상대의 허를 찌르는 것은 지략의 기본이나 그것을 행할 수 있는 기민함은 아무에게나 주어지는 것이 아니다. 단번의 제압은 기련도 공감하는 부분이었으나 그가 이렇듯 빠른 전략을 펼치려는 데는 다른 이유도 있을 것이다. 결코 입 밖에 낼 수 없는 금기의, 미친 듯이 내달리는 그 마음을 죽을힘 다해 붙드는, 녹연을 향한 마음.

녹연을 데리고 돌아오겠다던 적주까지 감감무소식이었다. 기다림의 시간은 신우에게는 예리한 칼날로 생살이 헤집어지고 뼈를 깎이는 것보다 더한 고통일 것이다.

기련은 깊은 숨을 쉬었다. 이제 와 녹연이 나타난다 하여도 문제였다. 이미 다른 여인을 받아들인 신우와 그것을 알게 되었을 때의 녹연은…….

풍파가 일 것이다. 잔인한 바람은, 잔혹한 물결은 모두에게 회복할 수 없는 상흔을 남기고도 끝나지 않을 혹독한 것이 될 것이다.

9장

등양이 데리고 온 자들은 중년이 지난 남자와 많아야 열 네댓 살쯤 되어 보이는 소년이었다. 한눈에 보아도 그들은 아비와 아들이거나 그에 준하는 관계이고 먼 길을 가는 거였다. 결코 염탐을 하고 다닐 자들이 아니었다.

약락목연은 속으로 혀를 찼다.

'이런 자들을 첩자라 하면 세상 첩자 아닌 자들이 하나도 없겠구나.'

약락목연은 무릎을 꿇고 고개를 숙인 그들 중 의원으로 보이는 남자에게 물었다.

"날 만나겠다고 했다고?"

"예, 그리 청하였습니다."

고개를 들고 답하는 자는 의원이 아닌 소년이었다.

암팡진 입가, 작지만 곧은 콧대, 희고 검음이 완연한 영롱한 눈빛의 미동……?

……아니! 여인이었다.

그것도 갓 피어 청초하고 냉염하기 그지없는 희디흰 꽃잎 소담한 이화 (梨花).

이런!

약락목연은 허탈한 웃음이 났다. 다른 상황이었다면 취하는 것에 주저하지 않을 고운 여인이었지만 지금은 실망감이 더 컸다.

'결국 이거였군. 그 자신감은 결국 저급한 미인계.'

꽤나 자신 있는 놈이라 여기고 속내를 떠볼 것을 은근히 기대했건만.

당장 내쫓아 아귀들의 손에 찢겨 죽도록 두고 싶었지만 한 번 기회를 주기로 하였으니 지껄일 기회를 준다는 심정으로 약락목연은 성의 없이 물었다.

"말하라."

약락목연은 이제 그들을 보고 있지도 않았다. 귀가 열려 있으니 어쩔 수 없이 듣는다는 정도로 관심이 시들해졌다.

"이유가 무엇입니까?"

물음? 그것도 이유가 무엇이냐는 얼토당토않은 물음에 약락목연의 눈길이 저절로 여인에게로 향해졌다.

"뭐라 하였느냐?"

"장군께서도 원치 않으시면서 이런 일을 하시는 이유 말입니다."

헛!

약락목연은 숨을 들이마셨다. 순간에 허를 찔린 듯 명치끝이 뜨끔했기에 그랬다.

여인은 무고한 이들을 사지로 모는 악귀들의 행태를 경멸하면서도 방관하는 그의 속내를 꿰뚫고 있었다. 분명 여인임을 한껏 내세워 유혹하려 할 줄 알았다. 분명 동정하지 않을 수 없는 연약한 눈초리로 살려달라고 애원할 줄 알았다. 하지만 여인의 어디에도 유혹이나 애원 따위는 없었다. 오히려 그 자태는 엇나간 제자를 꾸짖는 현자의 힐책처럼 올곧

았다. 왜 그리 못났냐고, 방관하는 것도 악귀들과 다를 것이 없다고.

"어디서 감히 무엄한 소리를 지껄이는 것이냐! 죽고 싶은 것이냐!"

등양이 당장이라도 끌어낼 태세로 여인에게 덤비려 했다. 약락목연이 저지하듯 손을 들자 동작을 멈추고 제자리로 가 섰으나 험한 눈길을 거두지는 않았다.

약락목연은 소리 내어 웃기 시작했다.

제국이었던 흉노의 패망으로 그 광활한 영토의 점진적인 지배층이 된 선비족들. 걸복(乞伏), 독발(禿髮), 탁발(拓跋) 등의 부족집단들 중 단연 으뜸인 약락[14]이기는 했지만 아직은 위의 간섭이나 받는 부족국가 이상은 아니었다.

약락목연은 제 부족을 일개 부족이 아닌 제국으로 만들겠다는 야심을 숨기고 있었다. 거기에 가장 큰 걸림돌은 역시 위(魏)였다. 지금은 조공을 하며 화친을 하나 언젠가는 쳐야 할 목표. 그러한 실상을 가리느라 마음의 장막을 치고 제법 잘 속이며 지낸다고 자부했건만 아직 여물지도 않은 여인에게 들킨 꼴이 되어버렸으니.

여인은 당당했다. 당장 목이 내쳐질지 모르는 상황에서도 약락목연의 서늘한 눈길을 피하지 않고 되받는 여인은 아름다웠다.

저 여린 체구 어디에서 그런 당당함이 나오는 것인지, 피비린내 나는 전장에서 목숨을 거는 장수의 기개 못지않은 강단이 흐르는 것인지.

당겨진 현(弦)처럼 팽팽한 침묵 끝에 약락목연은 여인에게서 들을 것이라 여겼던 질문을 하고 있었다.

"살고 싶지 않느냐?"

---

14) 후에 모용(慕容)으로 이름을 바꾸고 연나라를 세움.

"살고 싶습니다. 하지만 죄가 없는데도 이렇게 목숨을 구걸해야 하는 것이 치욕스럽기도 합니다."

여인의 솔직한 말에 굳었던 약락목연의 입매가 슬금슬금 누그러져 휘었다. 그것은 조금 전과는 다른 다분히 호의적인 웃음이었다.

"대단한 배포구나."

사내 흉내를 내느라 미간에 힘을 주고 굴하지 않겠다는 호기로운 모양이 더없이 귀여웠다.

'그러고 보니 여인과 놀아본 것도 오래되었지?'

전장에서는 용맹한 장수이면서 부족에서는 앞으로 부족을 이끌어갈 차기 부족장이다 보니 바쳐지는 여자들의 행렬이 발에 차일 정도였다. 그도 혈기왕성한 연령이다 보니 때로는 응집된 혈기를 풀어놓는 일도 있었지만 거기까지였다. 여자에게 곁을 주는 것보다는 약락이 부족이 아닌 제국이 되는 것을, 약락목연이라는 이름 넉 자가 역사에 대인[15]이 아닌 황제로 기록되는 것을 그는 원했다. 그전까지는 여자니 사랑이니 걸림돌이 될 만한 감정은 싹을 틔울 수 없게 자멸시켰다.

그래도 때로는 척박한 땅에서도 생명이 움트고 배꽃 한 아름이 필 수 있는 것이다. 약락목연도 이 순간만큼은 실로 이화(梨花)에 취하고 싶었다. 소담하고 냉염한 백(白)의 유혹에 몸을 담고 그 그윽한 향에 흐드러지고 싶었다.

약락목연은 여인의 미안을 눈으로 더듬었다. 피비린내로 더러워진 동자의 복색을 하고도 저토록 아리따운데 제 모양을 찾으면 얼마나 더 요요히 빛날까 몹시 궁금했다.

---

15) 부족장.

하지만 잠시간 그녀의 소년 놀음에 장단을 맞추어주는 것도 흥미로울 것 같았다. 물론 잠시라는 전제하에서.

"알겠다. 등양, 너의 아들을 치료토록 의원을 일시 석방하는 것을 허하노라."

"대장군님! 하늘같은 은혜에 감사, 또 감사드립니다."

감복한 등양은 바닥에 이마를 찧으며 조아리고 또 조아렸다.

"의원은 등양과 그의 아들을 보러 가거라. 허나 너는 내 곁에 남아 의원이 돌아올 때를 기다려야 할 것이다. 너희들의 생사는 그 후에 결정하겠다."

"예?"

살았다는 기쁨도 잠시, 의원과 녹연은 허탈하여 서로를 허망한 눈길로 바라보았다. 떨어져야 한다니 결국 각각이 인질이라는 의미였다. 역시 약락의 대장군은 호락호락한 자가 아니었다.

의원의 염려어린 시선에 녹연은 소곤거렸다.

"걱정하지 마세요. 제 앞가림은 제가 할 수 있습니다."

의원은 약락의 대장군을 향해 간청했다.

"바라옵건대, 아이를 고친다면 제 아들과 떠날 수 있도록 해주십시오."

"아들과?"

되묻는 대장군에게 의원은 다시 청했다.

"예, 아들과 떠날 수 있도록 해주십시오."

즉답을 피하던 약락목연은 잠시 뜸을 들이다 입을 열었다.

"그렇게 된다면, 그리하마. 아들과."

의원은 등양과 떠났다.

약락목연은 녹연과 둘만 남게 되자 두어 발 떨어진 곳까지 다가와 물었다.

"지금 네 처지가 두렵지 않느냐?"

"두렵지 않다 말한다면 거짓이겠지요. 허나 두려우므로 두려워하지는 않을 것입니다."

두렵기는 하나 두려움에 끌려 다니지 않겠다? 당돌하나 현명한 대답에 약락목연은 웃음을 지그시 물고 또 물었다.

"너의 이름이 무엇이냐?"

약락의 대장군이 무의미한 질문을 하고 있다. 녹연은 그리 생각했다.

"지나치는 인연에 이름이 무슨 의미가 있겠습니까."

"지나치는 인연이라……. 글쎄, 스치기만 하여도 인연이라 하지 않더냐. 너와 나, 같은 시간 같은 장소 이렇게 서로를 마주하는데 이것이 대단한 인연이 아니고 무엇이겠느냐."

약락목연의, 마치 벗을 사귀듯 서글서글한 태도에 녹연은 주춤했다. 그의 꿍꿍이를 알 수 없어 내심 불편했다. 그러한 녹연의 심정을 녹이듯 약락목연의 한껏 부드러워진 목소리가 이어졌다.

"좋다, 다시 물으마. 나는 목연이라 한다. 너의 이름은 무엇이냐?"

녹연은 망설이다 입을 열었다.

"노, 녹이라 합니다."

"녹? 푸르다."

약락목연은 목을 젖혀 기분 좋은 웃음을 웃고는 가시지 않은 여운으로 그 끝에 물었다.

"이것 보거라. 내 이름 첫 자의 나무와 너의 이름은 푸름이라, 이보다 더한 인연이 어디 있겠느냐?"

그러고 보니 절묘한 어울림이었다. 목(木)과 녹(綠)은 한 뿌리를 둔 나무와 잎과 같은, 생긴 모양은 다르나 근원이 동일한 혈통 같은, 그러한 느낌이었다.

"내가 너의 이름을 다시 지어주마. 너는 오늘부터 녹연(綠延)이라 불릴 것이다. 너는 푸를 뿐 아니라 그 푸름이 어디까지나 이어질 것이란 말이다."

녹연은 뜨끔하였으나 내색하지 않고 입을 꾹 다물었다.

그 시간부터 녹연은 약락목연의 막사에 인질로 갇히게 되었다. 갇혔다고는 하나 음식과 과일과 새 옷, 그리고 온몸을 씻고도 남을 정도의 물까지 모든 것이 인질의 처지로서는 가당치 않게 풍부했다.

해가 저물고도 약락목연이 막사로 돌아왔다.

그는 어정쩡하게 나무 탁상에서 일어서는 녹연을 힐끔 보고는 침상 옆에 칼을 풀어 내려놓고 조금 전 병사가 들여놓은 물그릇 옆으로 가 유와 그 안의 속곳까지 벗어던지고 씻기 시작했다.

약락목연이 곁눈으로 지켜보는 것도 모르는 녹연은 당황한 기색을 숨기지 못하고 눈길 둘 곳을 찾아 헤맸다.

물그릇 옆에 접어 놓은 무명천으로 물기를 닦으며 침상 가까이 와 선 약락목연은 녹연을 돌아보았다.

"넉넉하진 않지만 네가 작으니 여기서 같이 자도 되겠는데. 이리 들겠느냐?"

"예, 예?"

그의 말에 녹연이 놀란 고리눈이 되어 보니 드러난 단단한 어깨 위에 하얀 무명을 건 채 약락목연은 무덤덤하게 바지를 벗기 시작했다. 당황함을 감추기 위해 황급히 녹연이 고개를 돌리니 무엇이 그런지 몹시 즐거운 목소리가 이어졌다.

"사내자식이 같은 사내 옷 벗는 것에 어찌하여 계집처럼 부끄러워하느냐?"

"그, 그럴 리가 이, 있겠습니까!"

녹연은 뜨끔하여 다시 고개를 약락목연에게로 돌렸다.

그는 뻔뻔스럽게 바지를 발에서 마저 빼더니 남은 속곳까지 내렸다. 여자임을 들킬까 봐 눈도 움직이지 못한 채 녹연은 신우가 아닌 다른 남자의 나신을 처음으로 보고 말았다.

실오라기 하나 걸치지 않고도 여유로운 동작으로 이불을 걷고 침상에 오르더니 그것을 두드렸다.

"이리 오너라."

"괘, 괜찮습니다."

"침상이 하나뿐이니."

"괜찮습니다. 저는 의자에서 자는 것이 훨씬 편합니다."

어쩐지 그가 웃는 것도 같았다.

"그럼, 네 편할 대로 하거라."

약락목연은 눈을 감으며 말했다.

"내 눈은 자면서도 뜨고 있고 내 귀는 십 리를 들으니 허튼짓은 말거라."

그리 말하지 않아도 녹연은 병사가 막사 앞을 지키고 있는 데다 의원까지 돌아오지 않은 이곳에서 도망칠 생각이 없었다.

의자에 앉은 녹연은 지난 수일간 누적되었던 잠이 폭풍처럼 밀려오는 것을 느꼈다. 살아야 할 절실한 이유를 찾은 그녀는 살기 위해 먹을 수

도 잠잘 수도 있는 거였다. 그것에 순응하듯 무거운 눈꺼풀을 천천히 감았다.

약락목연은 새벽녘 의자에 기대어 자고 있는 녹연을 안아 침상으로 옮겼다. 그녀의 눈가에는 응집된 눈물방울이 차마 떨어지지 못하고 맺혔다.

"오라버니……."

잠결임에도 자못 애달팠다. 마치 에이게 사랑하는 이를 가슴으로 부르듯…….

약락목연은 순간 알 수 없는 불쾌감이 치밀어 올라 몸이 뻣뻣해졌다.

오라비라는 작자는 피를 나눈 피붙이가 아닐 것이다. 친오라비를 꿈결에서까지 그리 사무치게 찾지는 못할 것이다. 그것도 깊은 은애라는 것을 모조리 드러낸 채 이리도 애타게.

"내 곧 그놈을 잊게 해주겠다, 약속하마."

녹연을 침상에 내려놓는 약락목연은 그녀의 눈가에 맺힌 눈물을 노려보며 스스로도 이해할 수 없는 단언을 하고 있었다.

얼굴로 매달려 오는 햇발은 미간을 찡그리고 고개를 피해보지만 도망칠 길을 미리 알고 쫓는 빚쟁이처럼 달라붙었다. 그래도 여러 날 만에 맛본 폭신한 이불 맛은 달고 달아서 고단한 몸은 그 안에서 헤어나려 하지 않지만, 왜 이리 몸이 호강하는지 의문을 품은 정갈한 정신은 이내, 이가 시릴 정도로 청명한 물 잔을 들이켠 것처럼 또렷해졌다.

벌떡, 몸을 일으킨 녹연은 햇빛에 익숙지 않은 서툰 눈을 깜빡거렸다. 남실남실 감으며 벗어나지 못하게 몸을 유혹하는 이부자리는 어젯밤 약락목연이 누웠던 침상이었다.

분명 어젯밤 저기 저 딱딱한 나무 의자에서 잠이 들었는데…….

　어느 사이엔가 옮겨진 거였다. 이리도 둔할 수가 있을까 싶었다. 아무리 녹초가 되었다 해도 그렇지, 여기까지 옮겨지려면 비몽사몽 걸었거나 짐처럼 들렸거나 아기처럼 안겼을 텐데 어떻게 새까맣게 알지 못했던 것일까, 한 마디로 기가 찼다.

　그러다 뜨끔한 생각이 들었다.

　'혹시 남장을 들킨 것은 아닐까.'

　하지만 녹연은 고개를 저었다.

　여자임을 눈치 챘으면 이리 곱게 두지 않았을 것이다.

　서둘러 침상에서 내려서던 녹연의 눈에 탁상 위의 익숙한 봇짐이 들어왔다. 악귀 같은 자들에게 빼앗겼던 짐 보따리였다. 반가운 마음에 달려가 풀어보니 눈에 익은 물건들이 그대로 들어 있었다. 산마을 집의 추억이 묻은 사소한 물건들이 그리움이 되어 가슴을 찡하게 울렸다. 인주 어멈, 인주, 기련 님, 적주 오라버니. 한 사람 한 사람의 얼굴이 또렷하게 되살아났다. 부모와 같았던 대가 부부. 그리고…… 오라버니.

　녹연은 눈물이 핑 돌아 그것을 삼키느라 막사 천장을 하늘인 듯 올려보았다. 더 약해져서는 아니 되었다. 정신을 명민하게 가다듬고 있어야 스치는 기회도 놓치지 않을 것이니 연민에 사로잡히거나 감상에 젖어 나약해져서는 안 되는 거였다. 감정은 잠시 묻어두고 지금은 어느 때보다 냉정해져야 했다.

　식점 아낙은 수시로 그들에게 음식과 술을 상납을 한다고 했다. 슬슬 그 시기도 다가왔고 때마침 약락목연이 마을에 나가 부재중이라 하니 그 핑계를 대고 초소로 들어가기에는 지금이 적기였다.

적주는 소가 모는 우마차를 끌고 짐꾼 행세를 하며 식점 아낙, 그녀가 동원한 여자 셋과 더불어 약락의 초소로 들어섰다. 마침 출출하던 차에 병사들은 들어온 고깃국에 정신을 팔았다. 적주는 그 틈에 녹연이 갇혔을 법한 막사를 재빨리 가늠해보았다. 그중 유일하게 병사가 보초를 선 막사가 있었다.

'저기로구나.'

그때 적주의 곁으로 다가온 식점 아낙이 나지막하게 속삭였다.

"저 잠깐 귀 좀."

식점 아낙은 내일 동이 트면 약락목연과 그의 군사들이 다른 초소를 시찰을 위해 하루 동안 떠날 것이라는 정보를 듣고 그 사실을 적주에게 전했다.

"저기 저 보초 선 병사에게도 고깃국 한 그릇 떠 주시오."

"예."

적주는 주인 아낙이 떠 가져가던 고깃국에 동규자, 즉 아욱 씨 간 것을 섞었다.

"걱정스레 볼 필요 없소. 볼일 보러 가게 만드는 것뿐이니."

비약이라도 넣었을까 봐 머뭇거리던 주인 아낙은 적주의 말에 안심이 되었는지 막사 앞 사병에게 그릇을 건넸다.

"고기가 듬뿍 들었으니 어서 훌훌 드세요."

반쯤 먹었을까, 혈색이 샛노래진 병사가 바지춤을 잡고 엉거주춤 뒷걸음질 쳐 뒷간으로 달려갔다. 차고 기름진 성분인 동규자를 섞은 고깃국이 설사를 유발한 거였다. 돌아오려면 꽤나 걸릴 것이다.

적주는 좌우를 살피면서 기민하게 막사로 들어갔다.

"아기씨? 아기씨."

막사 입구로 들어온 적주의 모습에, 녹연은 환영이 아닌가 생각했다. 깔끔하고 귀태 흐르는 본모습은 오간 데 없이 허드렛일이나 하는 일꾼 복의 남루한 복색으로 약락의 군사들이 시퍼렇게 눈 뜨고 있을 이 시각에, 소란도 없이 멀쩡한 모습으로 여기에 있을 수 있다는 것은 현실일 수 없었다. 환영이 아니고야 어떻게 가능하겠는가. 믿을 수 없었다. 믿기지 않았다.

"아기씨?"

그가 근심스럽게 물었다.

"괜찮으신 겁니까?"

다감한 그 목소리는 분명 적주였다.

"적주…… 적주 오라버니?"

녹연은 한달음 적주에게로 달려가 그의 팔에 매달렸다.

"적주 오라버니……."

"아기씨, 무탈하신 거지요? 괜찮으신 거지요?"

걱정스런 눈길로 그녀를 이리저리 살피는 적주에게 녹연은 세차게 고개를 끄덕였다.

"예, 예, 무탈합니다."

"천만다행이십니다."

"어떻게 여기 있는 줄 아셨습니까?"

"도련님께서 찾으셨습니다."

녹연의 얼굴에 감출 수 없는 감정이 흘렀다. 바라고 바라던 기대로 인한 간절한 감정.

"도련님께서도 여기 국경까지 오셨었습니다."

과거의 일처럼 말하는 데에 의구심이 피어올랐지만 적주의 설명을 기

다리는 녹연은 묵묵했다.

"돌아가실 수밖에 없는 일이 있었습니다. 그리하여 저만 이렇게 왔습니다."

철렁!

녹연의 기대는 실망으로 이내 추락했다.

보잘 것 없는 인질의 막사에 숨어든 이가 진정 적주임을 알았을 때, 그렇게 반가울 수 있었던 것은 적주와 함께일 신우를 그려서였다.

오라버니…….

녹연은 실망을 감추며 적주를 보았다.

"그러셨군요."

하지만 넘치는 실망은 감춘다고 드러나지 않을 양이 아니었다. 그 커다란 응어리는 급물살이 되어 가슴까지 맺혀 왔다.

오라버니…….

열흘도 안 되는 시간이었지만 애달프기는 평생 떨어진 것과 같았다.

국경이라면 지척인데.

녹연의 그러한 모습을 지켜보고 있던 적주가 결연히 말했다.

"제가 아기씨를 모시고 가겠습니다."

"그, 그렇지만……."

간절히 원하나 선뜻 나서지 못하는 녹연의 망설임을 아는 적주는 단호했다.

"도련님과 약속하였습니다. 제 목숨이 다하더라도 아기씨를 모시고 가겠다고."

다른 것은 말고 신우만 생각하라는 적주의 의중을 느끼게 하는 그 말은 녹연을 울컥하게 만들었다. 하지만 의원은 어찌하고, 그녀가 떠난다면 의원이 추궁 당하게 될 것인데.

"돌아가겠습니다. 하지만 의원님이 돌아오신 후에요."

"의원님 걱정은 마십시오. 등양이란 자의 집도 이미 알아두었습니다."

녹연은 놀란 눈으로 적주를 보았다.

"적주 오라버니께서 어떻게 의원님께서 끌려가신 것을 아셨습니까?"

"술이 흐르는 곳에서는 많은 것들이 흐르지요. 초소에서 얼마 떨어지지 않은 곳에 약락의 작은 마을이 있더군요. 의원님이 계신 등양이란 자의 집도 그곳입니다. 아기씨가 빠져나오시면 바로 의원님께 갈 것이니 의원님 때문에 못 간다는 말씀은 마세요."

혼자 살겠다고 의원을 배신할 녹연이 아니라는 것을 알기에 적주는 만반의 준비를 하였던 것이다.

"내일 약락목연과 그의 부대는 다른 국경 시찰을 위해 하루 이곳을 비운다고 합니다. 그때 모시러 올 테니 그동안만 참고 조심하시면 됩니다."

녹연은 재차 고개를 끄덕였다.

"제 걱정은 마세요, 적주 오라버니. 마음의 준비를 하고 기다리겠습니다."

"예, 아기씨. 그런데 이 막사는 약락목연의 막사라 들었는데 그자가 아기씨를 이곳에 두는 이유가 의심스럽습니다."

"그는 제가 여자인 줄 모릅니다. 소년이라 생각하여 어린 남동생 대하듯 하니 안심하세요."

"그래도 조심하셔야 합니다."

내일 밤을 기약하며 막사를 나가려던 적주는 걱정 어린 시선으로 녹연을 돌아보았다.

"설마, 그 길을 아기씨까지 동행시키지는 않겠지요?"

"저처럼 하찮은 인질 따위를 무엇하러 데려가겠습니까?"

"그렇겠지요. 그저 인질이라면 그럴 리가 없겠지요."

적주가 막사 밖으로 사라지고도 한참이 지나고 나서야 녹연은 비로소 자신이 얼마나 희망으로 부풀어 올라 있는지 실감했다.

밤이 지나면, 밤이 지나면……. 오라버니.

가슴 깊이 새긴 마음, 들여다보고프지만 들여다보려 꺼내다 행여 귀퉁이라도 상할까 닳을까 감히 엄두도 못 내는 느껍고도 귀한 마음.

이제는 살며시 풀어보아도 될까요.

오라버니……. 오라버니…….

입에 담기도 버거운 님. 벌써 이리 눈물이 차고 가슴이 저미니,

당신이 나를 바보로 만듭니다.

그 늠연한 품에 안길 것을 꿈꾸니 세상은 온통 밝은 빛이요 완연한 청명함이었다.

하지만 그 청명함 속에 흐린 구름 한 점이 흐르니…….

수연 아가씨.

어찌하여 떠날 작정을 하였는지 모르겠습니다. 이 몹쓸 감정을 무슨 수로 감당할 수 있다고. 거스를 수 없는 세월 앞에 눈가에 주름이 한 줄 두 줄 늘어날 때쯤이면 흐르는 인생처럼 이 애끓는 감정도 닳고 닳아 결국엔 무뎌지리라고, 젊은 날 첫 정의 한때를 그저 추억으로 기억할 때가 있으리라고, 시간이 지나면 그렇게 생각하리라고. 하지만 나는 그

러한 턱없는 기대를 품고 그를 떠나온 것은 아닙니다. 그를 지난 추억으로 기억할 수 있는 것은 내게는 애초부터 가당치도 않은 일임을 몰라 그리한 것이 아닙니다.

다만 떠남으로 언제 죽어도 상관없다는, 아무렇게나, 함부로, 그리 행할 수 있을 것이라는 오만함에…… 감히 여기까지 왔습니다.

하지만 이제는 어쩔 수 없습니다. 아가씨께 더 매달리지 못한 것이 한이 됩니다. 발로 차고 머리끄덩이를 끌고 모진 목소리로 꾸짖으셔도, 달게 차이고 달게 끌리고 달게 듣겠습니다. 죽어도 놓지 못한다는 것이 무엇인지 알게 되었습니다.

죄송합니다. 죄송합니다.

저는 이제 모진 이가 되더라도 제 사랑을 지킬 것이니 미워하셔도 증오하셔도 모두 달게 받겠습니다.

시간이라는 것은 본디 청개구리 마음이라 더디 가라 하면 빨리 가고 빨리 가라 하면 더디니, 그리도 날래게 하늘을 물들이던 먹장이 분명 굼벵이 등을 타고 오는 것이리라. 그러지 않고서야 이 밤이 이리 더디 올 수는 없을 것이다.

천막이 흔들리고 약략목연의 시중을 들던 병사가 기척소리와 함께 들어왔다.

"대장군님께서 길 떠날 차비를 하라 하신다."

"무, 무슨 말씀이십니까? 길 떠날 차비라니요? 저도 말입니까?"

"그래, 대장군님께서 본가로 돌아가시는데 너도 동행할 것이니, 서두르라 하셨다."

하루간 다녀온다는 다른 국경 시찰도 아니고 본가로 돌아간다니, 녹연은 아찔했다. 산마을에서 약락의 초소까지 수천 리, 약락의 본가로 간다면 거기까지 또 수천 리 길을 더 보태어 신우와 멀어져야 한다는 뜻이었다.

"가, 갑자기 왜 그리하신답니까? 저처럼 쓸모없는 자를 무엇하러 데려가신답니까."

"낸들 알겠느냐, 나도 모르니."

녹연의 타는 속과는 상관없이 병사는 귀찮다는 듯 답하고는 재차 재촉했다.

"어서 따르라."

녹연은 고개를 저었다.

"아, 안 됩니다."

병사는 기가 찬다는 듯 눈을 부라렸다.

"뭐라?"

"아, 안 갑니다. 저는 가지 않겠습니다."

녹연은 뒷걸음으로 물러섰다. 그녀로서는 청천벽력 같은 소리가 아닐 수 없었다. 내일을 기대하고 고대하고 염원하였는데 이렇게 떠나게 되면 내일은, 내일은 언제 또 다시 올 수 있을지 알 수 없는 일이 되는 거였다.

"무슨 말도 안 되는 소릴, 대장군님의 명이라 하지 않느냐."

"그래도 못 갑니다. 갈 수 없습니다. 저는 갈 수 없단 말입니다."

"이것이 감히 대장군님 명을 어겨? 미친 게 아니냐? 당장 나서지 못해!"

"싫습니다! 못 합니다!"

녹연은 소리쳤다. 비명처럼 새된, 귀를 틀어막고 싶을 정도로 찢어지는 소리에 병사는 인상을 찌푸리다 곧 어처구니없다는 듯 눈을 부릅뜨더니 식식 콧바람을 쉬며 녹연에게로 손을 뻗쳤다.

"이놈, 끌고라도 가야겠구나!"

"못 간다 하지 않습니까, 이러지 마십시오!"

녹연은 병사의 손길을 피하느라 막사 끝으로 몰리는 꼴이 되어 미처 누군가 막사로 들어오는 것을 보지 못했다.

"왜 못 가겠다는 것이냐?"

차분히 묻는 물음은 약락목연의 목소리였다.

"그, 그것은, 그것은…… 아, 아버님을 기다려야 합니다."

"그것은 걱정 마라. 의원은 등양과 뒤따라올 것이니."

"그래도 제가 함께……."

"이상하구나."

녹연의 말을 자른 약락목연은 한 발 정도의 거리를 남기고 다가와 꿰뚫을 듯 녹연의 눈을 응시하며 천천히 입을 열었다.

"왜 그런지, 내 눈에는 네가 꿍꿍이가 있어 보이는 것 같으니 말이다."

"그, 그럴 리가 있겠습니까."

녹연은 온몸이 떨려 왔으나 시치미를 떼었다.

"그렇다면 더 이상은 말을 말고 따르거라."

"하지만!"

"어제 국경 식점에서 온 새로운 자가 내 막사에 오래 머물렀다 하던데."

약락목연은 허리를 숙여 녹연과 신장을 맞추고는 마치 밀담을 나누듯이 입을 녹연의 귀 가까이 붙이고 은근하게 말했다.

"네가 더 지체한다면 늦은 김에 그 식점에 들를 수도 있다. 식점 한둘

쯤 쓸어버리는 것은 일도 아니지."

녹연은 오싹했다. 모든 것을 다 알고 있고 그로 인해 누군가 다칠 것이라는 분명한 경고였다.

"이제 네 발로 나를 따르겠느냐?"

고개를 든 약락목연의 입가에 웃음기가 감돌았다. 하지만 그 칼날 같은 눈매만은 가차 없을 것임을 암시했다.

녹연은 허물어지듯 그들을 따랐다. 그녀의 님을 향한 간절한 염원은 이루어질 수 없는 헛된 꿈처럼 백일몽으로 끝나가고 있었다.

약락목연의 군사들은 위에 불만을 품고 모반을 일으킨 공손연을 정벌하러 들어오는 위의 군사와 합류하기 위해 요동으로 향했다. 제갈량과 우열을 겨룰 정도로 뛰어난 책략가인 위나라의 대장군 사마의이지만 공손연의 15만 군사를 고작 4만으로 토벌하려 하니 우방의 지원이 필요했던 것이다. 사마의가 싸움에 능한 선비족, 그중에서도 단연 으뜸인 약락의 정예군사들을 이 정벌에 투입하는 것을 빠트릴 리가 없었다.

수세에 몰린 공손연은 양평성의 성문을 굳게 잠그고 성 안에서 꼼짝하지 않았다.

전투는 이미 장기전으로 들어서고 있었다. 한 달이 넘도록 쉬지 않고 내리는 비는 가을을 빗속에 지나게 했다. 세상은 온통 진흙밭이었다. 덕분에 위나라와 약락의 군사들은 앉지도 서지도 못하는 상황에서 추위까지 몰려와 고통 받고 있었다.

"대장군, 위의 사마의가 영채[16]를 높은 곳으로 옮기자는 우도독 구련

의 목을 참해 원문 밖에 걸었다고 합니다."

차도가 생기기 시작한 아들을 의원에게 맡기고 군영에 합류한 등양이 약락목연에게 고하는 목소리는 가라앉아 있었다. 물에 잠긴 군사들을 더는 보고 있을 수 없어 구련이 청한 것일 텐데 그것을 사마의는 죽일 것까지 무에 있을까, 등양의 속내는 그러한 거였다.

사마의는 가차 없는 인물이었다. 병법 또한 능했다. 그러니 많은 전쟁을 승리로 이끌고, 조예[17]의 신임을 두텁게 받을 수 있었던 것이다.

"영채의 이동 문제는 거론치 말라는 군령인데, 그것을 어겼으니 어쩔 수 없는 일이다."

목연은 말을 마치고는 눈길을 막사 문 쪽으로 돌렸다. 등양은 주인의 심중을 읽고 말했다.

"오랜 비로 기침 환자들이 속출하는데 녹연은 또 그 속에서 군의들의 일손을 돕고 있을 것입니다."

여기 도착해서부터 내내 그러했다. 궂은일 허드렛일 마다하지 않고 몸을 놀렸다. 마치 그러지 않으면 그 배리배리한 몸이 사그라지기라도 하는 것처럼, 그녀의 순간순간은 치열했다. 그렇다고 오로지 치열하기만 한 것은 또 아니었다. 화려하게 피어났다. 사그라지는 것과는 상반되게 이상스레 빛났다. 세상 어떠한 진귀한 존재보다 더한 영롱함을 담은 그녀는 심장이 서늘해질 만치 아름다웠다.

목연은 뜨거운 것이 치미는 것을 느꼈다.

못된 계집.

"공손연의 대군은 군량미를 버티지 못해 스스로 성 안을 박차고 나올

---

17) 조조의 손자, 위나라의 2대 황제.

것이다. 어차피 이 싸움은 사마의가 이길 것이고 우리 또한 큰 공을 세울 것이니 때를 기다리면 되는 것이다."

"예, 대장군."

읍을 하고 등양이 나가자 깊은 생각에 잠겼던 약락목연이 이내 몸을 일으켜 녹연이 있을 군의의 막사로 향했다.

10장

녹연을 지척에 두고도 함께하지 못한 채 산마을로 돌아온 지도 벌써 두 달이 지나고 있었다.

마른하늘의 날벼락 같던 부친의 임종이 순간순간 현실로 받아들여지는 때, 신우에게 녹연은 더 절실한 사람이었다. 지난 오 년간 하나임을 의심하지 않았던 반쪽이 예리한 칼날에 뚝 잘리어 나간 것이 이렇듯 고통스러운 것은 선혈이 흐르는 통증 때문이기도 하지만, 그보다는 비어버린 그 자리의 허허로움을 느끼는 순간 깨닫는 깊은 절망 때문이다.

나는 녹연에게 무엇이었나?

그녀가 떠난 후로 시시때때로 그의 뇌를 칭칭 동여매고 옥죄는 자문.

사랑은 하였으나 떠날 수 있는 정도? 아니면 정혼자라 하니 정들인 정도? 그도 아니면 다른 이에게보다도 못한 하찮은?

온 마음을 다한 그로서는 그를 위해 견뎌주지 못한 그녀가 원망스러웠다. 극심한 분노 또한 일었다.

그러다 결국에는 간절한 귀결에 이르렀다.

제발……. 무사히만 돌아와 다오.

세상의 두려움이 없어 무외(無畏)하던 그에게 녹연의 부재는 그것을 일

깨웠다. 순간순간 오장을 휘감아 훑어 내리는 소스라침을, 귀밑머리가 온통 곤두서는 섬뜩함을, 제 몸의 수배의 짐승과 맞서도 저보다 수배의 고수와 겨룰 때도 느끼지 못할 치 떨리는 두려움을 매일 매순간 그는 느끼고 있었다. 한순간 부친을 잃었다. 녹연마저 잃은 채 살아가야 한다면……

부르르 떨림이 엄습했다. 신우는 그것에 불복하기 위해 이를 물고 버티었다. 그러나 이내 어찌할 수 없음을 느낀다. 그리하면 할수록 두려움은 상실이라는 철저한 보복을 그에게 되돌릴 테니.

적주에게까지 감감무소식인 채로 두 달의 시간은 너무 길었다. 애가 다 타들어가 흔적도 남기지 않는 밤을 보낸 시간도 그만큼인 것은 말할 나위 없었다. 적주를 믿으나 그도 어쩔 수 없는 상황이라는 게 있을 것이다. 신우는 그 상황이 자신의 통제 밖에서 일어나는 것이 괴로웠다.

매일이 그렇지만 이 밤은 유독 견디기가 힘들다.

"대가님, 대가님."

문밖에서 청하는 목소리는 기련이었다. 야심한 시각이기도 하였지만 침착한 목소리 안에 다급함이 깃든 것이 급한 일임을 예감케 했다.

"드시지요."

신우가 문을 닫자마자 기련은 거두절미하고 말했다.

"아랫마을 연통소(連通所)에서 적주의 밀서를 받아 왔습니다."

신우는 기련이 내미는 서찰을 뺏듯 들었다.

여기는 공요면의 양평성입니다. 남북을 한 덕분에 아기씨는 안전하나 막락의 차기 대인의 막사라 그러한지 경비가 물샐틈없이 삼엄합니다. 곧 양평성을 향한 총공격에 막락의 군사들도 가담하게 되니 그 기회를 노려 아기

씨를 구출하려 합니다. 허나 혼자로는 무리라 지원을 요청하니 이 서찰을
받는 즉시 스승님께서는 양평성으로 와주시기 바랍니다.

빠른 속도로 서찰을 읽어 내려가는 신우가 읽기를 채 마치기도 전에
기련이 입을 열었다.

"아기씨와 적주 모두 무사하다니 천만다행입니다만 사태가 이러하니,
날 밝는 대로 제가 다녀오겠습니다. 가고 오는 시간까지 모두 한 달 보
름이나 두 달 내 아기씨를 모시고 돌아올 수 있을 것입니다. 거사일인
영고까지는 아직 석 달이 넘게 남았으니……."

"제가 갑니다."

신우는 기련의 말을 끊고 있었다.

"대가님, 그것은 안 될 말씀입니다. 대가님은 우리 '가'를 이끌 분입니
다. 적진에 뛰어드는 일을 하시게 할 수는 없습니다. 그런 일을 하기 위
해 제가 존재하는 것이 아니겠습니까. 애타고 답답하실 마음은 알겠으
나 이번 일은 저를 믿고 맡겨주십시오. 반드시 아기씨를 무탈하게 모셔
오겠습니다."

"스승님께서 무슨 말씀을 하셔도 제가 갑니다."

"대가님 허나……."

"숨을……."

"예?"

"쉬고 싶습니다."

그간 철저하고 완벽한 대가의 모습이었던 사람과 동일인일까 싶을 정
도로 감정이 묻어나는 모습이었다. 참고 참고 참다가 더 이상 참을 수
없는 지경의 과정이 반복되고 반복되어 어느새 단단히 굳어져버린, 거

짓, 극복이라는 허울, 한 번의 두드림으로 와르르 무너져 내리는 그 모습에 기련은 저도 모르게 숨을 들이마셨다. 물론 그 순간 눈을 깜빡였다면 알지도 못하고 지나갔을, 찰나와 같은 짧은 순간이었지만. 견딜 수 없는 지경에서 버티고 있는 위태로움을 느끼기에 충분한 시간이었다.

참고 있던 숨을 한숨처럼 내쉬던 기련은 달리 생각이 들었다. 어찌 보면 이러한 그가 놀라운 일은 아니라는.

녹연이 청정수라면 신우는 산천어였다. 청정수에서밖에 살지 못하는 산천어는 청정수를 잃고는 하루하루 숨 쉬는 것도 고통스러워 그렇게 죽어갈 수밖에 없는 것은 당연한 것이다.

그 사실을 누구보다 잘 아는 사람의 하나가 기련 그 자신이 아니던가.

"그럼, 다녀오십시오."

기련은 신우를 설득할 마음을 접고 그의 뜻에 온진히 따랐다.

수연은 신우가 곧 그녀의 처소로 들 것이라는 소식을 접하고는 내내 좌불안석이었다. 계절이 두 번 바뀌는 동안 지아비를 잃은 슬픔으로 쇠약해진 대가부인의 문후를 위해 안채로 드는 그를 우연을 가장해 맞닥뜨린 것을 시작으로 인주 어멈을 닦달하여 만든 새로운 음식을 맛봐달라, 마을에서 가장 솜씨 좋은 이에게 대신 짓게 한 새 옷을 입어봐달라. 그도 여의치 않자 몸이 아프다고 음식을 멀리하기까지 하며 그의 관심을 끌어보려 하였으나 매번 허사였다. 결국에는 새로 내린 술을 들고 늦은 밤 사랑채를 넘는 대담한 행동을 하기에 이르렀으나 그 결과 또한 참혹했다.

"두고 가시지요."

외간여인이었어도 그토록 무심하지 않았을 것이라는 생각이 들었다.

그 앞에서 벌거벗고 춤을 춘다 해도 그에게 동요를 끌어낼 수 없을 것이라는 것이 그녀를 분하게 했다. 미세한 틈조차 허용하지 않는 냉정한 그를 얻을 수 있다면 무슨 짓이라도 할 수 있을 것 같았다.

그토록 곁을 좁히고 싶던 그가 찾아온다는 것이다. 맨발로 뛰어나가 맞는다 해도 이상할 것이 하나 없었다. 하지만 '그가 왜?' 하는 뒤틀린 의혹이 수연의 온 머리를 점령했다. 무존재, 처음이나 지금이나 별반 달라진 것 없는 자신에 대한 그의 감정을 알기에 이유를 알 수 없는 갑작스런 방문을 맹목적으로 반길 수는 없는 거였다.

사실 혼인만 하였지 부부라 하기에도 민망했다. 그가 초야 이후로는 그녀의 처소에 발걸음도 하지 않는다는 것을 이 집안에 모르는 이가 없을 것이다. 처음 얼마간은 아비를 잃은 아픔을 추스를 시간이 필요한 것이리라 수연은 스스로를 위로했다. 하지만 시간이 지나도 기꺼운 말 한마디, 눈길 한 번 주지 않는 그의 무덤덤한 모습에서 수연은 인지할 수밖에 없었다.

해신우에게 예수연은 없는 사람이라는 것을.

그가 온다 한다.

그런 그가 느닷없이 없던 정이 싹터 소원했던 부부관계를 개선코자 이렇듯 찾아오는 것은 아닐 것이다. 살아 있는 동안 서로에게 절대적으로 속할 것임을 공인하는 혼례도 그를 붙잡지 못했다. 그를 얻는다는 것이 얼마나 어려운 일인가를 뼈저리게 느끼는 그녀에게 희소식은 그저 의혹일 뿐…….

'무엇이지? 무엇이지…….'

"대가님께서 오셨습니다."

석태 아범의 고하는 소리에 수연은 깜짝 놀라 멈칫했다. 이내 부지불

식간 밀려오는 불길함으로 오도도 온몸에 소름이 돋고 머리카락이 곤두서는 것을 간신히 억누르며 들어오는 그를 맞이하기 위해 일어섰다.

"어, 어서 오십시오, 대가님."

그는 원탁을 돌아 의자에 앉기 전 예의 그 무감의 시선으로 그녀를 보았다.

"앉으시지요."

울림이 좋은 우아한 목소리였으나 한 치의 오차도 없이 척으로 잰 듯한 태도는 부인이 아니라 손님을 대하는 예의 바른 모습이었다. 언제나처럼. 접근을 엄금하는 명확한 선을 이 순간에도 긋는 거였다.

수연은 반발심이 확 끓어올랐다. 본능이 감지하는 위기감이 그것을 부채질했다. 그가 앉은 후에도 수연은 그 자리에 서 있기를 고집했다. 그는 다시 권하기보다 그냥 그런 그녀를 무심히 응시했나.

수연은 하는 수 없이 그의 맞은편 자리에 앉았다.

"제게 하실……."

"잠시 떠나려……."

그들은 거의 동시에 물으려 했고 말하려 했다. 수연은 신우의 '떠나려'라는 말을 정확히 들었다.

"떠나시다니요?"

수연은 다급하게 되묻느라 그가 지금껏 단 한 번도 자신의 행보를 그녀에게 알린 적이 없다는 것을 간과하고 있었다.

"길면 두 달은 걸릴 여정입니다."

"그, 그렇게나요."

"제가 돌아온 후에는, 제 아버님과 예문우 대가님의 누명을 모두 벗기게 될 것이고 그분들의 명예 또한 회복이 될 일이 추진될 것입니다."

수연은 그의 말을 되묻고 있었다.

"아버지의 누명을 벗기신다고요?"

"오래 전부터 준비해왔던 일입니다. 제가 돌아오면 시작될 것입니다."

"하, 하지만 을물은 그렇게 호락호락한 사람이 아닙니다."

신우는 천천히 고개를 끄덕였다.

"그 또한 압니다. 그렇기 때문에 철저히 준비한 것입니다. 저를 믿어보십시오."

수연은 눈물이 왈칵 밀려왔다.

그렇게 될 수만 있다면, 얼마나 좋을까.

"그때가 되면 아가씨께서도 과거의 굴레를 벗고 자유로워지십시오."

뒤통수를 정으로 얻어맞은 것 같은 충격에 수연은 눈물이 싹 말라버린 눈을 들었다.

"그, 그게 무슨 말씀입니까? 대가님의 부인인 제게 아가씨는 무엇이고, 과거의 굴레에서 자유로워지라는 말씀 또한 무슨 말씀입니까?"

그러고 보니 그는 단 한 번도 그녀를 부인이라 부른 적이 없었다. 호칭을 부를 만큼 가까운 적도 없었지만 불러야 할 때도 그는 외면했다. 마치 인정할 수 없다는 듯.

"나와 아가씨의 잘못된 관계를 되돌려야 한다는 말씀입니다."

감정이 실리지 않은 시선으로 분명한 의미를 그는 말했다. 수연은 받아들일 수 없었다.

되돌리다니, 누구 마음대로. 누구 마음대로!

"잘못된 관계라니요. 오히려 잘못될 뻔했던 것을 바로잡은 것이 지금의 우리 관계입니다. 결국에 우리가 혼인을 하였단 말입니다. 또한 제가 대가님의 반려라는 사실은 제 아버님의 명예와는 상관없는 일입니다."

그의 눈에 싸늘한 빛이 감돌았다.

"나는 벗에 대한 죄책감으로 자신의 아들을 희생시킬 수밖에 없었던 내 아버지의 뜻을, 내 나름대로 지켜드릴 것입니다. 내가 할 수 있는 최선의 방법은 바로 예문우 대가님의 명예회복입니다. 그렇게 되면 아가씨는 더 이상 멸문가의 여식이 아닙니다. 이 산 속에서의, 몇만 아는 우리의 형식적 혼례 또한 무효화할 것입니다. 진심으로 안된 말이지만, 나는 단 한 순간도 아가씨를 나의 반려로 생각해본 적이 없습니다. 우리가 진정한 부부가 아니라는 것은 아가씨도 나도 아는 사실이 아닙니까."

"그, 그만! 부, 부인에게 아가씨라 칭하는 낭군이 세상 어디에 있다고, 혼례만이 진정한 부부됨이지 또 무엇이 더 있단 말씀입니까!"

수연의 목소리는 격앙되어 흘러나왔다.

"우리의 혼례는 거짓입니다. 아가씨가 지른 혼례는 나와 녹연의 것이었습니다. 아가씨가 입었던 혼례복, 상차림, 그릇 하나, 수저까지도 모두 녹연의 것입니다. 무엇 하나 아니라고 말할 게 있습니까? 망인에 대한 마지막 배려라 여기시고, 아가씨께서도 그날의 거짓 혼례를 잊어주시지요."

"그럴 수는! 그럴 수는, 없습니다!"

"나는 다른 여인을 가슴에 담은 남자입니다. 아가씨께서 무엇이 부족하여 나 같은 자에게 연연하겠습니까. 그것은 모두 아가씨의 지금 처지가 막막하여 그러한 것입니다. 몸이든 마음이든 의지할 곳이 생긴다면 달라질 것입니다. 혼례를 무효화하고 명예가 회복되면 좋은 혼처는 얼마든지 있습니다. 내가 아가씨의, 예문우 대가님의 억울함을 풀어드린 후에는 오라비처럼……."

"그만!"

오라비라니, 오라비라니, 아비 없는 집 가장 노릇하는 오라비들이 그러하듯 좋은 자리에 동생을 보내는 마음으로 나를 다른 사내에게로!

수연은 하마터면 비명을 지를 뻔했다. 아비의 억울함을 푸는 것이 그의 부인으로서의 삶과 바꾸어야 하는 일이라면 그런 명예 따위 필요 없었다. 그런다고 죽은 이가 다시 살아나는 것도 아닌데, 그가 녹연이라는 존재를 모르게 되는 것도 아닌데. 비명에 간 가족들에는 안되었지만, 만 번의 기회가 온다 해도 그녀는 그 만 번의 기회 모두를 신우를 선택할 것이기에 그러했다.

지금 이 모진 순간에도 수연은 그의 앞이라는 것에 새삼 설렜다. 가장 완벽한 피조물에게만 부여될 것 같은 당당함과 기품은 보통 사람은 아무리 노력해도 따라갈 수 없는 특별함이지만 그에게서는 숨을 쉬는 것처럼 예사롭게 흘러났다. 그의 관옥을 단지 아름답게만 볼 수 없는 것은 역시 비범한 눈빛 때문일 것이다. 깊이를 가늠할 수 없어 빠져들고 마는 깊은 수렁과 같은 눈빛. 우뚝한 콧등을 지나 절벽처럼 떨어져 파인 곳에 위치한 뚜렷한 인중과 날렵한 턱 선 사이의 입술은 무심하고 금욕적인 그의 분위기를 일순 바꾼다. 마치 금단의 열매의 치명적 유혹처럼 저절로 현혹되고 말듯.

'녹연에게처럼 내게도 그 입술이 휘도록 웃어준다면.'

모든 것을 가지고, 어떤 여자든 그 수가 얼마가 되건 선택할 수 있음에도 무심한 남자가 오로지 한 여자에게만 순정을 바친다. 수연이 미치도록 갖고 싶은 것이 바로 그것이었다.

그의 부인이 되었는데도, 그의 옆자리를 차지하였는데도, 그녀가 바라는 그것은 너무도 멀리 있었다. 그것도 부족해 그 먼 곳에서 아주 사라지려 하는 것이다.

다가갈수록 멀어지고 움키려 하면 사라지고 만다면……. 잠시간 물러서야 한다는 뜻이다. 사라져 버리기 전에 잠시, 물러서야 하는 것이다. 지금은…….

수연은 숨을 고르고 차분함을 가장하며 입을 열었다.

"제가 본의 아니게 대가님의 말씀을 가로막은 것 같습니다. 한동안 떠나 계신다고 하셨지요. 무슨 일인지 여쭈어도 되겠습니까?"

"녹연을 구하기 위해서입니다."

오도도 소름이 끼쳐 수연은 지그시 손을 말았다. 바로 이것이었구나. 불안의 이유가. 본능이 미리 알고 경고를 한 것이었다. 수연은 실망과 질투로 분노가 치미는 것을 내색하지 않으려 속으로 숨을 삼켰다.

기회가 올 때를 기다려야 하고, 얻을 때까지는 속내를 드러내지 말아야 하고, 필요하다면 가식을 떨더라도 사람의 마음을 이용해야 한다는 것을 을물의 집에서 터득하지 않았던가.

수연은 내심 호흡을 가다듬고 걱정된다는 듯 물었다.

"구하러 가신다니 좋지 않은 상황인가 보군요."

그는 대답하지 않았다. 더 자세한 이야기는 하지 않겠다는 뜻이었다. 하기야 녹연이 어떠한 상황에 처해졌든 그것에 대해 시시콜콜 설명하는 그를 상상하기란 힘들었다.

"무사히, 건강하게 함께 돌아오시기를 저는 이곳에서 기원하겠습니다."

수연은 마음에도 없는 말을 했다. 지금 그를 몰아세워 나아질 일이 있다면야 모르겠지만 그것이야말로 긁어 부스럼 날 일이란 생각에서였다. 그리고 한 치 앞도 모르는 것이 인생이라 하지 않나. 그들의 앞날 또한 알 수 없는 것이다. 녹연을 무사히 구해 온다는 보장이 있는 것도 아니고 또 돌아온다 해도 녹연은 예수연을 밀어낼 위인이 못 된다는 것을 수연은 잘 알고 있었다. 그것이 바로 그녀가 때를 기다려야 하는 이유였다.

그가 돌아가고 수연은 그가 떠난 자리를 꼼짝하지 않고 보았다. 그녀의 서늘한 눈길은 절치부심의 마음을 되갚아주리라 다짐하고 있었다.

군의의 막사 앞에 도달한 약락목연은 막사의 문을 걸었다.

한 달간 지속되는 비는 많은 병자를 양성했다. 기침소리, 신음소리, 순서를 기다리는 많은 군사들, 그 혼잡함 속에서도 약락목연은 녹연을 단번에 찾아낼 수 있었다. 시선이라는 것에 보이지 않는 끈이 이어진 것처럼 절로 그녀에게로 향해졌다.

"배 아파, 배가 아프단 말이다! 늙은이보다 내가 먼저 왔는데 보이지 않는다는 게냐? 저 늙은이 먼저 보게!"

몸집이 제법 크고 험한 인상을 가진 자가 가장 만만해 보이는지 녹연을 향해 윽박질렀다.

"이 어른께서 먼저 오셨습니다. 아프신 건 알겠으나 순서를 기다리십시오."

오랜 장마로 피부가 짓무른 늙은 군사에게 약초를 바르면서 녹연이 말했다.

"뭐야!"

서너 발 떨어져 있던 몸집이 큰 자는 그 큰 몸을 위협적으로 흔들며 녹연에게로 다가갔다.

"내가 먼저 왔다면 온 거지, 어린놈이 어디서 주둥이를 나불거려, 나불거리기를! 죽어볼 테냐!"

험한 입만큼이나 그런 주먹을 들고 협박하는 자를 녹연이 차분하게 올려보았다.

"모두 아프신 분입니다. 순서를 지키지 않으시면 치료해드릴 수 없으니 순서가 올 때까지 기다리십시오. 병사님 앞에 병사님보다 더 아프신 분들도 기다리고 계시지 않습니까. 앞으로 세 분 남았으니 그때까지 기다리십시오."

어디서 그런 강단이 나오는 것인지 저보다 배나 큰 무지몽매한 자의 위협에도 그녀는 끄떡도 하지 않았다.

"뭐야! 이놈이 아직 매운 주먹맛을 못 봤구나. 내 오늘 그 곱상한 면상을 아주 뭉개줄 테니까, 죽어!"

주먹을 휘두르며 녹연에게로 덤벼드는 큰 몸집 앞을 근처의 군의들과 가까운 다른 병사들보다 먼저 달려와 막아서는 이가 있었으니, 약락의 차기 대인인 목연이었다.

"대, 대장군님!"

"왜, 그 주먹으로 나를 칠 테냐?"

약락목연의 싸늘한 시선에 그저 놀라 쥔 주먹을 펴지도 못하던 큰 덩치의 사내가 슬금슬금 손을 내렸다.

"그, 그럴 리가……."

"지금 너, 나를 치려 한 것이 아니더냐?"

"아, 아닙니다요. 제, 제가 어찌 감히……. 저 어린 자식이 까불기에 그저 겁만 주려고……."

비굴해져 변명하는 사내의 말을 자르는 약락목연의 목소리는 한층 더 위압적이었다.

"나를 치려 했냐고 했다!"

그때서야 상황을 감지한 사내가 막사 바닥에 납작 엎어졌다.

"대, 대장군! 주, 죽을죄를 지었습니다요."

이제 죽었다 싶었는지 그 큰 덩치로 덜덜 떠니 그보다 볼썽사나운 일도 없을성싶었다.

"요, 용, 용서, 용서하십시오, 용서하십시오. 잘못했습니다요."

약락목연은 사내는 거들떠보지도 않고 막사의 군사들에게 명령했다.

"긴 비로 병자가 속출하는 상황이다. 이자처럼 제 안위만 생각하여 군의 막사에서 행패를 부릴 시에는 군명을 어긴 것으로 간주하여 태형을 내릴 것이니 명심들 하라!"

"예, 대장군! 명심, 명심하겠습니다."

군사들이 하나된 목소리로 복종하고 덩치 큰 사내는 수도 없이 머리를 조아린 후 물러나자 막사 안은 언제 그런 일이 있었냐는 듯 환자들의 신음과 북적임이 가득한 평소로 돌아왔다.

약락목연은 아무 일도 없었던 것처럼 묵묵히 제 할 일을 하는 녹연에게서 시선을 뗄 수 없었다.

약락목연은 말린 약초를 빻고 있는 녹연의 곁으로 다가가 물었다.

"저런 자들이 더러 있느냐?"

"저분은 덜 아프시고 힘이 남아돌아 그런 것이니 그나마 다행인 겁니다. 제가 여기 와 숨을 거두신 분이 세 분이나 됩니다. 지금도 위중하신 분이 두 분 더 계시고요."

"전쟁터에서 그 정도는 사상(死傷)도 아니다. 본격적인 싸움이 시작되면 쏟아지듯 나오는 것이 죽은 자들의 시신일 것이다."

"도와주신 일 감사하다 말씀드려야 하지만 우러나지 않아 말씀드리지 못하겠습니다."

그러고 보니 성이 났는지 녹연은 다소 부은 모습이었다. 그 모양이 귀엽고 우스워 약락목연은 놀리듯 말했다.

"내 미처 네가 두들겨 맞는 것을 즐기는 줄은 몰랐구나. 그럴 줄 알았으면 나서지 않는 것인데 그랬……."

"그런 전쟁……. 왜 하시는 것입니까?"

감히 대장군의 말을 중간에 끊은 것도 부족해 말간 눈동자를 들어 묻는 녹연으로 인해 약락목연은 정으로 뒤통수를 맞는 것 같았다.

"쏟아지듯 사람이 죽는 전쟁을 왜 하십니까? 진정 원하시지도 않으시면서 말입니다."

그녀의 말간 눈빛은 약락목연의 혈관을 타고 들어와 탁한 피 속을 마구 휘저었다.

왜, 왜, 왜, 진정 원하지도 않으면서!

밤낮 없이 스스로에게 하는 자문, 금기의 그 자문을 그녀는 거리낌 없이 묻고 있었다. 약락목연은 멈추었던 숨을 뱉듯 격하게 말했다.

"감히 내게 훈계를 하는 것이냐?"

험해지는 분위기에 가까이에 있던 병자들이 불안한 듯 힐끔거렸다. 녹연은 다소곳이 손을 모으고 고개를 숙였다.

"그리 들으셨다면 죄송합니다. 제가 어찌 감히 대장군께 훈계를 하겠습니까. 그저 속이 상하고 마음이 아파 드린 말씀이었습니다. 대장군께서는 이해하시리라 믿고 말입니다. 그러니 용서하십시오."

약락목연은 대답 대신 등을 돌려 막사를 나왔다. 그녀와 더 그런 대화를 나누었다가는 대장군을 능멸한 죄를 물어 엄벌에 처하거나 그 고운 입술을 입맞춤으로 막아버릴 것 같아서였다.

감히 속내를 꿰뚫고 마음을 휘젓는 그녀에게 휘둘리는 것이리라. 아니, 아니 휘둘리는 정도가 아니라 온통 빼앗기고 있는 것이리라.

'그녀를 어떻게 하여야 하나.'

약락목연은 빗속에 그렇듯 서 있었다. 그 타는 가슴을 조금이나마 식힐 수 있기를 바라면서.

신우가 양평성에 도착해 성 밖 주민으로 위장한 적주와 합류한 것도 닷새째가 흘러가고 있었다.

신우는 지루한 빗속에서 오로지 한곳만 응시하였다. 녹연이 있을 약락의 군영. 모든 세상의 시작과 끝이 그곳에만 존재하는 것처럼 사방은 없고 오로지 그 한곳만이 세상의 전부인 것처럼 그의 시선이 그곳에 속했다.

적주는 그런 그를 바라보았다. 이렇듯 녹연을 지척에 두고도 그녀에게로 달려가지 못하고 견뎌야 하는 신우의 하루는, 애달프고 고달픈 십 년과 같을 것이다. 그러기를 닷새, 타들어가 재가 되고도 남을 그의 속은 말하지 않는다고 모를 수는 없었다.

"곧 비가 멈출 것입니다."

적주의 말에도 신우의 눈은 약락의 군영에서 한순간도 떨어지지 않았다.

지금은 다가갈 수는 없지만 그렇게라도 녹연의 안전을 확인하고 녹연과 함께라는 일체감을 느끼는 것이리라.

"그렇게 되면 저들은 양평성을 공격할 것이다. 그 혼란을 틈타 나는 녹연을 구할 테니 너는 의원 쪽을 맡거라."

"예, 대가님."

"적주야."

신우가 적주를 돌아보았다. 아련하게 부르는 신우의 목소리에 벗으로
대하라는 의미가 깃들었으나 적주는 신하로서의 자세를 바꾸지 않았다.

"하명하시지요."

"의원을 구하지 못하면 녹연이 슬퍼할 것이다."

"염려 마십시오. 아기씨를 슬프게 하지 않겠습니다."

녹연이 슬프면 신우가 괴로울 것이고 신우가 괴로우면 적주 또한 아팠
다. 적주는 그런 일은 결코 만들지 않을 생각이었다.

아들의 병세가 호전되자 등양은 아들을 이틀돌이로 볼 수 있는 마을로
옮겨두었다. 적주는 날이 저물기 전 이미 떠날 차비를 끝내 놓았다.

신우는 잦아들 줄 모르는 빗속에서 녹연의 흔적을 찾았다. 아무리 찾
아도 사람의 움직임이 작은 점보다 더 작게 보이는 이 거리에서 녹연을
가늠할 수는 없지만 그렇더라도, 어렴풋하게나마 그림자만이라도 볼 수
있다면, 애달픈 마음은 그 시선을 거둘 수 없게 했다.

내일이면 비가 멈출 것이다.

신우는 천천히 눈을 감았다. 지루하게 내리는 비와 그리움에 젖는 날
은 이제 마지막으로 향하고 있었다.

양평성 밖은 위의 조예가 보내준 군량이 보충되면서 당분간은 거뜬히
견딜 수 있게 되었으나 양평성 안의 처지는 달랐다. 굶주림에 지친 성내
의 민심은 흉흉해지고 공손연의 군사들의 사기 또한 떨어져갔다.

그렇게 지루하게 내리던 비가 드디어 멈추었다. 하늘은 언제 그 방대
한 잿빛 구름을 그토록 오래 품었을까 싶게 청명해졌다.

약락목연은 며칠 전 도착해 합류한 아버지 막호발이 주재하는 군사회
의에 참석하느라 평소보다 늦게 막사로 돌아왔다.

마침 잠자리에 들려던 녹연이 죄 지은 놈처럼 흠칫하더니 재빠르게 침상에서 나와 고개를 숙였다.

"오셨습니까? 먼저 자리에 든 것을 용서하십시오."

고단하겠지. 왜 아니겠는가. 병나지 않는 것이 용할 정도로 온종일 그리 몸을 놀리는데.

약락목연은 한숨을 누르고 녹연을 응시했다.

장정이 버텨내기에도 고된 날을 버티다 보니 곤한 빛을 감추지는 못했다. 허나 곤한 그 속에서도 특유의 청량함을 잃지 않으니 참으로 괘씸한 여인이었다. 오랜 비로 세상은 온통 흙탕물이었다. 제아무리 아름다워도 그 속에서 굴러다니다 보면 흉해질 만도 한데 어찌하여 이 여인은 그조차도 아름다운지. 단순히 드러나는 아름다움의 차원이 아니었다. 어떠한 경우에라도 걷히지 않는 그 청명함이 더러운 물속에서 혼자만 유일하게 보호막을 입고 고고히 헤엄치는 은빛 물고기처럼 도드라져, 잡아 가두어 내 것으로 만들지 않으면 견딜 수 없는 낚시꾼의 마음으로 그를 몰아갔다.

처음부터 그랬다. 이 모든 일들이, 악귀들의 손에서 살린 것도, 군의의 막사에서 벌하지 않은 것도, 끝끝내 이리 곁에 두지 못해 안달하는 것도 모두 어이없는 처사인 것이다. 공손연의 반란을 진압하기 위해 당장 출격하라는 전갈을 받고 가장 먼저 떠오른 것이 바로 '녹연은?'이었다. 허나 그녀를 두고 갈 수 없다는 결론을 두 번도 생각하지 않고 내리고 있는 자신이 어처구니없었다.

내린 결정은 빠른 속도로 행해졌다. 따라가지 않겠다는 그녀를 협박하여 끌고 가면서도 그것은 숨 쉬고 물 흐르는 것처럼 자연스럽고 당연한 일로 여겼으니 말이다.

전쟁터에 여자라니! 패망한 자들이나 할 그런 미친 짓을 그 누구도 아닌 약락목연이 행하고 있었던 것인데 말이다. 생각이 거기에 미쳤을 때도 선택은 있었다. 그 자리에서 죽이거나 돌려보내는 일. 전자도 후자도 그리 나쁜 선택은 아니었다. 하지만 문제는 그중 선택을 해야 한다는 것을 알았을 때도 약락목연은 그녀를 제 말 곁에서 한 치도 떨어뜨리지 않았다는 것이다.

못된 계집.

역행을 유도하는 절대적인 대상에게, 뒤흔들도록 방치하는 스스로에 대해서, 속 버릇이 되어버린, 못된 계집.

얼마나 깊이, 어디까지 멀리 갈 것인지 따질 겨를도 없이 결코 함께해야만 하는, 약락목연이기 전에 한 남자로서의 어쩔 수 없는 끌림. 소유욕.

밤이면 속의 것을 풀어내듯 다른 남자를 찾는…… 못된 계집.

끝없이 이어질 것 같은 그의 시선이 부담스러웠는지 그녀가 어색하게 물었다.

"하실 말씀이라도…… 있으십니까?"

"전투가 시작될 것이다."

"예?"

동그래진 그녀의 눈동자에 이내 그림자가 드리워졌다.

"결국에는 그렇게 되는군요."

허탈함을 감추지 못하는 그녀의 기분을 모른 척하며 말했다.

"내 곁이 가장 안전할 것이니 한 발짝도 떨어지지 말거라."

"하지만, 그렇다면 부상자들이 늘 것이 아닙니까. 그럴수록 군의 막사에 손이 필요할 것입니다."

"하지만은 없다. 너는 그리 따르면 되는 것이다."

더 대꾸하지는 않지만 고집스럽게 다물어진 그녀의 입매는 호락호락 수긍하지 않을 뜻을 분명히 했다.

"지금까지는 네가 원하는 대로 두었지만 이제는 그리하지 않을 것이다. 날이 밝기 무섭게 네가 상상하지도 못했던 일이 벌어질 것이다."

대답을 거부하듯 꾹 누른 녹연의 입가가 깊게 파였다. 그로 인해 탐스런 입술은 한층 더 도드라졌다. 그것이 그녀에게 굶주린 남자를 몰아가는 줄은 꿈에도 모르고.

갖게 된다면 하루 이틀에 풀어질 것이 아니라는 것을 알기에 혹독하게 참았던 욕망의 결계가 파열음을 일으켰다. 단단했던 인내가 깨어지는 것을 느꼈을 때는 이미 그의 입술이 그녀의 입술을 훔치고 있었다.

입술 사이에서 느껴지는 그녀의 보드란 입술에서는 연한 풀 향이 났다. 입안 가득 감도는 싱그러운 맛은 어떤 미약보다 더 강하게 그를 사로잡았다. 그녀는 정조의 표상이라도 되듯 이를 물고 완강하게 버티었다. 그는 그런 그녀의 여린 볼을 우악스레 움키었다. 그 한 점의 속살이 과연 이토록 간절할 가치인가? 사내로서의 궁금함이 물씬 인 것 또한 이유이지만 자신보다 수배의 힘에도 지켜내려 안간힘을 쓰는 그녀의 눈물 겨운 저항이 강한 수컷의 자존심을 건드린 것이다.

수문이 움직였다. 억센 사내의 손길 앞에 더는 버틸 수 없었으리라. 하지만 그 순간,

흡!

앙증맞은 이는 예리한 찌르개가 되어 그의 입술을 물어뜯었다.

약락목연은 입술에서 흐르는 뜨끈한 피 맛을 느끼며 입술을 뗐다.

"이, 이, 이게 무슨 짓입니까!"

사색이 된 낯빛보다 더 그의 심기를 불편하게 한 것은 철저한 거부가 담긴 녹연의 눈빛이었다. 약락목연은 그런 녹연을 무섭게 노려보았다.

"네 꼴이 수절하는 계집 같구나."

그녀는 흠칫 놀라 변명하듯 더듬거렸다.

"그, 그럴 리가 있겠습니까, 나, 남자끼리, 휴, 흉측하게도 이러시니."

"남자끼리라 흉측하다?"

약락목연은 피식 웃었다. 찢긴 입술이 아릿했다. 녹연을 뚫어질 듯 응시하는 그에게 이제 웃음기라고는 오간 데 없었다.

"그렇다면, 네가 여자면 괜찮은 것이냐?"

그녀가 눈이 더 커질 수 없을 정도로 둥그레졌다. 말간 눈동자가 얼마나 불안하고 긴장하는지 고스란히 드러내 안쓰러울 정도였다. 어찌 이상황을 무마하기 위해 입을 달싹이지만 그녀는 자신이 무슨 말을 하고자 하는지도 모르는 듯했다.

"무, 무슨……. 그, 그리……."

"아니다."

약락목연은 갈라진 그녀의 목소리를 끊고 이내 놀리듯 씩 웃으며 덧붙였다.

"몰랐느냐? 내가 너 같은 미동에 끔뻑하는 것을."

어리둥절해하면서도 경계의 빛을 감추지 못하는 녹연을 향해 약락목연은 스스로를 고문하는 명을 내렸다.

"무엇 하느냐, 어서 갑옷을 벗기지 않고."

매일 밤 반복되는 괴로운 행사, 둥양에게 벗기게 하면 여러모로 이로울 일을 약락목연은 고통을 즐기는 자처럼 녹연에게 행하게 했다. 서툰 솜씨로 갑옷이 벗겨지는 내내 아플 만큼 응집한 분신이 그녀 안을 수없이 차지하는 상상을 하면서.

'가질 것이다. 곧. 이 싸움을 내가 빠르게 이겨야 하는 이유이다.'

약락목연은 녹연에게 몸을 맡긴 채 고집스럽게 눈을 감았다.

녹연은 도망칠 계획으로 신중하게 기회를 엿보고 있었다. 긴 비와 이탈하는 사람이 생긴다면 금세 표가 날 변함없는 전열, 한시도 벗어날 수 없는 약락목연의 감시, 모든 조건이 녹연의 행동을 조심스럽게 했다. 다행스럽게도 등양의 아들의 병이 하루가 다르게 호전되고 있다고 했다. 어린 목숨이 느닷없이 꺼지지 않는다면 의원은 무탈할 것이다. 등양의 집에는 따로 군사가 붙지 않았다고 하니 이웃 마을에 닿는 즉시 의원에게 연통을 넣어 상황을 알릴 계획이었다.

녹연이 노린 도망치기 최적의 시기는 싸움이 시작되는 혼란한 틈이다. 동이 트면 그렇게 바라던 기회가 드디어 오는 것인데, 이상스레 불안했다. 불길함마저 들었다.

의심을 받고 있어서일까?

의심, 의심이라면 어느 쪽인 것이지? 도망칠 것을, 그렇지 않으면 여인인 것을.

입맞춤만 해도 그랬다. 여인임을 들켰다 여겼다. 더 험한 꼴을 당하면 죽을 결심으로 그의 입술을 물어뜯은 것인데, 정작 그는 허탈할 정도로 예사스러웠다. 거기다 한 술 더 떠 농을 하듯 미동 운운하고는 갑옷을 벗겨내고 나니 그녀는 없는 사람 취급하며 침상에 들어버리지 않았나.

약락목연은 알 수 없는 사람이었다. 어느 때는 모든 것을 다 안다는 눈길을 하다가 어느 때는 아무것도 모르는 듯 굴다가 어느 때는 아무렴 어떠냐는 식이다.

그 앞에서는 항시 긴장되었다. 웃지만 웃지 않는 눈빛 때문일 수도 있을 것이고 위협적이지 않으나 위험하여 그럴 수 있을 것이고 없어도 그만인 하찮은 인질에게는 가당치 않은 관심과 감시 때문일 수도 있을 것이다. 그는 두려운 존재임은 분명했다.

녹연은 때때로 생각했다. 어찌하여 저처럼 별 쓸모없는 이를 감시하고 통제하기 위해 등양이나 그에 준하는 귀한 인력을 따로 붙이거나 그가 직접 번거로움을 감수하는지. 결정적인 순간에 요긴하게 쓰일 중요한 인질 취급을 도대체 이해할 수 없었다. 하지만 그녀의 이해 여부와는 상관없이, 그로 인해 이곳에서 탈출은 헛된 소망이요 망상에 불과했었다.

이제야 겨우 기회가 다가왔다.

싸움이 시작되면 그는 녹연을 곁에 붙들어두려고 하지만 그녀로서는 바로 그때가 그를 가장 멀리해야 할 때였다. 그녀가 가장 멀리 떨어져야 할 대상 또한 약락목연인 것이다. 그를 벗어나는 일이 쉽지는 않을 것이다. 몹시 어렵고 위험한 일일 것이다. 허나 녹연은 다시 오기 힘들 내일의 기회를 잡아야 했다. 위험이 따르더라도 감수해야 하는 거였다. 그래야…….

"오라버니……."

그리워, 너무도 그리워서 기억을 되풀이하는 것만으로도 매순간 가슴이 미어지는 그를, 다시 만날 수 있음을 감히 꿈꿀 수 있었다.

다음날 동이 트기 무섭게 공손연 토벌을 위한 양평성 공격이 시작되었다.

성 밖은 전날의 평온함은 거짓말처럼 죽고 죽이는 아귀다툼 속에 아수라장이 되어갔다. 이깟 땅 덩어리 그깟 권세 무어 그리 중하다고 서로

297

죽여야 하는 것인지 녹연은 환멸이 일었다.

약락의 군사들도 막호발이 이끄는 군사와 목연이 이끄는 군사 둘로 나누어 공격에 가담했다.

약락목연과 하나처럼 움직이고 있어 과연 기회가 오기나 할까 순간순간 절망감이 몰려왔지만 녹연은 결코 포기하지 않았다. 여느 때보다 차분하게 절호의 기회가 올 때를 기다렸다.

"대장군! 대인께서 위험에 처하셨습니다."

막호발의 군사가 허겁지겁 달려와 약락목연에게 아뢰었다.

약락목연은 녹연을 돌아보며 빠르나 더없이 진지하게 말했다.

"지금부터 대인의 군사와 합류할 때까지 뒤도 돌아보지 않고 전력으로 달릴 것이다. 그러니 너는 내게 죽을힘을 다해 붙어라. 혹 따라오기 힘들거든 소리쳐 나를 불러야 한다. 잊지 마라. 네가 가장 안전한 곳이 내 곁이라는 사실 말이다."

고개를 끄덕이는 녹연을 확인하고 고개를 돌린 약락목연은 수세에 몰린 막호발을 돕기 위해 말고삐를 당겼다.

녹연은 처음에는 약락목연을 따라 말을 몰았다. 양평성과 점점 가까워지자 성 밖의 백성들이 싸움을 피해 물밀듯 쏟아져 나오는 것을 보았다. 그녀는 그렇게 기다리던 절호의 기회가 드디어 왔음을 느꼈다. 백성들과의 사이가 점점 좁혀졌다. 녹연은 그들에게로 온전히 들어갔을 때 말 속도를 서서히 늦추다가 말 위에서 뛰어내렸다. 착지가 불안정하여 서너 바퀴쯤 굴렀다. 그 덕택에 어깨와 다리가 쓰리고 피가 나는 듯했지만 그 정도로 아프다 꾸물거리고 있을 틈이 없었다. 따르는 말이 빈 말이라는 것을 약락목연이 눈치 채는 것은 시간문제일 것이다.

서둘러야 했다.

백성들 사이로 섞여든 녹연은 그들이 비운 집 중 한 곳으로 들어갔다. 집주인 아낙이 버리고 간 옷 중에서도 가장 허름한 옷으로 갈아입고 약락목연과 그의 군사들의 관심을 받지 않으려고 얼굴에 칠한 흙물도 말끔히 씻어내고 지난밤 몰래 감아 감춰두었던 머리를 풀어 내리었다.

　녹연은 물독에 비친, 달라진 자신의 모습을 바라보며 주문하듯 되뇌었다.

　"모를 거야. 결코 알 수 없을 거야."

　미리 모아 허리춤에 매어두었던 식량 주머니를 다시 매고 집을 나간 녹연은 다시 사람들 사이에 묻혔다.

　한 무리의 사람들 틈에 미친 듯 헤집고 다니는 말 탄 사내가 보였다. 그는 바로 약락목연이었다.

　녹연은 흠칫하여 숨을 멈추었다. 어찌하여 벌써 되돌아와 있는 것인지, 어찌하여 저렇듯 찾아 헤매는 것인지 녹연은 진정 그를 이해할 수 없었다.

　몰려나온 인파 속에서 그녀를 찾는 약락목연의 모습은 평소 속을 알 수 없던 가면을 쓴 모습이 아니었다. 지나는 사람 하나하나를 낱낱이 잡아채는 그는 절실했다. 애가 끓고 있었다. 멀리서도 그가 얼마나 애타고 간절하게 누군가를 찾고 있다는 것을 절감할 만큼.

　무엇이기에, 제가 무엇이기에……. 그러시는 겁니까…….

　이제 갈 길을 가야 하는 녹연은 그와는 반대 방향으로 몸을 돌렸다. 그와의 거리가 멀어질수록 답답하리만치 무거운 기운이 가슴 한쪽을 짓눌렀다. 비록 인질이었으나 목숨을 살려준 은혜에 인사도 못 하고 떠나는 마음 또한 편치 않았다.

　'죄송합니다. 그리고 감사했습니다.'

마음으로 작별을 나눈 녹연은 점점 약락목연과 멀어져갔다.

녹연이 타고 있던 말이 빈 등으로 따라오는 것을 안 순간, 약락목연은 분명 말에 서툰 그녀가 떨어진 거라 생각했다.

'제발 크게 다치지는 않았어야 할 텐데.'

단번에 말고삐를 돌린 그의 머릿속에는 오로지 그녀의 안전뿐이었다. 그런 그에게 이어지는 수하의 보고는 그야말로 찬물을 끼얹는 충격이었다. 쏟아지는 인파들 틈으로 뛰어내려 달아나버리는 바람에 놓쳐버리고 말았다는.

달아나, 달아나, 달아나…….

약락목연은 치를 떠는 자신을 느꼈다.

그의 턱 밑까지 뜨겁게 치미는 그것은 바로 배신감이었다. 냉정히 따져보면 인질이란 항시 도망칠 것을 염두에 두어야 하는 존재인데 배신감이라니 그보다 어울리지 않는 감정은 없을 것이다. 오히려 낭패감을 느끼면 모를까. 배신감이란 감정은 벗이나 가족, 연인과 같은 사랑과 신뢰의 관계 속에서 그것이 깨어졌을 때 오는 것이지, 그와 녹연처럼 적과 인질의 관계에서는 아니지 않는가.

아무리 그렇다 해도 그의 온몸을 뒤흔드는 떨림은 분명히 배신감이었다. 전장에서 생사고락을 함께한 수하의 배신도 그를 이렇듯 뒤흔들지는 못할 것이다. 부족을 국가로 키우고자 하는 욕망을 지닌 후계자, 가면의 얼굴로 살아온 그의 가면이 벗겨져 내렸다.

약락목연은 오던 길을 되돌아 말을 달렸다. 설마 그녀가 남의 빈집에 들어가 행색을 바꾸었을 것이라고는 상상도 하지 못한 채 녹연이 달아났을 즈음의 위치를 가늠해 지나는 피난민들을 하나하나 붙들었다.

"이만한 소년이다. 계집보다 예쁜 소년이다. 보지 못하였느냐? 누가 보지 못했느냐 말이다!"

고개를 젓는 그들을 무섭게 보다 소리쳤다.

"어디냐, 어디로 숨은 것이냐, 내 곁이 가장 안전하다 하지 않았느냐. 어디냐, 어디냔 말이다. 어디 있느냐, 녹연!"

"대, 대장군, 대장군, 왜, 왜 이러십니까? 대장군······."

뒤쫓아 달려온 등양은 생전 처음 접하는 이성 잃은 주인의 모습에 당황하여 어쩔 줄을 몰라 했다.

"녹연을 찾으라. 당장 찾아 내 눈앞에 대령하란 말이다. 당장!"

"하, 하지만 대장군, 지금은 전쟁 중입니다."

약락목연은 질근 눈을 감았다.

"못된······."

등양은 주인의 이해할 수 없는 모습을 지켜볼 뿐 어떠한 간언도 할 수 없었다.

녹연은 뛰다 걷다 뛰다 걷기를 쉼 없이 했다. 그러다 보니 이제 제법 양평성과는 멀어져 있었다. 그동안 군의를 도우면서 군사들에게 모은 정보에 의하면 산을 넘어 나오는 마을에만 도달하면 부여로 돌아가는 길이 열릴 수 있었다. 그 마을은 부여에서 물건을 팔러 들어오는 장사치가 드나든다고 했다. 비록 그녀의 현실은 탈 말도 없이 혈혈단신으로 먼 길을 가야 하는, 막막한 상황이지만 그렇더라도 희망은 있었다. 지금 이리 도망치고 있으며 분명 아직 살아 있다는 것이 그 증거였다.

지금은 비록 청명하나 오랜 비로 진흙탕이 된 산길을 빠르게 걷기란 여간 힘든 일이 아니었다. 이제 흙신이 되어버린 가죽신에 달라붙는 끈적끈적한 흙은 한 발 한 발 걸음을 뗄 때마다 그 무게를 가중시켰다. 더불어 피로감도 함께.

"이런, 눈먼 돈이 지나가네."

녹연은 소스라치듯 놀라 소리 나는 쪽으로 돌아보았다.

"이런 곳에 계집이라니."

숲 속에서 어슬렁어슬렁 나타나는 무리들은 한눈에도 잔악무도해 보였다.

"그냥 계집이 아닌데, 아주 기가 막힌 계집이야. 망가지지 않을 정도로만 갖고 놀다가 팔아도 한몫은 챙기겠어."

그들은 굶주린 승냥이 무리가 두려운 나머지 붉은 심장만 펄쩍거리고 있는 여린 짐승을 둘러싸듯 녹연을 휘둘러 쌌다.

녹연은 뒷목에서부터 혈관의 피가 일시에 빠져나가는 것 같은 싸함을 느끼고 부르르 몸을 떨었다.

이제는 정말 마지막인 것인가.

산 너머 산이라더니 그녀의 가혹한 이 처지야말로 더 이상 갈 수 없는 마지막 산이 되어버린 것이다.

약락목연에게 벗어날 것에만 너무 급급했다. 여인을 드러냈어도 남장을 서둘렀어야 했는데, 혹시나 그의 수하가 뒤따르지나 않을까 하는 마음이 앞서 이러한 결과를 초래한 것이다.

여인임을 들키고 말았으니, 더럽혀지고 만신창이가 되는 것은 자명했다. 그것도 당장, 이 진창에서라도.

그들은 국경 초소의 약락의 악귀들과 같은 부류였다. 지난 수개월 경험으로 알 수 있었다. 저런 눈빛의 자들은 피 맛을 즐기는 뼛속까지 잔인하고 사악한 인종들이라는 것을. 인간적 호소나 동정이 통할 리 없는

자들이었다. 그런 것을 바랐다가는 도리어 웃음거리가 되어 저들을 더 쾌락케 할 것이다. 만신창이가 되어 목숨을 부지하더라도 결국에는 알량한 목숨 부지하고자 기를 쓴 것에 대해 비참하여 치를 떨며, 그때 죽지 못했음을 두고두고 한탄하여 고스란히 절망할 것이다.

이제 그녀가 선택할 수 있는 길이 단 한 가지뿐이었다. 제 손으로 숨을 끊어 스스로를 지키는 일, 그것도 기회가 있을 때!

녹연은 신우를 떠나오면서 한시도 품에서 떨어뜨려본 적이 없는 단검을 빼 심장을 향해 겨누었다.

"한 발도 더 다가오지 마라. 숨이 붙어 있는 동안 너희들의 손끝 하나라도 내 몸에 닿게 하지 않을 것이다."

신우를 위해 마련한 이 작은 물건이 떠나오기 전에는 그의 마음을 찢었고 이제 그녀의 심장을 찢으려 했다. 지금은 붉게 뛰고 있지만 이내 꺼지게 될 심장.

오라버니…….

단 한 번만이라도…… 보고 싶습니다.

녹연은 기억을 더듬었다.

"내가 너를 얼마나 깊이 사랑하는지를 기억하마."

심해의 바다처럼 깊고 진실한 그의 사랑. 얼마나 늠연하였나, 얼마나 귀한 사람이었나…….

하지만 떠나기 전 그 밤, 신우의 공허한 눈빛에 기억이 이르자 손에 들린 아직 내리 꽂지 못한 단검의 날카로운 날에 가슴이 도려내어진 듯 아파 왔다.

"그리 사랑을 주었는데."

걷잡을 수 없이 회한이 밀려왔다. 다른 무엇이 그보다 더 중요하다고 사랑하는 이에게 치 떨리는 배신과 독한 아픔을 남겼을까 싶었다. 그보다 중요한 것이 무엇이라고, 그와의 이별이라는 가당치도 않은 일을 행하고 그것을 견뎌낼 거라 자만했던가, 무슨 배짱으로. 교만이었다. 허무맹랑하고 얼토당토않은 건방이었다.

다시는, 이제 다시는 그러지 않을 것이다. 혹한의 시선의 매질을 당하더라도 혹서(酷暑)의 질타를 듣더라도 눈 뜬 소경이 되고 귀 뚫린 귀머거리가 되어서 그의 곁을 지키리라. 염치불고 체면불고 떼어내도 떼어내도 떨어지지 않는 거머리처럼 악착같이 들러붙어 떨어지지 않을 것이다. 맹세코, 그의 곁에서, 한시도!

……하지만 이제는 너무 늦어버렸다. 내장의 피를 모두 토하며 후회해도 되돌릴 수 없는 일이 되고 만 것이다.

심장이 아릿하게 조여 왔다. 녹연은 이제 곧 주인으로 인해 그 쉼 없는 뜀을 멈추게 될 심장을 겨누며 단검을 들었다.

"저 계집이 자결을 하려나 봐."

사내들이 녹연을 향해 걸음을 떼었다. 녹연에게는 죽음의 시간이 그만큼 더 다가오는 거였다.

"잠깐 기다려. 정말 죽으려는 모양인데 살아 있어야 한 몫이든 두 몫이든 값을 받을 것 아니야!"

사고파는 물건 신세가 된 채 생의 마지막으로 향하는 스스로가 애통해 녹연은 눈물이 흘렀다.

"칼을 빼앗아!"

덮쳐들려는 자, 막으려는 자, 소리치는 자들의 아수라장 틈에서 녹연은 남은 힘을 다해 미련을 버리듯 단검 든 손을 심장으로 내리꽂았다.

기민한 손길이 목 뒤를 지그시 누른다고 느꼈다. 어렴풋이 숲의 향이,

산마을의 그리운 향이, 청량함 속의 태양의 향이 끼쳐 왔다. 그리고 꺼져가는 기억 속에서도 더더욱 또렷해지는 윤곽.

누구…….

아득해지는 영혼의 끈을 놓치지 않으려 기를 써보았지만 녹연은 기어이 그것을 놓치고 말았다.

11장

똑, 똑, 똑, 똑.

규칙적으로 떨어지는 물방울 소리, 선뜻한 냉기 속에 끼치는 청량함, 어깨를 감고 앉은 이의 온기, 발끝을 스치는 다감한 손길. 그 손길은 이마와 볼을 쓸고 간간이 머리카락을 매만졌다. 귀하디귀해 닿기도 아깝다는 듯한 섬세한 다룸은 천상의 구름 침상에 누워 극진한 대접을 받는 기분이었다.

"이제야 손에 넣었구나."

아련하게 들리는 목소리는 한없이 깊고 울림이 좋은, 사무치게 그리운 님의 것과 흡사했다.

오라버니…….

생시의 것이 아니더라도, 단지 환영에 불과하더라도 시리도록 그리운 그 모습을 담으려 했다. 새기리라 눈물이 차고 넘쳐 짓무르고 가슴이 휑하도록 통한을 쏟아도 그 모습을 담으려 했다.

녹연은 기진한 눈꺼풀을 겨우겨우 올렸다.

어렴풋하게 시작되어 차차 뚜렷해지는 그 모습.

오, 오라……버니?

녹연은 척박한 땅과 같이 바싹 말라버린 입을 달싹거려 어렵사리 목소리를 만들어보려 했지만 소리가 되어 나오기에는 역부족이었던 모양이다. 하지만 그녀를 무릎에 안은 그는 그녀의 눈빛만으로도 마음을 꿰뚫어 알 수 있는 것처럼 천천히 고개를 끄덕여 보였다.

녹연은 생각했다. 이 믿을 수 없는 눈앞의 모습은 필시 외로운 황천길을 가는 망인에 대한 하늘의 마지막 배려일 것이라고.

그녀는 말해야 했다. 두고두고 한이 될 그 말을 꼭 해야만 했다. 비록 그의 모습이 허상이라 해도, 피죽도 못 얻어먹은 이처럼 힘없고 흉년의 논바닥처럼 쩍쩍 갈라진 목소리라도 내야 했다.

"자, 잘못……하였습니다. 다, 다시는…… 오라버니를…… 떠나지 않겠습니다."

"녹연아!"

으스러질 듯 안긴 품이 어찌하여 이리도 생생한지, 귀에 닿은 펄쩍펄쩍 뛰는 가슴은 어찌하여 이리도 또렷한지 생시라도 이처럼 분명하지 못할 것 같았다. 만져보아도 될까, 그래도 사라지지 않을까 두려움에 떨면서도 늘어진 손을 들어 그의 얼굴을 쓸었다.

"지, 진정…… 오라버니이십니까?"

고개를 다시 끄덕이는 그의 입가가 실그러졌다. 관옥에 걸린 누구도 흉내 낼 수 없는 그만의…… 신우였다.

이제는 여한이 없었다. 녹연은 지금 당장 숨이 거두어져도 순응하여 받아들일 수 있을 것이었다.

녹연은 신우의 가슴에 얼굴을 묻었다. 그의 향기가 났다. 산마을 숲의 향과 더불어 끼치는 태양의 향이, 태양이 무슨 향기가 나겠냐고 하겠지만 이글이글 작열하는 핵, 그 뜨거운 향은 맡을 수 있다기보다 느낄 수 있는 향이었다.

녹연은 그의 포옹에 호응하듯 그 품에 열렬히 안겨들었다.

그리움에 애가 타고 애가 탐에 절박했다. 사무치는 그리움 후의 해후
는 젊은 연인을 하나가 될 수밖에 없는 외길로 몰아갔다. 첫 정의 수줍
음은 결코 문제되지 않았다. 육체적 쾌락 이상의 결속이 그들에게는 더
간절했다.

그녀의 서툰 몸길 하나로도 신우는 이성을 송두리째 빼앗기는 것 같았
다. 그에게 그녀의 영향력은 그렇듯 대단했다. 장정들도 기어들게 만드
는 그의 시선을 고스란히 되돌렸던 깡마르고 지저분한 계집아이였을 때
부터 잔파도가 해일을 일으키듯 커져 절대적 존재가 되었다.

그리도 탐스럽던 입술이 마르고 갈라져 형편없는 지경이 되었다. 안
쓰러움에 그저 안타까워 신우는 그녀의 입술에 입을 맞추고 조심스럽게
적셨다. 혀가 쓸고 간 까슬까슬한 그녀의 입술이 비오는 대지처럼 젖어
갔다.

감동에 취했다. 추위에 지펴둔 장작불에 비친 흐트러진 나신은 탈출의
흔적이 묻어 있었지만 사랑에 눈먼 남자에게는 세상에서 가장 아름다운
모습이었다. 고매하여 더 고혹적인 가슴과 설핏 보여 더 안달 나는 둔부
는 허기진 남자를 갈구하게 할 만했지만, 무엇보다 한 톨 남김없이 온전
히 주고자 하는 시선이야말로 치명적인 것이었다.

가져야 했다. 품어야 했다. 쏟아내야 했다. 그러지 않으면 이 뜨거운
응어리가 심장을 파열하고 혈관을 터트려 회복 불가능의 고통을 주고
말 것이다. 해갈보다는 깊은 낙인을 그녀에게 찍어야 했다. 틀림없이 그
의 것이라는 명료한 증표, 영원토록 지워지지 않고 지속될 철저한 소유,

이제 두 번 다시 떨어지지 않으리라는, 애초의 하나라는 뜨거운 결합이 미칠 듯이 간절했다.

가슴을 삼키고 빨아 당겼다. 순간의 놀람으로 그녀는 움찔했지만 개의치 않고 허기지게 빨아들였다. 하나가 되기 위해서는 어차피 건너야 할 강이지만, 내 아이에게 양식을 줄 탐스런 살점을 입안에서 혀끝에서 느끼고 차지하고 싶은 남자로서의 욕망이 더 컸다. 이미 오래전부터 머릿속으로는 수없이 탐하고 안았다. 지금 손가락 하나도 간신히 허락하는 이 비좁고 뜨거운 살점 사이도 손가락 따위가 아니라 바지속곳을 비집고 헐떡이는 활화산처럼 응집된 분신이 들어차야 했다.

신우는 녹연의 본능적 움츠림도, 처녀의 수줍음도 못 본 척했다. 오로지 하나 됨이야말로 전부라는 생각만 신앙하듯 믿었다.

다시 입술을 앗았다. 그 안을 헤집고 젖은 살을 찾아 읽었다. 수분이라는 수분은 한 방울도 남기지 않을 심사로 빨아들이고 놓아주었다 다시 휘감아 빨아들였다. 작은 입안의 조밀한 주름들도 하나하나 낱낱이 핥아갔다. 버거움에 흘러내리는 한 줄의 타액조차도 그녀의 턱에서 입가로 역행하여 그는 혀 안에 가두었다.

녹연의 입에서 밭은 숨이 새어나오고 저리도록 그녀에게 속해 있던 손가락을 빼자 주룩 따끈한 끈적임이 따라 흘렀다. 녹연의 순수한 정염이 순진한 눈길을 흐릿하게 만들었다.

신우의 가슴이 터질 것처럼 뛰었다. 분명 준비가 되었다는 뜻이리라. 그는 장작불 옆에 깔아놓은 포 위에 그녀의 나신을 뉘었다.

"나를 보아라."

속곳까지 벗은 그의 태고의 모습에 녹연은 얼굴을 붉히기는 했지만 시선을 피하지는 않았다.

"이제 우리는 하나가 될 것이니, 첫 정에 고통 받을 네 모습도 나는 모두 가져야겠다."

보드라운 허벅지를 열자 녹연이 고개를 휙 돌렸다. 하얀 모가지까지 붉은 기운이 확연했으나 신우는 망설이지 않았다.

뜨거운 침입은 잠시 강렬한 난관에 부딪히기는 하였지만 그는 그것을 넘어 그녀를 온전히 가졌다. 작은 입술 사이로 흘러나온 고통의 신음은 애처로웠지만 그녀에 속해진 뜨거운 얽힘을 이제는 되돌릴 수 없었다. 되돌릴 수 있다 하더라도 결코 그렇게 하고 싶지 않았다. 이제야 겨우 명백한 하나인데.

"녹연아, 나를 보아라."

새로움에 대한 놀라움, 처음의 고통, 처녀의 부끄러움, 결속으로 인한 감동. 이러한 감정들이 녹연의 눈동자에 뒤섞여 있었다. 그중에서도 단연 두드러지는 것은 바로, 사랑.

그것을 읽은 신우는 감정이 쏟아지는 것 같았다. 그것을 녹연도 보았는지 그녀의 눈가에 눈물이 고였다.

"오라버니, 사모……합니다."

귀 기울이지 않으면 들을 수도 없는, 입 모양으로 읽을 수 있을 정도의 가는 소리의 고백에 신우는 눈가로 몰리는 물기를 막기 위해 눈에 힘을 주고 이를 맞물어야 했다.

그는 마치 필생의 숙원을 이루듯 녹연을 안았다. 하나됨으로 알게 된 천상의 세상을 만끽했다. 그 감동을 가슴에 담았다.

신우는 기진하여 잠이 든 녹연을 바라보았다. 가슴 안쪽이 겨눈 현처럼 당겨 왔다. 꿈만 같은 해후와 애타게 그리던 내 여인을 품은 것만으

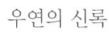

로 세상 근심 별거 없다 다 털어버려야 하지만 신우는 그리할 수 없었다. 동이 트면 부여로 향할 것이다. 산마을의 변화를 녹연이 어떻게 받아들일지 우려되지 않을 수 없었다. 수연과 그와 그녀의 관계를, 올곧은 성정으로 감당할 수 있을까? 한숨이 났다. 혹여 또 달아나는 짓을 했다가는 다리를 부러뜨려서라도 주저앉힐 자신을 알기에 더 그러했다.

산중의 밤은 어제와 같으나 신우의 이 밤은 어제와 같지 않았다. 지난 하루의 시간은 생각하기도 아찔한 순간들의 연속이었다.

동이 트기 전부터 약락의 군사들은 양평성을 공격을 하기 위한 준비를 마친 상태였다. 전날 밤 의원을 구하기 위해 적주가 떠나고 홀로 남은 신우는 그들의 행동을 예의주시하며 때를 기다렸다.

드디어 전쟁이 시작되었다. 양평성을 공격하기 위해 총력을 기울이는 그 혼란을 틈타 신우는 녹연이 갇혔을 약락 대장군의 막사 근처까지 접근했다. 출병하는 약락의 대장군으로 보이는 자 옆에 소년이 있었다. 신우의 가슴이 울렁거렸다. 병사가 내어주는 말에 올라타는 소년은 애타게 그립던 그녀, 바로 녹연이었다. 비록 고개를 내려 얼굴을 볼 수 없고 동자복으로 위장을 했어도 신우는 바로 알 수 있었다.

"여위었구나."

안쓰러움에 가슴이 메었다. 어서 안전한 제 품으로 구해내야 했다. 허나 너무 가까웠다. 정예군사에 에워싸인 대장군이 녹연의 곁에서 한시도 떨어지지 않아 좀처럼 기회를 잡지 못했다.

그러고 보니 그는 직접 녹연을 호위하는 것처럼 그녀보다 반 보 앞서 그녀를 감싸듯 전진하고 있었다. 그는 제 안위보다 녹연의 안전에 더 신경을 곤두세우는 듯했다.

뭐지? 저건 무슨 의미지? 어째서 약락의 대장군이…….

신우는 마치 메스꺼운 덩어리를 삼킨 것처럼 불쾌해졌다. 그때 누군가의 말이 대장군에게로 달려왔다. 그들이 신속히 말을 달려야 할 상황이 온 것 같았다. 기회가 온 것인가 생각한 순간, 신우는 조금 전보다 훨씬 더 강한 불쾌감에 내몰렸다.

녹연을 돌아보는 그의 눈길을 보고 만 것이다. 그것은 남자의 눈이었다. 여인을 향한 남자의 눈.

신우는 아찔했다. 그는 녹연이 여인임을 이미 알고 있는 거였다.

혼란에 빠진 신우의 눈앞에서 놀라운 일이 일어났다. 녹연이 달리는 말에서 뛰어내린 것이다.

신우의 심장이 쿵 떨어졌다.

목이 부러져 죽을지도 모르는 위험천만의 행동을 녹연이 그의 눈앞에서 자행한 것이다.

"감히 저런 짓을!"

신우는 녹연을 향해 달렸다.

혼쭐을 내주리라, 눈물이 쏙 빠지도록 볼기를 쳐주리라.

신우는 총력을 다해 달렸다.

다행히 일어서는 녹연에게서는 크게 다친 기색이 없었다. 녹연이 그와는 반대 방향으로 뛰어갔다. 곧 그녀에 닿을 거라 예상했으나 쏟아지듯 나온 피난민들에게 감싸이는 바람에 신우는 그럴 수 없었다. 밀어내고 밀어내고 나아가는데도 그들은 끝없이 쏟아져 나왔다. 어느덧 그들 속에서 녹연의 흔적이 묻혀버렸다.

그래도 그때는 놓친 녹연을 이내 다시 따라잡을 수 있으리라 생각했다. 허나 사라진 녹연은 그의 애간장이 모두 다 녹아 없어질 때쯤에야 간신히 찾을 수 있었다. 그것도 목숨을 잃기 직전의 급박한 상황에서 말

이다. 한발만 늦었어도 녹연이 무사했을지 장담할 수 없는 아찔한 순간이었다.

산을 지나는 무고한 백성들의 피를 빠는 악귀들은 웬만한 무사보다 더 단련되어 있었다. 그래서 스스로 목숨을 버리려던 녹연의 기를 잡아 혼절시키고 늘어진 그녀를 손끝 하나 해치지 않고 탈출하기란 여간한 일이 아니었다.

그래도 천만다행이라 할 수 있었다. 마지막 순간 그녀가 부사했으니 말이다.

곁에 누운 녹연이 추워서인지 두려움이 가시지 않아서인지 몸을 떨었다. 신우는 세상에서 가장 튼튼한 울타리처럼 가녀린 어깨를 감싸 안고 천천히 눈을 감았다.

새벽녘 갑갑함을 느끼고 눈을 떠 보니 신우의 팔에 가두어져 있었다. 녹연은 그를 눈앞에 이리 두고도 꿈인지 생시인지 여전히 믿기지 않았다.

그러고 보니 그가 자는 모습을 보는 것은 처음이었다. 평소 냉랭하고 날렵한 모습은 눈을 씻고 보아도 없었다. 냉정한 눈매를 부드럽게 감춘 눈꺼풀과 무방비로 풀어진 입가는 사랑스럽기까지 했다. 녹연은 몹시 두근거렸다. 쿵덕쿵덕 그 떨림의 울림이 제게도 고스란히 들려왔다. 그만이 그녀를 이렇게 만들었다. 설레게도, 그립게도, 죽거나 살아가게도, 그만이 가진 위대한 힘이었다. 그녀를 송두리째 뒤흔들고 나락과 천상을 넘나들게 하는 힘.

동이 트면 돌아갈 테지, 그리운 산마을 대가님도 어머님도 산마을 모든 식구들이…… 수연 아가씨.

녹연은 찬 서리에 맨몸으로 내쫓긴 것처럼 서늘해져 가느다랗게 몸서리쳤다. 내내 의식하였지만 망각의 방 안에 잠시 가두어둔 현실이 막 빠져나오려 했다. 그녀를 생각하면 이렇게 따라나설 생각을 해서는 안 되었다. 하지만…….

용서하세요, 수연 아가씨.

용서받지 못할 테지만 어쩔 수 없습니다.

가당치 않다 여기어 물러나려 했던 오라버니의 곁을 이렇듯 탐하는 누를 범하였습니다.

"오만상을 찡그리니 참 못났구나."

언제 눈을 떴는지 신우가 빤히 보고 있었다. 밤사이 정을 나누고 팔다리가 얽힌 채로 노골적인 눈길을 받다 보니 녹연은 몸 둘 바를 몰라 시선을 피한 채 그를 밀어냈다.

"어허, 이제 와 부끄러워하느냐? 이미 볼 것도 보고 할 짓도 다 한 사이인데."

녹연이 낮을 붉히며 노려보는데도 그는 예의 그 담담하고 예사스런 표정으로 농후한 언사를 더 즐기고 있었다.

"유혹하느냐? 그리 보면 내 참지 못함을 어찌 알고."

"마, 망측하십니다. 오라버니야말로……."

더는 말을 섞지 않겠다는 듯 녹연이 입을 꾹 다물어버리자 신우는 뼛속까지 파고들어 알아내려는 것처럼 눈을 가느다랗게 뜨고 보았다.

"나야말로?"

"아, 아닙니다."

"회피하느냐? 그럼 그래야지, 뻑하면 달아나고 뻑하면 회피해야 진정 녹연 아기씨라 할 수 있겠지."

놀리는 것인 줄 뻔히 알면서도 녹연은 발끈했다.

"어, 어찌하여 그리 느, 능란하신 것입니까!"

"무어?"

눈썹을 치키던 신우의 입가가 스멀스멀 올라갔다.

"내 생각하기에도 내가 그쪽으로 특별한 재주를 가진 것 같다 느끼던 참이었다. 그런데 너도 그리 느낀 게로구나. 허참, 지금도 이 정도인데 연마 후에는 얼마나 더 대단할지, 스스로 기대가 되는구나."

"어, 어찌 그리 낯부끄러운 소리를 잘도……."

발끈하는 녹연의 반응과는 무관하게 신우는 꼿꼿이 든 날렵한 턱을 고매하지만 거만하게 쓸며 대단한 성은이나 베풀듯 뚝 말을 던졌다.

"내 긴히 네게는 그 과정에 동참할 수 있는 은혜를 베풀겠으니, 감사히 여기거라."

"차, 참으로 유아독존이십니다."

녹연이야 무어라 하든 말든 신우는 이제 호쾌하게 웃기 시작했다. 동굴이 울리도록 웃던 신우가 놓여나려고 버둥거리는 녹연을 옴짝달싹 못하게 끌어당겼다.

"아, 이제야 살맛이 나는구나. ……좋다."

함축된 한 마디가 그간에 겪었을 그의 가슴앓이를 느끼게 했다.

"오라버니."

녹연은 그를 위로하고 스스로 위안을 얻고자 너른 등을 꼭 감쌌다.

적주와 산 너머 마을에서 만나기로 한 시간이 지나 있었다. 흙으로 지펴두었던 불을 죽이는 것을 마지막으로 나설 차비를 모두 마친 신우는 남복으로 위장한 녹연을 빤히 들여다보았다.

315

"그러고 있으니 동자라 해도 믿겠구나. 허나 굳이 그럴 필요가 있겠느냐?"

"먼 길 가기에는 이 차림이 더 편합니다."

"내가 곤란하게 되었구나. 남색이라는 곡해를 받게 생겼으니 말이다."

"하, 하여간, 그러시면 제 곁에 얼씬도 안 하시면 될 것이 아닙니까?"

"그게 그렇게 쉬웠으면 진즉 그리했겠지, 내가 이리 사서 고생을 하겠느냐?"

들는 이를 몸 둘 바 모르게 하는 느물느물한 언사를 시종일관 간결하게 하고도 그는 별스럽지 않은 모양이다. 녹연은 그런 신우의 양상에 내심 약이 올라 못 들은 척 서둘러 동굴을 빠져나왔다.

욱욱청청 사이로 보이는 해는 이미 선연(鮮然)하게 떠올라 있었다. 녹연은 당당하고 따사로운 한 줄기 빛을 바라보며 저도 모르게 미소를 머금은 모양이었다.

"그렇게 웃기도 하는구나."

간담이 서늘해지는 목소리에 녹연은 소리 나는 곳으로 고개를 돌렸다. 놀랍게도 그곳에는 약락목연이 서 있었다.

약락목연의 정예군사들에 의해 무고한 피를 빨고 살던 악귀들은 밤사이 처참한 죽음을 맞이했다. 녹연이 그들에 의해 희생되었다고 생각한 그의 광분에 의한 결과였다. 동료들의 죽음에 겁을 먹은 한 놈이 실토를 하기 전까지 피의 향연은 끝없이 이어지는 듯했다.

"정말입니다요. 자결하려던 여자의 모가지가 푹 꺾이는가 싶더니 무엇에 끌리듯 나무 사이로 사라졌습니다요. 눈 깜빡할 사이의 일이라 그때 눈이라도 깜빡거렸더라면 저도 못 봤을 것인데, 제발 살려주십시오."

당시 약락목연은 눈을 질근 감았었다. 밤이면 속의 것을 풀어내듯 찾는…… 오라버니?

못된 것, 결국 그리된 것이냐?

그길로 약락목연은 군사들을 내치고 단신으로 그들의 뒤를 쫓았다. 혼절한 여자를 끌고 멀리 가지 못했을 것이다. 왜 이렇게까지 하여야 하느냐고 자문해보았지만 답은 없었다. 그저 남자의 치기가 이렇게 말했다.

'내게 죽을 정도면 그녀를 가질 자격이 없는 자다.'

약락의 대장군도 아닌, 약락을 이끌 차기 대인도 아닌 그저 남자로서의 그가, 그녀의 남자를 바스라트리고 싶었다.

'묵사발이 되도록 만들어주마. 약하디 약한 네 꼴을 절감케 해주마, 그녀의 눈앞에서!'

그들이 밤을 보냈으면 이 근처가 아닐까 살펴보던 차에 동굴을 발견했다. 기를 죽이고 접근하는데 동굴 안에서 녹연이 걸어 나왔다. 그녀는 별것도 아닌 햇살을 향해 배시시 웃었다. 너무도 기쁜 나머지 스스로도 억제하지 못하고 흘리는 그런 웃음.

약락목연은 얼어붙었다. 마치 둔탁한 무언가가 뒷목을 치자 몸속의 온도를 유지하던 피가 남김없이 빠져나가는 느낌을 받은 것이다. 허나 이내 그 피는 몸으로 흡수되어 부글부글 끓어올랐다. 그리고 어느 사이 억제할 수 없는 분노에 서걱서걱 얼음을 씹듯 말하고 있었다.

"그렇게 웃기도 하는구나."

고리눈을 뜬 채 돌아보는 그녀의 얼굴에는 웃음이 지워진 채였다. 그저 지난 시간 그와 함께 보냈던 막사에서의 무미건조한 동자로 돌아와 물었다.

"제가 대장군께 이럴 만한 가치가 있는 사람입니까?"

"가치라? 시건방지구나. 하기야 네 건방은 애초부터 그랬었지. 내 오늘 너의 그 오라비란 작자를 베어 젠체하는 네 꼴을 무너트려주마."

"그분은 대장군께서 생각하시듯, 호락호락하신 분이 아닙니다."

허투루 하는 소리가 아니었다. 믿음, 맹목적 신뢰에서 오는 확신, 흔들림이 없는 그녀의 눈빛은 그렇게 말하고 있었다.

부지불식간 잔인한 여인들의 그것처럼 스스로를 파멸로 이르게 하는 투기가 치밀어 올라 약락목연의 이성을 마비시켰다.

"네 말이 틀렸음을 내 당장 보여주마."

스윽.

회색 날빛을 번쩍이며 칼이 칼집에서 빠져나왔다. 동굴로 뛰어들려던 약락목연은 서너 발 옆에서 자신을 주시하고 선 수려한 남자를 발견하고 흠칫 멈추었다.

언제부터 거기 서 있었던 것일까, 남자가 다가온 징후를 느끼지 못했다는 것은 그가 이성을 잃은 탓도 있지만 남자가 보통은 아니란 뜻이었다. 만약 뒤나 노리는 비루한 자였다면 당했을지도 모를 위치에서 남자는 석상처럼 버티고 있었다.

녹연의 남자는 그와 같은 눈빛을 하고 있었다. 한 여인을 향한 갈망, 철저히 소유해야만 하는 강한 수컷의 본능적 욕구, 약락목연은 저를 들여다보는 것 같은 남자가 죽음이 아닌 이상 그녀를 양보할 리가 없을 것임을 느끼고 검을 세웠다.

"검을 빼라."

"대장군! 왜 이러시는 겁니까?"

사색이 된 녹연이 다가오려 하자 두 남자가 동시에 소리쳤다.

"오지 마라!"

"물러나라!"

녹연에게서 약락목연에게로 시선을 돌린 신우 또한 검을 뺐다.

"오너라."

한 여인을 향한 같은 생각의 두 남자의 자존심을 건 승부가 시작되었다.

휘익!

약락목연의 검이 눈 깜빡할 사이에 신우의 어깨를 내리쳤다. 신우는 재빠르게 그것을 막은 검으로 약락목연의 명치를 파고들었다. 그것을 간발의 차로 피한 약락목연이 이번에는 신우의 목으로 검을 꽂았다. 아슬아슬하게 그 칼날을 비킨 신우가 약락목연의 가슴을 내리그었고 그것을 약락목연이 칼날로 막으면서, 두 사내의 검이 사선으로 대치하여 한 치의 양보 없는 힘겨루기를 이어갔다.

번쩍번쩍 은빛 날 선 칼을 사이에 두고 그 칼날보다 더 날카로운 사내들의 시선이 교차됐다.

"너를 발등에 꼬꾸라지게 해주마."

섬뜩한 약락목연의 말에 신우 또한 서늘하게 응수했다.

"그 말은 무덤에서나 하시지."

챙!

두 사내는 누가 먼저라고 할 것도 없이 서로를 밀어내며 떨어졌다. 동시에 상대의 틈을 찾고자 치열하게 칼날을 휘두르고 꽂았다.

약락목연은 이마에서 흘러내린 땀이 눈썹 끝에 걸리는 것을 느끼고 흠칫했다. 자신을, 그것도 단신으로 이렇듯 대적할 수 있는 자가 있다는 것이 그로서는 충격이었다. 약락의 차기 대인이지만 검의 길을 먼저 걸은 무사이고 선비족을 통틀어 최고의 무사라 자타가 공인하는 그였다.

그런 그를 대적하면서도 상대는 흐트러지지 않았다.

부여와 고구려를 통틀어 저런 무사가 있다는 정보는 단 한 번도 접한 적이 없었다. 그랬다면 그가 기억하지 못했을 리 없다.

"너는 누구냐?"

약락목연의 물음에 남자로서는 흔치 않은 관옥의 얼굴에 냉랭한 빛이 감돌았다. 검과는 무관할 것 같은 고매한 자태로 은빛 칼날을 곧추세웠으나 그 솜씨가 범상치 않다는 것을 이미 아는 것이다. 뿐만 아니라 날렵한 콧날 사이 심중을 알 수 없는 냉철한 눈빛 또한 약락목연을 긴장시키기에 충분했다.

그는 철저한 이성적 판단으로 상대의 검술을 읽고 움직임을 계산하여 움직이는 그런 자임이 분명했다. 거기다 힘과 속도까지 위협적이니 한순간이라도 움직임을 놓친다면 낭패를 보고 말 것이다. 그렇다면 이제부터는 죽기를 각오하고 승부에 임해야 하는 거였다.

"대답하지 않겠다? 좋다, 놀이는 끝났으니 이제 둘 중 하나는 죽어야 할 것이다."

약락목연은 조금 전보다 검을 깊이 잡았다. 이번에는 상대에게 치명상을 입히거나 목숨을 앗을 때 쓰는 검술이었다.

"나 또한 바라던 바이다."

챙!

다시 검이 부딪치고 떨어지면서 두 개의 가느다란 은빛 줄기가 화려한 선을 그었다. 아름다운 그 빛줄기는 결국 누군가의 목숨을 끊어야 끝이 날 것이다.

그야말로 박빙의, 승부를 예측하기 어려운 사투를 벌이는 그들 앞에서 녹연은 오장이 모두 타들어가는 긴장의 고통으로 숨도 제대로 쉬지 못했다.

그들을 지켜보는 녹연의 눈에는 붙었다 싶으면 떨어지고 떨어졌다 싶으면 다시 붙고, 챙! 챙! 이어지는 칼날 부딪치는 예리한 소리가 끊이지 않는 것으로 싸움이 계속되고 있음을 예상할 뿐, 그 빠른 대결을 눈으로 좇는다는 것은 불가능했다.

약락목연에게는 호언장담하였으나 녹연은 불안했다. 전장에서 잔뼈가 굵은 약락목연에 비해 검을 잡기 시작한 지 불과 삼사 년 된 신우의 경험은 비할 바가 못 되었다. 부여 최고의 무사인 기련이라면 모를까, 급이 다른 이 싸움의 결과는 누가 봐도 비관적이었다.

녹연은 고개를 저었다. 누가 앞서고 누가 뒤지는지 가늠하지도 못하는 그녀로서는 기간이나 경험이나 모두 열세일 수밖에 없는 신우가 금방이라도 사방에 피를 튀기며 쓰러질 것만 같았다.

챙! 챙!

긴박하게 이어지는 쇳소리는 죽음이 부르는 소리처럼 녹연의 숨통을 옥죄었다. 헉, 헉, 오장이 칭칭 동여져 한 모금의 숨도 쉬지 못할 것 같은 지경에서 녹연은 죽어가는 자의 단말마처럼 외쳤다.

"그만, 그만! 다친다면, 다친다면, 용서치 않겠어요!"

숨이 끊어질 듯한 그녀의 간절한 외침은 두 사내 모두에게 가 닿았다. 한 사내에게는 다쳐서는, 다른 한 사내에게는 다치게 해서는 용서치 않겠다는 의미로 분명 전달된 것이다.

갑자기 칼바람이 멎었다. 그리고 그와 동시에,

윽!

누군가의 입에서 삼키는 듯한 비명소리가 났다. 그 낮은 비명은 분명 칼을 맞은 이의 것일 테지만, 녹연은 그가 누군지 알 수 없었다. 서로를 향해 휘두르던 칼은 멈추었다 해도 서로를 부술 듯한 시선은 여전히 그 치열함 속이었다. 그런 두 사내에게서 아무것도 읽어내지 못한 녹연은 절망스러웠다.

"아…… 아……."

숨통을 조이던 괴로움보다 더한 통증이 심장을 꿰뚫어 녹연은 두 팔로 제 가슴을 감쌌다. 신우의 시선이 그녀에게로 돌려진 것도 그때였다. 예의 그 속을 알 수 없는 눈빛은 변함없었지만 이내 외면하듯 눈길은 돌아가버렸다.

녹연은 온몸의 피가 일시에 빠져나가는 것 같았다. 따뜻한 피가 빠져나간 자리에 뼛속까지 치가 떨리는 한기가 밀려와 스스로 어찌할 수 없어 이를 부딪으며 덜덜 떨기 시작했다.

"오, 오라, 오라버……."

한 걸음 한 걸음을 얼마나 위태롭게 나아가는지 스스로는 인지하지도 못한 채 마치 모든 것을 잃어버려 텅 비어버린 여자처럼 넋이 나간 채 사랑하는 이에게로 걸음을 떼었다. 그녀의 연인은 그녀의 눈길을 외면하지만 그녀를 사랑하는 또 다른 남자는 그 여인의 애끓음을 온전히 그 시선에 담고 있었다.

"요, 용서치 않겠다…… 했습니다……. 용서치 않겠다…… 으, 으, 아 흑!"

녹연의 비명 같은 울음소리에 신우가 그때서야 그녀를 향해 다시 시선을 돌렸다. 절망을 고스란히 담은 채 천 길 낭떠러지 위에서 외줄을 타듯 위태롭게 다가오는 그녀에게로 달렸다.

"녹연아."

신우는 풀썩 주저앉고 마는 녹연을 무릎을 꿇고 안았다.

"나는 괜찮아. 괜찮다고."

"오, 오라버니, 오라버니……."

그의 말이 진실인지, 그저 안심시키기 위해 거짓을 말하는 것이 아닌지 녹연은 거듭 차는 눈물을 훔치며 그것이 세상 최대의 과업인 것처럼 신우를 더듬었다.

쿵!

뒤에서 들리는 둔탁한 소리에 녹연도 신우도 뒤돌아보았다. 가슴을 붙잡고 쓰러진 약락목연의 주변이 핏빛으로 물들고 있었다.

"대, 대장군님!"

녹연은 안간힘을 다해 일어서 약락목연에게로 달려갔다.

그 짧은 시간 이렇듯 많은 양의 피를 흘리는 것으로 보아 그의 상처가 꽤나 치명적인 듯했다. 목숨을 건 승부였기에 두 사내 중 누구도 이렇게 될 수 있는 상황이었다. 신우도…….

녹연은 치가 떨리는 것을 간신히 참으며 제 머리두건을 풀었다. 그렇듯 강건했던 남자와 동일인인가 싶을 정도로 약락목연의 호흡은 무기력했다. 간신히 심장을 비껴가긴 했지만 피가 샘솟듯 쏟아지고 있어 조금만 더 방치한다면 과다출혈로 목숨을 잃고 말 것이다.

녹연은 풀어낸 머리두건으로 지혈을 하며 곁에 다가와 있던 신우를 돌아보지 않고 말했다.

"어서 제 짐을 갖고 와주세요."

그녀의 짐에는 약서와 약재들 그리고 군의에게 얻은 누에에서 뽑아낸 봉합사가 들어 있었다. 이런 경우를 예상한 것은 아니지만 군의의 봉합 수술에 큰 자극을 받은 녹연이 약초와 바꾸어 간신히 갖게 된 거였다.

"더 지체하면 저자의 수하들이 들이닥칠 것이다. 서둘러 떠나야 한다."

짐을 들고 온 신우의 종용에 녹연은 엉뚱한 물음을 했다.

"장작 때던 자리에 아직 불씨가 남았겠지요?"

"흙 덮은 지 얼마 되지 않으니, 아직 남았겠지."

"제 짐을 풀면 실패가 있으니 거기서 바늘을 꺼내 소독해주세요."

"무엇을 하겠다는 게냐?"

가늘게 눈을 뜨는 신우를 녹연이 간절함을 담아 바라보았다.

"어서 서둘러주세요. 오라버니의 도움이 절대적으로 필요합니다."

"이자는 적이다. 그런 자를 살리기 위해 목숨을 걸고 지체하겠다는 것이냐?"

신우의 거역할 수 없는 위엄에도 녹연은 굴하지 않았다.

"이분 또한 사람입니다. 그저 사람을 살리고자 함이니 도와주세요."

결코 물러나지 않을 결연이 담긴 녹연의 시선을 노려보던 신우는 노기를 담아 말했다.

"오늘 부린 고집 값은 내 꼭 받을 것이다."

말은 그리하나 그 또한 녹연의 뜻에 조금은 수긍하는 듯했다. 더는 싫은 말하지 않고 녹연의 부탁을 행하느라 등을 보였다.

"이제 곧 더는 피를 흘리지 않게 해드릴 테니 힘을 내십시오."

패배로 인한 충격 때문인지 지나친 출혈 때문인지 죽은 듯 눈을 감고 있던 약락목연이 천천히 눈을 떴다.

"가라."

약락목연은 치명상을 입은 사람 같지 않은 단호한 눈길과 힘 있는 어조로 말했다.

"들키기 전에 떠나라. 나를 해한 죄로 너와…… 너의 남자, 너의 나라까지도 안전하지 못할 것이다."

"제가 대장군의 상처를 봉합해드리기 전에 떠나는 일은 없을 것입니다."

"필요 없다! 가라 했다."

불끈 힘을 주는 약락목연의 가슴을 묶은 두건 지혈대 위로 피가 흠뻑 고여 흘렀다.

"이렇게 피를 흘리면 죽을 거라는 것을 정녕 모르십니까?"

"이까짓 상처는 아무것도 아니다. 떠나라, 떠나란 말이다."

한 마디, 한 마디를 뱉을 때마다 약락목연의 상처에서는 열린 수문으로 방수가 되는 것처럼 피가 뿜어져 나왔다. 그럼에도 뜻을 꺾을 기색조차 없는 그를 한시가 바쁜 녹연은 안타깝게 바라보았다.

"저 남자, 죽는 순간까지도 고집을 부릴 것이다."

동굴에서 남은 불씨를 가지고 돌아온 신우가 툭 던지듯 말했다.

"그럼 어떻게 합니까?"

"내가 저자를 기절시킬 테니 그때 꿰매거라."

녹연이 무어라 대꾸하기도 전에 신우를 노려보던 약락목연이 소리쳤다.

"그리했다가는 네놈을 갈기갈기 찢어 죽일 테다."

"그러려면 사시오. 살아야 찢든 죽이든 할 것 아니오?"

마음을 둔 여인에게 약한 모습을 보이는 것, 강한 남자에게는 죽음보다 더 큰 두려움이었다. 녹연이 당장 떠나기를 원하는 약락목연의 심정이 바로 그런 것이리라. 공감에 의한 일맥상통이 신우에게 약락목연을 자극할 수 있는 말을 정확히 찾을 수 있게 한 것이다.

"봉합을 하는 즉시 떠나라. 거기까지만 허하겠다."

던지러운 것을 외면하듯 약락목연은 휙 고개를 돌렸다.

봉합을 할 준비와 약락목연의 허락까지 떨어졌으나 이제는 녹연이 멈칫거리기 시작했다. 급한 마음에 나서기는 했지만 군의의 수술을 몇 번 보조한 것 말고는 직접 해본 경험이 없다는 것을 그녀가 자각하게 된 것이다.

'할 수 있을 것이라 생각했는데. 당연히 하리라 생각했는데……'

녹연의 바늘 든 손이 애처로울 만큼 떨렸다.

'모, 못 하겠다. 할 수 없다. 무슨 배짱으로 할 수 있을 거라 생각했을까.'

포기하려는 마음이 울컥울컥 솟아 고개를 떨어뜨리는데 바늘을 들지 않은 다른 한 손이 커다란 손에 의해 감싸졌다.

"무슨 일을 하든 언제나 처음은 지나야 하는 법이다. 실패를 두려워하다 시도조차 못했음에 더 고통 받을 사람은 바로 너다. 저자는 네가 실패해도, 네가 포기해도 죽을 사람이니, 지금 이 시간이 사람을 살리고자 하는 네 의지의 첫 번째 난관이라 여기고 이겨내 보여라. 내가 아는 녹연은 그것을 할 수 있는 사람이다."

고개를 드는 녹연을 응시하는 신우의 눈길이 더없이 진중했다. 어려운 순간을 맞이했을 때 절대적 신뢰를 공감하는 관계, 내려가야만 살 수 있는 절벽에 걸려 있는 단단한 외줄과 같은 강고한 믿음이 그들에게 흘렀다.

"오라버니."

신우는 천천히 고개를 끄덕였다. 무한의 신뢰가 그 속에 깃들어 있었다.

녹연은 그 믿음을 통해 자신감을 되찾았다. 녹연에게 신우는 미완의 그녀를 완성하는 사람이었다. 그래서 그들은 서로에게 필요할 수밖에 없는 존재들이었다.

"아프시겠지만 최대한 힘을 빼십시오."

녹연의 첫 번째 봉합은 시작되었다.

깊은 상처라 먼저 내피를 꿰매고 다시 외피를 꿰매었다. 녹연의 이마에 땀방울이 맺히자 신우가 소매로 그것을 닦았다. 환부의 피도 닦아 녹연의 시야를 밝혔다. 대견하다 부추기는 신뢰의 눈길 또한 잊지 않았다.

몹시 고통이 따랐을 텐데도 약락목연은 눈빛 하나 흔들리지 않았다.

그들에게는 길고 긴 시간이 드디어 끝이 났다. 마지막 땀을 뜬 녹연이 기진한 듯 실 자른 바늘을 내려놓았다.

"애썼구나. 아주 대견하구나."

한 치의 과장 없는 신우의 뿌듯한 시선에 녹연은 그 품에 고개를 묻었다.

"백날 천날 이러고 있었으면 하는 마음은 내가 더 굴뚝같으나 이제 더는 지체할 수 없으니 어서 서두르자."

신우의 뒤를 따르던 녹연이 여전히 고집스럽게 눈을 감고 있는 약락목연을 돌아보았다.

"꼭 쾌유하셔야 합니다. 대장군님을 목숨처럼 따르는 군사들과 백성들을 위해서 말입니다."

떠나가는 녹연의 모습은 약락목연의 눈을 기어이 뜨게 했다. 그를 해한 죄에서 벗어나기 위해서가 아니라 군사와 백성들을 생각하라는 건방진 간언을 남긴 채, 애초의 만남에서부터 그랬다. 어떠한 경우에도 고매한 올곧음을 흐트러트리지 않으며, 참으로 못되게도, 흐려지는 눈 속에서 사라지는 어깨는 마음을 할퀴고 생채기를 남기는 것이었다. 한 줌의

가루로 흩어지고 나서야 사라질 생채기를.

　적주와 만나기로 한 마을로 향하던 신우는 연신 뒤처지는 녹연 앞에 우뚝 멈추어 섰다.
　"업히거라."
　"예?"
　마치 헛것을 들은 것처럼 놀라는 녹연 앞에 신우는 이제는 등을 내놓고 그 긴 다리도 꺾어 낮춘 채 재촉했다.
　"업히라 했다."
　"시, 싫습니다. 나, 남세스럽게."
　놀라움이 가시자 이제는 부끄러움에 얼굴을 붉히는 녹연을 신우는 눈썹 하나 까딱하지 않고 꼼짝 못하게 몰아세웠다.
　"어허, 꾸물거리고 있을 틈이 없단 말이다. 네 굼벵이 걸음이 날 가는 줄 모르고 있지 않느냐. 이래서야 오늘 안에 당도할 수 없을 것이다. 정녕 민폐인 것을 모르겠느냐?"
　골이 나나 제 걸음이 굼뜬 것 또한 사실이었다. 억울하였으나 반박할 수 없어 뻣뻣해져 서 있으려니 신우는 그런 그녀를 들추듯 업고 성큼성큼 걸어 나갔다.
　"이, 이거 놓으십시오."
　"밤사이 나를 받아낸 네 몸이 안쓰러워 그러는 것이니 삐치지 말거라."
　그는 분명, 지짐이 불판에서 녹아내리는 비계 덩어리처럼 느끼하고 느물거리는 소리를 하고도 들은 사람이 없다면 그런 말을 입에 담았을 것이라고는 상상하기도 어려울 만치 산뜻하고 담백한 모습일 것이다.

"어, 언제 삐쳤다고. 지, 징그런 소리를 잘도, 내려주시어요."

내려달라 몸을 비트는 녹연의 다리를 두 팔로 두른 신우는 그녀가 꼼짝도 못할 강한 힘으로 다부지게 추슬렀다. 그의 등에 업혀 버둥거리던 녹연이 힘이 부치기 시작하자 잠잠해졌다. 그리고 잠시 후 포기하고 그의 너른 등에 얼굴을 폭 묻었다.

"쉽게 승부가 나지 않았을 텐데 너의 외침에 빈틈을 보이더구나."

"예?"

녹연은 고개를 들고 물었다.

"그자 말이다. 네 말에 철저히 반응했다. 네게 딴 마음이 있는 것처럼 말이다."

"서, 설마요. 오라버니 말씀은 그가 제게 연심이라도 품었다는 말씀이세요? 절대 그럴 리 없습니다. 그는 저를 남자로 압니다. 미동을 좋아하는 것이라면 모를까……."

녹연은 입을 다물었다. 막사에서의 입맞춤이 기억이 난 거였다. 약락목연의 일방적 입맞춤이라고는 하나 부정을 저지른 것 같은 죄책감이 드는 것은 어쩔 수가 없었다.

"오라버니, 드릴 말씀이 있어요. 동자를 좋아하는 그가 저를 동자로 여기어 잠깐 실수를……."

"더 이상 말하지 마라. 내, 돌아가 그놈을 죽여 네 노력을 물거품으로 만들 수 있으니 말이다. 때로는 모르는 것이 약이 되는 일도 있는 법이다."

신우는 덤덤한 투로 말하고 묵묵히 걸음을 옮겼다.

녹연은 그런 신우가 감정이 고스란히 드러나는 그녀의 말간 눈을 보지 않음을 다행으로 여기며 차고 오르는 옹졸한 감정을 추스를 것이라고 생각지도 못했다.

　적주는 약락목연의 수하 장수인 등양의 아들을 고친 의원을 구출하여 함께 신우와 약속한 마을에 지난밤부터 이미 들어와 있었다. 늦어도 오전 중으로는 당도할 것으로 예상했던 신우는 날이 저물기 시작했는데도 소식이 없었다.

　적주는 어젯밤 머물던 여관에 의원을 모셔두고 신우가 올 법한 길을 짚어갔다. 산과 경계쯤 되는 마을 어귀에서 신우를 발견했다. 반가운 마음에 달려가려던 그는 그 자리에 멈추어야 했다.

　신우가 업고 있던 남복을 한 녹연을 내려놓았다. 무어라 하는지 거리 때문에 그들의 대화를 알아들을 수는 없었지만 누가 보아도 참 잘 어울리는 연인의 모습인 것은 분명했다. 녹연이 먼저 고개를 돌렸다. 그런 녹연에게로 신우의 시선이 따랐다. 무방비하게 철저히 드러난 신우의 시선에 적주는 움찔했다. 본의 아니게 타인의 속살을 숨어서 보고만 충격이 이러한 기분이 아닐까.

　녹연을 좇는 신우의 시선은 전과 달랐다. 분명 달라져 있었다. 소중한 제 여인이라는 마음은 한결같겠지만 그동안의 드러내지 않던 갈구와는 확연히 다른, 숨 막히게 단단한 결속이, 온전히 내 것이라는 결계가 신우의 시선 안에서 녹연을 휘감고 있었다.

　적주는 한숨을 물었다.

　결국 금단의 결계를 부수고 그 위험한 중독에 발을 들여놓은 것인가. 이제는 그것을 끊고는 죽어도 견디지 못할 지독한 중독 속으로.

　적주는 이제야 알아보는 그들을 향해 간신히 미소를 지었다. 어색해진 그를 눈치 채지 못할 만큼 신우는 녹연에게 집중하고 있었다. 일말도 내

색치 않지만 그런데도 불구하고 흐르는 물처럼 자연스럽게 그렇게 흘러들었다.

적주는 다시 한숨을 물었다.

그들 앞에 남겨진 엄청난 난제는? 과연 어떻게 해결해야 할 것인가.

여관에 당도하여 녹연이 의원과 상봉을 하는 사이에 적주는 넌지시 물었다.

"아기씨는 아는 겁니까?"

신우의 낯빛이 얼음물을 뒤집어쓴 것처럼 일순 굳었다. 이내 빙결보다 더 찬 눈길을 그에게 되돌릴 뿐 대답은 없었다. 그렇지만 그것이 무엇보다 확실한 답임을 아는 적주였다.

'입 다물고 상관하지 말라……'

하기야 저리 해맑게 웃는 녹연을 보아도 굳이 물을 필요 없는 질문인 것인데, 적주는 곧 휘몰아칠 회오리바람을 어떻게 막아내야 할 것인지 답답한 마음에 터지는 한숨을 또 다시 물었다.

함께 돌아가자는 녹연의 간청에도 의원은 고개를 저었다. 남은 생을 약초 연구에 몰입하고자 함은 의원의 마지막 남은 삶이었다. 그것을 잘 아는 녹연으로서는 뜨거운 눈물로 이별을 대신할 수밖에 없었다.

동뜨기 무섭게 떠나는 행상들에 끼어 녹연은 신우를 따라 부여로, 의원은 예정대로 위나라로 향하느라 갈라졌다. 부녀의 정을 나누던 의원과 헤어지는 일은 괴로웠지만 신우를 떠나는 일은 이제 죽음과도 같다는 것을 아는 녹연으로서 그것은 순리적 선택이었다.

내다팔 물건을 양껏 실은 행상들의 걸음은 그리 빠를 수는 없었다. 그래도 녹연이 포함된 이상 부여 땅과 가까워지기 전까지는 행상들 안에 섞여 있는 것이 더디나 안전했다.

밤이 올 때마다 때맞추어 마을이 있어주는 것이 아니다 보니 임시 막사에서 밤이슬을 피하는 일이 태반이었다. 여럿이 드는 막사에서 신우는 녹연에게 손끝 하나 대지 못하고 있었다. 이미 운우지정을 나눈 제 여인을 곁에 재우면서 그러기란 사내로서 여간 힘든 일이 아닐 것이다. 내색은 않지만 신우가 견딜 수 없는 지경으로 몰려가고 있다는 것을 적주는 알 수 있었다.

"오늘 머물 마을은 꽤 커 상설 장 가까이에 여관도 여러 개라 일찍이 거기서 묵어간다 합니다. 그래서 저는 오늘밤 다른 장사치 방에 얹혀 자려고요."

신우는 한쪽 눈썹을 치키며 적주를 보았다.

"네 눈에 내가 발정 난 짐승 같아 보이느냐?"

적주는 신우를 흉내 내듯 지그시 웃으며 느릿느릿 되물었다.

"그럼 아니십니까?"

"이런 고얀. 좋다, 고백하마. 내가 아주 죽을 지경이다. 그 부끄럼쟁이가 어쩌다 손끝만 닿아도 아주 야멸치게 밀어내니 말이다."

"허허."

안타까운 것인지 고소하다는 것인지 알 수 없는 웃음을 터트린 적주를 향해 비웃으려면 비웃으라는 듯 보던 신우가 말했다.

"나와 단둘이 잘 것을 알면 녹연은 설사 문밖에서 서서 자는 한이 있어도 방으로 들어오지 않을 것이다."

"이런 안타까울 데가 있습니까, 절호의 기회인데. 발정기인 짐승에게는 참으로 안된 일입니다."

"마음대로 놀리거라. 부러워 그러는 것을 어찌 모르겠느냐. 내 넓은 아량으로 덮어주겠으니 여복이나 한 벌 마련해 오거라."

우연의 신록

"여복을요?"

적주가 눈이 둥그레져 묻자 신우는 배부른 고양이처럼 느긋하게 답했다.

"녹연이 입을 만한 고운 것으로 말이다. 너 같은 어린 샌님은 평생 모를 밤나들이를 이 형님께서는 즐길 것이니. 어린아이는 쑥쑥 자라도록 이른 잠이나 청하거라."

제 할 말 끝난 신우가 나른하게 입가를 올리는데도 적주는 기가 차 대꾸도 못 하고 입을 열다 다시 꾹 다물었다.

녹연은 느닷없는 적주의 끌림에 몸단장을 하고 거리로 나왔다.

"아기씨, 밤에 서는 장은 못 보시지 않았습니까? 오늘 재미난 구경이 될 것입니다."

"그런데 어이하여 이리 곱게 차리라 하십니까?"

"이왕이면 고운 게 낫지요."

지그시 웃는 적주의 말에 혹하여 따라 나서기는 했으나 신우가 알고 역정을 낼 것을 생각하니 이내 꺼림칙해졌다.

"역시 돌아가야겠습니다."

돌아서는 녹연 곁에 도대체 언제 다가온 건지 신우가 느긋하게 걷고 있었다.

"오, 오라버니."

"어딜 돌아간단 말이냐?"

"어찌……."

"비록 밤이나 우리 둘만 하는 첫 나들이인데 정녕 돌아가야겠느냐?"

"둘만……. 그러고 보니 적주 오라버니."

신우의 등 뒤를 기웃거려 보았으나 적주는 사라진 후였다.

"혹시, 오라버니께서 꾸미신 일입니까?"

"서두르자, 놀이판이 시작된 것 같으니."

신우는 대답 대신 녹연의 손목을 잡고 사람들이 모인 놀이판으로 끌었다. 판을 두고 마주 앉은 두 남자가 신중히 말을 놓고 그 곁에서 사람들이 돈을 걸었다.

"저들은 무얼 하는 것입니까?"

"저것은 행기[18]인데 초나라 항우와 한나라 유방의 전투를 묘사한 놀이이고, 저 돈 내는 이들은 판의 승자에게 돈을 거는 투기꾼들이다."

신기해하며 고개를 끄덕이던 녹연이 다른 구경거리가 또 무엇이 있나 두리번거리다 가판을 하나 발견하고 눈을 반짝였다.

"오라버니, 저기 좀 보십시오. 조(俎)[19]인데 청동으로 되었습니다."

녹연은 신우의 팔을 끌어 가판으로 향했다.

그녀에게 이끌려 간 가판에는 청동으로 만든 그릇뿐 아니라 다양한 장신구도 함께 진열되어 있었다.

"갖고 싶은 게냐?"

신우의 물음에 녹연은 고개를 저었다. 그녀는 그것을 받고 기뻐할 대가부인의 얼굴이 떠올랐던 것이다.

"하지만 살 것입니다."

"갖고 싶지는 않으나 사겠다? 복잡하구나. 여하튼 내가 사주마."

"싫습니다."

---

18) 후에 상기(象棋)라 함. 중국의 장기.

19) 고기 담는 그릇.

녹연은 눈살을 찌푸리는 신우를 향해 빙그레 웃었다.

"하지만 제가 가진 것이 없으니 빌려주시겠어요?"

"그릇 하나 사주는 것 가지고 무얼 그리 따지려 하느냐?"

"아닙니다, 저것은 제가 어떤 분께 선물을 하려고 하는 것이니 꼭 갚을 겁니다. 제가 할 선물을 오라버니께서 셈 치르시는 것이 우습지 않습니까? 그러면 제가 하는 것이 아니고 오라버니께서 선물하게 되는 거니까요."

야무진 입으로 말하는 녹연의 눈을 가늘게 뜨고 응시하던 신우는 그 주머니가 그 주머니이지 무엇을 그리 꼬치꼬치 따지는지 속으로 혀를 차면서도 그녀가 흥정을 끝내자 말없이 셈을 해주었다.

"참으로 까다롭다. 너 같은 여인이 또 있을까 싶구나."

마뜩찮을 것이 분명한 신우를 말갛게 웃고 보던 녹연이 이내 웃음을 거두고 거만하게 눈을 내깔았다.

"그래서 제게 반하지 않으셨습니까?"

느릿느릿 턱을 치키면서 하는 말본새는 영락없이 신우의 모습이었다.

"허, 젠체하는 모양이 유아독존이로구나."

신우도 말은 범연하게 하면서 눈빛만은 장난기가 어른거렸다.

"오라버니만 하겠습니까?"

똑 쏘아붙이듯 놀리며 달아나는 녹연을 한 걸음 만에 잡은 신우는 그녀의 팔을 당겨 돌려세웠다.

"그래, 반하였다. 아주 꼼짝 못하게 반하고 말았어. 이렇듯 팔불출이 되어도 하나 부끄럽지 않으니 나는 아무래도 네게 미친 듯싶구나."

신우의 눈빛 어디에도 웃음의 흔적이 없었다. 사람의 가슴을 철렁 내려앉게 만드는 한없이 깊은 눈길에 녹연은 절로 뒤설레었고, 장터의 많은 사람들은 그들에게 주변인조차 안 되는 무존재의 사물이 되었다.

자잘하게 떠는 녹연을 신우가 감싸 안았다. 성큼 다가온 동절기의 제법 매운 바람이 떨림의 원인이 아니라는 것은 그녀도 그도 아는 사실이었다.

"하, 좋구나. 미쳤다 손가락질 받는다 해도 나는 세상에서 가장 행복한 남자이니라, 너를 이렇듯 품에 안을 수 있으니 말이다."

신우의 가슴에 얼굴을 묻은 채 미소 짓는 녹연도 그와 같은 마음이었다. 세상 가장 행복한 여인이 바로 자신이라고.

12장

상인들과 헤어진 후에도 나흘을 더 말을 달려 산마을로 들어섰다. 녹연은 신우의 등 뒤에서 말을 모느라 요동치는 그의 등 근육으로 시선이 가는 자신을 깨닫고 살포시 얼굴을 붉혔다. 그 남자다운 등에 얼굴을 기대고 싶은 것을 간신히 참으며 일부러 거리를 둘라치면 어찌된 일인지 신우는 더 거칠게 말을 몰았다. 그러고는 곧 "떨어지지 않으려면 꼭 붙들어야 할 것이다." 성난 이처럼 덧붙이니, 이만저만 곤란하지 않았다.

나무들이 빼곡한 숲을 한 겹 한 겹 지나자 어느 순간 친근한 향기가 풍겨 왔다. 녹연은 산마을의 밥 짓는 냄새를 들이켜며 눈을 감았다. 특별할 것도 없는 흔하디흔한 그 냄새가 이렇듯 정다운 것은 그녀가 그리움이 무엇인지 알게 된 원인도 클 것이다. 녹연은 산마을이 저를 반갑게 반기는 것 같았다. 소박한 풍광도 떠날 때는 무더웠으나 돌아온 숲은 서리가 내려앉아 있었다. 하기야 벌써 상강(霜降)이 지났으니 별스런 일은 아니었다.

산중의 밤은 일찍 온다. 석반 준비를 하는 마을은 성큼성큼 다가오는 어두움의 시간도 함께 맞고 있었다.

땅거미가 짙어지기 시작한 집으로 들어서자 석태와 석태 아범, 그리고

일하던 아이들은 녹연을 발견하고 주인 찾은 강아지 마냥 뛰고 절고 난리를 쳤다. 소란스런 소리에 "뭔 일이요?" 하고 부엌을 나오던 인주 어멈이 녹연을 보고 엎어지듯 달려왔다.

"아이고, 아기씨. 아이고, 아기씨. 정말 아기씨가 맞는 거지요?"

"인주 어멈……."

그립고 미안함에 어른거리는 눈물을 참으며 멋쩍은 미소를 짓는 녹연의 손을 인주 어멈은 덥석 잡고 서운함을 못 이겨 원망을 쏟아냈다.

"아고, 아기씨, 아고, 아고, 어째 이래 무정하실 수가 있대요."

그러다 핼쑥해진 녹연의 얼굴을 뒤늦게 알아채고 통곡하기 시작했다.

"에고 잉. 우리 아기씨, 얼마나 고생을 하셨음 요렇게 얼굴이 반쪽이 되셨대. 이힝, 윽윽, 에고 에고, 불쌍하셔라. *끄윽끄윽.*"

"그러니 인주 어멈이 녹연일 좀 잘 챙겨 먹이게."

언제까지 이어질지 모를 그녀의 울음소리를 듣다 못한 신우가 끼어들자 인주 어멈은 앞치마로 세수하듯 얼굴을 쓱쓱 문질러 닦고는 허둥거렸다.

"그렇지요, 그렇지요. 내 정신 좀 보라니까, 어서 어서 드세요. 내 얼른 상 들일 것이니 말이에요."

인주 어멈이 부엌으로 사라지자 신우는 안채 방문을 열고 서 녹연을 돌아보았다.

"들어가거라."

"하지만 문후 먼저……."

"그럴 필요없다. 부재중이시라 하니."

신우의 입매가 굳었으나 녹연은 그것을 눈치채지 못하고 그를 지나 섬돌에 올랐다.

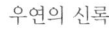

우연의 신록

"먼저 들어가 있거라. 나도 곧 갈 테니. 날이 차다, 어서."

녹연은 온기가 이는 방으로 순순히 들어 닫히는 문을 가만히 바라보았다.

문이 꼭 닫히고 나서야 차마 묻지 못한 말을 조심스럽게 꺼내보았다.

"수……연 아가씨……."

돌아온 마을은 마치 그날 이전으로 돌아가 있는 듯했다. 사랑하는 이들에게 조그만 선물이라도 직접 마련해주고자 기련을 따라 약초를 팔러 산을 내려갔던 그날 이전으로, 연인을 찾는 그녀가 안타까워 위험을 무릅쓰고 수연을 구했던 그날 이전으로, 오갈 데 없던 수연이 가슴 아파 산마을로 무작정 데리고 왔던 그날 이전으로, 시간이 되돌아간 듯한 착각이 일었다.

신우, 적주, 인주 어멈, 재회한 모든 사람들이 약속이나 한 것처럼, 확고하게 흐르는 함묵의 기류가 수연을 애초에 이곳에 존재하지 않았던 것처럼 느끼게 했다. 단연코…… 그러한 듯했다. 그러한 듯…….

하지만 과연 그러할까?

깊은 속내의 진실은, 스스로 들여다보기도 꺼려지는 그 속내는 어떨까?

어쩌면, 고요 같은 함묵 속에서 세상을 삼킬 기세의 회오리로 존재할 것이라 여기는 것은 아닐까. 그저 그들 중 누구 하나도 자신처럼 나서지 못하는 것일 뿐. 두려워, 너무도 두려워서 차마 언급하지 못하고 입 속으로 사그라지게끔 하고 마는 자신처럼 그들 또한 그저 침묵을 위한 침묵을 하는 것은 아닐까. 언제 깨어질지 모를, 일순간이 될지 모를 위태위태한 평화를 지키기 위해 스스로와 타협하는 것처럼.

녹연은 죄인이었다.

다시 돌아온 것이 그렇고, 다시 떠날 수 없음이 그랬다. 녹연은 그 속에서 놓여날 수 없을 것이다. 수연이 산마을을 떠났다 해도, 여전히 이곳에 머물고 있다 해도, 스스로 죄인이라 여기는 녹연의 죄책감은 수족을 묶어 사지를 옭아맬 것이고 목을 틀어 숨통을 조일 것이고 가슴을 움키어 심장을 가둘 것이다.

인주 어멈에게 아랫사람들 입단속을 명하고 방으로 든 신우는 혼란한 심정을 채 거두지 못한 녹연의 눈과 마주쳤지만 모른 척했다.

그들 사이에 놓인 크나큰 암초 같은 아버지의 임종, 그리고 그녀가 아닌 다른 여인과의 혼례.

신우에게는 시간이 필요했다. 어쩔 수 없이 맞닥트려야 한다면 부러지든 휘어지든 부딪칠 생각이었지만 다행히도 수연은 어머니와 사당행을 떠나 있었다.

수연과의 혼인은 무효화되어야 했다. 아버지의 유음이고 아버지의 벗에 대한 신의라 해도 더는 이어갈 수 없었다. 죽어가면서도 지키려 했던 아버지의 신의가 수연이라면 죽어도 지켜야 할 신우의 신의는 바로 녹연이기 때문이다.

언제 만들었는지 인주 어멈이 녹연이 좋아하는 음식을 몇 가지 만들어와 빠른 손놀림으로 상차림을 했다. 녹연이 이 집에 온 열두 살 때부터 늘 그랬듯 상전이라기보다 자식처럼 그녀를 거두는 인주 어멈을, 그들의 모습을 바라보는 신우의 입가가 지그시 올라갔다.

신우는 모든 것을 얻은 만족감에 가슴 한쪽이 차고 올라 묵직했다. 전에는 무심코 스쳤던 이런 소소한 순간들이 이제는 전부인 것처럼 귀하기만 했다. 이러한 행복에 방해가 되는 것이 있다면 철저히 내치리라.

우연의 신록

어떠한 희생이 따르더라도 스스로의 신의를 지키리라. 결심하는 신우의 마음은 아버지의 그것과는 달랐다.

　상을 물리기가 바쁘게 신우는 기련이 기다리는 사랑채로 건너가고 녹연은 노예로 팔려갈 처지를 기련에 의해 구제받은 그날 이후부터 내내 지내던 그녀의 방으로 들었다.

　태아에게 절대적 안정을 주는 모태, 인간답게 살기 시작한 그때로부터 이 방은 녹연에게 모태나 마찬가지였다. 침상 옆 의자에 앉아 인주 어멈이 손질해놓은 제가 쓰던 침장을 쓸었다.

　"그리웠단다."

　벗에게 하듯 오래된 침장에 토로하고 그 위로 고개를 내렸다. 스르륵 눈이 감겼다.

　고민하고 극복해야 할 일들이 산재하였지만 지금만은 이 평안을 누리고 싶었다. 다시 눈을 떴을 때 맡아야 할 제 몫의 걱정도 잠시 내려놓을 생각이었다. 수연에게 죄스러워 표내지 못했던 평안의 순간을 이 순간만은 만끽하고 싶었다.

　신우는 기련으로부터 부재중일 때의 보고를 받느라 두 시각이 지난 시간에 녹연의 방으로 향했다. 남자가 되고 수없이 생각 속에서만 넘었던 금단의 문을, 이별을 말하던 녹연을 몰아세웠던 그 밤 이후 오늘 다시 넘고 있었다. 상상 속에서의 그 일을 현실에서도 이제는 수없이 행하겠지만 아직은 내면의 소요가 느껴졌다. 간절하나 가질 수 없었던, 미칠 듯 열망하는 이에게는 잔혹하기만 한 금기를 넘을 때의, 짜릿함, 두려움, 기대. 이러한 것들이 혼합된 술렁거림이 이 순간에도 여전히 그의 내면에 자리 잡고 있었다.

녹연은 잠들어 있었다. 앉은 자세라 꽤나 불편할 텐데도 더없이 편안한 얼굴이었다. 볕 좋은 날 느긋한 산보 중에 오는 나른한 졸음처럼 그렇게 편안했다. 그런 녹연을 보고 선 신우의 입가가 절로 올라갔다.

"이제야 모든 것이 제자리를 찾았구나."

신우는 녹연을 침상에 누이고 녹연이 앉았던 그 자리에 앉아 잠든 그녀를 하염없이 바라보았다.

조반 준비를 마친 인주 어멈이 시간이 지나도 나오지 않는 녹연을 찾아 그녀의 방문을 열었다. 하지만 곤히 자는 녹연의 침상 곁에 앉은 채 엎드려 잠들어 있는 신우를 발견하고 열었던 문을 조심스럽게 닫았다.

"저리 정이 깊은데 어찌 떼어놓을 생각을 하셨대요? 그것은 인력으로 될 수 있는 일이 아니지요."

인주 어멈은 하늘을 바라보며 원망의 목소리를 던졌다.

날카롭게 잘려 나간 듯 깎인 절벽 아래에서는 수십의 청년들이 가부좌를 틀고 있었다. 매서운 칼바람에 서릿발까지 섞여 날리는데도 바위에 정좌한 그들 중 단 한 사람도 흐트러지는 이 없었다. 그들은 어느덧 뛰어난 무사들로 성장해 있었다. 맞설 상대에 비해 턱없이 부족한 수인 것은 사실이지만 그 기량은 비교할 수 없이 높아 전면전만 피한다면 그들에게도 승산이 있었다. 여기에 천귀류의 힘까지 더해진다면 설사 그러한 양상으로 흐른다 해도 대응할 수 있을 것이다.

마을에서 연통을 받은 기련은 절벽 위 가장 높은 바위에서 정좌 중인 신우에게로 다가갔다.

"오늘도 뚜렷한 움직임은 없었다고 합니다."

신우는 천천히 눈을 떴다. 깊은 물과 같이 그 속을 알 수 없는 그 눈빛

에서 기련은 아무것도 읽어낼 수 없었다. 심중을 헤아릴 수 없는 것은 타고난 성정이 드러내지 않아서이기도 하지만 살수에 아비를 잃고 난 후로는 더욱 완벽한 가림 안에 스스로를 가두었다. 내려진 암막은 그 안에 존재하는 한 조각의 내면도 빠져나올 수 없게 철저히 차단했다. 그러한 그도 녹연에 대해서만은 예외였다. 애초부터 그러했다. 찬란한 햇발을 완벽하게 가린 가림막, 그것을 유일하게 들칠 수 있는 선택받은 손길처럼 그에게 녹연이라는 존재는 드러낼 수 있는 자신의 또 다른 내면이었다. 그녀에 대해서만 암막을 거둬내었다. 때로는 냉정의 껍질도 벗어냈다. 간혹은 벌거숭이가 되어 민망해지는 일이 생겨도 정작 그는 예사스러웠다. 세상에서 가장 자연스러운 일인 것처럼.

심해와 같은 눈길을 일순도 흐트러트리지 않으며 입을 여는 신우를 기련은 기다렸다.

"기회를 엿보는 움츠림일 겁니다."

기련은 신우의 말에 공감하며 고개를 끄덕였다.

"영악한 자라 우리의 존재도 곧 눈치 챌 것입니다."

"그래서 연락도 수차례 거치고 감시도 신중, 또 신중히 하고 있습니다."

"을물도 영고에 맞추어 만반을 기할 것입니다. 보이지 않는다고 행하지 않는 것은 아닐 테니까요."

"예, 대가님. 감시와 경계를 더 철저히 하겠습니다."

기련은 다시 눈을 감는 신우를 뒤로하고 바위를 내려갔다.

그들의 예상처럼 을물은 은정월(殷正月)에 있을 제천행사인 영고 준비에 철저를 다하고 있었다. 더 정확히 말하자면 영고 후에 있을 행사에

만반을 기했다. 그는 그때 간위거왕으로부터 후계자 지명을 받을 계획이었다.

일 년에 한 번 있는 국가의 가장 큰 행사에는 고관들은 물론 중앙을 다스리는 왕과 함께 동서남북을 다스리는 대가들도 모두 모였다. 그들 앞에서 간위거왕이 직접 후계자를 공표한다는 것은 특별한 의미였다. 을물이 왕이 되기에 그보다 더 좋은 모양은 없었다. 의원이 만들어놓은 마지막 약을 쓸 시간이 다가왔다. 그것은 이미 명은 끝났으나 숨만 붙어 있는 왕의 마지막 쓰임새의 시간이 다가왔다는 뜻이고, 그렇게도 고대하던, 제 세상이 눈앞이라는 뜻 또한 되었다.

"대가님, 급한 전갈입니다."

수연을 쫓던 역밀의 행방이 묘연해지고부터 그 대신 오른팔 노릇을 하는 타보가 급히 들어섰다. 그의 손에는 그들의 첩자인 옥련의 밀서가 들려 있었다. 그녀는 이 년 전 천귀류의 동태를 감시하기 위해 천귀류의 부관 수륙에게 심어놓은 영악한 천기(賤妓)였다.

움직임이 이상합니다. 영고 즈음하여 한동안 들르지 못할 거라 했습니다.

개물없으나 큰일이라고만 하니 더는 물을 수 없었습니다.

을물은 밀서를 손 안에서 우그러트리고 쓰게 웃었다. 그렇게 조심스레 움직였건만 누군가 그의 행동을 예측한다는 뜻이었다.

"영리한 놈이구나."

을물은 자신에 대적하려는 자가 생긴 것에 대해 미묘한 흥분을 느꼈다.

"천귀류 말씀이십니까?"

"미련한 놈."

천귀류, 그자는 제 것만 건드리지 않는다면 주변에는 무관심한 자였다. 즉 감시는 필요하지만 도모할 것에 대해 염려할 만한 인물은 아니라는 것이다. 그럴 명분도 실리도 없으니 직접적인 피해가 가지 않는 한, 이기지 못할 싸움을 할 자가 아니었다. 그리고 가려진 누군가처럼 을물의 일을 이렇게 빨리 예측해 움직일 정도로 빠른 자도 아니었다.

허나, 누군가가 머리를 틀어준다면?

그렇다면 그도 얼마든지 위협적인 상대였다. 확실한 명분으로 손을 잡자 하면 사병 동원 능력이 을물 다음으로 높은 자가 천귀류인 것만은 분명한 사실이니.

'누가? 도대체 누가 그런…….'

을물은 아무리 생각해보아도 짚이는 구석이 없었다. 감히 그에게 내적할 인물로는 예문우와 해선이 있었지만, 예문우는 죽은 지 십 년이 훨씬 넘었고 바로 그때 해선 또한 다스리던 땅도 버리고 식솔과 측근만 데리고 홀연히 자취를 감추지 않았나.

해선이 사라지고 이삼 년간은 사력을 다해 그를 찾았지만 십 년이 넘는 세월 동안 꼼짝 않고 모습을 드러내지 않는 것으로 보아 그 겨울 혹한에 식솔들과 얼어 죽었거나 모든 날개를 꺾고 일개 촌부의 삶을 살겠거니 여기고 최근 느슨했었다.

'혹시? 그럴 리가.'

실눈을 좌우로 번뜩이던 을물은 고개를 저었다. 살아 있어도 하호의 처지일 테고, 그가 물 밑에서 움직인다 하여도 이제 와 누가 그에게 동조할 것인가 싶었다. 지나친 기우였다.

을물은 곁에 선 타보에게 명했다.

"빠른 무사 몇을 보내 천귀류의 부관 수륙을 잡아오라 하여라. 쥐도 새도 모르게 행해야 할 것이다."

"예, 대가님."

"그리고 천귀류를 제외한 나머지 대가들에게 비밀회의 소집을 명해라. 이 일 또한 소리 소문 없어야 할 것이다."

"명 받들겠사옵니다."

타보가 읍을 하고 방을 나갔다.

"어떤 놈인지 두고 보면 알겠지. 허나 뛰는 자 위에는 나는 자가 있는 법, 그 나는 자가 바로 나, 을물이니 놈은 곧 걷는 것조차 불가능하게 될 것이다."

타보가 나간 길로 을물의 사악한 응시가 계속되었다.

물동이를 들고 부엌을 나오던 녹연은 마을에서 처음 보는 낯선 아이와 마주쳤다.

"너는 누구니?"

녹연이 물으니, 아이는 무슨 일인지 대답 대신 적의에 찬 시선으로 녹연을 노려보다가 휙 등을 돌렸다.

안채 문을 넘던 아이는 잠시 멈칫하다가 녹연에게로 고개를 휙 다시 돌리고는 못 참겠다는 듯 소리쳤다.

"우리 마님이 돌아오면 혼날 줄 알아요."

마님이라 함은 어머니를 칭하는 것이라 여긴 녹연은 아이에게 빙긋이 웃었다.

"그럼, 너는 새로 온, 어머니의 시중드는 아이로구나. 나는 녹연이라 한단다. 그리고 이 물동이는 안심하여라. 훔쳐가는 것이 아니니 말이다.

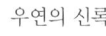

그저 물을 떠다 놓으려는 거란다. 그러니 나를 나쁜 이로 오해하지 말거라."

녹연의 상냥한 설명에도 아이의 적의는 옅어질 기미가 없었다. 뿌루퉁 부은 입술로 기어이 제 할 말을 뱉고 있었다.

"나빠요, 백여우잖아요. 내가 다 봤어요. 대가님께서 그 방에서 나오시는 거요. 우리 작은 마님은 큰 마님과 대가님 무사히 돌아오시라고 기청(祈請) 드리러 가셨는데 그사이 대가님 홀리러 온 백여우예요. 우리 작은 마님 오시면 다 이를……."

"아이쿠 요년, 고 입 다물지 못할까!"

사랑채를 넘어오던 인주 어멈이 사색이 되어 냅다 소리쳤다.

"입 조심하라 그리 일렀는데도 기어이 나불거렸네, 나불거렸어!"

겁먹은 아이는 인주 어멈의 주먹을 피해 부리나케 안채 문을 넘어 달아났다. 마을에는 녹연과 친하지 않은 아이가 없어 그들에게 시중 드는 것을 불편해하는 수연을 위해 노예시장에서 새로 온 아이인데.

"아이고, 아이고, 저 잔망한 것을 보았나."

안절부절못하던 인주 어멈이 녹연의 안색이 변해가자 눈치를 보며 절절매기 시작했다.

"아이고, 철없는 것이 그냥……. 새로 온 아이인데 어린것이 어찌나 맹랑한지 웬만한 어른 뺨치게……."

녹연의 귓가에는 인주 어멈의 목소리가 벌레가 돌아다니는 것처럼 윙윙거렸다. 오로지 아이가 한 말만이 선연하게 귀를, 뇌를, 심장을 메웠다.

"대가님. 우리 작은 마님……!"

녹연은 세상이 핑 도는 아찔함에 휘청거렸다.

"아이쿠, 아기씨, 아기씨, 이를 어째, 아기씨!"

"제, 제발 바른 대로 말해줘. 아이가 말한 대가님과 작은 마님은…….”

"아이고, 아이고, 그, 그것이 아기씨 떠나신 후에 대가님께서 자객에게 돌아가시고, 아니, 그 일로 인해 어쩔 수 없이 도련님께서 대가에 오르셨지요. 하는 수 없이 그, 그 수연 아가씨와 혼인을 하시고…… 아, 아기씨, 왜 이러세요? 아기씨!"

인주 어멈의 두서없는 말이지만 해선의 죽음과 신우와 수연의 혼인을 이해하기에는 충분했다.

녹연은 그저 넋이 나간 몰골로 부서져 흩어지듯 쓰러지는 온몸이 인주 어멈에게 맡겨지는데도 허깨비처럼 망연자실할 뿐이었다.

"우리 불쌍한 아기씨, 얼마나 놀랐으면 정신이 나가셨네, 어쩌면 좋아. 어쩌면 좋대, 정신 차리세요, 정신 차리세요! 아기씨!"

녹연을 부축한 인주 어멈이 섧게 울었다. 아무리 상전이라 하여도 긴 세월 자식처럼 키운 정이 있는데 어떻게 이 일이 남의 일 같겠는가. 인주 어멈에게는 녹연의 처지가 인주가 그럴 때와 매일반인 것이다. 가슴이 찢기고 불쌍하고 안타깝고 대신이라도 아파주고 싶은 심정인 것이다.

넋이 나간 녹연의 귓가에 인주 어멈의 목소리만 울렸다.

"대가님께서…… 돌아가시고…… 수연 아가씨와 혼인을 하시고…….”

그사이에 그런 일들이 일어났을 것이라고는 꿈에도 생각지 못한 녹연의 충격은 이루 말할 수 없었다.

그도 그럴 것이 신우는 물론이며 적주까지도 그런 내색은 없었으니.

어찌하여, 어찌하여!

그는 말하지 않았던 것일까, 수연과 혼인을 한 것도 대가님이 세상을

달리한 것도 감쪽같이 침묵할 수 있었던 것일까. 어찌하여…….

신우에 대한 원망이 거친 물결처럼 밀려왔다.

그래도 어찌 혼인을, 어찌 혼인을 하고도…… 그는 저를 안았을까 싶었다. 그를 떠나지 않는 것이 그의 옆자리를 바라서가 아니라던 마음이 결국 사실이 아니었음을 이 순간 자각했다. 자만에서였든, 과신에서였든 그가 자신을 배신하지 않을 것이라는 은연중의 확신이 있었던 것이다. ……간사하게도.

걷잡을 수 없는 떨림이 몰려왔다. 그 파동에 지배되어 오들거리면서도 그녀는 자제하지 못했다. 그런 그녀의 가녀린 등을 인주 어멈이 안타까운 손길로 쓸고 쓸고 또 쓸어냈다.

"우세요. 차라리 우세요. 우시란 말이에요. 이렇게 다 죽어가는 몰골로 사시나무 떨듯 말고 울기라도 하시란 말이에요!"

텅 비어버린 녹연의 눈동자를 애가 타 바라보던 인주 어멈이 녹연의 팔을 흔들기 시작했다.

허망하던 그녀의 동공에 절망과 함께 눈물이 들어찼다. 이내 창백한 볼로 뚝 떨어졌다.

"그래요, 그래. 실컷 울어버리세요. 그래야 또…… 살아갈 수가 있지요."

"흑!"

제 팔에 얼굴을 묻은 녹연은 어깨를 떨었다. 얼굴을 들고 속에 든 참담함을 드러내놓진 않아도 간헐적으로 떠는 가는 팔과 듣는 이도 가슴에게 하는 숨죽인 흐느낌만으로도 그녀의 찢기는 심정을 느끼게 했다.

인주 어멈은 녹연이 얼마나 기가 막히고 또 얼마나 기가 찰까 생각했다. 제 것이 아니라고는 일말도 의심치 않았던 제 이름과 제 근본이 하루아침에 남의 것이 되어버린 것도 기가 막힐 일이었을 텐데, 거기에 더 보태 가족도 부모도 삶의 전부인 낭군까지도 그 참에 몽땅 빼앗겨버렸으니 어찌 숨을 쉬고 있는 산목숨이었을까. 가슴이 찢기고 억장이 무너졌음은 말하지 않았다고 하여 모르지는 않는 일이었다. 그러니 제 발로 내려놓듯 떠나야 했을 때는 심장에 피를 토하는 심정이 어찌 아니었을까.

애당초 갖지 못했다면 모를까, 주었다 뺏는 것보다 세상 잔인한 일이 없는데, 하루아침에 모든 것이 우르르 무너져 내린 꼴로 내쫓기듯 떠나 산목숨이라 어쩔 수 없이 부지한다는 심정으로 하루하루 견뎌냈을 텐데.

'혼인을 하였을 것이라고 어찌 상상이나 했을까. 두 사람이 하나라는 것은 강물이 흐르는 이치와 매일반인데, 그 멀리 국경을 넘고 또 국경을 넘어서까지 저를 찾으러 온 연인이 그사이 혼인을 하였을 것이라고 어느 여자가 상상할 수 있을까. 더구나 다른 이도 아니고 도련님이…… 철석같던 믿음이 허물어졌으니, 그러니 이렇게 무너지지 않고 배길 수 있겠어.'

인주 어멈은 가슴을 턱 막고 들어찬 응어리에 눌려 쥐어짜듯 웅얼거렸다.

"아이고, 불쌍한 우리 아기씨……."

숨죽여 더 속이 터지고 가슴 에는 녹연의 흐느낌이 잦아드는가 싶었는데. 노심초사하던 인주 어멈의 눈앞에서 수분이 모두 빠져나가 바짝 마른 나뭇가지같이 가냘픈 녹연의 모가지가 생명을 다한 것처럼 푹 꺾였다.

"아, 아기씨, 아기씨!"

큰일이라도 치는가 싶은 인주 어멈이 기겁하여 꺾이는 녹연의 어깨를 붙들었다.

"아기씨, 왜 이러세요! 아기씨 정신 차리세요, 아기씨! 아기씨."

녹연은 그 작은 머리가 천근이나 되는 것처럼 흐느적흐느적 들지도 못하고 간신히 입만 움직였다.

"괘, 괜……찮아."

얼마나 충격이 컸으면 그 야무진 근성에 이렇게 흐트러지시나 싶어, 인주 어멈이 속이 타고 목이 멨다.

"괜찮기는 무엇이 괜찮아요. 어서 방으로 드셔야겠어요. 지금 아기씨 모양이 송장 치르는 태세라니까요."

소름이 돋을 만치 차디찬 바닥에 주저앉은 녹연을 방으로 부축한 인주 어멈은 냉정하게 말했다.

"대가님께서 무사히 오신 것을 알리러 사람이 갔으니 마님도…… 작은 마님도 곧 돌아오실 거예요. 행여 말씀드리는데 마음을 단단히 먹으세요."

여전히 가누지 못하는 허망한 마음을 고스란히 드러내고 넋을 놓은 녹연을 바라보다 인주 어멈은 작정하고 여문 입을 이었다.

"이제 더는 그러지는 않겠지만 또 내빼실 생각은 꿈도 꾸지 마세요. 아기씨도 아기씨지만, 하루하루가 살얼음인 대가님은 더 못 봐드리겠으니까요. 말이야 바른 말이지, 아기씨만 버티셨어도 대가님이 어디 다른 아가씨를 볼 분인가? 그러니 그 일을 대가님이라고 흥겹게 응하셨겠냐고요?"

인주 어멈의 말에는 그리도 깊던 신우와의 인연을 단칼에 자르듯 쉽게 자르고 떠나버린 녹연을 탓하는 서운한 마음이 다분히 녹아 있었다.

"돌아가신 대가님의 유언이 혼례라, 번갯불에 콩 구워 먹는 모양으로 대충 그렇게 된 것이지요."

인주 어멈은 녹연의 눈을 똑바로 바라보며 비장하게 말을 이었다.

"아기씨! 세상 살면서 내 것을 챙기려면 던지러운 일도 견디고 때로는 뻔뻔해지기도 해야 되는 거예요."

"무엇이…… 내 것일까?"

"아기씨는 그것이 문제세요. 아기씨 잘못이 뭐 하나 있어요? 아기씨 아니면 안 된다는 도련님, 아니 대가님께서 떡하니 버텨주셨는데도 양보하셨잖아요. 다른 여자 같으면 그러지 못하지요. 그런데 아기씨는 피눈물 흘리면서 양보도 하고 떠나기까지 하셨잖아요. 가슴 아픈 일이기는 하지만, 동무하고의 언약을 지키려고 했던 선 대가님께서도 이미 돌아가신 마당이고, 이제 여기서는 대가님만이 그 존명이 절대적이시지요. 그런 대가님께서 아기씨를 못 놓겠다고 하시는데, 누가 뭐라고 함부로 주둥이를 놀리겠어요. '가'의 하호들에게 대가님의 뜻은 하늘과 같으니 대가님께서 선택하신 아기씨야말로 진정으로 여기 이 자리에 계셔야 할 분이지요. 그러니 당연히 아기씨 것이에요. 복잡하게 생각하실 필요 하나 없어요. 아기씨가 자꾸 이 사람 입장 저 사람 입장 생각하니 복잡해지는 거예요. 이제 대가님만 생각하세요. 아기씨 생각만 하시라고요. 그러니까."

인주 어멈은 녹연 쪽으로 엉덩이를 바짝 당겨 앉으며 어수룩한 자식 교도하듯 말을 이었다.

"어차피 이렇게 된 바에, 아기씨가 먼저 아드님을 쑴풍 낳아 안겨드리는 거지요. 타고난 성정이 원체 냉정하셔서 꼬박꼬박 안 드러내 그렇지 우리 대가님, 아기씨 생각하는 마음이 웬만한 남정네는 따라올 수도 없는 거라는 거 우리 중 모르는 이가 누가 있어요? 그깟 허울뿐인 정실부인 자리가 뭐 부러워요. 뭐니 뭐니 해도 낭군 사랑이 최고지요. 그러니 아기씨도 그 고운 자태 아깝게 괜스레 뻣뻣하게 굴지 마시고, 그저 부닐면서 애교도 좀 부리시고 하세요. 그러면 우리 대가님은 절대 딴눈 못 파시지요. 암요, 아기씨가 그리 굴면 어떤 사내가 녹아나지 않겠어요? 이제는 절대로 양보한다 떠난다 하지 마세요. 돌아가신 선 대가님 생각도, 작은 마님 생각도 하지 마시고, 그저 이 난리 속에서도 아기씨 놓지 못하는 우리 대가님과 아기씨 생각만 하시라고요. 아셨지요, 예? 정말, 아셨지요?"

기진한 그녀를 위해 죽이라도 쑤어 먹여야겠다고 인주 어멈이 나가고도 녹연은 한참을 인주 어멈이 끌어놓은 자리에 앉아 꼼짝할 수 없었다. 폭풍 같던 충격에서 조금씩 벗어나기 시작하자 인주 어멈이 그리도 하지 말라고 신신당부하던 망인에 대한, 수연에 대한 죄책감이 밀려왔다.

"대가님……."

평생 갚아도 부족한 은혜를 갚기 위해 가슴에 피를 흘리며 떠날 수 있었던 것인데.

"어찌하여…… 그리 허망하게 가셨습니까……."

녹연은 망인에 대한 안타까움에 가슴 아파 다시 울었다.

"어찌해야 합니까……."

망인은 죽어가면서도 벗과의 약속을 지키려 했다 한다. 녹연은 그런 해선의 신의를 지켜주기 위해 신우를 다시 떠나야 하는 거였다. 피눈물을 흘렸던 그 고행을 다시 행해야 마땅한 거였다. 그래야, 그래야 하는 것이지만…….

"대가님……. 죄송……합니다."

녹연은 고개를 떨어트렸다. 망인을 향한 죄책감이 가슴을 움키고 죄었다. 녹연은 그 고통을 제단의 순종적 제물의 순응처럼 받아들일 수밖에 없었다. 죽음보다 더한 고통이 바로 그를 떠나는 것임을 깨달은 이상, 이제, 더는 그리할 수 없다는 것을 안다. 뻔뻔하고 몰염치하다 질타의 시선 앞에 놓이더라도, 그보다 더 혹독할 자책의 고통에 시달리더라도, 차라리 죽어야 하는 순간이 오더라도 이제 녹연은 그의 곁에서 죽어야 했다.

그래도…… 그래도, 그 순간 명확하게 떠오르는 것은 수연의 자리는 지켜주어야 한다는 거였다. 비록 그를 떠날 엄두는 이제 내지 못하지만, 죽음 끝에서도 지키려 했던 해선의 벗에 대한 신의를. 떠나지 못하는 죄를 짓는 최소한의 속죄로 수연의 자리는, 그것만은 지켜주어야 했다.

녹연은 그것이 그의 곁에서 살아갈 수 있는 유일한 길이라 생각했다.

13장

"그래, 긴히 할 말이 있다고?"

신우는 긴장된 표정으로 자리에 앉은 적주를 응시했다.

"이상한 꿈을 꾸었습니다."

"무엇을 본 것이구나."

신우의 물음에 적주는 고개를 저었다.

"본 것이 아니라 말 그대로 꿈을 꾸었습니다."

"단순히 꿈이라 생각했으면 네 표정이 그렇지는 않을 텐데. 말해보아라."

"꿈의 시작은 궁에서 시작되었습니다. 궁 주변이 서광이 비치듯 밝아지더니 곧이어 아기 울음소리가 들렸습니다."

"궁에서 나는 아기 울음소리라면, 와병 중인 왕께서 후손을 보기라도 한단 말이 아니더냐?"

"거기서 끝났으면 그런 기적이 일어난 게 아닌가 생각할 수 있었겠지요. 이상하게도 빛은 궁 안으로 향해져 있었는데 아기 울음소리는 궁 밖에서 났습니다. 그리고 이어지는 다음 장면에서는 궁을 바라보는 소년이 있었습니다."

듣고 있던 신우의 눈이 가늘어졌다.

"계속해보아라."

"다음은 젊은 청년이 궁에서 등을 돌렸습니다. 그리고 후미진 산길을 따라 들어간 작은 마을에서 장년이 된 그 남자가 누군가를 위해 슬피 곡을 하고 있었습니다."

꿈에서 본 내용을 말한 적주는 생각에 잠긴 신우의 대답을 기다렸다.

"마치 누군가의 일생을 보는 듯하구나."

"꿈을 꾸는 동안에도 깨어났을 때도 당연한 것처럼 저도 같은 생각을 하였습니다."

"그래서 나머지 생은, 그는 어찌되었느냐?"

"꿈은 거기까지가 끝입니다."

"거기까지가 끝이라고?"

적주는 고개를 끄덕였다.

"장년이 된 남자의 장면은 꿈이었지만 가까운, 근간의 느낌이었습니다."

"장년에서 멈춘, 근간이라……. 다른 것은 없었느냐?"

"죽은 이를 홀어머니라, 그 마을 사람들이 하는 소리가 들렸습니다. 그리고 그가 사는 마을은 찾으려 한다면 찾을 수 있을 만큼 뇌리에 상세하게 새겨졌습니다."

"음……. 왕손이나 궁 밖의 출생으로 비밀에 부쳐진, 아비는 없고 홀어머니가 키운, 지금은 장년이 된, ……어쩌면 왕도 모르는 왕의 핏줄이 존재할 수도 있다는 말이구나."

"대, 대가님, 아직은 아무것도……."

불안한 적주와는 무척이나 상반된 신우의 눈빛은 번쩍였다.

"추론한다면 말이다. 대단한 꿈을 꾸었구나. 서둘러 단서가 될 만한 것을 찾아야겠다."

"그렇지만 단순한 꿈일 수도 있습니다."

걱정 어린 적주의 시선을 가만히 응시하던 신우가 명쾌하게 확신했다.

"너는 네 대단한 신력을 완전하지 않다 하여 낮잡아보는 경우가 있더구나. 나는 말이다. 완벽하지 않다고 해도 충분히 신뢰가 간다. 네 신력 말이다."

"그러니 더 조심스러운 것입니다."

"만약 사실이라면 우리는 큰 수를 얻는 것이다. 그러니 최대한 은밀하게 알아보도록 하자."

"최대한 은밀하게라 하시면?"

"때가 올 때까지 너와 나 단둘만 아는 것으로 하고, 너는 꿈에 나온 그 사람에 대해 알아보거라. 나는 간위거왕 쪽을 맡을 테니. 이러면 너도 일을 크게 벌이지 않고 나도 궁금함을 알아볼 수 있으니, 서로에게 좋은 타협안이 되지 않겠느냐?"

못 말리겠다는 기색으로 백기를 드는 적주를 향해 신우는 지그시 입가를 올렸다.

"걱정 말거라. 네 꿈이 단순한 꿈이 아닐 거라는 내 말이 사실임을 너도 곧 알게 될 것이니."

적주가 돌아가고도 신우는 한동안 더 생각에 잠겼다. 자신의 능력을 불안해하는 적주를 이해할 수 없는 것은 아니지만 신우는 을물과의 일전을 앞둔 이 현실에서 예상치 못한 천군만마를 얻을지도 모른다는 기대를 버릴 뜻이 없었다. 최대한 빠른 시간에 쥐도 새도 모르게 단서를 찾아낼 생각이었다. 하필 이 시기에 적주가 그런 꿈을 꾼 것도 승리의 신이 자신들의 손을 잡아주기 위해서일 거란 예감이 드는 것 또한 신우는 간과하지 않았다.

그렇지만 왕의 은밀하고 사적인 과거사를 알아내는 것이 만만한 일은 아닐 것이다. 더구나 궁궐 내부에 을물의 측근들이 포진되어 있는 지금 같은 현실에서는.

'아버지께서 계셨다면 아는 것이 있으셨을까?'

단서가 될 만한 것을 어쩌면 기억해냈을 것이다. 신우는 비명에 돌아가신 아버지를 생각하면 늘 그렇듯 한 줌에 위장이 인정사정없이 움키어지는, 그 끔찍한 감각에 숨을 멈추어야 했다. 그날, 녹연이 그를 버리고 떠나버린 그날, 떠난 그녀를 그렇듯 쫓지 않았다면 아버지는 무사하셨을까? 언제 끝날지 모를, 숨이 멎는 통증의 뭇매를 끊임없이 맞는다 해도 신우는 단호히 아니라 말할 수 있었다. 그날 아버지의 희생은 악연의 연장선상이었다. 애초에 아버지와 예문우 대가를 억울한 죽음으로 몰아간 을물을 단죄하지 못한 것이 결국 비극을 초래한 것이다.

신우는 자신과 녹연 그리고 수연의 엇갈린 운명을 풀 열쇠 또한 거기에 있다고 보았다.

지난 일에 만약이라는 것은 없지만, 만약 아버지와 예문우 대가에게 불행한 일이 일어나지 않았다 해도, 그래서 녹연이 아닌 수연을 먼저 만났다 해도, 그는 수연을 선택하지 않았을 것이다. 신우는 예감했다. 어떠한 순간 운명처럼 녹연을 만났을 것이고 결국에는 수연이 아닌 녹연을 사랑할 수밖에 없었을 것이라는 것을. 녹연이 아닌 다른 여자는 차가운 그의 심장을 이렇듯 열렬히 뛰게 하지 못하기 때문이다.

을물을 처단하여 핍박받는 하호들과 '가'를 되찾고, 망인들의 한을 풀고, 수연과 녹연 그리고 자신의 잘못된 운명의 매듭도 풀어낼 것이다.

그러면, 그때가 되면 모두가 불행의 고리에서 벗어나 자유로울 수 있다.

'아버지는 계시지 않지만 대사 지겸주라면 어떨까.'

그러고 보니 젊은 시절 간위거왕을 가까이에서 보필했다는 말을 지겸주에게서 들은 일이 있었다.

'내일이라도 그를 만나야겠군.'

신우 또한 생전의 해선이 그랬듯 지겸주와의 관계가 돈독했다. 여정에서 돌아왔다는 인사를 핑계로 그를 만나 지난 일들을 넌지시 캐보아야겠다. 그리고 어머니가 돌아오시면 녹연과의 혼례를 서두를 것이다. 첫 정을 나누었다 하여 혼례도 올리지 않은 상태에서 그녀를 다시 안을 수는 없었다. 날로 깊어지는 연정과 터질 듯한 욕망은 매순간 그를 견딜 수 없는 지경으로 몰고 가지만 마을의 시선이 모두 이곳을 향해 있을 이 시기에 경솔한 행동을 하여 녹연의 명예를 실추시킬 수는 없었다. 매일 얼음 냇가에 뛰어 드는 일이 있어도 그때까지는 그녀를 지켜줄 생각이었다.

녹연은 지난밤 기청제에서 돌아온, 이제는 상부인이 된 대가부인과 밤새 눈물 젖은 회포를 나누었다. 상부인은 누구보다 녹연의 심성을 알기에 미안하다 미안하다는 말만 되풀이했다. 앞으로 어찌할 것인지에 대해서도 묻지 않았다. 돌아왔다는 것은 신우의 곁에 머물겠다는 뜻이지만 수연의 자리를 치고 올라올 성정이 못 되니, 분명 스스로 가장 아래로 향할 것임을 알았다. 그래서 더 안타깝고 애달팠다.

다음날까지도 녹연과 수연은 만나지 못했다. 잃은 자식 되찾은 어미처럼 녹연을 놓지 못하는 상부인이 원인이기도 했지만 신우의 지시를 받았을 것이 분명한 인주 어멈의 방해 또한 한몫했다. 들고나는 것을 좇는

것은 말할 것도 없고 상부인과 함께한 조반을 제외하고는 밥상도 녹연과 수연의 각자의 침소에서 따로 받았다.

돌아온 것이 죄스러운 녹연의 마음은 늘 바늘방석이었다. 수연을 생각하면 그럴 수밖에 없었다.

밖에서 인기척이 들렸다. 녹연은 인주 어멈이 또 들른 것이겠지 생각했다. 하지만 이내 아이의 목소리가 났다.

"저…… 아기씨."

녹연은 방문을 열었다. 수연의 시중을 드는 그때 그 아이가 마당 밖에서 있었다. 그 일로 인주 어멈에게 혼이 났는지 아이는 누가 볼까 불안한 기색을 감추지 못하고 빠르게 말했다.

"작은 마님께서 개울에서 기다리신다고 하셨어요."

녹연은 깊은 숨을 들이마셨다. 더디 마시고 더디 내쉬어 어린 눈이 그 한숨을 눈치 채게 하지는 않았지만 가슴 속에 밀려드는 울연함을 자신에게까지 감출 수는 없었다.

올 것이 온 것뿐인데…….

"그래, 지금 가겠다고 전해드려라."

"예."

뛰어가는 아이의 뒤를 보던 시선을 거두고 녹연은 몸을 일으켰다. 어차피 부딪쳐야 한다면 더는 머뭇거리고 싶지 않았다.

수연은 녹연이 가까워지는 것을 눈으로 좇았다. 남복을 하고 전장에서 떠돌았다 하더니 그래서인지 조금 여위고 피부도 거칠어 보였다. 그렇지만 간격이 좁혀질수록 그녀의 눈빛에 떠오른 특유의 청명한 광채는 여전하다는 것을 알 수 있었다. 그러고 보니 거기에 깊이까지 더해져 누구도 흉내 낼 수 없는 선연한 아름다움을 풍기니 거칠어진 피부쯤은 대수롭지 않게 만들어버렸다.

"작은 마님 감축 드립니다. 그리고…… 죄송합니다."

녹연이 꽁꽁 언 바닥에서 무릎을 내리는데도 수연은 그만두라 하지 않았다.

"왜 돌아왔습니까? 무엇하러 돌아왔느냐 말입니다."

수연은 엄동의 서리바람보다 더 매서운 원망으로 힐책했다.

"죄송합니다, 죄송합니다. 작은 마님께 죄를 짓는 줄 알면서도 이럴 수밖에 없는 것은…… 살고 싶어서입니다."

살고 싶다……. 이보다 더 함축적으로 절박함을 표현할 말이 또 있을까. 불쾌했다. 걷잡을 수 없는 분노가 일었다. 살고 싶다. 살고 싶다. 살고 싶다! 자신 또한 매일 매일을 기원하는 말이 그것이니까. 그것은 죽어도 놓을 수 없다는 의지이며, 결국 놓지 못한다는 의미임을 아니까 치가 떨렸다.

"그대는 이곳에서 잘못된 사람입니다. 내가 적의 소굴에서 치욕적 삶을 살아갈 때 나의 것을 제 것처럼 영위했던 그런 사람입니다. 돌려준다 하지 않았습니까? 그래놓고 살고 싶어 돌아왔다고요? 살고 싶다고요? 그 말은 그대는 살 테니 내게 죽으라는 말이 아닙니까!"

수연은 책망의 채찍을 휘두르는 데 가차 없었다. 남의 삶을 영위했음을 견디지 못하고 물러났던 녹연에게는 더없이 혹독한 매질이라는 것을 알기에 더욱 그랬다. 그저 처분만을 기다리는 중죄인처럼 언 바닥에 무릎을 꿇고 머리를 조아린 녹연을 동정해줄 여유 따위 그녀에게는 없었다.

그래도 너는 그의 사랑을 가졌지 않느냐. 세상 모든 것이나 진배없는 그의 사랑을 가졌지 않느냐. 이까짓 것이 고통이라도 되겠느냐.

수연은 녹연이 가책이라는 통증을 견디지 못하고 스스로 소멸되길 원했다. 신우도 누구도 찾을 수 없게끔 깊이 깊이 깊숙한 곳으로, 세상에 존재하지 않는 이슬이 되어 사라지길 원했다. 그것을 위해서는 더 잔인해질 수 있었다.

"혹여 우리의 혼례를 허울뿐이라 착각하지 마세요. 그분과 나는, 초야를 치른 진정한 부부입니다."

녹연이 흔들렸다. 유심히 지켜보지 않았다면 지나쳤을 미미한 동요였지만 그녀의 내면이 산산이 부서지고 있다는 것을 느끼기에 충분했다. 수연은 순간, 부르르 몸을 떨었다. 케케묵은 혈관에 신선한 피를 받은 것 같은 충족, 그 짜릿한 쾌감이 혈관에 번져들었다.

그래, 그래! 허물어질 것이다. 무너져 내릴 것이다. 철저히, 철저하게!

허나 고개를 든 녹연의 모습은 수연의 예상을 뒤집었다. 쓰러지고 부서지고 무너져야 하는데 살아나고 있었다. 그녀의 눈빛에 떠오른 것은 분명 고난에 부딪칠 각오였다.

"다시 떠날 수 없음을 송구하게 여깁니다. 허나 작은 마님을 성심으로 모시겠습니다. 분에 넘치는 자리 결코 탐하지 않겠습니다. 그저 살 수 있게만, 그렇게만 해주세요. 간청 드립니다."

녹연이 변했다. 자신의 다른 모양인 곧음을 꺾고 사랑을 위해 부딪치고 있었다. 떠나기 전에는 신우가 이끌면 마지못한 사람처럼 제 사랑에 수동적이던 그녀가 그간 무슨 일이 있었는지 달라졌다. 결연함이 깃든 눈빛은 어떤 말보다 확고하게 사랑을 지킬 것이라 말했다.

사실 이 정도로 녹연이 신우에게 머물기로 결정했다면 수연에게는 승산이 없었다. 그림자가 되겠다는 양보도, 녹연의 발목을 죄는 가책이 작

용한 덕택에 가능한 것이니까. 아무리 청결한 인간이라도 티끌의 사욕이 있고 시간 앞에 망각한다. 녹연도 사람이다. 그녀라고 언제까지 제 탓만 하고 있지는 않을 것이다.

녹연이 변한 이상 자신도 변해야 했다. 그러한 척이라도 하여 이 변화된 상황에서 우위를 선점해야 했다.

"고인이 되신 선 대가님께서 죽음의 끝에서 마지막으로 남긴 말씀이 무엇인지 압니까?"

수그린 녹연의 어깨가 한눈에도 드러나게 경직되었다. 역시 죽은 대가는 녹연에게 뿌리 깊은 한이 될, 가장 큰 가책일 것이다. 그가 살아 있었다면 자신 또한 이렇듯 수세에 몰리지 않았을 것이란 생각에 자기연민이 몰려와 수연은 섦게 이었다.

"혼인, 바로 나와 도련님의 혼인이었습니다."

"죄송합니다, ……죄송합니다."

고인에게인지 그녀에게인지 아니면 두 사람 모두에게인지, 용서를 구하는 녹연의 목은 메었다.

"임종의 순간에도 벗에 대한 약속을 지키려 하셨던 대가님이신데 이제…… 저승에서 얼마나 가슴 아프시겠습니까?"

마지막 한 마디는 녹연에게 뼛속까지 사무칠 것이다. 고인의 원통함을 상기시키는 것만큼 녹연을 몰아치는 것은 없을 것이다. 그것을 증명이라도 하듯 녹연의 눈빛은 고뇌로 얼룩졌고 수연은 그것을 읽을 수 있었다.

이제 무어라 대답할 것이오?

"모두…… 제가 죽은 후에도 가지고 가야 할 멍에입니다. 실망도 한탄도 원망도 모두 모두 제가 짊어져야 합니다. ……하지만 그리한다 해도 저는 떠날 수가 없습니다. 다시…… 떠날 수가 없습니다. 저는 이번에 사람에게는 죽어도 할 수 없는 일이 있다는 것을 알게 되었습니다. 제게 그것이 바로 떠나는 것이었습니다. 되지도 않을 오만을 부렸습니다. 하지만…… 죄송합니다. 죄송합니다, 작은 마님. ……죄송합니다."

한 마디 한 마디가 속속들이 사무친 녹연의 말은 이제는, 죽어도 떠날 수 없다는 것이었다. 아무리 망인의 뜻을 거론해도 떠나는 것만은 할 수 없다는 것이다.

수연은 순간 허탈하여 숨을 뱉었다.

결국 이렇게 되는 건가? 그렇다면 나는? 녹연을 데리러 가기 전 그의 말처럼 아버지의 명예회복이 될 때를 기다려 다른 좋은 혼처를 찾는 그러한 결말?

수연은 내심 고개를 저었다. 여기서 포기하지는 않을 것이다. 그녀에게 남자란 해신우뿐이었다. 다른 이는 생각할 수도 없었다. 그렇다면 망설일 필요가 없었다. 을물에게서 보아왔던 것처럼 목적을 위해서는 가식의 가면을 쓴 채 결정의 시간을 기다려야 하고, 결정의 순간이 오면 가차 없고 잔인해져야 하는 것이다. 빼앗기지 않으려면 빼앗아야 하고, 그러기 위해서는 수단과 방법을 가려서는 안 되는 것이다.

"알겠어요. 살기 위해 다시 왔으면 살아야지요. 녹연이 돌아온 것에, 약속을 지키지 않은 것에 실망하였으나 다시 떠나라는 소리는 아니었습니다."

차분함을 가장하는 수연 앞에 녹연은 간절히 맹세했다.

"작은 마님의 자리를 탐하지 않겠다는 말은 무슨 일이 있어도 지킬 것입니다."

"내 자리를 탐하지 않겠다고요? 어떻게요? 녹연이 탐하지 않는다 하

여 내 자리가 완전해지는 것은 아닙니다.”

“제가 어찌하면 되겠습니까?”

수연은 할 수 있는 것은 무엇이든 하겠다는 녹연의 의지를 보았다. 그렇다면 어쩌면 전화위복의 기회가 될 수도 있는 거였다.

수연은 지난밤 내내 생각했었다. 만약 녹연이 그의 등 뒤에 숨는다면, 만약 녹연이 욕심을 내놓는다면, 희박하겠지만 만약 녹연이 다시 떠난다면, 만약, 만약, 만약…… . 많던 경우의 수 중 지금은 그것이 가장 확실한 방비책으로 떠올렸다. 녹연에게는 폭탄 같은 선언이 될 그 말. 그의 사랑을 받지 못해 위태로운 자신을 위해서는 현명한 선택일 테지만 그의 사랑을 마음 편히 받지 못하는 녹연에게는 받아들여도 고통의 끝을 맛보아야만 하는 선택이 될 것이다.

수연은 답을 기다리는 녹연을 응시했다.

‘그대는 나락으로 떨어지는 겁니다.’

“가를 이을 아들은…… 나의 아들이라 약조해주세요.”

녹연의 청명한 동공이 무너져 내렸다. 녹연은 이런 말을 들을 것이라고는 꿈에도 생각지 못했던 모양인지 크나큰 충격을 고스란히 드러냈다.

“그것은 녹연에게서 소생이 없어야 한다는 말입니다.”

정말 대단한 수였다. 녹연이 조건을 받아들여 자신이 아들이라도 잉태한다면 그보다 더한 자리매김은 없을 것이다. 녹연이 다시 자취를 감춘다 해도 그의 마음을 얻기는 틀렸다. 그는 평생이 걸리더라도 녹연을 찾아 헤매거나, 기어이 찾지 못하면 다른 여자를 들이는 한이 있어도 자신을 받아들이진 않을 것이니.

어차피 그는 독점이 가능한 사람이 아니다. 하호들까지도 부인을 여럿 두기가 부지기수인 이 부여에서, 그는 '가'의 주인이다. 무슨 수로 사랑받지 못하는 여자가 그를 차지할 수 있겠는가. 잘되어도 허울뿐인 첫째 부인, 그것도 밀려나거나 쫓겨나지 않을 경우에나 가능한 위태로운 자리. 그런 그녀에게 녹연의 결심 여하에 따라서는 날개가 달리는 것이다. 차기 대가의 어미라는 누구도 감히 넘볼 수 없는 확고한, 꿈같은 자리가. 그리고 그와의 소생……. 그의 아들.

그것을 생각하자 표현할 수 없는 감정이 몰려왔다. 녹연의 한 마디면, 그녀의 말 한 마디면…….

"그리…… 하겠습니다."

마치 억겁의 시간을 기다린 것 같은 착각 속에서 들은 녹연의 대답이었다.

수연은 순간 맥이 탁 풀렸다. 금방이라도 흐물흐물해진 다리가 푹 풀려 털썩 주저앉을 것만 같았다. 허나 수연은 땀이 찬 주먹을 움켜쥐고 떨리는 몸을 지탱해야 했다. 동요하고 안심한 것을 녹연에게 들켜서는 아니 되는 거였다.

도저히 이룰 수 없는, 꿈에서도 멀고 먼, 불가능이라 여겨져 더 간절했던 그의 아이, 그 아름다운 잉태가 이루어진다는 것이다. 비로소!

"그 결심, 돌아가신 대가님께 맹세할 수 있겠습니까?"

그악스러운 짓이지만 수연으로서는 망자를 재차 거론하더라도 녹연의 가책에 쐐기를 박을 필요가 있었다.

"맹세……합니다."

녹연이 답했다.

음절 하나하나 그 울림이 하도 처연하여 녹연의 아픔을 막연히 가늠할 뿐, 얼마나 아픈지 수연은 그 깊이를 알 수도 없었고 알기를 원치도 않

앉다.

　연무장에서 돌아온 신우는 안채를 들어서다 마당에서 안절부절못하고 선 인주 어멈을 마주쳤다.
　"아, 아이고. 대가님."
　인주 어멈은 처음에는 죄 지은 놈같이 멈칫거리듯 다가와 무언가에 성이 난 듯했다가 이내 한숨을 푹 쉬더니 종국에는 에라 모르겠다는 듯 입을 열었다.
　"아기씨 오신 날 대가님께서 함구하라고 엄명하셨던 그것을 아기씨께서 아시고 마셨습니다."
　인주 어멈은 다짜고짜 마당 바닥에 엎어졌다.
　"소인을 죽여주십시오."
　어차피 알게 될 일이지만 신우는 직접 말하고 싶었다. 어찌 그리할 수 있었냐는 원망도 울음도 품 안에서 모두 받아줄 생각이었다. 그에게는 다만, 을물의 동태를 살필, 수연의 거취를 정할, 달포를 넘는 시간 대가의 자리를 비운 데에 대한 얼마간의 시간이 필요했다. 밑도 끝도 없이 초야를 치르는 바람에 순서가 잘못되어버린 녹연과의 혼례도 서둘러야 할 일이었다.
　"일어나게."
　"아닙니다요, 명도 하나 못 지키는 년이 살아 무엇하겠습니까요."
　"알게 될 일이었네. 그러니 그만하고 일어나게. 녹연은 어디 있는가?"
　인주 어멈이 무춤무춤 일어서며 답했다.
　"아기씨께서 저녁상은 아기씨 방으로 차리라 하셨습니다요. 대가님 상도 함께 말입니다요."

"알겠네."

신우는 그길로 별채로 향했다. 그녀가 받았을 충격과 상처가 안타까웠다. 또 그 작은 머리로 했을 생각들의 파장도 염려스러웠다. 고집을 피우면 가당찮고 하고자 함에 거침없는 그녀를 잘 알기에 더 그랬다.

방문을 여니 녹연이 다소곳이 일어나 그를 맞았다.

"드셨습니까?"

이 와중에도 그 모습이 어찌나 아리따운지 품 안에 꼭 끌어안고 싶었다.

"녹연아……."

"오늘은 제가 오라버니께 술 한 잔 올리려고 이리 청하였습니다."

녹연이 제 사정을 먼저 보아달라는 뜻이었다. 신우는 잠시 그런 녹연을 응시했다. 다시 떠나겠다는 헛소리만 않는다면 무슨 소린들 못 들어주겠느냐는 생각이 들었다.

신우는 차림이 되어 있는 상 앞에 앉았다. 녹연이 따라와 그 곁에 앉았다.

"석반 먼저 드시어요, 오라버니."

"그래, 너도 들어라."

옅은 불빛 아래에서 녹연과 나누는 오붓한 저녁상, 그러고 보니 처음이었다. 이러한 상황이 아니었다면 특별했을 이 시간이, 아쉬움으로 다가왔다.

"네가 주는 술, 한번 얻어먹어보자꾸나."

신우가 드는 잔에 술을 따르면서 녹연이 입을 열었다.

"진즉 알고 고쳤어야 했습니다. ……대가님."

술잔이 향하던 신우의 입가가 일순 굳었다.

마시지 않은 잔을 내린 뒤 그는 그녀를 물끄러미 보았다. 해선의 임종과 수연과의 혼례, 그간 그들에게 일어났던 변화들을 이해하고 순응하겠다는 뜻을 그녀에게서 엿볼 수 있었다.

녹연은 원망하지 않았다. 어찌 그럴 수 있냐고 울분이라도 토해낸다면 좋으련만, 그러지 않는 그녀가 안타까웠다. 삭였을 그녀의 아픔이 드러내지 않는다 하여 덜하지 않다는 것을 알기에 더 그러했다.

"하던 대로 하거라."

"아니 될 말씀이십니다. 아랫사람 보는 눈들도 있으니 말입니다."

"정 그러면 사람 있을 때만 그리 부르든지."

신우가 마지못해 허락하자 녹연이 빙긋이 웃었다.

"드시고…… 저도 한 잔 주시겠어요?"

"네가 술을 하겠다고?"

신우가 진심이냐는 듯 한쪽 눈썹을 치켰다.

"안 되는 것입니까?"

숫저운 티가 고스란히 담긴 녹연의 눈망울을 바라보던 신우는 털어 넣듯 단숨에 술잔을 비우고 그것을 내밀었다. 저렇듯 밝음을 가장하지만 진작 그 속은 속이 아닐 것이다. 무슨 생각을 하는지 신우는 그 의도에 장단을 맞추어줄 작정이었다.

"받거라."

신우가 채우는 잔을 받은 녹연은 쓰디쓰고 뜨거운 그것을 간신히 한 모금 삼켰다. 목구멍으로 화끈화끈 쓴 물이 흘러들었다. 절로 인상이 써지는 맛이었다. 그 모양을 지켜보던 신우가 나지막이 웃음을 터트렸다.

"왜 마시는지 이해가 되지 않지?"

"어떻게 아셨습니까?"

"네가 알려주지 않았느냐."

"제가요?"

"네 얼굴에 '이따위 것을 오라버니는 왜 마실까.' 하고 쓰여 있으니 말이다."

"그래도 이 잔은 다 마실 것입니다."

"독약 먹는 얼굴을 하고서는 굳이 그러느냐?"

"그래야 할 것 같으니까요."

다른 곳을 향한 그녀의 둔탁한 시선에 의미심장함을 느낀 신우의 입가가 일순 굳었다.

"무슨 꿍꿍이인 게냐?"

신우는 분명한 경고를 담아 물었다. 녹연은 어색한 웃음과 함께 서둘러 대답했다.

"오해하지 마십시오. 저는 그저, 순서가 바뀌었지만 이 술이…… 합환주 같다는 생각을 한 것입니다."

신우는 술잔으로 시선을 내린 녹연을 묵묵히 응시했다. 미안함에 미안함이 덧대어져 늑골 위가 아릿했다.

"참으로 씁니다."

녹연은 술이 반도 넘게 남은 잔을 보며 찡그렸다. 마시기는 마셔야겠는데 다시 입을 댈 엄두가 나지 않는 모양이었다. 신우는 그런 그녀의 손에서 잔을 뺏어 입 속에 술을 털어 넣었다.

"앗, 제 것입니다."

녹연은 놀라고 당황하였는지 고리눈이 되었다. 신우는 그런 녹연의 허리를 한 팔로 당겼다.

"아!"

그녀의 새하얀 턱을 잡고 놀라 벌어진 입술로 신우는 술을 흘렸다. 쓰디쓴 그것이 목구멍을 타고 흘러들어가는 것도 잊은 듯 녹연은 신우의 입에서 옮겨지는 액체를 버겁게 받아 삼켰다.

"다 마셨구나."

신우는 입술을 떼고 지그시 입가를 올렸다.

"하, 하여간……."

수줍어 발끝까지 붉어졌을 녹연을 신우는 끌어안았다. 욕정이 끓어올랐다. 이 방에 들어설 때부터 아니, 더 정확하게는 그보다 훨씬 전부터 시시때때로 들끓었다. 그녀를 품어본 후부터, 그 분명한 감각을 경험하고 나서부터는 더욱더 광폭한 충동에 시달렸다. 밤이면 수도 없이 그녀가 잠들었을 이 문을 뜯고 들어오는 미친 충동.

"너를 안을 것이다."

품 안의 녹연이 경직됐다. 신우의 목소리는 스스로 듣기에도 두려울 만큼 비장함이 깃들어 있었다.

"혼례일까지는 참으려 했다. 허나 그것은 이렇듯 너와 단둘이 있게 되지 않았을 때나 생각할 수 있는 일이었다."

"이, 이럴 수 없습니다."

녹연의 분명한 거부에도 신우는 그녀의 여린 몸을 우악스레 끌어안았다. 그리고 그런 스스로에게 진한 패배감을 느끼고 씁쓸해졌다. 세상 제 마음 먹기라 자신했었다. 육체적 욕망이야 통제하기 마련이라 생각했다. 그 대상이 마음을 다하는 녹연이라 해도.

아니, 아니다. 그녀라서 더 지켜주어야 하는 거였다. 단순한 욕망으로 그녀에 대한 갈망을 풀 수 없다는 것을 알기에 그러했다. 하지만 통제할 수 없는 지경의 육체는 그러한 이성을 비웃기라도 하듯 다른 말을 하고 있었다. 터질 듯한 갈망은 그녀의 보드라운 속살로 손길을 이끌고, 탐욕스런 입술은 그녀의 가냘픈 모가지를 탐했다. 오늘 생이 끝나는 것처럼 기어코 그녀를 안아야만 하는 것처럼 그를 쾌락의 함정으로 몰아갔다. 풀어헤친 유 안으로 소복한 둔덕이 유실을 쏟아냈다. 신우는 성급한 아이처럼 그것을 삼켰다. 당혹감과 수치심으로 흘리는 녹연의 신음소리를 무시했다. 남녀 간 나누는 육체적 정에 익숙하지 못한 그녀를 몰아간다는 것을 알면서도 신우는 녹연을 탐해야 했다. 그녀의 몸 하나하나 빠지는 곳 없이 낱낱이 점령하고 머리부터 발끝까지의 수많은 세포 하나하나의 미미한 반응까지도 꿰뚫어야 했다.

여전히 허기져 만족을 모르는 입술을 가슴 둔덕 아래로 움직였다. 가는 곳마다 조금 더 머무르고 싶은 마음은 굴뚝같았지만 다른 새로운 곳도 탐하고 싶은 욕구가 매번 승리했다. 배꼽 깊숙한 곳에 혀를 꽂았다. 그저 사랑하는 여인의 아름다운 육체를 탐험하고자 하는 계산되지 않은 순수한 열정에서의 애무였는데 녹연이 몸을 비틀었다. 분명 조금 전과는 다른 반응이었다. 신우는 대담하고도 날렵하게 녹연의 허벅지를 벌리고 습기가 맺힌 소중한 여체에 입을 맞추었다.

녹연은 까무러칠 듯이 놀라 그의 머리를 끌어당겼다. 하지만 신우는 여린 팔을 움키고 중심에 혀를 세우고 그녀가 무너질 때까지 몰아세웠다.

"아흣, 아……."

참지 못하고 새어나오는 정념 어린 옅은 신음은 그녀를 사랑하는 남자를 치명적으로 몰고 갔다. 고개를 든 신우는 자신이 준 기쁨에 떨고 있는 녹연의 모습을 볼 수 있었다. 빠르게 옷을 벗어내고 녹연을 덮치듯 흐르는 그녀의 속으로 자신을 가두었다. 뜨겁고 열렬한 환영으로 그의

머리는 하얗게 비워졌다.

어느 순간 그녀를 다칠 정도로 몰아가고 있다는 것을 깨닫고 죽을 정도로 자제심을 발휘해 속도를 조절했다.

뜨겁게 얽혀 더 이상 친밀할 수 없는 자세로 신우는 녹연을 가졌다. 거친 호흡, 젖은 마찰, 달뜬 신음 짙은 사랑의 행위는 절정을 맞았다.

신우는 녹연 위에 더 머무르고 싶었다. 하지만 그녀의 눌린 숨소리에 마지못해 몸을 비켰다. 그래도 그녀를 놓기 싫어 품 안으로 끌어당겼다.

얼굴을 돌린 채 보지 않으려는 녹연의 얼굴을 감싸던 신우는 손바닥에 느껴지는 물기에 허리를 들었다.

"내가 아프게 하였느냐?"

"아닙니다."

"그럼, 왜?"

"행복하여……."

눈물이 그렁그렁 차오른 녹연의 눈을 들여다보던 신우가 녹연의 입술에 진한 입맞춤을 했다. 딱딱하게 솟아오른 크나큰 이물감에 긴장한 녹연이 놀라 흠칫했다.

"끝인 줄 알았느냐?"

"아, 아니었습니까?"

"천만에. 이제 시작이다."

무릎걸음으로 달아나려는 녹연의 허리를 뒤에서 틀어잡았다. 고스란히 드러난 골반은 심장이 터질 듯 유혹적이었다. 신우는 조금 전 내어놓은 길로 뒤에서 덮치듯 저를 심었다.

"아윽!"

그녀는 버거워 신음하지만 그녀에게 속한 육체는 끊어질 듯 아찔했다.

고무에 동여지듯 쫀쫀한 감각, 새하얀 골반 사이 은밀한 속살로 들고나는 적나라한 광경은 남자를 충격적인 희열로 이끌었다. 그녀를 점령하는 뜨거운 덩어리는 바로 자신이라는 소유. 더 깊을 수 없는 침입을 감행하자 녹연의 입이 충격으로 커졌다. 신우는 녹연의 턱을 잡고 얼굴을 돌려 등 뒤에서 입술을 앗았다. 그의 다른 손은 엎드리느라 무방비로 쏟아진 탐스런 가슴을 움키었다. 이내 그녀의 등으로 그의 가슴이 아교로 붙인 듯 밀착되었다. 놀랍도록 뜨겁고 떨리도록 아찔한 사랑의 행위는 소유할수록 더한 갈증이 되어 사랑하는 여인을 갈망했다. 모두 그녀이기에 가능한 진하고 친밀하고 뜨겁고 아찔한 관계.

수없이 탐하여지고 또 탐하여진 후에 겨우 잠들 수 있을 줄 알았다. 하지만 이내 시작된 손길은 밤사이 시달린 그녀의 몸을 다시 집요하게 더듬어 왔다. 그 갈망은 끝을 모르고 이어지다 어스름이 내려올 때 즈음이 되어서야 녹연은 죽은 듯 잠들 수 있었다.

녹연은 향긋하고 훈훈한 기운을 느끼고 눈을 떴다. 방에 드리운 빛 그림자로 보아 해가 중천인 것이다.

이런, 제대로 늦잠을 자고 말았구나.

녹연은 벌떡 몸을 세웠다. 하지만 이내 온몸으로 느껴지는 욱신거림에 미간을 찌푸렸다.

"천천히 움직이거라."

"대, 대가님."

녹연은 탁상 의자에 앉아 서책에서 고개를 드는 신우를 발견했다.

"내내 계셨습니까?"

"설마, 내가 너처럼 게으름을 피울 수 있는 처지이더냐?"

"누구 때문인데……."

녹연이 흘겨보자 신우는 나른하게 웃었다.

"연무장에서 조금 전에 돌아왔다."

"그런데 저 김 오르는 것은 무엇입니까? 혹, 목욕통입니까?"

녹연은 그때서야 방 문 앞에 떡하니 버티고 있는 목욕통을 발견했다. 일어나면서 느꼈던 훈훈한 향내는 입욕 초에서 나는 향이었다.

"내가 옮기라 했다. 이리하려고 말이다."

신우는 의자에서 일어서 성큼 다가와 속곳도 제대로 갖추지 못한 녹연의 이불을 젖혔다.

"왜 이러십니, 아!"

신우는 녹연이 저지할 틈도 주지 않고 그녀를 단숨에 안아 올렸다.

"앗!"

녹연은 허우적거렸지만 이미 신우의 손에 들려 목욕통 안으로 들어가고 있었다.

"따끈따끈하니 좋지 않으냐?"

"왜 이러십니까!"

"왜 그러긴, 이러고 싶어 그런다."

그녀의 어깨를 주무르던 손을 목 뒤로 옮겨 혈을 풀어주었다. 여간 시원한 것이 아니었으나 벌거숭이의 제 꼴이 민망하기도 했다. 아무리 더없이 친밀한 정인이라 해도 녹연은 부끄러웠다.

"이제 그만하세요."

"그건, 안 되겠다."

"대가님……."

"쉿, 너는 눈을 감고, 내 손길을 즐기면 되는 것이다. 단 한 마디만 더

토 달았다가는 지난밤 부족했던 일을 이을 것이니!"

손가락으로 꼽고도 넘을 만큼 몰아붙여놓고도 부족했었다니, 경험 없는 녹연이 생각해도 얼토당토않은 소리였다. 하지만 더 대꾸하진 않았다. 신우가 괜한 엄포를 하진 않는다는 것을 알아서이기도 했지만 이번만, 이 순간까지만 그의 뜻을 따라주고 싶었다. 이 순간이 잠시 후면 휘몰아쳐질 감정의 소요 속에서 받게 될 상처에 대비할 완충의 시간이 되길 그녀는 바랐다.

녹연은 눈을 감았다. 그의 손길이 형언할 수 없이 부드럽고 따뜻하여 눈물이 나올 것 같았다. 목에서 어깨로 다시 목에서 등을 쓸던 신우의 손이 스륵 넘어와 배에 놓였다.

"기억하느냐? 네가 내 아이의 어미가 될 것이 설렌다던 말, 말이다. 이제 곧 이 작은 배에 우리 아이가 생기겠구나."

신성한 의식을 거행하는 것 같은 그의 손을 녹연은 소스라치며 밀어냈다. 그 기세가 얼마나 야멸쳤으면 강건한 그가 놀라 주춤할 정도였다.

녹연은 재빠른 동작으로 목욕통에서 나와 포를 둘렀다. 그에게 절망 어린 시선을 들키고 싶지 않았다.

우리의 아이는…… 없습니다, 오라버니. 제가 어떠한 약속을 했는지 오라버니께서는 알지 못하시겠지요. 저는 아주 못되고 못된 여자입니다.

가슴이 미어지는 속엣말을 삭이며 녹연은 냉정함을 가장하여 차갑게 말했다.

"혼자 있고 싶습니다."

포로 감싼 젖은 몸을 제 팔로 감싸 안은 녹연에게서 경계심이 흘렀다. 그 쉽지 않음이 그녀를 희귀한 보옥으로 만들고 숨 막히게 아름답게 했

다.

신우는 달래듯 녹연을 향해 손을 내밀었다.

"무엇에 골이 났느냐?"

녹연은 외면하듯 고개를 돌리고 어깨를 떨었다.

"녹연아."

그가 다가가려 하자 녹연이 흥분하여 격렬하게 소리쳤다.

"대가님께서는 참으로 저를 은혜도 모르는 못된 여인으로 몰아갑니다!"

신우는 우뚝 멈춰 서 그녀답지 못한 행동을 하는 녹연을 꿰뚫을 듯 응시했다.

"무엇이 너를 이렇듯 몰아가는지 말해라."

녹연은 등을 돌리고 면포에서 피부가 한 뼘이라도 노출되지 않게 감싸면서 치마를 두르고 유를 꿰었다. 신우는 자신이 마치 파렴치한 호색한이 된 것 같은 불쾌감과 시야에 거슬리는 그것들을 단숨에 다시 벗겨내고 싶은 충동을 누르며 그녀의 대답을 기다렸다.

녹연은 단정한 모습으로 자리에 앉아서야 입을 떼었다.

"돌아가신 대가님의…… 유음을 지켜드리고 싶습니다."

신우는 분노가 치밀었다. 그녀의 성정상 두고두고 응어리가 될 것이라는 것을 알고 조만간 그 문제를 언급하리라는 것도 알았지만, 화가 났다. 덫이 되어버린 망인들의 약속에 대해, 수연처럼 약지 못하고 제 실속을 못 차리는 녹연에게, 무엇보다 말끔하지 못한 이 상황을 신속하게 해결하지 못하는 스스로에게 분이 치밀었다. 녹연의 아버지에 대한 자책감이 자신 못지않을 테지만 그래도 이번만큼은 그녀가 질근 눈감아주었으면 했다. 안전한 제 품에 잠시만이라도 내려앉기를 원했던 그녀를 향한 기대 또한 신우를 실망하게 했다.

"물어라."

신우가 냉정하게 말했다.

"하지만, 대가님."

"우리는 곧 산마을 생활을 청산하게 된다. 수연과의 혼인은 무효화될 것이다."

녹연은 놀란 눈으로 신우를 보았다. 무효로 만든다는 것은 애초에 없던 것으로 하겠다는 뜻인데 어떻게 초야를 치른 부부가 그럴 수 있겠는가 싶었던 것이다.

"아버님의 임종 앞이었다. 그렇다 해도 혼례를 치른 것에는 내, 변명의 여지가 없으나 그녀의 손끝 하나 대지 않은 것은 사실이다. 전에도 그랬지만 앞으로도 네가 아닌 여자를 안을 생각 따위는 없으니 믿거라."

신우가 거짓을 말할 리는 없었다. 그럼, 허울뿐인 부부가 아니라고 한 수연의 말은 거짓이었단 말인가. 수연의 말에 그러지 말아야지 그러지 말아야지 하면서도, 녹연은 가슴이 텅 비어지는 허무함에 무너져 내리는 듯했었다. 하기야 깔끔하고 까다로운 그가 원치 않은 잠자리를 했을 리가 없었을 텐데. 아무리 초야라 해도 그가 그랬다는 것이 어쩌면 더 이상한 일일 것이다.

은연중에 안도감이 퍼져갔다. 어쩔 수 없이 밀려드는 속되고 이기적인 감정에 녹연은 부끄러웠다.

"영고를 기점으로 돌아가신 두 대가님의 명예는 회복될 것이다. 빼앗긴 '가'도 되찾게 될 것이고. 그때가 되면 수연은 더 이상 멸문가의 여식이 아니게 된다. 부여에서 가장 선망 받는 여인이 되는 것이지. 내가 그리 만들 것이다. 그녀도 저를 사랑하고 아껴주는 이를 만나야 하지 않겠

느냐? 생각해보거라. 그녀가 내 곁에 있으면 평생을 여사제와 같은 삶을 살아야 할 텐데, 그렇게 사는 것보다 나를 벗어난 삶이 그녀에게 훨씬 낫지 않겠느냐?"

사람의 마음도 지략을 짜듯 계획대로 될 수 있다면 얼마나 좋겠냐만, 그의 곁을 지키고자 하는 수연의 의지는 그럴 가능성을 희박하게 했다.

녹연이 물었다.

"작은 마님께서도 아시는 겁니까?"

"마음의 준비를 하도록 일러두었다."

"그것이 언제입니까?"

"내가 양평성으로 떠나기 전이니 두 달쯤 되겠구나."

녹연은 질끈 눈을 감았다.

"가를 이을 아들은 나의 아들이라 해주세요."

발목을 동여매고 심장을 옥죄이는 그 말은 바로 어제의 일이었다. 이로서 일말의 가능성마저 사라졌다.

"왜 그러느냐?"

"아닙니다."

신우는 녹연을 의심스런 시선으로 응시하다 단호하게 채근했다.

"더는 생각지 마라. 다른 것은 보지 말고 나만 바라보고 나만 따르란 말이다."

녹연은 터져 나오려는 비탄의 흐느낌을 숨 안에 감추었다.

"그럴 수는 없습니다. 작은 마님은 대가님의 부인이십니다. 그것은 변할 수 없는 사실이고 저는 그것을 무시할 수 없습니다."

"지금껏 내가 무어라 설명하였느냐?"

신우의 안색이 급변하여 녹연은 대답을 서둘렀다.

"부탁드립니다. 대가님도 작은 마님을 인정해주시어요."

차가운 가면을 뒤집어 쓴 신우의 기세에도 녹연은 말을 이었다.

"제가, 제가 그러지 않고는 대가님 곁을 지킬 수가 없습니다. 작은 마님 때문이 아닙니다. 순전히 제가, 제 마음이 편하고자, 대가님 곁에서 평생 살고 싶어서 그러합니다."

떠나지 않게 해달라는 뜻이었다. 또한 떠날 수 있다는 엄포로도 그에게는 들렸다. 신우는 그런 녹연을 무섭게 노려보았다.

"너 정말, 나를 끝도 없이 몰아가는구나."

"곡해하지 마세요. 다른 이면이 없습니다. 저는 여기 대가님 곁에 살고자 하는 것입니다. 그런데 제가 어찌 돌아가신 대가님의 유음을 무시하고 작은 마님을 밀치고 편할 수 있겠습니까."

"그만! 그만하여라."

서슬이 퍼런 눈길로 신우는 녹연을 직시했다. 녹연은 더함도 덜함도 없는 중용의 눈길로 그런 그를 마주 보았다.

"제발……."

"곧 해결된다 하지 않았느냐!"

"하지만 사람의 인연입니다. 어찌 무 자르듯 할 수 있습니까?"

"잘못된 인연이라면 단번에 잘라내야지, 머뭇거릴수록 상처만 번질 뿐이다."

"돌아가신 대가님께서 원하셨습니다."

"그분이 내 아버님이다."

"대가님의 아버님이니 대가님의 뜻에 따라야 한다는 것입니까?"

"묻어라."

"대가님."

"묻으라 했다!"

터질 듯이 팽팽한 긴장이 흘렀다. 서로를 응시하는 두 사람 중 누구 하나도 물러설 기세가 없었다. 은연중에 묵인되어왔던 금기, 언젠가는 파계될 그 한시적 함묵이 뚜껑이 열리자 둑을 넘을 듯 위태롭다. 이 순간 누군가가 수위를 넘는다면 금세라도 제 살을 찢고 터져 나올 봇물처럼 아슬아슬했다.

"이 시간 이후로는 대가님을 이리 모실 일이 없을 것입니다."

"무엇이라?"

신우는 한 치의 흔들림 없는 녹연을 서늘하게 응시했다.

"작은 마님께서 아기님을 낳으실 때까지 제게 오실 수 없습니다. 그동안 대가님께 저란 여자는 없는 존재란 말씀입니다."

야멸쳤다. 저를 사랑하는 남자에게 그렇게 모질 수는 없을 것이다. 범연하기 그지없던 그가 믿을 수 없다는 듯 흔들렸다. 그리고 넋이 나간 사람처럼 되물었다.

"뭐라…… 하였느냐?"

"작은 마님과 부부가 되십시오. 그동안은 저를 잊으십시오."

녹연의 말이 그때서야 비수처럼 와 꽂혔다. 신우는 몸서리쳐질 정도로 명확하게 그녀의 말을 이해했다.

신우의 서걱서걱 얼음이 떨어질 듯한 시선 안에 뚜렷한 상처가 있었다. 녹연은 그것을 보지 않으려 하지 않았다. 도리어 고스란히 얽히어 서로를 할퀴고 상처 냈다. 그 상처에 피가 배고 쓰라림에 비명을 삼키면서도 고집스럽게 겨룸을 멈추지 않았다. 뚝뚝 흐르는 선혈이 누구의 것인지 찾아낼 엄두도 내지 못하면서 버티는 녹연으로 인해 결국, 먼저 자리를 박차고 일어난 것은 신우였다.

"더 머물다가는 무슨 해괴한 소리를 더 들을까 몰라 오늘은 가야겠다."

이보다 더 몰려간다면 결론도 없이 서로를 소멸시키고 말 것이라는 것을 그는 알았다. 녹연 또한 그것을 알면서도 끝을 향하는 데 주저하지 않았다.

"제 생각은 죽는 한이 있어도 변하지 않을 것입니다."

"그래도 네가 끝까지!"

치가 떨리게 두려운 시간이 위험 속에 흘렀다. 그 짧은 침묵의 시간은 파급의 결과를 가늠하기조차 불가능했다.

손등의 혈관이 터져 나올 것처럼 주먹을 움키던 신우가 두말 않고 문을 열고 나갔다.

녹연은 그때서야 바들바들 떨려오는 눈을 감고 쓰러지듯 주저앉았다.

"이것이 제게 진정 가능한 일입니까?"

대상이 불분명한 질문은 시련을 향한 허망한 넋두리였다.

이제 겨우 시작뿐이다. 버석버석 마른 몸뚱이 갈기갈기 찢긴 상처의 쓰리고 쓰린 통증을 더는 느끼지 못할 만큼 아픈 후에도 끝나지 않을 아픔을 그녀는 오롯이 버텨내야 했다. 그러려면 결코 약해져서는 아니 되는 거였다.

14장

부름을 받고 사랑에 들어서던 기련은 잠행 채비를 갖춘 신우를 보고 내심 놀라 물었다.

"이 밤에 어디 다녀오시려고 하십니까?"

"며칠 산을 내려갔다 오겠습니다."

"예?"

기련은 신우의 뜻밖의 말이 의아하였다.

"무슨 일이신지 여쭈어도 되겠습니까?"

"다녀온 후에 말씀드리겠습니다."

더는 묻지 말라는 뜻이리라. 하지만 목구멍까지 차오르는 궁금함을 삼키는 것은 쉬운 일이 아니었다.

기련은 이내 평심을 찾았으나 신우의 안색을 살피는 것을 멈추지는 않았다.

영민한 눈빛은 벼린 칼날처럼 선득했다. 흡사 먹이를 발견하고 단번에 낚아채려는 매처럼. 더 빠른 속도로 더 정확한 사냥을 위해 일시 웅크리지만 원하던 그것을 결국에는 포획하게 될 것이라는 확신에 찬, 그렇지만 언제 어느 순간에 행할지는 그 속을 가늠할 수 없는. 살수의 칼에 아

383

비를 잃은 후 신우는 내내 그러했다. 가장 가까운 곳에서 보필하는데도 그의 속내를 읽어내기란 쉽지 않은 일이었다.

'큰 뜻을 가진 것이겠지.'

기련은 그리 여기고는 묻고자 하는 마음을 접고 하명을 기다렸다.

"을물의 감시를 더 철저히 하라 명하십시오. 앞으로 사나흘은 들고나는 먼지 한 자락도 허투루 보지 말아야 할 것입니다."

"예, 대가님."

기련은 무사 중 눈치가 빠르고 검도 제법 쓰는 두엽 두보 형제를 불러 을물의 집 주변 감시를 맡기고 연통체계 또한 다시 잡는 등 면밀히 준비를 다졌다.

"실토해라! 말하란 말이다!"

을물의 집에서는 의원을 가두었던 광에서 천귀류의 수하인 수륙의 모진 고문이 하루 밤낮으로 이어지고 있었다.

"아, 아닌 것을 어, 어찌 실토하라는 것이오."

"그래도 이놈이!"

사갈 같은 눈을 한 자는 수하인 병사가 물이 든 양동이에 채찍을 담가 뚝뚝 물이 떨어지는 채찍을 갖다 주자 그것을 고깃간의 고기처럼 걸린 수륙의 몸에 휘두르기 시작했다. 끊겼던 비명은 다시 시작되고 잠시 후 수륙은 혼절하고 말았다.

타보가 심문장으로 들어가니 고문을 하던 사갈 눈을 한 자가 수륙을 깨우기 위해 물을 끼얹고 있었다.

"아직도인 게냐?"

"입을 열 듯 열 듯 하면서도 버팁니다요."

"눈알을 뽑든 손가락 마디마디를 꺾든 아랫도리를 도려내든 실토할 입만 살려놓고 다 뽑아버리란 말이다!"

"예!"

찬물을 맞고 정신이 돌아온 수륙은 섬뜩한 그 말이 허투루 하는 소리가 아님을 알고, 쇠 연장을 들고 다가와 사갈 같은 눈을 번쩍이며 바지춤에 손을 대는 병사를 향해 비명처럼 외쳤다.

"시, 시키는 대로, 시키는 대로 무슨 말이든 하겠으니, 제발……."

수륙의 실토를 받은 타보는 그 소식을 기다리고 있는 을물에게로 들었다.

"놈이 손을 들었단 말이지."

을물은 입귀를 올리며 사특하게 웃었다.

"예, 대가님. 아주 절절매고 있습니다."

"천귀류도 한심한 놈을 곁에 두었구나. 하기야 그래서 내가 그놈을 찍긴 했지만. 이제 움직이거라. 지금쯤이면 천귀류도 곧 수륙의 부재를 알게 되었을 것이다. 우리가 먼저 덮쳐 선수를 치는 거지, 급작스레 쏟아져 순식간에 적셔버리는 소낙비처럼 말이야."

을물의 급습은 빠르고 대담했다. 그의 말처럼 순식간의 소낙비처럼 증소불의(曾所不意)였다.

물론 몸 사리기로는 둘째가라면 서러운 천귀류를 실수 없이 잡기 위해 궁을 지키던 정예무사단까지 빼오느라 궁을 비우는 위험수를 감행하긴 했지만. 현재 사병 동원력이 둘째인 천귀류를 잡았으니 그것으로 목적은 달성한 거였다.

짧은 거리의 이동에도 사병들의 탄탄한 호위를 받는 천귀류였다. 그런그라도 궁의 최고의 정예무사들의 급습에는 당해낼 재간이 없었을 것이다.

간위거왕을 제거할 환과 위험요소를 내재하고 있는 천귀류까지 손에 넣었으니 을물은 그야말로 달리는 수레였다.

"꼭두각시놀음도 이제 끝이 보이는구나."

환을 숨겨둔 문갑을 쓸던 을물의 사악한 입가에 간특한 웃음이 걸렸다.

잃는 것이 있으면 얻는 것 또한 있는 것이 세상의 이치.

밤을 가르고 궁으로 잠입하던 신우는 김이 빠질 정도로 허술한 경비에 어떠한 생각들이 스쳤다.

움직임이 있었구나.

간혹 보이는 병사들은 신우의 움직임조차 느끼지 못하는 미욱한 자들이었다. 그들을 피해 왕의 침방을 찾아들기는 어렵지 않았다. 야심한 시각이라 침방을 지키던 시중은 고개를 늘어트린 채 졸고 있었다. 신우는 슬며시 그의 혈을 잡아 깊은 잠에 빠져들게 했다.

"눈을 뜨십시오, 폐하. 그리고 놀라지 마십시오."

신우는 옅은 불빛 곁으로 가 병색이 완연한 왕이 눈을 뜨기를 기다렸다.

간위거왕은 낮지만 뚜렷한 목소리에 잠에서 깨어났다. 생시인지 꿈결인지 모르겠지만 분명 낯선 자는 그를 부르고 있었다. 둔중한 눈꺼풀을 들어 올렸을 때 처음으로 시야에 잡힌 것은 불빛에 어른거리는 검고 큰 그림자였다. 잠시간 그런 생각을 했다. 이 병들고 늙은 쓸모없는 인간을 거두러 온 사자인가. 사는 것에 연연하던 그였다. 어쩐 일인지, 막상 죽음의 순간이 다가왔다 생각하니 모든 것을 내려놓고 싶었다. 무엇 때문에 그토록 그것에 미련을 버리지 못했나, 하나 좋을 것도 행복할 것도 없는 허무하기만 한 삶을.

불빛에 익숙해진 시야에 그림자의 정체가 잡혔다. 한 젊은이였다. 그것도 보기 드물게 영민하고 출중한 모습의.

"너는…… 누구냐?"

말 몇 마디도 하기 어려운 왕은 기력을 다해 물었다. 젊은이는 복면도 하지 않은 채 단신으로 침상에서 서너 발 떨어진 곳에 서 있었다. 그가 위협이 될 자가 아니라는 것은 금세 느낄 수 있었다. 왕이란 자리에서 이토록 늙은이가 되게 살아보면 상대의 살의 정도는 간파할 수 있게 된다. 낮은 불빛도 그 늠연함을 가리지 못하는 청년은 살생을 저지르는 비루한 그릇이 아니었다.

"해신우라 합니다. 폐하께서는 저보다 제 아버님을 아실 겁니다. 그분의 함자는 해선입니다."

"해, 해선? 마가의 대가…… 해선 말인가?"

"예, 그렇습니다."

왕은 놀라움과 반가움과 죄책감이 어우러진 복잡한 시선으로 신우를 보았다.

그러고 보니 젊은이는 젊은 시절 해선의 모습을 간직하고 있었다. 그의 아들이 한층 더 날렵한 눈매와 강인한 입매를 갖고 있긴 했지만, 그래서일까. 그래서 초면인데도 불구하고 믿음이 가는 것은.

"자네 아버님은…… 훌륭한 분이지."

해선은 최고의 인재였고 다시없을 충신이었다. 자신의 잘못된 판단으로 돌이킬 수 없는 관계가 되어버렸지만 그 사실은 변함이 없었다.

"가치를 모르는 주인을 만난…… 원석 같은 사람이지. 그래도…… 다치지 않고 살아 있어준 듯하니…… 고맙구나.”

참으로 아까운 사람이었던 해선을 을물의 간언이라고는 하나 너무 쉽게 놓아버린 것을 왕은 두고두고 후회했었다. 왕은 제 인생의 두 번의 실수에 뼈저리게 후회했다. 그 첫째가 사랑하는 여인을 떠나보낸 일이었고 둘째가 해선과 예문우에게 뻗는 을물의 검은 손길을 허락한 거였다.

“아버님은 세 달 전 을물이 보낸 살수에게 운명을 다하셨습니다.”

신우의 말에 왕은 충격으로 잠시 말을 잃었다.

“그, 그렇게…… 되었구나.”

왕은 깊은 회한에 젖어 신우를 보았다. 모두 무능한 자신의 잘못이라는 것을 잘 알았다. 위협이 되지 않을 것이라는 판단은 아무래도 잘못된 것인 듯했다. 아비의 죽음에 대한 죄를 물으러 온 것일 테니 그것이 아니라면 이렇듯 위험을 무릅쓰고 찾아올 이유가 없겠지.

‘늙고 병들고 죄 많은 목숨을 거두러 온 사자가 맞았구나.’

왕은 포기한 듯 물었다.

“원수를…… 갚으러 온 것인가?”

“원수를 갚기 위한 준비를 하러 왔습니다.”

“준비라?”

“폐하의 도움을 받는 것도 준비 중 하나입니다.”

“내게…… 도움을? 나를 죽일 생각이…… 아니었더냐?”

“어째서 제가 그리할 거라 생각하셨습니까?”

“아비가 죽지 않았느냐……. 내게…… 그럴 만도 하지.”

“저는 상대를 정확하게 알고 있습니다. 그 상대는 폐하가 아니십니다. 폐하께서는 이미 죽음의 문턱을 넘고 계십니다. 또한 제 아버님은 죽어서도 폐하의 안위를 걱정하실 분입니다."

왕의 노안에 눈물이 맺혔다. 그의 말처럼 해선은 한번 맺은 신의를 끝까지 지키는 사람이었다.

'그런 이를 내가……'

회한의 감정이 결국 늙은 왕을 눈물짓게 했다. 신우는 왕이 감정을 추스르기를 기다리다 입을 열었다.

"폐하께서 돌아가시기라도 한다면 후사가 없는 왕실의 차기 왕은 을물이 되겠지요."

왕을 죽여 을물이 왕이 되게 되는 미련한 짓은 하지 않을 것이라는 의중이었다. 왕의 생각에도 갑자기 자신이 변고를 당하면 을물이 이 자리를 차지할 것이라 여겼다. 그전에 물려줄 기회가 수차례 있었지만 석연치 않았다. 을물의 지나친 욕심이 가져오는 피비린내가 갈수록 비려서일까.

"인생이란…… 내 의지와 관계없이…… 돌아가는 것."

"과연 그럴까요?"

왕은 의지도 의욕도 모두 상실한 사람이었다. 신우는 그런 왕이라도 덥석 물 미끼를 꺼냈다.

"폐하께 아드님이 계시다면요."

"무, 뭐라?"

얼마나 놀라웠으면 병자의 혈색이 순간적으로 훅 붉어졌다.

"폐하의 곁을 떠나신 그분께서는 회임 중이셨습니다."

왕의 붉은 얼굴이 이내 백지장처럼 변했다 다시 석상처럼 굳더니 '푸' 하고 참던 숨을 뱉었다.

"믿지 못하시겠습니까?"

신우는 적주의 꿈과 지겸주에게 들은 왕의 떠나간 사랑을 조합하여 추측했지만 왕의 반응은 그것이 사실임을 증명했다.

"아니네. 그녀가 떠난 이유가 그것이 아닐까⋯⋯. 수없이 의심하고 의심했었으니까. 결국 내가 찾을 수 없는 곳으로 꽁꽁 숨어⋯⋯ 내게 벌을 내린 모진 여인이었으니, 자식이 생겼다 해도⋯⋯ 내게 알리지 않았을 걸세."

"누이를 왕후에 앉히려는 을물과 그의 아버지의 방해가 있었다면요. 어쩌면 꽁꽁 숨는 것이 생존을 위한 유일한 방법이 아니었을까요?"

경험에서 나온 신우의 물음에 왕은 눈을 감았다.

"모두⋯⋯ 나의 탓이야."

현명한 여자였으니 충분히 그럴 수 있었을 것이다. 이 험한 왕실에서 배경 하나 없던 궁인이 무슨 수로 아이를 지킬 수 있었겠는가, 더구나 무능한 왕의 자식을.

왕은 진한 후회에 젖었다. 하지만 다음 순간 그는 무엇엔가 맞은 사람처럼 번쩍 눈을 떴다.

"그, 그러니까⋯⋯ 그녀가 내 자식과 살아, 살아 있다는 말인가!"

"그분께서는 이미 타계하신 듯 하지만 아드님은 그러합니다. 제 벗이 지금쯤 제가 폐하의 앞인 것처럼 폐하의 아드님을 만나고 있을 것입니다."

왕의 눈에 처음으로 생기가 돌았다. 노안에 고인 눈물은 조금 전의 것과는 사뭇 달랐다.

"아들, 아들이라⋯⋯!"

한 시진 전만 해도 왕은 자신의 처지를 세상에 혈육 한 점 없는 단독일신의 병자일 뿐이라 생각했다. 그런 자신에게 자식이, 그것도 사랑하

는 여인과의 사이에서 난 아들이라는데 어찌 감격스럽지 않겠는가. 죽어가는 자를 벌떡 일으키고도 남을 희소식이니. 하지만 이내 왕의 시선이 복잡하게 흔들렸다. 을물은 왕 주변의 사람들을 남김없이 제거했기 때문이다. 그간 일을 통해 보면 그 사악함을 왕도 알았다. 그리고 그는 지금 병들고 힘이 없었다.

을물이 아들에 대해 알기라도 한다면……. 왕은 부르르 몸을 떨었다.

"을물은 그냥 둘 자가 아닙니다."

마치 그의 생각을 꿰뚫어보는 듯한 신우의 말에 왕은 의지하듯 물었다.

"어찌…… 어찌하면 좋겠는가?"

"제가 보호해드리겠습니다."

"자, 자네가?"

"준비를 해왔다 말씀드렸습니다. 아버님께서는 부여의 하호들을 안타까워하였지만 폐하를 향한 충심 또한 못지않게 크셨던 분입니다. 그저 마을과 가족을 보호하려고 마을의 아이들에게 무공을 가르치기 시작하셨습니다. 하지만 죄가 없음에도 갇혀 살아야 했던 울분과 자유를 향한 열망이 그들을 최고의 무사들로 만들어놓았습니다. 제가 이제 그들의 대가입니다. 저는 그들과 제 여인과의 떳떳한 삶을 위해 모든 것을 원래대로 돌려놓아야 합니다. 제 아버님의 원수를 갚는 것과 왕자님을 보호하는 것 또한 그 과정이고 일환입니다."

"나를 원망하여도…… 나는 할 말이 없는데……."

"지금 이 중요한 시기에 그것만큼 소모적인 일은 없을 것입니다. 조금 전에도 말씀드렸듯이 저는 적을 정확히 알고 있습니다. 을물은 저에게, 이제는 폐하께도 적입니다. 을물을 처단해야 한다는 공통점이 저와 폐하께 생긴 것이 아니겠습니까?"

"그리 생각해주니 고맙네……. 염치없지만 내 아들을 부탁하네……. 나도 내가 할 수 있는 일이 있다면…… 그것이 무엇이든 하겠네."

"결정은 제 얘기를 모두 들으신 후에 내리셔도 늦지 않을 거라 사료되옵니다."

"말해보게나."

"을물이 회춘을 하는 명약이라며 환을 드시게 하였을 겁니다."

"그것은 또 어찌…… 아는가?"

"그 약을 만든 의원을 을물의 수하가 살해하기 전에 저희가 구했습니다. 그 약이 주는 회복은 일시적일 뿐입니다. 그 대가로 수명을 내놓아야 하는 금지환이었습니다."

"그, 그럴 수가……."

"그 약이 폐하의 수명을 단축시켰습니다. 을물은 그것을 만들기를 거부하는 의원에게 그의 환자들을 죽이고 협박하여 얻어낸 것입니다."

"그런 일이, 그런 일이."

"을물은 마지막으로 한 번 더 폐하께 환을 드릴 것입니다. 그것을 드시게 된다면 닷새간은 건강하게 보내시다 그 후에 사흘 앓고 운명하실 것입니다."

잿빛이 된 혈색으로 그의 말을 듣는 왕 앞에 신우는 작은 주머니 하나를 내놓았다.

"이, 이게 무언가?"

"은 조각입니다. 하나는 내일 수라에 넣어보시고 남은 하나는 을물이 드리는 환에 넣어보십시오. 제가 드린 말씀을 폐하께서도 이해하실 것입니다."

신우의 말이 허무맹랑하게만 들려야 하는데 왕은 그렇지 않았다. 이제는 숨기려고도 하지 않는 을물의 권력에 대한 탐욕을 왕도 느꼈던 것이다. 내심 의구심을 가지면서도 후사가 없음에 을물이 방패막이를 하는 것도 나쁠 것이 없을 듯해 방관했던 것이다. 그 결과가 이렇게까지 커질 줄이야.

　"그럴 필요…… 없네. 나는 회복할 수 없게…… 중독된 것인가?"

　"송구하옵게도 그러합니다."

　"그것을 먹든 먹지 않든 어차피…… 죽는다는 말이구나."

　"환을 드시면 닷새는 거동하시겠지만 드시지 않으시면 운명하실 때까지 지금처럼 누워만 계셔야 함이 다릅니다."

　"둘 다 죽을 테지만…… 인간답게 잠시 사는 것과…… 그렇지 못하게 죽는 것을…… 선택하란 소리구나."

　"송구하옵니다."

　짧은 침묵 끝에 왕이 물었다.

　"그래 내가 어찌하면 좋겠느냐?"

　"영고에 맞추어 을물은 후계자 지명을 폐하게 청할 것이옵니다. 폐하께서 환의 쓰임을 아시고도 제사에 나오시면 저는 을물을 처단하는 데 폐하께서도 동참하여주시는 것으로 알고 거사를 행할 것이옵니다."

　상념에 빠진 왕은 즉답하지 않았으나 신우는 물러날 때를 알았다.

　"부디 깊은 혜안으로 사물을 바라보시어 현안을 해결하시길 간청 드리오며, 저는 물러가겠습니다."

　"저 세 번째 문갑을 열어보게."

　신우는 왕이 가리키는 문갑을 열었다.

　"궁의 내부 지도일세……. 유용할 것이네."

신우는 두루마리를 꺼내 불 가까이 펼쳤다.

"폐하, 꼭 필요한 것이었습니다. 감사하옵니다. 하지만 이것을 가져갈 수는 없습니다. 을물이 눈치 챌지 모를 흔적은 일말도 남겨서는 안 되니까요."

"그, 그래? 그럼 안타깝구나."

왕은 아쉬워했다. 지도를 제자리에 말아놓고 신우는 그런 왕을 보았다.

"아닙니다, 폐하. 제 머릿속에 넣었으니 매일반입니다. 안심하십시오."

"그 넓은 것을 그사이 다 외웠단 말인가."

"폐하의 침방에서 동남쪽으로 갈래 길을 지나 이십삼 보 우측에 사병 대기소가 있고, 제단 뒷길에서 북서쪽으로 삼십칠 척 좌측에 무기고가, 그 길 끝에 연무장이 있습니다. 궁궐 정문을 중심으로 중문을 세 개를 더 지나면 남쪽 방향으로 을물의 집무실이 시작되고 그 맞은편 막바지에 광으로 되어 있지만 의심스런 용도의 꽤나 넓은 공간이 있으며 거기서 동쪽으로 별궁이 시작됩니다. 신료들은 거기서 다시 북동쪽으로 건물 일곱 개를 지나면 나오는 중문 안의 건물에서 아침이면 모이겠군요. 폐하, 더 필요하시겠습니까?"

왕은 놀라 입을 다물지 못했다. 평생을 궁에서 산 그 또한 이렇듯 세밀하게 위치 설명을 할 수 없을 텐데 훑듯 본 지도를 이렇듯 완벽하게 외울 수 있다니 듣고도 믿기지 않았다.

"더 말씀드리고 싶으나 이제 돌아가야 할 시간이 되었습니다."

왕은 자신감 넘치나 진중하고 남의 생각을 꿰뚫으나 악용하지 않고 차가우나 심지가 깊은 해선의 아들을 바라보았다.

'그대는 대단한 아들을 두었구려.'

"나의 아들을…… 부디 살려주시게."

"폐하의 명 받잡겠습니다."

왕이었으나 짊어지어야 할 민생의 무게는 방관했던 그가 이제 죽음 앞에서 어떻게 죽음을 맞아야 할지를 깨닫고 있었다.

기련은 을물의 집을 감시하던 두엽 두보 형제에게서 을물의 움직임이 수상하다는 보고를 듣고 하산을 서둘렀다.

마을은 어쩐지 반갑지 않은 손님 치른 집처럼 어수선하고 뒤숭숭했다.

식점으로 향하던 기련은 그곳까지 갈 필요도 없이 지나가던 한 무리의 웅성거림 속에서 그 이유를 알 수 있었다. 구가의 대가 천귀류가 고수들의 급습으로 행방이 묘연하다는 거였다.

'이런 낭패가 있나!'

분명 을물의 짓일 것이다. 그가 아니고서야 단단한 천귀류의 호위를 이렇듯 단시간에 뚫을 수 있을 사람은 없었다. 더구나 천귀류의 동향에 촉각을 곤두세울 이도 그 말고는 뚜렷하지 않았다. 동기로나 결과로나 을물의 행동이 분명했다.

여하튼 큰 아군을 잃었으니 이만저만한 일이 아니었다. 영고에 있을 일전에 대한 대비도 전면 수정이 불가피하게 되었다.

낭패도 이런 낭패는 없을 것이다.

산마을로 돌아오는 내내 기련은 묘책을 꾀해보려고 고심에 고심을 거듭하였지만 딱히 떠오르는 것이 없었다.

'큰일이 난 것도 모르실 텐데, 어디를 가서서 소식이 없으신지.'

다분히 걱정 어린 심정으로 무사들이 연무 중일 바위 위로 오르는데 꺾어진 낭떠러지 단애 앞에 백의를 날리고 선 사람이 있었다.

"대가님!"

기련은 반갑고도 한편 도울(陶鬱)한 심정으로 민첩히 다가가 고개를 수그렸다.

"죄송합니다. 한발 늦었습니다."

낭패의 마음을 감추지 못하는 기련에게 신우는 마치 모든 것을 읽고 있는 것처럼 초연하게 답했다.

"가고자 하면 길은 있는 법입니다."

"혹? 을물이 천귀류 대가 쪽을 급습할 거라는 것을 아셨습니까?"

예리하게 묻는 기련의 눈빛에 신우는 고개를 가로저었다.

"그렇다면?"

"명명지중(冥冥之中)입니다."

모호한 대답이었다. 은연중에 느껴졌다니.

"스승님, 오늘은 모두들 연무를 마친 뒤 편히 쉴 수 있도록 해주십시오."

"그게 무슨 말씀이십니까? 가장 큰 지원군인 천귀류 대가가 을물의 수중으로 넘어갔습니다. 그런데 어찌하여 그런 명을 하시는지 그 연유가 궁금합니다."

"말씀드리는 것은 어렵지 않습니다. 저는 지금 을물과 큰 판을 놓고 말을 두고 있습니다. 누가 말을 얻고 승자가 될지는 두고 보아야 알 수 있으니 제가 그 판에 전념할 수 있도록 저를 믿고 스승님께서도 조금만 기다려주십시오."

기련은 신우에게서 청명한 기를 읽을 수 있었다. 한 발짝 떨어진 곳에서 상대의 책략을 읽으며 명민한 기를 끌어올리는 것이었다.

"알겠습니다, 대가님. 말씀에 따르겠습니다."

"고맙습니다, 스승님. 내일부터는 영고에 대비해주십시오. 특히 완벽한 위장에 신경 쓰셔야 할 것입니다. 드러나지 않도록 자연스럽게 제천 행사 구경꾼들과 섞일 수 있는 역할과 복색을 갖추어야 할 것입니다."

"예, 대가님. 맡은 바 면밀히 준비하여 차질이 없도록 하겠습니다."

연무 중이던 무사들이 모두 내려간 바위산 위에서 홀로 정좌한 채 유사(幽思)에 잠겼던 신우는 저물기 시작하는 만경(晚景)을 쓸쓸히 바라보았다.

신우는 다가오는 이에게 물었다.

"왔느냐?"

"다녀왔습니다."

적주는 신우의 시선을 따라 펼쳐지는 황붉은 꽃의 찬란한 향연도 스쳐 보고 빠르게 말했다.

"찾았습니다."

신우는 그때서야 적주에게로 눈길을 돌렸다.

"어떠하시더냐?"

"아기씨가 연상되더군요. 곧고 맑은 분이었습니다."

"허."

질린다는 듯 고개를 트는 신우의 모습에 적주는 웃음이 삐져나왔다.

"듣고는 무어라 하시더냐?"

"돌아가신 그분의 모친께서 임종 직전에 언질을 하신 듯합니다. 제 말을 듣고도 초연하셨습니다. 다만 권력에 대한 욕심이 없는 분이라 설득하는 데 애를 먹어 이렇게 시간을 지체하였습니다."

"애 많이 썼구나."

"다행히 시간에 맞추어 움직여주기로 하셨습니다."

"믿어도 괜찮겠느냐?"

"권력에는 욕심이 없으나 민생에는 관심이 크셨습니다."

"그러한 성정이시라면 우리는 천군만마를 얻은 거구나."

"그러니 어떤 분 같다고, 말씀드리지 않았습니까."

적주가 빙긋이 웃자 신우는 이내 또 외면했다.

"이상합니다, 아기씨와 다투기라도 하셨습니까?"

"아니다."

아닌 게 아니었다. 선득한 신우의 눈길이 어디에도 농이 들어갈 틈이 없었다. 적주는 진지하게 물었다.

"수연 아가씨 때문입니까?"

신우가 수연의 호칭이 작은 마님으로 불리는 것에 내심 거부감을 가진 것을 알기에도 적주는 될 수 있으면 피해주고 싶었다. 신우처럼 명료한 사람에게 지금의 수연과 그런 것처럼 원치 않게 끌려 다녀야 하는 상황은 말할 수 없는 옥죄임을 느끼게 할 것이다. 그렇지 않은 사람보다 수 배, 아니 수십 배는 숨통이 조이는 고통 속에 허기진 숨을 뱉을 것이다. 가슴이 터지는 답답함은 어디에도 터트릴 수도 없어 삼키는 대로 내부에 차곡차곡 쌓일 것이다. 그것은 결국 언젠가는 터져 엄청난 파장을 일으키리라는 것을 신우의 일부나 다름없는 적주가 모를 리 없었다.

"아니, 녹연이다."

그의 말끝에 외로움이 묻어났다. 그보다 더 깊은 고독이 면옥에 어렸다.

적주는 묻고자 하는 마음을 접었다.

사랑해보지 못한 사람은 진정 외로움을 안다 말할 수 없다. 뛰는 심장

을, 넘치는 그 감정을 경험해보고서야 철저히 외롭다는 것을 느낀다.

경험은 기억을 만들지만 사랑의 경험은 고독을 만든다. 사랑하는 이와 함께일 수 없을 때 느끼는 감정들은 숭텅숭텅 잘려나가는 고통일 수도, 칭칭 동여매어지는 아릿함일 수도, 서슬 퍼런 서늘함일 수도, 끝도 없는 나락일 수도 있다. 그것은 진정 멀어져 있어도 그러할 것이고 곁에 있을 뿐 멀어지려 해도 그러할 것이다.

"여자의 마음에 무지한 나 같은 인간도 제 남자를 다른 여자에게서 아이를 보게끔 하려는 것은 아니라는 것을 안다. 진정 그 심보는 용서할 수가 없구나."

적주는 무척 놀랐으나 대답하지 않았다. 그 배경에는 수연의 입김이 작용하지 않았을까 의심되었다. 아무리 그렇더라도 그것을 받아들인 녹연이 한편으론 야속했다.

일어서는 신우의 어깨가 저렇듯 너른데도 안타깝게 느껴지는 것은 그만큼 더 많은 외로움이 매달려 있어서가 아닐까. 적주는 그런 신우의 뒷모습을 아련해질 때까지 바라보았다.

적주는 연무장을 떠나 대가 댁으로 향했다. 아무리 그라도 녹연이 사는 별채의 중문을 넘을 수는 없어 그 앞에서 잠시 서성였다. 녹연이 제 몸 반만 한 크기의 약초냄새 가득한 자루를 들고 다가왔다.

"적주 오라버니 아니십니까?"

"어디 다녀오시나 봅니다."

"예. 영고에서 두노가 약초장수로 위장을 한다고 하기에 지난여름 캐 놓은 약초로 알려주고 오는 길인데 영 시원찮습니다."

"그렇다 해도 따라 내려오실 생각은 마십시오."

"그렇잖아도 그럴 생각입니다. 그러니 대가님께는 말씀 말아주세요."

"아기씨."

"지금껏 가르쳐도 효능 하나 못 외웁니다. 그런 두노가 혼자 약초장수를 어떻게 하겠습니까. 제가 옆에서 거들어야 의심받지 않을 겁니다."

"의심받을 정도로 형편없으면 다른 역을 하면 되겠지요."

"각각 정한 것이 있는 데다 거사일이 코앞인데 이제 와 역을 바꿔도 매일반이지요. 두노가 아니라 누구라도 제가 동행해야 합니다. 그래도 약초는 못 외워도 검술이 뛰어난 두노 곁이 더 안심되시지 않겠습니까? 그리고 남복을 할 것이니 염려 마십시오."

"아기씨, 저는 아직 대가님께 함구하겠다는 말씀은 드리지 않았는데요."

녹연이 말갛게 웃었다.

"적주 오라버니께서는 치사하게 이를 분이 아니지요. 또 안 된다 말씀하셔도 제 생각이 합리적이라고 머릿속으로는 생각하시잖아요. 어떤 분과는 달리 무조건 안 된다고만 하시지 않고 제 말이 합당하면 눈감아주시잖아요."

"잘 알고 계십니다. 제 속에 들어가신 것처럼 너무 잘 아십니다. 그로 인해 제가 절실히 후회한다는 것을 아기씨 아십니까?"

적주의 눈길에는 원망이 섞여 있었다.

"제 속은 그렇듯 잘 보시는데 수연 아가씨의 검은 속은 아기씨께 보이지 않는 겁니까? 도대체 왜, 그분께 휘둘려 스스로 힘들고 대가님도 괴롭게 하시는 겁니까."

그런 적주를 다감한 눈길로 바라보던 녹연이 생뚱맞게 물었다.

"그거 아십니까?"

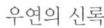

"무엇을 말씀이십니까?"

"제가 적주 오라버니를 무척 좋아합니다. 제가 사모하는 대가님께는 둘도 없는 벗이시고 제게는 가져보지 못한 가족…… 오라버니 같으십니다. 적주 오라버니 한 분의 존재가 두 사람에게 행운을 준 거지요."

"칭찬으로 쓴소리를 모면하시고자 하는 것입니까?"

"아닙니다. 곡해하지 마십시오. 그저 진심을, 얘기하고 싶다는 생각이 든 겁니다."

그녀는 웃음을 거둔 적주를 보았다.

"저는 작은 마님의 자리를 지켜드리고 싶습니다. 제가 괴로워도 대가님을 괴롭게 해도 그렇게 해드리고 싶습니다. 그것은…… 작은 마님 때문만은 아닙니다."

마주 보던 녹연의 눈동자에 슬픔이 깃들었다.

"돌아가신 대가님의 뜻이기에 그렇습니다."

녹연은 슬피 웃었다. 입가는 웃는데 청명한 눈동자는 흐릿했다.

그 처연한 웃음에 마음 아파 적주는 더는 말하지 못했다. 그저 잠시 더 안타깝게 바라보다 발길을 돌려야 했다.

녹연은 아는 거였다. 아비의 유언을 지키지 못했을 때 훗날 받을 신우의 가책을. 가책 앞에 자유로울 수 없는 자신들의 미래를.

녹연을 어찌 탓할 수 있겠나.

"나라도 자유로울 수 없었을 테니……."

모진 운명, 얽힌 그 실타래를 풀어낼 수 있는 사람은 녹연도 신우도 아니었다.

"대가님……."

어찌하여 이리도 혹독한 운명을 명하고 가셨는지 적주는 망인을 원망해보았다.

녹연은 사랑하는 이의 방을 먼발치에서 하염없이 보고 서 있었다. 매정한 방문은 굳게 닫히어 그들의 관계를 대변했다. 그의 아이를 잉태할 수 있을 것이라는 여자로서의 소망은, 이제는 접어야 하는데도. 은연중의 기대는 허탈함으로 변하고 만다.

그를 닮은 아기가 어른거려 상상 속에서만이라도 아기를 품고 젖을 먹인다. 그것이 얼마나 스스로에게 상처를 주는 행동인지 알면서도. 반복하고 반복하고 또 반복하여 허망의 쳇바퀴에 깔리는 쓸모없는 돌가루처럼 허무하게 부서지고 만다.

애타는 심정으로 타는 가슴을 누구에게 하소연할 수도 없다. 오롯이 혹독한 매질을 감당해야 하는 것이다. 앞으로, 앞으로 삶이 남아 있는 동안은…….

녹연은 한없는 눈길을 거두고 발길을 돌리려 했다.

안채와 사랑을 잇는 중문으로 수연이 들어왔다. 녹연은 어두운 담 옆으로 몸을 숨겼다.

덜컥.

사랑채 그의 방문이 열리고 신우가 달빛에 모습을 드러냈다. 그는 문 앞까지 와서 선 수연을 반듯이 직시했다.

수연은 철렁 심장이 내려앉는 것 같았다. 늠연한 풍채에서 흐르는 준수함과 날렵한 눈매 아래 또렷한 동공에 깃든 명민함, 그들이 어울리어 수려한 그를 달빛 아래 찬란하게 했다.

그의 걸음이 수연에게로 향했다. 가까워지는 한 보 한 보에 수연은 절로 뒤설레었다 숨통이 조였다 다시 뒤설레었다.

손을 뻗으면 닿을 거리에 그가 멈추었다. 교교한 달빛이 아름다운 그를 감쌌다. 이리 가깝게 그의 얼굴을 마주할 수 있다니, 을물의 집에서 한이불에 들었을 때도, 혼례 후 첫 밤을 보낼 때도, 녹연을 찾아 길을 떠남을 알리러 왔을 때도 이렇듯 가까운 적은 없었다.

무슨 생각을 하는지 알 수 없는 심해의 눈길로 응시하는 그는 수연의 가슴을 타들어가게 했다.

"대가님……."

수연이 입술을 떼었다.

녹연은 멀리 서 그들을 바라보았다. 그 자리를 어서 벗어나야 했지만 아교가 붙은 것처럼 발은 바닥과 하나가 되어 떨어질 기미가 없었다. 그녀가 보기에도 마주 선 선남선녀는 그림처럼 아름다웠다. 저렇듯 잘 어울리는 한 쌍이라는 것을 아둔하게도 자신만 몰랐던 것이다.

선남선녀, 그리고 고운 아기…….

서늘한 무언가가 혈관을 훑었다. 부지불식간 끼쳐 온 냉기에 녹연은 떨기 시작했다. 얼음 바람 앞에 놓인 사시나무 같은 몰골로 궁색한 몸뚱이를 추스르고 추스르다 사력을 다하여 도망쳤다. 내려놓았다 생각했고 견딜 수 있다 생각했지만 텅 빈 마음 한 줌의 미련이 존재했었나 보다. 녹연은 아둔하고 미련한 제 마음에 호된 매질을 했다.

견뎌야 한다. 견뎌야 한다. 저런 것은 아무것도 아닌 것, 더 모진 일도 견뎌야 한다. 그러지 못할 것 같으면 차라리…… 떠나라.

죽음보다 더 혹독한 벌로 녹연은 스스로를 겁박했다.

신우는 녹연이 멀어지는 것을 느꼈지만 수연을 향한 시선을 돌리지 않았다.

"얻을 거라 생각하십니까?"

"예?"

허를 찌르듯 묻는 물음을 되물으며 수연은 그저 나른하게 올라가는 그의 입술을 멍하니 볼 뿐 그 뜻을 금세 헤아릴 수는 없었다.

"이제 기다리기만 하면 된다. 생각하던 차 아니었습니까?"

느릿느릿 올라가던 입가에 비웃음이 묻어난다고 느낀 순간 수연은 그의 말뜻을 이해할 수 있었다. 녹연이 자신과의 약속을 지키기 위해 움직이기 시작하였다는 의미였다. 돌아와서도 내내 없는 사람처럼 무심으로 일관하던 그가 이렇듯 움직이는 것도 모두 그것에 기인한 것이라는 뜻 또한 되는 것이다.

녹연이 아니고서는 그를 움직일 수 없는……. 몰랐던 일도 아닌데 이렇듯 다시 확인을 하게 되니 아팠다. 그만큼 녹연에 대한 분노가 치밀었다.

수연은 속내를 감추고 시치미를 떼듯 말했다.

"무슨 말씀이신지, 저는 알아들을 수가 없습니다."

"무슨 말인지, 알아들을 수가 없다?"

간담이 서늘해지는 그의 낮은 웃음에 수연은 저도 모르게 움츠렸다.

그의 웃음이 멎었다. 마치 단칼에 동강을 내듯 그렇게 웃음이 잘려나간 그의 얼굴은 서늘했다. 뼛속까지 냉기가 돌 정도로 차디찼다.

"당신이 나란 사람을 과연 압니까?"

"대, 대가님……."

"말해보시지요. 무엇을, 얼마나 아는지."

한 마디 한 마디를 던지려운 것을 뱉듯 말하는 그의 입술을 멍하니 보며 수연은 입을 뗐다.

"차, 차차 노력하겠습니다. 알 틈을 주시지 않아 그럴 뿐이지 틈만 주신다면……."

변명 같은 수연의 말을 단숨에 자른 그는 가차 없었다.

"틈이라? 아가씨가 말하는 그 틈 말입니다. 감정이란 서로가 공감해야 하는 것입니다. 나와 아가씨 사이의 진정한 문제는 그따위 틈이 아닙니다."

신우는 빈주먹을 제 가슴에 올렸다.

"이것, 이것이란 말입니다. 심장 말입니다. 아시겠습니까? 그런데도 내 아이를 낳겠다고? 그렇다면 우리가 개, 돼지와 다를 것이 무엇입니까?"

결국 그들의 결합은 짐승 같은 짓이며, 그는 짐승 같은 행동을 할 의사가 없다는 뜻이었다. 수연은 그의 기복 없는 냉정함에 순간 할 말을 찾지 못했다. 녹연이 없었더라도 이렇듯 냉정할 수 있었을까, 억울한 마음이 울컥 솟아졌다. 그리고 뒤를 이어 분노와 함께 사악한 감정이 차츰차츰 그녀를 잠식했다.

'녹연과는 평생 행복할 수 없을 것입니다. 이 내가 살아 있는 동안은요.'

수연은 원한을 품듯 내심 칼을 품으면서 입 밖으로는 다른 말을 했다.

"사, 사모하니 그리하길 바란 겁니다."

"나를? 나를 말입니까?"

그는 이해할 수 없다는 표정으로 말을 이었다.

"그것은 아가씨의 착각입니다. 사랑은, 그 깊이가 더해지면 더해질수록 그녀를 놓아주어야 하는 법을 배워야 하는 몹쓸 것입니다. 덜어내고 내려놓고 인내하고, 쓸데없다 여겼던 감정들에 승복해야 하는 그런 과정들입니다. 아가씨의 사모는, 해신우라는 대상보다 '사모'해야만 하는 아가씨의 처한 현실일 겁니다. 모든 것을 되돌려놓겠다 약속하지 않았습니까? 그때가 되면 아가씨의 마음도 지금 같지는 않을 것입니다. 그리될 거라 약속할 수 있습니다. 그러니 더 이상 녹연을 흔들지 말아주십시오."

믿을 수 없게도 신우가 고개를 수그렸다.

"부탁합니다."

평생 이보다 더 충격적인 장면을 보는 일은 없을 것이다. 수연은 놀란 마음을 진정할 수가 없었다. 세상 어디에도 없는 존귀한 존재인 그가 하찮디 하찮고 미천하디 미천한 계집 하나 때문에 높은 자존심인 고개를 숙이고 있는 것이다.

수연에게 이보다 철저한 패배는 없었다.

"부탁합니다."

'그만, 그만하세요. 근본도 모르는 천것 때문에!'

그녀는 순간, 이성을 잃고 속마음을 외칠 뻔했다. 하지만 기회를 노릴 줄 아는 입술은, 치 떨리는 경솔한 외침보다 측은하지 않고는 견딜 수 없을 흐느낌을 흘려보냈다.

"흑……."

"부디 상처받지도 눈물 흘리지도 마세요. 그리고 미안합니다."

처음이었다. 냉정하지 않은 그의 모습은, 동정이나 설득을 위함이라도 그의 시선 앞에 벅찼다. 그만큼의 존재가 되었다는 뜻이니까. 수연의 볼을 타고 다시 눈물이 흘러내렸다. 그것은 조금 전의 것과는 다른 것이었다. 진정 내면에서 흐르는 감정이었다.

녹연은 비방서와 약초 꾸러미를 절망 어린 시선으로 보았다. 요 며칠

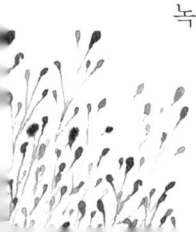

내내 이런 상태였다.

위나라로 향하기 전 의원이 자신은 모두 외운 거라며 그간 약초 연구를 해 기록한 비방서를 녹연을 위해 남겼다. 녹연은 며칠 전 그 책의 사용을 금지하는 독초 배합 목록에서 자궁을 해칠 수 있는 방법을 알아냈다. 막상 그것을 찾아내니 이 용서받지 못할 행동이 망설여졌다.

어찌해야 합니까, 어찌해야 합니까, 대가님……. 이것이 진정 원하시는 바입니까?

고인을 향한 대답 없는 물음은 스스로에 대한 물음이기도 했다. 하지만 돌아오지 않는 대답처럼 그녀 또한 다른 수가 없었다.

녹연은 자신의 배에 손을 얹었다. 그의 아이를 잉태하여야 할 소중한 곳을 쓸었다.

영원히 아이를 잉태할 수 없는 몸.

약초 위로 눈물방울이 떨어졌다.

"죄송합니다, 오라버니."

또 한 번 사랑하는 이를 기만하고 상처 주어야 했다. 아무도 이 사실을 알아서는 안 되었다. 그저 자연스럽게 그녀는 아이를 가질 수 없는 여자가 되어야 했다. 하지만 신우를 생각하면…… 뚝, 다시 떨어진 눈물방울이 천 위에다 더 큰 얼룩을 만들었다.

찢기는 심정 이루 표현할 수 없지만 녹연은 사랑하는 이가 느낄 상실이 더 염려스러웠다.

"저와 오라버니는, 왜 어긋난 사랑으로 만나…… 저는 또 오라버니께 죄를 짓습니다."

녹연이 사랑하는 이에게 주어야 할 상처는 고스란히 제 것이었다.

녹연은 천을 펼치고 결연한 눈빛으로 약초를 들었다.

"너를 닮은 아기는 참으로 예쁠 것이다. 나는 그 아이의 젖을 먹이는 널 보는 것을 가끔 꿈꾸곤 하는데 그럴 때마다 여기, 이곳이 부풀어 오르더구나."

"아!"

사랑하는 이의 진실된 목소리는 녹연을 멈추게 했다.

"이, 이, 무슨 짓을……."

이러한 짓은 스스로를 죽이고, 사랑하는 이 또한 죽이는 일인 것을. 녹연은 독초를 내려놓았다. 자신이 하려 한 무서운 짓을 스스로도 용서할 수가 없었다.

이것은, 이것은 도저히 할 수 없습니다. 용서하세요, 대가님.

"아기씨."

문밖에서 청하는 소리가 들렸다. 그것은 수연의 시중을 드는 아이의 목소리였다. 황급히 눈물자국을 닦고 일어서는 녹연의 다리가 떨렸다. 열두어 살쯤밖에 되지 않은 아이가 그렇게 두려울 수가 없었다. 아이가 무엇을 확인하러 온 것이라는 것을 감지해서이기보다 이제 아이에게 해 줄 답이 없어져서였다.

"그래."

문을 여니 아이 뒤에 수연이 있었다. 녹연은 흠칫하였으나 이내 나가 그녀를 맞았다.

"어서 오십시오, 작은 마님."

"너는 중문 앞에서 내가 찾을 때까지 있거라."

"예, 작은 마님."

아이를 물린 수연은 녹연의 닫힌 방문을 보았다.

"날이 추운데도 들이지도 않을 작정입니까?"

녹연은 미처 치우지 못한 비방책과 약초가 생각났지만 하는 수 없이

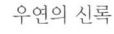

청했다.

"잠시 드시겠습니까?"

수연은 녹연을 지나 손수 방문을 열었다. 잠시 그 안을 불쾌한 시선으로 보던 그녀는 방으로 들어섰다. 수연은 따라 들어온 녹연이 내어준 의자에는 앉지도 않고 침상을 뚫어져라 보았다.

"대가님께서 저기서 주무십니까?"

"그, 그럴 리가요. 대가님께서는 사랑채에서……."

당황하는 녹연을 수연은 차갑게 응시했다.

"그럼 질문을 바꾸지요. 대가님께서 저기서 주무신 적이 한 번이라도 있습니까?"

녹연은 대답하지 못했다. 할 수가 없었다. 하지만 수연은 듣지도 못한 답을 알아버렸다. 귀밑까지 붉어진 녹연의 얼굴이 충분한 답이 되었다.

순간, 수연이 녹연의 뺨을 매섭게 올려붙였다.

"아!"

예상치 못한 불시의 일격에 녹연은 충격으로 확장된 동공을 한 채 휘청거리며 밀려났다.

"나의 뜻이 아닙니다. 정신 차리라는 망인의 매질이지요."

망인의 매질…….

하얗게 질린 볼이 이내 불에 덴 듯 홧홧해졌다. 하지만 녹연은 그 아픔을 방관했다. 수연의 말은 입속이 터져 퍼지는 핏물보다 그녀를 더 씁쓸하게 했다.

수연은 혐오스런 것을 버리듯 녹연에게서 시선을 돌리다 탁자에 놓인 약초와 비방서를 발견했다.

"이것들은 무엇입니까?"

수연은 손을 뻗어 비방서를 들었다.

"그저…… 제가 보는…… 약초 책입니다."

돌려받기 위해 손을 내미는 녹연을 못 본 척 무시하며 수연은 책을 펼쳤다. 책은 단번에 녹연이 며칠을 고심하던 흔적이 남은 장으로 열렸다. 거기에는 녹연의 기록까지 덧붙여져 약초에 대해 문외한인 이가 보더라도 자궁에 해를 끼치는 약초를 찾았다는 것을 알 수 있게 했다. 더구나 며칠 전 그녀를 획책한 당사자에게는 이것들이 무엇을 의미하는지 손쉽게 파악할 수 있는 일이었다.

수연은 쾌재를 부를 뻔했다. 평생 자식을 남기지 않을 방법으로 자궁을 죽이는 것만큼 더 확실한 방법이 있을까. 아직 아무런 대책도 내놓지 않는 녹연을 질책하러 이리 그녀를 직접 찾은 것인데, 이보다 더 큰 수확이 있을 수 있을까.

정녕 현명한 선택을 하였습니다. 지금 이러한 일들은 한순간 끝날 고뿔 정도일 것입니다. 어떠한 고통이 망인과의 약속을 지키지 못한 고통과 비견되겠습니까. 잘하는 것입니다. 그럼요, 잘하는 것이고말고요.

수연은 이렇듯 종용하려 입을 열었다. 하지만 이내 흙먼지 걷히듯 정신이 훅 들었다. 아니, 정확히 표현하자면 두려움이 들이닥친 것이다. 수분 가득한 먹물이 퍼지듯 내부에 번지는 두려움은 지금 제가 얼마나 무서운 일을 사주하려는지를 각인시켰다. 더구나 그가 모든 것을 알고 있다고 포고한 이 상황에! 분명 여기 비방서에는 약초의 독성분은 자궁을 해할 뿐 아니라 목숨을 앗아갈 수 있으니 '금기'라 붉은 점이 찍혀 있다.

'혹시라도 녹연이 잘못되는 날이면.'

수연은 뒷목이 서늘했다. 그 비난과 책임은 고스란히 제 몫이 되고 만

다. 신우와 그의 어머니, 적주와 기련을 비롯한 모든 마을 사람들을 원수로 돌릴 것이다. 투기를 하고 사람을 죽게 한 죄인이요 세상에 없을 악녀가 되어 그나마 받던 동정은 돌팔매로 바뀔 것이다. 상상만으로도 치가 떨리는 일이었다.

수연은 가슴을 쓸어내리며 녹연을 차갑게 쏘아보았다.

"이 약초로 자궁을 해하려 했습니까?"

"하지만 도저히…… 그리할 수가."

수연은 녹연의 말을 가로막았다.

"어찌 그리할 수 있습니까? 이리도 독하였습니까! 이리도 무서운 사람이었느냐 말입니다!"

수연의 질타를 묵묵히 듣고 섰던 녹연은 수연의 이어진 행동에 눈을 번쩍 들었다.

"없느냐? 게 없느냐? 너는 당장 사랑채로 가 대가님을 이리 모셔 오너라."

문을 열고 수연이 소리 높여 명하자 중문 사이에서 아이가 눈이 동그래져 되물었다.

"대, 대가님을요?"

아이에게서 두려운 기색이 역력하자 수연은 다시 말했다.

"너는 석태나 석태 아범에게 녹연 아기씨 방에서 일이 생겼으니 대가님께 오시길 청한다 하면 되지 않느냐. 어서!"

"예, 작은 마님."

아이는 뛰어가고 녹연은 눈을 감았다.

신우가 도착하기 전에 탁상 위의 것들을 쓸어버리고, 비약을 먹을 수 있을 것이라 생각하였으나 그러지 못함만 깨닫게 되었다는 진실을 말할 수도 있으나, 녹연은 그러지 않을 생각이었다. 그것은 수연이 바라는 것이 아니었다. 녹연은 수연이 원하는 것을 이루어주어야 했다. 그것이 수연을 선택한 망인의 뜻이라 여겼기에.

다만…… 신우가 받을 상처, 실망과 배신감, 그리고 강인하여 드러내지 않는다 하여 덜하지 않을 그 내밀한 비탄을 알기에 그것이 그저 가슴 찢기게 안타까울 뿐이었다.

사랑의 무게만큼 상처의 무게는 더해지는 것이니까.

"나를 원망하지 마세요."

수연의 말에 녹연은 고개를 저었다.

"한 번도 그런 적 없습니다."

잠시 후 문이 열리는 소리가 들렸다. 녹연은 보지 않아도 신우의 시선이 자신에게 머문다는 것을 알았다. 하지만 그녀는 그를 외면했다.

"이것을 보십시오, 대가님. 녹연이 이 독초를 먹으려 하는 것을 제가 간발의 차로 막았습니다."

신우의 시선은 수연이 펴놓은 비방서를 집어 들지도 않고 훑듯 읽을 때만 잠시 거두었을 뿐 내내 녹연에게로 향했다.

"제가 조금만 늦었어도, 상상하기도 무서운 일이 일어날 뻔하였습니다."

"네가 말해보아라."

범연한 투였지만 신우는 간절히 원하고 있었다. 저도 원치 않은 일이었고, 잘못하였다고, 앞으로 이럴 일이 없을 것이라고, 한 마디라도, 단 한 마디라도 녹연이 변명해주길 원했다.

하지만 녹연은 그리하지 않았다.

"변명조차 않는구나."

헛웃음 같던 짧은 한숨 끝에 신우의 입가가 위험스레 굳었다.

"지금부터 녹연의 놀음에 장단을 맞추어줄 생각입니다."

신우는 여전히 녹연을 응시한 채 수연에게 말했다.

"남녀가 정을 통하는데 밤낮이 필요하겠습니까? 밤까지도 필요 없이 지금 끝을 보지요."

녹연에게서 차갑게 등을 돌린 신우는 수연의 팔목을 잡았다.

"아!"

신우는 녹연은 애초에 그 자리에 없는 사람처럼 무시한 채 수연을 단번에 안아들고 자리를 떴다.

열린 문 사이로 동절기의 이른 일몰과 추위가 몰려드는 방에 녹연은 떨지도 못한 채 그대로 서 있었다. 그 꼿꼿함을 유지하는 것은 무너지지 않기 위해서이지만 그녀는 이미 자신이 무너졌음을 알고 있었다. 뼛속까지 속속들이 절망이 들어차 흐느끼고 몸부림치고 미쳐가다 죽어갔다. 그리고 시체가 식어가듯 서서히 차가워져 떨었다. 그녀는 기어이 가슴의 흐느낌을 감당하지 못해 간헐적으로 낮은 울음을 울었다.

"잘못…… 하였습니다……. 흑!"

어둠이 무르익으니 밤은 짙어졌다. 짙어진 검은 색은 핏빛보다 붉다. 언제 처절한 피를 쏟아내었나 싶게 검음은 흐려진다. 흐려지는 어둠 위로 내일이 시작되었다.

여인은……

울고, 울고……

운다.

15장

  을물은 천귀류에게 반역을 도모한 대역죄인이라는 죄목을 씌워 궁궐의 옥에 가두었다. 비밀스럽게 처리하던 다른 때와는 달리 궁 안의 감옥을 선택하고 만천하에 알리는 것은 명분을 얻기 위함이었다. 대가들이 반역을 일삼는 것은 간위거왕의 후계자 지명이 늦어져서임을 부각하여 을물은 간위거왕의 후계자로서 차후 부여왕에 오름에 정당성을 용인 받으려는 것이었다.

  을물의 생각은 거기에 그치지 않았다.

  보이지 않는 적.

  천귀류의 구금으로 정체를 알 수 없는 적의 발목을 묶으려는 것이었다. 발목이 묶여 옴짝달싹하지 못하는 자를 잡는 것은 시간문제일 테니.

  "이제는 마지막 순간이 왔구나."

  을물은 간위거왕이 병중인 침소로 들었다.

  "폐하, 문후가 늦었사옵니다."

  흙빛 안색, 죽음의 그림자가 드리워져 돌아눕는 것도 힘에 겨워 시종의 도움을 받는 간위거왕 앞을 가증스럽게도 염려 만연한 기색으로 나아가 엎드렸다.

"폐하, 소인의 불충을 용서해주시옵소서. 이제야 쾌유의 환을 조제하였습니다. 진나라의 시황제도 조제하지 못한 귀한 약이다 보니 이리도 시일이 걸렸사옵니다. 이것을 드시고 쾌차하시어 어서 부여를 이끌어주시옵소서."

"내게…… 너의 죽은 아비와 같다고…… 하질 않았느냐?"

간위거왕은 말도 버거워 수차례 쉬었다 하였지만 한 마디 한 마디 분명하게 물었다.

"그러하옵니다. 폐하께서는 제게 부친과 같사옵니다."

"음……."

간위거왕은 잠시 눈을 감고 속앓이를 하는 것처럼 미간을 모아 찌푸렸다.

을물은 베옷 주머니에서 약통을 꺼내놓았다.

"이것을 드시고 나면 통증은 씻은 듯 사라지실 것이고, 젊은이의 기력으로 되돌아오실 것이옵니다. 하지만 그전에 드릴 말씀이 있사옵니다."

약을 주는 대신 거래를 하자는 뜻이었다.

"말……하라."

"구가의 대가 천귀류가 역모를 도모하여 옥에 가두었습니다."

"처, 천귀류가 여, 역모를?"

그럴 리가 있겠느냐는 간위거왕의 물음이었다. 하지만 을물의 대답은 확신에 찼고 유루 없이 단호했다.

"그의 휘하에게 이미 실토를 받았습니다. 한 치의 의심도 없이 천귀류의 역모는 사실임이 밝혀졌습니다."

"미, 믿을 수가…… 없구나. 그래야 할 이유가…… 없는데."

"이유가 왜 없겠사옵니까. 소생이 없으신 폐하께서 아직 후계자 지명

을 않으시니 폐하의 자리를 탐내어 감히 그악스런 짓들을 이리 도모하
는 것이겠지요."

간위거왕의 얕은 한숨소리에 이때라 생각한 을물은 강경하게 밀어붙
였다.

"이 환을 드시면 백세 장수는 문제없을 것입니다. 폐하 기체 강녕해지
시면 왕후마마 아직 젊으시니 왕자님 생산이야 일이겠습니까? 그전까지
저를 이용하시어 방패막이를 하시옵소서. 명목상의 후계자로 저를 지명
하시면 앞으로 모반을 꾀하는 자들은 없어질 것이옵니다. 제가 폐하의
안위와 부여왕실의 대를 목숨을 다해 지켜드리겠습니다."

"……그래. 그러려면 이 환을 꼭…… 먹어야만…… 하겠구나."

"예, 폐하. 꼭 드셔야 합니다."

을물은 모로 누운 간위거왕을 향해 스스럼없이 환을 내밀었으나 간위
거왕은 그것을 바라만 볼 뿐 통 잡으려 하지 않았다. 기다리는 자에게는
그 시간은 실은 짧더라도 느끼기에 긴 시간인 것이다.

이것만 삼키면.

"드셔야 하옵니다."

천귀류까지 손에 넣은 마당에 그를 위한 어의(御衣)는 이제 완성을 위
한 한 땀만 남기고 있었다. 바로,

이것만 삼키면!

"드십시오!"

권력에 대한 집착이 십 년을 넘는 기다림에 지친 을물을 무던치 못하
게 몰아갔다. 환을 먹이지 못해 안달 난 그의 손이 어느 사이 간위거왕
의 마른 입가에 도달해 있었다.

"드시……."

"언제…… 원하느냐?"

"예?"

을물은 간위거왕의 물음을 넋이 빠진 듯 되묻고 있었다.

"워, 원하다니요?"

"후계자…… 어, 언제…… 지명해주기를…… 원하느냐?"

기다림의 끝은 성마름을 키우고 잔인한 본성을 내놓게 하는 것이다. 을물은 그때서야 마치 간위거왕의 입안에라도 밀어 넣을 기세의 환 든 손을 치우고 가면을 쓴 평심으로 돌아왔다.

"폐하, 영고가 시작되는 날인 사흘 후가 적기라 사료되옵니다."

"으음…… 야, 약은…… 거기 두고…… 가거라."

간위거왕은 눈짓으로 비단보가 깔린 탁상을 가리켰다.

"하지만 폐하……."

"먹을…… 것이니……. 지, 지금은…… 속이 불편하여…… 무엇도 삼키고 싶지…… 않구나."

미동도 어려운 형편에도 간위거왕의 눈빛은 고집스러웠다.

한번 내놓으면 결코 꺾이려 하지 않는 간위거왕의 옹고집을 알기에 을물은 일단 물러나기로 했다.

"알겠습니다, 폐하. 신은 물러가겠사오니 어서 약을 드시어 옥체 강녕한 모습으로 뵙겠사옵니다."

왕의 침소를 나가는 을물은 탁상을 바로 보고 있는 간위거왕의 눈빛이 짙어지는 것을 알지 못했다.

신우는 별채를 넘는 중문 앞에 우두커니 섰다.

그날 이후 첫 걸음이었다. 녹연을 보고 싶은 생각은 추호도 없으나 죽도록 보고 싶은 것 또한 사실이었다.

"못된 것."

그래도 보지 않을 것이다, 지금은. 아버지의 죽음이 녹연에게 어떠한 충격으로 다가갔을지 모르는 바가 아니나 맹목적인 자책으로 그릇된 생각을 하는 것을 더는 보아줄 수가 없다. 용서할 수 있는 것과 이해할 수 있는 것도 그 도가 있는 것이다. 그녀는 가책으로 그보다 더 지켜야 할 그와의 신의를 저버리려 했다.

그런데 이상했다. 녹연의 방에서 인기척을 전혀 느낄 수 없었던 것이다. 신우는 등골이 싸늘해지는 것을 느끼며 그녀의 방문을 열어젖혔다.

"녹연……."

그녀는 없었다. 역시 방은 텅 비었다.

이 야심한 시각에 어디…….

생각이란 놈은 녹연이 그에게는 일언도 없이 떠나버린 그 밤으로 매몰차게 몰아갔다. 쥔 주먹에 굳은 등에 식은땀이 찼다. 떨린다고 느끼는 것인지, 정말로 떠는 것인지 알 수 없는 걸음을 재촉하여 안채로 들어섰다.

신우는 귀소본능처럼, 그날, 일언반구도 없이 떠나버린 그날, 유일하게 어머니에게만 서찰을 남긴 그녀의 흔적을 찾아 안채로 들이닥쳤다.

"어, 어머니, 어머니!"

포효하듯 소리치는 아들의 소리에 놀라 상부인은 문을 열었다.

"왜, 왜 무슨 일이…….."

상부인은 평소 늠호(凜乎)하고 듬직한 아들의 흐트러진 모습에 적지 않은 충격으로 더듬거렸다.

"어머니, 어머니, 녹연……."

열린 문 사이로 이부자리를 보고 허리를 펴는 녹연의 모습이 신우의

시야에 잡혔다. 순간 안도감에 몸이 떨렸다. 허나 이내 밀려난 안도감 속으로 분노가 급속도로 들어찼다. 신우는 놀라는 상부인을 피해 문을 박차듯 들어가 녹연의 팔목을 움켜잡았다.

"너, 너! 이게 무슨 짓이냐! 이게 무슨 짓이냐고! 내 감정을 가지고 노는 것이 재미나더냐? 네게 끌려 다니는 내가 재미나더냐? 말해보거라, 말해보란 말이다!"

"대가님, 오해이십니다."

"오해라? 오해라!"

신우는 녹연의 움킨 팔목을 확 끌어 당겼다. 그 바람에 녹연은 넘어지듯 신우의 품에 가두어졌다.

"이게 무슨 행동이십니까!"

신우는 그때서야 상부인과 눈을 마주치고 고개를 숙였다.

"죄송합니다, 어머니."

"내가 녹연에게 같이 자자고 했습니다. 노망이 났는지 혼자 자는 것이 쓸쓸하여 그리하자 했어요. 그것이 이 야심한 시각에 이러한 소동의 결과라니, 죄를 물으려면 어미에게 묻고 그 손은 놓으세요. 그렇잖아도 여위어진 팔목이 아주 부러지겠습니다."

신우는 손아귀의 힘을 스르르 풀고 녹연의 팔목을 놓았다. 녹연은 서둘러 몸가짐을 고쳤다.

"대가이십니다. 그 점을 한시도 잊지 마세요."

신우의 시선은 녹연에게 머물렀다. 당장이라도 잡아먹을 듯한 허기진 짐승의 눈으로 갈기갈기 뜯고 있었다. 녹연은 그런 그의 시선을 애써 외면했다. 그의 격렬한 감정 표현에 숨통이 조여서는 아니었다. 잘못하였다 잘못하였다 울부짖으며 제가 도리어 그에게 매달릴 것만 같아서였다.

위태위태하던 그 순간에 다시 상부인이 끼어들었다.

"하실 말씀이 있으시면 날 밝은 후에 나누고 대가께서는 이만 돌아가세요. 어미도 누워야겠습니다."

노한 기가 그대로인데도 신우는 상부인에게만 목례를 하고 거칠게 문밖으로 나갔다. 신우가 사라지자 열린 문을 닫던 녹연을 상부인이 한숨을 쉬며 돌아보았다.

"미안하구나. 오직 네게만 저러는구나."

이미 방 밖으로 머리가 사라진 후인데도 녹연이 신우의 시선을 떨치지 못해 울연한 마음 누르며 말했다.

"제 잘못이 큽니다. 제가 대가님 화를 돋우었습니다."

"퍽이나 네가 이유 없이 그랬을까?"

소리 없이 웃던 상부인은 웃음을 걷고 말했다.

"그래도 녹연아, 네가 힘이 들겠으나, 어미 된 마음으로는 속을 알 수 없는 대가께서 네게라도 저리 인간답게 구니 다행스럽다 여겨지는구나. 참으로 치졸한 마음이지 않나 싶구나."

"어머니, 그런 말씀 마세요."

"그나저나 아까는 나와 자고 싶어 왔다더니, 도망친 거로구나."

"죄송합니다."

"너무 안달 나게는 말아라. 세상에 여자는 너 하나뿐인 줄 알고 있는 대가께서 너무 안되셨잖니."

녹연은 고개를 숙인 채 한참을 들지 못했다.

잠든 상부인 곁에서 녹연은 죽은 듯 누워 있었다. 오지 않는 잠을 청하는 것을 포기한 것도 한참 전이었다. 못 이기는 척 그의 뒤에 숨어도 무어라 할 사람 하나 없는데도 녹연은 스스로 외로운 고뇌의 길을 가고자 했다. 그것이 죽음 앞에서도 벗에 대한 신의를 지키려 한 망인과 망인의 마지막 말을 지켜야만 하는 신우를 위해 옳은 길이라 믿어 의심치 않았다. 그에 따를 고난이 아무리 깊고 아파도 감내해야 했다. 그 아픔이 아무리 아파도 그와 이별하는 아픔만 할까, 죽음보다 더 아픈 이별의 절망을 경험해보았기에 그보다 더한 고통은 없을 것이라 생각했다.

그때는 그렇게 믿었다. 더한 고통은 없을 것이라고…….

안채를 나선 신우는 곧장 적주의 집으로 향했다.

입에 담는 것도 머리로 생각하는 것도 원치 않는 녹연의 부재, 그녀의 부재는 그를 파괴로 몰고 갈 것이다. 또 다시 그녀가 사라진다면 광인처럼 날뛸 스스로가 두려웠다. 죽도록 사랑하는 만큼 분노 또한 걷잡을 수 없었다. 오늘만 해도 그 작은 모가지를 부러뜨리고 싶은 충동과 싸워야 했다.

"어찌하여 너는 이렇듯 내게 잔인한 것이냐."

그녀를 사랑함에 그는 절대 약자였다. 그 누구보다 강한 남자인 신우에게 반 품도 안 되는 녹연은 항시 이길 수 없는 사람이었다.

사랑하니 어쩔 수 없었다. 온 마음을 주어버려 어쩔 수 없었다.

녹연이 원하기만 한다면 그녀가 신우에게서 얻지 못할 것은 아무것도 없었다. 그는 그녀가 원한다면 목숨이라도 기꺼이 바칠 것이다. 허나, 이것은 이것만은 들어줄 수 없었다. 다른 여자를 품으라니, 다른 여자에게서 아이를 보라니.

분노가 치밀었다. 이가 갈렸다.

"그것이 네가 나를 사랑하는 정도인 것이냐?"

그에게 치명상을 줄 수 있는 유일한 칼을 든 그녀의 칼끝이 그를 향해 가차 없이 휘둘러졌다. 마음이 찢기었다. 상흔은 또 다른 상처로 덧대어 지면서 철철 피가 흘렀다. 신우는 걷던 걸음을 우뚝 멈추고 가까운 나무에 팔을 짚었다. 오롯하게 상처받은 남자의 쓸쓸한 어깨가 어둠 속에서도 유독 짙었다.

한참이 지난 후에야 신우는 자세를 바로잡고 길고 긴 호흡을 시작했다. 상처를 추스르기 위해 시작한 호흡은 들고나는 숨 속에서 분노가 빠져나가고 고독이 밀려들어왔다.

술 생각이 간절했다. 이런저런 물음 없이 조용히 술잔을 기울여줄 벗도 간절했다.

신우는 다시 걸음을 떼었다.

도달한 적주의 집은 적막에 싸여 있었다. 아무리 취상(就床)에 들 시각이라고는 하나 이상하리만치 괴괴했다.

"적주 있느냐?"

잠귀가 밝아 자고 있었다 하더라도 이미 일어나 먼저 문을 열었을 터인데 어쩐 일인지 신우의 먼저 부름에도 적주는 묵묵부답이었다.

"적주야."

이상함을 느껴 신우는 문을 열었다.

온통 검은 방에 더 짙은 그림자가 쓰러져 있었다.

"적주야!"

신우는 신을 벗을 겨를도 없이 방으로 뛰어들어 주검처럼 늘어진 적주를 팔에 안았다. 적주는 죽은 자처럼 맥이 없었다.

한기가 끼쳤다. 오도도도 소름이 돋았다.

"적주야, 적주야. 정신 차려라!"

품 안의 적주가 송장처럼 뻣뻣해지나 싶었는데 어느 순간 부르르 떨었다. 그리고 이내 어깨를 흔들면서 시작된 발작이 온몸을 미친 듯 흔들어대고 있었다. 맥이 잡히지 않을 정도로 기력이 소진된 사람 어디에서 이러한 기운이 생성된 것인지 알 수 없었다.

"저, 적주야, 적주야……."

헉헉.

가삐 숨을 쉬는 입가로 고통의 흔적이 뿜어져 나왔다. 뼈마디 하나하나가 모두 분리되는 목각인형처럼 고통스럽게 관절을 꺾었다.

신우는 적주의 고통에 가슴이 타들어갔다. 아무것도 해줄 수 없는 안타까움에 더 괴로웠다. 대신 아파줄 수만 있다면 벗의 아픔을 하나도 빠짐없이 모두 가질 텐데 신우는 그래줄 수 없었다. 이렇듯 가슴으로 함께 아플 수밖에 도리가 없었다.

"으으으!"

"적주야!"

적주이나 적주가 아닌 미지의 힘에 의해 결계가 쳐졌다.

처절한 비명은 결계 속에 갇혀 밖으로 새어나오지는 못하였지만 그 밤 신우는 고스란히 적주의 고통과 함께해야 했다.

을물은 간위거왕이 비약을 먹었음을 확인하기 전에는 출궁도 미룬 채 별궁에서 소식만 기다렸다. 하지만 전해져 오는 소식이라고는 '아직, 아직.'이라는 말뿐이다 보니 슬금슬금 속이 타고 없던 조바심까지 생겨났다.

며칠이 멀다 하고 약이 언제 오는지를 묻던 왕이 아니었던가. 어찌하여 갑자기 약 앞에 초연해진 것인지 기뻐 날뛰지는 못할망정 좋은 내색조차 하지 않았다. 그도 수상쩍은 일이지만 침소를 나온 지 두 시각이 되어 가는데 아직도 약 복용을 미루고 있다니, 있을 수 없는 일이었다.

'도대체 뭐지? 뭐지?'

을물은 의심이 일었다. 하지만 무엇을 어찌 의심해야 할지는 종잡을 수가 없었다. 왕은 수중에 들어온 지 오래되었고 왕의 감시 또한 최고의 무사들이 맡아 하니 틈이 없었다. 누군가 왕 가까이 접근한다는 것은 불가능한 일이었다. 만에 하나 접근했다 하더라도 들키지 않을 리 없었을 테고 살아 나갈 수 또한 없었을 것이다. 그럼에도 불구하고 왕의 행동은 불가능한 의심을 생성시키고 불러일으켰다.

왕이 비약을 먹지 않고 후계자 지명도 않는다면!

상상만으로도 부르르 떨렸다. 을물로서는 그만큼의 큰 낭패는 없는 거였다. 지금껏 들인 공이 모두 허사로 돌아갈 정도의 낭패.

물론, 지금 부여에서 유일하게 대적 가능한 천귀류가 수중에 들어온 만큼 을물은 무력으로 왕권을 취할 수도 있었다. 허나 그것은 너무도 위험한 전개였다. 예문우와 해선을 멸하고 천귀류까지 구금시킨 상황에 왕까지 무력으로 누른다면 잠재된 반발세력들이 들고일어날 것이다. 단단히 결속된 거대한 덩어리로 으르렁거릴 것이다. 억눌리고 울분이 차고 억울할수록 더 큰 소리로 울부짖는 법이니까.

그들에게 완벽한 빌미를 제공하는 꼴이 되는 위험하고 극단적인 처사는 지금 이 순간 가장 취하지 말아야 할 일순위의 행동이었다. 기껏 위태로운 권세를 누리기 위해 지금껏 움츠렸던 것은 아니니까.

지금 을물에게 결단코 필요한 것은 명분이었다. 왕과 네 대가들이 다스리는 호민과 하호들도 모두 인정하는 왕이 되는 것, 잠재된 세력의 차후의 논란을 막는 명분이 절실히 필요했다.

잠재된 반발세력……!

느닷없이 고슴도치처럼 온몸의 신경이 바짝 곤두섰다.

"혹……?"

일순, 보이지 않는 적을 연상했다. 그리고는 이내 말도 안 되는 추측이라고 고개를 절레절레 저었다. 아무리 신출귀몰한 자라도 궁으로, 더군다나 경비가 철통같은 왕의 침소로 접근한다는 것은 있을 수 없는 일이다.

그렇다면 의원을 빼간 자는? 그자가 바로 보이지 않는 적이라면?

그래도 그때의 경비와 궁의 경비는 차원이 달랐다.

하지만 그때라면……?

바로 그 순간, 문이 열리고 타보가 뛰어 들어왔다.

"대가님, 대가님! 폐하께서 드디어 드셨다고 합니다!"

타보의 고함은 날카롭게 선 을물의 신경줄을 단칼에 끊어놓았다.

"하, 하하핫."

을물의 입에서 묘한 웃음이 터져 나왔다.

역시 지나친 기우였다. 바라고 바라던 일이 눈앞이라 예민하고 조급해진 것이리라.

"상세히 고하라."

"시종에게 약을 달라 하시더니 그것을 단숨에 드시고, '이제 기운이 나는구나.' 하시면서 흡족해하셨다 합니다."

을물은 이제 픽하고 김빠진 소리로 웃었다. 그렇게 먹을 것을 왜 머뭇거려 사람의 애를 태웠을까 싶었다.

'하기야, 짐승도 제 죽을 때는 안다 하질 않나.'

을물은 타보를 향해 명했다.

"퇴궐해야겠다."

"예, 대가님."

"뭐라 하였느냐?"

"예? 예, 대가님……이라 하였는데요."

"미련한 인사."

마땅찮은 듯 혀를 차던 을물의 입가가 사특하게 말려 올라갔다.

"이제 그 대가 소리 들을 날도 얼마 남지 않았으니."

을물은 타보를 밀치고 문을 열었다. 밤바람이 매서웠지만 상관없었다. 그는 별이 총총히 쏟아지는 밤하늘을 바라보았다.

"앞으로 사나흘은 날도 좋겠구나. 하기야 궂으면 좀 어떻겠나. 이제 그것도 모두 내 것, 내 세상일 텐데."

을물은 곁에 선 타보를 돌아보았다.

"옥향루에 술상을 준비시켜라."

오늘 하루는 아주 흐드러지게 마셔볼 참이었다.

날이 밝으면서 영고가 시작되었다. 몇날며칠이고 이어질 이 잔치로 벌써부터 온 나라 안은 춤과 노래로 흥겨움이 넘실거렸다. 영고는 이제부터 겨우내 이어질 수렵과 하절기에 힘들게 지은 농사를 무사히 수확할 수 있게 된 감사와 기원과 풍요를 기리는 마음을 담아 드리는 은정월[20] 하늘에 지내는 제천행사였다. 평소 풍류를 즐기는 부여 사람들에게는 이 제사행사 기간이 일 년 중 가장 큰 잔치였다.

산중 마을도 겉보기에 흥겹기는 여느 마을과 매한가지였지만 그 안은

---

20) 음력 12월.

최근까지 혹독한 수련을 하던 마을의 젊은이들과 기련, 신우 사이의 누구도 눈치 채기 어려운 면밀한 움직임이 존재했다.

박명의 새벽녘 깊은 산 가파른 낭떠러지로 모인 젊은이들은 각각 여우, 살쾡이 털가죽 옷에 가죽신을 신은 호민과 그보다는 못한 가죽 옷을 입은 하호들로 양분하여 복색을 갖추었다.

멸문가의 일원으로 죽은 듯 때만 기다리던 산중 마을의 젊은이들은 지난 수년간 흘린 피땀으로 당당한 무인으로 거듭났다. 이제 그 고난의 결실로 바짝 다가서니 신중하고 진지하지 않을 수 없었다.

신우가 그들 앞으로 나아갔다.

"그동안 수고들 많았다. 고된 수련에도 이탈하는 사람 하나 없이 잘 따라주어 모두에게 고맙다고 말해주고 싶었다. 우리는 지금까지 멸문가였다. 그 허물을 쓰고 십 수 년 익울한 시절을 보냈지만, 바로 오늘! 그 허물을 벗을 것이다. 너와 내가, 우리의 부모가 살던 그 고향으로, 이제는 돌아가는 것이다!"

와!

우레와 같은 함성이 터져 나왔다. 한 겹 한 겹 또 한 겹 차곡차곡 쌓이고 쌓인 울분과 응어리를 담은 묵언 끝의 외침. 그들에게는 그토록 바라던 바람이기에 더 그러한 것이다.

농군으로 장사치로 우마차꾼으로 각각 분한 마을의 젊은이들은 오늘 자신이 맡은 임무를 다하기 위하여 은밀한 하산을 시작했다.

마지막 신력을 받은 후 아직 기력을 회복하지 못한 적주에게로 향한 신우는 마당에 선 제사장과 마주쳤다.

"제사장."

"대가님, 오셨습니까?"

"하산하기 전에 적주의 용태를 보러 왔습니다."

"내내 앓다가 조금 전 잠들었습니다."

"이번에는 회복이 더디군요."

"마지막은 '망자의 길을 간다.' 하여 견뎌내지 못해 명을 달리하는 경우도 많습니다. 쉬 자리를 털기는 어려울 것입니다."

그날 신우는 적주가 신력을 받다가 목숨을 잃을 수도 있다는 것을 느꼈으므로 제사장의 말을 허투루 들을 수가 없었다. 신우는 그 악몽의 기억이 되살아나자 치가 떨렸다.

"이렇게 중요한 시기에 예지능력을 잃은 늙은이가 이 자리에 있는 것이 죄스럽기만 합니다."

"그런 말씀 마십시오. 제사장께서 계셔주시니 이렇게 마을을 비울 수 있는 것입니다."

"그리 생각해주시니 감복할 따름입니다, 대가님."

"적주를 잘 부탁합니다."

"예, 대가님."

적주의 집을 나오던 신우는 먼발치에서 동자복을 하고 다가오는 녹연을 발견했다. 쳐들어가듯 한 안채에서의 그 밤 이후 처음이었다. 그녀도 그를 보고는 순간 멈칫했다.

"대가님, 편안하셨습니까?"

지나치게 예의바른 녹연의 인사에는 대답하지 않고 신우는 기복 없는 목소리로 물었다.

"어인 일이냐?"

"적주 오라버니께 약을 드리러 왔습니다."

"그 복장, 말이다."

녹연은 무어라 대답해야 할지 골몰하다 이내 사실대로 말했다.

"약초 파는 가판 상인으로 위장한 두노를 돕기로 했습니다."

신우는 감정이 드러나지 않은 눈길로 빤히 보았다. 녹연은 이 순간이 마치 폭풍전야처럼 느껴졌다.

"그저 약초에 대해 대답만 할 것입니다. 결코 앞에 나서는 위험한 일은 하지 않을 것입니다. 큰일을 앞두신 대가님께서 저로 인해 심기가 흐려지신다면……."

"그럴 일 없다."

신우는 무심하게 말하고 걸음을 떼었다. 다행으로 여겨야 할 그 무심함이 녹연은 서글프게 느껴졌다. 그러한 것은 모두 좁디좁은 치마폭 심정일 뿐이라고 스스로를 나무라면서도, 녹연은 우두커니 서 자신을 지나치는 그를 의식했다. 서운타 여긴다.

"조심, 하거라."

여운도 없이 사라진 그의 한 마디, 그 짧은 말 속에 깊은 염려가 담겨 있었다. 녹연은 몸을 돌려 멀어지려는 그의 옷자락을 잡았다.

"다치시면…… 용서하지 않겠습니다. 감히 대가님께 불경한 언행이라 해도 용서치……, 아!"

그의 품에 안겼다. 으스러트릴 듯한 강한 포옹이었다. 그것은 어떠한 밀어보다 달콤하고 짜릿하게 그들 안에 녹아들었다. 굳이 말하지 않아도 이렇듯 서로를 느끼는 것이다. 사랑은 언어라는 한계 앞에 그 본질을 잃고 더 작아지기도 낮아지기도 하니까. 때로는 이렇듯 내면의 소리를, 가슴이 전하는 음률을 느끼면 되는 것이다.

그 시간 궁궐도 영고 행사 준비에 여념이 없었다. 이른 아침 입궐한

을물은 말굽으로 그해의 운세를 예언하는 우제점법에 쓸 말을 지정해주고 왕의 침소로 향했다. 후계자 지명을 재차 확인할 필요가 있었다.

약효가 제대로 발휘하는지, 왕은 얼추 성한 자 같은 혈색으로 앉아 을물을 맞았다.

"어서 오게, 처남."

"쾌유하심을 감축 드리옵니다."

"회춘이라도 한 것처럼 몸이 가볍구나. 이 모두가 자네 덕이네."

간위거왕에게 전날의 신중함은 보이지 않았다. 와병 전의 수수방관하던 옛 모습을 되찾고 있었다. 을물은 크게 안심했다.

"망극하옵니다."

"제사 준비는 잘 되어가겠지?"

"예, 폐하."

"처남이 노고가 많아."

"저야 뭐 하는 일이 있겠습니까, 모두 폐하의 은혜이십니다. 저……. 폐하, 어제 말씀드린 것은 행사 중 어느 부분에 공표하시는 것이 좋으시겠습니까?"

"어제 말한 것?"

간위거왕은 처음 듣는 말처럼 퀭한 눈을 떴다.

"후계자 지명 말씀이옵니다."

"아하, 후계자 지명. 그렇군, 자네가 그것을 해달라고 했었지."

"그것은 모두 폐하를 위한……."

을물의 말이 채 끝나기도 전에 간위거왕은 그의 말을 끊으며 답했다.

"제사 지낸 직후로 순서를 잡게. 그리고 천귀류와 천귀류가 반역을 했다고 고한 자도 그 자리에 동참시키라."

"대역죄인을 무엇하러 동참시키려 하십니까?"

"그러니 불러내야지. 자네는 후계자가 없는 부여왕실을 넘보는 자들 때문에, 부여왕실을 위해 왕자 대신 일시적으로 후계자 자리에 앉겠다는 것 아닌가?"

"그러하옵니다."

"그렇다면 대가, 대사자, 사자, 하호들이 보는 앞에서 죄인들을 참해야 하지 않겠느냐? 누구든 반역을 도모한다면 참수를 면치 못한다는 것을 만천하에 알리고 그 본보기로 삼아야겠지."

들고 보니 그러했다. 하지만 간위거왕답지 않은 결단이기도 했다. 죽을 때가 다가오면 사람이 변하기도 한다는데 왕은 냉정하게 변하는 듯싶었다.

"폐하의 말씀이 옳으십니다. 그들을 끌어다 대령하겠사옵니다."

이제 얼마 남지 않았구나. 오늘만 지나면 천하는 나의 것이니, 지긋지긋하던 꼭두각시놀음도 이제 파장을 내어야겠구나. 별궁으로 물러나는 을물의 발걸음이 더없이 가벼울 수 있는 이유였다.

어느 순간 바람처럼 다가와 앞을 가로막는 검은 그림자에 을물은 흠칫하여 소리쳤다.

"거기 누구냐!"

"대가님."

"너, 너는……."

얼굴의 반이 흉측한 칼자국으로 일그러졌어도 그자는 분명!

"역밀입니다, 대가님."

수연을 찾아 나선 후 수개월 종적을 감추었던 역밀이 분명했다.

"네가 어쩌다 이리되었느냐? 너를 이리 만든 자들이 누구냐? 왜 이제야 나타난 것이냐? 그리고 수연은!"

쏟아내듯 질문을 하면서도 을물은 답을 알고 있었다. 보이지 않는 적, 그의 머리에 떠오른 오직 한 가지의 생각이었다.

"사경을 헤매다 사냥꾼들에게 발견되어 겨우 목숨을 건졌습니다. 워낙 회복하기 힘든 치명상을 당해 정상적인 거동을 할 체력이 생기는 데 시간이 걸렸습니다. 저를 해한 자는 최고수입니다. 최소 그들 중 한 명은 최고수라는 뜻입니다. 우리 중 그자를 이길 자는 없습니다."

"무, 뭐라?"

을물은 믿기지가 않았다. 부여 최고의 무사들이라면 단연 자신의 정예 무사들일 텐데, 그중 으뜸인 역밀을 단신으로 해할 자가 도대체 누구란 말인가.

"한때 복면가면이라 불리던 자가 있었습니다. 그자는 순식간에 무사들을 평정한 뒤 거짓말처럼 사라졌습니다. 그자가 그곳에 있었습니다. 또한 수연 아가씨도 그들과 계십니다. 그들의 우두머리는 바로, 대가 해선이었습니다."

을물의 눈이 휘둥그레졌다.

"그자가, 그자가, 해선이 살아 세력을 키우고 있었단 말이냐?"

샛노래지는 을물의 안색에 역밀이 서둘러 답했다.

"대가 해선은 산 사람이 아닐 겁니다. 제 검에 명줄이 끊겼을 테니까요. 허나 그들의 산중 마을은 요새와 같고 최고의 무사를 양성하기 최적의 조건이었습니다. 그 속에서 무사들이 양성되고 있었습니다."

"이런, 이런, 이런, 빌어먹을 일이 있나!"

눈에 독기를 품은 채 주먹을 쥐락펴락 하던 을물이 역밀을 휙 돌아보았다.

"그자들도 분명 영고를 기점으로 움직일 것이다. 오늘, 오늘일 가능성이 크겠구나. 그렇다면 먼저 쳐야겠다."

"그것은 위험합니다. 그들은 산세를 꿰뚫고 있습니다. 지형에 약한 우리가 십중팔구 불리합니다."

듣고 보니 역밀의 말이 옳았다.

"그들의 수가 얼마나 되더냐?"

"정확하진 않으나 사냥꾼들의 말에 의하면 분명 오륙십 명이 넘는 인원의 훈련 소리를 들었다 했습니다."

"고작, 말이냐?"

"고작이 아닙니다. 고수 중에는 사병 백에 해당하는 자도 있습니다. 저를 해한 자도 그런 자입니다."

"고수 하나에 사병 백이라도 우리가 육칠천의 사병으로 그자들을 에워싸면 되는 것이다."

"성으로 들어오는 자들의 수색을 몇 배는 더 강화하여 사전에 무기 보급을 차단하고, 수상한 자들을 색출하는 것 또한 중요할 것이라 봅니다."

"네가 큰일을 하는구나."

"송구하옵니다. 대가님께서 이렇듯 미리 알고 대비할 수 있도록 된 것도, 하늘의 뜻이라 생각되옵니다."

"하하, 일리가 있구나. 하늘의 뜻이 내게 있음이다 이거로구나."

전화위복일 수 있었다. 역밀의 등장이 아니었으면 천귀류를 잡아들인 것에 반발세력의 기를 꺾었다 방심하고 자칫 뒤통수를 맞을 뻔하지 않았나. 이렇듯 사전에 대비하고, 역이용하여 숨은 적을 색출할 수 있게 되었는데 어찌 하늘의 뜻이 제게 있지 않겠는가.

이제 그자들에게 역풍을 놓아야 할 때이다. 한 놈도 빠짐없이 색출하여 뿌리까지 잘근잘근 뽑아 없애버리겠다.

을물은 살기로 번들거리는 시선을 거두고 역밀을 보았다. 그러고 보니 이자는 충성스러운 데다 머리 또한 쓸 만했다.

"이 일이 지나면 네게 대사자의 관직과 큰 상을 내리겠다."

하호보다 못한 노예의 신분에 언감생심 꿈도 꾸어보지 못할 특혜였다. 역밀은 차디찬 바닥에 덥석 엎드렸다.

"대가님의 하늘같은 은혜 감복, 또 감복할 따름입니다."

을물은 이른 아침이 지나도 흐린 빛이 완연한 하늘을 보았다.

"눈이 오겠구나."

역밀의 말처럼 하늘의 운은 그에게 있었다. 여태껏 그 운이 그를 비켜가지 않았다. 이번에도 그럴 것이다.

"너는 드러내지 말고 은밀히 움직이거라. 해선이 죽었다 해도 그들이 집결하는 중심체는 존재할 것이다. 그에 따라 파급력도 달라지겠지. 해선의 부재로 그들의 집념이 흐트러졌을지 더 응집되었을지는 두고 보면 알겠지만, 우리가 그들의 약점을 먼저 찾아낸다면 그보다 더 확실한 보루는 없을 것이다. 그러니 너는 하나의 가능성도 놓치지 말고 그것을 찾아내거라."

"예, 대가님."

물러나는 역밀을 뒤로하고 을물은 타보를 찾았다.

"주변 군사들을 모두 성으로 모아라. 그리고 무사들도 모두 집결시켜라."

그들이 아무리 잘 훈련된 무사들이라도 만에 가까운 병력과 맞서 살아나갈 수는 없을 것이다. 을물은 제단 근처에 군사들을 겹겹이 두르게 했다.

"한 자루의 검도 성을 통과하게 해서는 안 된다. 한 놈이라도 놓쳤을 시에는 목을 내놓아야 할 것이다."

"예!"

을물의 엄포에 바짝 긴장한 군사들은 물샐틈없이 성 안팎을 검문했다. 성으로 들어오는 모든 자들의 짐을 샅샅이 뒤져 무기를 가진 자들과 조금이라도 수상한 자들을 색출하여 감금했다.

을물은 정예무사들 중 가장 뛰어난 다섯을 왕의 사방과 뒤에 배치시키고 나머지는 저를 에워싸게 했다.

이 정도면 그자들이 아무리 신출귀몰하다 해도 무기도 없는 맨몸으로 제단으로는 근접도 못 할 것이다.

"이래도 뚫을 수 있겠느냐? 그들도 인간이니 언젠가는 지칠 것이다."

신이 아닌 이상, 만 명에 가까운 병사들을 어찌 감당할 수 있겠나. 수적 열세를 극복하지 못하고 결국에는 허물어지고 말 것이다. 그때가 되면 그들의 우두머리는 갈기갈기 찢어 성문 밖에 매달아놓을 것이다. 그런 자들이 감히 다시는, 꿈틀거리지 못하도록 짓이겨놓을 것이다. 싹도 틔울 수 없도록.

"나는 오늘, 부여의 왕이 된다."

대가들에게 휘둘리는 왕이 아닌, 절대권력을 지닌 유일무이한 강력한 왕. 바로 나, 을물이 될 것이다.

수연은 녹연이 안채에 들었다는 시종 아이의 말에 마당에 나와 찬바람을 맞고 있었다.

"녹연 아기씨가 이제 막 큰 마님 방에서 나오셨습니다."

아이가 고한 쪽에서 남복을 한 녹연이 별채로 건너가고 있었다. 수연은 그녀를 뒤따랐다.

"그런 복장을 하고 어디를 가시려 합니까?"

약초 자루를 챙겨들던 녹연은 멈칫하였지만 이내 돌아보고 예를 갖추었다.

"작은 마님, 오셨습니까?"

그날, 신우에게 안겨 나간 수연의 모습을 지켜보아야 했던 그날 이후 처음이었다. 녹연은 옅어질 수 없는 아픔에, 아릿함을 느끼며 남모를 한숨을 삼켰다.

"녹연도 다른 사람들처럼 바쁘군요. 그대는 어딜 가려 합니까?"

"부여성에 다녀오려고 합니다."

"부여성은 무엇 때문에요?"

"그것은…… 다녀와서 말씀드리면 안 되겠습니까?"

"그대마저 나를 따돌리는 것입니까? 누구도 내겐 알려주는 사람이 없어요. 이곳에서 나는 녹연의 자리를 차지하고 버티는 천덕꾸러기일 뿐입니다. 내게도 그 정도의 알 권리는 있습니다. 하지만 암암리에 나를 배척하고 있어요. 그대도 마찬가지입니다!"

"오, 오해이십니다, 작은 마님을 배척하다니요. 저도 그저 제 부족한 앎으로 아주 조금 돕는 정도입니다. 무어라 말을 할 입장이 아니고 아는 것도 없는지라……. 그래도 작은 마님께서 그리 느끼셨다면 죄송합니다."

"무엇을 돕습니까? 그것은 그대가 하는 일이니 알겠지요?"

"약초를 판매할 가판을 세우고 그것을 판매하는 일입니다."

"그렇다면 나도 가겠습니다."

녹연은 놀란 나머지 눈을 휘둥그레 떴다. 사람들이 수연을 알아볼지도 모르는 사지로 그녀 스스로 걸어 들어가겠다고 하니 놀라지 않을 수 없었다. 지금 이 상황에서 그보다 더 위험천만한 일은 없을 텐데.

"그, 그것은 곤란합니다. 저는……."

하지만 수연은 녹연의 말을 차갑게 잘랐다.

"그대는 되고 나는 안 된다? 그것은 어디서 나온 건방입니까?"

"작은 마님께서는 안전하지 않으십니다. 저도 그때는 허락되지 않은 산 밖 출입을 한 번도 하지 않았습니다. 이유가 되시겠습니까?"

"내 안전 여부는 그대가 판단하는 것이 아닙니다."

"작은 마님, 아직은 때가 아닙니다."

"나도 변복합니다. 여벌의 옷이나 내주세요."

"작은 마님, 대가님의 허락을……."

"내 안전은 내가 지킨다 하였습니다! 더 말한다면 나를 무시하는 것으로 알겠습니다."

수연은 돌아섰다. 애초에 막무가내로 이럴 생각은 아니었는데 이 마을과도 신우와도 자신보다 훨씬 더 융화되는 녹연에게 분하여 충동적으로 따라 나서겠다 했다. 아직 을물이 건재해 있는데 하산이라니, 어처구니없는 치기이자 아집이었다. 수연도 그것을 알지만 수긍하고 싶지 않았다. 또한 제 말을 번복하고 싶지도 않았다.

이미 엎질러진 물, 설마 무슨 일이 생기겠는가 싶은 마음이었다.

부여성의 통행단속이 평소보다 수십 배는 더 삼엄했다. 호사다마라 했다. 그것을 대비하는 수준으로 지난 영고 때도 단속은 했었다. 하지만 지금처럼은 아니었다. 삼엄하다는 기준을 넘어서는 긴장된 움직임은 분명한 암시가 녹아 있었다.

기련은 부여성 밖에서 이를 지켜보는 신우에게로 다가왔다.

"이상합니다. 아무리 영고라 하나 경계의 정도가 상식을 넘습니다."

"눈치를 챈 것 같습니다."

"예, 그런 듯합니다."

"계획을 바꾸어야겠습니다. 상인으로 위장한 아이들을 먼저 들여보내 자리를 잡게 하고 우리는 제사 전에 둘로 나누어 시간차를 두고 들어가는 것으로 말입니다."

"그리한다 하더라도 무기를 옮길 묘안을 짜야 할 것입니다."

"그럴 필요 없습니다."

"예?"

기련이 의아해 묻자 신우는 고개를 저었다.

"무기는 궁 안에서 구할 것입니다. 지금 군사들은 성과 제단 주변을 경계하느라 왕과 을물이 모두 빠져나온 궁궐 안쪽까지는 신경 쓰지 못할 것입니다. 지킬 것이 없는 곳은 소홀해지기 마련이니까요. 우리는 조용히 그곳으로 들어 무기고를 털면 되는 것입니다."

"일리가 있는 말씀입니다. 허나 지리도 모르는데 저 넓은 궁 안에서 시간 안에 무기를 빼 올 수 있을까요?"

"그것은 걱정하지 마십시오. 확실한 안내자가 있습니다."

"예? 언제 궁 안에 사람을 심으셨습니까?"

"차차 알게 되실 것입니다."

의문 어린 기련의 시선을 뒤로하고, 신우는 성으로 들어가려고 섞여드는 행렬 속에서 녹연을 발견하고 다가갔다.

"두노는 어디 있느냐?"

"가판을 들고 오느라 제가 먼저 줄을 섰습니다."

신우는 성문 앞에서 검열을 하는 군사들을 멀리 보면서 녹연에게 말했다.

"나서지 마라."

"……예, 대가님."

그래도 못미더운지 그는 성으로 가는 줄어드는 줄을 따라 걸으며 재차 녹연의 다짐을 받았다.

"오늘만은 곤경에 처한 자를 보더라도 못 본 척해라."

"예, 대가님."

움직이던 행렬 속에서 우뚝 멈추어 가늘게 눈을 뜨고 보는 그에게 녹연이 황급히 답했다.

"아, 알겠습니다, 대가님. 알았으니…… 그만…….'"

그러고도 신우는 거리가 좁혀지는 성문 앞 군사들을 넘겨보면서 그녀의 곁을 떠나지 않았다.

"아, 안 가십니까?"

신우는 불편한 기색이 역력한 녹연을 넌지시 내려보았다.

"왜?"

녹연은 신우의 시선을 피하면서 주변의 눈치를 보듯 낮게 말했다.

"그, 그만 가십시오."

신우는 그때서야 알겠다는 듯 나른하게 입가를 올렸다. 녹연이 그들에게 쏠리는 시선을 부끄러워한다고 느낀 것이다. 신우는 허리를 훅 낮추어 녹연의 귓가에 입술을 댔다.

"남색이라, 진정한 남자에게 이보다 더 억울한 소리가 있겠느냐? 그런데 네가 되레 이리 구니 어이구니가 없음이다. 억울한 자는 가겠으니 한 눈팔지 말고 꼭 약초만, 팔아야 한다.”

“조심……하십시오.”

신우를 믿으면서도 걱정되는 것은 어쩔 수 없어 돌아서는 녹연은 안전을 부탁했다. 녹연은 신우가 멀어지는데도, 그의 등장으로 서너 사람 뒤로 물러나 있는 수연을 돌아볼 수 없었다. 그녀의 차가운 눈초리를 회피하고자 함보다는 그를 염려하고 사랑하는 마음이 남은 자신의 눈빛을 감출 수 없어서였다.

성 안에 자리를 잡고 가판을 치는 두노를 도와 녹연은 약초를 깔았다. 수연은 성 안에 들어와서도 두어 발 떨어진 곳에서 한 번씩 힐끔 볼 뿐 대부분 성 안의 다른 사람들에게 시선이 머물렀다.

어느 한 자리에서 여인의 흥겨운 노랫가락이 시작되자 여기저기 뒤따라 금세 한마당이 되었다. 덩실덩실 춤추는 사람들과 식점들의 음식 냄새까지 가세하자 성 안은 금세 크고 신명난 잔치판이 되고 흥이 많은 부여 인들은 지칠 줄도 모르고 그것을 마냥 즐겼다.

“작은 마님께서는 익히 보셨겠어요. 성 안의 영고는 대단한 것 같습니다.”

성에 들어와서도 내내 겉돌기만 하는 수연에게로 녹연이 다가가 말했다.

“이것은 아무것도 아닙니다. 밤에는 더 요란합니다.”

수연의 대답은 추워지는 날씨보다 차디찼지만 내내 마음이 불편했던 녹연은 그나마 대답이라도 들을 수 있어 다행으로 여겼다.

“가늠이 안 됩니다. 저는 성 안이 이렇게 넓은 줄도 오늘 처음 알았습니다.”

"곧 날이 저물면 알게 되는데, 뭐 그리 대단한 일이나 되는 것처럼 굳이 그렇듯 호기심을 드러냅니까? 그대는 매사에 그렇습니다. 관심 끌지 못해 안달 난 매음굴의 매음녀들처럼 말입니다."

참으로 몹쓸 말을 쏟아내고 수연은 등을 돌렸다. 자신은 흉내조차 낼 수 없는 맑음을 지닌 그녀에게 이보다 더한 모함은 없을 테지만, 그러지 않고는 치솟는 질투를 조절할 수 없었다. 깨지고 더럽혀지고 상처받아 조금이라도 그녀가 탁해지는 것을 보고 싶었다. 그러다 보면 언젠가는 그녀도 그렇고 그런 여자로 떨어질 것이다.

그때가 되면 그가 그녀를 보던 시선을 돌려 나를 바라볼까……

수연은 씁쓸한 기운을 삼키고 그녀를 돌아보았다. 녹연은 그 자리에 그대로 서 있었다. 억울하지도 의기소침하지도 않은 모습이었다. 그저 고개를 비스듬히 들고 하늘을 본 채였다. 지금도 그녀의 눈빛은 아마도 맑갈 것이다. 끔찍하게도.

신우의 예상대로 왕의 내실이나 천귀류가 투옥된 옥에 비해 궁의 무기고는 경계가 비교적 허술했다. 군사의 수가 고작 대여섯, 그것도 다른 곳에 배치되고 남은 군력인지 코앞까지 다가서도 적임을 인지하지도 못하는 자들이었다. 기련과 두엽 등은 그들의 맥을 잡아 혼절시킨 후 늘어진 그들을 무기고 안으로 끌어놓았다. 그리고 신우는 함께 온 수련생들에게 검과 활을 확보하도록 했다.

"다음 계획을 말씀해주십시오."

각자 위치로 이동하고 두엽 형제들과 제단이 보이는 곳으로 자리를 옮긴 기련이 곁에 선 신우에게 참을성 있게 물었다.

"제향 의식이 끝나면 천귀류 대가를 끌어낼 것입니다."

"그것을 어떻게 아셨습니까?"

"왕께서 나와 계시니 그리될 것입니다."

기련은 주인을 물끄러미 보았다.

"왕께서 각오를 행동으로 보이시는 것입니다."

기련의 눈빛이 예리하게 번뜩거렸다.

"혹, 왕을 만나신 것입니까?"

"예, 만났습니다."

신우는 그간의 일을 간추려 말했다. 이제 스승에게도 설명을 해줄 때라 판단을 해서였다. 질문할 정도만큼은 예감을 했음에도 기련은 놀랐다.

"그래서 왕은 결정을 하셨군요."

"스스로 짧은 삶을 선택하신 것이지요. 핏줄은 죽음도 불사하게 하는 것인가 봅니다."

신우의 말에 기련은 묵묵히 고개를 끄덕였다.

"대가님, 고천제(告天祭)가 시작되려나 봅니다."

하늘의 신에게 제사를 지내기 위해 부여의 혼이 담긴 혼불이 점화된 홰가 제단으로 옮겨지기 시작했다.

제단 옆에는 중앙 상석에 간위거왕, 우측에는 을물, 좌측에는 허수아비 마가와 저가가 자리하고 있었다.

혼불 홰를 든 왕의 제사장은 제단에 준비된 청동홍로에 불을 놓았다. 화르르 점화된 혼불이 치솟자, 의식을 지켜보던 하호와 하민들이 환호했다. 제사장은 두 팔을 하늘로 번쩍 들어 제향이 시작됨을 알렸다.

"을물이 천귀류 대가에게 형을 내릴 때를 기점으로, 저는 간위거왕을 구하겠습니다. 스승님께서는 을물을 맡아주십시오."

"예, 대가님. 제단 아래는 우리 식구들이 포진되어 있고, 성 밖에는 지 검주 대사가 을물에 불만을 가진 세력들을 규합하여 뒤를 받쳐주고 있습니다. 그러니 대가님께서는 그저 큰 뜻을 펼치십시오."

"고맙습니다, 스승님."

의지와 용기, 지혜가 깃든 신우의 강인한 시선 끝에, 미미한 근심이 스쳤다. 그처럼 냉철한 사람이라도 어쩔 수 없이 흐르는 감정이 있다. 그런 그이므로 가벼울 수도 거짓일 수도 없다. 그리고 그 끝에는 녹연이 있다.

기련은 그것을 감지하고 말했다.

"두노가 모셨으니 그 또한 안심하십시오."

대상을 꼬집어 말하지 않아도 서로가 아는 것이다. 고개를 끄덕인 신우는 다시 제향이 시작될 제단으로 시선을 돌렸다.

16장

너울거리는 하얀 베옷에 붉은 색이 번져간다.

애처롭고 애처롭도다.

가녀린 몸체가 붉은 바람에 휘몰리어 흐르누나.

애달프고 애달프도다.

붉은 여인이여.

"아, 아, 아, 아······."

땀범벅이 된 사지를 부들부들 떨던 적주가 번쩍, 눈을 떴다.

"안 돼!"

탕약을 들고 방으로 들어오던 제사장은 죽은 자와 같은 몰골로 사력을 다해 몸을 일으키는 적주를 발견하고 놀라 그를 붙들었다.

"왜 이러나. 왜 이러는 건가, 적주!"

"가, 가야, 가야 합니다. 가, 가야 합니다."

적주의 눈은 이미 신기에 젖어, 무언가를 보고 있다는 것을 제사장도 느꼈다. 그것이 촌각을 다투는 일인 것도 분명했다. 허나 죽음의 길을 다녀온 성치 않은 몸으로 그것을 막는 것은 가당치도 않은 일이다. 망인

의 거죽을 쓰고 어디를 가고 무엇을 하겠는가.

"자네의 마음은 알겠으나 내가 대신 다녀옴세."

"드, 들고 오신, 타, 탕약을 주십시오. 어, 어서요!"

"아, 알았네. 뜨거우니 조심히 들어야 하네."

제사장의 부축을 받은 채 적주는 간신히 탕약을 마셨다.

"저, 저를 말에 태워주시고, 아, 안심이 안 되시면, 제사장 어른께서 따, 따라오시는 것은 무방하나, 제, 제가, 가야 합니다."

"탕약도 혼자 마시지 못하는 기력으로 어찌 말을 타겠다는 것인가. 약 기운이라도 돌면 가세나."

"아, 안 됩니다. 한시가, 촌각이 급하단, 말씀입니다!"

제사장은 힘없는 손으로 옷자락을 잡고 늘어지는 적주를 안타깝게 바라보았다.

"안 되네. 안 될 말이야."

"가, 가지 않으면, 가지 않으면……."

적주의 볼로 눈물이 흘러내렸다. 메인 목으로 갈라진 입술이 터져 피가 고이는데도 그는 같은 말만 반복했다.

"적주!"

"가지 않으면, 가지 않으면, 으윽……. 아기씨가, 녹연이 죽습니다!"

적주는 가슴이 찢어지게 울었다. 눈물을 흘리는 적주의 모습으로는 이미 녹연은 망인이었다. 애끓는 그 심정은 신우의 것과 같아 피눈물을 흘리는 것이었다.

"아이고, 아이고 이럴 수가……."

어느새 제사장의 눈가에도 눈물이 흘렀다.

제사장은 서둘러 말을 준비했다.

적주는 간신히 오른 말에 몸을 붙였다. 적주는 사력을 다해 말을 달렸다. 기력 없는 몸이 속도를 못 이겨 축축 늘어지는데도 속도를 줄이지 않았다.

안 된다. 안 된다. 그럴 수 없다. 내게 왜 이리 모진 것을 보게 하느냐 말이다!

······신우야!

녹연의 옷은 온통 붉은 색이었다. 쓰러진 그녀를 안고 신우는 미친 듯이 울부짖었다.

적주는 걷잡을 수 없이 흐느꼈다. 찢어지는 가슴이, 오장육부가 동여매어지는 아픔만 느낄 뿐 그는 짓무른 눈가가 엄동에 얼어 터지는 것도 인지하지 못했다.

놈들의 수와 동태를 파악하고 틈을 찾기 위해 성 안을 살피던 역밀의 눈에 대어가 걸려들었다. 동자로 변복을 하였으나 성 밖으로 나가는 무리를 따라 줄을 선 이는 분명, 수연이었다. 기막힌 적기의, 기막힌 인질이었다. 해선이 죽었어도 해선의 무리들이 예문우의 딸을 그냥 죽게 두지는 않을 것이다. 수연을 찾다 들어간 마을에서 해선을 만날 수 있었던 것도 그러한 맥락일 것이다.

역밀은 수연과 두세 걸음 쳐져 사람들의 대열에 붙었다.

"제향 의식이 시작되면 가판을 모두 접으라고 지시하셔서 그런 것이니 너무 서운해 마세요."

수연의 뒤에 선 젊은 남자가 옆에 선 미동에게만 들리도록 낮은 소리로 말했다.

"그것은 알겠으나 우리만 성 밖으로 나가라 지시하셨다니 그러지 않느

냐.”

남자보다 한참은 더 어려 뵈는 미동이 그자에게 연장자처럼 대꾸하자, 남자는 역밀의 귀가 번쩍 뜨일 만한 말을 이었다.

“그거야 대가님께서 그만큼 아기씨를 애지중지하시니 그러신 거죠.”

“두노야, 쉿 하여라.”

미동인 줄 알았던 변복한 여인이 못 들을 소리를 들은 것처럼 그자의 곁을 떠났다. 여인은 앞의 다른 두 사람을 지나쳐 수연의 곁으로 가고, 남자만 홀로 뒤에 남았다.

‘대가’, ‘아기씨’ 그리고 ‘수연’.

정신이 번쩍 나는 기회가 아닐 수 없었다. 역밀은 부지런히 이 상황을 정리해보았다. 오늘을 기일로 삼아 무언가를 꾸미는 보이지 않는 적, 변복을 한 여인과 수연, 두노라는 자가 말하는 대가란 필시, 해선과 관련된 것이다. 하지만 그는 이미 산 사람이 아닐 테니…… 혹, 그의 아들? 그렇다면 대가가 애지중지한다는 저 여인은……! 이 모든 일의 머리인, 보이지 않는 적! 현 대가의 여인이란 뜻이다.

그 추측이 사실이라면 저 여인은 수연보다 더 확실한 인질이다. 을물이 말하는 그들이 꼼짝 못할 빌미는 바로 저 여인인 것이다. 수연과 대가의 여인, 차선과 우선 모두를 역밀은 손에 넣게 된 것이다.

누군가, 기를 죽인 채 다가와 은밀하게 뒤를 노릴 거라는 것은 상상도 못 한 채 두노는 두어 사람 앞에 선, 제가 지켜야 할 녹연을 주시하고 있었다. 덕분에 역밀은 고스란히 뒤를 내어주고 있는 두노의 혈을 쥐도 새도 모르게 잡을 수 있었다. 대련에는 강하나 경험이 한참 부족한 두노는 을물 수하의 최고 고수인 역밀의 적수가 못 되었다.

무방비한 상태로 혈을 잡힌 두노가 경직되는 사이 역밀은 동자복을 한 여인들에게로 민첩하게 다가섰다.

　녹연은 수연 곁에서 줄어드는 줄에 걸음을 맞추었다. 거리도 조금 떨어진 데다 워낙 작은 소리라 두노의 말소리를 수연이 들었을 리는 없겠지만 뒤에서 숙덕거린다는 오해는 사고 싶지 않았다.

　녹연이 옆에 온 것을 알면서도 수연은 시종 그랬듯 녹연을 무시했다. 녹연은 수연이 제게 한 언행을 가슴에 담지 않았다. 녹연에게는 그녀가 가장 안타까운 사람이었다.

　"조용히 따르지 않으면 시체가 될 것입니다. 저 뒤의 놈도 함께요."

　소름 돋는 목소리에 녹연은 고개를 돌렸다. 얼굴 한쪽에 칼자국이 선명한 남자가 그녀들에게 바짝 붙어서 있었다. 그 뒤에서 뒷목을 잡고 쓰러지는 두노가 보였다.

　"두, 두노……."

　"저자를 마저 죽이오리까? 일도 아닌데."

　두노에게 가려던 녹연은 살기 번뜩이는 일언에 무춤하였다.

　"수연 아가씨, 오랜만입니다."

　안색이 흙빛으로 변한 채 입술을 꾹 다문 수연에게는 절망이 감돌았다.

　크게 일이 잘못되었구나. 녹연이 느끼는 순간, 남자가 그녀들을 이끌었다.

　"저를 따르시지요. 수연 아가씨, 그리고 대가 댁의 아기씨도요."

　소스라쳐지는 놀라움을 숨기기 위해 녹연은 남자의 시선을 피했다. 어떻게 안 것인지 그는 녹연의 신분을 알고 있었다.

　"누, 누구십니까?"

　"그런 것보다는 살 길을 찾는 것이 중요하겠지요. 순순히 따르지 않으

시면 제 손에서 살아나기 힘드실 겁니다."

남자의 섬뜩한 종용에도 움직이지 않는 녹연에게, 겁에 질린 채 사색이 된 수연이 간신히 입을 열었다.

"저자는 으, 을물의 심복으로 가차 없는 자라 죽인다면 죽일 겁니다. 그러니 저자 말을 따르세요."

녹연은 쓰러진 두노와 살기 번뜩한 시선의 을물의 심복을 번갈아보다 결국 그의 앞으로 움직였다.

주변의 사람들은 쓰러진 두노에게로 몰려드느라 남자의 위협으로 그를 따르는 그녀들을 알아보는 이도, 의심하는 이도 없었다.

제사의식이 끝이 나자 제사장이 물러난 제단으로 을물이 올라왔다.

"폐하, 수렵과 풍작을 위한 기원을 마쳤으니 대역죄를 범한 천귀류의 심문을 거행하겠나이다."

간위거왕이 고개를 끄덕이자 을물이 군사들에게 외쳤다.

"죄인 천귀류를 끌고 오너라!"

군사들에 의해 제단에 끌려 올라온 천귀류는 심한 고문 흔적은 없었으나 옥 생활로 초췌했다.

"죄인 천귀류는 사특한 무리들과 함께 반역을 도모하였습니다."

"그래?"

"감히 폐하의 왕권을 침탈하고 폐하의 보위를 넘보고 모반을 꾀한 대역죄인 천귀류의 목을 베어 성 밖에 달아 감히 왕위를 넘보는 극악무도한 자들에게 귀감이 되도록 하시옵소서."

"천귀류는 들어라."

을물을 경멸어린 시선으로 보던 천귀류는 왕의 부름에 고개를 돌렸다.

"네가 을물의 말처럼 내 보위를 탐내 모반을 도모하였느냐?"

"폐하, 저는 그저 제 '가'만을 다스리고 거두는 것이 전부인 자이옵니다. 이 부여에서 폐하의 보위를 탐낼 정도로 간특한 자는 오로지 을물한 사람뿐이옵니다. 그러니 제가 그런 짓을 했다는 모함은 어불성설이옵니다."

"무, 뭣이라! 이놈이 죽을 때가 되었다고 아무 말이나 마구 지껄이는구나. 역모자백을 한 네 수하를 불러야 네놈이 이실직고하겠느냐!"

천귀류에게서 왕에게 향한 을물이 고했다

"폐하, 놈의 죄를 증언할 놈의 수하를 대령하겠사옵니다."

"그럴 필요 없다. 모반이 진실이라면 그것을 꾀한 자는 죽어야겠지. 그 사람이 누구이든 간에."

"폐하, 즉결처분하실 것을 알고 대역죄인 천귀류의 형을 집행하겠사옵니다."

"그전에 해야 될 것이 있다."

"예, 폐하?"

"을물, 너에 관한 것이다."

후계자 지명에 대한 것일 거라 여긴 을물은 사뭇 여유롭게 청했다.

"하명하시옵소서, 폐하."

"왕의 보위를 탐하여 왕을 음독하게 하고 모반을 꾀한 죄. 그것은 죽어 마땅한 것이 아니더냐?"

"폐, 폐하, 무슨 말씀을 하시는지……."

"네가 내게 지난 수년간 서서히 죽게끔 음식에 지속적으로 독약을 쓰고 네가 후계자 지명을 받기 위해 수명을 단축하는 환을 내게는 불로초라 속이고 먹인 사실을 내 모두 아느니 더는 거짓을 늘어놓지 마라."

어찌 왕이 그것을 알고 있는 것이지? 그저 내실에 갇혀 살듯 했던 왕이 어떻게!

무언가 단단히 일이 꼬이고 있다는 것을 느꼈지만 을물은 왕의 추궁을 순순히 인정해서는 안 되었다.

"폐하, 억울하옵니다. 어떤 자가 그런 천부당만부당한 소리를 폐하께 하였는지 모르겠으나 그것은 필시 저를 음해하려는 세력의 모함입니다! 부디……."

"이것을 보거라."

을물의 거짓 호소를 끊은 왕이 변색된 은 조각을 높이 들어 보였다.

"이것이 무엇인지 보이느냐?"

"그것이 무엇이옵니까?"

"은이다. 네가 내게 먹인 환약과 음식으로 변색된, 바로 그 은이란 말이다."

"그, 그럴 리가, 그럴 리가 없습니다."

을물은 당황했다. 그리고 이해할 수가 없었다. 보이지 않는 적이야 외부에서의 일이라 존재할 수 있다지만 제 수하에 의하여 철통같은 감시 속에 있는 왕이 은을 구했다는 것은 있을 수 없는 일이다. 도대체 언제, 누가 그 경비를 뚫고……. 혹시? 단 한 번, 천귀류를 잡기 위해 무사들을 동원했던 그날?

"그렇다면 내가 너를 모함하기 위해 거짓을 말한단 말이냐?"

"무언가 잘못되었습니다. 폐하, 제 말씀을……."

"더 이상 변명은 필요 없다. 내 너의 모반 사실을 낱낱이 알고 있느니! 병사들은 모반자 을물을 당장 잡아라."

이런, 낭패였다. 왕은 들으려고도 하지 않았다. 또한 확신을 갖고 있었다. 결단력 없는 왕이 이렇게 나오는 것은 분명 믿는 구석이 있다는 뜻이다. 그렇다면 이제 거추장스러운 거짓 가면 따위를 더 쓰고 있을 필요가 있을까.

을물은 왕 곁에 포진된 정예무사들에게 외쳤다.

"무엇들 하느냐, 왕을 잡아라!"

"예!"

을물의 명령으로 왕을 호위하던 정예무사들이 순식간에 왕을 에워쌌다.

"이놈, 을물!"

그 순간, 무사들보다 더 빠르게 그들 사이를 파고드는 남자가 있었다. 남자는 왕의 앞을 보호하듯 감싸고 정예무사들의 쏟아지는 칼날을 막아냈다. 그 모습이 얼마나 정교하고 재빠르면 그들 중 그만 홀로 신검을 가진 것 같았다. 그 민활한 칼끝은 보통 사람은 도저히 육안으로 식별이 불가능했다.

왕을 지키는 남자의 등장을 시작으로 제단 아래도 아수라장이 되었다. 왕의 명령에도 을물의 명령에도 동조하지 못한 채 무슨 일이 일어난 것인지 몰라 우왕좌왕하는 자들과, 제단을 오르려는 을물의 사병들과, 그것을 막아내려는 산마을의 무사들의 싸움으로 그야말로 아비규환이 되었다.

철통같이 에워싸는 호위무사들의 호위를 받으며 을물은 곁에서 검을 든 타보에게 지시했다.

"천귀류를 죽여라."

"예."

대가의 권한이 아직 남아 있는 천귀류는 만약 일이 틀어졌을 때에 가

장 위협이 되는 인물이었다. 기회가 있을 때 제거하는 편이 현명했다.

타보가 천귀류를 향해 검을 치켰다. 하지만 제단 위로 뛰어오른 또 다른 고수가 타보의 검을 쳐냈다. 이자의 검도 왕에게 심어놓은 정예무사들과 대결하는 자 못지않게 빨랐다.

을물이 소리쳤다.

"저들에게로 군사를 집중시켜라! 저들이 그들이다. 죽여라!"

대담한 놈들이었다. 수십의 무사들과 수천의 군사들이 포진된 성내에서 거리낌 없이 왕과 천귀류를 구하려 하다니.

"왕은 죽어도 좋다. 저들을 죽여라!"

제단으로 오르려는 을물의 사병들이 그들의 무리들에 의해 저지되고 있었다. 터무니없을 정도의 수적 열세에도 불구하고 적들은 강했다.

그래도 고수 몇만 처리하면 분명 빠르게 진압될 약점 또한 가졌다. 왕과 천귀류를 구하려는 두 남자가 특히 그랬다.

"저 둘을 진압해라. 저자들만 없애면 된다. 죽여라!"

벌떼처럼 병사들이 그들에게 모여들었다. 시간을 끌면 끌수록 을물에게는 유리한 싸움이었다.

그런데 이럴 때 그들과 대적이 될 역밀은 도대체 어디로 간 것이란 말인가.

을물은 다시 외쳤다.

"놈들의 뒤를 노려라, 뒤를!"

정면승부로는 승산이 없으니 뒤나 노리는 비루한 짓을 하더라도 결코 이겨야 했다. 적이지만 이 와중에도 검술실력만은 탐이 났다.아무리 고수들이라도 저들도 인간이니 분명 지치는 순간이 올 것이다. 그때를 노리면 된다.

"으윽!"

수세에 몰리던 타보가 쓰러졌다. 천귀류의 포박을 자른 자는 을물에게로 향했다.

"놈을, 놈을 막아라."

소리친 을물은 눈을 돌려 제단 옆 왕을 보았다. 마지막 무사가 쓰러지자 곁에 섰던 병사들이 겁이 나는 듯 무춤거렸다. 왕은 신검을 든 자의 손에서 안전했다. 왕과 천귀류 모두 그들의 손에 넘어간 것도 부족해 저를 에워싼 최고의 호위무사라는 놈들도 허무하게 한 놈 한 놈 쓰러져갔다.

"쓸모없는 놈들!"

줄어드는 호위무사들에 불안함을 느낀 을물은 제단 아래 사병들을 향해 소리쳤다.

"올라와 막지 못하고 무엇 하느냐!"

하지만 겁에 질린 병사들은 주춤주춤 물러설 뿐이었다. 그야말로 최악의 상황으로 몰려가는 듯했다.

왕을 차지한 자가 왕과 함께 제단으로 내려와 천귀류에게 왕을 맡기고 을물의 호위무사를 제거하는 자와 합류했다.

이제 그 앞에 지키는 무사는 고작 셋. 을물은 허망했다.

이 긴 세월을 오로지 오늘을 위해 향해왔는데 이렇듯 허무하게 무너지다니, 그것도 알고 대비한 급습에 이렇듯 쉽게 당하다니, 믿을 수 없었다.

마지막 남은 호위무사가 쓰러졌다. 그를 위해 죽어줄 자는 이제 없는 듯했다. 왕과 함께 내려왔던 자의 칼끝이 그를 겨냥했다.

"너의 사병들에게 멈추라 명해라."

젊은 자는 수려한 용모치고는 지나치게 날렵한 눈매에 서늘한 눈빛을 하고 있었다. 강인하나 가차 없는 그러한 빛. 을물이 그의 말을 허투루 들을 수 없는 이유였다.

목 앞에 그자의 검이 들어와 있는 이상 을물은 일단 수긍하는 척이라도 해야 했다.

"모, 모두 멈추어라."

제단 아래 남은 싸움도 잠잠해졌다.

"허튼 머리를 굴릴 요량이면 포기해야 할 것이다. 그전에 너의 명줄이 끊길 것이니 말이다."

범연한 듯했으나 더없이 냉정한 그가 보이지 않던 적의 머리라는 것을 을물은 느꼈다.

네가 죽은 해선의 아들이구나.

그러고 보니 해선에게 아들 하나가 있었다. 준수한 외모는 아비와 닮은 듯하나 그 냉철함은 서책만 팔 줄 알았던 해선과는 천지간이었다. 그래도 그가 해선의 아들임은 분명했다.

"너는 누구냐?"

"아는 답은 할 생각은 없다."

"하."

그는 을물의 생각을 꿰뚫고 있었다.

"좋다. 네가 무엇을 했다 생각하겠지만 정국은 그렇게 호락호락하지 않다. 나를 죽여도 네가 갖게 되는 것은 내가 주는 것보다 못할 수도 있다. 원하는 것을 말해라. 무엇을 위한 도모였느냐."

"하하하."

차갑게 대소하는 그로 인해 을물은 흠칫했다. 마치 매서운 칼바람에 매질을 당한 느낌이었다. 웃음소리는 쩌렁했으나 냉랭한 눈매는 서늘했다. 그는 분명한 경고를 보내는 거였다.

"나는 네 목숨을 가져야겠는데 그것도 네가 주겠느냐?"

오장육부가 뒤틀리는 섬뜩함을 표내지 않으려고 을물은 비웃듯 말했다.

"왕이 나를 역모로 몰았다 해도 제가들의 승인이 없으면 나를 함부로 즉결할 수 없다."

해선의 아들은 그의 말에는 대꾸하지 않고 왕에게 청했다.

"폐하, 명하시옵소서."

기다렸다는 듯 왕이 입을 열었다.

"마가의 권한은 해선에게 있고, 해선이 운명하였으므로 이제 그의 아들 해신우가 마가의 대가임을 왕으로서 공표한다."

와!

산마을의 젊은이들의 감격의 외침이 하나처럼 터져 나왔다. 이제 신우에게도 공식적인 권한이 생긴 것이다. 부여의 대소를 결정하는 제가회의의 대가들과 왕이 모인 이 영고에서는 재판과 임명과 즉결이 가능케 된다. 그것을 이용해 을물도 왕에 오르려 한 것이니까. 신우가 권한이 생김으로써 허수아비를 세워 마가를 멋대로 휘둘렀던 을물은 눈 깜짝할 사이에 그것을 빼앗긴 것이다.

"이게 무슨 짓들이야!"

을물의 외침은 허공으로 사라지고 그를 해임하기 위한 제가회의가 계속되었다.

"명 받잡겠사옵니다, 폐하. 이제 천귀류 대가와 제가 역모를 도모한 을물의 단죄를 청하옵니다."

"소신 또한 을물의 죄를 벌하시기를 청하옵니다."

왕의 곁에 선 천귀류도 합세했다.

"마가의 해신우, 구가의 천귀류 두 대가와 내가, 을물을 제가에서 제외시킨다."

왕과 대가 둘이 승인한 가운데 을물은 권한이 박탈되었다.

"이, 무슨, 이 무슨……."

을물은 분에 차 입술을 달싹거렸다. 지금껏 어찌 견뎌왔는데 오로지 최고의 자리, 저따위 무능한 왕이 아닌 절대권력의 왕이 되기 위해 이렇듯 온 힘을 쏟아 냈는데 이제 와, 그것도 애초에 가졌던 것마저 빼앗기게 생긴 것이다.

"그, 그럴 순 없다!"

을물의 분하고 원통한 마음과는 상관없이 왕은 을물을 향해 마지막 선고를 내리고 있었다.

"죄인 을물은 들어라. 너는 왕에 오르고자 하는 야욕으로 나를 시해하고, 천귀류를 가두고, 죄 없는 예문우에게 반역죄를, 해선에게 동조죄를 씌워 죽음에 이르게 했다. 그 모든 죄, 죽어 마땅하다. 과인은 잔악무도한 죄인 을물에게 사형을 내린다."

"아, 안 돼!"

하지만 판결이 내려졌다.

"을물을 잡아라."

왕의 명령에, 왕의 병사이나 을물이 부렸던 그들이 제단으로 올라와 이제는 그를 잡았다.

"이것들이 감히, 놓아라, 놓아! 이런 말도 안 되는 일을 내가 받아들일 것 같은가!"

"받아들이지 않으면 어찌할 것인가."

겨누는 검보다 더 예리한 눈길로 묻는 해신우의 물음에 을물은 미친 듯이 주변을 훑어보았다.

그 많던 나의 부하들은 모두 어디 있는가!

인정하고 싶지 않지만 인정해야만 하는 어쩔 수 없는 상황이 이렇듯 폭풍처럼 들이닥칠 줄은 몰랐다. 하늘의 뜻이 제게 있다 믿었던 을물에게는 어처구니없는 일이 아닐 수 없었다. 그렇지만 정확한 절차를 밟아 이루어진 합당한 결과를 아무리 을물이라 해도 받아들이지 않을 수 없었다. 그의 완벽한 패배였다.

을물은 하늘을 보았다. 조금 전부터 내리기 시작하던 눈발이 제법 굵어지고 있었다.

아, 이렇듯 끝나야 하는 것인가.

을물은 한탄했다. 울분이 치밀어 소리치려던 을물에게 제단 아래에서 다급한 목소리가 들려왔다.

"대, 대가님!"

해신우 쪽의 무사였다. 제 주인을 부르는 것이리라. 하지만 보이는 것은 역밀이 칼을 겨누고 두 동자와 함께 제단으로 다가오고 있는 모습이었다.

"대, 대가님!"

누군가의 외침에 신우는 제단 아래로 시선을 돌렸다.

바닷길처럼 열리는 그 길 끝에서 녹연이 걸어오고 있었다. 녹연의 뒤에 선 자는 그녀의 여린 목을 금세라도 벨 수 있는 거리에서 검을 겨눈 채 뒤를 따르고 있었다. 그의 곁에 수연이 함께했다.

신우의 동공에 순간적이지만 미미한 무언가가 스쳐갔다. 과연 제대로 본 것인가 의심이 들 정도로 이내 흔적 없이 사라져버린 무엇이었지만 약빠른 을물이 의구심을 갖게 할 만큼은 되었다. 거기다 그것을 뒷받침이라도 하듯 제단 위아래 그의 부하들의 표정에는 충격과 낭패가 어리었다.

'저 아이와 무언가 있구나. 분명 무언가 있어.'

"대가님, 이 여인은 마가 대가의 여인입니다."

그들을 앞세우고 제단으로 올라오는 역밀의 말이었다. 동자인 줄 알았던 아이는 여인이었던 거였다. 그것도 차디찬 해신우의 마음을 사로잡은 여인.

'그렇지! 내가 이렇듯 허무하게 갈 운명이 아니지.'

을물은 아직 행운이 제게 있다 믿었다.

냉랭한 사내일수록 한번 마음을 주면 온통 주는 법이니까. 해신우의 여인을 얻음으로써 을물은 생각지도 못했던 큰 패를 확보하게 된 것이니 어찌 행운이라 여기지 않겠는가.

을물은 얄팍한 미소를 물었다.

"이보게, 남복을 하여도 저리 시선을 끄는 용모인데 제대로 갖춘다면 동탁의 초선도 울고 갈 절색일 듯싶네. 그런데 내게 겨눈 칼날은 거두어야 하지 않겠나? 내 수하가 혹여 저 고운 목에 흠집이라도 낼까 저어되는구먼."

사특한 을물의 웃음을 서늘하게 보던 신우가 입을 열었다.

"그녀를 놓아주라 명해라. 그러면 너도 놓아주마."

"그러지 마세요. 그러시면 안 됩니다. 저를 두고 하는 거래는 제가 원치 않습니다."

강경한 녹연의 말을 신우는 듣지 못한 사람처럼 외쳤다.

"놓아주라 했다!"

"그것은 안 될 소리. 자네의 여인을 인질로 삼으면 나는 안전하겠지만 그녀를 넘기는 순간 나는 죽은 목숨이 되겠지."

"약조를 하였으니 비겁한 짓은 하지 않는다."

"나는 그런 말보다는 확실한 인질을 더 믿네."

"그렇다면 내가 대신 인질이 되겠다. 그러니 그녀들을 풀어주어라."

"안 됩니다!"

녹연과 수연이 동시에 외쳤다.

을물로서는 의아한 일이 아닐 수 없었다. 한 여인은 그의 여인이라 이해 안 되는 바 아니지만 수연은 왜 사색이 되어 반대하는지, 그 이유가 자못 궁금했다.

"오랜만이구나."

수연은 외면할 뿐 대답하지 않았다.

"그 꼿꼿함은 여전하구나. 하기야 쉽게 변하는 것이 이상하겠지. 그런데 남의 일에 무관심한 네가 어찌하여 해신우의 안위에 너를 거느냐? 대관절 무슨 관계이기에."

질문을 하면서도 알 수 없는 불쾌감이 스멀스멀 끓어오르는 것에 을물은 거북했다. 아니나 다를까 행여나 다칠세라 노심초사 애타는 제 여자를 보는 신우의 눈길이, 수연이 신우를 응시하는 자리에도 존재했다. 을물은 흑 숨을 들이마셨다. 그렇듯 정성을 쏟고 곱게 두었는데 결국 다른 사내에게 온통 마음을 빼앗긴 몰골이라니, 그것도 돌려받지도 못하는 꼴로. 불끈 분노가 치밀었다.

"무슨 관계이냐 물었다!"

을물은 수연에게 물었으나 그에게 겨눈 검을 한시도 흐트러트리지 않는 신우가 가로막았다.

"상관 마라!"

"너는 내가 알고자 하는 것은 수단과 방법을 가리지 않고 알아낸다는 것을 익히 알 것이다."

을물은 섬뜩한 눈길로 수연을 종용했다. 하지만 수연이 입을 열고자 하는 이유는 그러한 협박 따위 때문이 아니었다. 신우, 무심으로 일관하는 그를 뒤흔들고 싶었다.

"저는 그분의……."

"그만하시오!"

신우의 가로막음에도 수연은 기어이 말했다.

"부인입니다."

을물이 사실을 알아서 안 된다는 것을 알면서도, 오로지 신우의 관심을 끌고자 하는 욕심과 그에 대한 반발심으로 끔찍한 파장을 몰고 올 세 치 혀를 놀리고 만 것이다. 마치 신우의 부인임을 만천하에 과시라도 하듯.

"무, 뭐라 하였느냐? 수연이 네가 해신우의 부인이라고?"

있을 수도, 있어서도 안 되는 말을 들은 사람처럼 을물의 표정이 일그러졌다. 수연은 그런 을물보다 낭패의 빛이 깃든 신우를 응시하며 또박또박 답했다.

"그렇습니다. 제가 그분의, 해신우 대가의 부인입니다."

수연은 돌려받지 못하는 사랑에 대한 보복에 눈이 멀어 정작 을물이 분노의 수위를 넘어간다는 것을 느끼지 못했다. 그것이 결국 극단적인 상황으로 이끌어 비참한 결과를 초래하게 될 것이라는 것을 수연은 놓치고 있었다.

"네, 네가 해신우의…… . 아…… 아, 하하하하!"

격노한 을물은 발작하듯 웃어젖혔다. 그의 웃음은 살벌하리만치 위험하고 섬뜩하게 울렸다. 아무리 확실한 인질을 역밀의 손에 넣고 있다 해도 검이 겨누어진 대치형국에서 그러한 행동은 그만큼 을물이 냉정하지 못한 상태라는 뜻이다.

웃음을 싹 멈춘 을물의 눈동자는 살기로 붉게 충혈 되었다.

"역밀은 뭐 하느냐? 그 더러운 계집을 없애지 않고!"

"그만두어라!"

신우가 을물에게로 검을 더 깊이 들였지만 을물은 그런 신우를 비웃듯 노려보았다.

"왜? 그럼, 네 계집을 대신 죽일까?"

붉게 젖은 눈으로 이를 갈듯 내뱉는 을물의 한 마디 한 마디는 신우의 사지를 칭칭 묶었다.

"그런 짓을 했다가는 너도 죽는다."

서느런 신우의 말에 을물은 괴이하게 입가를 올렸다.

"당연히 네가 그리 나오겠지. 하지만 해신우 너는, 네 심복들에게 어서 일러야 할 것이다. 지금 각자 선 자리에서 발만 떼어도 네 계집의 팔하나가 떨어져 나갈 것이니까. 다음은 다른 팔, 그다음은 다리로 할까? 네 계집을 죽이지 않을 거다. 내가 무사히 빠져나갈 때까진 말이다. 허나 너희들 중 한 놈이라도 그전에 움찔했다간 갈기갈기 찢기겠지. 그래서 죽게 되는 것은 내 잘못이 아니야, 모두, 모두가 너! 해신우, 네 탓이란 말이다!"

을물은 미쳐 있었다. 그 말은 허세도 으름장도 아니었다. 독기 오른

사악한 눈은 피를 좇는 짐승처럼 살기가 올라 번들거렸다. 희생양의 붉은 피를 보아야 폭풍의 광기를 거두는 성난 우, 풍사처럼 그도 피를 보아야만 광폭한 살의를 멈출 듯했다.

"이제 필요 없는 저 계집은 죽음으로써 나와의 인연을 끝내는 것이다."

한 치 앞도 보시 못하는 제 치기가 얼마나 무서운 재앙을 몰고 온 것인지 그때서야 인지한 수연이 애원하기 시작했다.

"사, 살려주세요."

"역밀은 그 더러운 계집을 당장 죽여라!"

역밀의 검이 녹연에게서 사시나무 떨듯 떠는 수연에게로 향해졌다.

"사, 살려, 살려줘……."

"저를 원망하지 마십시오. 그분의 성정을 알고도 돌이킬 수 없는 상황으로 몰고 간 것은 수연 아가씨니까요."

"그, 그러지 마십시오. 제발 그러시면 안 됩니다, 무사님."

검이 제게서 거두어져 안심해야 할 대가의 여자는 수연을 살리기 위해 사정했다.

"하, 대가 댁의 아기씨는 아기씨 안위나 걱정하시지요. 저도 주인의 명이라 어쩔 수 없습니다."

역밀은 한 번 찌름으로 명줄을 끊어놓을 작정으로 검을 깊이 잡았다.

"을물, 그만두어라. 명을 거두란 말이다. 그러한 살생은 후회만 부르는 법이다."

살의에 젖어 더 잔인해진 을물을 자극하지 않기 위해 신중을 기하며 틈을 노리던 신우는 역밀의 움직임의 변화를 읽고 을물을 설득했다. 저 칼에 맞으면 수연은 살아날 수 없을 것을 알아서였다.

"후회? 웃기는 소리, 죽여!"

"얏!"

"악!"

주인의 명을 따르는 역밀의 칼날, 공포에 질린 수연의 비명, 그 위로 가슴 찢기는 적주의 목소리가 울렸다.

"아기씨, 녹연을 막아! 녹연을 막으란 말이다! 신우야, 녹, 녹연!"

적주는 달리는 말 위에서 처절하게 외쳤다. 그 외침은 신우의 시선을 녹연에게로 이끌었다.

밀려드는 역밀의 칼, ……그 끝에 녹연이 있다.

"아, 안 돼……애!"

세상의 모든 공포를 소리로 표현할 수 있다면 그것은 바로 지금 신우의 입을 통해 나오는 이 절규일 것이다.

겁을 먹고 무기력하게 떠는 수연을 안은 채 그 여린 등으로 회색 금속을 이겨내느라 사력을 다하는 사람은 그래도…… 녹연이었다.

"아, 안 돼, 안 돼……."

혼이 나간 사람처럼 읊조리며 그녀에게로 달려가는, 그녀를 사랑하는 남자의 간절한 바람과는 상관없이 차디찬 칼날은 그녀를 후비고 기어이 고통스럽게 신음하게 했다.

"아!"

여자의 꺼져가는 신음은 남자에게는 천지를 뒤집는 뇌명과 같아 그의 심장은 싸늘하게 식어갔다.

녹연의 등에서 미처 칼을 뽑지도 못한 역밀은 인간이라 믿기지 않는 초인의 광폭으로 달려온 신우의 검에 심장을 뚫렸다.

"으윽!"

그 여파로 두어 발 뒤로 밀린 역밀이 푹 무릎을 꿇었다. 그럼으로써 녹연의 몸을 유린한 칼은 그녀에게서 빠져나왔지만 붉은 핏빛은 회색 칼이 빠져나온 길로 멈칫멈칫하다 이내 뿜어졌다. 마치 화려한 춤사위가 절정을 오를 때처럼 맑고 붉은 포물선을 그렸다.

"녹연아!"

벌벌 떨면서 여전히 꼼짝도 하지 않는 수연을 감싸듯 안은 모양으로 녹연은 사지를 늘어트린 채, 가는 등 위의 새하얀 저고리를 맑디맑은 핏빛 물로 곱게 물들였다. 신우는 그런 녹연을 당겨 안았다.

"안 된다. 안 된다! 제발……."

갈기갈기 찢기는 심정은 이루 형언할 수 없었다. 포 끈을 풀어 녹연의 상처를 동여매면서도 신우는 제가 미친 듯이 떨고 있다는 것을 몰랐다. 세상 전부를 준다 해도 미미하게 이어지는 그녀의 호흡과 바꿀 수 없다는 남자일 뿐이었다.

"녹연아, 녹연아, 녹연아……."

신우를 대신해 을물을 잡고 있던 기련이 제단으로 올라온 두엽 두보 형제에게 을물을 맡기고 뛰어온 것도, 성치 않은 몸으로 죽을힘을 다해 달려온 적주가 절망적인 시선으로 그의 팔을 잡았을 때도 신우는 제가 두려움에 떨고 있다는 것을 알지 못했다.

"……모, 모두……. 하아, 하아, 제, 제…… 잘못……입니다."

녹연이 힘겹게 입을 떼었다.

"마, 말하지 마라."

녹연의 등에서 지혈을 위해 묶은 포 끈으로 피가 배어 흘러내렸다. 신우는 대신 아파주지 못함에 절망했다. 가슴이 미어지고 애통하여 피눈물이 철철 흘렀다.

녹연은 해쓱해지는 안색으로 서글프게 웃었다.

"제, 제가…… 나, 나타난 것도, 하아, 하아……. 떠, 떠났던 것도…… 이, 이렇듯…… 슬픈 눈을 하게 만든 것도, 하아, 하아…… 모, 모두 저, 제…… 잘못입니다."

"무슨 말을 하는 게냐? 무슨 소리를 하는 거야. 그럴 말들을 왜 지금 하는 거냔 말이다!"

마치 마지막을 앞둔 이 같은 녹연의 말에 신우는 진저리를 쳤다. 녹연은 그런 신우가 안타까워 눈물을 흘렸다.

"허, 허나…… 하아, 하아……. 아, 아무것도 아, 아닌…… 저를 이, 이렇듯…… 하아, 하아……. 사, 사랑해주신 것…… 잊지 않겠습니다."

"너, 너, 왜 이러는 게냐? 너, 너 내게 왜 이래?"

기어이, 기어이 신우의 눈시울이 붉어졌다. 가를 일으켜야 하는 막중함에 젊은 대가는 냉철할 수밖에 없었지만 목숨보다 소중한 여인의 고통 앞에서는 그녀를 잃을지도 모른다는 두려움에 떠는 남자일 뿐이었다. 찢기는 가슴을 감당치 못해 오로지 그녀를 살리기 위해서는 목숨이라도 내놓을 가련한 남자일 뿐이었다.

"제, 제가……. 하아……. 잘못하였습니다. 용서……."

"말하지 마라. 말을 하면 상처에 자극이 된단 말이다! 의원은 왜 이렇게 더딘 것이냐? 의원을 부르러 가긴 간 것이냐? 의원을, 어서 의원을……."

가쁜 숨을 쉬던 녹연이 스르르 눈을 감았다.

"노, 녹연아? 노, 녹연아? 녹연아!"

신우는 두려움을 고스란히 드러내며 부르짖었다.

"아기씨!"

곁에서 참담하게 지켜보던 적주와 기련도 녹연의 꺼져가는 숨소리에 비통에 젖었다.

"눈 감지 마라, 눈 감지 말라! 내 이번만큼은 용서하지 않을 것이다. 너는 내게 어찌하여 이렇듯 가혹한 것이냐? 어째서 이렇듯 모진 것이야……."

신우는 녹연의 어깨에 얼굴을 묻고 애원했다.

"내가 잘못하였다. 내가 모두 잘못하였어. 앞으로 네가 원하는 것은 내가 아무리 고통스럽더라도 모두 따르마. 너를 가두지 않을 것이며 네가 멀어져 있으려면 그것이 평생이라도 지켜만 보겠다고 약조하마. 네가 오라면 오고, 네가 가라면 가는 멍청이로 살 테니…… 제발…… 제발, 녹연아…… 내 곁에서…… 떠나지만 말아다오."

숨이 잦아드는 시각이 더 빨라지는 녹연에게, 그 여린 어깨에 고개를 묻은 신우의 넓은 어깨가 떨렸다. 그 여운은 흐느낌이었고 통곡이었고 가슴이 찢어지는 고통을 토하는 남자의 처절한 비탄이었다.

적주도 벗의 가슴 찢기는 고통에 숨죽여 흐느꼈다. 가의 식구들도 너나 할 것 없이 울음을 이었다.

조금 전부터 제법 큰 눈발이 그들의 머리 위로 내려왔다.

달빛 아래 흐드러지게 날리는 눈꽃.
눈꽃 소담한 새하얀 그 가지에 붉은 꽃이 흩날린다.
꺼져가는 연인을 목 놓아 부르지도 못하는
남자의 숨죽인 절규는 처절히
붉은 꽃 위를 덮으니
붉도다.

아름답도다.

가슴 시리게 아프도다.

녹연아……!

17장

하지 말아야 할 말과 넘지 말아야 할 선, 수연은 그 둘 모두를 넘어버렸다. 그리고 다시 자신의 욕심을 위해 그녀는 또 하지 말아야 할 말을 인급했다. 그리고 한 여인이 죽어간다.

수연은 그가 없는 사랑채를 하염없이 바라보고 섰다. 녹연을 살리기 위해 마을에 기거하는 신우는 부여는 물론 이웃 고구려의 용하다는 의원은 모조리 불러들였다. 위나라로 떠난 의원을 찾기 위해 몸도 성치 않은 적주가 떠났다.

산 속에 은둔해야 할 필요가 없어진 마을 사람들은 하나둘 옛 집을 찾아가고 있다. 이 집에도 하호 몇만 남고, 기련이 드나드는 정도였다.

나는 어디로 가야 하나.

수연은 고개를 수그렸다. 녹연을 괴롭히기 위해 이용했던 가책의 굴레를 자신이 쓰게 됐다. 인과응보라는 것인가.

기련은 사랑채를 나오다가 돌아선 지 얼마 되지 않는 듯 사랑에서 서너 발자국 멀어지는 수연의 뒷모습을 발견했다.

오늘도 여느 때와 한가지로 안채와 사랑채의 경계 그 어느 곳도 속하지 못한 채 떨어뜨리지도 못하는 눈물로 부유스름해진 눈을 이 방에 쏟으며 하염없이 서 있었을 것이다.

'마음을 얻는 것은 인력이 아닌 것을 어찌하겠습니까. 인간의 생사도 매일반인 것을 어찌하겠습니까.'

되돌려 받지 못하는 사랑, 살아 있는 것에 대한 가책, 철저한 외로움. 그것을 견디는 것이 얼마나 고될지 알기에 기련은 그녀에게 인간적 연민이 느껴졌다.

그녀가 움직였다. 휘청휘청 금세라도 쓰러질 듯한 위태로운 걸음으로 숲으로 향했다. 기련은 그런 그녀가 못내 걱정스러워 그 뒤를 따랐다.

살얼음 언 개울은 얼음 거울 같아 들여다보고 있으면 외면뿐 아니라 마음까지 훤히 비출 듯 맑았다. 수연은 치마 끝자락을 정갈한 손길로 잡고 한 발을 들었다. 빙경의 개울에 그 발을 놓을 것처럼.

"생각보다 깊지 않아 목숨을 끊기에 적당치 않습니다."

예사스런 목소리로 그런 말을 하는 이에게로 휙 몸을 돌리는 수연은 적잖이 놀라고 있었다.

"동상이나 고뿔은 걸리겠지요. 그것을 바라시는 것이라면 눈감아드릴 테니 행하십시오."

잠시 굳어 있던 수연은 언 바닥에 털썩 앉아 의미 없는 눈길로 빙경의 개울을 바라보았다.

그녀는 딱히 죽으려던 것은 아니었다. 그냥 아무것도 않고 있기에는 가슴이 터질 것만 같아서 발길 닿는 대로 온 곳이 이곳이었고 그냥 눈이 가는 대로 거울 같은 개울을 들여다본 것뿐이었다.

빙경에 여인이 비치었다. 초라하고 한심하고 못나기 짝이 없는 여인. 사라지게 하고 싶다는 생각이, 흔적도 없이 소멸시켜버리고 싶다는 충동이 걷잡을 수 없이 일었다. 구차하고 미욱하고 한심스런 여인을 당장 눈앞에서 치우고 싶었다. 그뿐이었는데 어느새 개울로 제 발을 들이고 있었던 것이다.

하지만 이내 줄줄이 굶고 앉은 자식새끼들 허기라도 면하게 해주려고 저잣거리에서 품을 파는 무작스런 아낙처럼 독기가 올랐다. 억울하여, 이대로는 억울하여 죽어도 원한이 남을 것 같았다. 그것도 얼마 못 가 독이란 독은 모두 뽑혀버려 긴 비늘 몸뚱이만 남긴 흉물스런 짐승처럼 흐물흐물해지다가 번뜩 이런 생각이 들던 참이었다.

'이 개울에 빠지면, 이 허술한 치기로 병이라도 걸리면 그가 돌아봐주지 않을까? 녹연에게처럼……. 모두 헛짓!'

다른 사람이 보고 있을 것이라고 생각지 않았다.

얕은 술수를 들킨 것 같아 수연은 부끄럽고 불쾌했다.

"그런 행동은 아무 의미가 없습니다."

수연은 여전히 개울에서 시선을 들지 않고 소슬하게 물었다.

"의미? 무슨 의미를 말씀하시는 겁니까?"

"이런 것으로는 그분의 마음을 잡지 못한다는 말씀입니다."

속을 훤히 꿰뚫는 그의 직언이 수연에게는 골반을 싸늘하게 얼리는 바닥보다 더 춥게 느껴졌다.

"대가님은 산천어입니다. 산천어는 맑은 물에서만 살 수 있지요."

그녀가 은연한 호수 같은 여인이라면 녹연은 세상 어떤 물보다 맑디맑은 청정의 개울 같은 여인이라는 뜻이리라.

호수도 고기가 사는 물이지만 맑은 물에서만 살아온 산천어는 호수에서 살지 못한다. 맑은 물을 그리다 그리다 결국 숨을 멈추고 만다. 신우는 녹연 안에서만 삶을 영위할 수 있다는 의미였다.

수연은 외면하듯 대답하지 않았다.

처음 녹연을 보았을 때 그리도 급박한 상황이었는데도 그녀를 알아볼수 있었다. 세상 누구보다 맑음이 존재하는 사람이라는 것을. 그래서 초면인데도 불구하고 목숨을 의탁할 수 있었던 것이다. 녹연이 타인을 살리기 위해 제 목숨도 아끼지 않을 사람이라는 것을 알았기에 그리할 수 있었다.

　녹연에 대한 신우의 사랑은 죽음을 불사하는 생명이었고 신우에 대한 녹연의 사랑은 범접할 수 없는 진실이었다. 그들은 그들 안에 온전하고 밤이 지나면 아침이 오듯이 그들이 서로 사랑할 수밖에 없는 것은 세상의 진리였다.

　수연은 그것을 알지만, 뼈저리게 느끼지만 그래도 인정할 수 없었다. 스스로 인정하고 받아들이면 그녀의 삶 또한 의미를 잃게 되는 거였다. 떼밀리지 않으려고 악착을 떠는 것이 무작스러우나 어쩔 도리가 없었다.

　'나의 님은 사랑을 잃고 가슴이 죽어가도, 그래도 좋으니 내 품에 거둘 수 있다면 시신이라도 상관없습니다. 심장이 모두 얼어 차디찬 빙체(氷體)와 같아도 오직 내 품 안에서 평생을 할 수 있다면 상관없습니다.'

　죽여서도 갖겠다는 잔혹한 사랑, 그것이 수연의 사랑이었다.

　하지만 이제는 그 맹목적 외사랑을…… 놓아야 하나.

　죽음의 문턱을 넘나드는 녹연의 곁에서 그 위태한 외줄을 신우는 함께 타고 있었다. 녹연의 여린 등을 찢고 들어온 잔인한 검은 뼈를 가르고 더 깊이 폐를 손상시키면서, 회생불가라는 혹독한 현실을 그녀를 제 목숨보다 더 사랑하는 남자 앞에 던져놓았다.

　"오늘이 될지 내일이 될지 알 수 없습니다."

　고구려 명의라는 이에게 신우는 오늘도 또 한 번의 사형선고를 받고

있었다.

절망의 상황에서도 그것에 젖어들거나 휘둘릴 그가 아님에도, 야금야
금 잠식하는 모진 운명의 구렁은 그를 몰아갔다. 현명한 식견과 늠연한
자태는 한순간 부서지고 말 허술한 세공처럼 불안해 보였다.

"그따위 소리를 하는 당신이 과연 의원인가?"

얼음처럼 선득한 신우의 차가움에 흠칫하던 의원이 짐을 챙겨 일어났
다.

"안되었지만, 제가 할 수 있는 것은 없습니다."

"당신이 고구려 최고의 의원이오? 진정 당신이 고구려 최고란 말이
오?"

죽음을 앞둔 환자의 보호자들이 때때로 보이는 비이성적 행동을 익히
경험해보았지만 냉정한 듯 차가워 그 안에 내재하고 있는 광폭이 더 거
셀 것임을 암시하는 것만으로 이렇듯 두렵기는 처음이었다.

"환자가 저러한 상태면……. 화타가 살아 온다 해도 힘들 겁니다."

그래도 어찌하겠는가. 이미 틀린 목숨에 헛된 희망을 품지 않게 하는
것도 의원의 의무라 생각하고 그는 조심스런 투로 진실을 말했다.

신우는 군더더기 한 점 없는 동작으로 의원의 어깨를 움키었다.

"왜, 왜 이러시오!"

"의원은 목숨을 살리는 자이지 희망을 꺾는 자가 아니오."

오금이 저릴 만치 서늘한 눈빛 안에는 간절함이 묻어 있었다. 의원은
그 시선을 차마 마주할 수 없어 지은 죄 있는 자처럼 눈길을 내리었다.

"대가님!"

기련이 뛰어 들어와 그런 신우를 붙잡았다. 신우는 던지러운 것을 털
어내듯 의원을 놓았다.

"의원은 나가셔도 됩니다."

기련의 말에 의원은 나가고 신우는 대상이 뚜렷하지 않은 분노의 시선을 벽으로 돌렸다.

하루하루를 미치지 않고 견딜 수 있는 것은 일말이라도 가능성이 존재해서이다. 그조차 없게 된다면 광폭한 질주를 그 스스로도 막을 수 없을 것이다. 기련은 신우를 안타깝게 바라보았다.

위나라에 남은 의원을 찾으러 간 적주가 마지막 희망인 것인가.

묵묵히 방을 나온 기련은 돌아갈 차비를 마친 의원에게로 다가갔다.

"멀리까지 와주셨는데, 이해해주십시오."

"괜찮습니다. 산 자의 고통이 더한 법이니까요."

고구려에서 온 의원은 녹연을 아예 죽은 이 말하듯 했다.

"그럼, 가시지요. 밖까지 모시겠습니다."

기련과 의원이 중문을 나서려는데 방문이 덜컥 열리고 신우가 나왔다.

"기다리시오. 내 미안했습니다. 그래도 약은 써주시오."

"통증에 도움이 되는 통환 말고는 딱히……."

의원을 말을 기련이 가로챘다.

"처방이라도 해주시지요. 약은 약방에서 구하겠으니."

의원은 더는 토를 달지 않고 고개를 끄덕이고 기련은 그를 따라 나갔다.

신우는 그들이 나간 뒤를 황망한 시선으로 응시했다.

적주가 의원과 돌아올 때까지만이라도 견뎌내야 한다. 병이 든 것도 아니고 칼을 맞아 장기를 다친 그녀를, 일대의 용하다는 의원은 모두 손을 놓은 판국에 적주가 의원을 찾아 온다 해도 녹연이 일어날 것이라 단언할 수 없었다. 그렇더라도 신우는 그에게 절대적이고 유일한 희망의 끈을 놓을 수가 없었다.

"제발, 적주야."

수연은 망설임 끝에 신우를 만나기 위해 그가 녹연과 임시로 머물고 있는 산 아랫마을 민가를 찾았다. 대문이 열려 있어 들어서려는데 마당에 그가 서 있는 모습이 보였다. 먼 곳을 바라보는 것 같지만 정작은 초점 잃은 동공이 목적 없이 떠도는 것. 텅 비고 황망한 마음 감추지조차 못하니 새까맣고 새까맣게 앓는 그 심정은 어떤 이도 처연하게 할 것이다.

그처럼 드러내지 않는 사람이 오죽 아프면 저러할까 막연한 느낌이 고작이지만 그래도 가슴이 찢겼다. 저절로 아파 오는 그 통증을 감당할 수 없어 수연은 돌아 그 자리를 나왔다.

그는 역시 맑은 물에서만 살 수 있는 산천어였다. 녹연이라는 존재 안에서만 안주할 수 있는 그는 그녀만의 남자였다. 그것을 받아들이기가 여전히 어려웠지만 이제는 수연도 받아들여야 했다. 녹연은 수연이 할 수 없는 것을 할 수 있는 사람이었다.

저는 그러지 않았을 겁니다. 결코 남을 위해 죽는 짓 따위 못 합니다.

공감도 이해도 되지 않습니다.

그래서…… 미안합니다.

을물에게 빼앗겼던 마가의 영역, 원래 살던 집으로 돌아간 산마을 하호와 하민들은 신우를 대신해 기련이 살림을 봐주고 녹연의 변고를 알지 못하는 상부인은 찾은 옛집에 녹연의 거처를 만드느라 분주했다.

적주가 떠난 지도 여드레가 지나고 있었다. 오고 가는 데 소요될 시간을 합하여도 그보다 배의 시간을 기다려야 하는데 그동안 녹연이 견뎌줄지 신우의 하루하루는 살얼음판 같았다.

"잘못하였습니다."

신우는 녹연의 선연한 목소리에 번쩍, 눈을 떴다. 그녀는 귀 기울여야 들을 수 있는 얕은 숨소리만으로 살아 있음을 알릴 뿐 여전히 말간 눈동자를 닫은 채였다.

꿈결이었던가.

잠이 들다니, 수일 동안 그녀의 침상을 지키면서 이렇듯 의식을 놓아버리기는 처음이었다.

신우는 살아 있으나 산 사람 같지 않은, 고요하게 누운 그녀를 바라보았다. 생사의 문턱을 외로이 넘나들고 있으리라. 이렇듯 육신은 손을 뻗으면 닿을 지척에 있으면서도 그녀는 멀고도 험난한 길을 홀로 헤매고 있을 것이다.

그는 아무것도 해줄 수 없었다. 그런 스스로의 무능함에 소스라쳤다. 강인하여 더 단단했던 남자의 내면이, 그로 인해 산산이 부서진다. 그렇듯 여자는 생사를 넘나들고 남자는 자멸을 넘나든다.

남자의 눈에 여자는 한없이 아름답다. 그 모습은 남자의 심장에 각인되어 여자를 잃었을 때 닥칠 두려움을 배가시키고 더욱더 깊은 절망의 수렁으로 이끈다.

"잘못하였다 하였느냐? 너는 진정 잔인하고 모질다. 너는 항시 내게 그러했다. 그래도 나는 그런 너를 죽어도…… 놓을 수 없다."

물을 데워 들어오던 인주 어멈은 먹먹함에 숨을 멈추었다. 가슴이 찢기고 찢기고 찢기어 낱낱이 해지는 소리를 들은 듯해서였다.

인주 어멈이 내심 가슴을 쳤다.

우연의 신록

어찌하여 이렇듯 기구할 수가 있는지, 정이 깊어 시련의 깊이 또한 더할 것인데 어찌하여 하필이면 이들에게 이렇듯 모진 고난을 이어주는지.

밤이 가면 아침이 돌아오듯, 기다림의 밤이 지나고 적주가 의원과 함께 돌아왔다. 하지만 녹연을 진맥하는 의원의 표정은 신우가 그간 겪은 인고의 시간들이 허무해져버릴 정도로 낙담이 어리었다.

"의원님."

적주의 부름에도 의원은 차마 입을 뗄 수 없는지 눈을 감아버렸다. 이보다 더 확실한 답이 또 있을까. 그는 누구보다 녹연을 살리고 싶은 사람일 것이다. 그런 그가 스스로도 어찌하지 못하는 데서 오는 좌절로 고통스러워했다.

"죄송⋯⋯합니다."

의원으로서, 부정이 깊은 아비로서 딸 같던 녹연을 먼저 보내야 한다면 그에게도 또 한 번의 크나큰 시련이 될 것이다.

"진정⋯⋯ 안 되는 것입니까?"

신우의 허망한 물음에 의원의 얼굴은 일그러졌다. 이내 자책감에 젖은 그의 고개가 푹 떨어졌다.

의원님이 마지막 희망이었단 말입니다!

옹졸한 원망의 말이 목구멍까지 고였지만 신우는 그것을 쏟아내지 않았다. 아무것도 할 수 없는 자신의 마지막 책임을 남에게 떠넘겨서는 안 되는 거였다. 철저히 고통 받고 철저히 아프기라도 해야 이 모진 순간들을 견딜 수 있을 것 같았다.

이제 무엇을 해야 하느냐? 너는 내게 기어이 등을 돌리려 하느냐?

그저 잠을 자듯 누운 녹연에게서 허망한 시선을 거두고 신우는 밖으로 나갔다.

신우는 마당 중앙에서 한 남자를 발견했다. 남자는 목석처럼 서서 묵묵히 신우를 응시했다.

"당신이 여긴 무슨 일입니까?"

"녹연을 살리러 왔소."

신우는 순간 움찔했다.

녹연이 변을 당한 후로 줄곧 가망이 없다는, 포기해야만 하는 순간들만 그에게 존재했었다. 처음이었다. 녹연을 살리는 것을 언급한 사람은, 그런데 하필이면 그가 모용목연인 거다.

"그렇지만 녹연을 살리기 위해서는 나와 거래를 해야 할 것이오."

복잡한 감정이 밀려왔다. 그렇지만 그녀를 살릴 수만 있다면 제 심장이라도 꺼낼 각오이기에 신우는 지푸라기라도 잡아야 했다. 모용목연이 내놓을 거래를 따지고 드는 호기 또한 부릴 처지가 못 되었다. 하지만 신우는 그에게로 성큼성큼 다가가고 있었다.

"나는, 그쪽이 싫습니다."

이를 갈듯 말하는 신우를 모용목연 또한 노려보았다.

"나도, 그쪽이 싫소이다."

그들에게 공통점이 하나 더 생겼다. 한 여자를 사랑하는 것과, 서로를 싫어하는 것.

"헛소리를 늘어놓다간 내 손에 죽을 줄 아시오."

"그따위로 말하다가 후회할 일이 생길 거요."

끊어질 듯 팽팽한 그들의 신경전은 녹연을 살려야 한다는 공통의 목적 아래 이내 사그라졌다.

"그 방도, 말해보시지요."

"집안 대대로 내려오는 비약이 있소."

모용목연은 허리춤에서 환약을 꺼내들어 신우에게 보였다.

"극비라 직계 자손밖에 알지 못하지요. 오장을 다스려 다친 장기도 회복시킬 수 있는 신의 약이라오."

부족의 지도자가 죽으면 화장 후 그 몸에서 나오는 일종의 사리 같은 것인데 한 세대를 건너 할아버지가 손자에게 물려주었다. 그렇게 약이 내려올 수 있는 이유는 아마도 체내에 흡수되지 못하고 남은 약 성분이 쌓여서일 것이라 추측된다. 하지만 그 양이 작아 장기의 손상으로 목숨이 경각에 달렸을 때 한 번 정도 복용할 수 있는 양만 전해진다 했다.

"약에 내성이 없는 타인이 먹게 되면 그 기를 감당하지 못해 죽게 되오. 단, 신력이 충만한 제사장이 신력으로 약기운을 다스려준다면 목숨을 건지고도 동일한 효과를 볼 수 있소."

신우는 의도를 파악하듯 그를 샅샅이 보다 입을 열었다.

"그것을 양보하겠다는 것입니까?"

"나는 앞으로 죽음 앞에 나서지 않는 겁쟁이로 살아야겠지만 그만한 대가가 주어진다면 못 할 것도 없지 않겠소?"

얼마간 농을 던지듯 말하였으나, 조금도 웃지 않는 모용목연의 눈빛에서 거래가 가차 없을 것임을 느끼게 했다.

"조건을 말해보시지요."

"녹연을 살리면 내가 그녀를 데리고 가겠소."

예사롭고 스스럼없이 툭 던지듯 말하는 모용목연을 신우는 숨통을 수십 번도 더 끊어놓을 것 같은 선뜩한 시선으로 응시했다.

"뭐라, 하였소?"

모용목연 또한 냉정을 가장한 가면을 벗어던지고 이를 드러냈다.

"녹연을 내가 데리고 간다고."

"헛소리 집어치우시오!"

한 발만 잘못 디딘다면 산산조각 날 살얼음 같은 긴장이 그들 사이로 흘렀다.

"나는 내가 죽어도 내 여자를 저 지경으로 만들지는 않아."

세상 독한 소리였다. 떨어지는 물방울도 바닥에 닿기 전에 얼려버린다는 북방의 엄동, 칼바람 휘몰아치는 허허벌판에 발가벗겨 내몰린 것 같은 몸서리 쳐지는 진실이 바로, 그는 결국 그녀를……

지키지 못하였다.

그 비수 같은 자책이 그를 훑고, 잔인하게 짓밟았다. 혹독한 상처를 내는 모진 매질을 미동도 없이 고스란히 맞아내듯 그는 아픔에 스스로를 내몰았다.

그리고 그는 천천히 눈을 감았다.

"조건을…… 수용하겠소."

제 아픔과 고통과 고뇌 따위로 녹연의 목숨을 가지고 줄다리기할 수 없다는 신우의 결론은 어쩌면 예정된 것이었다. 그것을 아는 모용목연도 그러한 조건을 서슴없이 내놓을 수 있었을 것이다.

신우를 뒤따라 나오느라 방 앞에서 모두 듣고 섰던 적주는 무거운 한숨을 물었다.

어쩌자고 저런 약속을, 제 심장을 도려내는 고통을 받을 것을 알면서, 하기야 더 달리 무엇을 선택할 수 있었을까.

적주는 한층 더 오른 신력으로 의원이 부여와 경계의 약락의 초소에

있다는 것을 알아냈다. 지금은 모용[21]이 된 약락의 대장군 목연의 부상 치료를 마무리하고 막 위나라로 떠나려던 의원과 극적으로 상봉할 수 있었다.

녹연의 소식에 그녀를 자식처럼 생각하는 의원이 한달음에 따라와준 것은 어찌 보면 당연한 일이나 모용목연은? 그는 어찌하여 제 살점이 끊어지는 것처럼 그녀의 안위에 노심초사하며 그녀를 향한 길 위에서 그들의 걸음보다 앞지르려 하는 것인지.

굳이 신력을 통하지 않아도 훤히 들여다보였다. 은애하는 여인을 향한 애타는 남자의 마음이.

적주는 홀로 된 신우에게로 다가갔다.

"어쩔 수 없는 상황이라는 것도 있습니다. 이 일련의 불행들이 그렇습니다."

신우에게서는 아무런 대답도 들을 수 없었다. 하지만 그 단단함 속의 고뇌가 얼마나 그를 뒤흔들지는 안다. 그의 내면은 처절히 외친다.

그래도 지키지 못했다는 것은 변하지 않는다.

아무것도 할 수 없을 것이라 생각했던 무기력한 순간이 언제였던가 싶게 희망이라는 위대한 힘은 생기를 불러일으켰다.

의원은 모용목연이 내놓은 환약을 의식이 없는 녹연이 섭취, 흡수할 수 있도록 성분을 보존하는 액상화에 심혈을 기울이고, 적주는 달빛을 향한 자리에 정좌한 채 하늘의 맑은 기를 끌어 모았다.

---

21) 양평성 함락 후 위나라에서 약락의 부족장 막호발에게 왕의 칭호를 하사하고 약락 부족을 모용국이라 칭함. 이후 연나라가 됨.

"다 되었습니다."

의원의 말에 녹연 곁을 지키던 신우가 일어섰다.

"수고 많이 하셨습니다."

"이까짓 일이 무슨 수고겠습니까."

의원은 녹연에게 탕약을 먹이기 위해 다가갔다.

"주십시오. 제가 먹이는 것이 더 손쉬울 것입니다."

"그, 그리하시겠습니까?"

한 모금 겨우 될까 싶은 양의 탕약 그릇을 받은 신우가 그것을 단숨에 제 입으로 털어 넣었다. 마침 방으로 들어오면서 그것을 본 모용목연이 소리쳤다.

"이 무슨 짓⋯⋯."

신우는 서슬 퍼렇게 노려보는 모용목연을 무시한 채 늘어지는 녹연을 받쳐 안고 그녀의 마른 입술에 입술을 눌렀다.

녹연의 입으로 약을 흘려보낼 때도 남김없이 삼켜지는 것을 보고 나서야 입술을 떼고 고개를 드는 신우를 모용목연은 노려본 채였다. 신우 또한 그를 차갑게 응시했다.

"모두 나가주시지요."

적주가 들어와 둘 사이에 섰을 때야 그들은 서로에게서 시선을 거두었다.

"적주야, 녹연을 부탁한다."

묵묵히 고개를 끄덕이는 적주를 뒤로하고, 신우는 모용목연이 나간 문 밖으로 걸음을 옮겼다. 방문을 나서기 전 우뚝 멈추어 숨을 고르던 신우가 약효가 돌기 시작하는지 혈색이 오르기 시작하는 녹연을 돌아보았다.

"녹연아 견뎌다오. 그리고 내게로 돌아와다오."

의식이 시작되었다.

남자는 기다리는 것밖에 할 수 있는 게 없었다.

"아버지, 그녀를 데려가면서까지 제게서 그녀를 떼어놓으려 하시는 겁니까? 벗과의 신의를 이렇게라도 지키셔야 하겠거든, 좋습니다. 바라시는 대로 해드리겠습니다. 제가, 당신의 아들이 그녀를 놓겠습니다. 그러니 이제 녹연을 놓아주십시오."

신우를 대신하여 대가의 업무를 임시 대행하던 기련이 녹연의 소식을 듣고 돌아왔다. 의원에게 자세한 내막을 들은 그는 신우가 홀로 있다는 뒷마당으로 들어서다 멀리 하늘을 보고 선 신우의 사무치고 비장한 독백을 듣게 되었다.

'어찌 감당하시려고.'

그 고통, 능히 짐작하고도 남음이 있지만 그렇다 해도 어찌해줄 수 없으니, 기련의 마음은 납덩어리를 삼킨 것 같았다. 인기척을 느꼈을 텐데도 신우는 미동도 하지 않은 채 하염없이 한곳만 응시했다.

기련은 주인의 시선이 머문 길을 따라 보았다.

'대가님, 제발 부탁드립니다.'

해선을 향한 깊은 바람을 그 시선에 따라 보냈다.

푸른 들판을 달렸다. 들판의 끝은 푸른 수평선이었다. 그 끝을 향해 쉼 없이 달려갔다. 그렇게 뛰었지만 숨 하나 차지 않다. 흡사 나비의 걸음 같다.

"녹연아……."

선연한 푸른빛이 감도는 들판과는 다른 그 끝은 순간 뚜렷했다 순간 부유스름해진다. 그곳을 향해 가는 이유는 바로 어렴풋이 들리는 목소리 때문이다. 낯선 듯 낯익은 듯 분명치 않은, 그녀를 부르는 목소리.

"……녹연아…….."

녹연은 걸음을 더 빨리했다. 마치 사뿐사뿐 나는 것도 같았다. 다가가면 더 다가갈수록 선명해지는 목소리는…….

"녹연아, 아가."

"아!"

인유한 그 목소리의 정체를 알 것 같다. 그러고 보니 실체 또한 보이기 시작했다.

"대가님? 대가님!"

너무도 반가운 나머지 손을 뻗으려 했으나 움직여지지 않았다. 손뿐 아니라 다리도 꼼짝할 수 없었다. 앞으로 나아가려는 행위는 어떠한 것도 허용되지 않았다.

"대가님……."

"더는 오면 안 된다."

녹연이 더 다가갈 수 없다는 것을 해선은 알고 있는 듯했다.

"왜……이옵니까?"

녹연의 물음에 해선은 고개를 저으며 웃을 뿐이다.

"신우가 몹시 아프구나."

"오, 오라버니께서 편찮으십니까?"

금세 걱정이 어려 묻는 녹연을 해선은 다감한 눈길로 바라보았다.

"약이 하나뿐인 중병을 앓고 있다. 약은 너만 만들 수 있어. 그러니 너는 어서 돌아가야겠다."

"제가 말입니까?"

녹연은 어리둥절했으나 신우가 아프다는 걱정이 앞서 왔던 길로 돌아섰다.

"아, 대가님도 함께 가셔야지요."

다시 돌아서는 녹연을 향해 해선은 어서 가라 손짓하며 세상 그렇듯 편할 수 없는 웃음을 웃는다.

"나는 여기 있어야 한다. 아참, 나의 벗이 딸을 살려주어 고맙다고 큰 은혜를 입었으니 꼭 갚겠다 하더구나. 그리고 녹연아, 운명을 극복한 이는 행복할 자격이 있느니라. 그러니 이제 자책에서 놓여나 온전한 신우의 짝으로 행복하거라. 네가 신우의 아내이고 내 며느리이니."

눈이 부시게 푸른 대지는 멀어지기 시작했다.

"대가님, 대가님, 대가님!"

서서히 멀어지던 푸른 대지의 끝이 온전히 사라졌다. 해선도 사라졌다.

"대가님……."

이별의 서운함은 이루 말할 수 없지만 신우가 중병 중이라니 녹연은 걸음을 돌리지 않을 수 없었다. 하지만 언제 나타났는지 모를, 너울너울 하얀 베를 늘어트리며 춤을 추는 여인의 아름다운 춤사위에 녹연은 홀린 듯 정신을 팔았다.

자신이 움직인 것인지 그 여인이 다가온 것인지 가까워지면 가까워질수록 가슴 안쪽이 당겨져 온다. 녹연은 여인이 숨 막히게 아름답다는 것을 이내 느낀다. 그리고 여인은 녹연을 애틋하게 바라보다 눈시울 붉히며 웃는다.

"아가야."

그 속삭임이 어찌나 온유하고 따사로운지, 알지 못하는 어미의 품이 그렇지 않을까? 하는 막연한 생각이 든다.

여인은 눈물을 흘렸다. 여인의 눈물이 가슴 시렸다. 녹연은 볼 아래로 떨어지는 눈물로 저도 여인을 따라 울고 있다는 것을 안다.

얼마나 아팠느냐. 미안하구나, 미안하구나.

소리 내지 않는 여인의 말을 녹연은 가슴으로 이해한다. 어째서 그런 것이 가능한지는 모르나 그냥 이해하는 것이다. 이 험한 세상 부모 잃고 홀로 살아온 것에 대한, 사랑하는 이와의 엇갈린 사랑에 대한, 죽음에 이르게 된 등의 상처에 대한. 그 모든 것을 여인은 안타까워하는 것이다.

이름도 지어주지 못한 나의 아가야…….

여인의 가슴이 미어진다. 그것을 느낀 녹연의 가슴도 미어진다.

"이제는 이름이 생겼습니다. 녹연이라고 합니다."

여인은 알고 있다는 듯 고개를 끄덕인다. 그래도 애처로운 눈길을 거두지 못한다.

"저는 괜찮습니다. 그러니 안타까워 마시고 편히 쉬세요. ……어머니."

여인의 눈물은 그칠 줄 모른다. 그렇지만 처음과는 달리 그저 안타깝기만 한 것은 아니다.

이제 돌아가거라. 너를 사랑하고 네가 사랑하는 사람과 행복하거라.

여인은 웃는다. ……어머니가 웃는다. 그녀도 해선이 그랬던 것처럼 멀어지다 이내 사라졌다.

"어, 어머니, 아, 아, 흐흑……. 어머니!"

녹연은 어머니를 향해 울부짖었다. 이렇듯 모든 것을 내놓은 것 같은

울음은 그녀가 지금껏 살면서 처음 있는 일이었다. 어째서 이다지도 서럽고 서러운지, 억울한 일 당한 아이가 제 부모를 만나자 왈칵 그 품에 안겨 우는 것처럼 그랬다.

그렇게 한참을 목 놓아 우는 녹연을, 어디서 나타났는지 따뜻한 온기가 감싼다.

"녹연아…… 내게로 돌아와다오."

"오, 오라버니?"

녹연은 설움을 딱 멈춘다.

볼 수 없고 확인할 수 없지만 그가 말하고 있다는 것을 안다. 그가 자신의 수백, 수천 배는 더 아파하고 있다는 것을 안다.

가야 했다. 돌아가야 했다. 간절히 그것을 원했지만 녹연은 그 방법을 알지 못했다. 위장이 마르고 심장이 타들어갔다.

"돌아가고 싶습니다. 오라버니께 돌아가고 싶습니다!"

그녀의 간절한 바람은 들판을 지나 퍼져나갔다.

실체가 없는 힘이 순식간에 그녀를 당긴다. 이내 어딘가로 빨려들어 간다.

형형색색의 공간을 지나, 푸른 하늘의 구름을 지나, 낯선 집으로 들어와 침상에 뉘어졌다. 녹연은 자신이 돌아왔다는 것을 느꼈다. 그녀가 돌아오기까지 걸린 시간은 겨우 숨 한 번 쉰 게 고작이었다.

"아!"

등으로 형언할 수 없을 정도의 통증이 몰려왔다. 그랬다. 선명하게 기억이 났다. 수연의 심장으로 들어오는 칼을 보고 그녀를 감싸 안았다. 그냥 두면 그녀의 심장이 금속 흉기에 유린되어 그 자리에서 멈추고 말았을 것이다. 그로 인해 수연은 무사했으나 그가 아프다.

"오라버니……."

약의 기운을 다스리는 일이 끝나고 하늘의 제를 올리기 위해 적주가 사당으로 자리를 옮기자 모용목연은 부리나케 방으로 뛰어 들어가는 인주 어멈의 뒤를 따랐다. 모용목연은 자신보다 더 빨리 녹연의 누운 자리 곁을 차지할 거라 예상했던 신우가 뒷마당에서 꼼짝하지 않는 것을 의아하게 생각하면서 방으로 들었다.

"자네 주인은 왜 저러는가?"

"기원을 하시는 거지요. 아기씨 일어났다는 연락 듣기 전에는 거기서 꼼짝 않고 하늘만 보고 계실 겁니다요."

"여인들이나 하는 짓을……."

그렇게 말은 하면서도 모용목연은 약효에 대한 확신이 있는 자신과 그는 다를 수 있을 것이란 생각을 했다.

"아쉬운 놈이 우물 판다 하지 않습니까요. 오죽하면 우리 대가님처럼 남자다운 남자가 저러시겠어요. 그만큼 절실하니 그러시는 거지요."

절실함……. 왜 모르겠는가. 강한 남자도 꺾어버리는 그 모진 경험을 녹연의 부재에 미쳐 날뛰던 양평성에서 그도 하였었으니.

그들은 약속이나 한 듯 녹연을 돌아보았다. 등을 다쳤지만 장기에 무리를 주지 않기 위해 바로 누운 녹연은 약을 먹기 전과 마찬가지로 미동도 하지 않은 채 잠든 채였다. 하지만 더 가까이 다가가자 송장 같던 모습은 오간 데 없고 마치 꿈을 꾸듯 자는 모습이 그렇듯 편안해 보일 수가 없었다.

"이겨내었구나."

인주 어멈은 어깨춤이라도 출 모양으로 벙실거렸다.

"그런 것 같지요? 모르는 사람이 보면 그냥 주무신다 생각하겠지요? 아이고, 우리 아기씨 무슨 꿈을 꾸시기에 요렇게 곱게 웃으시나. 그나저나 우리 아기씨는 언제 깨어나신대요?"

"난들 알겠나. 사람마다 다르다 하니 오늘이 될 수도 있고, 내일이 될 수도 있고, 당장 일어날 수도 있겠지."

"무슨 대답이 그러세요? 그런 대답은 나라도 하겠네. 물 데워 돌아올 테니 저나 의원님 돌아올 때까지 아기씨 병세나 살펴주세요. 금방 옵니다요. 우리 아기씨 곱다고 너무 뚫어지게 보진 마시고요."

"무슨 그런……."

모용목연이 뭐라 하기도 전에 제 할 말 끝난 인주 어멈은 쌩하니 나가버렸다.

"아니, 무슨 저런 이가 다 있나."

아주 허물없기가 거침없었다. 감히 약략 부족에서 모용국이 된 차기 왕에게, 어이없고 괘씸한 생각이 들어야 하는데 웃음이 났다.

하지만 이내 알 수 없는 쓸쓸함에 웃던 입술이 비틀렸다. 녹연의 일상의 한편을 보아버려서일까. 이곳에 오면서 했던 생각. '그가 사는 곳에서 그녀의 행복에 걸림돌이 되는 것이 있다면 나는 그녀를 뺏는 데 가차없을 것이다.' 그녀가 행복하지 않을 꼬투리를 잡으려는 내면의 자아가 가족으로 녹아드는 이들의 끈끈한 융화에 도리어 설득되려 하여서일까. 이곳에 온 이후로 그녀는 이들에게 없어서는 안 되는 존재라는 것을 느낄 때마다 이렇듯 쓰디쓴 경험을 하게 된다.

모용목연은 이제 제법 화사하게 피어난 녹연을 바라보았다.

"너를 어찌하면 좋겠느냐."

녹연이 움찔하였다. 워낙 미미하여 무시하고 지나칠 수도 있을 작은 움직임이었지만 그의 심장이 먼저 알고 반응했다.

"돌아오느냐? 돌아오는 것이냐?"

모용목연은 기쁨에 흥분을 감추지 못했다.

"오라버니……."

눈도 뜨지 못하는, 의식은 아직 저편에 있을, 그녀가 부른 사람은 오늘도 그 빌어먹을 오라버니였다.

화가 치밀었다. 그녀가 흔하고 흔한 여인들처럼 쉬이 변하는 여인이 아니라는 것을 알지만 그래도 치밀어 오르는 화를 억누를 수 없었다.

"못된 것."

녹연이 눈을 떴다. 그녀는 사경을 헤매다 온 사람이라고는 믿기지 않게 눈빛은 총명하고 동공은 뚜렷했다.

"괜찮은 게냐? 괜찮은 게냔 말이다."

모용목연은 언제 그녀에게 화가 났던 사람인가 싶게 기뻐하며 그녀의 안위를 확인했다.

"대장군께서는 여기는 어인 일이십니까?"

"약이 네게 딱 맞게 듣는 모양이구나."

"축지법을 쓰지 않았다면 여기는 부여가 맞을 터인데 대장군께서 여기 계시고 저의 가족들은 왜 안 보이는 것입니까?"

말간 눈이 분주하게 움직였다. 누구를 찾느라 그러한지 알기에 치기가 올랐다.

"누구를 말하는 것이냐."

마침 방문이 열리고 데운 물그릇을 든 인주 어멈이 들어오다가 깨어난 녹연과 눈이 마주쳤다.

"아이고, 우리 아기씨 살아나셨네! 아이고, 아이고, 저 초롱초롱한 눈

으로 똑바로 쳐다보는 것을 우리 아기씨 아님 누가 그래. 우리 아기씨가 분명하네, 분명해!"

화통을 삶아 먹은 듯한 인주 어멈의 우렁찬 소리가 밖으로 새어나가지 않을 리가 없었다. 그것을 반증하듯 녹연이 의식을 찾게 되면 먹이기 위해 탕약을 내리던 의원이 뛰어 들어왔다.

"저, 정말, 기력을 찾으셨어요. 이렇게 혈이 살아난 것을 보면요. 이보다 더 기쁠 수가 있을까."

진맥을 하던 의원이 아이처럼 좋아했다. 점잖은 체면에도 불구하고 인주 어멈의 우는 소리에 그 또한 옷깃으로 눈가를 닦아냈다.

"제가 돌아오시게 하였나 봅니다. 걱정 끼쳐 드려 죄송합니다. 인주 어멈도 비안하니 그만 울어."

의원은 괜찮다고 고개를 저었고, 인주 어멈은 '몰라요!'하며 화를 내다 울다 했다.

제를 드리던 적주와 뒷마당의 기련과 신우가 이어 들어왔다. 신우는 더 다가가지 않고 멀리서 녹연을 보았다. 가장 늦게 들어오기도 했지만 더 다가가면 그녀를 안아 으스러트릴 것 같았다.

살았으면 된 것이다. 이리 보고 있어도 믿을 수가 없구나. 네 눈동자에서 나를 보는 것 말이다.

그녀가 금방이라도 눈물을 터트릴 것 같은 얼굴로 손을 내밀었다.

"제게…… 오세요."

신우는 녹연에게로 다가가지 말아야 할 이유를 수십 개는 더 대보았으나 단 하나도 스스로를 설득하지 못하고 결국 그녀를 안고 있었다.

"녹연아……."

"잘못……하였습니다. 흑!"

491

녹연은 그의 품에서 서러움에 복받쳤다. 그 유일한 안식처에서 그녀는 투정을 부릴 수도, 울음을 터트릴 수도 있는 것이다.

삶과 죽음의 갈림길에서 돌아온 여자와 그녀를 살리기 위해 생명보다 더 소중한 것을 놓아야 하는 남자의 포옹은 그래서 더 처절했다. 지금이 아니면 이럴 수 없을 절박함 속에서 그들은 서로 안에 지울 수 없는 각인을 다시 더한다.

그리고…… 이별의 순간은 다가오고 있다.

모용목연은 신우의 부름에 뒷마당으로 향했다. 녹연이 그에게 매달려 우는 것을 멀찍이 떨어져 보던 그는 정체불명의 쓴물이 또 다시 올라와 위장을 온통 뒤집는 쓰라림을 느꼈다.

그는 그녀를 사랑하고, 그녀 또한 그를 사랑하고, 여기 모든 사람들 사이에서 그녀가 사랑 받고 그들 사이에서 그녀가 행복하다는 것을!

'그래, 좋다. 인정하겠단 말이다!'

그렇다고 그녀를 순순히 양보하겠다는 뜻은 아니었다. 신우가 보이자 성큼성큼 다가간 모용목연은 다짜고짜 으르렁거렸다.

"왜 막상 녹연이 일어나니 마음이 바뀌었단 소리라도 하려고? 그리하면 전쟁이라도 불사할……."

"그럴 필요, 없습니다."

단호하게 목연의 억측을 자른 신우는 정중하게 덧붙였다.

"녹연을 살려주어 진심으로 고맙게 생각합니다. 평생 은인으로 생각하고 살겠습니다. 그녀를 떠나보내겠으니 녹연을 행복하게 해주십시오."

신우는 눈을 뜨고 자신을 바라보는 녹연을 보는 순간, 그녀가 살아 갈

은 하늘아래 있다는 것만으로도 세상 모든 것이 고맙게 여겨졌다. 이제는 더 욕심내면 안 되는 것이다. 그러면 그럴수록 그녀는 고통 받고 급기야 나락으로 떨어질 것이기에 그랬다.

"진심이오?"

약속을 하였다고는 하나 이해할 수 없을 정도로 허탈하게 물러나려는 신우가 모용목연은 믿기지 않는 거였다.

"나는 단 한 번도 녹연을 내게서 내려놓을 수 있을 거란 생각은 해본 적이 없습니다."

자문하듯 말하는 신우를 한동안 응시하던 모용목연이 다시 물었다.

"그런데도 내게 보내겠단 말이오?"

"지금도 그럴 수 있을 거란 자신이 없습니다."

모호할 수 있는 그 대답은, 놓을 수 없지만 놓아야만 하는 남자의 마음을 대변하는 것이었다. 한 인간으로서도 제 여자로서도 녹연을 지켜주지 못했다는 신우의 현실은 매순간 그를 옥죄이고, 매일을 살아 돌아올 수 없는 사지로 몰아넣었다. 그리고 그 고통의 끝에서 그는 인정하고 싶지 않지만 인정해야 하는 한 가지 결론을 얻는다.

"하지만 내 곁에서 그녀는 불행할 겁니다. 그녀는 결코 내 아버지와의 약속에서 자유로울 수 없을 것이기 때문입니다. 당신이라도 녹연을……
행복하게 해주십시오."

다분히 절망적이나 그에 걸맞지 않게 범연하여 더 아파 보이는 신우를 모용목연은 묵묵히 바라보다 신중하게 입을 열었다.

"알겠소. 곧, 녹연이 좋아지면 데리고 떠나도록 하겠습니다."

모용목연의 대답은 신우를 견디기 힘든 패배의 수렁으로 밀어 넣었다.

이제, 진정으로, 그녀가 없는 자신의 삶을 살아야 하는 것이다. 끔찍했다. 불도 빛도 없는 암흑일 것이며, 한 줌의 생명도 살 수 없는 척박한 사지일 것이다. 그래도 그녀를 아주 잃고 살아가는 것보다는 살아갈 수는 있을 것이다. 어딘가에서 별을 보고 달을 보고 같은 공기를 마실 것이니까. 신우는 스스로를 그렇게 위로했지만 녹연이 빠진 그의 남은 생은 암울하기 그지없고 견디는 듯 보이는 그의 실체의 실상은 참담한 고통 속에 처연히 부서지고 있었다.

사랑을 잃고 피폐해질 남자는 마지막 부탁을 했다.

"마지막으로 그녀를 보았으면 합니다."

"아직 녹연에게 여행은 무리인데 우리보고 당장 떠나라는 겁니까?"

"아니, 내가 갑니다."

신우는 녹연이 떠나는 것은 차마 볼 수 없는 것이다.

그녀의 발목을 잡아, 그녀를 다시 불행의 구렁텅이로 밀어 넣을 것이 두렵기도 했다. 한 번 떠났고, 돌아와서는 아이를 낳지 않기 위해 독초를 먹으려 했고, 결국 수연을 보호하다 죽음에 이르기까지 하였다.

그런 그녀가 기적처럼 살아났다.

더 아집을 부릴 것인가. 그녀가 내 안에서만 완전할 수 있다는 그따위의 궤변을!

이제 어떻게 살아야 할지 그는 답을 알고 있었다. 그만큼 소중하므로 놓을 수도 있어야 하는, 진정 내려놓는 것에 대한 그 성숙된 의미를 받아들이게 될 것이라는 것을.

그녀에게 사랑은 망인의 유음과 하나였다. 깊으면 깊을수록 옥죄이고 옥죄이는 올무와 같이 그녀를 숨통을 조이고 급기야 그 여린 목을 꺾어 놓을 것이다.

전에는 일말의 의심 없이 원하면 얻을 것이라 믿었다. 부정의 언어는

패자의 입에서나 나오는 말이며 자신은 그것과는 하등 상관없는 사람이라고 생각했다. 하지만 지금은 안다. 그것은 교만이고 아집이었다는 것을. 또 다시 그러한 치기어린 행동을 하기에는 그녀가 겪은 일련의 불행들이 감당할 수 없을 만큼 컸다.

지키지 못하였다. 지키지 못하였다.

자책은 그를 폭우에 덮치는 풍랑처럼 잠식하고 결국 파괴하고 있었다.

녹연은 자신의 곁을 지킬 것이라 믿어 의심치 않던 신우가 내내 보이지 않자 걱정이 되었다.

'이제 내게 질린 것일까?'

그럴 만도 했다. 이렇듯 지겹게 일을 만들고 그의 말에 역행하니 제가 그라도 지겨울 것이다. 그래도…… 서운함이 밀려왔다. 옹졸하다 스스로를 나무라면서도 미안한 마음속으로 소침함이 밀려들었다. 뒤숭숭한 마음에 다시 누우려는데 신우가 돌아왔다. 그를 보자 언제 그런 마음이 있었나 싶게 뒤설렜다.

"제게 화가 나시지요?"

녹연이 미안함에 물으니 신우는 고개를 저었다. 하지만 암울한 그의 눈빛에서 불길한 예감을 감지한 그녀는 그가 방에 들어서면서부터 저절로 지어진 설렌 미소를 거두었다.

"무슨 일이십니까?"

그는 조금 떨어진 의자에 앉은 후 진중한 모습으로 입을 열었다.

"널 살리기 위해 약속을 하였다."

"무슨 말씀이십니까?"

그녀의 얼굴생김 표정 하나까지 놓치지 않고 기억하려는 사람처럼 신우는 녹연에게 시선을 고정한 채였지만 그 목소리는 단호했다.

"모용목연과 네 목숨을 두고 거래를 했다. 너를 살려주는 대가로 널 그에게 보내기로 했다. 너와 나는 끊길 인연이었다. 그것을 부정하니 너도 이렇듯 힘든 것이다. 그러니 나를, 놓거라. ……떠나다오."

녹연은 멍하니 그를 보았다. 믿을 수가 없었다. 농으로라도 그런 말을 할라치면 그는 무섭게 나무라던 사람이 아닌가. 네가 죽어도 내가 죽어도 안 되는 일이 바로 그것이라 했던 그가! 놓아라, 떠나라 한다.

자각이, 엄동혹한에 맨발로 내쫓겨 맞는 찬 기운처럼 끼쳐 왔다. 떠나라……. 그 혹독한 추위 속에 호된 매질을 당해도 이보다 생살을 에는 고통은 없을 것이다.

"제가 살게 되니 저를 놓으시겠다고요?"

녹연의 목소리는 제 입을 통할 뿐 다른 사람의 것 같은 차가운 목소리였다.

"그래, 이제 서로에게서 놓여나자. 이 지겨운 인연 끊어내버리자. 가거라. 내게서 떠나란 말이다."

그의 단호한 한 마디 한 마디가 그녀의 뼈 속에 사무쳤다.

진심이 아니라는 것을 알지만 그래도 서운하고 비참한 마음 이루 말할 수 없었다. 어떻게 나를 다른 이에게 보낼 수 있단 말인가. 수연과 혼인했다는 것을 알았을 때도 이처럼 배신감에 치를 떨지는 않았다. 하지만…… 나도 그에게 그러지 않았나.

그녀도 그를 수연에게 보내려 했다. 하물며 그녀와 아이를 낳기 전에는 자신은 없는 이로 생각하라 했다. 그래놓고…….

돌아서 나가는 그의 뒷모습에 눈물이 핑 돌았다. 그의 마음이 절규하는 것 같았다.

나를 잡아다오……. 제발!

그가 받았을 그간의 상처와 상실과 아픔이 얼마나 컸을까 생각하니 예리한 칼날로 주르륵 심장이 찢기는 것 같았다.

신우가 어디론가 훌쩍 떠나버렸다. 모용목연은 아픈 자리를 털기 위해 악착같이 노력하는 녹연에게서 한시도 시선을 뗄 수가 없었다. 낮에 드리운 그림자는 절망을 앓고 있었다. 떠나던 그도 남은 그녀도 함께 앓는 병이었다. 그냥 두어도 죽어버릴 정도로 혹독하게 그들은 아파하고 있었다.

"차라리 죽게 두지 그러셨습니까? ……말하고 싶었습니다. 그럴 필요도 없습니다. 여기를 떠나면 저는 진정 죽은 것이니까요."

원망보다는 포기였다. 사랑도 삶도 그녀 자신도 모두 아무렇게나 놓아버리는, 함부로 하는, 될 대로 되라는 포기. 그 속에 선연히 아로새겨진 깊은 좌절 그리고 상실. 그것을 보고 있는 모용목연의 가슴은 답답했다. 이럴 생각은 아니었는데…….

"죽음에서 돌아오기 전, 어머니를 만났습니다. 너무도 아름다운 무희였습니다."

"무희라 하였느냐?"

모용목연은 자못 놀랐다. 녹연이 떠나고 몸과 마음에 상처를 입은 그에게 찾아온 아버지 막호발의 고백이 기억난 것이다.

"네, 말씀은 않으셨지만 분명 춤사위가 그러하였습니다. 이름도 지어주지 못한 저를 안타까워하셨습니다. 하염없이 눈물만 흘리셨습니다. 그래서 말씀드렸습니다. 제게 이제 녹연이라는 이름이 있으니 안타까워마시고 편히 쉬시라고……. 그때서야 어머니께서 웃으셨습니다. 생각해

보니 예녹연인 줄 알았던 제 이름이 가짜였으니 정말 제게는 이름이 없었던 것입니다."

"너도 참 사연이 많은 아이구나."

"그러게 말입니다."

녹연은 쓸쓸히 웃었다. 누군가를 향한 웃음이라기보다 혼자 웃는 그런 웃음이었다.

"그런데요. 정말 제 이름은 대장군께서 처음 지어주셨더라고요. 제게 녹연이라 명명해주시지 않았습니까? 그것에 대해 감사의 말씀도 못 드렸습니다. 고맙습니다. 푸름이 이어진다는 진정한 제 이름은 대장군께서 지어주셨습니다. 고맙습니다. 고맙습니다."

녹연은 붉어진 눈시울로 거듭 말했다. 알 수 없는 먹먹함이 밀려와 모용목연은 그런 그녀를 보고만 있었다.

왜 이리 가슴이 답답한 것인지, 녹연의 방을 나와서도 모용목연은 우두커니 서 움직일 줄 몰랐다.

"이상합니다. 왜 이런 말씀을 지금 이 순간 드리게 되는지."

녹연의 마지막 말은 그 의문을 해결하지 못하면 쉬이 나을 수 없는 가슴앓이를 만들었다. 속이 타고 가슴이 답답한 이 아릿한 불편함은, 그의 머릿속을 윙윙거리며 떠나지 않는 아버지 막호발이 사랑했던 여인에 대한 이야기 때문이 아닐까……

지금, 그것도 당장 확인해야 했다. 그러지 않으면 이 이야기를 영원히 묻어버릴 것이다. 그렇게 된다면 평생 맴도는 의문을 가슴 안에 간직한 채 이 찜찜한 가슴앓이를 이어갈 것이다.

모용목연은 결국 적주를 찾았다.

"물어볼 것이 있습니다."

뒷마당에서 그의 스승이라는 기련과 둘이 무슨 대화를 나눈 것인지 침울한 표정으로 섰던 적주가 다가온 모용목연을 향해 대답했다.

"말씀하시지요."

"혹시 녹연의 부모에 대해 아는 것이 있습니까?"

질문은 적주에게 했는데 순간 기련의 눈빛이 경계하듯 바뀌었다. 금세 냉정한 가면으로 표정을 감추었지만 암투와 전장에서 닳고 닳은 모용목연이 그것을 놓칠 리가 없었다. 그는 무언가 알고 있었다. 하지만 순순히 알아낼 수 있을 것 같지 않았다. 그렇다면 먼저 아는 것을 먼저 풀어놓는 것이 중요하다.

"아버지는 무사였고 어머니는 무희였지요? 나는 내가 아는 사람들이 맞는지 확인하려는 것뿐입니다. 녹연도 자신의 부모를 알아야 하지 않겠소? 더구나 내가 녹연에게 해가 가는 일을 할 사람으로 보입니까?"

"녹연에게 해가 가는 일을 하길 원치 않으신다고는 하지만 결국에는 녹연에게 해 가는 일을 지금 하고 계시지 않습니까?"

"무슨……."

반박하려던 모용목연은 말문을 닫았다. 적주는 녹연을 데리고 가겠다는 제게 원망의 소리를 하는 것이라는 것을 알아서였다.

"스승님, 아시는 게 있으시면 저분께 모두 말씀드리십시오."

원망하는 사람에게 협조하는 적주의 모순된 말을 기련은 액면 그대로 받아들이진 않았다. 무슨 이유가 있겠지 싶었던 것이다.

"녹연 아기씨의 어머니는 무희였습니다. 부여는 물론 고구려, 선비족들의 지체 높은 분들의 구애를 뿌리치고 그들의 무사 중 누군가와 잠적하였습니다. 하지만 아기씨가 태어나기도 전에 아기씨의 어버지는 비명횡사하고 혼자서 아이를 키우던 아기씨 어머니 또한 쫓기는 이들을 돕다 쫓던 자의 칼에 목숨을 잃었다 합니다."

더 이상은 들을 필요도 없었다. 지금 이 이야기만큼 아버지의 말과 일치할 수도 없을 것이다. 모용목연은 그들에게서 등을 돌렸다.

그래서 이상하게도 그 말을 내게 해주고 싶었던 것이냐?

모용목연은 그날, 신우의 칼에 찢긴 상처를 치료하기 위해 요양 중이던 자신을 찾아온 아버지 막호발이 달을 보며 하던 회한의 말들이 낱낱이 떠올랐다.

아버지가 사랑하였던 여인, 질투심에 사로잡혀 죽인 자, 그리고 녹연을 놓아야 하는 사람은 신우가 아니라 자신이라는 것을, 그는 깨닫는다.

그는 그의 아버지가 그랬던 것처럼 달을 본다. 그리고 허허롭게 웃는다. 달은 그에게 떠날 것을 종용하고 그는 떠나야 할 먼 길이 홀로라면 오롯이 고독할 것이라는 것을 안다. 하지만⋯⋯.

달을 보면 위안이 되는 길을 그는 결국에 선택하고 있었다.

녹연은 아직 무리라는 의원의 만류에도 길을 나섰다. 고집이 가당찮다면서도 의원은 약 꾸러미를 챙겨주었다. 사실 조금이라도 위험할 것 같으면 녹연을 혼절시켜서라도 다시 데리고 오려고 적주가 그녀의 뒤를 따랐다.

그립던 산마을이 가까워 왔다. 나뭇가지에는 흐드러진 눈꽃들이 한창 무성하던 푸른 잎들을 대신했다. 이 산을 벗어나 살 수 없다 생각했을 때는 산 아랫마을을 동경했었지만, 이제 녹연은 산 속 소담한 가옥들의 풍경이 가장 아름답고 소중하다는 것을 안다.

"적주 오라버니, 이제 돌아가십시오."

산 집 앞에 도달하자 녹연은 뒤도 돌아보지 않고 말했다. 적주가 나무

뒤에서 나오면서 멋쩍게 웃었다.

"대단하십니다, 아기씨. 제가 따라온 것을 어찌 아셨습니까? 고수라도 쉽지 않았을 일을. 아기씨께서 그사이에 대단한 힘을 얻으신 것 같습니다."

여전히 사람 좋게 웃는 적주를 녹연은 밉지 않게 흘겨보았다.

"그 힘은 갑자기 생긴 것이 아닙니다. 전부터 가지고 있었지요."

"예, 그것은 무슨 말씀입니까?"

"적주 오라버니께서 저와 대가님을 어미닭 새끼 감싸듯 하시는 것을 우리 가에서 모르는 사람이 있겠습니까? 그 고수의 대단한 힘 같은 것 없어도 누구든 다 맞추지요. 저를 혼자 보내실 적주 오라버니가 아니시지 않습니까?"

"허, 그, 그런 것입니까? 이를 어쩌나, 대가님과 아기씨를 새끼 감싸듯 했다니 그보다 더한 불경이 어디 있겠습니까?"

말은 그렇게 하면서도 적주는 죄를 뉘우치기보다는 즐거운 듯 보였다. 웃음을 거둔 적주가 이제는 진중한 눈길로 말했다.

"이제 제 벗을 안아주십시오. 이제는 아기씨가 신우에게 다가가실 차례입니다."

목숨보다 소중한 벗으로서 적주는 부탁하는 것이었다. 녹연은 고개를 끄덕였다.

"고맙습니다. 적주 오라버니께서는 제게는 하나뿐인 오라버니이시고 제 낭군께는 유일한 벗이십니다. 그것은 우리 두 사람에게 가장 큰 행운입니다."

아무리 반복하여 마음을 전해도 과하지 않을 고마운 사람, 다감한 미소를 지으며 돌아서는 그에게 녹연도 그와 같은 미소로 배웅했다.

적주를 보낸 녹연은 대문으로 돌아서 크게 숨을 들이켰다. 의원의 환약으로 통증이 많이 줄기는 하였으나 무리였는지 등에 난 상처가 욱신거렸다. 그래도 녹연의 눈빛은 결연함이 뚜렷했다.

"이제 싸우러 가자."

녹연은 대문을 지나 곧장 사랑으로 향했다. 하지만 그곳에는 신우가 없었다. 사람이 머문 흔적이나 온기조차 느껴지지 않았다.

녹연은 이해할 수 없었다. 분명 그가 그들의 추억이 깃든 산마을에 와 있을 것에는 일말의 의심도 하지 않았는데 어찌하여 그는 보이지 않는 것일까. 섬돌에서 내려선 녹연은 상부인이 기거했던 안채로 향했다. 그곳에도 역시 그의 흔적은 없었다. 어찌된 것인지 모르겠다. 혹 사냥이라도 간 것인가? 아니면 다른 곳에라도……

아! 순간, 녹연의 머릿속으로 어떠한 생각이 스쳤다.

녹연은 뛰었다. 그 울림으로 완치되지 않은 상처가, 손상되었던 장기들이 흔들려 속이 울렁거렸지만 그녀는 멈출 수 없었다.

"오라버니!"

'대가님' 하고 공손하게 청해야 하지만 그리하고 싶지 않았다. 지금 이 순간만은 그를 사랑하는 그의 여인으로 투정을 부리고 원망을 내놓고 고집도 부리면서 그의 사랑을 받고 싶었다.

별채의 제 방문을 열자 그곳에 신우가 침상 의자에 우두커니 앉아 있었다.

"이렇게 매일, 매일을 내 꿈에서 사라지지 않겠다는 것이냐? 그래, 마음대로 하거라. 괴롭히고 괴롭히고 또 괴롭히거라. 그렇게라도 너를 보아야 살 것 같으니."

그는 꿈이라 생각하는 것이다. 눈앞의 그녀를 허상이라 여기는 것이다. 꿈이라도 허상이라도 그녀를 봄에 살 수 있음을 말하는 그의 텅 빈 동공은 녹연의 가슴을 미어지게 했다. 그리도 늠연한 그가 얼마나 가슴을 앓고 앓고 또 앓았으면 이렇듯 무너질 수 있을까. 녹연은 절로 흐르는 눈물을 어쩌지 못하고 그의 품으로 뛰어들었다.

"오라버니, 오라버니, 아흑!"

지치고 해쓱해진 그의 볼을 쓸고 더듬고 또 쓸었다.

"오라버니, 제가, 녹연이 왔습니다."

"너, 너는……."

그의 동공은 그가 과연 조금 전의 사람과 동일인인가 싶게 생기가 끼쳤다. 또한 평소의 명확하고 뚜렷하고 냉철한 해신우의 모습으로 그가 물었다.

"떠나지 않은 것이냐?"

"대장군과 저는 갈 길이 다른데 어째서 그분과 제가 떠나야 합니까? 대장군께서 떠나시면서 약속을 못 지킨다고 하였습니다. 오라버니께서 제 행복을 대장군께 부탁하셨지만 그분은 그것을 할 수 있는 사람은 오로지 오라버니뿐이라 했습니다. 그러니 오라버니께서 저를 행복하게……. 아."

입 맞추었다. 처음에는 입술에 길게, 다음은 이마를, 눈가를, 볼을, 다시 입술을 마치 숭배하듯 그는 그녀의 얼굴 구석구석을 입 맞추어갔다.

"내가 내 눈앞에 있고 너를 이렇듯 만지면서도 믿기지 않는구나."

"저는 죽어서도 오라버니를 놓지 않을 것입니다. 그러니 앞으로도 두 번 다시는 그런 말씀은 마시어요."

녹연은 그가 하듯 말했다.

"성치 않은 몸으로 여기까지 오다니, 너야말로 두 번 다시는 이런 짓을 했다가는 혼이 날 줄 알거라.”

녹연은 대답 대신 다시 그의 품에 들어 너른 가슴을 꼭 안았다.

“아……. 정말이지, 좋습니다.”

이제야 살 것 같다는, 이제 모든 것이 제자리를 찾았다는 의미. 그 말은 신우 또한 공감하는 바일 것이다. 지난 녹연의 부재로 겪은 고뇌가 그녀와 해후함으로써 말끔히 사라지고 벅차오르던 그 신신한 감정들의 축약, 그것이 바로 지금 그녀의 입술을 타고 나온 그 말인 것을.

“그래, 좋구나.”

기쁨의 물기를 머금은 녹연의 맑은 눈을 같은 눈으로 바라보던 신우는 다시 그녀를 품에 가둔다.

남은 이야기

왕의 아들

오랜 시간 동안 도사렸던 음모가 모두 밝혀졌던 영고의 밤, 을물은 목이 베어지는 참형에 처해졌다. 밤새도록 흥겨워야 할 영고가 녹연의 사고로 산마을 하호들에게는 초상집과 같았지만 을불의 처단으로 부여는 새로운 세상을 꿈꿀 수 있게 되었다.

이생의 시간이 얼마 남지 않음을 아는 간위거왕은 제단에 홀로 서 눈이 멎어가는 하늘을 바라보았다.

"폐하."

간위거왕은 나직한 부름에 고개를 돌렸다. 거기에는 젊은 날의 자신을 빼닮은 남자가 서 있었다.

"와주었구나."

왕은 복받쳐 쉰 목소리를 내었다. 누군가 고하지 않아도 왕은 그가 자신의 유일한 혈육임을 알 수 있었다.

"문후가 늦었습니다. 용서하십시오."

"이리, 이리 오라."

왕은 손을 뻗었다. 그 길고 긴 시간 단절되었던 부자의 정이 이 첫 만

남으로 회복될 수는 없겠지만 그래도 아들과의 간격을 좁히고 싶은 아버지의 손길은 만감이 교차하듯 떨리고 있었다.

"폐하."

아들은 다가와 바닥에 무릎을 꿇고 백성으로서 예를 지켰다. 그런 아들을 안타깝게 바라보는 왕의 주름진 눈가에 눈물이 고였다.

"나를, 나를 용서해다오. 그래, 얼마나 고생이 많았느냐."

아들을 일으키는 왕의 눈길은 지난날에 대한 회한으로 가득 찼다.

"제가 어찌 감히 폐하께 용서 여부를 말씀드리겠습니까. 그리고 저는 고생을 한 적이 없습니다. 백성이 모두 그러한데 저라고 어찌 그것을 고생이라 여기겠습니까."

원망 따위의 이면이 일절 담기지 않은 아들의 말은 왕을 부끄럽게 했다. 제 어미를 닮아 청빈하고 아비보다 현군이 될 재목이었다.

"날 닮은 줄 알았더니 어미를 쏙 뺐구나."

벌써 중년을 바라보는 아들인데도 왕은 곧게 자란 아들이 기특하고 대견했다.

왕의 아들은 짐 꾸러미 안에서 그 옛날 사랑하는 여인의 머리에 꽂아 주었던 비취옥 폐슬[22]을 꺼내 보였다.

"어머님의 보물입니다."

그것을 보는 왕의 눈가가 다시 젖어들었다.

"사랑하고 사랑받아 행복하였다고. 어머니께서 말씀하셨습니다."

왕은 어깨를 떨었다. 이 순간 그는 왕이 아니었다. 그저 사랑하는 이가 그립고, 후회로 가슴 아픈, 죽을 날이 다가오는 눈물 많은 늙은이일

---

22) 장신구.

뿐이었다.

"이제 내가 가면 네 어머니에게 말할 것이다. 나야말로 사랑하고 사랑받아 행복하였다고."

그때서야 아들은 왕이 아닌 아버지의 손을 잡았다. 그것에 감격하여 아버지는 하염없이 눈물을 흘렸다. 아들은 그런 아버지를 안고 눈시울을 붉혔다.

"어머님의 유음을 전할 기회를 주셔서 고맙습니다……. 아버지."

더는 울지 말아야지, 이 밤을 이렇게 눈물로 보낼 수는 없다 생각하면서도 왕은 흐르는 눈물을 멈출 수 없었다. 또한 이 밤과 이제 남은 시간들을 아들과 보내게 될 것에 기대가 되어 아이처럼 설레었다. 살아 있을 날이 얼마 남지 않았다 해도 그래서 더 아들과의 시간이 소중하고, 세상 무엇과도 바꿀 수 없는 귀중한 순간들이었다.

간위거왕은 며칠 후 아들의 품에서 죽음을 맞이한다. 간위거왕 사후 그의 서자 마여가 제가회의의 승인을 받고 부여의 왕이 된다.

기련과 수연

수연은 예문우 대가의 생가로 거처를 옮겼지만 그 생활이 영 익숙하지 않았다. 지난밤에는 꿈에 아버지가 나타나 큰 꾸지람을 하시고는 목 놓아 우셨다. 수연은 아버지의 마음이 속속들이 느껴졌다. 아비를 죽인 원수와 같은 비루한 짓을 그 딸이 서슴없이 하였으니 그 꼿꼿한 성정에 죽어서도 한이 된 것이다. 또한 딸의 행복하지 못한 모습에 아비로서 가슴이 찢겼을 것이다.

수연은 착잡한 마음 가눌 길이 없어 마당을 서성였다.

"나와 계셨습니까?"

기련이었다. 그는 요즘 그녀의 수족뿐 아니라 머리와도 같았다. 산마을 생활을 정리하고 잠시간이었지만 태어나 살던 집을 되찾아 내려온 이후로 내내 그랬다. 신우의 지시가 있었겠지만 그것만이 다는 아니었다.

"오셨습니까?"

수연의 인사가 '다녀오셨습니까?'라는 의미라는 것을 그도 그녀도 아는 바이다. 어느 순간부터 그들 사이에는 설명하지 않아도 알 수 있는 유대가 흐르고 있었다.

"아직도 이곳이 불편하십니까?"

그는 늘 지금처럼 그녀의 마음을 훤히 들여다보고 묻는다. 처음에는 불편했던 그것이 관심이라는 것을 알게 된 이후로는 그녀 또한 포장하기보다 느끼는 대로 답하려고 노력한다.

"그래도 어쩌겠습니까. 제가 있을 곳이 여기 말고는 없으니."

기련은 그런 그녀를 묵묵히 바라보았다.

"이제 저는 이곳에 오지 않을 것입니다."

수연은 깜짝 놀랐다. 어째서 그의 말이 마른하늘의 뇌명과 같이 느껴지는지, 또한 단순히 알고 지내던 사이의 이별의 서운함과는 다른 크나큰 상실감에 울고 싶은지 그 이유를 알지 못했다.

"바, 바쁘신 분께서 지금까지도 많이 도와주신 거지요. 감사했습니다."

수연은 눈물이 터져 나올 것 같아 이를 물었다.

"떠날 생각입니다. 이제 대가님께도 새로운 마여왕께도 저 같은 무사는 필요 없는 시대가 왔으니까."

그렇다면 이제 아주 볼 수 없게 된다는 것이었다. 수연은 심장이 철렁

내려앉아 다급하게 물었다.

"어디로 가시나요?"

"글쎄요. 산으로, 산으로 돌아다녀볼까 합니다."

"그, 그러시군요. 거, 건강하세요."

수연은 또, 또! 과거의 자신으로 돌아가 마음에도 없는 이별의 말을 하며 가슴에게 자문했다.

분명 아직 신우에 대한 사랑의 후유증으로 가슴 한켠이 당기는데 이 감정은 무엇이란 말인가.

"저를…… 따라오시겠습니까?"

기련의 물음에 수연은 놀란 눈을 들었다. 놀라움보다 안도감을 느끼는 스스로에게 당황했다.

"솔직해지십시오. 스스로에게 진실해지십시오."

그가 해준 조언을 가슴으로 받아들였을 때부터 해온 노력으로 그녀는 스스로에게 물어야 했다.

'솔직하고 진실한 나의 마음은…….'

그리고 어느 사이 고개를 끄덕이는 자신을 발견한다.

연민이든 동정이든 알 수 없는 감정들이 두 사람 사이에 흐르는 것이었다. 외로운 그녀의 수족이 되어준 후부터? 과거를 거슬러 개울로 발을 딛는 그녀를 그가 깨우친 후부터? 더 과거를 거슬러 돌려받지 못하는 사랑에 아파하는 그녀를 덤덤히 보던 후부터?

인간의 감정만큼 명확히 설명되지 않는 것은 없을 것이다. 하지만 무엇이든 처음은 있다. 울창한 나무가 작은 씨앗 하나에서 시작되는 것과 같이 사랑도 작은 감정부터 시작하는 것이다.

감정에 메마른 남자와 돌려받지 못한 사랑의 상처를 지닌 여자는 함께

여도 괜찮을 것이다.

목연, 그의 아버지. 녹연, 그녀의 어머니

신우의 칼에 상처를 입은 목연을 그의 수하들이 발견한 것은 녹연과 신우가 떠나고 한 식경도 안 되었을 때였다. 녹연이 상처를 제때 잘 봉합하여 큰 변고는 방지할 수 있었다. 하지만 목연은 쉬이 털고 일어나지 못했다. 어디 딱히 문제가 있는 것도 아닌데 이상하게 회복이 더뎠다.

"사랑을 앓느냐."

달빛을 처연한 눈길로 하염없이 보는 목연의 곁으로, 막호발 왕[23]이 다가와 아들이 바라보는 하늘을 그윽하게 바라보았다.

"한 번쯤 깊은 연정에 빠져 미쳐보는 것도 사내다운 일이다."

"왕께서 그런 말씀을 하실 줄은 몰랐습니다."

"허, 왜? 내가 그러한 연정도 없었을까 봐? 나도 너처럼 젊었을 때 미치도록 가지고 싶었으나 그리되지 않아 꺾어버렸던 여인이 있었으니, ……멍에가 되더구나."

모용목연은 부친에게로 시선을 돌렸다. 노안의 눈가는 회한으로 짙어져 있었다.

"부여에서 가장 아름다운 무녀였다. 우리는 물론 위에까지 그 아름다움이 자자할 정도로. 무녀이면서도 기품과 절개는 여느 귀족 여인보다도 더 높은 여인이라 지체 높은 자들도 그녀를 얻기 위해 혈안이었지. 얼마나 잘난 계집이기에 그러나 싶은 치기로 처음에는 그녀를 찾았다. 그녀는 그냥 아름다운 여자가 아니었다. 세상의 모든 더러움을 정화해

---

23) 공손연을 이기는 데 공로를 세운 대가로 위나라로부터 솔의왕을 배명 받음.

주는 청명한 여자였어. 사내들 앞에서 반 벌거숭이가 되어 춤을 추는 여자에게 어울리지 않는 말이 바로 그것일 것이다. 하지만 그녀는 전장과 암투로 더러운 세상을 사는 우리 같은 사람들에게는 진정 생명수 같은 여자였으니 서로 가지려 혈투가 벌어지는 것은 어쩌면 당연한 수순이었지. 하지만 그녀는 고작 호위무사 놈 따위와 달아났어. 그것도 내가 그녀에게 보내던 선물들을 전하던 내 무사와 말이다."

막호발왕은 허허롭게 웃었다.

"그래서 놈을 죽여버렸다. 전 군사를 모두 풀어 샅샅이 찾아 죽여버렸어. 놈만 죽이고 그녀는 곁에 두려 했는데 아이를 가졌으니 보내달라고 그녀는 절규했어. 참을 수가 없었지. 다른 놈과의 사이에서 아이라니……. 그래서 여자를 죽이려고 칼까지 빼들었어. 하지만 이내 생각을 바꾸었지. 놈이 없는 세상에서 놈의 자식과 한번 살아보거라. 그것이 진정 사는 것인지 죽은 것인지. 그것을 더 악한 복수로 생각한 거야."

왕은 모질었던 과거의 사랑을 아파했다.

"얼마 지나지 않아 그녀가 죽은 걸 알았다. 계집아이가 있다 했지만 모른 척했다. 그것을 곁에 두면 크면 클수록 나를 괴롭힐 것을 알아 그랬어. 후회……. 이런 것이겠지? 그때는 그녀가 어디 있더라도 살아 있어서, 이 달을 함께 볼 수 있다는 것만으로도 위안을 얻을 수 있다는 것을 몰랐던 게야. 놓아줄 줄 아는 것도 큰 사내의 몫이라는 것을 몰랐던 것이지."

모용목연은 아버지가 막사로 들고도 한참을 묵묵히 겨울밤을 지키고 있었다. 녹연이 봉합한 상처가 아릿했다.

"큰 사내의 몫은 모르겠으나 함께 볼 수 있는 이 달은 위안이 되는구나."

그는 아름다운 달빛이 주는 아련함에 하염없이 젖어들었다.

우연의 신록

흐드러지게 핀 배꽃 사이로 닭 한 마리가 고개를 쑥 내민다. 그놈을 찾고 있었는지 아낙은 때를 놓치지 않고 놈의 목을 잡아챘다. 동이 트기 무섭게 대가 댁 마당은 잔치 준비가 한창이다.

길일이야 길일, 여기저기 수군거린다. 아이고 어쩜 저렇게 고와, 아이고 어쩜 저렇게 잘생기셨어, 여기저기 수군거린다.

날은 그야말로 청명하다. 구름도 투과될 정도로 투명한 하늘에서 내리는 햇살이 제법 따사롭기까지 하다. 선남선녀가 혼례를 올리기에는 기막히게 좋은 날이다.

젊은 대가는 가의 다른 젊은이들보다 한참 늦은 혼례를 올렸다. 산마을에서 수연과의 혼례는 잘못된 것인 것을 알기에 스치는 바람처럼 그들의 뇌리에서 잊혀갔다.

한시라도 빨리 신방에 들 생각은 굴뚝같을 터이나, 점잖은 체면에 이것저것 형식을 단축하라는 명을 하지 못할 거라 여긴 제사장 이하 인주어멈을 비롯한 식솔들은 합심하여 불필요한 과정들을 생략하며 준비하고 있었다. 그런 그들을 신우가 모두를 불러 모았다.

"혼례를 준비하는 데 넉넉하고 풍성하되 불필요한 시간은 단축하여라."

참으로 속 보이는 명을 예의 그 예사스런 표정으로 하는 것에 모두 혀를 내둘렀다는 후문이다.

신우는 녹연의 얇은 속곳 사이로 비치는 등에 난 상처에 입을 맞추었

다. 녹연은 일순 흠칫하였지만 이내 입술을 쭈욱 내밀었다.

"완벽한 제 몸에 흠이 있다는 것에 은근히 유쾌해지시지요."

젠체하느라 등을 꼿꼿하게 세운 그녀의 등뼈를 은근히 쓸어내렸다.

"흠이 있어 그런 것이 아니라 그것을 나만 볼 수 있어 유쾌한 것이다."

그들은 이제 녹연의 상처에도 농을 주고받을 정도로 과거의 불행들을 이겨내고 있었다. 신우는 채워지지 않는 허기에 시달리듯 다시 녹연의 허리를 끌어 당겼다.

"또, 또! 이러십니까? 이제 그만하십시오."

녹연의 거부에 신우는 불만에 차 허리를 세웠다.

"왜 그러느냐? 오늘은 세 번밖에 하지 못했어."

그것의 배를 가져도 아쉬울 판국인데 그것으로 양이 차냐는 소리였다. 녹연이 기가 차 다시 뻗어 오는 그의 손을 야무지게 져냈다.

"제가 몰랐을 땐요, 남들도 다 그러는 줄 알았거든요."

"도대체 무슨 소리를 하는 게냐? 그럼, 남들은 다르다더냐?"

담백하기 그지없는 표정으로 그런 말은 생전처음이라는 것처럼 천연덕스럽게 묻는 신우에게 녹연은 야멸치게 쏘아붙였다.

"그럼요! 그러니 이제는 하루건너 하루씩만 허락하겠어요. 그리고 두 번 이상은 절대 안 됩니다."

"무, 무슨 그런 망발을 하는 게냐? 어떤 놈이 네게 그따위 것을 가르친 게야?"

그자가 누구든 당장이라도 목을 꺾어놓을 기세의 신우를 한껏 노려보던 녹연은 이내 무엇이 생각났는지 표정을 싹 바꾸어, 부푼 감정 추스르듯 입가에 힘을 주고는 나긋하게 말했다.

"아기의…… 아버지가 되실 것 같습니다."

"무……뭐? 그, 그것이 정말이냐?"

놀라움과 기쁨에서 시작되어 경이로움과 감동이 뒤섞인 눈길로 말을 잇지 못하던 신우가 이내 감격에 차 뚫어질 듯 보자, 녹연은 민망해져 얼굴을 붉혔다.

"그러니 적당히…… 말씀드린 것입니다."

신우는 그런 녹연을 와락 안았다. 세상 이 여인만큼 귀한 것이 없는 것처럼 보듬었다.

"장하구나, 참으로 장하구나."

"너, 너무 그러지 마세요. 남들도 다 갖는 아기를……."

"네가 품어준, 내 아이가 아니더냐. 그것이 어찌 남들 다 하는 것이겠느냐. 너이기 때문에 가능한 것이다. 너이기 때문에 내 가슴이 이렇듯 느끼는 것이다."

신우는 녹연의 손을 끌어 제 뛰는 가슴 위로 올렸다. 더없이 진중한 눈빛과 목소리로 하는 그의 고백에 녹연은 부끄러우면서도 뒤설레었다.

"저도 낭군님의 아이를 가져 너무 행복합니다."

그녀에게서 좀처럼 듣기 힘든 고백을 들은 신우는 녹연을 꼭 끌어안으며 흐뭇하게 입가를 올렸다.

"생각해보았다. 우리 아이들 이름 말이다."

녹연이 신우의 품에서 고개를 들고 눈을 반짝였다.

"아기가 생기기 전부터 이름을 지으셨습니까? 무어라 생각하셨습니까?"

"첫 아이는 우연, 둘째는 신록으로 짓자구나."

"우연과 신록…… 어쩐지 친근합니다."

"우리 이름의 조합이니 그리 느끼는 것일 게다."

곰곰이 생각에 빠졌던 녹연이 알겠다는 듯 고개를 끄덕였다.

"셋째와 넷째, 다섯째도 이제 슬슬 생각해보아야겠구나."

신우의 말에 녹연의 눈이 휘둥그레졌다.

"그, 그렇게나 많이요?"

"왜, 싫은 게냐?"

신우의 음흉한 속내에 질린다는 듯 녹연은 그의 가슴을 밀며 거리를 두려 했다. 신우는 그런 녹연을 뚫어져라 쳐다보다가 불쑥 물었다.

"그런데 언제였던 것이지? 우리 아기가 생긴 날 말이다. 개울가 돌에 앉아서였나? 다 해진 움막에서 비 맞으면서였나? 사냥 가던 날 뒤처져 가던 말 위에서도 가능성은 있겠어? 너는 어찌 생각하느냐?"

그것이 무슨 대단히 알아내야 할 일이라고, 일생일전의 전략 분석하듯 눈빛을 번득이며 하는 신우의 추론에 녹연은 정녕 할 말을 잃었다.

終

작가 후기

　실로 오랜만에 탈고의 기쁨을 느껴봅니다. 이 당기는 가슴이 과연 탈고의 기쁨 때문인지 아픔 때문인지 알 수 없이 모호하지만, 분명한 것은 이 긴 시간을 거쳐 또 한 번 마침을 할 수 있게 되어 너무도 감사하다는 마음입니다. 제게 글을 쓰는 시간은 부족함을 알아가는 시간입니다. 특히 이번 '우연의 신록'은 고갈과 혼란과 인내, 그리고 덜어내기를 끊임없이 반복했습니다. 오랜 공백, 여러 가지 변화 등으로 인한 두려움 또한 제 발목을 잡았습니다.

　'우연'은 신우의 이름 끝 글자 '우'와 녹연의 이름 끝 글자의 '연'을 합쳐 '우연'이라 했습니다. '신록'도 그들의 이름 첫 글자의 조합입니다.
　오늘 저는 '우연의 신록'을 제 손에서 독자님들 손으로 보내드립니다. 이 순간 이후로 제 눈에 세상은 아름다울 것입니다.(당분간이겠지만요^^)
　'우연의 신록'의 시간적 배경으로 설정한 2세기 부여는 고구려 위나라의 견제를 받을 정도로 영향력이 큰 나라였습니다. 우리의 뿌리 속에도 그들의 흔적이 큽니다. 지금은 중국 땅에 있어 중국의 역사가 되어가고 있지만 고구려와 마찬가지로 부여는 중국과는 다른 하나의 국가였습니

다. 지금의 우리는 부여, 고구려, 동예, 옥저, 한(마한, 진한, 변한) 등의 나라의 후예임을 잊지 말아야겠다는 생각이 배경의 내면에 깔려 있습니다. 물론, 그것을 모두 거론했더라면 재미가 없어졌겠지요? 후기에서라도 굳이 부여를 소설적 배경으로 잡은 이유를 설명하고 싶었습니다.

간위거왕과 그의 서자 마여왕, 모용(약락)목연과 그의 아버지 막호발은 당시의 실존인물들입니다. 위나라를 도와 양평성 반란을 진압하는 장면 또한 실제 역사에 근거하였습니다. 동이지에서는 고구려도 이 싸움에 참여를 하여 크게 공을 세웠다는 기록이 있습니다. '우연의 신록'의 양평성 전투에서 고구려 참여 부분이 빠진 이유는 우리의 목연이 고구려인이 아니라 모용(약락 선비족)인인 관계로 그리 되었습니다.^^

이제 감사의 마음을 전하도록 하겠습니다.

믿고 기다려주신 도서출판 가하의 이승진 과장님, 죄송하고 감사드립니다. 그리고 부족한 원고를 아름다운 책으로 탄생시켜주신 가하의 가족들께도 감사드립니다. 은경 씨……. 정말이지 애 많이 썼습니다. 제가 무슨 말을 더 하겠습니까? 내년에는 우리도 피어보자고요!^^ 멀리서 보고 있을(어디 있는겨!) 못난이 자매 민님, 타랴! 회포 풀자고! 항상 응원해주시는 주연이, 너무 힘든 시기라 소홀했던 것을 용서하고, 아프지 말고. 봄희, 늘 뭐라뭐라(?) 감사합니다.
그리고 우리 가족 정말 정말 사랑하고 감사합니다.

읽어주신 독자님들께 진심을 다해 감사의 말씀드립니다. 독자님들이

517

계셔 다시 쓸 수 있습니다.
감사합니다.

다시 초심으로,
지도연이었습니다.

참고 문헌

고조선 단군 부여 / 동북아역사재단 저 / 동북아역사재단 / 2007

고조선은 대륙의 지배자였다 / 이덕일, 김병기 저 / 역사의아침 / 2006

만주의 역사 / 김득황 저 / 삶과꿈 / 2003

부여사와 그 주변 / 윤용구 外 저 / 동북아역사재단 / 2008

삼국지 위지 동이전

삼국지 위지 부여전

삼국유사 / 일연 저, 김원중 역 / 민음사 / 2007

삼국사기 / 김부식 저, 이강래 역 / 한길사 / 1998

실록 열국지 / 사마천 外 저, 신동준 역 / 살림 / 2006

자치통감 / 사마광 저, 권중달 역 / 삼화 / 2007

한국생활사박물관 시리즈 / 한국생활사박물관 편찬위원회 저 / 사계절 / 2006